C'est l'aventure que vous proposent
les éditions POINTS avec leur
Prix du Meilleur Roman des lecteurs de POINTS !

D'août 2015 à juin 2016, un jury composé de 40 lecteurs
et de 20 libraires recevra à domicile 10 romans récemment
publiés par les éditions Points et votera pour élire le
meilleur d'entre eux.

Pour rejoindre le jury, déposez votre candidature sur
www.prixdumeilleurroman.com. Les inscriptions
sont ouvertes jusqu'au 31 octobre 2015.

Le Prix du Meilleur Roman des lecteurs de POINTS,
c'est un prix littéraire dont vous, lectrices et lecteurs,
désignez le lauréat en toute liberté.

Plus d'information sur
www.prixdumeilleurroman.com

Après *Zena* (JC Lattès, 2000), *Le feu, la vie* (Philippe Rey, 2007) et *Des garçons d'avenir* (Philippe Rey, 2011), lauréat du Grand Prix du roman de la Société des gens de lettres et finaliste du prix Femina, Nathalie Bauer a écrit *Les Indomptées* (Philippe Rey, 2014). Elle est aussi traductrice de littérature italienne.

Nathalie Bauer

LES INDOMPTÉES

ROMAN

Philippe Rey

TEXTE INTÉGRAL

ISBN 978-2-7578-5277-4
(ISBN 978-2-84876-412-2, 1ʳᵉ publication)

© Éditions Philippe Rey, 2014

À ma famille,
les vivants et les morts

Telle est la substance du souvenir – la sensa-tion, la vue, l'odorat : les muscles avec lesquels nous voyons, entendons et sentons – pas l'intel-ligence, pas la pensée ; la mémoire n'existe pas : le cerveau ne reproduit que ce que les muscles cherchent en tâtonnant, ni plus ni moins, et la somme qui en résulte est d'ordinaire incorrecte et fausse et ne mérite que le nom de rêve.

William Faulkner, *Absalon, Absalon !*

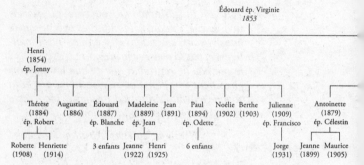

Édouard ép. Virginie
1853

Henri
(1854)
ép. Jenny

Thérèse (1884) ép. Robert — Augustine (1886) — Édouard (1887) ép. Blanche — Madeleine (1889) ép. Jean — Jean (1891) — Paul (1894) ép. Odette — Noélie (1902) — Berthe (1903) — Julienne (1909) ép. Francisco — Antoinette (1879) ép. Célestin

Roberte (1908) — Henriette (1914) — 3 enfants — Jeanne (1922) — Henri (1925) — 6 enfants — Jorge (1931) — Jeanne (1899) — Maurice (1905)

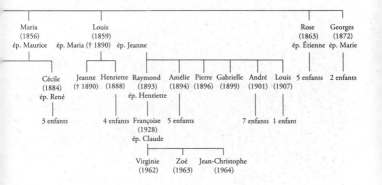

Maria
(1856)
ép. Maurice

Louis
(1859)
ép. Maria († 1890) ép. Jeanne

Rose
(1863)
ép. Étienne

Georges
(1872)
ép. Marie

Cécile
(1884)
ép. René

3 enfants

Jeanne
(† 1890)

Henriette
(1888)

4 enfants

Raymond
(1893)
ép. Henriette

Françoise
(1928)
ép. Claude

Amélie
(1894)

5 enfants

Pierre
(1896)

Gabrielle
(1899)

André
(1901)

7 enfants

Louis
(1907)

1 enfant

5 enfants

2 enfants

Virginie
(1962)

Zoé
(1963)

Jean-Christophe
(1964)

1

De son écriture fine, penchée, d'un autre siècle, Noélie reporte dans le registre les dernières dépenses du foyer dont elle constitue l'un des quatre membres – et sans nul doute le plus actif, puisque non seulement elle s'emploie à en préserver l'équilibre par ses talents de gestionnaire, mais elle contribue aussi à sa subsistance à proprement parler, cultivant le potager en dépit de son âge avancé – quand un tremblement secoue l'air, accompagné d'un vacarme de planches brisées, de moteurs emballés et de cris indistincts.

Elle se lève et va ouvrir la fenêtre d'où l'on peut embrasser du regard le rosier grimpant, les arbres centenaires, un tronçon de charmille et les massifs qui ponctuent, tels une bouche et des yeux de couleur, la pelouse centrale en forme d'œuf, à temps pour voir surgir du portillon, à l'autre extrémité, la grande silhouette de son neveu, dont les lèvres s'étirent et se referment sur l'un des rares mots qu'il daigne, ait jamais daigné, prononcer : *Taaa-tie ! Taaa-tie !*, car, il a beau avoir plus de cinquante ans, il n'est rien d'autre qu'un enfant – un enfant timide, empoté de surcroît.

Mêlées aux aboiements des quatre chiens formant son éternel cortège – quatre bâtards perdus ou peut-être abandonnés, en tout cas soignés et apprivoisés par le quinquagénaire –, ces uniques syllabes produisent à présent assez de bruit pour parvenir aux oreilles de Gabrielle, la doyenne, qui souffre pourtant de surdité ; aussi, détournant la tête de son ouvrage en tricot (un burnous destiné à un arrière-petit-neveu dont on n'a jamais vu que la photo), elle demande à sa cousine de quoi il s'agit exactement. Trop tard : Noélie s'est engouffrée dans l'entrée et réapparaît déjà à l'extérieur, menue dans son pantalon et son pull-over, le crâne surmonté d'un chignon blanc pareil au poing d'un marionnettiste qui la maintiendrait bien droite.

Taaa-tie ! Taaa-tie ! continue de crier l'homme, un bras tendu vers le portillon dont les croisillons découpent en figures géométriques le chemin et les bâtiments de ferme, ainsi que la petite route au-delà, si bien que Noélie doit multiplier les injonctions au calme avant de le précéder vers l'origine du vacarme, l'une des deux étables, plus précisément la grange dont elle est coiffée. Au pied de la rampe qui mène à celle de droite, un tracteur ronfle devant son chargement de foin, et l'on entend à l'intérieur du bâtiment des voix reconnaissables à leur accent et à leur timbre : celles de Roger, le fermier, et de ses deux fils trentenaires qui lui apportent volontiers de l'aide aux périodes de gros travaux, labours, moisson, ensilage ou encore fenaison, comme en ce mois de mai 1987.

Suivie de Jo et de ses chiens, Noélie gravit la côte, franchit le seuil du bâtiment et aperçoit, malgré la pénombre, une seconde remorque, un second tracteur, surtout un trou dans le sol un peu plus loin, un trou ou plutôt un gouffre puisque plusieurs mètres carrés de plancher se sont effondrés dans l'étable au-dessous, heureusement vide à l'heure qu'il est ; alors *Qu'est-ce que c'est que ça ?* s'exclame-t-elle du ton sec, accusatoire, qu'elle a appris à adopter au cours des dernières années, l'estimant conforme à la qualité de propriétaire, plus exactement de copropriétaire, qui est la sienne.

Mademoiselle, dit l'homme après avoir prié son aîné de couper le contact du second tracteur, *Mademoiselle, je vous avais prévenue. Ces vieux planchers sont trop minces, ils ne sont pas adaptés au travail d'aujourd'hui. – A-dap-tés ? Voyons, Roger, ce n'est pas à eux de s'adapter, mais à vous ! Mon père utilisait ces granges alors que le domaine était quatre fois plus vaste, ce qui signifie qu'il donnait quatre fois plus ! – Si je me permets, Mademoiselle, il y avait moins de rentabilité en ce temps-là. – Évidemment, on n'employait pas les cochonneries chimiques que vous appelez progrès ! Mais il y avait autant de foin, sinon plus, je peux vous l'assurer, je m'en souviens très bien !*

Le fermier ne paraît pas impressionné, *Du temps de votre père,* tient-il à préciser, *ce n'étaient pas des tracteurs, mais des bœufs, des paires de bœufs, qui tiraient les chargements de foin. Il n'y avait donc pas autant de poids, pas autant de vibrations… – Et c'était beaucoup mieux ! D'ailleurs, ce temps-là ne remonte pas à l'Antiquité, que je sache ! Mon cousin lui-même… – Ah, Monsieur Raymond…,* dit l'homme, laissant entendre par un soupir que le Raymond en question, l'ancien propriétaire, celui-là même qui, à la surprise générale, a légué huit ans plus tôt le domaine, maison et terres, à sa sœur Gabrielle et à deux de leurs cousines germaines qui y avaient vu le jour, était un maître plus sage, plus avisé.

Mais les gémissements – *Taaa-tie ! Taaa-tie !* – recommencent et la conversation en reste là, car il faut maintenant assurer à leur auteur que tout va bien et combattre son étrange balancement, au mépris des ricanements que les fils du fermier ne tentent pas même de réprimer, et *Jo, ne t'inquiète pas, ce n'est rien*, déclare Noélie, qui lui saisit le bras et l'entraîne. Le fermier leur emboîte le pas et ils dévalent la rampe, précédés des chiens, quand, au bout du jardin, le portillon s'ouvre de nouveau : cette fois sur une silhouette reconnaissable à sa tenue – longue et ample jupe-culotte, chemise d'homme, foulard de couleur vive et, selon la saison, bottes ou espadrilles – qu'elle est la seule, dans le pays, à arborer et que lui a inspirée l'Argentine où elle a vécu assez de temps pour concevoir, mettre au monde et bercer ce Jo même qui court à présent se blottir dans ses bras comme un petit enfant.

Qu'est-ce que vous lui avez fait ? s'indigne-t-elle plutôt qu'elle ne demande, à la vue de son fils troublé. – *Rien, personne ne lui a rien fait, Julienne,* répond Noélie avec un geste d'agacement. *Il a eu peur du bruit que le plancher a fait en s'écroulant. Et du vide. Il est vrai que c'est impressionnant. – Voyons, voyons, mon trésor, ce n'est rien,* reprend alors la cadette, *l'affaire de quelques planches. Vous allez réparer ça très vite... n'est-ce pas, Roger ?*

Haussement d'épaules, raclement de gorge, va-et-vient de l'allumette étêtée qui passe d'une commissure des lèvres à l'autre, puis le fermier : *Cela dépendra du menuisier. Il s'agit d'un gros chantier. – Un gros chantier ? Comme c'est contrariant...,* dit Julienne. *Vous ne pourriez pas lui dire d'accélérer les choses ? Regardez donc dans quel état est Jo... – Un gros chantier qui coûtera cher, Mademoiselle. Je suis désolé, mais vous êtes les propriétaires, ces travaux sont à votre charge.* Et Noélie a beau s'exclamer, offusquée, *C'est trop fort ! Nous ne sommes pas responsables de vos impru-dences, que je sache !,* il poursuit imperturbablement : *Les bâtiments sont vétustes, on ne peut pas y travailler correctement avec notre matériel ! Il est urgent de les moderniser. Nous en avons déjà parlé.*

Piquée au vif, Noélie réplique qu'ils en ont parlé effectivement et qu'il n'est pas question de remplacer les murs de pierre par des parois de tôle, la cour pavée par un sol en béton, les auges par des distributeurs automatiques, la laiterie par des trayeuses électriques : cela dénaturerait les bâtiments, intérieur et extérieur, leur ôterait tout leur charme, leur authenticité, et puis s'ils ont défié les décennies, les siècles, ce n'est certainement pas pour rien. Mais Julienne déclare en traître *Roger a peut-être raison. Il ne faut pas sous-estimer la modernisation. Nous nous y habituerons, on s'habitue à tout, n'est-ce pas ? En fin de compte, ce n'est pas nous qui y travaillons*, rejoignant donc l'autre camp, le camp ennemi, et il ne reste plus à l'aînée qu'à s'écrier *Non !*, non, tout simplement, tant la rage l'étrangle. À pousser sœur, neveu et chiens vers le jardin et mettre un terme à ce qui prend l'allure à ses yeux d'une obscénité.

Elle referme le portillon derrière elle quand le fermier, *Mademoiselle !*, la retient, *Mademoiselle, j'ai une proposition à vous faire !*, de cette voix onctueuse qui, elle l'a appris à ses dépens, n'annonce pas que des offres de paix, et de fait *Si vous n'avez pas les moyens*, poursuit-il, *vous pourriez me vendre quelques terres, par exemple les plus éloignées, celles qu'on ne voit pas de votre maison… Pour vous, cela ne changerait rien. Vous ne vous en apercevriez même pas. Et je vous en donnerais un bon prix. – Vendre des terres ? Comment osez-vous ? Cela n'arrivera jamais ! Jamais, vous entendez ! Ce domaine est dans ma famille depuis la nuit des temps et il le restera.*

L'homme soulève un instant sa casquette comme s'il était gêné, découvrant son crâne de sexagénaire, lisse, plus blanc que le reste de sa tête, et dit *N'en soyez pas si sûre, Mademoiselle. Ces choses-là arrivent, elles arrivent, et comment ! Aujourd'hui, les héritiers des maîtres d'autrefois n'ont pas envie de se gâcher la vie avec les problèmes de la terre. Ils ne gardent que deux ou trois hectares autour de leur maison, de quoi faire un beau jardin, parfois même un potager, et y gagnent* la tranquillité. D'ailleurs, il est juste que la terre appartienne à ceux qui la cultivent, vous ne croyez pas ?

– *Non, ça n'arrivera pas ! Pas à moi, ou plutôt pas à nous !* se hâte de répliquer Noélie avant de reculer, comme aveuglée par le spectre de la ruine qui vient de surgir, plus exactement de ressurgir, devant elle, et elle se dit qu'elle préférerait mourir plutôt que de se défaire de cette terre déjà perdue puis retrouvée, mais comment échapper au cours des choses ? au monde de la modernité, de l'efficacité, un monde si différent de celui dans lequel elle reste figée, engluée, mieux, dont elle revendique les valeurs, ce monde où l'argent ne primait pas sur tout et où les vaches portaient de petits noms charmants, comment ?

Déjà, deux ans plus tôt, elle a dû faire creuser une fosse à purin pour obéir à de nouvelles et extravagantes normes d'hygiène dont le seul but semble être de rabaisser les gens, ce qui a délesté son foyer de soixante mille francs, rien de moins, le laissant exsangue, et elle vit désormais dans la crainte des charpentes à consolider, des murs à étayer, de la foudre, des fuites, des impôts, des coups de vent, et dans l'obsession des économies au point qu'elle a recommencé à donner, comme dans un lointain passé, des répétitions aux enfants du voisinage, mais cette fois non contre de l'argent : contre des travaux que Jo n'est pas capable d'effectuer, lui qui est pourtant assez habile de ses mains – du ménage essentiellement.

Maintenant son neveu paraît consolé puisqu'il se remet à jouer avec ses chiens, tandis que Julienne, plantée devant un massif, renifle, les yeux fermés, une rose de Damas – l'inconsciente ! songe Noélie, furieuse d'avoir subi une trahison qu'elle attribue, plus qu'à de la naïveté, à un indéniable esprit de contradiction, raison pour laquelle elle se contente de lancer *Conseil de famille ! Conseil de famille tout de suite !* – *Conseil de famille ? Et pourquoi ?* s'étonne la cadette, mais Noélie file sous son nez, regagne l'entrée, puis le salon, où attend Gabrielle à l'endroit même où elle se tenait un peu plus tôt, soit le sofa grenat que surmontent deux pur-sang anglais croqués l'un avant l'effort de la course, l'autre après, et, l'air interrogateur, lui indique ses oreilles pour s'assurer que ses appareils sont bien branchés.

Mouvement de tête affirmatif de la doyenne, regard perplexe derrière des verres de lunettes qui octroient à ses yeux marron une place excessive dans un visage encadré par des bouclettes d'un blanc aux reflets violacés, et la séance peut commencer, d'autant plus que Julienne pénètre au même instant dans la pièce. Mais soudain Noélie hésite et, avant de souligner à l'adresse de sa sœur et de sa cousine la *perversité* du fermier et des temps modernes, elle ne peut s'empêcher d'embrasser la pièce du regard – tapisserie à motifs floraux, cheminée à manteau de marbre noir, piano droit dont le rectangle en soie, derrière les arabesques en bois du panneau supérieur, est ponctué de piqûres que des mains enfantines ont faites en cachette avec les aiguilles à coudre de leurs ouvrages pour le plaisir d'entendre l'étoffe se percer – comme si elle la voyait pour la dernière fois, comme si ses révélations allaient en modifier définitivement l'aspect.

Alors seulement elle dessine d'un trait ferme l'épée qui s'abattra sur leur foyer si elles ne trouvent pas le moyen de se rebiffer contre le destin, c'est-à-dire des expédients pour gagner de l'argent, et, après un temps de silence atterré, écoute fuser les propositions de Gabrielle – *Vendons des ouvrages en tricot ! des patchworks, des confitures !* – et de Julienne – *Des heures de pêche à l'étang ! Et si je donnais des leçons de tango ? Si nous ouvrions une école de maintien ?* –, porteuses de maigres espérances et impliquant un commerce avec le monde auquel elles ne sont plus habituées.

Puis la benjamine lance *Interrogeons-les! Ils sauront nous conseiller. – Interrogeons qui?* demande Gabrielle, tandis que Noélie lève les yeux au ciel. *– Papa et bonne-maman évidemment!* répond Julienne, bien que sa sœur et sa cousine lui aient interdit (l'une par amour de la vérité, l'autre par respect du Lévitique qui affirme *L'homme ou la femme qui parmi vous serait nécromant ou devin: ils seront mis à mort, on les lapidera, leur sang retombera sur eux*) de pratiquer la radiesthésie, don qu'elle a rapporté étrangement, comme sa tenue, d'Argentine. De fait, *Tu connais notre point de vue sur cette question*, réplique Noélie. *Nous en avons déjà largement débattu. – Je sais! Je sais! Mais il s'agit ici d'un cas exceptionnel! Nous n'y arriverons pas sans leur aide.*

Deux *Non!* lui répondent à l'unisson, cependant elle insiste: *Vous n'imaginez pas ce que vous perdez. Ce qu'ils perdent. Ne soyez pas si égoïstes, pensez un peu à eux, laissez-les s'exprimer! Ne les enterrez pas encore une fois. Oh, zut! Ce n'est pas juste! Ce n'est vraiment pas juste!* Boudeuse, elle lisse sa longue queue-de-cheval grise, puis déclare en martelant sa phrase: *Une seule d'entre nous a trouvé un jour le moyen de gagner de l'argent, et même un tas d'argent... alors pourquoi cette personne ne se retrousse-t-elle pas les manches, au lieu de faire semblant de rien?*

Gabrielle détourne la tête et se met à contempler, sur le haut du piano, le service à liqueur en opaline, comme s'il pouvait l'aspirer et lui épargner l'embarras qui l'a aussitôt envahie à l'évocation d'un épisode dont, il y a des décennies, Noélie a exigé de ne plus entendre parler. Et cette dernière justement bondit sur ses pieds alors que Julienne se hâte de poursuivre *D'ailleurs, je n'ai jamais compris pourquoi tu t'étais arrêtée. Un vrai gâchis! Et* puis nous pourrions t'aider maintenant, nous en avons le temps. Les sujets ne manquent pas. Nous n'avons qu'à raconter l'histoire de notre famille, de notre glorieuse famille, elle rétorque Ma pauvre fille, tu ne sais pas de quoi tu parles ! et la voilà une nouvelle fois dans le couloir, dans le jardin, où elle vire à gauche désormais. Dépasse le puits, la laurière, dépasse le verger, pénètre dans la petite serre, à l'entrée du potager, s'empare d'un des outils bien rangés, une pioche, et l'abat quelques mètres plus loin, non pour retourner la terre (c'est déjà fait), mais pour y déverser rage, contrariétés, soucis, y ensevelir ses mauvais souvenirs – précisément l'épisode qu'elle croyait avoir remisé dans un recoin de sa mémoire d'où il ne s'échapperait jamais, cette intrigue qu'elle a écrite à l'âge de vingt-deux ans et qui, si elle lui a valu malheurs et déceptions, lui a en effet rapporté de l'argent, beaucoup d'argent.

Les mottes se brisent les unes après les autres en une répétition qui agit en général comme un mantra, produisant de l'apaisement, chassant les mauvaises pensées, mais cette fois les souvenirs sont agrippés à l'esprit de Noélie telles des graines de bardane à des vêtements, c'est-à-dire avec tant de ténacité qu'il lui faut piocher, piocher encore et encore – sans rien obtenir, sinon un étourdissement, et, comme la tête commence à lui tourner, elle se dirige vers le banc qu'elle a fait placer à côté de la serre pour pouvoir se déchausser confortablement. Trop tard : une douleur lui plie la nuque comme un coup assené du tranchant de la main, et soudain le jour s'éteint.

Quand il revient, il est si éblouissant qu'il l'oblige à cligner les paupières, aussi est-ce par intermittence qu'elle voit les chiens la débarbouiller, pareils à des ânes léchant une pierre de sel. Taaa-tie ! Taaaa-tie ! braille Jo, dont se dressent les cheveux bruns saupoudrés de gris, le visage fin et les yeux noirs, Taaaa-tie ! Taaaa-tie !

Voilà donc tout ce que cet imbécile est capable de dire, pense-t-elle, mais ce mot la submerge de joie, ce mot, ce visage, la toile bleue du ciel tendue derrière lui et, sous ses os à elle, cette terre dont le parfum, la texture sont comme un prolongement de son corps parce qu'elle est née dessus, y a semé d'innombrables empreintes de pied, de sabot, de carriole, de brouette, l'a pressée de ses menottes d'enfant en galettes promptement emballées dans du papier journal et vendues à sa mère contre une pièce imaginaire, l'a travaillée quand tous les bras étaient nécessaires, oui, son parfum, sa texture lui sont si familiers qu'elle a parfois l'impression d'avoir été façonnée avec.

Elle hoquette, sourit à cette pensée et s'appuie sur son neveu pour se relever : à présent, ce sont les pins méditerranéens qui resurgissent devant elle, surmontés par le toit de la tour semblable au couvercle d'un sucrier, ce sont les poiriers et les rectangles pâles des draps suspendus devant les rangées de framboisiers. Tous ces détails la remplissent d'allégresse comme si elle les revoyait pour la première fois, et elle songe qu'elle a bien cru mourir, que c'est peut-être cela qu'on éprouve en mourant, un manquement, une suspension, un *pfft*, et aussitôt après : Pas maintenant, elle n'est pas prête à mourir maintenant, elle doit reprendre la tâche à laquelle elle s'est dérobée il y a plus de soixante ans et que Julienne vient de lui rappeler par simple désir de vengeance. Un dernier défi. Pourquoi pas ? Et si, par une ironie du destin, cela parvenait justement à sauver le domaine ?

Mais oui, l'histoire de notre famille ! s'exclame-t-elle, frappée par l'évidence. *Jo, il ne m'est rien arrivé, mon petit, j'ai juste trébuché, d'accord ? Va donc me chercher un morceau de sucre. Ou plutôt prends-en six, un pour toi aussi et un pour chaque chien, les bonnes bêtes. Mais, j'insiste, il ne s'est rien passé. Pas un mot à ta mère !* D'un geste, elle imite le mouvement de l'aiguille qui scelle les secrets sur les lèvres – une plaisanterie entre eux –, et Jo rit comme du temps de son enfance, il rit, c'est bien ce qu'elle aime en lui, ce rire prompt à retentir. Elle s'assied sur le banc et attend.

2

Bien que ce 4 août 1904 fût un jour de fête – et d'une fête importante, ses noces d'or –, Virginie descendit à l'aube, comme elle l'avait toujours fait depuis qu'elle avait quitté son austère famille de défenseurs de la loi et sa ville natale, Espalion, pour suivre son époux plus au sud, dans le Ségala, précisément au sein du domaine que l'homme avait reçu de son père, et son père de son grand-père, en une solide chaîne reliant plusieurs générations : en effet, elle préférait à tout autre ce moment passé en la seule compagnie d'Édouard et de leur fils aîné, parce qu'il lui donnait le sentiment non seulement d'être maîtresse du temps, mais aussi de redevenir la mère naïve qu'elle avait été après sa première grossesse.

Elle pénétra dans la salle à manger sur les pas d'Henri, qui roulait le fauteuil de son père, et prit place à la table, s'apprêtant à entendre les deux hommes discourir comme d'habitude de la météorologie, des bêtes, des villageois que le vieillard connaissait pour les avoir administrés ou soignés à l'époque où il exerçait encore la médecine, des travaux agricoles et des champs qu'il ne parcourait plus qu'à bord d'une carriole tirée par une ânesse – ce qu'ils firent, tandis qu'une domestique s'affairait autour d'eux avec la cafetière, avant d'aborder les tâches à accomplir afin que les festivités fussent un succès.

Ils passaient en revue les besoins des membres de la famille arrivés la veille ou l'avant-veille des campagnes plus ou moins éloignées et des villes – Rodez, Lyon, Marseille – où ils avaient échoué et essaimé depuis qu'ils avaient quitté le domaine, quand des pas résonnèrent dans le couloir et que Louis, le cadet, fit son entrée : brun, de taille moyenne, il portait le même bouc que son père, mais il n'avait pas plus qu'Henri hérité de sa corpulence, il était même un peu trop sec, comme si ses activités le consumaient tout entier, songea la vieille femme, tandis qu'il se penchait pour l'embrasser.

« Maman, de qui êtes-vous donc en train de médire ? De moi ? lança-t-il, taquin.

– Me prends-tu donc pour une bonne femme ?

– Jamais de la vie !

– Les ragots sont une marque de faiblesse, on s'y adonne quand on n'a rien à dire, répliqua-t-elle tandis que les deux frères et leur père échangeaient un sourire complice.

– Vous avez raison, comme toujours.

– Pas de malice, je te prie ! Pourquoi t'es-tu levé si tôt ? Pour une fois que tu es en vacances…

– Justement, je suis en vacances. Henri et moi avons prévu de faire un tour dans les champs.

– Tu devrais venir plus souvent. Ainsi le domaine ne te manquerait pas, puisqu'il te manque davantage que ta mère, à l'évidence. Voilà où nous en sommes…

– Ne dites pas cela, maman. C'est aujourd'hui votre fête : toute la journée vous sera consacrée !

– Virginie, laisse-le donc tranquille…, intervint le patriarche, l'air de la gourmander. Je te rappelle que tes fils sont eux-mêmes des pères de famille.

– Et bientôt des grands-pères, renchérit Henri. Dans un peu plus d'un mois, Thérèse aura vingt ans.

– Cela n'empêche pas ta femme de continuer à procréer, lâcha Virginie qui ne ratait jamais une occasion de critiquer sa bru. À son âge…

– Le même âge que Rose, s'interposa Louis en faisant allusion à sa sœur cadette. Et les deux petites dernières ont toutes deux dix-huit mois. De vrais anges, d'ailleurs…

– Rose ? Pff…, dit Virginie avec un geste de mépris. Je ne vois pas le rapport. Et puis elle n'a que cinq enfants, pas huit, comme Henri. »

Édouard, qui s'était attendri sur le tard, s'exclama : « Eh bien, moi, j'aime les grandes familles ! Une ribambelle de petits-enfants et d'arrière-petits-enfants… je ne demande que ça. Il n'y a rien de mieux pour égayer un vieillard.

– Quelle drôle d'idée, mon cher ! Oui, quelle drôle d'idée… Mais, Henri, Louis, ne deviez-vous pas aller vous promener dans les champs ? Ne tardez pas trop. Il faudra vous changer avant la messe. Sans compter tous les gosses à gouverner… Vos femmes n'y parviendront pas toutes seules.

– Un mot de vous, maman, et ils seront comme des agneaux ! Louis, tu es prêt ? »

Virginie se rengorgea, tandis que ses deux fils se levaient, non seulement parce qu'il lui semblait avoir repris la main dans la conversation, mais aussi parce que les deux hommes lui offraient l'illustration parfaite de la réussite familiale : chacun avait embrassé l'une des deux carrières d'Édouard – Henri l'agriculture, Louis la médecine – et l'avait portée à un niveau plus élevé, le premier devenant un propriétaire terrien prospère et respecté, le second s'établissant comme chirurgien à Rodez, et il y avait fort à parier que leurs propres fils prendraient la relève, qu'ils assureraient sa pérennité à la lignée.

Elle aurait donc dû être pleinement satisfaite, et pourtant quelque chose la gênait, tels un point mal exécuté dans une broderie, ou un insecte qui bourdonne autour de votre tête, sans qu'il soit possible de le distinguer. Agacée, elle se mit à dévisager Édouard, qui allumait sa première pipe comme chaque matin avant de réclamer une resucée de café, tentant de retrouver derrière le vieillard infirme et ventripotent le jeune homme blond aux yeux gris qu'elle avait épousé après qu'il fut rentré de Paris, docteur en médecine.

Mais c'était, elle le savait, peine perdue : pas plus que la beauté, la jeunesse n'avait compté au nombre de ses qualités, de leurs qualités respectives en vérité, contrairement au bon sens, à la dignité et au sérieux qui leur avaient permis de fonder un ménage que ni les difficultés matérielles ni le désarroi causé par la mort de quatre enfants n'avaient été en mesure d'ébranler. Jamais non plus ils n'avaient perdu la tête l'un pour l'autre, ainsi que Louis l'avait perdue pour sa première épouse, emportée par la fièvre typhoïde avec leur fille aînée, et Henri pour la blonde et pâle Jenny.

La passion, quelle erreur, quelle bêtise ! songea Virginie, dont le trouble persistait ; cependant, comme du bruit commençait à retentir à l'étage, signe d'une prochaine arrivée, elle lança à Édouard : «Eh bien, mon bon, ce n'est pas le moment de rêver ! Nous avons su mener notre barque pendant cinquante ans, mais nous avons encore cette journée à affronter. Une messe au village, un repas, des cadeaux, des chansons… et même un photographe ! Une modeste cérémonie dans notre chapelle aurait amplement suffi, non ?

– Et pourquoi ? J'aime voir ma famille réunie et le montrer. Et puis, c'est certainement la dernière fois.

– Ne recommence pas ! Il y aura encore des mariages, des baptêmes, sois-en certain. Oh, je préfère m'activer plutôt que de t'entendre. Si tu n'y vois pas d'inconvénient…

– Attends. Je suis vieux, voilà tout, et prêt à partir. J'ai accompli tout ce que je m'étais fixé. Le domaine prospère, Henri et Louis excellent dans leurs branches respectives, Maria et Rose paraissent comblées par leurs familles. Et Georges… Georges est lui aussi à la tête d'un domaine, il ne lui manque que des enfants…

– … qui finiront par arriver. Il leur faudra juste un peu de patience.

– Virginie, qu'y a-t-il de mal à parler de notre prochaine fin ? C'est dans la logique des choses.

– Tu crois que je n'y pense pas ? Comment ne pas y penser à notre âge ? Mais aujourd'hui, franchement ! C'est déplacé, tout simplement déplacé.

– Pourtant, nous avons fait notre temps, nous sommes des vieillards, il faut le reconnaître. Tu as entendu Henri ? Nous avons deux petites-filles en âge de se marier.

– Je t'en prie ! Si on leur pressait le nez, il en sortirait du lait… Des gamines, voilà tout.

– Notre fille aînée est grand-mère.

– Oh, je sais, je sais ! Veux-tu que je te dise une chose ? Tu te sens vieux ? Pas moi. »

Et comme Édouard se mettait à rire tout doucement, elle se leva en déclarant qu'elle avait du travail et qu'elle n'entendait pas perdre son temps en bavardages inutiles ; il n'aurait qu'à agiter la clochette quand il aurait terminé : un domestique viendrait pousser son fauteuil. Elle s'apprêtait à franchir le seuil quand il la rappela. « Oui ? dit-elle.

– Virginie, tu me surprends au bout de cinquante ans. Je ne te savais pas si coquette.

– Coquette ? Moi ? C'est trop fort ! » s'exclama-t-elle comme s'il l'avait insultée.

Sa colère ne faisant que susciter une nouvelle hilarité, elle se dirigea vers la cuisine, où l'on s'affairait, feignit d'écouter les explications qu'on lui délivrait pour la centième fois sur le déroulement du repas, s'arma d'un sécateur et ordonna à une servante de l'accompagner au jardin afin d'y couper les fleurs qui serviraient à décorer l'église. Elle avait déjà choisi la couleur de ses bouquets – du rouge, uniquement du rouge – et elle coupa plusieurs dizaines de tiges épineuses, crissantes, violacées ou barbues, selon qu'il s'agissait de roses, de glaïeuls, de dahlias ou de zinnias, en veillant à ce que son accompagnatrice les couchât avec soin dans la panière qu'elle avait emportée à sa demande, puis, la renvoyant, elle alla inspecter longuement le potager et le verger, aussi, quand elle réintégra la demeure, la salle à manger retentissait-elle de voix de femmes, d'adolescents et d'enfants.

Bien décidée à repousser les effusions à plus tard, elle parcourut discrètement le couloir et gagna le premier étage, où elle tomba nez à nez avec Jeanne, qui descendait du second : cette robuste belle-fille occupait dans son cœur une place de choix car elle avait su attendre Louis, élever la fille de celle qu'elle avait remplacée et mettre au monde à son tour de beaux enfants, mais aussi parce qu'elle descendait de sa propre branche par un cousin germain et lui rappelait donc ses origines. Du fait de leur familiarité, il était inutile de se perdre en politesses avec elle, ce qui était reposant, pensait Virginie, et, après avoir déclaré qu'il y avait à son goût trop de nœuds, trop de plis et de dentelles dans sa tenue de fête, elle l'entraîna dans sa chambre sans que la femme se fût froissée.

Sur son lit étaient étalées une jupe grise et une blouse de moire noire ornée de guipures et d'un grand jabot blanc, qu'elle enfila après avoir déposé le trousseau de clefs qu'elle ne s'était jamais résolue à confier à l'épouse de son fils aîné, puis elle se coiffa de la toque noire, à l'ancienne mode, d'où pendait un voile de dentelle, et se rapprocha de l'armoire à glace. Son reflet ne la convainquit guère, pas même quand Jeanne eut affirmé « Vous êtes parfaite, bonne-maman » : bien qu'il fût noir, le voile lui rappelait ses noces, et elle se demandait si c'était cet anniversaire qui la troublait autant.

C'est alors que des bruits de voiture et de sabots retentirent à l'extérieur, accompagnés du grincement de la grille ouverte puis refermée et des exclamations. « Que se passe-t-il ? lança-t-elle. Jeanne, va voir à la fenêtre. » Sa bru s'exécuta et, penchée derrière les volets à l'espagnolette, annonça l'arrivée de Rose et de sa famille, ainsi que du photographe venu de Rodez immortaliser l'événement.

« Un photographe… », marmonna Virginie avant d'ajouter d'un ton expéditif : « Bien, bien, tu peux y aller, j'ai fini. Je descendrai un peu plus tard.

– Vous êtes sûre que tout va bien ?

– Évidemment. Va. »

Restée seule, elle fixa son image ainsi qu'on fixe un adversaire qu'on souhaite intimider, puis s'agenouilla

sur son prie-Dieu, cherchant dans la prière, comme d'habitude, paix et réconfort – qui ne vinrent pas, car elle était sans cesse distraite par les cris des enfants pressés de jouer, malgré les rappels à l'ordre de leurs mères, par les bribes de conversation et les effusions des retrouvailles dans le jardin. Parce qu'elle entendait toujours tout maîtriser, y compris ce qui ne pouvait l'être, elle en conçut un agacement supplémentaire et répondit un peu plus tard avec brusquerie aux coups frappés à sa porte et à la voix de Louis : « Maman, il faut partir, tout le monde est prêt. Vous sentez-vous bien ?

– Mais oui, grogna-t-elle. Ne peux-tu pas oublier pour un jour que tu es médecin ? »

Elle descendit à ses côtés l'escalier en chassant de son esprit l'image de son père l'emmenant cinquante ans plus tôt, jeune femme, de sa maison jusqu'à l'autel et s'immobilisa au bas des marches pour gratifier d'un baiser sur le front sa benjamine qui, par crainte de la déranger, l'avait attendue timidement dans l'entrée. « Oui, oui, je verrai ton mari plus tard, cela ne presse pas », lança-t-elle en réponse aux excuses que Rose avançait pour justifier l'absence de son conjoint à ses côtés, et elle poursuivit son chemin.

Le reste de la famille se groupait au pied du perron et, à sa vue, on se répartit dans le « camion », à l'intérieur duquel on avait déjà hissé Édouard et son fauteuil, et dans le véhicule suivant, surnommé en raison de ses rideaux la « tapissière », où les enfants se disputèrent comme d'habitude les places à l'arrière car on y était plus secoué qu'à l'avant. Alors le cortège put s'engager sous le porche, virer une première puis une seconde fois, et, longeant l'étang, parcourir les trois kilomètres qui menaient à la place du village, où tout le monde descendit et se mêla aux voisins, connaissances et amis réunis devant l'église, tandis que les cochers conduisaient chevaux et véhicules à la remise.

Après avoir multiplié les hochements de tête, Virginie pénétra dans l'édifice au bras de Louis et salua le curé qui se précipitait vers elle ; il l'escorta jusqu'à son banc, à gauche, autour duquel les femmes et les enfants se déployèrent dans des bruissements d'étoffes et des piétinements, pendant que les hommes et les adolescents se disposaient sur la droite auprès d'Henri et du patriarche. Le hasard, ou la distraction, voulut que prît place à côté d'elle non sa fille aînée, comme elle s'y attendait, mais Jenny, la bru qu'elle aimait le moins, accompagnée de sa petite dernière, et elle eut ainsi tout loisir de remarquer que, malgré ses quarante et un ans et un certain empâtement, elle demeurait la plus élégante et la plus avenante de l'assemblée.

De nouveau l'agacement s'empara d'elle : jamais elle n'avait supporté l'attachement d'Henri à cette épouse qui avait, par sa dot, permis à la famille de se réapproprier les deux cent soixante hectares cédés à la fin du XVIIIe siècle par un ancêtre dans le besoin, et donc doublé l'étendue du domaine, d'autant moins que c'était sur cet amour fou, non sur la raison comme il eût été plus naturel, que s'était bâtie la solidité de leur couple.

Jenny pencha vers elle son beau visage, surmonté d'un grand chapeau à nœuds et rubans blancs, et murmura : « Tout va bien, bonne-maman ?

– Je me demande pourquoi vous avez tous, aujourd'hui, cette question sur les lèvres !

– Sans doute parce que vous avez l'air un peu patraque. À moins que vous ne soyez contrariée… Pourtant, c'est votre fête !

– Je serai véritablement contrariée quand cette petite que vous avez sur les genoux se mettra à crier.

– Elle ne criera pas. Elle ne crie jamais, vous le savez bien. C'est une observatrice. Elle est sage comme une image. »

De fait, bien installée dans le giron de sa mère, Noélie se contentait de promener sur l'église et sur ses occupants des yeux un peu exorbités.

« Vous auriez mieux fait de la laisser dans son berceau. Rose n'a pas emmené la sienne.

– Rose fait ce qui lui plaît. Et, si je puis me permettre, vous ne l'approuvez pas toujours, bonne-maman. »

Vexée par cette pique, qui était en réalité un euphémisme, et à court d'arguments, Virginie haussa les épaules et tenta de se recueillir, se préparant à écouter les prières et le sermon qui, consacré aux vertus de la famille chrétienne, comme elle l'avait imaginé, ne lui parvint toutefois que par bribes car de nouveau elle se laissait distraire, tantôt par ses fleurs disposées dans des vases par les religieuses du village auxquelles un domestique les avait apportées un peu plus tôt, tantôt par l'indiscipline de tel ou tel enfant que leurs mères respectives s'employaient non sans mal à ramener au calme, tantôt par Noélie, qui s'obstinait étrangement à garder le silence, et cette distraction la révoltait d'autant plus qu'elle la savait liée à une question sans réponse ; pis, sans consistance.

Sans doute lui aurait-il suffi, pour la discerner, de se détendre un moment, mais Virginie n'était pas femme à lâcher prise. Elle s'accrocha à sa quête pendant toute la durée de la messe ; puis de retour au domaine, tandis que dans l'obscurité de son drap le photographe réclamait l'immobilité de ses sujets devant les deux façades de la demeure ; au cours du repas auquel elle avait convié le curé et les amis les plus intimes ; plus tard encore, à l'ombre des noisetiers, dans ce coin de jardin d'où l'on pouvait surveiller à la fois les enfants jouant aux quilles après la sieste, les adolescents échangeant des confidences et, plus loin, les filles grimpant sur les pommiers et les poiriers que des pans de cotonnade, des cordes et des planches grossièrement coincées avaient transformés

en de minuscules greniers, bien qu'il n'y eût là nulle
malle à souvenirs – juste des branches autour desquelles
leurs rêves s'enroulaient, comme des volutes d'encens,
en se dirigeant vers le ciel.

Sur l'herbe, au pied des fauteuils en bois, on avait
étendu des couvertures en piqué où, débarrassées de leurs
colifichets, les femmes s'étaient assises auprès des plus
jeunes, qu'elles s'efforçaient maintenant d'occuper avec
des hochets ou avec leurs doigts, et leurs chuchotements,
mêlés aux babillages des petits et aux considérations des
hommes sur le siècle commençant, formaient un arrière-
fond paisible, reposant.

Virginie se tourna vers Édouard qui, l'air insolemment
serein, fumait un cigare, comme ses fils et ses gendres,
et elle comprit enfin : pendant de nombreuses années, on
l'avait appelé de ferme en ferme, de maison en maison,

pour réparer, réduire, apaiser, arracher, recoudre ou panser, et quand il n'avait plus été en mesure de se déplacer, on était venu au domaine lui réclamer non seulement ses soins, mais aussi ses conseils d'agriculteur, de « sage champêtre », qu'il avait distribués avec la même générosité. Maintenant il se disait prêt à partir. Bien sûr ! Il avait tout accompli, sa vie parlait pour lui. Mais sa vie à elle, que valait-elle ? Elle avait élevé cinq enfants et instruit les aînés d'Henri. Avait-elle eu le choix ?

C'est alors que Thérèse et Cécile, les deux cousines, la campagnarde et la citadine, passèrent dans l'allée, bras dessus, bras dessous : elles avaient vingt ans, elles étaient disait-on prêtes à se marier, mais elles pouffaient et se murmuraient des secrets à l'oreille sans se douter, les inconscientes, du travail et des sacrifices qu'avaient accomplis les générations précédentes, surtout sa génération à elle, Virginie. Apprendre à ces jeunes filles ce qu'on lui avait inculqué, l'abnégation, l'économie, la sagesse, la modestie, leur apprendre à endurer, dans ce siècle dont on vantait déjà les futures avancées, voilà ce qui lui restait et voilà à quoi se réduisait depuis toujours le rôle des femmes, des femmes de son milieu précisément. Mais cela suffisait-il ? Cela suffirait-il pour donner un prix à son existence ?

3

Gabrielle consulte sa montre, assise sur le sofa et impeccablement peignée : Victor, son ami et voisin, l'a conduite à Rodez lors de leur expédition hebdomadaire, qui tombait par chance la veille de la visite qu'elle attend depuis plusieurs jours, lui permettant de se rendre dans un salon de coiffure plus chic que ceux des proches villages. Mais ça n'a peut-être pas été un choix très judicieux, se dit-elle à présent, car ses bouclettes sont un peu trop gonflées, les reflets un peu trop mauves, à son goût – et pas seulement : Julienne a haussé les épaules en la rejoignant au café où conducteur et passagères ont coutume de se retrouver, après avoir effectué leurs courses respectives, et affirmé sans charité que ce n'était pas très réussi.

Oui, elle se trouve un peu trop apprêtée, alors qu'il lui faut parler à présent d'activités sociales, spirituelles, et elle craint de donner une mauvaise image d'elle-même, encore que la chercheuse toulousaine soit, à l'entendre, parfaitement au fait de ses activités en tant que présidente de la JF, la jeunesse féminine catholique du département, ce qui justifie son intérêt. Et puis, pense-t-elle aussi, Noélie s'est abstenue de la critiquer, elle qui n'a rien de tendre – peut-être était-elle trop occupée par ses plants de tomates, de courgettes, d'aubergines à repiquer, raison pour laquelle elle ne les a pas accompagnées en ville. À moins que ce ne soit par son livre : depuis qu'elle a commencé à rédiger l'histoire de leur famille, elle se montre quelque peu distraite, moins attachée aux menus détails de la vie quotidienne et même moins sévère – autant dire moins enragée – à l'égard du fermier.

En raison de sa surdité, Gabrielle n'entend ni la grille s'ouvrir et se refermer dans ses grincements habituels, ni Julienne se rapprocher de la porte d'entrée avec la nouvelle venue, ni même Noélie s'affairer dans la pièce voisine, ayant laissé brûler la veille au soir le cake aux fruits confits qu'elle avait promis de confectionner pour l'invitée – il a fallu aérer rez-de-chaussée et premier étage, préparer une tasse de camomille à Julienne qui jetait des regards de tous côtés de peur que des chauves-souris ne jaillissent à l'intérieur, mues par un seul désir, se pendre à ses cheveux ; non, elle n'entend que les deux tintements de la pendule à mouvement perpétuel sur le manteau de la cheminée, à quelques centimètres de sa tête.

Voilà pourquoi elle sursaute quand, escortée par sa cousine, l'universitaire pénètre dans le salon, d'autant plus qu'elle ne correspond en rien à l'image que sa voix a fait naître dans son esprit quelques jours plus tôt, à savoir celle d'une quinquagénaire austère : c'est en réalité une grande fille placide aux cheveux châtains séparés au milieu par une raie, aux sandales en cuir, à la jupe semée de fleurs, au polo marine et au pull-over en coton bleu pâle noué sur les épaules, comment dit-on aujourd'hui ? une adolescente attardée ? Si elle l'avait su, songe Gabrielle, elle n'aurait pas gaspillé son argent en coquetteries.

Les présentations s'éternisent, Julienne n'étant pas pressée de battre en retraite, et sa cousine doit se racler la gorge à plusieurs reprises afin qu'elle consente à s'éclipser ; enfin, l'universitaire rapproche du sofa le fauteuil qu'on lui a indiqué et, tirant un magnétophone de son sac à dos, redit combien elle est heureuse de faire la connaissance de celle qu'elle considère depuis longtemps comme *un monstre sacré*. Gabrielle, qui croit ne pas avoir bien saisi, tourne vers la jeune femme son oreille la moins sourde et, nerveuse – elle n'a pas fermé l'œil de la nuit, ou presque, trop occupée à repasser les événements majeurs de sa vie –, l'invite à répéter.

Mais *Je sais tout des associations de jeunes filles et des fédérations*, déclare plutôt l'universitaire, désireuse d'en venir sans tarder au fait, *Semeuses, Vaillantes, Fleurs de France, Rayonnantes, Pâquerettes, Messagères, Bruyères ou Croisées de la Vierge. D'entre toutes, la vôtre était la plus spirituelle, la plus forte, la plus dynamique. Et si la JOC et la JAC n'étaient pas arrivées, qui sait jusqu'où vous seriez allée !* Alors elle se rengorge un peu, même si elle a appris au fil des ans à se méfier des flatteries ; du reste, si son interlocutrice a mentionné les Bruyères, originaires de Bretagne, elle a oublié les Myriams de Versailles et surtout les Edelweiss, la fédération de Savoie, preuve d'un manque de rigueur indéniable.

Mais déjà l'autre entonne *Notre U-ni-on te choisit pour mo-dè-le, En s'en-rô-lant sous ton fier É-tendard ; sui-vre tes pas dans un amour fi-dè-le, c'est son dé-sir, ô sainte Jean-ne d'Arc...* et elle s'entend reprendre en chœur *Dans les plis de ton o-ri-flamme, Gar-de nos cœurs, ils sont à toi : Don-ne-nous un peu de ton âme, Don-ne-nous un peu de ton âme...* Cela fait bien longtemps qu'elle n'avait pas chanté cet hymne, pourtant il a immédiatement refleuri sur ses lèvres ; en vérité, il n'existe rien de mieux qu'un beau refrain pour vous mettre de bonne humeur et pour briser la glace, se dit-elle, même si l'universitaire la prie étrangement de recommencer bien en face du micro, ce dont elle préfère s'abstenir pour l'instant – *Tout à l'heure, après le thé, maintenant j'ai la gorge sèche.*

Et tandis que la femme, en rien vexée, rembobine la cassette, empoigne un bloc-notes et formule la première question, tous ses souvenirs reviennent en un éclair, qu'il s'agisse de succès ou d'échecs, et pour commencer ceux de la Première Guerre, des poilus dont elle s'était avec ses amies instaurée marraine, en particulier du dénommé Ernest auquel, piquée par elle ne sait plus quel insecte, elle avait envoyé la photo de Lily, sa sœur, beaucoup plus belle, pour ne pas dire tout simplement *belle*, à la place de la sienne, trop naïve pour imaginer qu'il s'éprendrait d'elle et que rien ne pourrait l'en débarrasser – rien à l'exception de la mort qui, ponctuelle, était arrivée au champ d'honneur.

Et encore de son *second baptême* dans la rivière qui aurait tourné à la noyade collective si un gamin, témoin

de la scène, n'avait pas couru avertir son père, des critiques et des sarcasmes dont sa mère – le chameau – n'avait pas manqué de l'accabler devant ses tresses et ses vêtements mouillés ; du reste, les sarcasmes ont toujours été son pain quotidien, notamment pendant les années de la JF : frustrés et jaloux s'étaient alors déchaînés, l'accusant de tous les maux de la terre, y compris le dévoiement, la luxure, pour mieux pouvoir l'écarter. Pourtant, son mouvement était révolutionnaire puisque, méprisant les conventions sociales, il bannissait le *Mademoiselle* habituel au profit du simple prénom, mieux, de l'expression amicale *Grande Sœur*, et observait une devise résumée par trois mots – *Piété, études, action*.

Voilà ce qu'elle explique et ce sur quoi elle insiste sans se douter que Noélie l'entend de la pièce voisine, non parce que le mur est fin, mais parce que l'universitaire la questionne en hurlant, comme on le fait souvent avec les gens souffrant de surdité, et qu'elle lui répond en criant au lieu de parler ; pas même par curiosité : elle met la dernière main à une tarte à la rhubarbe, dessert choisi pour remplacer le cake, non sans maudire ces moments d'oisiveté qui la détournent de ses écrits et la plongent dans la crainte de ne pas voir le miracle de l'inspiration se renouveler – mais elle a promis et elle est habituée à ne jamais revenir sur ses promesses, qu'elles soient de première importance ou non –, et elle est bien obligée d'entendre.

Ce qui n'est pas le cas de Julienne : restée debout derrière la porte à écouter, elle passe maintenant à la cuisine où, envieuse d'une attention qui ne lui est pas réservée, elle gonfle les joues plusieurs fois avant de déclarer *Tu aurais pu venir dire bonjour, tout de même... Ce que tu es sauvage... Même si, en fin de compte, c'est une fille très quelconque... une gamine... elle n'a pas du tout l'air savant...* – *Pourtant elle semble connaître son sujet*, réplique Noélie. *Tu n'entends pas ses questions ?* – *Si tu*

41

penses que ça m'intéresse... D'ailleurs, ça n'intéresse personne, ce sont de vieilles lubies. Il faut vivre avec son temps, ce n'est pas moi qui le dis, mais toi, je te le rappelle. – En tout cas, ça intéresse l'université, sinon cette jeune personne ne serait pas là, coupe Noélie. Alors Julienne lance d'un ton faussement détaché *Ah, tu crois ?* avant de décréter que la rhubarbe lui donne des aigreurs d'estomac et de se diriger vers l'escalier ; quelques instants plus tard, un air de tango s'élève de sa chambre, amenant Noélie à se demander une fois de plus pourquoi sa sœur se croit obligée de se réfugier dans un passé qui l'a durement meurtrie.

La tarte n'est pas tout : il faut essuyer les tasses les plus précieuses, le pot à lait, le sucrier, astiquer théière, fourchettes et cuillers en argent, s'assurer que les serviettes en fil ne sont pas froissées et quand l'heure du thé arrive elle n'a pas eu, à sa grande rage, le temps de s'évader. C'est alors que Julienne la rejoint, aussi ponctuelle qu'un chat, et les voilà toutes deux sur le pas de la porte, derrière la table roulante sur laquelle tout est aligné.

Un toc-toc discret, puis elles entrent et, à leur vue, l'universitaire presse la touche *arrêt* du magnétophone, affirmant que *justement* elle était *affamée*, tandis que Julienne ouvre une fenêtre pour appeler Jo à tue-tête, au grand dam de Gabrielle, ulcérée par ces manières. Elle a deux prunes rouges imprimées sur les pommettes, sans doute sous l'effet de l'exaltation ou encore de la fatigue, ce qui ne l'empêche pas de constater que le cake brûlé de la veille a été remplacé par une tarte garnie de cette plante acide et filandreuse qu'elle n'apprécie guère – encore un expédient de Noélie pour économiser, pense-t-elle.

L'universitaire n'est apparemment pas de cet avis : servie la première, elle n'attend pas *les anciennes*, comme on les appelle souvent, pour se sustenter, même si elle s'arrête brusquement au moment où Jo apparaît et se met à l'observer de sous la mèche de cheveux venue opportunément masquer l'un de ses yeux.

Longue silhouette maladroite, mais non dépourvue de beauté, le quinquagénaire s'assied à côté de Gabrielle, sur le sofa où ni sa mère ni Noélie n'avaient osé s'asseoir comme si la doyenne de leur foyer s'était soudain transformée en animal sacré, voire en déesse indienne à révérer. En vérité, elle sirote paisiblement son thé, lasse d'avoir tant parlé ou plutôt tant crié, et c'est Julienne, comme d'habitude, qui prend les rênes de la conversation, interrogeant l'étrangère non sur son mémoire ni sur la ville rose dont elle est originaire, comme le voudrait la politesse, mais sur les voyages qu'elle a entrepris ou pas au cours de sa vie, par exemple en Argentine où elle-même a séjourné – c'était couru, songe Noélie, certaine que s'ensuivra un long monologue que rien ne pourra interrompre.

Elle se trompe : au bout de quelques phrases, sa cadette se tait, ses considérations n'ayant pas remporté le moindre succès puisque, au lieu d'y répondre, ou ne serait-ce que de leur prêter attention, l'universitaire continue de scruter Jo avec un air qu'on hésiterait à attribuer à de l'effronterie, à de l'obscénité ou à de la mauvaise éducation. Un air d'autant plus choquant, songe Julienne, qu'il n'est pas remarqué, son fils étant trop occupé par son goûter, qu'il avale certes un peu trop vite pour le savourer vraiment, comme les petits enfants dont il a, sous certains aspects, l'apparence – pas ceux (les aspects), à l'évidence, qui semblent à présent intéresser l'étrangère, à savoir les traits latins hérités de son père et le corps musclé que lui valent des besognes aussi pénibles que planter une rangée de piquets, tendre du fil de fer barbelé, élaguer des arbres ou reclouer une lauze sur le toit.

En vérité, si l'on excepte sa sensibilité aiguë, sa timidité et sa propension au silence, ainsi que ces absences subites que sa tante qualifie poétiquement de *plongées* dans un monde dont il est le seul à connaître l'accès, il a tout de l'homme ordinaire – pas de tares, pas de manies, pas de sécrétions excessives –, et s'il ne s'est jamais intéressé à l'autre sexe jusqu'à présent, c'est parce que l'idée ne lui en a jamais traversé l'esprit, pensent les trois femmes.

Par chance, il ne s'attarde pas, il a même déjà regagné le jardin quand Noélie se décide à combler le silence en profitant de ce qu'elle a entendu pour interroger l'invitée ; mais Julienne se lève soudain, lui dit *J'ai besoin de te parler* et l'attire à la cuisine où, tout en trépignant, elle lui fait part de son indignation : à l'entendre, ce n'est pas une intellectuelle que leur foyer a accueillie malgré lui, mais *une intrigante, une maniaque, une dévergondée*, dont le seul but consiste à *pervertir* l'âme simple, innocente, de son fils.

Tu ne crois pas que tu exagères ? réplique l'aînée. *En fin de compte, elle l'a juste regardé. – Juste regardé ? Tu es aveugle ! Elle le dévorait des yeux ! – Bon, bon, elle l'a regardé avec insistance, d'accord. Mais il ne s'est rien passé. Et puis, dans une ou deux heures, elle sera repartie, et plus personne ne la reverra. – Que Dieu t'entende ! Je suis plutôt d'avis que cette histoire n'est pas terminée. N'oublie pas, je possède un sens de plus que les humains ordinaires. Je flaire le roussi avant même que les feux commencent à brûler ! – Oui, tu es extraordinaire*, lâche non sans ironie Noélie qui s'abstient de demander pourquoi, dans ce cas-là, elle n'a pas deviné bien des années plus tôt dans quel mariage désastreux elle se lançait.

Mais quand, le soir venu, Gabrielle lui annonce que la chercheuse passera la nuit à la maison, sous prétexte qu'elles n'ont pas encore abordé la partie essentielle de sa vie, celle du pavillon Sainte-Thérèse de Lourdes où elle a hébergé tant de jeunes filles défavorisées, et qu'il est absurde de regagner Toulouse à la nuit pour parcourir la même route en sens inverse le lendemain matin, elle est bien obligée d'admettre que, coïncidence ou pas, Julienne avait raison. Elle est elle-même contrariée et elle maudit le destin qui la contraint maintenant à préparer une chambre, c'est-à-dire à la nettoyer de fond en comble puisque les pièces du second étage n'ont pas été ouvertes depuis des mois, et à calmer sa sœur qui s'est exclamée, à cette annonce, *Mais enfin! Il y a d'excellents hôtels à moins de cinq kilomètres!*, furibonde, allant jusqu'à refuser de donner un coup de main.

Car *Je n'ai pas été consultée*, explique celle-ci. *Et si je l'avais été, j'aurais dit non.* Alors, Noélie : *Ça ne m'amuse pas plus que toi, mais si, pour changer, tu pensais à Gaby ? Peut-être mérite-t-elle qu'on lui fasse plaisir, non ?* insinue-t-elle, perfide. – *Je me moque qu'elle le mérite ou pas. Après tout, elle a eu son après-midi de gloire. Il est temps que ça se termine. Comme tu es naïve, ma pauvre ! Cette fille-là ne songe qu'à séduire Jo. – Il ne l'a même pas regardée. Et puis, sans Gaby, nous ne vivrions pas ici, mais dans un petit appartement en ville.*

Julienne se retourne comme un serpent et réplique : *En ce qui me concerne, je ne lui dois rien. C'est Raymond qui a pris la décision de nous léguer cette maison, et il l'a fait par pure et simple justice. Gabrielle n'y est pour rien. D'ailleurs, si j'avais su que ce cadeau prévoyait des charges et des devoirs, je ne l'aurais pas accepté. – Ah oui ? Et qu'est-ce que tu aurais fait ? Où serais-tu allée ? Dans ta pampa, peut-être ? – Chameau ! Tu m'avais promis de ne pas en reparler ! – C'est pourtant toi qui remets toujours l'Argentine sur le tapis.*

À bout d'arguments, Julienne quitte la cuisine. Il ne reste plus à Noélie qu'à s'armer d'un balai, d'un chiffon, d'une pelle, et à s'engager dans l'escalier tout en pensant que, compte tenu de la faible lumière et de la myopie de l'universitaire, elle se contentera d'enlever le plus gros de la poussière et des toiles d'araignée. Mais, tandis qu'elle atteint le palier du premier étage, une idée lui vient à l'esprit : la chambre de Gabrielle possède deux lits, pourquoi ne pas utiliser le second, inoccupé ?

Aussitôt dit, aussitôt fait, et quand Julienne, qui a boudé dans sa chambre jusqu'à l'heure du dîner, se soustrayant à sa part de tâches domestiques, l'apprend, il est trop tard pour changer de projet : déjà Gabrielle prononce le bénédicité, priant aussi le Seigneur de bénir celle qui a préparé le repas, ce dont Noélie la remercie d'un sourire modeste, alors que sa sœur non seulement s'abstient de baisser le menton en signe de recueillement mais garde les yeux bien fixés sur l'invitée, dont elle s'est employée à écarter son fils en le plaçant à sa gauche, non à sa droite comme d'habitude.

Les joues toujours frappées des deux ronds rouges, la doyenne ne cède pas la parole, elle qui a l'habitude de garder le silence pendant les repas, comme si, à l'image d'une clef remontant le mécanisme d'une pendule ou d'un automate, la conversation de l'après-midi avait déclenché en elle un mécanisme qui ne lui laisse pas d'autre choix, et Noélie se demande ce qui se produira quand cette clef métaphorique s'arrêtera, si Gabrielle se figera en plein mouvement, comme un de ces automates, ou se taira tout simplement.

Mais elle ne semble pas décidée à s'arrêter : une fois le flan instantané avalé, elle propose de se livrer à un jeu de société, par exemple celui des enquêtes policières, et Jo s'empresse d'aller chercher la boîte dans le bahut de l'entrée pour contempler, fasciné, les armes miniatures, corde, chandelier, poignard et autres dont il est équipé, et voici l'assemblée lancée sur la piste du meurtrier parmi les petits rires, les exclamations et les soupirs – surtout de la part de l'élément étranger, qui tente effectivement d'attirer l'attention de l'élément masculin jusqu'au bout, c'est-à-dire vers 23 heures, quand on décide d'un commun accord qu'il est temps de se coucher.

Alors chacun se lève et prend le chemin de sa chambre, à l'exception de Jo qui, *par sécurité*, a expliqué Julienne, dormira pour une nuit dans celle de sa mère, et tant pis si cela implique de partager le lit également avec les chiens ; s'ensuivent bruits de chaises, clapotis d'eau et grincements de ressorts, puis la maisonnée plonge dans le silence du sommeil qui ressemble un peu à celui de la mort, une petite mort de quelques heures – de cinq, exactement, pour Noélie qui est au travail quand le jour point.

4

Au cours des quatre années qui suivirent les noces d'or de leurs grands-parents, les jeunes filles de la famille continuèrent de grimper sur les arbres du verger et de s'y déployer, comme des fleurs tardives précédant l'arrivée des fruits. Dès qu'elles se mariaient, en effet, la passion pour l'air, la hauteur et la nature qui avait favorisé leurs rêves prenait fin à leur insu, ou presque : tout simplement, il ne leur venait plus à l'esprit de gâcher leurs jupes contre l'écorce ni de contraindre leur corps à adopter des positions inconfortables, ni même de contempler le ciel à travers le feuillage ou les pans de cotonnade qu'elles y avaient suspendus. Elles descendaient un jour de l'arbre dont elles connaissaient le moindre creux, la moindre branche, et n'y remontaient plus ; parfois, au cours des promenades qu'elles effectuaient au début de leur union en compagnie de leur époux, elles s'y ados-saient le temps d'un baiser ou d'une étreinte, mais c'était comme par mégarde, en vertu d'une habitude qu'on ne s'explique plus, et pas un instant elles ne songeaient à gratifier d'un regard ou d'une caresse le rugueux com-pagnon de leur ancienne vie.

Quand la famille se retrouva le 8 août 1908, non, hélas, pour une de ces célébrations ou de ces fêtes que les noces d'or avaient remises à l'honneur, Madeleine, la rêveuse, et sa petite sœur Noélie, alors âgée de cinq ans, étaient désormais les seules filles de la maison à fréquenter régulièrement ces refuges aériens. Thérèse, l'aînée, avait épousé au début de l'année un avocat et emménagé avec lui à Paris, et Cécile, sa cousine bien-aimée, avait convolé avec un homme qui ne correspondait pas entièrement au portrait du mari idéal qu'elle avait jadis brossé puisque, officier à Montauban, il pensait non seulement à elle, mais aussi à l'armée.

Déjà mère d'un garçonnet, Cécile venait de donner le jour à un bébé dont la santé suscitait des inquiétudes, raison pour laquelle Maria n'avait pu s'absenter afin de participer à la réunion destinée à régler la succession de son père, le patriarche, disparu au mois de mai à l'âge de quatre-vingts ans. Son mari étant retenu, quant à lui, par son travail, elle avait établi une procuration au nom de son frère Louis, et le seul gendre de la famille présent ce jour-là était donc l'époux de Rose, lequel entendait bien faire valoir ses droits jusqu'au dernier centime.

Les choses sérieuses commencèrent aussitôt après le déjeuner, consommé dans un silence que des réflexions posées, dénuées de rapport avec la réunion imminente, avaient de temps en temps brisé, notamment de la part d'Henri, toujours soucieux du bien-être de ses invités – en cette occasion précise celui du notaire et ami, venu de Cassagnes-B. en milieu de matinée afin de régler les derniers détails avec la veuve. Une fois le café avalé, les liqueurs refusées, les enfants et les jeunes gens envoyés au jardin ou ailleurs, on avait quitté la salle à manger, et Mᵉ Pouget, dont la sagacité était le fruit d'une longue expérience, avait gagné une table placée tout exprès au milieu du salon, de l'autre côté du grand couloir dallé, où l'attendait son clerc. Debout, les mains jointes derrière le dos, il regardait maintenant les membres de la famille se répartir entre les fauteuils et le sofa grenat, près de la cheminée.

Non sans amusement, il remarqua que des clans se dessinaient géographiquement : Virginie s'était assise au centre du sofa où elle réclamait la présence d'Henri et de Louis, tandis que Rose et son mari choisissaient des fauteuils éloignés ; au milieu, Georges, le benjamin, comme un satellite du premier groupe, et, un peu à l'écart, les brus unies pour l'occasion. Avant que cessent les bruissements de robe et les grincements de meuble, le notaire eut une pensée pour le défunt dont il avait au fil des ans, des décennies, apprécié le bon sens, la générosité et la droiture, traits de caractère qu'il s'évertuait à dissimuler à des yeux étrangers sous une façade bourrue qui était une garantie, croyait-il, d'autorité, et se tourna vers le grand miroir surmontant la cheminée où se reflétait la veuve. C'était le même air qu'elle affichait, cependant il correspondait chez elle non à ce mimétisme qu'on rencontre chez les vieux époux ou à une attitude d'emprunt, mais à sa nature profonde.

Le notaire jeta un regard à la dérobée aux trois brus admises à la réunion et se demanda si Jenny, la femme d'Henri, dont il connaissait l'impétuosité, parviendrait à garder le silence auquel elle était censée se conformer, comme ses deux belles-sœurs, et qui expliquait leur place à l'écart. Le noir du deuil lui allait étonnamment bien, se surprit-il à songer : il soulignait sa beauté mûre mais toujours insolente, alors qu'il rendait Jeanne encore plus austère et Marie, l'épouse du benjamin, comme incongrue.

Cette journée devait être pour Jenny un jour de triomphe, puisque l'acte qu'avait souhaité sa belle-mère l'élèverait enfin, officiellement, à ce rang de maîtresse de maison qu'elles se disputaient depuis qu'elle était entrée dans la famille ; pourtant elle ne cessait de froisser un mouchoir qu'on devinait en batiste, signe sans équivoque de nervosité.

Les membres de la famille étant tous installés, l'officier public s'assit et s'empressa de prononcer quelques mots d'éloge à Virginie qui avait consenti à se dessaisir de tous ses biens par anticipation et au profit de ses enfants pour leur permettre de procéder au partage de la succession de son époux. Comme toujours, la vieille femme accueillit ces compliments d'un simple hochement de tête, bien qu'elle enrageât en son for intérieur : elle était la seule, avec Me Pouget, à savoir combien cette décision, synonyme de renoncement et d'effacement, attitudes qu'elle s'était toujours interdites malgré une humilité apparente, lui avait été pénible, si pénible qu'elle avait voulu, afin de la compenser, exposer une batterie d'exigences personnelles.

Le notaire entreprit alors de lire l'acte qu'il avait établi, et sa voix un peu traînante souligna les formules d'usage tout comme la liste des biens communs aux deux époux qui, ainsi énumérés, se voyaient cruellement réduits à l'état de simples objets, privés de la poésie que leur conféraient une charmille, un ancien puits, un jardin, des cuves où presser le raisin, une vue sur un boulevard ou sur une église découpée par des persiennes vert pâle et associée au souvenir des parents qui les avaient eux-mêmes légués.

Quoique la mort l'eût saisi à un âge plus que respectable, le patriarche n'avait pas laissé de testament, pas même de conseils sages à se remémorer, ni de formules permettant de soigner – c'eût été logique chez un membre de sa profession – les maux du corps et de l'âme, ou de prévenir la ruine qui guette l'homme peu avisé, qu'il soit agriculteur ou médecin. Au reste, des avances d'hoirie avaient été consenties des années plus tôt aux deux filles de la famille, et les rôles des fils répartis depuis longtemps, les terres étant destinées à Henri, l'aîné, qui les transmettrait à son tour à son premier fils et ainsi de suite, en une chaîne que seule, en théorie, l'extinction de la descendance masculine serait capable de briser.

L'absence de document écrit était donc demeurée sans conséquences et le notaire avait veillé à partager le patrimoine de façon à conserver le domaine intact, puis autorisé la veuve à répartir à sa guise l'argenterie, le cuivre et l'étain, ce dont elle s'était acquittée sans rencontrer de résistance. Après avoir énuméré les valeurs et les titres, dont certains étaient entourés du mystère lié à leur nom exotique, Annam, Tonkin, Russie, il passa en revue les garanties exigées par la vieille femme – une pension en espèces à verser par chacun de ses enfants, l'attribution d'un logement, de linge et d'une voiture, le droit à prélever des légumes au jardin et du bois de chauffage au bûcher de la maison. Il achevait quand l'unique gendre présent prit la parole :

« Je vois, Maître, que vous avez oublié un détail pourtant de poids.

– Plaît-il ?

– Mon beau-père m'était créancier d'une somme de vingt-six mille francs versée à titre d'avance au capital. Je ne voudrais pas que…

– Je ne l'ai nullement oublié, cher Monsieur. Nous y venons, nous y venons. Encore un peu de patience. »

Si le ton du notaire avait trahi de l'agacement, le regard avec lequel la veuve foudroya le couple traduisait une fureur mêlée de mépris. Rose sut toutefois l'éviter à temps ; en réalité elle aurait préféré, à cet instant présent, se cacher sous terre : avec le temps elle s'était habituée aux colères de sa mère, mais jamais à l'insolence de son époux.

Bien qu'elle se fût entraînée à être sur le qui-vive, guettant sans trêve l'arrivée de la tempête, elle avait toujours la sensation de tromper ce qu'elle avait de plus cher, soit sa famille, ses principes. Et rien ne lui servait de se raccrocher à la pensée que c'était cette même famille, c'est-à-dire son père, qui avait décidé de son union sans se soucier du fait que, sous ses dehors plaisants, le prétendant était l'homme colérique, impatient et dur qu'elle avait trop vite découvert ; tout simplement, qu'il lui plût ou non. Malgré ses enfants et l'aisance dans laquelle elle vivait, il arrivait souvent à Rose de s'avouer qu'elle n'aimait pas Étienne, constatation qui expliquait, au reste, la jalousie qu'elle nourrissait à l'égard de ses belles-sœurs : leurs rires légers et les sourires toujours prompts à éclairer leurs visages le prouvaient, elles étaient heureuses en ménage, surtout Jenny qu'un amour brûlant unissait toujours à Henri.

Mais il lui arrivait aussi de se rappeler que son mari lui avait permis d'échapper à la féroce tutelle d'une mère peu sentimentale, vivant quoi qu'elle en dît dans le deuil éternel de quatre enfants, jamais satisfaite de ceux que la maladie avait bien voulu épargner, à l'exception de ses fils aînés, comblés par la réussite. En vérité, Rose était passée d'une domination à l'autre et au fond son époux, se plaisait-elle à songer pour se réconforter, ne prenait-il pas son parti, ne défendait-il pas ses intérêts ?

Indifférent au ton du notaire et au regard de sa belle-mère, Étienne se mit à jouer avec les pointes de sa moustache qui rebiquait un peu et qui contribuait, comme ses cheveux épais, presque frisés, partagés au milieu par une raie, à lui donner un air romantique, presque *artiste*, des plus trompeur puisqu'il était animé par un tout autre élan : une sorte de rage que Rose attribuait à de l'ambition. À une autre époque, dans un autre contexte, il aurait pu être un révolutionnaire – elle s'en était fait un jour la réflexion, persuadée qu'il en avait les caractéristiques principales, soit l'irréductibilité, la turbulence et la subversion ; du reste, il n'avait nullement l'intention de se laisser intimider par sa belle-mère qui trônait dans le salon.

Annoncée par cette espèce de coup de tonnerre, la tempête se rapprochait bien : la question de la créance enfin abordée entraîna celle des intérêts qu'on discuta pied à pied avant de les réduire *aimablement et du consentement commun de tous les copartageants* de moitié, ainsi que le notaire le dicta au clerc, et déduits de l'avance d'hoirie. Le gendre, qui avait dû produire des pièces relatives à l'étendue et au rendement de sa propriété pour assurer la reconnaissance de dettes correspondant au solde de cette avance, revendiqua ensuite le prix de l'alambic, provoquant une nouvelle discussion dont l'issue ne fut pas conforme à ses attentes.

Il semblait pourtant résigné quand on l'entendit reprendre la parole : « Maître, cela est fort bien, mais vous n'avez pas fait état de la somme dont Henri, mon beau-frère, a bénéficié il y a quelques années. Vingt mille francs, si mes souvenirs sont bons. Sa part n'est-elle pas trop belle ? Il hérite d'un immense domaine.

– Dont la moitié vient de ma femme ! s'exclama l'intéressé, hors de lui, tandis que les murmures fusaient dans la pièce, comme un groupe de cailles s'élevant d'un pré à l'approche d'un chien. Et que je fais fructifier depuis des années, accroissant sa valeur.

– Voyons, voyons, dit le notaire… Si cette dette existe, elle doit figurer quelque part. »

Il murmura des instructions à son clerc, qui s'empara d'une liasse de papiers et entreprit avec hâte de les feuilleter, sans parvenir par son geste à apaiser Henri. « Où cela te mènera-t-il, Ferrieu ? lança-t-il à son beau-frère. Seule la jalousie peut te faire agir ainsi ! Ton domaine ne prospère pas autant que le nôtre… que le mien ? Est-ce ma faute, peut-être ?

– Henri a déjà consenti à de gros sacrifices pour la famille, intervint Louis. C'est lui qui a réglé tous les frais, avancé tous les droits. Et puis, une seule chose importe : que le domaine soit conservé en son état. Tel était le vœu de papa et tel est le nôtre à tous. Tel devrait être le tien, en tant que membre de notre famille.

– Membre de votre famille ? Tu me fais rire ! Vous m'avez toujours considéré comme un étranger… »

Henri bondit, et Louis dut s'interposer pour éviter qu'il ne se rue sur leur parent par alliance. Celui-ci se déplia calmement et, deux doigts glissés dans la poche de son gilet, afficha un sourire narquois dont il ne se départit pas pendant que le cadet entraînait l'aîné dans le couloir. Georges, le benjamin, qui s'était levé lui aussi, ne savait comment se conduire : il jetait des regards inquiets tantôt vers la porte, tantôt vers le notaire et son clerc, penchés sur leurs papiers.

À l'écart, les trois brus chuchotaient ; devançant l'élan de Jenny, Jeanne lui avait posé une main ferme sur le poignet et l'avait ramenée au calme, ce à quoi s'employait Louis dans le couloir avec son frère aîné, à en juger par la conversation qui parvenait aux oreilles de tous non sous forme de mots détachés, mais de rumeur tantôt sèche, tantôt douce selon celui des deux qui parlait.

Lorsqu'ils regagnèrent le salon, un peu plus tard, Virginie n'avait encore manifesté aucun signe de sa fureur; elle attendit qu'ils fussent assis pour marteler : «Rose, il faudrait que tu apprennes les bonnes manières à ton mari, puisqu'il ne les connaît pas. Et se montrer plus prévenante. Il doit être bien amer pour posséder tant de fiel et venir le déverser chez nous. J'ai toujours su que ta faiblesse te perdrait. Quand cette séance sera achevée, je ne vous retiendrai pas.

– Mais… maman…

– Tais-toi !

– Mère, s'insurgea le gendre, comment osez-vous parler ainsi à ma femme, votre fille ?»

Mais, indifférente à son gendre et aux pleurs que Rose tentait d'étouffer dans son mouchoir, Virginie s'adressait déjà au notaire : «Maître, Henri a effectivement reçu de ma part, il y a plusieurs années, la somme de vingt mille francs, cependant il s'agit d'un legs d'une de mes tantes qui m'en avait chargée dans son testament.

– Fort bien, Madame, ce testament est certainement enregistré, nous n'aurons aucune difficulté à le retrouver. Je m'y emploierai dès demain.

– Non, il n'est pas enregistré, mais je le conserve dans mon secrétaire. Ma tante l'a écrit de sa main, c'est un testament ancien et… comment dites-vous dans votre jargon ?

– Nous disons olographe, Madame, mais, si vous m'y autorisez, achevons maintenant la lecture de l'acte. Je rédigerai une note explicative que vous aurez tous l'amabilité de signer dans les jours qui viennent. J'imagine que personne, parmi vous, n'y voit d'objection.»

Cette proposition fut accueillie par un murmure grave, ponctué des sanglots que Rose ne parvenait plus à réfréner et dont aucun membre de la famille ne parut se soucier, pas même son époux qui en était la cause; pis, après s'être rassis, il murmura à son adresse des mots qui n'avaient de toute évidence rien de tendre. La plume en l'air, le clerc, dont les joues pâles étaient maintenant envahies par une rougeur maladive, n'osait plus bouger, et Mᵉ Pouget dut lui assener un coup de genou, sous la table, afin qu'il recouvrât son sang-froid.

Quand tout fut terminé, les cohéritiers et la donataire apposèrent leur signature au document qui avait été approuvé ; après quoi, le notaire déclara que l'on se reverrait quelques jours plus tard afin de valider la note complémentaire dans laquelle il aurait résumé les ajouts et modifications de tout ordre.

« Merci, Maître, dit Virginie. Nous vous épargnerons la peine d'un nouveau déplacement en nous rendant nous-mêmes à votre étude. Nous savons combien votre temps est précieux. Je vous ferai transmettre entre-temps le testament dont nous avons parlé. Oui, nous viendrons… en ordre dispersé.

– Comme vous le souhaitez, chère Madame », répliqua le notaire qui imaginait sans mal combien la dernière réplique était cinglante pour Rose.

De fait, celle-ci paraissait écrasée alors qu'elle quittait la pièce sur les talons de son époux, d'autant plus que, habitués à calquer leur attitude sur celle de la veuve, ses frères s'abstinrent de la réconforter ; seule Marie, l'épouse du plus jeune, manifesta un peu de pitié à son égard, mais, de même qu'elle avait retenu Jenny, de même la main ferme de Jeanne l'empêcha de céder à sa bonté, et Rose franchit la porte sans le moindre viatique.

Elle avait la gorge trop serrée pour rappeler ses enfants éparpillés dans le jardin avec leurs cousins, aussi est-ce son mari qui s'en chargea : sa voix, la voix de la tempête, tonna, et l'on vit, à travers les vitres, converger à toute allure les robes ou les chemises blanches des cinq rejetons.

L'homme traversa ensuite l'entrée, dévala le perron et s'engouffra dans l'écurie où il enjoignit à un domestique d'atteler ses chevaux, et quelques instants plus tard sa voiture chargée des siens surgissait du porche, puis longeait la rigole d'écoulement des eaux d'assez près pour projeter des éclaboussures à la ronde. Il n'y eut guère que Noélie et ses frères pour regarder défiler l'équipage derrière la grille sans que, contrairement à la tradition, fussent prononcés des souhaits de prochain retour ni agitées des mains aux allures de gigantesques papillons.

Personne ne lui prêta non plus attention depuis le salon d'où l'on pouvait apercevoir fugitivement, à travers le portillon de bois ajouré situé en face, les voitures venant de la route ou s'y rendant, spectacle qui offrait comme un instantané du départ ou de l'arrivée et qu'on se plaisait à guetter. Quand le notaire et son clerc furent à leur tour partis, les uns et les autres se mirent à commenter le déroulement de la réunion. On remercia Henri des renoncements auxquels il avait consenti à cause des prétentions injustifiées d'Étienne : après son retour dans le salon en compagnie de Louis, il n'avait plus desserré les dents, s'étant contenté de hocher la tête à chaque proposition de Me Pouget, même s'il eût aimé chasser à coups de fusil son beau-frère de ce qui était devenu son domaine à part entière.

Des remerciements allèrent aussi à Louis, lequel avait œuvré pour qu'on ne fût pas contraint de morceler les terres, prenant à sa charge le vignoble qu'Henri exploitait jusqu'à présent et faisant l'avance à Georges de la soulte qu'Henri avait à lui payer, ce qui permettait à ce dernier de conserver des titres pour le maintien de son compte courant. Ainsi, malgré l'incident que son gendre avait causé, Virginie pouvait s'estimer satisfaite : ses deux fils aînés avaient donné la preuve de leur entente et de leur dévouement au bien commun, soit la conservation du domaine qui assurerait à elle seule, croyait-elle, la pérennité et la prospérité de la famille.

Les trois brus s'étaient rapprochées de leurs époux respectifs comme pour en reprendre possession, et l'air un peu mortifié qui caractérise les petits enfants obligés d'aller au lit pendant que leurs parents dînent, jouent ou dansent commençait à s'évanouir de leurs visages. Des trois, c'était Marie qui semblait le plus péniblement impressionnée par l'épisode dont elle avait été le témoin, ainsi que le soulignaient ses pommettes cramoisies. Au bras de Louis, Jeanne avait déjà recouvré sa contenance ; quant à Jenny, elle fut soulagée de trouver une diversion dans le vin cuit, quoique ce fût de son invincible belle-mère que la bonne avait reçu l'ordre de le servir : l'heure n'était pas au triomphe, elle le savait, ni, d'ailleurs, aux règlements de comptes, même si la vieille dame crut bon de lui remettre solennellement le trousseau de clefs qu'elle portait à sa ceinture.

Une chape de silence s'abattit donc sur l'humiliant départ de Rose et quand les enfants, fatigués de jouer, déboulèrent dans la pièce, ses occupants pouvaient presque se persuader qu'il s'était agi d'une création de l'esprit.

5

En 1928, tout s'est accéléré en 1928, répond Gabrielle qui se remémore ce que cette année-là a signifié pour elle : sa participation, en tant que secrétaire, à la campagne électorale de son père, la victoire de ce dernier, élu député, le refus, surtout le refus, opposé à ses parents de quitter Rodez et de s'installer avec eux à Paris, la ferveur de son plaidoyer, la poursuite de son rêve, pas une vie de devoirs familiaux – d'ailleurs ses frères et sœurs étaient alors tous mariés à l'exception de Louis, le plus jeune, étudiant en médecine –, non, une vie d'engagement sous forme de réunions, de sessions, de conférences, parfaitement adaptée à son statut de célibataire et à ses vingt-neuf ans.

Et elle ne s'appesantit pas, passant sous silence les journées de discussion, les cris et les menaces de sa mère, l'appui de Raymond, son frère, et de son épouse, elle aussi dévouée à *la cause*, le consentement de son père, enfin la joie et en même temps l'effroi d'être à la tête de son foyer. Revenant sur ses fonctions de présidente de la JF, s'y attardant, puis bondissant jusqu'au milieu des années trente, date de l'acquisition du fameux Pavillon Sainte-Thérèse à Lourdes ; alors s'était ouverte une autre partie de sa vie.

Elle vient d'aborder l'année 1952, l'année où sa mère est morte, quand l'universitaire appuie sur la touche

« Arrêt » de son magnétophone et déclare, l'air grognon, *Je crois que cela suffira pour aujourd'hui. Pourrez-vous m'envoyer par écrit la suite et fin ?* La fin ? Quelle fin ? pense Gabrielle qui estime que rien n'est fini, comme le prouve le courrier volumineux, le courrier international, qu'elle reçoit et envoie chaque jour, et qui entend bien vivre encore quinze ans, sinon plus, ce que son esprit et sa santé devraient lui permettre sans peine.

Mais, encaissant le coup par humilité et modestie – les qualités auxquelles elle a voué son existence et dont elle n'est pas sûre, au reste, d'avoir témoigné en toutes circonstances –, elle regarde l'universitaire glisser l'appareil dans son sac à dos et réunir ses affaires : elle a encore tant d'épisodes à raconter… à partir de cette date en effet elle avait pu se consacrer pleinement à l'organisation de vacances, de retraites, de conférences, ne quittant plus Lourdes que l'hiver, munie de statuettes phosphorescentes de la Vierge à offrir à ses petites-nièces et de flacons d'eau bénite que Raymond, oui, Raymond, faisait jeter dans la cuvette des cabinets non par mépris, mais par souci d'hygiène – elle l'a toujours su.

Déçue, ou plutôt non, surprise par un tel revirement qu'elle n'ose attribuer à l'indifférence de Jo, elle entend l'étrangère la prier de saluer pour elle ses cousines et décliner son invitation à patienter quelques instants, le temps d'appeler ces dernières et de les laisser descendre, comme si elle n'avait soudain plus de temps pour quoi que ce soit, pas même pour un simple au revoir – elle s'est montrée impatiente dès le réveil, aurait-elle mal dormi ?

Appuyée sur sa canne, Gabrielle se dirige vers l'entrée tandis qu'au premier étage Julienne se précipite derrière les volets de sa chambre, qu'elle s'abstient d'ouvrir du printemps jusqu'à l'automne de crainte qu'une chauve-souris, prise de folie, ne fasse irruption en plein jour – c'est arrivé, assure-t-elle lorsque sœur ou cousine se moquent d'elle, c'est arrivé une fois en début d'après-midi et elle a eu si peur qu'elle a lâché le sèche-cheveux dont elle se servait devant la glace, lâché et donc cassé, c'est arrivé une fois, cela peut donc se reproduire.

Gabrielle descend les deux grosses marches de pierre et, trop occupée par ses pieds, manque de se heurter à la chercheuse, laquelle a pivoté devant elle dans le seul but, semble-t-il, de lui dire : *Il y a une chose qui m'échappe. Pourquoi, avec tous vos idéaux, votre ascétisme, n'avez-vous jamais envisagé de prendre le voile ?* puis, après une hésitation : *Est-ce la virginité qui vous en a dissuadée ?*

La *vir-gi-ni-té* ? Ce mot agit sur elle comme une déflagration, porteur de stupéfaction, de colère, de rage même. La virginité, pense-t-elle, a toujours été son état, mieux, sa caractéristique première, non un étendard, mais une fierté secrète, allant de soi ; pour la conserver, elle a refusé de suivre l'exemple de ses sœurs, qui flirtaient, se fiançaient, se mariaient, mettaient au monde un, deux, trois, quatre enfants, prêtes à accueillir des filles qui flirteraient, se fianceraient, se marieraient, mettraient au monde des enfants à leur tour, et, après les filles, des petites-filles, des arrière-petites-filles, en une traditionnelle et infernale succession.

Elle, Gabrielle, est le maillon brisé dans la chaîne de la procréation, et point n'est besoin pour cela d'être officiellement l'épouse de Jésus-Christ : l'épouse de Jésus-Christ, elle l'a toujours été en réalité, voilà ce dont elle voudrait se targuer, mais déjà l'intervieweuse a tourné le dos, déjà elle s'éloigne dans l'allée et disparaît, effacée par les grincements du portail ouvert puis refermé, définitivement étrangère aux idéaux de Gabrielle, à la promesse qu'elle s'était faite, adolescente, de ne jamais laisser les doigts d'un homme se promener sur son corps parce qu'ils étaient, qu'ils sont, à son avis, synonymes de faiblesse, de dépravation, de lâcheté. Et peu importe que son frère aîné et son père aient lâché un jour le mot *hystérisme* en parlant d'elle sans se savoir entendus : c'étaient des hommes, les êtres les plus orgueilleux que le monde ait jamais abrités.

Gabrielle remâche ces pensées, assise sur le sofa grenat, incapable de percevoir, pas même par leur vibration, les coups de talons que Julienne distribue au plancher au rythme d'une vieille mélodie, ni les protestations de Noélie, sa voix grondant sur le palier, enflant dans l'escalier et la monumentale entrée, avant d'être aspirée par l'extérieur, jardin, allée, potager, aspirée, dispersée.

Une tache de couleur en mouvement derrière les fenêtres, une traînée de peinture horizontale dans un tableau abstrait, voilà tout ce à quoi se résume, aux yeux de Gabrielle, le passage furibond de sa cousine qui s'est pourtant figée quelques secondes sur le seuil du salon avant de sortir, ou de fuir selon le point de vue adopté – quelques secondes, le temps de s'assurer qu'elle se trouvait bien là, sur le sofa, pas de lui demander comment elle se porte ni ce qui s'est passé, pourquoi cette invitée qui a tant dérangé s'est éclipsée sans un mot, pas même de remarquer que les deux prunes rouges apparues la veille sur ses joues ont pâli au point de s'évanouir.

Que Gabrielle soit prostrée, voilà un fait qui a échappé à Noélie, laquelle s'emploie à enterrer à grands coups de pioche l'insouciance de sa sœur, la vanité de sa cousine, la frustration de ne pas avoir pu travailler autant qu'elle le souhaitait, la honte, la honte d'éprouver des sentiments aussi mesquins, d'accorder plus de place à la vie décrite qu'à la vraie vie. Un moment, l'effort semble combler ces manquements, puis les menues tâches du jardinage – nettoyage, sarclage, tuteurage – ainsi que la réapparition de Jo accaparent son esprit, et quand les cris de Julienne retentissent le crépuscule est arrivé, tirant sur le ciel un voile sombre.

Quoi encore ? Elles ont faim ? déjà ? ne peut-elle s'empêcher de penser, même si elle dit à Jo *Je t'en prie, va voir*, si elle range calmement ses outils avant de lui emboîter le pas, surprise par l'œuvre de la pénombre qui fait ressortir dans l'allée les deux des quatre chiens au pelage maculé de blanc – à croire qu'ils ont absorbé, emmagasiné les derniers feux du jour, ainsi que les statuettes de la Vierge de Lourdes absorbent, emmagasinent la lumière des lampes de chevet pour briller dans le noir – et efface les deux autres, bâtards eux aussi mais au poil foncé. Puis elle court, parce qu'elle distingue à présent dans les hurlements les mots *Gaby ! Gaby ! Oh, pauvre Gaby !* au point qu'elle s'attend presque à trouver sa cousine raide morte sur le sofa où elle l'a laissée.

Mais Gabrielle est étendue dans la salle à manger sur le tapis dans lequel elle s'est de toute évidence pris les pieds, étendue, ou plutôt non, recroquevillée, la jambe pliée de façon peu naturelle, pour sûr brisée. Debout, près d'elle, Julienne ne se résout pas à se taire, si bien que Noélie est obligée de la secouer par les épaules avant de s'agenouiller, *Gaby, tu m'entends ?* lance-t-elle. *Parle !* Et, tandis que Gabrielle répond par un gémissement, elle songe Voilà. Voilà ce qu'elle a tant redouté – l'accident – a fini par se produire, pointant le doigt sur leur vieillesse, leur incapacité à se déplacer puisque ni elle, ni sa sœur, ni sa cousine, ni même Jo ne possèdent le permis de conduire, ramenant à la surface les conseils avisés, les avertissements, les menaces que la plupart des membres de la famille, jeunes et vieux, n'ont jamais cessé de prodiguer – par exemple *On ne peut pas toujours compter sur les autres pour être véhiculés*, ou encore *L'éloignement ! Une ambulance mettrait tant de temps pour venir que vous pourriez mourir dix fois en l'attendant* et autres vulgarités de ce genre.

Quel jour sommes-nous ? Samedi ? demande-t-elle à sa sœur. *Malédiction, c'est le jour des sorties !* – Oh,

mon Dieu, qu'est-ce qu'on va faire ? C'est horrible !
– Tais-toi, Julienne, laisse-moi réfléchir. Jo ! Jo ! Alors seulement la rejoint son neveu demeuré jusque-là dans l'entrée, les bras ballants, les lèvres tremblantes, *Jo, portons Gabrielle sur le sofa du salon. Et attention à sa jambe, ne la bouscule pas.* Il s'exécute, quoique effrayé par les plaintes que la vieille femme laisse échapper, puis disparaît, comme sa mère entre-temps – quelles petites natures, quelles poules mouillées…, se dit Noélie en se demandant qui elle va bien pouvoir déranger, au point qu'elle en voudrait presque à sa cousine qui souffre et ravale ses lamentations.

Pareils à des yeux de chouette, les trous du cadran vont et viennent, masquant et révélant les chiffres dans un ronronnement mécanique, mais seule la tonalité accueille Noélie aux deux premiers numéros composés, ceux de son ami Victor et d'une infirmière qui vit non loin de là, à Cassagnes-B. Samedi soir, maudit samedi soir, pense-t-elle. S'amuser à jours fixes, quelle idiotie… Elle essuie ensuite un refus poli, mais glacial, et un autre gêné, raison pour laquelle Noélie a un air hagard lorsque Julienne ressurgit en lançant *C'est réglé, c'est réglé ! J'ai tout arrangé ! Roger nous emmène. – Roger ? Voyons, Julienne, tu es tombée sur la tête ! – Nous n'avons pas le choix, regarde cette pauvre Gaby ! C'est insupportable.*

Un coup d'œil machinal à leur cousine, juste un coup d'œil, car elles préfèrent ne pas contempler la jambe cassée, le pied tordu, presque obscène, et de nouveau Noélie : *Je refuse de devoir quoi que ce soit à ce vautour, tu le sais très bien. Je t'ai déjà dit mille fois de ne rien lui demander ! Il ne pense qu'à une seule chose : acheter nos terres, nous supprimer. – On ne peut pas laisser Gaby dans cet état. Et si elle mourait ? J'ai tellement peur ! Et puis, qu'est-ce que tu crois ? À l'heure qu'il est, tout le monde dîne, danse ou joue, oui, tout le*

monde s'amuse, sauf nous! On ne trouvera jamais de
conducteur. – Julienne, tu me le paieras!

C'est alors que retentissent deux coups de heurtoir à la
porte d'entrée, tel un lever de rideau sinistre, et aussitôt
après le fermier distribue des ordres à Jo afin de saisir la
blessée et de l'emporter, puis de la déposer – non dans
sa voiture, découvrent Noélie et sa cadette, mais dans
la bétaillère, garée devant le portail du jardin. Son auto
est chez le garagiste et, de toute façon, ce n'était pas un
véhicule indiqué pour ce genre de transport, *Il faut que
Mademoiselle Gabrielle soit étendue, comme dans une
vraie ambulance*, dit-il d'une voix trop complaisante
pour être honnête, juge Noélie sans cesser de fixer le lit
de paille fraîche sur un plancher qui a dû héberger des
centaines de vaches, de veaux, de brebis destinés à un
triste sort – c'est la raison pour laquelle Jo considère ce
fourgon avec autant d'effroi que si c'était le carrosse du
diable, a-t-elle le temps de songer avant que son neveu
batte en retraite sur l'ordre maternel de s'enfermer à
clef dans la maison, que Roger l'invite à se serrer avec
Julienne sur le siège du passager, et il ne lui reste plus
qu'à dire, pincée, *Non, je voyagerai à côté de Gabrielle*
pour ne pas perdre entièrement la face.

Alors la route se dévide en direction de Rodez sans
que Noélie, enfermée entre les quatre parois de tôle,
puisse la voir, à l'exception des arbres que les rectangles
de vide encadrent sous le toit, arbres bleu foncé, puis de
plus en plus noirs; peu importe, car son corps soumis
aux mouvements, ralentissements et accélérations a
mémorisé ce trajet d'une demi-heure, soit le virage en
épingle à cheveux à Salmiech, la descente vers Pont-
de-Grandfuel, les lacets traversant les bois de Bonne-
combe autour de l'abbaye du même nom, l'arrêt avant
de s'engager sur une première ligne droite, puis sur une
seconde, toutes deux ponctuées de constructions neuves
comme autant de pustules, la nouvelle maladie du siècle;

elle l'a mémorisé depuis l'époque où, pensionnaire à la ville, elle regagnait son domicile pour les vacances de Noël, de Pâques, d'été.

À ce trajet étaient, sont associés des états d'âme presque identiques, la joie de retrouver les siens quand il s'effectuait en direction du domaine, et en repartant celle de retrouver au pensionnat Yette, sa meilleure amie, ainsi qu'un creux à l'estomac synonyme de peur, la peur d'être déplacée dans le premier milieu, le sien, comme dans le second, par conséquent d'avoir à affronter seule les événements et les émotions – surtout les émotions puisqu'elles l'ont étreinte tout au long de sa vie, imprimant des traces sur sa peau, bleus ou égratignures, alors que l'épiderme de ses camarades, de ses sœurs, de ses cousines demeurait insolemment blanc, lisse, élastique.

Et s'il arrivait quelque chose à Gabrielle ? Si son cœur lâchait ? s'interroge-t-elle, les doigts serrés sur la main de sa cousine dont elle ne fait qu'entendre les gémissements de douleur jusqu'aux abords de la ville où, à la faveur des réverbères, son visage lui apparaît par intermittence, crispé, tendu, plus que blême : d'un bleu irréel – une perspective terrifiante, longtemps refoulée, dont le seul avantage est de chasser le sentiment d'humiliation qui s'est emparé d'elle à l'instant où elle a posé le pied sur le hayon de la bétaillère.

Curieusement, elle a songé alors à son père, surnommé *le roi du Ségala*, et s'est demandé ce qu'il dirait en la voyant ainsi, à la merci d'un fermier, réduite à l'état de vieillarde, de femme dépendante, ce qu'elle s'est toujours refusé d'être, elle y a songé parce qu'elle est persuadée que les morts gardent un œil sur les vivants où qu'ils soient – en cela, elle ne peut s'opposer à Julienne ni à ses théories sur l'au-delà, même si, à l'heure qu'il est, elle aimerait une fois de plus transformer sa sœur *en chair à pâté*, selon son expression d'enfant favorite, pour la raison justement qu'elle lui a jeté au nez leur fragilité, leur faiblesse, par son initiative.

Mais l'humiliation revient, elle revient à la clinique où Noélie a prié le fermier de se rendre en tambourinant sur la paroi qui la sépare de la cabine, elle revient sous la forme d'une jeune infirmière l'écoutant avec une condescendance proche de l'insolence mentionner son oncle, le père de l'accidentée, fondateur de ce même établissement, et son cousin Raymond, le doigt tendu vers l'endroit, dans le hall, où a trôné pendant de si nombreuses années l'effigie du premier.

En effet, la fille gonfle les joues et se contente de répéter que *Pour les urgences, c'est à l'hôpital qu'il faut aller, à l'hôpital, rue Combarel, vous connaissez?* du même air avec lequel elle se limerait les ongles, et il est inutile d'insister, elle n'a très certainement jamais entendu parler du père ni du fils ; quant à la clinique, elle croit sans doute que son nom, Saint-Louis, vient de *Saint*, non de *Louis*, se dit Noélie.

Oui, c'est inutile, pourtant elle refuse de se résigner, elle élève le ton et exige de s'entretenir avec un supérieur, *un cadre*, martèle-t-elle non sans répugnance, *un médecin*, elle ne peut pas en rester là – toute leur existence, son oncle et son cousin ont rendu des services, le moment est venu d'en exiger un, pour difficile que ce soit, même si, en réfléchissant bien, le service en question n'est autre qu'un droit, ici Gabrielle est en quelque sorte chez elle –, désormais elle crie, multiplie les *Insolente !* les *Ingratitude !* les *Scandaleux !* Qui attirent enfin du monde : une infirmière d'âge mûr, suivie d'une religieuse ensommeillée, pas de médecin, encore moins de chirurgien.

Dans cet établissement les chirurgiens opèrent de jour, déclare la première. *Pour les urgences il faut aller à l'hôpital, rue Combarel. – Quoi, de jour ? Seulement de jour ? Mon oncle et mon cousin opéraient à n'importe quelle heure, qu'il fasse jour ou nuit. S'ils étaient cou-chés, ils se relevaient!* – *C'est possible*, réplique la femme qui pose la main sur son épaule en un geste maternel. *Mais, voyez-vous, Madame... Mademoiselle, les temps ont changé...*

Noélie recule pour se soustraire autant à cette affir-mation qu'à ce contact et elle est si éberluée qu'elle se laisse voler la parole – par la religieuse cette fois, une dénommée sœur Irénée qui a été, lui apprend-elle, une infirmière de Raymond, *il y a de cela très longtemps*, pendant la guerre, qui a même connu Gabrielle, qu'elle est d'ailleurs prête à accompagner à l'hôpital, propose-t-elle avant de conclure par un *Ma fille* rassurant.

Mais il n'est pas question de montrer à cette vieille et aimable servante du Seigneur le véhicule qui a servi au transport de l'accidentée, aussi Noélie marmonne-t-elle *Merci, ce n'est pas la peine, merci* et regagne seule la rue, indifférente à son *Je passerai vous voir demain*. Et de nouveau la bétaillère, le lit de paille, le hayon refermé dans un claquement de loquets comme un piège métal-lique, Pauvres bêtes, songe Noélie, pauvres bêtes que ces gestes brusques et ces bruits ont dû tant effrayer, pauvre Gaby qui souffre, pauvre oncle Louis et pauvre Raymond, balayés par les années – mais pas *Pauvre moi*. Non, ça jamais.

Glaciale, elle supporte un peu plus tard les inévi-tables sourires moqueurs des infirmiers accourus avec un brancard, pénètre dans la salle d'attente après que Gabrielle a été emmenée, engloutie par les couloirs et les portes battantes. Renvoie Julienne sans lui demander de quoi elle a bien pu discuter pendant le trajet avec le fermier demeuré à l'entrée, sa sempiternelle allumette aux lèvres, sans lui enjoindre d'éviter familiarité, confi-dences, secrets – il est trop tard –, se contentant de dire *Rentre. Va te coucher, je te téléphonerai demain matin.*

Et n'oublie pas de nourrir le chat, les croquettes sont près de la cheminée.

Julienne a donc tourné les talons, soulagée, quand Noélie, assise sur un siège en plastique, s'aperçoit qu'elle a oublié d'emporter son porte-monnaie, ses papiers, ses lunettes, et même son sac, elle qui s'emploie toujours à établir un mémento avant chaque départ. La voilà donc seule, démunie, parmi ces étrangers ; accablée, elle appuie la tête contre le mur, derrière elle, et ferme les paupières.

Un laps de temps indéfini s'écoule avant qu'elle reprenne contact avec la réalité, arrachée à la torpeur qui accompagne chez elle les états de panique par la main ferme d'un quadragénaire sur son bras – le chirurgien, lequel, s'apprêtant à opérer l'accidentée, désire savoir à quelle heure celle-ci a dîné et si elle a ingéré de l'alcool au cours de son repas.

Elle bredouille une réponse évasive, puis le regarde s'éloigner sans le voir vraiment, l'esprit trop occupé par les interrogations qui viennent de s'y former : que faisait donc Gabrielle dans la salle à manger, tout près du grand vaisselier et du placard où l'on conserve fruits au sirop et confitures, ainsi que des liqueurs datant sinon de Mathusalem, du moins de ses grands-parents, ce placard dont Julienne s'efforce d'atténuer le grincement lorsque, contrariée, elle l'entrouvre dans le but inavoué de *se requinquer*, en d'autres termes de boire une gorgée ou deux, au goulot la plupart du temps – ni vu ni connu ? Gabrielle aurait-elle été agacée, blessée, chiffonnée, au point de transgresser tous ses principes ? Et par quoi ? Est-il possible qu'elle ait, elle aussi, des faiblesses ? Noélie a du mal à le croire.

6

Prise de pitié, une infirmière a fini par lui installer une couche sommaire dans un local à pansements et Noélie a ainsi pu somnoler un peu, elle a même bénéficié au petit matin d'un bol de café insipide et de tartines qu'elle a englouties après avoir commencé par les refuser, croyant qu'elle avait l'estomac trop noué pour avaler quoi que ce soit, puis elle a gagné la chambre que Gabrielle partage avec une quinquagénaire opérée la veille et s'est plongée dans la contemplation de sa cousine qui, abrutie par l'anesthésie, semblait dormir d'un sommeil paisible. Se surprenant bientôt à lui reprocher non seulement ce sommeil, cette paix, mais surtout l'état auquel l'a réduite cette mésaventure, une impréparation, une peur panique, de la confusion, puisque l'idée d'emporter papiers et argent ne s'est même pas imposée à son esprit, concentré sur sa haine envers le fermier, qui – c'est ce qu'il y a de pire – s'est montré au bout du compte serviable, compréhensif.

Alors elle a songé que personne ne verrait d'inconvénient à ce qu'elle utilise le téléphone ainsi que la petite salle de bains attenante et, après avoir passé deux brèves communications, elle s'est lavée en toute hâte, comme un chat, ainsi qu'elle a coutume de dire, espérant que l'eau la délivrerait également de la honte et de l'humiliation, ce qui n'a pas été le cas.

Et maintenant elle boit une limonade à l'angle du boulevard et de la place d'Armes, dans un établissement plus proche mais moins joli que l'ancien Café Riche où, quarante ans plus tôt, quarante-cinq ?, elle observait Antonin Artaud, seul ou en discussion avec ses amis, s'interrompant pour relater à Victor, l'ami d'enfance arrivé en milieu de matinée avec un sac que Julienne a rempli en suivant les instructions dictées au téléphone, le déroulement de leur équipée depuis le départ en bétaillère jusqu'à l'entrée aux urgences de l'hôpital.

L'opération s'est bien passée, commente-t-il, *c'est le principal. Vous allez juste devoir vous organiser un peu, improviser une chambre en bas, dans le salon ou la salle à manger, pour éviter à Gabrielle de monter l'escalier les premiers temps. Il n'y a pas de quoi en faire un drame*, calme, presque froid, voire légèrement hautain, à croire qu'il a enfin trouvé, mais trop tard, l'attitude susceptible d'émouvoir Noélie – pas la familiarité, pas la tendresse, pas même la complicité qui, tel du mortier, les a unis à un âge où les filles, n'ayant pas encore quitté leur chrysalide, se conduisent comme des petits d'animaux, sans calculs ni complexes, surtout sans cet air aérien, mystérieux, auxquels d'aucuns trouvent un charme irrésistible même s'il ne reflète chez elle que du trouble et le sentiment d'être étrangères au monde, déplacées, de ne pas se mouvoir aussi vite ou aussi lentement, voire dans le même sens.

Or : Guincher ne lui vaut rien de bon, il a les traits tirés, il est fatigué, se dit en cet instant Noélie qui ne peut s'empêcher de se demander si elle racontera dans son livre, telles quelles, leur amitié, leur flirt et la douloureuse rupture dont elle a été la cause, ou si elle en donnera plutôt une version agréable à lire, à écrire, même si elle a cru bon de préciser les règles à l'intention de sa sœur et de sa cousine avant de se lancer dans cette entreprise, affirmant *Je ne tricherai pas, tout ce qui méritera d'être dit le sera* – vaudraient-elles uniquement pour les autres ?

Bien sûr, bien sûr, répond-elle, *ce n'est pas compliqué, juste fâcheux, très fâcheux, enfin... contrariant.* Il lui propose alors de passer une partie du dimanche avec lui, ils pourraient par exemple faire une promenade dans les jardins du foirail et déjeuner ensemble avant de regagner leur campagne : *Tu ne comptes tout de même pas rester ici une autre nuit ? – Pourquoi pas ? Je suis en pleine forme, j'ai bien dormi,* ment-elle. Et il sourit, *Ah oui, certainement, je peux me le figurer sans peine.* Inutile de lui dire, pense Noélie, que si elle avait un peu de temps libre, elle l'emploierait non à se promener dans une fausse campagne pour citadins, à avaler des aliments mal préparés ou peu digestes, mais à lire quelques pages de ses livres favoris, son chat sur le ventre, et à rédiger cette histoire qui lui trotte désormais dans la tête jour et nuit, non, inutile, il ne comprendrait pas.

Mais elle est tiraillée, parce qu'elle ne parvient pas, en dépit des années, à éprouver de l'indifférence à son égard, pis, les sentiments de culpabilité qu'elle avait à l'époque cru étouffer l'ont rattrapée tel un chien qui court à travers champs, à travers haies, parallèlement au sentier sur lequel on galope, et qui attaque en bout de course sans qu'on l'ait vu se rapprocher.

Comme la vie est étrange, songe-t-elle, la vie ou les circonvolutions de l'esprit, et, se rappelant le confort de la berline grise, finit par accepter la promenade, le déjeuner – pas le retour –, finit même par trouver agréable le restaurant aux lourdes nappes blanches, la cuisine, les hochements de tête polis des clients, essentiellement des familles, les *Madame* du serveur, du patron, qui l'enveloppent dans une gangue de sécurité, oui, tout, à l'exception du cigare que Victor croit bon d'allumer au moment du café et de fumer, bien calé dans son fauteuil, encore que les volutes de fumée donnent à son regard bleu un reflet mystérieux.

Quand Noélie regagne l'hôpital, un peu grise, Gabrielle est éveillée ; vêtue d'une chemise de nuit à fleurettes dont le col montant et les poignets sont soulignés d'un ruban, elle semble même trôner sur ses oreillers et elle sourit à une interlocutrice que Noélie tarde à reconnaître, sa nuque et le dos de son chemisier à rayures ne lui étant guère familiers. Puis la visiteuse pivote et tout le reste lui saute au visage, les yeux sombres et fardés, le menton un peu en galoche, le teint sanguin, les boucles d'oreilles en or, la frange brune, enfin, le sourire débonnaire – faussement débonnaire, a toujours pensé Noélie – qui étire ses lèvres tandis qu'elle la salue, avant de déclarer *J'ai eu une sacrée frayeur quand Julienne a téléphoné ce matin, mais à présent tout va bien, j'ai pu constater que tante est fraîche comme un gardon. Et tout ça, après une anesthésie générale, ce que, moi-même, je ne supporte pas. – Pourtant tu es beaucoup plus jeune, Mireille*, objecte Noélie. – *Je donne l'impression d'être très jeune, c'est vrai, j'ignore si c'est une chance. Peut-être… Je disais à tante que je viendrai lui rendre visite tous les jours, cela lui fera passer le temps. – C'est très gentil à toi, mais tu n'es pas obligée. D'ailleurs, comme tu le vois, Gabrielle n'est pas seule, je suis là. – Oh, je ne le fais pas par obligation. Disons que je profite de la proximité, vous habitez si loin et vous êtes si isolées ! Tu vois, il y a tant d'avantages à vivre en ville. Par exemple, les visites. – L'isolement a du bon quand on réfléchit, quand on médite sur la vie et le monde, ce qui n'est pas, bien sûr, du goût de la majorité des gens, pour ne pas dire à leur portée. Et puis on évite ainsi les raseurs.*

Tandis que Gabrielle opine du bonnet, un *pfft* narquois échappe à Noélie, laquelle songe Ne jamais baisser la garde, ne jamais se laisser aller, se reprochant évidemment la promenade, le déjeuner, l'excellent saint-émilion dont elle a bu rien de moins que deux verres ; puis un soupçon s'empare d'elle : peut-être Gabrielle apprécierait-elle une existence plus mondaine, elle qui a accueilli, dirigé et nourri des milliers de pèlerins, des dizaines, des centaines de milliers, pendant plus de quarante ans, peut-être s'est-elle seulement résolue à une vie tranquille à la campagne, *se sacrifiant*, en bonne catholique, mieux, en catholique engagée, au profit de ses deux cousines.

Puis elle chasse cette pensée – absurde – pour mieux se livrer à la rancœur que l'initiative de Julienne suscite en elle : fallait-il vraiment qu'elle raconte leurs mésaventures à la terre entière ? Mais déjà la visiteuse les entraîne dans les méandres de sa branche de famille, dont, à l'en croire, les membres sont tous beaux, intelligents, riches en promesses d'avenir – dans cet avenir, Noélie en est certaine, figure le domaine hérité, vendu au fermier, transformé en monnaie trébuchante et gaspillé en futilités –, les entraîne, ou plutôt tente de les entraîner, car les paupières de Gabrielle se ferment et Noélie refuse tout simplement d'écouter, elle freine, se cabre, laisse la femme s'éloigner et rebrousse chemin, se dirigeant maintenant vers le lieu et l'époque où tout a commencé, vers ces ancêtres qui, eux, oui, étaient intelligents et beaux, s'y dirigeant vite, de plus en plus vite, filant à travers prés, sautant les haies.

Enfin, la voix s'éteint, non par lassitude, ou par épuisement du sujet, mais parce que deux coups ont retenti à la porte et qu'apparaît dans l'entrebâillement une petite silhouette grise, celle de l'ancienne infirmière de Raymond, la religieuse de la clinique, et ce à la double satisfaction de Noélie puisque Mireille, la nièce de Gabrielle, se décide enfin à battre en retraite – non sans avoir annoncé qu'elle reviendra le lendemain.

La bonne sœur se penche vers l'opérée, qu'elle connaît depuis longtemps, et les souvenirs affluent : un jour, sous l'Occupation, raconte-t-elle, les Allemands avaient fait irruption dans la clinique, sans doute sur une dénonciation puisque les combles et le sous-sol abritaient des fugitifs, et il avait fallu que s'allient le sang-froid, le courage et la force de Raymond pour les dissuader de fouiller le bâtiment, ce qui n'avait guère pris de temps, assez toutefois pour qu'elle, sœur Irénée, s'imagine collée contre un mur et fusillée. Un autre jour, à la Libération, *le docteur* s'était planté devant le lit où reposait un collaborateur présumé et avait empêché un maquisard de le fusiller en déclarant que, dans les cliniques, on ne tue pas les gens, on les soigne – *Un juste, un héros, un saint*, commente-t-elle, la voix étranglée.

Les yeux des trois femmes s'embuent et un sentiment de paix, de sécurité envahit Noélie : ayant enfin trouvé le sol sous ses pieds, un sol doux, moelleux par surcroît, comme un îlot de sable fin, elle oublie ses principes pour tendre la main gauche à la religieuse, la droite à sa cousine, et les voici plongées dans une profonde émotion, une espèce de communion.

Même si, au bout d'un moment, l'étreinte de Gabrielle se relâche – elle s'est de nouveau endormie –, ce qui amène les deux autres, presque gênées, à retirer leur main. Alors elles rapprochent leurs chaises et chuchotent : *Ce soir*, dit la religieuse, *vous dînerez et passerez la nuit au couvent, la mère supérieure vous invite, vous serez mieux qu'ici. Vous aurez une chambre. Non, ne me remerciez pas, il y en a tant de vides, la crise des vocations est bien là, inutile de mentir. Vous pourrez rester autant que vous le voudrez.*

Elle ajoute qu'elle a des malades à réconforter à la clinique avant l'heure du dîner, et Noélie dit qu'elle sera ponctuelle, merci, laisse la porte effacer la coiffe et la tenue grises. Alors : Chaque événement est porteur d'un enseignement, songe-t-elle, heureuse de se ressaisir enfin, comme si elle ramenait au calme le cheval du début, pressant les rênes, poussant le plexus solaire vers le ciel, pour ralentir l'allure et passer au pas, tandis que la respiration de l'animal s'apaise, que le frémissement des naseaux s'atténue.

La tension se relâchant, le sommeil envolé s'abat sur elle et quand elle se réveille, non seulement Gabrielle la regarde, mais aussi sa voisine de lit qui ne se plaint plus de ses douleurs de femme privée d'organes reproductifs – d'organes inutiles, ont toujours pensé les deux cousines –, qui rentre plutôt la tête dans les épaules avant de se détourner en proie à un subit et inattendu élan de discrétion, comme si elle pressentait que des confidences allaient être échangées.

De fait, *Va-t'en*, murmure Gabrielle, *ne perds pas de temps ici, rentre à la maison. On y a davantage besoin de toi. – Voyons, tu n'imagines tout de même pas que je vais t'abandonner ! – Je ne suis pas seule, tu le vois bien. Je ne suis jamais seule, Il est toujours près de moi. Il soutient mon pas et m'éclaire dans les ténèbres. Toujours.*

Noélie sourit, elle lui envie cette foi si forte, quasi inébranlable, et songe qu'elle a raison : sans doute Dieu, vieux patriarche à barbe blanche ou mystérieuse entité sans contours ni traits qu'Il soit, est-il le seul à ne pas décevoir ceux qui l'aiment ; non, pas probablement, certainement. Car chaque fois qu'elle, Noélie, a rencontré un être admirable, chaque fois qu'elle a cru détenir le droit de partager avec lui, homme ou femme, une patrie commune à arpenter, une patrie, un jardin composé de rêveries, d'idéaux, d'aspirations, chaque fois elle a fini par voir surgir la fin de cette patrie, de ce jardin.

Oui, cette fin se présentait inexorablement au bout de quelques semaines, de quelques mois, de quelques années, semblable à une clôture, une enceinte, et Telle est la nature humaine, s'obligeait-elle alors de constater, de se dire, dans l'espoir de se rassurer, de se consoler, telle est la nature humaine, un cœur et un esprit dotés de limites, voilà justement ce qu'il faut apprendre à chérir, la finitude, qui est le propre des simples mortels. Mais elle n'en a jamais été capable, elle n'a jamais accepté la faiblesse, celle de son entourage et encore moins la sienne. En cela, c'est évident, elle est moins forte que Gabrielle.

Elle s'assied au bord du lit et se penche vers sa cousine, elle aimerait l'étreindre et la prier de tenir bon, de résister, de se rétablir, car elle a peur, car elle ne veut pas vivre sans elle, car elle l'aime, mais elle n'y parvient pas : elle se contente de déposer un baiser sur sa joue, sa bajoue, lisse et douce, et de murmurer *Demain, on verra demain. Pour l'heure, pense à te reposer, ne résiste pas à la fatigue. La convalescence n'en sera que plus rapide.* Encore un conseil, un conseil de surcroît qu'elle serait elle-même incapable de suivre, puisqu'elle a toujours tâché de maîtriser le cours des événements et les réactions humaines, croyant qu'elle pouvait avoir prise sur le monde et les êtres, refusant d'envisager le contraire, est-ce de l'orgueil ?, et comme Gabrielle replonge dans le sommeil, elle quitte la pièce après un détour à la salle de bains.

Elle s'achemine sur le boulevard, surprise de constater que, s'il ne sent ni la rose ni la glycine, l'air se révèle incroyablement léger, frémissant, traverse la place d'Armes au pied de la cathédrale, dont elle aime les gargouilles qui, penchées dans le vide, déversent non seulement de l'eau de pluie mais aussi, à son avis, des menaces, des avertissements aux passants insouciants, sonne à la porte du couvent et explique qui elle est.

Une religieuse l'entraîne dans un couloir menant à ce qui sera sa chambre, pièce exiguë, sans confort, dont la femme ouvre sans tarder la fenêtre, dévoilant le jardin paré, en ce mois de juin, de roses blanches d'une pelouse bien tondue, paré, apprêté, malgré sa simplicité apparente, puisque pas une herbe, pas une branchette ne semblent dépasser, et Noélie demande si c'est l'œuvre d'un jardinier. Songeant que, dans quelques années, le plus tard possible bien sûr, quand ni Gabrielle ni Julienne ni elle-même ne seront plus là pour le protéger contre la vie et le reste de la famille, Jo pourrait trouver ce genre d'emploi, s'occuper d'un jardin, puisqu'elle lui a appris à soigner les plantes, quelle riche idée. Mais : *C'est la communauté qui l'entretient*, répond la nonne, et Jo réintègre le domaine, le potager, des chiens – pas les quatre bâtards d'aujourd'hui, ceux qui leur succéderont, ou ceux qui succéderont à leurs successeurs –, le feuillage d'arbres à élaguer, il les réintègre provisoirement car sa tante est désormais décidée à tout régler, point par point.

La femme referme la fenêtre en annonçant qu'il est temps de se rendre au réfectoire, et Noélie regagne avec elle le couloir dans lequel s'ouvrent d'autres portes livrant passage à d'autres religieuses qui se déplacent d'un pas feutré, presque silencieux, pareilles à des fourmis attirées par un aliment oublié sur une table, routinières, rassurantes. Tout comme l'odeur de potage qui sera servi dans des bols en verre incassable, opacifié par l'usage, bols de tous les réfectoires, de couvent, d'école, d'hôpital, sur des tables disposées en U. Debout derrière celle du milieu, sœur Irénée, en conversation avec une de ses semblables, une grosse femme à l'air bougon, lui adresse un signe de la main, aussi Noélie la rejoint-elle.

La mère a bien connu elle aussi le docteur, votre cousin, lui apprend la première et le visage de la seconde s'éclaire, tandis qu'elle déclare *Sachez que notre couvent vous est ouvert pour toutes vos nécessités. Et que vous êtes, votre famille et vous, dans nos prières.* C'est alors qu'une sonnerie retentit, couvrant en partie les remerciements de Noélie, et qu'une religieuse un peu plus jeune s'approche du lutrin. Avant que la prière commence, l'invitée a juste le temps de hasarder, comme si elle réclamait une substance interdite, explosive, *J'aurais besoin d'un stylo et de feuilles de papier, pensez-vous que vous pourriez m'en fournir ?*

7

Couché de bonne heure car il se levait à l'aube, Henri observait à travers les persiennes la nuit tombée depuis peu : comme toujours par temps clair, le ciel offrait une coupole piquetée d'étoiles qu'on entrevoyait derrière les persiennes et qui semblaient participer par leur éclat – si vif qu'il en était quasi mobile, quasi sonore – au chœur des chouettes, des hiboux, des engoulevents, des chauves-souris, des chiens et des chats sauvages. L'été, il aimait dormir les fenêtres ouvertes moins pour profiter de la fraîcheur que pour se laisser bercer par le bourdonnement de la nature auquel il était conscient de prendre part au même titre que les végétaux et les animaux, tel l'instrument d'un immense orchestre qui apporte sa sonorité à l'ensemble, que ce soit le tintement du triangle ou le barrissement du tuba. Et s'il mettait en pratique l'enseignement de saint François d'Assise en considérant le soleil comme un frère et la terre comme une sœur, il n'aurait rien vu d'étrange à leur consacrer un culte, à l'image des peuples anciens qui inventèrent les nymphes, les centaures et autres créatures mythologiques. C'était donc en paix avec lui-même, en symbiose avec la vie, dont les caprices scandaient son existence d'agriculteur et d'homme résigné à ne pas avoir plus de prise sur le cours de certains événements que sur le temps atmosphérique, que ce panthéiste s'abandonnait en général facilement au sommeil. Or, cette nuit-là, le sommeil le fuyait.

« Veux-tu que j'aille te préparer une tasse de camomille ? » murmura Jenny.

Il glissa la main dans les cheveux qu'elle avait coutume de porter épars, la nuit, afin qu'il pût enfoncer le nez dedans et les caresser à sa guise ; s'ils grisonnaient sur les tempes, ils conservaient leur blondeur, dont n'avait hérité qu'un seul de leurs enfants, la délicate Madeleine à qui aucune autre teinte n'aurait pu mieux seoir. Et comme il ne répondait pas, elle poursuivit : « Tu devrais te réjouir. En fin de compte, malgré l'attitude d'Étienne, tout est bien qui finit bien.

– Le misérable… Jamais je ne l'aurais cru capable de tant de bassesse… remettre sur le tapis ce vieux prêt…

– Il imaginait qu'il allait nous mener par le bout du nez. Mais ta mère l'a bien mouché. Il ne m'a jamais plu. Trop fier, trop égoïste, trop brutal. Quel beau gendre tes parents ont trouvé là…

– Voyons, quand nous l'avons connu, il était bien différent. Entreprenant, c'est sûr, mais affable. Je ne peux pas croire qu'il cachait déjà son jeu.

– Avec leur supériorité, leur sentiment d'invincibilité, tes parents n'y ont vu que du feu…

– Je t'en prie, ne mêle pas mes parents à ça. Ou alors mets-moi dans le même sac. Papa m'a consulté, à l'époque, de cette façon indirecte qui était la sienne. Et je lui ai laissé entendre que Ferrieu était sans doute un honnête homme, qu'il rendrait Rose heureuse.

– Mon pauvre Henri, tu es si bon…

– Pauvre Rose plutôt, qui n'a jamais été ménagée par personne. Tu as vu comment elle est partie tout à l'heure… J'étais si courroucé que je n'ai même pas tenté de la consoler.

– C'est sa faute, elle n'a qu'à mieux tenir son mari. »

Dans la pénombre, Henri sourit : il était inutile d'attendre de Jenny de la pitié envers les femmes de sa famille, qui l'avaient toujours jalousée, à l'exception de Marie, une «pièce rapportée», comme on le disait, trop douce et trop bonne pour susciter chez elle un autre sentiment que de l'indifférence ; selon ses critères de valeur, le respect devait se gagner, et elle le réservait paradoxalement à celle que tous considéraient comme son ennemie, la terrible Virginie.

De sa belle-mère, en effet, elle admirait en secret l'autorité, la détermination et la dureté, elle qui se savait trop sentimentale pour jamais pouvoir s'en targuer un jour ; bien qu'elle fût impétueuse, le calcul convenait mieux à sa nature, et c'était l'arme qu'elle avait coutume de brandir contre la forte femme. Du reste, elle avait cette ambition qui l'amenait à privilégier quiconque possédait le pouvoir ou était susceptible de le posséder, raison pour laquelle, Virginie mise à part, elle s'intéressait essentiellement, de son clan, à l'élément masculin, ne voyant aucun inconvénient à négliger ses filles, déjà perdues à leur naissance, déjà chassées du domicile par l'inévitable perspective du mariage.

« Pauvre Rose, pauvres enfants, ils ont dû arriver bien tard chez eux…, reprit Henri.

– Qu'as-tu donc ? Je te trouve bien mélancolique. On ne dirait pas que tu viens d'hériter de ton père et que tu es maintenant à la tête d'un immense domaine.

– Voyons, cela fait bien longtemps que j'administre ces terres, toutes ces terres. Papa a toujours préféré le métier de médecin à celui d'agriculteur.

– Il n'empêche… À présent, tu mérites plus que jamais l'appellation de *roi du Ségala*.

– C'est ridicule, je t'en prie… »

Gêné par la fierté que trahissait le ton de son épouse, Henri se détourna ; si jadis le qualificatif de roi l'avait fait sourire, enivré presque, il n'y voyait maintenant qu'un mauvais présage : les rois mouraient tous, certains d'entre eux tombaient, renversés, ainsi que l'Histoire l'avait prouvé, se surprit-il à songer, et sans doute n'était-il pas étrange qu'il le fît à ce moment précis de son existence, comme le marcheur qui, parvenu au sommet d'une montagne, ne peut que se résigner à la redescendre, de quelque côté que ce soit.

« Enfin, je ne te comprends pas, Henri. Qu'y a-t-il ?

– Je suis juste fatigué par cette journée.

– C'est bien tout ? Me cacherais-tu quelque chose ?

– Rien, ma douce. Tu veux bien ? »

Il attira à lui sa femme, dont il retroussa la chemise de nuit, comme s'il imaginait pouvoir écraser contre cette chair familière et toujours sensuelle les craintes qui l'empêchaient de trouver le sommeil, à savoir qu'Édouard, son fils aîné, qui entamerait à la rentrée des études d'ingénieur à Marseille, n'eût pas assez de force pour porter un jour les responsabilités du domaine, pas assez d'audace pour innover, choisir telle ou telle culture, telle ou telle semence, telle ou telle race de vaches, de chevaux, et ainsi accroître, multiplier, à l'image de son père, ce dont il hériterait à son tour en une espèce de partie de poker où tous les risques, ou presque, étaient cependant envisagés, pesés, calculés.

Âgé de vingt et un ans, le jeune homme lui paraissait, en effet, trop timide, trop hésitant pour mener à bien la tâche à laquelle il était destiné et il se surprenait à souhaiter que Jean, son cadet de quatre ans, l'eût précédé dans l'ordre de la naissance : Jean, il en était certain, avait l'étoffe du grand propriétaire, de l'agriculteur moderne ; au fond, s'il ne se mariait pas trop tôt, il constituerait un recours.

Jenny émit un rire de gorge qu'il la pria de taire, soucieux de ne pas être entendu de son frère Louis ni de sa belle-sœur, hébergés dans la chambre située juste au-dessus de la leur et dont les pas avaient résonné un peu plus tôt sur le plancher. Il était loin de se douter qu'une autre oreille avait recueilli ses paroles et qu'elle recueillait maintenant ses ébats : un témoin bien plus proche qu'il ne l'eût imaginé, puisqu'il ne se tenait ni à l'étage supérieur, ni sur le palier, ni même dans la pièce voisine, mais à quelques mètres du lit, dans un coin, derrière un gros fauteuil capitonné.

Comme chaque nuit, en effet, Noélie avait attendu que Madeleine et Augustine, ses compagnes de chambre, se fussent endormies pour gagner sa cachette à pas feutrés, obéissant non à une curiosité malsaine, mais à un profond tourment, à cette angoisse qui l'étreignait au couchant, précisément à la peur de ne pas trouver le

84

sommeil, pourtant synonyme de cauchemars chez elle, surtout d'être la dernière, de la famille, à veiller, privée de protection, perdue dans un néant sans fin.

Voilà pourquoi le souffle régulier des deux jeunes filles, qui s'endormaient à peine couchées, et les ronflements de leur grand-mère perceptibles à travers la cloison étaient, à ses yeux, autant de trahisons ; pourquoi, les trois femmes une fois englouties par cet état d'inconscience qu'elle-même se représentait comme une étendue d'eau trouble peuplée de féroces et sournoises créatures, elle tournait la poignée ovale et refermait la porte derrière elle.

Quelques pas la séparaient des capitons en velours vert pâle, et elle était invariablement installée derrière leur rempart quand ses parents quittaient le cabinet de toilette attenant, aux tables recouvertes de marbre et surmontées de cuvettes en porcelaine au fond desquelles des fleurs bleu marine semblaient s'être collées tandis qu'on les vidait, et passaient dans leur chambre. Tapie derrière cet écran, elle voyait sans se faire d'illusion les halos de leurs lampes à pétrole s'éteindre : le silence finirait par s'abattre sur la maisonnée, mais elle s'obstinait à s'agripper à tout ce qui l'en séparait.

Noélie entendit donc la conversation de ses parents, le rire de gorge de Jenny, ces gémissements et ces halètements qu'elle préférait au mutisme du sommeil, même s'ils la mettaient mal à l'aise, et, quand ceux-ci eurent été à leur tour absorbés par la pénombre, elle abandonna son refuge. Le palier baignait dans la lumière bleue des nuits de pleine lune, elle s'approcha de la grande fenêtre pour contempler un instant les toits du corps de ferme dont les lauzes évoquaient de courtes vagues argentées, ainsi que, sur la droite, la silhouette des pins méditerranéens qui bordaient le potager en offrant à la tour – unique vestige de l'ancien château où, on le lui avait raconté, avaient vécu des seigneurs un peu semblables à son père – un arrière-fond plus sombre. Des compagnies de chauves-souris voletaient volontiers autour de ce toit en accent circonflexe, car elles nichaient justement dans les combles, au-dessus des chambres des domestiques, et Noélie qui, contrairement à ses cousines de la ville, n'éprouvait aucune répulsion pour ces petites créatures songea qu'elles évoquaient des boucles de cheveux noirs agités par la brise.

Il n'y avait pas un bruit sur le palier, puisque Berthe, la plus jeune de sa famille, dormait elle aussi, et profondément, dans la chambrette qu'enserraient les chambres de ses parents et de sa grand-mère, et où les enfants passaient les premiers mois de leur existence avant de gagner une pièce plus grande à deux, trois ou quatre lits. Ce laps de temps délimité par chaque nouvelle naissance constituait une sorte de transition entre la vie utérine et la vie collective, comme s'il était impossible de franchir trop rapidement cette étape, ou qu'il valût mieux réserver aux bébés un statut particulier évitant non seulement aux parents, mais aussi au reste de la famille, de trop s'attacher à ces créatures fragiles, toujours menacées par des maladies.

Née quinze mois après Noélie, Berthe avait depuis longtemps passé ce cap, mais comme il semblait peu probable que Jenny enfantât encore, la petite s'attardait dans ce royaume qui, s'il était minuscule, offrait une belle vue sur le jardin, un havre de solitude et un profond lit Empire que tous les enfants de la famille avaient aimé ; le départ pour Paris de Thérèse, jeune mariée, avait beau avoir libéré un lit dans la « chambre des filles », rien n'y avait changé.

Les garçons couchaient pour leur part à l'étage supérieur, où se trouvaient aussi les chambres d'invités ainsi qu'un dortoir étroit, sous les combles, réservé aux domestiques qu'on n'avait pu loger à la tour ; comme le benjamin ou la benjamine au premier, l'aîné bénéficiait au second d'une chambre particulière qu'il conserverait jusqu'au jour où il lui faudrait quitter la maison pour faire ses études ; en ce mois d'août 1908, Jean s'apprêtait à en prendre possession, puisque Édouard s'installerait à Marseille à la rentrée.

Noélie s'engagea dans l'escalier qui menait au second étage dont la cage arborait des images d'Épinal représentant les campagnes napoléoniennes ; si elle avait une prédilection pour celle d'Égypte, en raison des pyramides qui en ornaient le fond, chacune lui était assez familière pour qu'elle en reconnût sans l'aide du jour les contours et les silhouettes.

Aucun bruit ne semblait s'échapper des chambres de ses frères et de ses cousins, ni de celle de ses oncles et tantes, mais, afin de s'en assurer, elle observa une halte sur le palier, dont la fenêtre grande ouverte laissait pénétrer l'air de l'été dans le parfum duquel on distinguait les notes de l'herbe séchée, de la menthe et du romarin. C'est ainsi que des chuchotements lui parvinrent aux oreilles : ils provenaient de la chambre rouge qu'occupaient Louis et Jeanne, ainsi que leur bébé.

Noélie s'en approcha tout doucement et se posta à quelques pas de la porte, au coin de la grande armoire à linge : ici aussi, on parlait de Rose et de son époux, mais dans des termes plus mesurés.

« Comme c'est regrettable, murmurait Louis, comme c'est fâcheux…

– J'ai bien cru qu'Henri allait l'étrangler, dit Jeanne.

– Avoue qu'il y avait de quoi. Les prétentions de Ferrieu étaient insupportables. Je ne sais pas ce qu'il lui a pris. Bien sûr, il est fougueux, ambitieux, mais enfin… il n'a songé ni à sa femme ni à maman.

– Oh, ne t'inquiète pas pour ta mère, elle sait très bien se défendre. Et se faire respecter. En revanche, Rose doit se sentir bien seule à l'heure qu'il est…

– Il faudra réparer ça. La famille ne saurait être désunie. Ce serait une honte, une tache, un aveu de faiblesse.

– Le temps, mon cher, le temps y pourvoira. Et nos prières.

– Certes. » Un instant de silence s'ensuivit avant que Louis reprît : « En fin de compte, de nous tous, c'est Henri qui est lésé. J'aurais voulu faire plus pour lui.

– Tu as fait beaucoup, Louis, et cela te sera rendu.

– Peu importe. Enfin… j'écrirai demain à Marseille pour rendre compte de la réunion à Maria et à son mari.

– Demain, demain. Pour l'instant, repose-toi, tu as les traits tirés, tu parais… »

La phrase de Jeanne resta en suspens : une exclamation avait retenti sur le palier, suivie d'un son étouffé. « Louis, tu as entendu ?

– Ce doit être un des enfants qui fait un mauvais rêve.

– Non, non, il y a eu un bruit… de chute, de choc, un bruit insolite. Va voir ! Je n'aimerais pas que le petit se réveille.

– Enfin, Jeanne, que veux-tu que ce soit ? Pas un esprit malin, tout de même ! »

Louis avait ricané, car il connaissait la crainte que son épouse nourrissait pour les manifestations de l'au-delà : ainsi, elle prétendait qu'un fantôme s'était assis sur ses genoux un jour où elle se trouvait seule dans le salon de cette même demeure ; l'ectoplasme s'était attardé là un moment excessivement long, pendant lequel elle avait retenu son souffle et évité de bouger, comme lorsqu'on s'applique à ne pas déranger le chat qui dort, lové dans son giron. Après son « départ », elle en avait parlé et reparlé à toute la maisonnée, s'attirant les moqueries des siens qui s'étaient amusés à lui demander si le derrière de l'esprit en question était chaud ou glacé, tendre ou ferme, s'il s'agissait à son avis d'un vieux ou d'un jeune défunt et ce qu'il avait bien voulu lui dire par cette manifestation d'affection.

«La fenêtre du palier est ouverte, continua Louis, un oiseau a dû entrer. Il ressortira tout seul.

– Va voir, te dis-je, va voir, sinon je ne pourrai pas fermer l'œil…»

Louis ne s'était pas tout à fait trompé : une chauve-souris avait jailli de l'extérieur, surprenant Noélie, qui n'avait pu retenir une exclamation de stupeur à l'instant où, dans son affolement, la minuscule créature l'avait frôlée. La fillette recula pour se cacher derrière l'autre coin de l'armoire, d'où elle vit apparaître le halo de la lampe à pétrole que son oncle brandissait ; mais, au lieu de rester accrochée au plafond où elle avait débusqué le vol de la pipistrelle, la tache de lumière artificielle glissa et entreprit de dévorer le haut de l'armoire, la porte de l'escalier qui menait au grenier, la fenêtre dont les carreaux scintillèrent au moment où ils furent refermés, une fois l'animal libéré.

C'est ainsi que la petite fut découverte, frêle silhouette noyée dans une chemise de nuit ayant appartenu à ses sœurs, d'où dépassaient ses pieds nus ; son cœur battait la chamade pendant que surgissaient à leur tour de l'obscurité la barbe de l'homme, ses cheveux coiffés sur le côté, son air las. Mais déjà Jeanne lançait «Louis ? Louis ? Louis ?», inquiète, et le médecin sourit en portant son index à ses lèvres, avant de se pencher vers la fillette et de déposer un baiser sur son front.

«Voilà, voilà», dit-il. Puis la porte se referma, atténuant le reste de la phrase : «C'était une innocente chauve-souris. Tu peux dormir tranquille.» Alors elle redescendit en espérant qu'il n'en parlerait pas le lendemain.

8

Au grand soulagement de Noélie, Louis passa sous silence sa découverte nocturne. Un furtif clin d'œil intercepté au moment où il s'asseyait à la table du petit déjeuner, le lendemain matin, lui assura que ce secret resterait entre eux, aussi n'eut-elle pas de crainte chaque fois qu'elle le vit s'entretenir avec son père ce jour-là et les jours suivants, ou partir à la fraîche en sa compagnie dans les longues promenades à travers bois et champs qu'ils affectionnaient. Il est vrai que, pendant ces tête-à-tête, les deux frères parlaient peu, préférant contempler les blés qui semblaient tantôt s'appliquer à dorer au soleil, tantôt danser au rythme du vent ; les jeunes branches des arbres ployant ou se redressant selon qu'un oiseau s'y posait ou s'envolait ; ou encore les jeux des chiens freinés par un sifflement puissant dès qu'ils échappaient à leur champ de vision.

Mais il leur arrivait aussi de s'arrêter pour discuter, les yeux dans les yeux, d'un sujet ayant souvent trait à la famille ; ce fut, bien entendu, le cas au cours des vacances que s'octroya le médecin cet été-là, des vacances avancées en raison de la réunion solennelle et destinées à durer plus longtemps que de coutume, afin d'englober l'ouverture de la chasse que, comme les promenades, les deux hommes aimaient à pratiquer ensemble. Louis avait le sentiment depuis le décès de leur père que le temps était venu pour lui de posséder son propre domaine, et il s'en ouvrit à son aîné : « Un petit domaine, bien sûr, une maison de maître, quelques hectares, j'en ai maintenant les moyens…

– Voyons, tu es chez toi à Randan, tu le seras toujours !

– Je t'en remercie, Henri, mais je pense aussi aux déplacements. Si j'avais une propriété proche de Rodez, nous pourrions nous y rendre fréquemment, et les enfants profiteraient ainsi de la campagne. Raymond rêve d'avoir un cheval, une jument, et même de mettre sur pied un élevage… Je sais, il n'a que quinze ans… Quoi qu'il en soit, tu pourrais lui donner des conseils. »

Mais Henri ne sourit pas à l'énoncé de cette lubie ; saisissant le bras de son frère, il dit gravement : « Promets-moi que c'est le seul motif et promets-moi aussi d'attendre.

– Il est juste que chacun ait sa propriété.

– Quand papa était en vie, nous ne trouvions rien d'étrange à être tous ici chez nous. Et si papa a disparu, maman est là.

– Là, et bien là ! Du reste, elle l'a montré en face de notre beau-frère !

– Le maudit… N'a-t-elle pas réagi formidablement ? S'il te plaît, Louis, ne te hâte pas.

– Voyons, rien n'est encore décidé. Il faudrait d'abord trouver la maison, les terres.

– Oui, oui, c'est cela, rien ne presse. »

Les deux hommes reprirent leur marche dans le bois du Moulin qui s'assombrissait à peine en cette fin de journée, les rayons de soleil éclairant encore les parois de verdure et jetant de pâles sequins sur la mosaïque que composaient troncs, allées, épais tapis de feuilles. Comme chaque fois qu'il y pénétrait, Louis eut la sensation qu'un immense globe de verre descendait sur ces lieux, les isolant de la réalité, les emprisonnant peut-être ;

mais c'était une prison bien douce car elle excluait toute rumeur inutile pour ne laisser subsister que l'essentiel – les courses des petits animaux et des cervidés, le vol et le chant des oiseaux, le cri de certains d'entre eux, le bruissement des feuillages, le murmure de la source en arrière-fond, enfin, comme souterrains, les grognements des sangliers.

À l'intérieur de ce globe, du fait de la permanence même des voix de la nature, le temps paraissait suspendu, et il était facile au quadragénaire de se revoir jeune homme, adolescent, enfant, avançant d'un pas léger aux côtés d'un Henri épargné par le poids des ans, l'empâtement et les responsabilités, ou assis à califourchon sur les épaules de leur père bien vivant, déjà un peu bedonnant, certes, mais à mille lieues du vieil homme à la barbe blanche et au fauteuil roulant sous les traits duquel, par une paresse de la mémoire, on se le rappelait désormais. C'était un enchantement que son compagnon, en revanche, ne paraissait pas subir : dardant sur les allées, les talus et les arbres les regards de celui qui

entretient avec un lieu une fréquentation quotidienne, il était en proie à un tout autre état d'esprit et raisonnait en termes pratiques, songeant à faire ici élaguer, là nettoyer, là encore ramasser et entasser.

Mais, tandis qu'ils longeaient les ruines de l'ancien moulin, c'est surtout par la gravité d'Henri que Louis fut frappé, comme s'il accueillait soudain une pensée qui s'était formée en lui depuis son arrivée au domaine et qui avait bataillé pour atteindre sa conscience ; aussi quand, après avoir traversé le ruisseau de Saute-Mouches, il le vit enjamber une clôture avec maladresse, il lui demanda s'il se sentait bien.

« Oh, je me tracasse pour cette histoire de partage… », répondit l'aîné au terme d'une hésitation qui aurait dû alerter davantage son cadet, tout comme le vague dans lequel il avait laissé sa phrase et laissa la suivante, mettant en cause les différends qui les avaient opposés à leur beau-frère au cours de la réunion solennelle.

S'il eût été un peu plus attentif, Louis aurait compris que cette gravité avait d'autres motifs, ceux-là mêmes qui écourtaient les nuits d'Henri et qu'il était trop pudique pour dévoiler : le sentiment que le temps le prenait de court et que son fils aîné ne serait pas à la hauteur de la tâche. Mais le bonheur de se promener ensemble dans les lieux de leur enfance l'emportait encore, et Louis voulut le croire.

« Oublie Ferrieu, dit-il, se tourmenter ne sert à rien. Au fond, il n'est pas mauvais homme. Tu verras, il ne fera aucune difficulté.

– Aucune difficulté à quoi ?

– À revenir dans le sein de la famille. Rose écrira à maman, j'irai les voir en prétextant une consultation près de chez eux, et nous nous réconcilierons tous. Gageons que nous serons réunis à la prochaine fête.

– Je ne sais pas si maman pardonnera aussi facilement. Ni moi non plus, d'ailleurs.

– Mais si, mais si… Plutôt, tu as l'air un peu essoufflé.

– Oh, j'ai de temps en temps une petite douleur à la poitrine, rien de grave, sans doute.

– Je t'examinerai demain. Tu ne te ménages pas assez. » Et il voulut terminer sur une note plus gaie : « Je te rappelle que tu auras cinquante-quatre ans dans quelques jours. Plus d'un demi-siècle !

– N'exulte pas ! Tu me talonnes, et moi, je ne vais pas par monts et par vaux comme qui tu sais. J'ai une vie beaucoup moins mouvementée que la tienne ! Je pourrais ainsi te retourner ton conseil. »

À la clôture suivante, qui menait cette fois dans le bois de l'Étang, Louis profita de ce qu'il était passé le premier pour tendre la main à son frère et le retenir un moment contre lui sans avoir l'air de l'étreindre, effusion rare chez les deux hommes, élevés dans la sévérité et l'horreur de la sensiblerie. Sur la jetée se tenaient justement Édouard, ses frères Jean et Paul, ainsi que Raymond, leur cousin, armés d'une canne à pêche, privilège interdit par sécurité aux plus petits qui devaient se contenter du ruisseau et de la pêche aux écrevisses.

Paul et Raymond, les deux plus jeunes, avaient tenu à placer chacun son propre seau à l'ombre afin de pouvoir décréter le vainqueur de cette partie de pêche, et ils faisaient souvent le va-et-vient entre le bord de la jetée et leurs prises qui croyaient à l'évidence que le cylindre de fer qui les tenait prisonniers disparaîtrait aussi vite qu'il était apparu, leur rendant l'eau sombre à laquelle elles avaient été arrachées.

Ils n'hésitèrent toutefois pas à les négliger lorsqu'ils virent la longue barque glisser dans le chenal, sur leur gauche, demandant à leur oncle et leur père respectifs de bien vouloir accoster pour les laisser monter ; sans s'attarder auprès des chiens venus à leur rencontre, ils sautèrent l'un après l'autre sur un plot, en contrebas, puis dans l'embarcation qui tangua un peu avant de virer en direction du pont. Henri ramait, face à la jetée, et les deux adolescents furent invités à s'asseoir de chaque côté, pour équilibrer la barque, Louis ayant pris place à une extrémité ; ils s'exécutèrent en adressant un salut à leurs aînés auxquels ils avaient confié leurs gaules et qui, les deux mains ainsi occupées, tentaient de leur intimer le silence d'un mouvement du coude, d'un fléchissement des genoux, ou d'un froncement de sourcils désormais trop lointain pour être déchiffré.

C'était cette heure bénie de la journée où la nature se ressaisit après avoir subi les assauts de la chaleur : prêtes à accueillir la fraîcheur qui les ranimera, les feuilles que le soleil a flétries assistent avec bienveillance au menuet des libellules et les herbes hautes libèrent une nuée de minuscules insectes ; on les voit danser, éclairés par les rayons rasants au point qu'ils paraissent briller d'une lumière propre, au-dessus d'une eau qui évoquerait une lourde pièce de velours bouteille si les poissons réveillés par cet afflux de proies ne venaient semer à sa surface une série de cercles, voire la fendre d'un bond.

Penché sur le flanc de la barque, Raymond plongea les doigts dans cette eau froide et la regarda avec le sérieux des êtres qui n'ont pas à se rebeller car ils adhèrent tout entiers à la voie qu'on a tracée pour eux ; du reste, il n'aurait su dire à quand exactement remontait sa décision de devenir médecin comme son grand-père et comme son père : sans doute s'y était-il résolu depuis toujours, ainsi qu'Édouard, Jean et Paul s'étaient résolus à devenir agriculteurs, même s'il faudrait aux deux derniers acquérir un domaine ou l'obtenir par le mariage afin d'exercer ce métier.

Pour ce motif même, parce qu'il considérait qu'il ne pourrait songer à embrasser une telle profession sur des terres qui ne fussent pas celles de ses aïeux, il arrivait à Jean d'en envisager une autre, mais c'était de la façon dont on se rêve explorateur en Afrique ou archéologue en

Égypte : en se berçant d'illusions pour mieux reposer les pieds sur terre. Et, pas plus qu'un prince de rang éloigné dans une dynastie, il n'aurait contesté le droit d'Édouard à reprendre le sceptre ou le flambeau quoiqu'il se surprît parfois à le jalouser, ni même espéré que son aîné y renonçât à son profit par crainte d'une tâche aussi vaste, ou pour le bien de ce domaine qu'il aurait aimé, lui, administrer dans un avenir lointain.

Soudain, la barque pointa vers la rive et Henri s'écria en patois : «Alors, Rascalou, tu viens lever tes nasses? Elles sont bien remplies, j'espère!» Mais seul lui répondit un bruissement de feuilles qu'on aurait pu attribuer à un lièvre ou à un renard si l'on n'avait su que ce recoin de l'étang était le poste de prédilection d'un villageois qui occupait sa vieillesse à poser des pièges non seulement dans l'eau, mais aussi dans les bois de la propriété. Et comme Henri riait, Raymond lui lança, interloqué : «Enfin, mon oncle, tu ne le chasses pas?

– Vois-tu, mon petit, le Seigneur a créé les poissons et le gibier pour nourrir les hommes, ils ne sont le bien de personne en particulier. Et il y en a ici plus que n'a besoin d'en manger notre famille.

– Dans ce cas, tous les habitants du village pourraient pêcher et chasser sur tes terres que cela ne te gênerait pas. Ce serait la révolution!

– Mais non, mais non. Seuls viennent ici les plus pauvres, ceux qui ne peuvent pas se permettre le luxe de la fierté. Crois-tu que je serais plus heureux si je savais que mes voisins souffrent de la faim? Penses-tu vraiment que j'en dormirais mieux?

– Non, bien sûr… Tu es bon, oncle Henri.

– Je pourrais l'être plus… Taquiner Rascalou, lui faire savoir que je l'ai vu, c'est ma fierté à moi.»

Raymond songea que le silence du braconnier était peut-être la preuve qu'il n'était pas reconnaissant à Henri de sa générosité, voire qu'il le jugeait stupide de se laisser ainsi dépouiller, et que le fait de posséder un domaine impliquait les mêmes devoirs que celui de lui appartenir ; or, puisqu'il admirait son oncle, il se dit qu'il y avait sans doute dans ses propos une sagesse cachée et comme, au même moment, Paul, toujours facétieux, l'éclaboussait, il remisa ces pensées dans un coin de sa tête, prêt à les y oublier.

Louis, en revanche, remâcha jusqu'à leur retour les paroles de son frère, et ce non en raison de leur sens mais du ton mélancolique, presque triste, sur lequel elles avaient été prononcées et qui, s'associant au sentiment de gravité perçu un peu plus tôt, éveillait en lui de l'inquiétude ; aussi ne remit-il pas au lendemain sa décision de l'examiner : saisissant le prétexte qu'on se changeait avant le dîner, il enfila à la hâte sa tenue et, armé de ses instruments, alla frapper à la porte d'Henri, qu'il pria d'exhiber sa poitrine.

Le battement du cœur était rapide, irrégulier, la tension trop élevée, et il adopta un ton sombre pour mettre en garde son aîné contre les méfaits du surmenage, sachant que ses conseils ne seraient qu'à moitié suivis : la moisson était imminente et Henri se dépenserait sans compter, travaillant aux côtés des domestiques jusqu'à ce que la précieuse récolte repose, bien à l'abri, dans le grenier et dans les granges. Au fond, ils étaient tous deux faits de la même pâte, celle qui voulait qu'on œuvre sans relâche au service d'un idéal – le domaine pour Henri, la santé de ses semblables pour Louis –, et les avertissements que le médecin adressait à son frère étaient presque identiques, il s'en aperçut soudain, à ceux que lui réservait son épouse chaque fois qu'elle le voyait rentrer d'une longue course. « Mon ami, tu changes bien de chevaux en chemin pour laisser se reposer les tiens, mais toi, qui te changera quand tu seras épuisé ? lui lançait-elle alors. Pense sinon à ta femme, du moins à tes enfants. » Et il lui fallait la taquiner pour chasser les plis de son front.

Louis plaisanta aussi au cours du dîner, bien qu'il fût secrètement occupé à réciter l'un des poèmes que leur voisin, François Fabié, avait consacrés à son père et dont l'avant-dernière strophe disait :

> *Sauve le plus que tu pourras*
> *de la Faucheuse aux maigres bras*
> *le paysan qui plante et sème*
> *jusqu'à l'heure où tu t'en iras*
> *sans regret la trouver toi-même.*

Le «bon docteur», ainsi qu'on l'appelait dans le pays, était allé trouver la Faucheuse – qui pouvait dire toutefois que c'était sans regret ? – et lui, Louis, devait à présent le remplacer auprès des siens. Le médecin s'appliqua donc à ausculter, panser, soigner, tout au long des jours suivants, convoquant chaque membre de la famille dans le bureau et lui faisant subir un examen complet, se précipitant auprès de tel qui était tombé, de tel autre qui avait été piqué, réprimandant gentiment l'étourdi, l'insouciant, le téméraire, calmant celui qui souffrait, séchant les larmes des plus petits, humiliés plus qu'endoloris par une glissade, une chute. Une telle entreprise le revivifiait : c'était un peu comme si, après avoir subi les coups du destin, il réaffirmait la puissance de son art et donc de l'homme, certes incapable de prolonger à sa guise la vie d'un vieillard trop atteint par la maladie, mais toujours à même de l'emporter sur les souffrances de l'existence quotidienne.

Et la besogne ne manquait pas cet été-là, hormis les bobos habituels : Paul, qui était allé taquiner de trop près une colonie d'abeilles, fut allégrement piqué, se gagnant auprès de ses frères et de ses cousins, par ses bouffissures au visage, le surnom de «Chinois» ; Noélie, s'étant endormie sur son poirier, elle que le sommeil fuyait la nuit, n'avait pas vu le soleil tourner, et une insolation l'obligea à garder quelques jours le lit ; quant à Madeleine, elle n'avait pu retenir son cheval, effrayé par un chien au bas de la Plaine lors d'une promenade avec sa cousine Henriette, et l'aînée du médecin avait dû courir chercher son père et le conduire sur les lieux de la chute, où la jeune fille, ayant atterri sur le dos, suffoquait encore.

Était-ce ce regain d'attentions, ou tout simplement le cours de la vie ? Au fil des jours, la gaieté revenait, imposée par les enfants qui y sont, à quelques exceptions près, naturellement portés ; malgré la rigueur de Virginie, malgré son désir d'étendre le deuil à la moindre activité, aux moindres paroles, on cessa peu à peu de les gourmander lorsqu'ils jouaient bruyamment, éclataient de rire ou entonnaient la célèbre chanson de l'épicier. Quelques mois plus tôt, Louis l'avait rapportée de Toulouse, où il avait conduit son fils Pierre qui s'était tordu le nez au domaine un jour que, en sortant du porche, les chevaux s'étaient emballés et que la tapissière avait versé, projetant au sol ses occupants ; mais les spécialistes s'étaient

révélés impuissants et Louis, désireux de consoler son cadet, ou peut-être sa propre personne, avait acheté un phonographe aperçu à l'aller dans une vitrine, ainsi que quelques cylindres à écouter. La chanson de l'épicier avait ravi, au retour, aussi bien Raymond que le petit André, et Gabrielle eût volontiers répété à tue-tête avec eux «C'est un épi-pi, c'est un épicier, qui vend du ca-ca, qui vend du café» si sa mère ne le lui avait pas interdit en l'invitant plutôt à reproduire les sourires dignes, presque gênés, de ses sœurs.

Oui, la gaieté revenait pour l'emporter, étant l'émanation non seulement de l'insouciance des enfants, mais également de l'illusion d'avoir prise sur le cours de la vie, de pouvoir l'infléchir : une espèce d'arrogance du genre humain en général et de cette famille en particulier. Entre-temps, comme on l'avait prévu, une lettre de Rose priant sa mère d'excuser l'insolence de son époux était arrivée, et même si Jenny et Jeanne s'étaient plu à gloser sur le fait que l'expéditrice l'avait sans doute écrite et confiée en cachette au facteur, la destinataire y avait répondu favorablement «pour l'amour de Dieu et le bien commun», à condition toutefois que le fautif fît preuve d'humilité et du désir d'être pardonné le jour où il serait convié, un jour qu'on devinait relativement éloigné afin que la leçon fût efficace.

Ainsi tout était quasiment rentré dans l'ordre quand vint l'ouverture de la chasse, et ce fut dans l'atmosphère habituelle – jappements des chiens énervés, va-et-vient à la cuisine dans des tintements de plats à terrines et à civets, affairement autour des fusils, des cartouchières, des gibecières, encouragements, défis – que la journée débuta. Rentrés chez eux quelques jours après la réunion solennelle, Georges et sa joviale Marie n'avaient pas jugé bon de revenir ; en revanche, Célestin était arrivé de Lyon l'avant-veille avec Antoinette et leurs deux petits : armé d'un fusil dont tout le monde savait qu'il ne lui servirait pas à tuer, il débitait à son chien les quelques mots de patois qu'il avait appris afin de faire rire les enfants et les femmes, aux fenêtres.

Enfin, les chasseurs et leurs accompagnateurs furent prêts, et toute cette agitation se dissipa, ne laissant subsister derrière elle que des aboiements de plus en plus lointains avant que retentissent ces détonations que seule Noélie semblait entendre, sursautant chaque fois à la pensée qu'une petite créature à poil ou à plume venait d'être blessée ou d'expirer. Mais les femmes de la famille étaient trop occupées par les enfants, les bavardages et les travaux d'aiguille pour remarquer sa nervosité, ou en tout cas pour le montrer, telle sa grand-mère, persuadée que la sensibilité – la sensiblerie, comme elle disait plutôt – devait être combattue à l'image d'une maladie ou d'un vice, ne pouvant que nuire à celui ou celle qui en était la proie.

Cet été-là, Antoinette fut la seule mère de famille de cette génération à passer des vacances au domaine, sa sœur Cécile relevant de couches à Marseille et Thérèse, l'aînée de la maison, venant de mettre au monde une

fillette à Paris. Mais la maternité n'était pas l'apanage de la jeunesse, comme l'avait prouvé Jeanne en accouchant l'année précédente, à l'âge de trente-huit ans, d'un garçon qui avait reçu le prénom de son père, aussi ne fut-on pas excessivement surpris lorsque Louis, prié par Jenny de l'examiner parce qu'elle se sentait « bizarre » depuis quelque temps, annonça qu'elle était de nouveau dans un « état intéressant ». Mieux que la gaieté, c'était maintenant la vie qui revenait dans la famille à travers sa manifestation la plus criante, et ce soir-là, malgré le deuil récent et le haussement d'épaules agacé avec lequel la doyenne avait accueilli l'heureuse nouvelle, on but à la santé de la future mère quadragénaire.

9

Entre les hebdomadaires, les mensuels et les lettres, Gabrielle a de quoi se distraire, et le lit *médicalisé*, loué à sa sortie de l'hôpital et placé dans le salon malgré les récriminations de Julienne, qui tient à suivre tous ses feuilletons, même si l'écran du téléviseur est la plupart du temps zébré ou enneigé et si la faiblesse de la réception limite le choix à deux chaînes, facilite lecture et écriture. Après que l'infirmière chargée de sa toilette – puisque Julienne s'est aussitôt récriée à l'idée d'effectuer cette tâche et que Noélie se déclare accaparée toute la matinée par la rédaction de son livre – a installé le dossier inclinable dans la position adéquate et disposé sur la couverture en coton stylo, papier à lettres, enveloppes et timbres, l'octogénaire peut passer tranquillement en revue son courrier et élaborer ses réponses : le temps ne lui manque pas.

Il y a aussi tous les faire-part qui ne cessent d'affluer – cartes aux tons pastel annonçant le mariage d'un petit-neveu, d'une petite-nièce, qu'on s'imagine encore enfants, ou la naissance d'un arrière-petit-neveu qu'on ne bercera jamais, et, plus fréquemment, beaucoup plus fréquemment, cartons lisérés de noir vous jetant au visage, comme une claque, des noms autrefois prononcés dans la gaieté et désormais accompagnés de formules d'usage mêlant l'expression de la douleur, de la tristesse, du regret, à des versets de l'Évangile ou à des poèmes d'auteurs inconnus.

En général, Gabrielle les repose avec un soupir et consacre quelques minutes à prier le Seigneur afin qu'il accueille ces défunts auprès de Lui dans une vie éternelle évidemment plus belle que l'actuelle, puis se hâte de les chasser de son esprit : il n'est pas bon de trop s'accrocher au passé, pense-t-elle ; pis, c'est une habitude malsaine qui vous paralyse pieds et cerveau, vous empêche d'aller de l'avant, malsaine et même dangereuse, comme le prouve l'accident dont elle a été victime après avoir passé un après-midi et une matinée à raconter ses *faits d'armes*, comme le dit Julienne, à écouter sa vanité, songe-t-elle pour sa part, fidèle à sa quête de la vérité et à sa lutte contre les faux-semblants.

Au reste, elle préfère prier pour l'avenir de l'humanité, pour la paix et la fraternité, sujets plus abstraits mais plus nobles – après tout, on a l'éternité que l'on mérite, rien ne sert d'y songer au dernier moment, d'autant plus que le paradis et l'enfer commencent sur terre ; par chance, elle n'a pas connu le second, mais il est vrai qu'elle n'a pas ménagé ses efforts au long de huit décennies, s'obstinant dans sa voie en dépit des surnoms dont elle se savait affublée par son entourage : la *chanoinesse*, allusion perfide à son compagnonnage spirituel avec le pauvre abbé Carnus, un *sainte Gabrielle* des plus narquois, enfin, le plus fréquent *Gaby de Jésus*, non, elle n'a jamais été dupe.

Courrier mis à part, les journées paraissent moins longues maintenant qu'elles sont entrecoupées par les visites de l'infirmière, du kinésithérapeute, des voisins et des membres de la famille que la distance ne rebute pas – sa nièce Mireille, rebaptisée *Judas* par Noélie, et de lointaines cousines qui ne l'oublient jamais dans leurs pensées même si elles disparaissent parfois pendant plusieurs mois. Ou encore Louis, son frère cadet, à l'allure si jeune pour son âge, qui, après l'avoir auscultée, lui parle toujours de leur enfance – ou plutôt de la sienne à lui, puisque huit années les séparent – et de connaissances communes en tirant machinalement sur son nez comme s'il voulait le rallonger : untel envoie ses amitiés, un autre fait dire qu'il lui téléphonera. Louis, justement, le dernier représentant mâle, le dernier médecin de sa famille, le dernier rescapé avec elle de leur fratrie, étant donné que Raymond, André, Pierre, Lily et Henriette sont déjà partis, le dernier à porter sur ses traits et son corps sec le reflet de leur père et de leur mère. Certes, des cousins de leur génération subsistent encore, mais ce n'est pas la même chose, et si elle se sent proche de Noélie, une femme de tête comme elle, Julienne lui semble parfois aussi étrangère que si elle possédait un tout autre sang, pas ce sang de Randan qui devrait pourtant être, chez elle, plus dense, plus rouge, parce que le domaine l'a vue naître et grandir alors qu'elle, Gabrielle, est venue au monde en ville.

Elle s'assure que son Sonotone est branché – il lui arrive de l'éteindre ou de l'ôter non seulement pendant que Julienne écoute, plus que regarde, ses feuilletons télévisés, mais aussi lorsqu'elle est elle-même fatiguée d'entendre la rumeur du monde, cette stridence d'engin mécanique dont le conducteur a perdu la maîtrise, et dans ce cas elle ferme les paupières, simule le sommeil, un art où elle excelle – afin de ne pas se laisser surprendre par un visiteur, même si cette éventualité est plutôt rare à cette heure de la journée. Puis elle s'empare de son stylo, d'une feuille de papier, et commence :

Monseigneur et cher ami,

Probablement avez-vous appris par mon frère Louis qu'un malencontreux accident m'oblige à garder le lit depuis plusieurs semaines. La sagesse de Notre Seigneur

– que Son nom soit éternellement chanté par toutes les nations – est insondable, car sans cette épreuve physique et l'immobilité forcée qui en résulte je n'aurais pas été amenée à réfléchir sur mon humble existence et en particulier sur les principes qui l'ont régie depuis le jour où, encore adolescente, je fis le vœu d'être Sa dévouée servante.

Dans sa terrible et funeste réalité, la Première Guerre, qui venait de me ravir un cousin tant chéri et de jeter mes frères aînés sur plusieurs fronts, m'enseignait alors que ma place n'était pas entre les murs d'un couvent, contrairement au vœu que j'avais confié dans un premier temps à mes regrettés parents : non, ces murs étaient trop confortables pour une âme telle que la mienne, naturellement portée à la pénitence ! C'est parmi les laïcs, au cœur de l'action, dans la bataille, qu'il fallait que je contribue à la gloire du Très-Haut !

Je pris la tête d'un petit groupe de ferventes fidèles qui aspiraient tout simplement à soulager par des mots de consolation et d'infimes présents matériels, passe-montagne, gants, confiseries, les souffrances de nos malheureux poilus, expédient visant à inculquer à ces rudes soldats les bienfaits de la paix et de la fraternité. Ce furent les prémisses. Vous n'ignorez pas le rôle que j'ai joué ensuite dans la jeunesse féminine catholique de ce département et dans l'accueil de nos pèlerins au sein de la modeste maison que Notre Seigneur crut bon de placer sous ma direction à Lourdes, je n'y reviendrai donc pas. Sachez juste qu'en me retournant aujourd'hui sur mon passé je puis dire que je suis demeurée fidèle à la ligne que je m'étais fixée.

J'aurais donc aujourd'hui de quoi être comblée par le sentiment du devoir accompli. Pourtant, depuis un certain temps, je me sens sans cesse poursuivie par le même tourment : la certitude d'avoir presque malgré moi renoncé à ce qui m'eût permis de célébrer le principe

*que j'ai toujours placé au-dessus de tous les autres,
en d'autres termes la Virginité. S'il est trop tard pour
prendre le voile puisque, à l'âge qui est le mien, je serais
un poids pour une communauté religieuse (sans compter
que mes cousines ont besoin de ma présence dans notre
retraite), je peux encore prononcer un serment sacré qui
constituerait, plus qu'une promesse, la clef de voûte de
l'engagement de toute une vie.*

*J'ai donc résolu d'offrir ma chasteté à Notre Seigneur
en devenant une de ses vierges consacrées. D'ici environ
deux mois, me dit-on, ma fracture sera ressoudée et je
serai à même de m'agenouiller devant l'autel de notre
cathédrale. Je vous saurai donc gré de soumettre au
Saint-Père ma demande lors de votre visite* ad limina *que
je sais prochaine et, s'il l'autorise, de me communiquer
les instructions concernant la préparation spirituelle à
ladite cérémonie que j'effectuerai, si vous me le permet-
tez, sous votre sage et amicale direction (il me semble
savoir qu'une robe et des souliers blancs forment la
tenue exigée).*

*C'est donc dans l'attente fervente de vos nouvelles
que je vous prie de recevoir, Monseigneur et cher ami,
mon souvenir respectueux.*

Signature, enveloppe, adresse, timbre, voilà, il suffira
de dissimuler la lettre parmi d'autres, de la fourrer dans
le sac à courrier qui trône sur le buffet de l'entrée entre
la pleureuse en bronze de Denys Puech et l'inévitable
bouquet de saison, en ce moment des dahlias rouge
sang – *sanque*, dit-on dans la région où l'on prononce
toutes les lettres et fait traîner le *y* comme s'il tenait
sous sa coupe un *ï*, deux *l* et un *e*, les autorisait pendant
quelques secondes à s'éloigner au bout d'une laisse avant
de les ramener à lui d'un geste sec – et que Julienne lui
présente chaque jour vers onze heures, déjà alourdi par
les missives de Noélie, avec cet air à la fois solennel et

détaché dont on se pare lorsque, à la messe, on tend le panier de la quête, et demain ou après-demain le père évêque l'aura sur son bureau.

Le fossé est donc franchi, pense Gabrielle qui peut maintenant éteindre son appareil auditif et regarder défiler derrière le voile ambré de ses paupières sa propre silhouette revêtue d'une robe blanche en moire ou, mieux, en soie grège – l'organdi est réservé aux jeunes filles, le satin aux femmes légères, le lin a l'inconvénient de se froisser –, évidemment boutonnée jusqu'au cou et de préférence à col montant, s'avançant dans la nef de la cathédrale, sur des souliers à bout carré de la même couleur, puis gravissant les quelques marches qui mènent à l'autel devant lequel son ami l'attend, coiffé de sa mitre. Des enfants de chœur se déploient autour d'elle, un cierge à la main, et la cérémonie commence sous les regards émus des membres de sa famille alignés aux premiers rangs par ordre de proximité de sang, des amis, des connaissances, des voisins, qui se réuniront ensuite pour fêter la nouvelle vierge consacrée au cours d'un cocktail où seront également conviés les représentants du clergé – outre l'évêque et les autres célébrants, les religieuses connues autrefois et demeurées fidèles au nom de la famille.

Gabrielle est occupée à passer en revue les possibles cadres de cette réception – maison amie, domaine, restaurant – lorsque son matelas s'affaisse sur la gauche, faisant éclater telle une bulle corbeilles de fleurs, voix haut perchées, tenues chic, une coupe de champagne dans lequel elle se contenterait bien sûr de tremper les lèvres : Jo s'est assis, échevelé, un peu barbu, un panier de merises sur les cuisses et un chien dans les pieds – le blanc maculé de taches noires, setter anglais abâtardi, Ulysse ? à force, elle finit par les confondre, d'autant qu'elle n'éprouve pas d'amour immodéré pour les bêtes qui chez ses parents restaient cantonnées à l'extérieur.

Jo sourit et elle mord dans une bille d'un violet irisé, dont le goût et la tiédeur lui ramènent malgré elle à l'esprit l'enfance, le soleil, le tronc rugueux des arbres, les paniers, la grosse cuisinière à bois, ses cercles brûlants vivement ôtés à l'aide d'une tige au bout recourbé afin de hâter l'ébullition puis remis en place sans que les enfants aient obtenu entre-temps le droit de s'approcher ; l'écume un peu pâle dont on se régalait au goûter, étalée sur des tranches de pain ; les pots de verre en rangs sur la table, transparents puis jaunes, roses ou rouge foncé ; les couvercles découpés dans du papier sulfurisé ; les élastiques et les étiquettes que Thérèse et Augustine rempliraient avant de les coller.

Elle détache un mouchoir en papier et crache le noyau dedans, se ressert tout en pensant à réprimer sa gourmandise – non seulement parce qu'il s'agit d'un péché, mais aussi parce que les fruits ont un effet laxatif et qu'elle ne peut oublier la chaise percée qui se rapproche chaque matin, après le petit déjeuner, devant une infirmière solennelle, pour disparaître ensuite en direction du vestiaire –, à réprimer ses souvenirs.

Et si elle faisait une exception ? songe-t-elle, si elle s'abandonnait à la gaieté de ce goûter en pleine matinée, à l'insouciance du fils de Julienne qui, lui, n'a de comptes à rendre à personne, ni aux hommes ni à Dieu, pour le simple fait qu'il est… comment dit-on ? retardé ? arriéré ? handicapé ? en vérité, il a l'innocence d'un nouveau-né, à moins que personne ne naisse innocent, que le mal ne soit en nous dès le début et que l'être humain ne soit condamné jusqu'au dernier jour à rechercher l'état de pureté d'avant le péché originel, oui, c'est l'Église qui l'affirme et elle, Gabrielle, a toujours suivi ses préceptes, il est trop tard pour en douter ; au reste, si elle ne s'abuse, Marx, cet individu dangereux, disait exactement le contraire, à savoir que l'homme naît pur et qu'il est perverti par la société.

Puis Jo sursaute et tourne la tête vers le téléphone qu'on laisse d'habitude débranché afin de ne pas gêner le repos de la convalescente, laquelle constate avant même de rallumer *ses oreilles*, comme elle le dit souvent, qu'il s'est mis à sonner et que personne ne répond – en général, Julienne s'en charge grâce à une seconde prise, installée au retour de l'hôpital sur le palier du premier étage.

Et comme les sonneries se multiplient, Gabrielle invite son visiteur à réagir : s'il ne se sent pas capable de parler, qu'il rapproche au moins le lit du téléphone – le sommier est doté de roulettes, autant qu'elles soient utiles – et la voici, serrant le combiné entre les doigts, écoutant une voix lasse lui dire que c'est Françoise, s'enquérir de sa santé et soupirer parce que personne ne lui avait appris la nouvelle de l'accident, *typique de la famille*, dit la voix, *typique des cousines*, apparemment contrariée. La voici, répondant que tout finit par se savoir et que le temps n'existe pas, que seule existe l'éternité, observant une pause avant de balbutier *bien sûr, tu es ici chez toi* car l'unique fille de Raymond lui a demandé si elle pouvait héberger sa propre fille, la cadette, qui, semble-t-il, n'est pas au meilleur de sa forme, *mais qu'a-t-elle donc au juste ?* interroge Gabrielle. – *Oh, tu connais mieux que quiconque les jeunes filles, elles traversent toujours des moments de tristesse, d'égarement, c'est une façon de grandir... bref, Randan lui changera les idées, tu sais bien que, toute petite déjà, elle avait une passion pour cette maison. Mais je ne veux pas déranger, non, je ne veux pas, d'autant que tu as besoin de tranquillité...*

La suite se perd un peu parce que l'octogénaire est occupée à calculer l'âge de Zoé et qu'elle tombe sur le chiffre vingt-quatre : quand on a vingt-quatre ans, pense-t-elle, on n'est plus victime de crises d'adolescence, il doit s'agir d'un chagrin d'amour, d'une brouille avec son fiancé. Elle formule la fin de sa réflexion tout haut et s'attire un *non, pas de fiancé, du moins pas de fiancé en titre*, un rire un peu gêné, puis *dans huit jours alors, tu es certaine, bien certaine que cela ne te dérangera pas ? Que cela n'ennuiera pas non plus Julienne et Noélie ? Ne préfères-tu pas y réfléchir, en parler avec elles ? Je peux te rappeler ce soir ou demain matin…*

Gabrielle est catégorique : elles seront toutes trois ravies d'accueillir la jeune fille ; du reste, les grandes maisons sont faites pour ça, pour les réunions de famille ; certes, le confort n'est pas des meilleurs, mais… et qui sait ce que comprend sa nièce puisqu'elle se hâte de déclarer qu'elle versera *un écot, évidemment, euh, une pension pour l'entretien de Zoé*, mentionne une date, remercie et raccroche.

Elle repose à son tour le combiné et se rend compte que, si les merises sont toujours là, Jo s'est bel et bien éclipsé, laissant le lit de travers au milieu de la pièce pour on ne sait combien de temps, sans doute jusqu'à la fin de la matinée, moment où Noélie s'assied en général à côté d'elle, munie d'un carton à l'intérieur duquel elle espère débusquer des détails utiles à son histoire, tandis qu'elle, Gabrielle, ne songe qu'à trier, faire de l'ordre, se débarrasser de la paperasse qui encombre ses tiroirs – un nouveau départ commence par des rangements, a-t-elle toujours pensé, et l'accident dont elle a été victime constitue à l'évidence la fin d'un chapitre ou le début d'un autre.

Mais sa nièce, Françoise, s'est introduite dans ses pensées à l'image d'une tige d'ipomée s'enroulant autour d'un tuteur et voilà qu'elle réapparaît – éclosion de fleur – sous forme de bébé dans les bras d'un Raymond radieux ; d'enfant lançant le cochonnet dans une des deux allées qui délimitent toujours un grand œuf en herbe de l'autre côté des fenêtres ; d'adolescente en tenue de jeannette puis de guide répondant au nom d'*Akela*, celui du vieux loup de Kipling ; de mariée, au bras d'un Parisien aux yeux clairs ; de mère entourée de trois enfants, dont cette Zoé souffrant d'un mal qui n'a pas été clairement expliqué.

Il y a huit ans, quand le testament de Raymond a disposé que le domaine irait à sa sœur et à ses deux cousines, c'est à Françoise justement que Gabrielle a songé, hésitant entre la culpabilité et la fierté qu'un tel geste ne pouvait qu'engendrer, et, bien entendu, il n'a pas été besoin d'une clause supplémentaire pour que cette branche de famille ainsi lésée soit priée de ne modifier en rien ses habitudes, de passer les vacances d'été dans ce qui aurait dû, selon la loi humaine, constituer son bien.

Pendant les années qui ont suivi, la maison a donc accueilli six personnes de juillet jusqu'en septembre, accompagnées d'un chien, d'un hamster, de poissons rouges, d'un autre chien, puis, au fil du temps, ces visites se sont espacées, écourtées, avant de cesser tout à fait. Trop de route, trop de tournants, trop de pluie après le 15 août, tels ont été les motifs invoqués par Françoise, motifs définitivement scellés par la disparition de sa mère un an et demi plus tôt – était-ce une façon de tirer un trait sur le passé, d'oublier ? ou l'acceptation, enfin, de la situation voulue par le chef de famille ? impossible de le dire, même si les trois copropriétaires y sont allées chacune de sa petite idée, Julienne affirmant qu'elles avaient sûrement prononcé à leur insu des mots qui avaient déplu, des mots sur quoi, sur qui ?

Gabrielle se réjouit à l'idée de disposer de nouveaux interlocuteurs, puisque Julienne et Noélie, peu portées à la patience, au dévouement, se contentent de s'asseoir et de bavarder quelques instants avant de réintégrer, la conscience en paix, les autres pièces de la maison, la cour, le jardin. Elle songe aux futures parties de Mille Bornes, de Scrabble, d'autres jeux – le bahut de l'entrée en est plein – quand une inquiétude s'empare d'elle : et si ses cousines avaient quelque chose à redire à propos de ce séjour ? Si elles lui reprochaient son initiative ?

Il est un peu tard pour inventer un prétexte, et faire machine arrière n'est pas dans ses habitudes ; et puis elle sent qu'elle a déjà eu son comptant d'émotions ce jour-là, inutile de s'inquiéter maintenant des caprices d'autrui. Elle pose ses lettres bien en évidence sur son ventre afin que Julienne les remarque lorsqu'elle viendra relever le courrier, éteint une nouvelle fois son Sonotone et retrouve la cathédrale de Rodez, sa robe en soie grège, ses chaussures à bout carré, les enfants de chœur déployés autour d'elle, pareils aux anges du Seigneur. Perché sous les voûtes, à son majestueux instrument, l'organiste profite du recueillement général pour laisser libre cours à son talent, Bach, un extrait de la *Passion selon saint Matthieu* ou *selon saint Jean* ?

10

Couvée par son beau-frère et par un cousin qui, exerçant tout près, à Cassagnes-B., avait été chargé pour plus de commodité de suivre sa grossesse, Jenny accoucha en mai d'une fillette rose et blonde dans les traits de laquelle elle voulut aussitôt voir une Thomas, plutôt qu'une Randan, même si Virginie avait coutume d'affirmer que les bébés ne gardent leur apparence première que quelques jours pour adopter tour à tour celle des autres membres de la famille jusqu'à trois ou quatre générations en arrière.

Compte tenu de son âge et parce qu'elle avait déjà perdu un nouveau-né, elle avait refusé de choisir un prénom à l'avance ; elle accueillit non sans fierté celui qu'Henri lui proposa dès qu'il put l'approcher, tandis que les femmes présentes, les manches encore retroussées, défaisaient leurs longs tabliers pour s'engager dans l'escalier et se diriger en compagnie du médecin vers la salle à manger où l'on allait servir du café, du vin doux, des gâteaux, de quoi se ressaisir.

« Julienne, avait-il dit, assis sur le bord du lit, entre la femme et le berceau. Pour qu'elle ait les mêmes initiales que toi et qu'elle soit ainsi, en quelque sorte, ta continuation.

– Bien, il en sera ainsi, mon ami. Le choix t'appartient d'autant plus que c'est ta dernière fille, ton dernier enfant. Je suis décidément trop vieille, répliqua-t-elle non sans coquetterie, prévoyant le démenti qu'il apporterait. Regarde-la. »

Mais il ne regardait pas la petite créature emmaillotée dans son berceau, trop occupé à scruter le visage de la mère dont la fatigue ne parvenait pas à obscurcir à ses yeux la beauté, et, si la courtoisie ne le lui avait pas interdit, il aurait volontiers souscrit à la première partie de sa déclaration, tant il avait tremblé au cours des derniers mois, craignant que cette grossesse tardive n'entraînât des complications, pis, la perte de celle qui lui inspirait depuis l'adolescence un amour presque indécent s'il le comparait à celui qu'on rencontre dans les unions habituelles, lequel atteint un pic dans les premières années avant de décliner inexorablement, en admettant qu'il ait jamais existé.

C'était la fin de l'après-midi, et il semblait que la lumière s'était adoucie tout exprès pour nimber Jenny et sa fille d'un halo estompant les rides, les tensions et ces plis qui donnent parfois aux nouveau-nés l'aspect d'une pomme oubliée dans un coin du cellier. Malgré les soins des femmes, les cheveux de l'accouchée, dont le travail avait commencé au petit matin, étaient encore mouillés de transpiration à la racine, sur les tempes et le front, et Henri la revit soudain, jeune fille, courant vers lui en plein soleil dans le domaine qu'elle lui apporterait et qui tirait son nom, Castaniès, de ses châtaigneraies : que de fois il l'avait retrouvée ainsi, en cachette, averti qu'elle l'attendait à l'endroit habituel par sa future belle-sœur, la sage et complice Rachel !

Bien que cette dernière eût déjà pris la résolution d'entrer au couvent, elles portaient alors toutes deux des accroche-cœur et cette coquetterie, bannie dans la famille d'Henri, plus austère, émouvait le jeune homme non seulement parce qu'elle était jolie à regarder, mais aussi, surtout, parce qu'il savait son cœur accroché,

mieux, solidement, définitivement, harponné par sa belle. Ainsi, les petites boucles de cheveux châtain clair, blonds en été, étaient devenues comme le symbole de leur amour, il se plaisait à les voir collées sur le front de Jenny quand elle avait couru ou qu'il faisait chaud, et s'enivrait de leur parfum en les couvrant de baisers, si bien qu'il continuait de lui demander, alors que cette mode avait passé, pourquoi elle ne les arborait pas plus souvent.

Maintenant que le péril était écarté, que Jenny se tenait, fatiguée, certes, mais bien vivante, devant lui, Henri s'abandonna à l'émotion ; pressant sur ses lèvres le dos de cette main aimée, il eut la sensation que sa poitrine se contractait, comme s'il avait encaissé un coup de poing, et il laissa couler ses larmes, à la surprise de sa femme qui, si elle connaissait sa tendresse, était habituée au masque de gravité qu'il imprimait sur son visage comme feu son père, le patriarche, et pas seulement sur les foirails.

« Oh, Henri, voyons ! » s'exclama-t-elle et, se redressant, elle accueillit son buste contre le sien, lui lissa les cheveux de la nuque, ainsi qu'on le fait avec les enfants qui ont du chagrin. D'ailleurs, c'est bien comme un enfant qu'il se conduisait, puisqu'il murmura :

« Ma douce, promets-moi… promets-moi que tu ne mourras pas avant moi.

– Je te le promets, je te le promets, bien sûr. Ou plutôt, je promets que nous mourrons ensemble, dans cinquante ans, pas avant, quand nous aurons des cheveux blancs et des arrière-petits-enfants. Quand nous aurons tiré tout le suc de la vie et que nous en serons las. Cela te convient-il ? » Puis, tandis qu'il hochait la tête dans son cou, elle poursuivit d'un ton enjoué : « Tu ne veux vraiment pas regarder ta fille ? »

Alors il attira le grand berceau à lui et, sans doute à cause des larmes qui lui embuaient les yeux, il ne vit d'abord qu'un petit minois aux traits peu prononcés, légèrement soufflés, pareils à la surface d'un pain de Gênes qui commence à lever dans le four, avant de saisir comme en un crescendo une bouche charnue, parfaitement dessinée, des cheveux fins et clairs, un joli front un peu bombé, ni trop étroit ni trop large, un menton rond, une menotte minuscule quoique replète aux ongles semblables à des éclats de nacre, un teint hésitant entre la rose et la pêche, et il se figura que telle avait dû être Jenny aux premières heures de son existence.

Pour cette raison peut-être il songea qu'il aimerait cette fille d'un amour plus tendre que les autres, à moins que ce ne fût plus simplement parce qu'elle lui apportait le sentiment d'être encore jeune, encore maître d'une existence emplie de promesses, lui ramenant soudain à l'esprit l'image de sa première née, la projetant sur le berceau, la faisant même adhérer de force, bien que Thérèse eût été un bébé brun, très Randan, et qu'elle fût à présent elle-même mère d'une fillette.

Pour que l'illusion restât complète, il décida de célébrer cet événement par une grande fête qui réunirait les membres de sa famille et rapporterait parmi eux la gaieté dont la mort du patriarche les avait privés un an plus tôt, mieux, qui inaugurerait une nouvelle ère dans leur histoire commune. Et comme un tel rassemblement ne pouvait s'effectuer qu'une fois Jenny rétablie et durant l'été, période où frères, beaux-frères, fils, cousins et gendres occupés en ville se libéraient plus facilement de leurs engagements, il en remit l'organisation à plus tard, se résolvant pour l'heure à fêter la naissance auprès de ses proches et de tous ceux qui partageaient son existence, à quelque niveau que ce fût.

C'est ainsi que commencèrent des jours de liesse qui semblèrent devoir durer jusqu'à la grande réunion de famille, comme des cailloux lisses et blancs qu'Henri eût semés derrière lui non pour mieux retrouver son chemin, mais pour laisser une trace de l'événement aussi solide que le sont les minéraux et conclure en apothéose.

Cette soif de réjouissances paraissait étrange aux yeux de certains, plus enclins à marquer la naissance d'un fils, l'éclosion d'un bourgeon censé se transformer en rameau de branche et conduire on ne savait où – le plus loin possible espérait-on – le nom de la famille, ce qui ne pouvait être le cas d'une fille, appelée par le mariage à perdre ce nom jusqu'au jour de sa mort, quand il serait paradoxalement exhumé pour être plaqué sur les faire-part. Ils ne comprenaient pas que c'était sa jeunesse retrouvée qu'Henri célébrait ainsi, une jeunesse fictive et donc évanescente, certes, mais d'autant plus savoureuse qu'elle resurgissait dans la plénitude d'une vie où tout était réussi, exemplaire, depuis sa descendance jusqu'à son activité professionnelle, en passant par les œuvres sociales qu'il avait fondées et qu'il présidait dans le but de secourir les plus faibles à temps pour qu'ils ne versassent pas dans la misère, si commune dans ces régions rurales.

Malgré les haussements d'épaules de Virginie, qui jugeait ces manifestations déplacées, il offrit de petits plaisirs à son personnel, notamment sous la forme d'un bal où il apparut le temps des premières danses au bras d'une Madeleine si enjouée, si charmante qu'elle semblait la véritable reine de la soirée. Du reste, ce bal célébrait aussi, d'une certaine façon, ses vingt ans, qu'elle avait eus trois jours plus tôt et qu'on avait fêtés sans tapage pour la raison qu'elle détestait être l'objet de l'attention générale, et qu'elle était à la torture chaque fois qu'il lui fallait souffler des bougies et recevoir des cadeaux, en l'occurrence un médaillon en or offert par sa grand-mère.

Elle avait également refusé qu'un peintre fît son portrait, comme le voulait la coutume, ou qu'un photographe figeât ses traits sur une plaque de verre, ce qui lui avait valu de la part d'Henri l'appellation de *sauvageonne*, certes tempérée par des accents de tendresse et de fierté. À la lumière des lampions en papier de couleur accrochés à des fils qu'on avait tendus au-dessus de la cour, elle virevoltait maintenant, légère, sans se soucier des mèches qui s'échappaient de son chignon, au son d'un violon manié par Adrien, le bras droit de son père, solide et séduisant trentenaire dont les yeux ne la quittaient pas.

Dans l'après-midi on avait également installé au bas du perron un plancher, des bancs, des tables à tréteaux, descendu le piano, et l'on se serait cru dans une véritable fête de village si une limite aux réjouissances n'avait pas été fixée à l'avance afin qu'on ne troublât pas excessivement le repos de Julienne et de sa mère.

Jenny s'était en effet contentée de faire une apparition avant le début des danses, trop fatiguée encore pour s'attarder, et, après avoir salué domestiques et ouvriers, était rentrée retrouver son bébé en compagnie de la sévère Augustine qui, ne goûtant pas ce genre de réjouissances, avait déclaré qu'elle veillerait sur ses jeunes sœurs. Or, si Berthe, assombrie par la perspective de céder à la benjamine la chambre qu'elle croyait définitivement sienne, s'était montrée docile, Noélie qui, à l'âge de sept ans, avait toujours coutume d'errer la nuit dans la maison pour repousser l'inquiétude dont est invariablement accompagné le manque de sommeil avait feint de dormir, puis s'était soustraite sans aucune peine à sa surveillance.

Assise sur le muret de la terrasse formant un angle droit avec la tour, les jambes pendant dans le vide, elle regardait Madeleine quitter les bras de leur père et remplacer Jean au piano, à la grande joie du violoniste avec lequel la jeune fille échangea un signe d'entente avant d'entamer une polka qui serait, nul doute, endiablée.

De fait, des cris de joie saluèrent les premières notes et Jean eut tout juste le temps de s'incliner devant une fille de cuisine particulièrement avenante : aussitôt les danseurs s'élancèrent dans un tourbillon qui fondit visages, corps, vêtements en une seule arabesque bariolée. Pensionnaire à Rodez, le garçon était venu passer deux jours au domaine pour faire la connaissance du dernier membre de sa famille, et les remontrances que sa grand-mère avait conçues dès l'annonce de ce projet, jugeant un tel déplacement inutile, voire nuisible à ses études, s'étaient évaporées dès l'instant où elle avait revu son visage que la gravité disputait au sérieux.

Personne n'eût pu, en effet, taxer le jeune homme d'insouciance, tant il paraissait imprégné de ses futures responsabilités maintenant qu'Édouard, l'aîné, s'était définitivement engagé dans une voie étrangère à l'agriculture et au domaine en particulier, celle de l'électricité dont le mystère ne peut rivaliser avec celui de la nature pour la raison qu'il obéit à une logique humaine. Au reste, il demeurait grave dans la danse, comme indifférent au charme de la jeune fille aux joues de laquelle le rouge était monté moins sous l'effet de la vitesse et des efforts que requiert la polka qu'à cause de l'embarras qui l'avait envahie au moment où il lui avait saisi la main.

Graves, son frère cadet Paul et son cousin Raymond, qui avaient profité de la voiture retenue pour l'occasion et de sa protection pour participer aux festivités, ne l'étaient pas : âgés respectivement de quinze et de seize ans, ils riaient en virevoltant avec leurs cavalières, deux filles un peu délurées qui ne dédaigneraient pas, espéraient-ils, les accompagner après le bal dans un fenil ou dans le grenier à blé.

Il eût été difficile, d'ailleurs, de ne pas tomber sous leur charme : bruns, bien charpentés, sains, les yeux marron, ils respiraient la fougue, la franchise, la gaieté, l'envie de tout connaître et de tout expérimenter ; plus doués sur un cheval que sur une piste de danse, ils se trompaient de temps en temps dans les pas, ce qui déclenchait leur hilarité et celle de leurs partenaires.

Henri, qui s'était appuyé contre le montant du piano afin de reprendre haleine, ne put s'empêcher de sourire à ce spectacle, ayant connu de pareilles amourettes avec des domestiques de son père, des filles trop effrontées ou trop naïves que, favorisé par sa gentillesse et son physique avenant, il avait cueillies aussi aisément qu'on cueille un fruit. Il ne s'attarda pas non plus sur les signes de tête et les sourires qu'échangeaient la pianiste et le violoniste, les prenant pour des marques de connivence nécessaires au choix des morceaux et à l'accord des deux instruments ; de plus, l'estime et le respect que lui valait sa bienveillance envers ses employés l'autorisaient à croire que, pas plus que ses propres enfants, ils ne trahiraient sa confiance.

Voilà pourquoi il s'éloigna sans arrière-pensée : il avait remarqué sur le muret Noélie, qui, enveloppée dans un châle sombre, serait passée inaperçue si un pan de sa chemise de nuit, échappant à ce camouflage, n'avait attiré l'attention, comme un objet phosphorescent, mais, sans doute pour le motif qu'aucun désir étranger à Jenny ne l'effleurait depuis l'éclosion de leur amour, il avait oublié que les êtres obéissent à des lois d'attraction réfractaires aussi bien à la raison qu'aux conventions.

Son départ fut semblable à l'escamotage de l'obstacle qui s'interpose entre l'aimant et le morceau de fer : le flux magnétique put agir en toute liberté, et Adrien se rapprocha sensiblement de sa partenaire. Grand, mince, il avait ramené en arrière les cheveux qui retombaient en général sur son visage en une pluie battante et brune et il exhibait à présent un front large, plus pâle que le reste de son visage, des yeux que Madeleine n'eût jamais crus si bleus. C'était peut-être aussi l'ample chemise blanche, qu'il avait substituée à son habituelle blouse de travail et fermée au cou par un nœud, qui accentuait le doré de son teint et faisait ressortir ses prunelles ; bien qu'on fût au mois de mai, il avait ôté sa veste pour éviter d'être gêné dans ses mouvements et il se balançait, bien planté sur ses jambes, en marquant le rythme du pied.

Soudain la jeune fille fut troublée : depuis des années l'homme figurait en marge de son existence quotidienne comme un des multiples personnages dans les œuvres de Bruegel l'Ancien et voilà qu'il abandonnait le char à bœufs, les gerbes de paille, la jetée de l'étang, les troncs où s'abat la cognée, le flanc des vaches ou des brebis pour grandir et occuper l'espace au premier plan. Le cœur battant, elle se concentra sur ses propres doigts, de crainte de se tromper, tout en songeant qu'elle prierait Jean de la remplacer au clavier à la fin de la polka, mais les notes se succédaient et son embarras s'estompait, il s'effaçait devant une sensation nouvelle, semblable au vertige qu'on éprouve après avoir couru à perdre haleine, tournoyé sur soi-même, imprimé à la balançoire un élan capable de vous propulser dans le ciel.

Avant que la polka prît fin, Adrien se pencha sur le piano et lança « Mademoiselle Madeleine, on accélère ? » parce que les cris et les rires s'étaient multipliés au cours de la danse autour d'eux, rebondissant sur les pierres qui délimitaient la cour sous forme de façade, de perron, d'écurie, de tour, de bâtiments divers.

Madeleine osa alors relever la tête et, curieusement, découvrit un homme différent de celui qu'elle regardait encore quelques secondes plus tôt : l'émotion qui s'était saisie d'elle semblait avoir modifié son aspect, conservant certes à ses yeux le même bleu, à ses cheveux un châtain identique, à ses mâchoires un dessin tout aussi carré et déterminé, mais les parant de nuances nouvelles à la manière de la moire lorsqu'on l'incline à la lumière.

Et comme il accélérait, elle s'employa à ne pas se laisser distancer, tentée par le désir de le dépasser, d'imprimer le rythme à son tour, avant de comprendre qu'il était plus doux de le rejoindre et de se couler dans le même pas, de tourbillonner avec lui, ce qui est justement le plaisir de la danse, sans qu'il fût besoin pour cela que l'homme lui ceignît la taille, tant leur proximité était grande désormais.

Madeleine aurait presque pu dire qu'elle était devenue quelqu'un d'autre quand la dernière note retentit et que les danseurs ressurgirent, d'un seul coup, du tourbillon de notes, de couleurs et d'exclamations ; effrayée, elle pivota sur son tabouret et, comme pour s'assurer qu'elles étaient bien réelles, regarda ces créatures familières se pencher en avant, les mains sur les hanches, ou s'appuyer l'une contre l'autre à la recherche de leur équilibre et de leur souffle, ou encore passer furtivement un mouchoir dans leur cou. C'est ainsi qu'elle aperçut son père : debout de l'autre côté de la piste, il pressait contre sa poitrine un baluchon noir et blanc d'où s'échappaient deux jambes croisées derrière son dos pour mieux s'agripper, et il riait d'un rire gai, insouciant, qu'elle ne lui avait jamais vu. Alors elle se retourna et soutint le regard d'Adrien avant d'abattre une nouvelle fois les mains sur le clavier.

11

Si Madeleine avait refusé qu'on fît son portrait pour marquer ses vingt ans comme le voulait la tradition, ce n'était pas uniquement par timidité : cet âge avait toujours constitué une limite au-delà de laquelle une jeune fille pouvait, ou plutôt devait, songer au mariage comme à une perspective proche, inéluctable, et elle aurait préféré retomber en enfance plutôt que de l'atteindre.

En réalité, ce qu'elle redoutait, c'était moins l'idée de s'unir à un homme que celle de quitter le domaine : elle aurait voulu y passer tous les jours de son existence, s'y éteindre et y être enterrée. De Randan, elle aimait les étendues de blé, d'orge ou d'avoine ondulant au vent, l'odeur des feuilles mortes que la pluie a détrempées et celle des éteules, les châtaigneraies baignant dans le soleil de l'automne, les landes sur lesquelles la brume de novembre suspend comme des voiles déchirés, les sousbois dont le sol épais, moussu, assourdit le pas des chevaux, les grands prés séparés par des haies semblables à des morceaux de tissus grossièrement cousus ensemble, les vaches disséminées dessus comme des motifs ou des broderies ; en somme, la nature, non le bâti, même si elle concevait un tendre attachement pour la vieille maison et la tour à l'angle de laquelle sa chambre était située.

Sans doute ignorait-elle que c'était cette même nature qui avait arrêté les pas d'Adrien huit ans plus tôt, alors

126

qu'il traversait le Ségala à la recherche d'un emploi. Venu d'on ne savait où, d'apparence plus nordique que méridionale, modestement mais correctement vêtu d'un pantalon de futaine, d'une chemise, d'un gilet de velours et d'une veste, le jeune homme de vingt-trois ans avait pénétré dans le champ, au bord de la route, où se tenait celui dont l'allure et la tenue indiquaient sans équivoque possible qu'il était le maître, encore qu'il portât les traditionnels sabots des paysans, et, ôtant son chapeau, lui avait proposé ses services.

À l'évidence, la chance s'était glissée dans son havresac, car Henri lui avait demandé son âge et ce qu'il savait faire au juste, puis, satisfait de sa réponse, l'avait engagé pour une période d'essai, trop heureux de trouver si vite un remplaçant au *cantalès* qu'il venait de renvoyer, l'ayant surpris non seulement à user du bâton plus que nécessaire avec les vaches dont il avait la charge, mais aussi à épier ses filles de derrière une haie du verger où Plock, le chien, l'avait débusqué.

Au fil des mois, le nouveau venu avait su se tailler une place au domaine et gagner l'estime de son maître, sensible à son sérieux et à sa discrétion ; logé dans une pièce à l'arrière de l'étable, il évitait de se mêler aux

bavardages de ses semblables dont il ne parlait pas le patois, allant même, quand le temps le permettait, jusqu'à consommer ses repas seul, en plein air, plutôt qu'à la table commune. De même, il se montrait indifférent aux filles de ferme qui feignaient de se heurter à lui ou de laisser échapper un pot à lait par mégarde pour attirer son attention, émues par son teint clair, ses yeux bleus, son corps élancé qui tranchaient sur les physiques râblés et bruns des autochtones, à moins que ce ne fût par son charme, ou son mystère, combinaison de gravité et de silence.

C'est ainsi qu'à la charge de *cantalès* s'en étaient ajoutées d'autres et que, au fil des ans, Adrien était devenu un pilier pour le domaine sans avoir à exposer les aléas de son existence, pas même à l'adresse de son maître, qu'il secondait désormais en tout, ce qui suscitait, au reste, la jalousie des autres domestiques, surtout des hommes, lesquels racontaient volontiers qu'il était un peu sorcier pour la raison qu'il parlait aux animaux, soignait non seulement les vaches, les moutons ou les chevaux, mais aussi l'hirondelle à l'aile brisée, le renard ou la belette qui avaient perdu une patte dans un piège, la buse blessée par un chasseur, qu'eux-mêmes auraient laissés « crever » sans hésiter.

Henri, pour sa part, n'avait eu qu'à s'en féliciter, amusé de voir les chevaux saisir délicatement la pomme qu'il tenait entre ses lèvres, les vaches accueillir, paisibles, ses grattements entre leurs cornes, les chats sauter dans son giron et les chiens bondir autour de lui pour qu'il les fît jouer. Après sa mort, songeait-il, son fils Jean aurait dans cet employé hors pair un soutien d'autant plus bénéfique qu'il serait discret et saurait combiner l'agronomie aux progrès mécaniques, puisque Adrien était capable, à l'image des vieux paysans, de lire le temps dans la direction du vent et les couchers de soleil. Lui-même appréciait les moments passés en sa compagnie à fumer une pipe et embrasser du regard les collines que l'horizon bleuit et les étendues de céréales pareilles à des cheveux en brosse s'aplatissant et se redressant sous les caresses, à échanger des réflexions au sujet des récoltes, d'une vache qu'ils avaient aidée un peu plus tôt à vêler, ou d'un poulain tout juste né.

Les jours qui suivirent le bal, Madeleine se demanda pourquoi la présence et l'image même d'Adrien lui causaient tant d'émotion, alors qu'elle avait côtoyé l'homme dans l'indifférence au cours des années précédentes, lui rendant d'un hochement de tête le salut qu'il lui adressait, deux doigts portés à son chapeau pour le soulever ne fût-ce que d'un centimètre, avant de se replonger dans ses occupations. Qui, de lui ou d'elle, avait soudain changé ? Et par quel mystère cette silhouette si familière qu'elle en était banale s'était-elle brusquement transformée en une sorte d'aimant ? Était-ce à cause des airs qu'ils avaient joués ? De l'accord de leurs instruments ?

Elle revivait seconde par seconde l'épisode au cours duquel tout avait basculé, un peu effrayée par la Madeleine qui surgissait en elle et se débarrassait de l'ancienne comme d'une de ces peaux de serpent qu'on voit, abandonnées, sur un tas de fumier ou une route, et elle désirait alors retourner en arrière, effacer ce bal ainsi qu'on efface un dessin à la craie. Mais parfois, au contraire, elle trouvait à cette nouvelle Madeleine un aspect plus vif, plus vibrant, comme une caisse de résonance qui renvoie les sons après avoir été longtemps muette, et elle se disait qu'il était agréable d'être sortie des limbes de l'adolescence où tout paraît flotter au ralenti dans l'attente d'un événement.

Alors elle rougissait ou riait en secret de cette métamorphose, s'étonnant qu'elle ne fût perceptible à ses proches, maintenant qu'elle voyait distinctement cette nouvelle version d'elle-même dans chaque miroir, dans chaque carreau de fenêtre où elle se reflétait et, la jugeant plus jolie parce que ses joues étaient plus roses, ses yeux plus lumineux, ses lèvres plus gonflées, lui prêtait une attention accrue.

Un membre de son entourage avait bien saisi son trouble, étant d'une part son témoin privilégié et possédant, de l'autre, une sensibilité qui l'amenait à percevoir les changements d'humeur de la manière dont d'autres pressentent les variations du temps aux vibrations de l'air, à la couleur du ciel et du soleil couchant : sa jeune sœur Noélie. En vérité, la fillette avait développé cette espèce de sens supplémentaire à force d'observer la nature sous toutes ses formes, tel un scientifique muni de loupes qui s'arrête à chaque pas, analyse le brin d'herbe le plus banal, l'insecte le plus insignifiant afin d'en tirer des conclusions, au point d'amener très tôt ses parents à s'émouvoir de son air taciturne, grave et réfléchi, et craindre qu'elle ne fût affligée de quelque retard mental l'empêchant de parler et de rire. Mais ses regards perçants ainsi que ses fuites éperdues au fond du jardin chaque fois qu'on tuait, pour les manger, une poule, un canard, un cochon, les avaient d'une certaine façon rassurés, et Virginie avait eu ainsi tout loisir de prononcer une de ses phrases favorites, à savoir que l'intelligence et la « sensiblerie » sont une malédiction pour une fille.

Certes, Noélie ne s'exprimait pas volontiers, mais elle savait se mettre au diapason de Madeleine, qui vibrait sur une tonalité assez proche de la sienne, ayant elle aussi coutume de se soustraire à la rumeur du monde en de longues rêveries et méditations, pour partager une humeur, une émotion. À l'heure où Berthe s'installait à sa table afin d'exécuter les dessins et les aquarelles dont elle couvrait les murs de leur chambre, elles partaient toutes deux en promenade, pareilles à une dame et un page sans la présence duquel la première n'eût pu songer à se déplacer.

Dès le lendemain du bal, auquel elle avait assisté en cachette avant d'être remarquée par leur père et entraînée à sa surprise dans la danse au lieu d'être grondée, Noélie, qui se plaisait à raisonner par associations d'idées, se rendit compte que le paisible nénuphar auquel elle comparait sa sœur en son for intérieur avait abandonné ses eaux inertes pour se changer en un arbuste à fleurs, une aubépine ou un églantier, battu par le vent, les émotions se succédant sur son visage comme un ciel où les nuages passent rapidement en une alternance d'ombres et d'éclaircies.

Au cours des jours suivants, elle s'aperçut aussi que Madeleine questionnait leur père avec beaucoup d'insistance sur ses occupations de la journée et que, suivant ses réponses, elle fixait telle ou telle destination à leurs promenades, s'agitait et se retournait sur son cheval en fouillant le paysage d'un regard inquiet ; alors il n'était pas rare qu'Adrien apparût au détour d'un sentier ou d'un pré.

Une promenade au bois du Moulin apporta à Noélie la confirmation de ce qu'elle avait pressenti : cet après-midi-là, en quittant l'écurie, les deux sœurs s'étaient engagées dans le chemin des Houx, puis avaient longé une partie de la Plaine où se dressaient des épis de blé encore verts. C'était l'un des itinéraires préférés des garçons de la famille car, au bout du sentier, le *camp del bosc*, le champ du Bois, se déployait, immense, et quand le vent soufflait les chevaux pris d'ivresse s'emballaient si leur cavalier n'avait pas la main assez ferme ; alors il était tentant de favoriser leur élan, le buste penché en avant, et de se livrer à de folles courses sous le regard ahuri des vaches qui paissaient en général non loin de là.

Bien que les filles n'eussent pas l'autorisation de s'y aventurer par ce genre de temps, Madeleine et Noélie enfreignaient parfois l'interdit paternel afin de ressentir cet appel de l'air et de l'espace qui vous laissait le cœur battant. Ce n'était cependant pas le cas cet après-midi-là, et les deux filles descendaient bien tranquillement entre les deux rangées de genêts qui bordaient le sentier, plus sableux dans son second tronçon, quand Noélie entendit un « Ohé » suivi d'une sorte de remous entre les chevelures des arbres, sur la droite. Aussitôt Madeleine flatta l'encolure de sa monture, qui donnait déjà des signes d'inquiétude, et plongea dans les yeux de la fillette un regard qui signifiait « Motus et bouche cousue ».

Elles pénétrèrent bientôt à l'intérieur du bois par l'allée cavalière dont les premiers mètres, particulièrement sombres, évoquaient l'entrée dans un monde mystérieux peuplé de ces créatures qui hantent les rêves, les mythes ou les contes pour enfants – elfes, druides, fées, sorciers, nymphes, centaures, licornes, djinns et autres follets – et sont propices à toutes sortes d'envoûtements.

En général, Noélie se plaisait à interpréter les banals envols d'oiseaux ou courses de rongeurs, écarts de daims, comme les signes de ces mêmes créatures qu'elle imaginait dans des situations auxquelles elle participait à la fois comme actrice et metteur en scène, s'abstrayant à tel point de la réalité qu'on eût pu la croire une simple apparence. Mais aucun bruit de ce genre ne retentissait à leur entrée ce jour-là, à moins qu'ils ne fussent couverts par celui de la cognée qui s'élevait, cadencé, de la direction que Madeleine avait prise malgré les brusques arrêts de son cheval, alors fléchi sur ses membres comme un ressort.

Si les bruissements de feuillages et les craquements de branches indiquaient clairement qu'on abattait de jeunes troncs plutôt que de gros arbres un peu plus loin, Noélie songea que cette promenade risquait de mal se terminer et, profitant de ce que l'allée s'élargissait, poussa son âne pour se placer à la hauteur de sa sœur dont elle découvrit l'air déterminé, presque buté.

Elle ne se trompait pas : au carrefour des deux allées principales apparurent les silhouettes de deux hommes qui s'activaient un peu plus loin, près du moulin, sous la direction d'un troisième. Au même moment, la monture de sa sœur, effrayée par la chute d'un nouveau tronc, se cabra et la cavalière faillit être désarçonnée ; Noélie se pencha sur le côté pour tenter d'attraper les rênes mais, n'étant pas assez rapide, ne put qu'émettre un cri en regardant l'animal quitter l'allée et filer obliquement, sur la droite, au milieu d'une végétation plus touffue.

Alertés par ce cri, les deux hommes s'interrompirent, cependant le troisième fut le plus prompt à réagir : lâchant son outil, il se dirigea vers le cheval emballé afin de lui couper la route et, parvenu à une dizaine de mètres de lui, l'appela d'une voix calme. Ce n'était toutefois pas son nom qu'il prononçait, mais une suite de mots, ou plutôt d'onomatopées, dont ni Noélie, qui se rapprochait dans l'allée, ni Madeleine ne devinèrent le sens. À vrai dire, la seconde était trop occupée par son équilibre et par les branchages qui la cinglaient de tous côtés pour s'en soucier : agrippée au pommeau de la selle, elle vit seulement se détacher puis grandir devant elle la silhouette de celui dont elle cherchait à capturer l'attention depuis le soir du bal.

Tout se produisit si rapidement qu'elle n'eut pas le temps de réagir : soudain un bras s'agrippa aux crins noirs seulement au-dessus du garrot et d'un bond Adrien se retrouva assis dans son dos, derrière la selle. L'animal poursuivit sa course un moment encore puis, ayant récupéré, sans cesser de parler, les rênes qui flottaient sur son encolure, son second cavalier le ralentit et l'immobilisa enfin, avant de sauter à terre. Posant une main sur les naseaux veloutés, gris anthracite, qui se dilataient et se resserraient, il dévida une série de « là, là, là » qui avaient pour but non seulement de rassurer la bête, mais aussi de permettre à la jeune fille de se ressaisir.

Or, à bout de souffle, honteuse de se montrer décoiffée et défaite, Madeleine disait déjà : « Merci, Adrien, je... je ne sais pas ce qui lui a pris.

– Mademoiselle Madeleine, n'avez-vous pas entendu le bruit ? Nous en faisions pourtant beaucoup. C'est dangereux. Vous auriez pu vous rompre le cou et blesser le cheval. Par chance, il n'a pas trébuché. Et ne vous a pas entraînée dans les fourrés.

– J'ai... j'ai été distraite... imprudente... Il n'a rien, n'est-ce pas ? »

L'homme se pencha et fit courir sa main sur les canons et les paturons du cheval afin de s'en assurer, à moins que ce ne fût pour détourner les yeux de la jeune fille qui le troublait, ainsi échevelée et hors d'haleine. « Non, non... il n'a rien. Bon cheval, bon cheval...

– Adrien, tu ne diras rien à mon père, hein ?

– Je ne lui dirai rien, car je sais que vous ne recommencerez pas. Je me trompe, Mademoiselle ?

– Je... non, non, bien sûr », murmura-t-elle, vexée d'être traitée comme une enfant.

Elle s'empara du mouchoir qu'il avait tiré de sa poche et porté à la hauteur de sa propre pommette afin de lui indiquer l'endroit où elle s'était écorchée et s'en servit, surprise de se découvrir tiraillée entre deux envies – l'une de savourer ces instants de proximité inespérés, l'autre de s'enfuir – et sans doute la première eût-elle prévalu si Noélie n'était pas survenue au trot de son âne, après avoir hésité un moment à la rejoindre.

Dans un souffle, Madeleine déclara « Tout va bien, tout va bien » afin de prévenir des questions qui l'eussent plongée dans l'embarras, mais une fois encore son regard en disait plus long que ses paroles, allant même jusqu'à les contredire.

De toute façon, le charme était rompu, déjà les deux domestiques demeurés en retrait s'approchaient de l'autre côté, désireux de saisir des détails susceptibles d'étayer les accusations dont ils accablaient Adrien par jalousie, et la jeune fille eut juste le temps de glisser à ce dernier : «Je te rendrai ton mouchoir un peu plus tard», avant de reprendre ses rênes et de faire demi-tour, tâche qui lui fut facilitée par son cheval qui ne demandait qu'à s'éloigner de ces lieux dangereux et bruyants.

Les deux sœurs remontèrent donc vivement la faible pente qui menait à l'orée du bois. À la limite du *camp del bosc*, toutefois, Madeleine mit pied à terre et porta à sa bouche une main qui semblait vouloir étouffer un haut-le-cœur ou des sanglots ; penchée vers elle, Noélie interrogea «Veux-tu que je t'aide à t'arranger un peu ?» et, comme son aînée branlait du chef, cueillit au milieu de ses mèches blondes une feuille de chêne qu'elle agita avec une surprise feinte en reproduisant le vol d'un papillon.

Madeleine eut un petit rire et, soulagée, tendit ses rênes à la fillette qui la regarda délier ses cheveux puis les recoiffer, des épingles pincées entre les lèvres. Quand l'opération fut achevée, elle se colla contre l'encolure de son bai, qui dépouillait le noisetier voisin, pour lui glisser d'une voix inaudible à l'oreille des mots que Noélie interpréta à la fois comme une demande de pardon ou des remerciements ; enfin, elle tira du poignet de sa blouse le mouchoir qu'elle y avait caché et déposa dessus un baiser furtif après s'en être une nouvelle fois servie – inutilement puisque l'écorchure ne saignait plus.

«Noélie…, commença-t-elle.

– Tu n'as pas besoin de me le demander.

– Merci.»

Ce jour-là, grâce à ce secret partagé, Madeleine et Noélie sortirent du bois plus complices qu'elles ne l'étaient déjà ; au lieu de regagner l'écurie pour y desseller leurs montures, elles allèrent directement les libérer à la petite lande toute proche qui était leur lieu de pâture du moment, puis, profitant de ce que des palefreniers étaient affairés devant le bâtiment, se débarrassèrent chacune de la selle et de la bride qu'elles portaient, calées sur la hanche.

Quelques pas les séparaient du perron. Une fois entrées, elles se coulèrent dans le grand escalier qui montait juste après la porte, à droite, et débouchèrent sur le palier où elles tombèrent nez à nez avec leur mère, mais, Jenny étant trop occupée par son bébé auquel elle devait donner le sein à cette heure de la journée pour leur prêter attention, elles purent, sans avoir à mentir, se glisser dans leur chambre, qui par chance était vide.

Alors Madeleine se précipita vers l'imposante glace qui surmontait la cheminée pour traquer sur son visage des traces de l'épisode tout juste vécu ; après s'être rapprochée et reculée plusieurs fois, elle posa, apparemment satisfaite, ses yeux écarquillés sur ceux de Noélie, toujours plantée à ses côtés, et, se détournant de leur reflet, pressa la petite fille contre sa poitrine. Soudain elle était heureuse non seulement d'avoir un témoin capable de lui assurer qu'elle n'avait pas rêvé et de lui décrire à son tour la scène du bois sous un autre angle de vue que le sien, ajoutant peut-être même des détails qui lui avaient échappé, mais aussi que ce témoin fût la fillette farouche et loyale qu'était sa cadette, non un être qui l'aurait fait douter.

Noélie se laissa embrasser, intriguée par cette nouvelle Madeleine qui gagnait maintenant leur table de toilette et, par gestes appliqués, inclinait le broc sur la cuvette, extirpait une seconde fois le mouchoir de ses vêtements, puis le plongeait dans l'eau. Elle la regarda frotter du savon sur la tache et vit les fleurs de la porcelaine disparaître sous la surface laiteuse comme le sable ou des galets sous l'écume d'une vague mourante.

Dans cette eau trouble se dissolvaient aussi les gouttelettes de sang que, contrairement à de jeunes personnes plus coquettes, Madeleine eût préférées plus nombreuses, une plaie profonde lui ayant valu, en effet, une cicatrice qui l'aurait accompagnée tout au long de son existence et rappelé des instants de proximité : grâce à la fine ligne blanche des chairs réunies, ce jour de printemps aurait brusquement ressurgi au soir de sa vie encore sous le bout de ses doigts désormais osseux, suppléant peut-être à une mémoire affaiblie, et elle aurait miraculeusement tout revécu.

12

Madeleine conserva le mouchoir plusieurs jours avant de le rendre à son propriétaire ; pour plus de discrétion, à moins que ce ne fût par sentimentalité, elle l'avait fait sécher à une branche de son poirier, l'avait repassé en cachette, puis, d'une manière un peu enfantine, caché sous sa chemise afin qu'il demeurât au contact de sa peau. De batiste, il était orné d'un A doté de deux arabesques, sans doute brodé par une mère, une grand-mère ou une sœur au moins huit ans plus tôt si l'on tenait compte de l'arrivée d'Adrien au domaine. Madeleine aurait aimé savoir d'où il venait, connaître les régions qu'il avait traversées, même si, elle en était consciente, le mystère dont l'homme était entouré contribuait à son charme, surtout pour un esprit tel que le sien, capable d'élaborer mille hypothèses, de les balayer ensuite comme un château de cartes pour en bâtir mille nouvelles, et ce sans la moindre lassitude ; mieux, avec une espèce de volupté.

Dans ces hypothèses, peu importait qu'Adrien fût issu d'une famille pauvre qui se fût un peu élevée, ou d'une famille aisée qui se fût appauvrie : comme son père, Madeleine appartenait à la terre, c'est-à-dire à la campagne, où seuls dominent les principes de la nature ; de surcroît, étant une jeune fille au cœur pur, elle estimait que la noblesse d'âme vaut beaucoup plus que la noblesse de rang – Henri lui-même n'avait-il pas abandonné la particule de leur nom de famille et remisé les trois rocs d'argent sur fond d'azur qui constituaient leurs armoiries ?

Mais les libertés permises aux hommes ne le sont pas aux femmes, Madeleine le savait bien, et la relation de confiance que le maître entretenait avec le domestique ne pouvait en rien s'appliquer à la fille de ce même maître, une fille qui, en devenant une épouse puis une mère – c'était prévisible –, oublierait peu à peu ses principes de justice et d'équité pour se couler dans les jeux de la société.

Parvenues à ce stade, les pensées de Madeleine rebroussaient chemin et se mêlaient à des images qui tenaient plus du rêve que des souvenirs, si bien qu'au bout de quelques jours elle était presque persuadée qu'elle avait appuyé son dos contre la poitrine de son sauveteur après qu'il eut bondi en croupe, et que leurs doigts s'étaient entrelacés sur les rênes afin de freiner le cheval. À qui l'eût interrogée, elle aurait affirmé sans sourciller combien la première était accueillante et les seconds à la fois forts et doux alors qu'elle ne les avait pas même effleurés, mais elle était la seule interlocutrice de ses propres discours, Noélie, qui eût volontiers partagé ses secrets, s'intéressant à d'autres détails, par exemple aux remèdes qu'Adrien préparait pour les animaux de la ferme, aux raisons pour lesquelles il cueillait telle ou telle plante tantôt à l'aube, tantôt au crépuscule, et à ce qu'il faisait dire à son violon.

Si, quand on a sept ans, la vie, depuis le comportement des adultes jusqu'à celui des animaux en passant par les cycles des végétaux qui obéissent à leurs propres lois, est mystère, partition à déchiffrer, Noélie était de nature assez curieuse pour chercher une explication à tout, refusant de se satisfaire des « c'est comme ça » par lesquels les parents ont tendance à se débarrasser des questions insistantes de leurs enfants ; voilà pourquoi elle avait pris l'habitude de fureter de nuit comme de jour, profitant de son pas silencieux et de sa petitesse pour s'insinuer, inaperçue, dans les moindres recoins.

Connaissant sa discrétion, Madeleine la chargea de rendre son mouchoir à Adrien quand il lui apparut qu'elle ne pouvait pas le garder plus longtemps ; elle aurait voulu lui remettre en même temps, en guise de remerciement, un objet lui appartenant, mais n'ayant d'autre bien personnel que ses rêves, puisque vêtements et livres constituaient des biens communs à tous les membres de la famille et que, contrairement à Berthe, elle ne savait pas dessiner, elle se résolut à prolonger une des arabesques du fameux A en une volute supplémentaire sans songer un instant qu'il ne le remarquerait peut-être pas. Adossée à un arbre de la charmille, elle ferma les yeux jusqu'au retour de sa messagère, s'efforçant d'imaginer la scène qui se déroulait non loin d'elle, puis bombarda la fillette de questions auxquelles il n'y avait, hélas, pas grand-chose à répondre, l'homme déniché à la bergerie, où il soignait une agnelle, ayant simplement glissé le carré de tissu dans sa poche en remerciant.

« Il l'a regardé un moment, l'a passé rapidement sur sa joue, puis l'a rangé dans sa poche, affirma toutefois Noélie.

– Sa joue ? Laquelle ?

– Euh… eh bien, la droite.

– Était-il seul à la bergerie ?

– Seul avec les brebis. Sinon il ne se serait sans doute pas laissé aller.

– Oui, évidemment. Et la broderie, tu es sûre qu'il l'a regardée ?

– Sûre et certaine, tu peux être tranquille.

– Oh, Noélie ! » Et elle étreignit la fillette.

Les deux sœurs se promenèrent un moment dans la charmille qui évoquait une allée de forêt transportée là par on ne savait quel tour de magie et que leur grand-père, le patriarche, avait aimée au point de vouloir, quelques jours avant sa mort encore, qu'on le descendît dans son fauteuil roulant et qu'on l'y poussât assez longtemps pour qu'il pût lui dire adieu.

La main serrée dans celle de Madeleine, Noélie ne regrettait nullement d'avoir menti, étant elle-même convaincue que, si Adrien n'avait été occupé à soigner une agnelle – tâche ô combien délicate, à son avis –, il eût agi exactement comme elle l'avait décrit. Et puis quel mal y avait-il à enjoliver un peu ? pensait-elle, prête à contracter une habitude dont elle ne devait par la suite jamais se départir, estimant chaque jour davantage que, tout récit étant subjectif par nature et ne proposant qu'une version de la réalité, autant valait raconter les épisodes tels qu'ils auraient « dû » se produire si les êtres avaient été dotés d'un peu plus de poésie. Tout comme le secret qu'elle partageait avec Madeleine, ce mensonge – mauvais maître – eut, du reste, l'effet de resserrer les liens entre les deux filles, les poussant toujours plus dans ce monde rêvé qui, contrairement au monde réel, n'est ni effrayant ni cruel, mais doux, consolateur, bienveillant.

Au cours des semaines suivantes, Madeleine inventa mille stratagèmes pour se retrouver en présence de l'homme dont elle était éprise, sans donner l'impression de l'avoir cherché, et mille raisons de croire en un possible amour. Un témoin étranger en eût hâtivement déduit qu'elle attendait de ces brèves rencontres une espèce de frisson, le plaisir enfantin de frôler l'interdit, pour retourner à des jeux plus sérieux une fois l'émotion dissipée, or Noélie, qui était non seulement fine observatrice mais aussi, désormais, sa complice, comprenait que sa sœur se fabriquait un véritable attachement, à défaut peut-être de deviner qu'Adrien incarnait à ses yeux rien de moins que le domaine, ces paysages en dehors desquels elle ne parvenait pas à se représenter dans une existence future.

Madeleine ne trouvait, en effet, rien d'anormal à se rêver en femme de paysan dans une de ces maisons rustiques qui, tels des dominos, étaient disposées dans le domaine de façon que les terres fussent toujours surveillées et où l'on était toujours bien accueilli ; ne possédant point cette ambition qui conduit les jeunes filles à rêver de beaux mariages, elle jugeait ce destin beaucoup plus enviable que celui d'une Thérèse, par exemple, épouse d'avocat exilée à Paris, et peu lui importait qu'une telle union ne fût pas conforme aux traditions ni aux vœux de sa famille, puisqu'elle eût comblé ses propres désirs. Et, de même qu'elle écartait soigneusement cette idée de déchéance sociale qui gouvernait les pensées et les actes de son entourage, de même elle s'abstenait de s'interroger sur les sentiments d'Adrien, ne possédant pas une connaissance de la vie et des êtres qui lui eût permis d'en juger objectivement. Il est possible aussi que côtoyer l'objet de son attention, ne fût-ce que brièvement, suffît à satisfaire alors ses rêveries les plus audacieuses : à l'âge qui était le sien, à l'époque, on se représentait l'existence comme la répétition de

quelques instants d'émoi, mis bout à bout, plutôt que comme une routine faite de labeur et de jours identiques.

Aussi, lorsque la fin du mois de juillet arriva et que commencèrent les préparatifs du baptême de Julienne, l'« affaire » de Madeleine n'avait guère progressé depuis le jour du bal, même si sa détermination s'était secrètement renforcée. Thérèse, justement, fut la première à se présenter, sans son époux qui la rejoindrait un peu plus tard et s'éloignerait après la fête pour passer une partie de ses vacances dans sa propre famille : on ne l'avait pas vue depuis plusieurs mois et l'on fut presque surpris, à sa descente de voiture, de lui trouver le teint pâle, presque maladif, des citadins, ainsi qu'une appréhension pour sa petite Roberte dont on ne l'aurait jamais crue capable, elle qui avait en partie élevé ses frères et sœurs.

Vinrent ensuite les « Marseillais » comme on les appelait, soit la tante Maria et l'oncle Maurice, leur fille Cécile, son mari capitaine et leurs deux garçons, accompagnés d'Édouard, l'aîné des Randan qui avait conclu sans grandes difficultés, mais sans brio non plus, son année d'études dans la cité phocéenne et qui exigea aussitôt de réintégrer sa chambre attribuée entre-temps à son cadet. Ils furent suivis de près par les « Lyonnais », à la grande joie des plus jeunes qui auraient écarquillé les yeux de stupeur si on leur avait décrit les fonctions prestigieuses de conservateur des hypothèques qu'exerçait Célestin, l'époux d'Antoinette, en qui ils voyaient un gai luron, un gentil pitre, un amuseur doté d'une imagination sans limites.

La gaieté régnait donc déjà dans la maison quand la voiture de Louis s'arrêta au pied du perron ; pour la première fois, ses occupants ne passeraient pas à Randan leurs quinze jours de vacances traditionnels, le médecin ayant acquis selon les vœux qu'il avait exprimés à Henri un an plus tôt une propriété proche de Rodez. Même si les terres n'étaient guère étendues, il avait éprouvé de la fierté en les arpentant avec son aîné lors d'un passage de ce dernier quelques semaines plus tôt et en lui présentant son fermier ; mais, tandis que ses enfants se précipitaient dans le jardin afin d'y retrouver leurs cousins, il comprit qu'il n'y aurait jamais dans sa vie qu'un seul domaine, celui où il était né et où il avait grandi.

Bien que cela n'eût rien d'étonnant, les lieux aimés de notre enfance constituant une sorte de paradis dont il faut bon gré, mal gré s'exiler pour partir à la conquête de l'âge adulte, il en fut profondément troublé, et c'est donc d'une humeur un peu chagrine qu'il accueillit à son bras Virginie, laquelle, rendant à Jenny le bébé que celle-ci lui avait confié en croyant lui faire plaisir, tint à effectuer sur-le-champ en sa compagnie le tour du jardin, du verger et de la charmille en une sorte de reconnaissance dont le goût parut à son fils tantôt doux, tantôt amer. Par chance, cet état d'esprit se dissipa bien vite : Georges, le benjamin, arrivait sur ces entrefaites avec son épouse, dont l'air jovial semblait se faner comme l'espoir d'avoir un jour un enfant, et il lui suffit de reconnaître dans ses yeux le même fond de tristesse pour que la sienne s'envolât, de confusion.

L'on n'attendait plus donc que la branche de Rose, qui avait disparu l'année précédente dans un claquement de portes et n'avait pas encore trouvé le courage d'affronter celle qui demeurait, en dépit de son veuvage et des dispositions notariales, la maîtresse de maison, titre que Jenny avait désormais renoncé à lui disputer, se contentant de son rôle de mère de famille et d'épouse ; du reste, la gaieté d'Henri était telle depuis la naissance de Julienne qu'elle pouvait en être pleinement satisfaite et ne rien revendiquer d'autre.

On goûtait sous les noisetiers quand des bruits de roues et de sabots retentirent sur la route qui menait au domaine et que l'attelage des Ferrieu apparut, découpé en figures géométriques, derrière le portillon au bout du jardin. D'un ton sec, Virginie ordonna à Jenny, qui esquissait un mouvement, de rester à sa place, estimant à l'évidence qu'il fallait que l'humiliation fût bue jusqu'à la lie pour que le pardon vînt, et sa réaction contribua à faire monter la tension de plusieurs crans.

En sortant de table, Louis s'était couché sur son veston, à même l'herbe, puis avait déclaré «Je vois l'envers des feuilles», phrase qu'il ne manquait jamais de prononcer pour exprimer son contentement ainsi que le comble du repos auquel un homme eût le droit d'aspirer ; il s'était endormi sur-le-champ et il venait de se réveiller au son des exclamations des enfants qui, vivifiés par la sieste, avalaient en toute hâte un morceau de fouace parmi les récriminations de leurs mamans, impatients de jouer les uns au diabolo et au bilboquet, les autres au furet ou aux quilles. La crispation étouffa les confidences que les jeunes filles échangeaient à quelques mètres de là, ainsi que le conciliabule où s'étaient absorbés Jean, Paul et Raymond, les trois inséparables, et c'est dans un silence presque complet que Rose s'extirpa de l'entrée, dont la fraîcheur était en partie due au dallage, et s'immobilisa sur les deux marches de pierre, apparemment aveuglée par la lumière de l'extérieur, à moins que ce ne fût pour rassembler ses forces afin de mieux affronter l'épreuve. Louis excepté, on ne l'avait pas vue depuis un an, le chef de famille ayant renâclé tout ce temps-là avant de se soumettre aux raisons de sa femme, fût-ce dans son propre intérêt, mais on la scruta à la recherche de marques de repentir, plus que de changements physiques, comme si tous ses membres étaient censés expier la faute de celui que la doyenne qualifiait à mi-voix de traître et de malotru.

Le hasard, ou peut-être le désir de tourner la page de la mésentente, l'avait placée en tête de ce petit cortège, une fillette à chaque main, et disposé côte à côte, derrière elle, ses deux garçons, âgés de seize et quatorze ans, laissant le coupable fermer la marche, les doigts refermés sur le coude de l'aînée. De loin, ils formaient une tache aux contours un peu flous d'où surgirent, à mesure qu'ils se rapprochaient, les détails, jupes amples froissées par le voyage, pantalons sombres, cravates, nœuds, chemises empesées, corsages savamment plissés par le fer, ornés de dentelles et de jolis boutons ronds, bottines, chignons et nattes ; enfin les yeux gris acier de Rose, qu'elle tenait, comme ses cheveux clairs, de feu le patriarche, furent à portée de tous.

Pas un mot n'avait encore été prononcé, même si certains membres du cercle brûlaient d'en finir au plus vite avec l'inévitable scène du pardon : Louis, qui avait intercédé en vain auprès de son beau-frère au cours des derniers mois, dansait d'un pied sur l'autre et Marie, l'épouse de Georges, feignait de s'intéresser au bébé que la chance avait bien voulu poser à côté d'elle, dans les bras de sa maman, mourant en réalité d'envie de disparaître sous le fauteuil en fer forgé dont elle débordait un peu ; quant à Cécile et Thérèse, récemment admises dans ce cercle, elles baissaient le front, de gêne, et regardaient sans en avoir l'air.

Enfin, Rose lâcha la main de ses fillettes pour parcourir les derniers pas et présenter humblement son front à Virginie, mais elle perdit l'équilibre en se penchant et tomba à genoux devant sa mère qui n'en attendait pas tant : posant une main de fer sur l'épaule de la repentante, elle l'immobilisa dans cette position assez longtemps pour mettre en scène le baiser du pardon ; après quoi Louis put relever sa sœur et l'attirer sur le côté comme un explorateur accueillant sur la rive d'un fleuve d'Afrique la rescapée d'une périlleuse traversée.

Ce fut ensuite le tour du véritable coupable : s'inclinant cérémonieusement, il prononça un «Mère…» où perçait une nuance d'ironie que Virginie, dans le désir de savourer son triomphe, fit mine de négliger, mais tandis que leurs deux têtes se rapprochaient, elle murmura quelques mots qui échappèrent aux membres de l'assistance et qui devaient être cinglants, à en juger par le visage soudain rembruni de son gendre.

Peu importait, il était trop tard pour reculer : survenait déjà cette détente qu'on observe aussi bien dans les mécaniques que dans les esprits qui ont tout juste produit un effort inhabituel. Du reste, chaque individu présent aurait pu affirmer sans trop avoir à mentir qu'il était préférable pour tous qu'on enterrât la hache de guerre : les brouilles offraient de la communauté une image de faiblesse, et c'était évidemment à la conservation de cette même communauté que la doyenne avait songé en consentant à délivrer son pardon et à ramener dans son sein les brebis égarées. Car à travers Henri, pris à partie devant le notaire un an auparavant, c'était toute la famille qui avait été trahie, estimait-elle, ou plutôt Henri avait été le bouc émissaire, s'étant contenté à la mort du patriarche de saisir le bâton – pour ne pas dire le sceptre – qui lui était tout naturellement tendu.

Quoi qu'il en fût, c'était vers lui que se tournait maintenant le couple et, si Henri serra sans chaleur excessive la main de son beau-frère, il fut heureux de presser contre sa poitrine Rose dont la présence discrète et humble lui avait manqué. L'épreuve passée, elle-même ne savait plus très bien comment se conduire ; comme Marie un peu plus tôt, elle se tourna vers le bébé à la présence si opportune et, après avoir multiplié compliments et risettes, demanda à la mère l'autorisation de le tenir un moment. Alors, Cécile et Thérèse les rejoignirent et entamèrent une de ces conversations anodines à base de comparaisons que les mères de famille ont toujours en réserve et qui, en vertu d'une cruauté involontaire, excluent les femmes qui n'ont pas pu ou pas voulu enfanter.

Entre-temps le couteau s'était enfoncé dans la fouace, manié par Jeanne, et des morceaux furent distribués avec des verres de grenadine, donnant lieu à de nouveaux compliments, cette fois sur la légèreté de la pâte, très bien levée, et sur son bon goût de fleur d'oranger, comme si c'était la première fois qu'on dégustait ce gâteau traditionnel. Les deux fils Ferrieu l'avalèrent à toute allure afin d'intégrer leurs groupes respectifs, et l'on vit bientôt Raymond taper sur l'épaule de l'aîné dans de grands rires, tandis que Pierre, son frère, étouffait une grimace de soulagement en accueillant le plus jeune ; timides, les trois filles attendirent un moment avant de se répartir parmi les grappes de jupons, de robes et de blouses avec lesquelles elles avaient le plus d'affinités en termes d'âge ou de caractère ; n'étant pas encore rompus à la dissimulation, les uns et les autres traduisaient tous leur soulagement par des mimiques entendues.

L'agitation des adultes ne pouvait pourtant prêter à confusion : autour de la table, les voix étaient plus fortes que de coutume, les rires fusaient pour des sujets qui vous eussent en temps normal à peine tiré un sourire, les exclamations de stupeur et d'émerveillement feints se succédaient, d'autres bébés apparaissaient, arrachés à une sieste tardive, les caresses s'ajoutaient aux caresses et les embrassades aux embrassades. En somme, les derniers wagons étaient raccrochés au convoi principal et le train enfin reconstitué reprenait sa route parmi de joyeux panaches de vapeur, les va-et-vient des mouchoirs et les sifflements du chef de gare, le seul à rester à quai une fois les voyageurs emportés et les accompagnateurs repartis vers leurs occupations.

Les mains réunies sur le pommeau de sa canne piquée droit devant elle, Virginie était absorbée dans des pensées qui, elles, n'avaient rien de gai, à en juger par la gravité et le soupçon de tristesse qu'affichait maintenant son visage, et il fallut toute l'insistance de Louis pour que, abandonnant sa fixité, elle se joignît au tourbillon dont elle était le centre. «Maman, vous allez bien?» avait-il demandé en bon médecin, et le mouvement reprit dans son entier.

13

Comme un général, Noélie a dirigé les travaux de nettoyage et de rénovation tout au long de la semaine précédente, distribuant des ordres non seulement à Jo et à Julienne, mais aussi à la voisine qui, malgré les vacances scolaires, continue de se présenter avec sa fille dans un souci de perfectionnement que la répétitrice qualifierait de louable si elle ne l'imputait pas à une curiosité malsaine, à la manie des racontars, et elle s'est surprise à trouver la besogne moins désagréable qu'elle ne l'imaginait.

Parquets, rideaux, manteaux de cheminée, commodes, buffets, tables de nuit, linge de lit et de toilette, sièges en tout genre, meubles de jardin, tout a été lavé, épousseté, repassé, encaustiqué, briqué, repeint, selon le cas, et des bouquets de glaïeuls, de dahlias confectionnés par Julienne ont apporté une touche finale que les invités n'ont pas manqué d'admirer après avoir déposé leurs bagages au second étage, l'une dans la chambre rouge, les deux autres dans la chambre sans nom qui a l'avantage d'être précédée d'une entrée et d'un cabinet de toilette donnant sur un pan de toit. Et maintenant que l'agitation est retombée, précipitant sur elles une sorte d'effroi, les maîtresses de maison contemplent le couple et sa fille cadette réunis autour du lit médicalisé dans lequel Gabrielle semble trôner, au point que Noélie se demande parfois si elle ne repousse pas à dessein le moment de le quitter.

Cela fait deux ans qu'elles ne les avaient pas vus, plus précisément depuis la mort d'Henriette, la veuve de Raymond, qui a plongé toute la famille, en particulier Zoé sa petite-fille, dans un chagrin sans fond, et elles ont grand-peine à retrouver derrière la frêle créature aux pommettes saillantes, aux yeux cernés de noir, aux cheveux courts et ternes, qui frissonne dans un pull-over inapproprié à la chaleur de ce mois de juillet, la grande fille robuste et sportive d'autrefois. Les dissertations de philosophie dont elle les accablait à chaque repas, tuant dans l'œuf non seulement toute conversation, mais aussi toute envie de converser, ne sont plus qu'un souvenir : aujourd'hui elle paraît absente, muette, indifférente à tout, y compris aux larmes qui coulent sur ses joues depuis que la grille d'entrée a été ouverte, puis refermée.

Ce n'est rien, juste un peu d'émotion, a chuchoté Françoise, sa mère, et Claude, le père, a poussé un soupir qu'elles n'ont pas su interpréter – sans doute de résignation, a pensé Noélie, prompte à cueillir sur leurs visages les marques de fatigue : de toute évidence, ce n'est pas d'un simple chagrin d'amour que souffre Zoé, mais d'un mal bien plus grave, un mal qui, elle le sait pour l'avoir elle-même subi, entraîne le sujet jusqu'au fond de l'abîme pour peu qu'il laisse le temps glisser sur lui sans réagir.

Et comme son neveu, rappelé par les aboiements de ses chiens, se relève alors qu'il vient juste de s'asseoir, elle propose *Zoé, pourquoi n'accompagnerais-tu pas Jo ? Tu as été confinée toute la journée dans la voiture, un peu de bon air te ferait du bien*, certaine que la jeune femme acquiescera : elle a toujours eu un faible pour lui et, entre muets ou quasi muets, nul doute, ils se comprendront parfaitement.

Puis, tandis que leurs silhouettes réapparaissent derrière les vitres pour rapetisser aussitôt en compagnie des animaux, elle se tourne vers Françoise qui répond au *Virginie ?* de Gabrielle, demeuré en suspens dans les airs le laps de temps nécessaire pour suivre d'un regard à la fois inquiet et soulagé les pas de sa cadette à l'extérieur, *Virginie se porte bien*, et poursuit du côté de Sydney où son aînée vit depuis plusieurs mois afin de mener à bien sa thèse de doctorat qu'une partie de la famille estime originale, l'autre presque incongrue, ignorant même que le cinéma australien, son sujet, existe et a jamais existé.

À en juger par sa réaction, Julienne se range dans la première catégorie : l'idée que la jeune femme ait emménagé sur un bateau, en rade de Sydney, l'enchante même, et elle réclame des détails que ni la mère ni le père ne sont en mesure de fournir, n'ayant reçu jusqu'à présent que des lettres exaltées décrivant tel ou tel metteur en scène, tel ou tel acteur interviewé, mais ni photos ni récit de ses conditions de vie, à l'exception du cri sauvage, sans doute aborigène, qui sert de moyen de communication dans le port – hélas, ils ne sont pas en mesure de le reproduire, et ils n'ont pas emporté la missive qui le leur permettrait peut-être, précisent-ils à la grande déception de Julienne. Laquelle hausse les épaules en les entendant aborder le sort du benjamin : l'armée au sein de laquelle le jeune homme prolonge son service militaire dans le but, probablement, de s'engager ne trouve pas grâce à ses yeux, ayant perdu à son avis le lustre, voire le romantisme, que lui conféraient les uniformes et les armes d'autrefois, ainsi que les bonnes familles d'où étaient issus la plupart des officiers.

Françoise n'est pas sûre toutefois que Raymond, son défunt père, aurait approuvé une telle carrière pour son unique petit-fils – la Première Guerre l'avait dégoûté de l'armée et personne n'a oublié les efforts qu'il avait déployés dans les années soixante-dix pour lutter contre l'extension d'un camp militaire, poussant avec les paysans des lieux le fameux cri de ralliement *Gardarem!* –, Noélie peut le lire dans ses yeux. Ses yeux marron, comme ceux de Raymond, de qui la quinquagénaire tient aussi la forte mâchoire, la taille moyenne, les épaules assez étroites, qu'elle n'a pas transmis en revanche à sa progéniture, pas plus que la tradition de la lignée, étant donné qu'il n'y a plus eu ensuite et qu'il n'y aura pas, dans cette branche, de médecin, d'agriculteur, d'homme politique.

Les trois enfants ont tous les yeux clairs de leur père, et Noélie se souvient du jour de 1960 où ils lui sont apparus pour la première fois : dans cette même pièce, lors de fiançailles qui eussent davantage tenu d'une simple réunion familiale si la mère du fiancé, blonde, parisienne, élégante et très intimidante pour ce petit rassemblement de provinciaux, n'avait été présente dans un halo de rires rauques et de fumée de cigarettes, tournant et retournant machinalement entre ses doigts un briquet en or à rainures. Un autre milieu, un autre monde, avait-elle songé alors, un monde qui s'était appliqué à dissimuler avec pudeur, fierté, dignité – ou peut-être seulement en vertu de l'instinct de conservation – les peurs ressenties pendant la Seconde Guerre, les déménagements, les caches, puis le deuil qui avait fait de la femme blonde, élégante, une veuve précoce, prête à précocement se remarier, et laissé son fils à moitié orphelin alors même que les épreuves avaient été surmontées, abandonnées en chemin, mieux, confinées dans un recoin de la mémoire qu'elles n'étaient pas censées quitter, pas de longtemps du moins.

Mais le moment n'est pas aux souvenirs, alors Noélie reprend le fil de la conversation égaré maintenant à Montpellier, dans une école militaire quelconque, le ramène d'un brusque coup de poignet à elle, à eux, plus précisément à la jeune femme dont on s'emploie, constate-t-elle, à nier la maladie comme s'il s'agissait d'un événement malencontreux, inévitable, à recouvrir d'un voile pudique, et demande *Voit-elle un médecin ?* au mépris des préambules, *Suit-elle un traitement ? Une thérapie ?* Tirant à elle, avec le fil de la conversation, un amas de silence, de gêne et de douleur semblable à un agrégat de vase et de feuilles mortes dans lequel s'est empêtrée la ligne qui ressurgit à grand-peine de l'eau, et enfin – après que Claude s'est levé sur un *Excusez-moi* et, plus éprouvé qu'agacé, semble-t-il, a quitté la pièce pour arpenter le jardin dans lequel Zoé, Jo et les chiens ne forment plus que des points de couleur – un début d'explication.

Oui, Zoé voit régulièrement une psychiatre connue d'un ami de la famille et suit un traitement composé en particulier d'une substance à l'essai en France mais commercialisée aux États-Unis où l'on a toujours une longueur d'avance, sinon deux ou trois, voire dix, une substance révolutionnaire au dire du médecin dont elle, Françoise, n'a pas fait la connaissance puisqu'il n'est pas souhaitable que les patients soient accompagnés de leurs parents lors de leurs séances. Oui, révolutionnaire, pour la simple raison qu'il n'entraîne pas d'abrutissement ; quant aux effets secondaires, des correcteurs – c'est ainsi qu'on les appelle, croit-elle – y pourvoient à merveille ; de fait, Zoé a été en mesure de passer l'agrégation d'histoire (hélas ratée, ce qui est toutefois courant à la première tentative) et de continuer sa thèse tout en travaillant aux traductions qui constituent son gagne-pain. Qu'elles ne s'inquiètent donc pas, lance la femme à ses trois interlocutrices, Zoé est en voie de guérison, elle a emporté tout ce dont elle a besoin, médicaments, ordonnances, elle ne les dérangera pas : en fin de compte, elle se conduit comme un être normal, sinon qu'elle n'est plus très bavarde et qu'elle picore plus qu'elle ne mange ; certes, elle a perdu près de vingt kilos, mais la maigreur a toujours été son rêve, ne se souviennent-elles pas de ses régimes à répétition ? Elle-même la soupçonne de trouver une certaine satisfaction à son nouvel aspect.

Julienne hoche la tête, *Qui aurait cru qu'elle était ainsi attachée à sa grand-mère ?* demande-t-elle, se rappelant les liens qu'elle entretenait quant à elle avec celle dont Françoise a curieusement, à son avis, transmis le prénom à sa fille aînée ; de l'épouse du patriarche, elle a en effet toujours redouté les remarques et le jugement, elle n'a jamais été comprise, ce qui n'était pas le cas de Noélie. Laquelle hausse les épaules d'une manière ostentatoire et réplique *Nous étions tous attachés à Henriette, c'était une femme hors du commun, un ange descendu sur terre*, sa voix se brisant sur le prénom de son amie d'enfance, parce qu'elle a débusqué sous le discours apparemment lisse de l'invitée un manque d'assurance et une crainte qui laissent entendre que la cohabitation avec la malade ne sera pas aussi simple qu'elle est présentée.

Mais déjà Gabrielle déclare, forte de ce regain d'autorité qui l'anime paradoxalement depuis qu'elle est clouée dans le lit médicalisé, *Nous prendrons soin de Zoé comme si c'était notre propre fille, et elle restera ici jusqu'à ce qu'elle guérisse. D'ailleurs, si ton père, Françoise, a voulu nous léguer ce domaine, ce n'était certes pas pour vous spolier. Vous y serez toujours les bienvenus, tes enfants, ton mari et toi, car vous y êtes chez vous.* Puis elle demande à sa nièce quels sont ses projets pour l'été et enchaîne *Prenez donc, ton mari et toi, des vacances. Vous avez l'un et l'autre l'air épuisé, vous retrouver un peu vous fera du bien, partez donc dès demain, partez* sous le regard stupéfait de Noélie qui estime que, depuis quelque temps, non seulement on lui dicte sa conduite un peu trop souvent, mais aussi, surtout, on se passe de son avis.

Et tandis que la doyenne poursuit *Bien, bien, c'est une sage décision. Maintenant prions un peu. Que Dieu ramène Zoé dans la vallée de joie qu'elle n'aurait jamais dû quitter. Qu'Il permette à ses humbles servantes de se rendre utiles. Qu'Il apaise nos chagrins comme du baume sur une plaie. Qu'Il nous renforce dans l'épreuve*, impose un moment de silence et conclut sur un ton presque malicieux en tapotant la main que Françoise a glissée dans la sienne *Ce ne sont pas trois vieilles femmes qui en savent plus long que le diable en matière de sentiments et de règles de vie que cette maladie va effrayer,* Noélie comprend que sa cousine possède ce dont elle-même sera toujours dépourvue, bonté, générosité, désintéressement.

Car si Gabrielle a décidé d'accueillir la malade une semaine plus tôt sans même prendre le temps de réfléchir, elle, Noélie, s'y est d'abord opposée en prétendant que ses travaux d'écriture risquaient d'en pâtir, en le prétendant faussement puisqu'elle écrit, maintenant qu'elle est lancée elle écrit et rien ne pourra plus l'arrêter, pour écrire elle serait capable de se lever à deux heures du matin au lieu de quatre, capable même de ne pas se coucher tant il lui est devenu nécessaire de tirer les morts de leur sommeil, de les faire revivre un peu. C'est bien ça, admet-elle en son for intérieur, elle a faiblement lutté, lutté quelques heures, rien de plus, et feint encore une fois de se ranger à la décision commune pour la raison qu'elle était mise en minorité au sein du foyer, alors qu'elle était mue par un tout autre et vil motif : la poursuite de l'argent brandi pour l'entretien de la jeune fille, voilà le genre de femme qu'elle est.

Soudain la pièce semble tourner autour d'elle, les fleurs du papier peint se confondant avec les rubans, les tableaux et les gravures se lançant dans une ronde moqueuse à laquelle les livres de la bibliothèque, la glace qui repose sur la cheminée, le bouquet de dahlias ne sont pas en mesure de résister, et Noélie se lève comme pour y échapper, passe dans la cuisine où elle agrippe manche de poêle, poignées de faitout, cuiller en bois, s'affaire autour du repas. Rejointe, au terme d'un laps de temps qu'elle est incapable d'évaluer, par sa sœur cadette qui s'empresse de faire cliqueter tout ce dont elle a besoin pour dresser la table joliment sans cesser de fredonner un air argentin. Aussi, quand Zoé revient de promenade, il ne reste plus qu'à pousser le lit de Gabrielle jusque dans la pièce, tâche dont s'acquitte un Jo plus que jovial – effronté –, puisqu'il s'élance dans la grande entrée et file avec son chargement au point qu'on s'attend presque à ce qu'il émette des tchou-tchou ou autres sifflements de train.

Attribution des places, présentation d'excuses sous forme d'un faussement modeste *Nous vous recevons à la cuisine, c'est plus pratique* suivi d'un *Nous ne mangeons pas de viande par compassion pour nos amis les animaux*, bref bénédicité prononcé par la doyenne, et déjà les fourchettes s'agitent entre les mains des convives. Pas de tous cependant : assise à côté de Jo, Zoé a tiré de sa poche des plaquettes de médicaments qu'elle empile près de son verre en une tour de plastique argentée certainement solide puisqu'elle s'applique à les disposer de la plus large à la plus étroite en vertu d'une technique de toute évidence éprouvée.

De cette poche de jean apparemment sans fond, elle tire aussi un petit pulvérisateur qu'elle porte à sa bouche et actionne à deux reprises avant d'expliquer *De la salive artificielle*, de préciser *plus facile pour mâcher*, à la ronde ou peut-être seulement à l'adresse de son voisin qui saisit le spray et le dirige vers sa propre bouche. Deux pressions, un hochement de tête de toute évidence satisfait, puis il déploie sa serviette d'un geste sec du poignet et s'attaque à la tarte aux légumes qu'a confectionnée Noélie, laquelle est trop suffoquée par cette courte scène pour répondre promptement aux compliments qui suivent les premières bouchées.

C'est donc avec un léger retard qu'elle rebondit sur le sujet du jardin potager comme un trapéziste sur un filet, décrivant ses labours, ses plantations, ses récoltes, et trouvant paradoxalement chez le seul véritable Parisien de l'assemblée un interlocuteur assez avisé pour qu'elle en vienne à commenter *J'ignorais que vous vous intéressiez aux choses de la terre. Vous ne pouvez pas l'avoir travaillée tout de même ! – Auriez-vous oublié que, pendant la guerre, les garçons étaient astreints au service agricole ? J'ai fait le mien dans la région de Pithiviers, chez des amis de ma mère*, réplique Claude d'une voix douce (qui peut toutefois, elle le sait, être cassante) avant d'évoquer pour la première fois devant cette assistance la période troublée qui a vu sa famille perdre biens, sécurité, liberté, et dont il ne préfère toutefois remémorer à présent qu'un épisode, le passage de l'armée Patton au milieu des champs dans sa marche sur Paris.

Ce devait être quelque chose ! s'exclame Julienne, et la conversation redémarre par la guerre, pas assez fort toutefois pour parvenir autrement qu'en lambeaux aux oreilles appareillées de Gabrielle, laquelle se contente d'opiner du bonnet tout en regardant Zoé *picorer*, comme l'a prétendu sa mère, c'est-à-dire couper sa part de quiche en petits morceaux et la donner à celui des quatre chiens qui a glissé opportunément le nez entre ses cuisses, sans que cela paraisse gêner le moins du monde ses parents dont elle est pourtant à portée de vue.

Le couple ne réagit pas non plus lorsque la jeune femme tend son verre en direction de la bouteille de vin que Julienne a dénichée, essuyée, débouchée en l'honneur des invités, et Gabrielle se demande si l'alcool ne risque pas de transformer tous ces médicaments en des substances encore plus dangereuses, peut-être même explosives. Mais les joues de Zoé se teintent un instant de rose et elle conclut qu'il n'en est rien, prompte à se consacrer à d'autres pensées : huit jours se sont écoulés depuis qu'elle a écrit à son ami l'évêque, et aucune réponse ne lui est encore parvenue, serait-il troublé par son désir d'être consacrée vierge ? Sa lettre aurait-elle été interceptée par un secrétaire ? Y aurait-il de nouveau à l'évêché cette opposition qui l'a autrefois condamnée à la clandestinité ? Faut-il plutôt imputer ce retard à une négligence de ses cousines ?

Ces interrogations la conduisent jusqu'au milieu du repas – moment où les convives réclament son avis, ou plutôt des éclaircissements à propos d'un événement remontant à une lointaine époque dont, forte de sa colossale mémoire, elle n'a oublié aucun détail –, mais ne l'abandonnent pas tout à fait, revenant un peu plus tard l'assaillir en traître, se livrant de nouveau à son siège à l'heure du coucher, tandis que la maison, plongée dans le silence, un silence absolu pour elle, qui a déposé sur sa table de chevet ce que les plus raffinés qualifient d'*aides auditives*, les plus rustres ou peut-être les plus humbles, au nombre desquels elle est fière de compter, de Sonotone.

Elle n'entend donc pas le va-et-vient entre les chambres et la salle de bains à la porte de laquelle Julienne a cru bon d'accrocher un panneau barré sur une face du mot *Libre* et sur l'autre du mot *Occupé*, comme dans les hôtels, pas les grincements de portes, de chaises, de sommiers. Pas non plus le cri de femme qui, au milieu de la nuit, retentit au second étage, transperce planchers et plafonds, tire de leurs lits Julienne et Noélie, semble se prolonger à l'infini : un *Aaaaaaah !* qui glace le sang, puis plus rien, ni appels au secours, ni pas précipités, ni chute d'objets. Côte à côte sur le palier, ébouriffées, les deux sœurs tendent l'oreille un moment encore, puis, se scrutant dans le noir, concluent à un simple cauchemar et regagnent leurs chambres dans un haussement d'épaules ; des deux, Julienne paraît la plus affectée.

14

Julienne fut baptisée un 4 août en mémoire des noces d'or qui avaient, cinq ans plus tôt, constitué non seulement la dernière fête de la famille, mais aussi son apogée puisque le patriarche avait ensuite décliné peu à peu pour s'éteindre paisiblement dans sa chambre, au milieu des siens. Afin de respecter le chagrin qui retenait encore la veuve sur un territoire intermédiaire entre le monde des morts et celui des vivants – en admettant que ces deux mondes ne fussent pas communicants –, la cérémonie fut célébrée non dans l'église du village, mais dans la chapelle du domaine située au-dessus du porche d'entrée, même si cela impliquait qu'une partie de la famille ainsi que la totalité des domestiques ne pussent, par manque de place, y pénétrer ; ce qui ne les excluait pas cependant : on avait, en effet, ouvert la fenêtre afin qu'ils y assistassent, certes sans bien voir ni entendre, réunis au pied du bâtiment.

Parmi les premiers se trouvaient ceux qui, n'étant pas encore des adultes, mais plus des enfants, ne détenaient pas de rôle défini dans la famille, bien que ce fût sur leurs épaules que reposaient les rêves d'ascension de leurs branches respectives, en particulier Jean et Paul, les deux cadets d'Henri, Raymond, l'aîné de Louis, et Édouard, celui de Rose. Complices, proches par l'âge, car nés tous quatre entre 1891 et 1894, ils étaient d'autant moins enclins à ravaler leurs envies de plaisanter ou de se confier que Ferrieu, le père du dernier, officiellement chargé de les surveiller, était occupé à tout autre chose.

Après s'être rapproché subrepticement du groupe des servantes, il murmurait à l'oreille d'une fille de cuisine avenante des mots qui, à en juger par la rougeur qu'ils provoquaient, n'étaient autres que des tentatives de séduction, sans se soucier d'être surpris ou non. En réalité, bien qu'on fût dimanche, jour de repos pour tous au domaine, il y avait sur le terre-plein autant de va-et-vient que sur une place de village et il était peu probable que ses manœuvres fussent remarquées, sinon des voisines de la belle, qui gloussaient et se poussaient du coude.

Non loin de là, à l'écart, se trouvait aussi Édouard, l'aîné des Randan, qui, fort de ses vingt-deux ans, aurait préféré être tenu pour un adulte, mais soit parce qu'il était revenu de Marseille avec des notes tout juste suffisantes à son admission en deuxième année, soit parce qu'il s'était lui-même dépouillé de son rang d'héritier par son choix de carrière, il échouait depuis son retour à tromper son monde, malgré ses airs d'avoir tout vu et tout entendu.

Enfin la cérémonie s'acheva, les parrains apparurent à la fenêtre avec la baptisée que l'on applaudit à l'image d'une fille de roi, ce qu'elle devait se croire en vérité, même si, après avoir été rendue aux bras de sa maman, tandis que les participants quittaient la chapelle – en courant, pour les plus jeunes, non sans peine pour la plus âgée qui avait frôlé le malaise et qui tirait de la fierté d'y avoir résisté –, puis rassasiée de lait et couchée dans son berceau, elle fut abandonnée, avec le plafond pour seul spectacle.

Entre-temps les membres de la famille avaient gagné les tables dressées dans le jardin, entre le bouquet de noisetiers et le cèdre, Ferrieu était retourné à Rose en accueillant d'un haussement de sourcils le sourire qu'elle lui adressait, ce sourire triste et coupable que réservent les malades à ceux qui interrompent de passionnantes activités pour s'asseoir un moment à leur chevet, à croire qu'elle avait elle-même quelque chose à se faire pardonner, non une maladie, mais sa jeunesse envolée, les rides dans lesquelles ses yeux couleur d'acier se perdaient.

Un repas de fête était également prévu pour le personnel sur la terrasse et tous s'attablaient maintenant, à l'exception de la cuisinière et de ses aides, ainsi que des domestiques affectées au service, qui se contenteraient de s'asseoir entre deux plats. Adrien, qui n'aimait guère les festivités, se fit donner un en-cas à la cuisine et, saluant d'un signe de tête les ouvriers déjà occupés à plaisanter et à apostropher les servantes, eux qui avaient l'habitude de manger en silence, le cou rentré dans les épaules, les doigts resserrés sur un bout de pain, dévala l'escalier.

Son chien le rejoignit alors qu'il longeait la grille et ils se dirigèrent ensemble vers l'ancienne châtaigneraie dont le défrichement avait offert à cette partie du domaine, trente ans plus tôt, non seulement un paysage de douces ondulations que dominaient au loin, vers le sud, la forêt et le mont du Lagast, blottis à l'horizon tels de gigantesques et pacifiques monstres bleus, mais aussi un formidable pâturage pour les troupeaux de vaches, de chevaux, de brebis. Croisant la route principale, un large chemin menait à une maison de pierre, invisible jusqu'au premier virage, où était établi un couple de domestiques chargés de surveiller les terres situées le plus à l'ouest de la propriété.

À la hauteur de ce virage, Adrien ouvrit le portillon qui fermait un pré nommé Carrous et gagna un talus herbeux, au pied d'un groupe de châtaigniers, où il avala son repas dans un silence que brisaient les gazouillis des oiseaux et le meuglement de quelques vaches, massées contre les haies et sous les arbres, comme toujours en cette saison et à cette heure de la journée ; il avait emporté un de ses livres d'agronomie et, après avoir fait jouer le chien avec un bout de bois, il s'abîma tantôt dans sa lecture, tantôt dans ses pensées.

L'après-midi était bien avancé quand le chien bondit et se rua vers le chemin en jappant ; quelques instants plus tard, apparaissaient deux silhouettes que l'homme n'eut aucun mal à reconnaître, car l'une d'elles apparte-nait justement à l'objet de ses pensées. Alors il se leva et s'approcha.

Depuis le bal des domestiques organisé en l'honneur de Julienne et le duo musical auquel il avait donné lieu, les tentatives de Madeleine pour le rencontrer, ou ne serait-ce que l'apercevoir, ne lui avaient pas échappé, et il s'était lui-même surpris plus d'une fois à presser sans raison sur ses narines le carré en batiste qu'il avait glissé dans sa poche avec une fausse indifférence après que Noélie le lui avait rendu de sa part dans la bergerie. Plus d'une fois aussi l'image de la jeune fille s'était insinuée dans le paysage qu'il aimait à contempler, parmi les animaux qu'il surveillait ou soignait, ou encore près du chien auquel il s'était attaché comme à un humain, mais il s'était toujours efforcé de la repousser. Non que cette vision l'agaçât ou le dérangeât : il n'était que trop sen-sible au charme de Madeleine, à sa façon de se mouvoir dans la nature – à croire qu'elle en faisait partie au même titre que les végétaux et les animaux –, et il reconnaissait en elle la douceur des humbles qui manquait à la plupart des jolies filles dont il avait croisé le chemin.

Né dans un pays de plates et interminables étendues où aucun secret semblait ne pouvoir exister, Adrien avait trouvé huit ans plus tôt dans les collines, les vallons, le réseau de haies et de murs en pierres sèches du domaine pas tant le charme du dépaysement qu'une promesse de réconfort qui avait mis un terme à la longue errance dans laquelle l'avait jeté la mort en couches de son épouse et de leur bébé. Il avait aussitôt deviné que ces lieux lui offriraient une tanière où soigner ses blessures, et c'était fort de ce pressentiment qu'il avait demandé du travail au maître de maison, dont la bonté et l'ouverture d'esprit transparaissaient sous le masque de fermeté. De fait, Henri ne l'avait interrogé ni sur son passé ni sur ses origines, et Adrien n'avait donc pas eu à raconter – lui qui n'aimait pas plus mentir que parler – qu'il fuyait le Nord parce que l'idée de continuer à vivre dans la région où il avait connu le bonheur lui était insupportable. Le temps également avait fait son œuvre : au fil des mois, le chagrin de l'un s'était un peu estompé, tandis que l'estime de l'autre s'accroissait, et bientôt s'était établie entre eux une relation d'entente et de respect mutuels comme on en rencontre chez les membres d'une même famille qui ont partagé éducation et jeux d'enfance avant que la vie ne s'emploie à les éloigner.

Certes, Adrien ne provenait pas du milieu social de son maître, mais pas non plus de celui des autres domestiques : son père avait exploité son propre domaine jusqu'au moment où une épidémie ovine associée à de mauvais investissements l'en avait dépossédé, le plongeant dans une honte si intolérable qu'il avait trouvé comme seule issue d'abréger sa vie ; Adrien était alors âgé de treize ans, et il avait suivi sa mère à la ville voisine où elle s'était placée comme couturière, tandis que ses aînés se dispersaient et disparaissaient peu à peu de leur horizon commun. Apprenti chez un menuisier, il s'était appliqué à la tâche, mais n'avait jamais nourri qu'un seul projet : racheter l'honneur de son père en acquérant une propriété qu'il exploiterait avec talent, il en était certain, puisqu'il avait reçu du défunt sinon un héritage matériel, du moins cet ensemble de connaissances, de savoir-faire et de valeurs sur lequel s'enracinent les agriculteurs à l'instar des arbres sur un terreau fertile. Il comptait aussi sur le progrès qui, modernisant les campagnes, soutiendrait les efforts des paysans à défaut de les alléger totalement, et il s'était peu à peu constitué une bibliothèque où les traités d'agronomie disputaient la place aux ouvrages mécaniques et aux manuels vétérinaires.

Or les Moires, ou plus simplement les appréhensions légitimes de toute mère quant à l'avenir de ses enfants et son désir à lui de rassurer la sienne, en avaient décidé autrement : le menuisier dont il était désormais non plus l'apprenti, mais l'ouvrier, ayant contracté une maladie incurable quelques années plus tard, il avait fini par céder à son insistance et repris son affaire. À l'époque, les arbres n'avaient déjà plus pour lui que l'apparence des planches qu'il sciait, rabotait et ponçait, même s'il lui arrivait encore de songer avec nostalgie à leur chevelure, à leur parfum, aux bruits sourds que produisent leurs fruits en tombant à terre, surtout au bruissement de leur feuillage par jours de grand vent, mais il était devenu son propre maître à temps pour permettre à sa mère de mourir en paix.

Elle l'eût été davantage si elle avait connu l'institutrice qui avait poussé la porte de la boutique quelque temps après afin de commander des étagères « assez solides pour supporter de très gros livres », ainsi qu'elle l'avait murmuré avant de se mettre à discuter les prix avec une naïveté et une timidité touchantes. Au reste, tout, en la jeune femme, semblait résulter du heurt entre le moderne et l'ancien : son besoin d'indépendance et son austérité presque désuète, ses petites lunettes et ses cheveux blond cendré séparés au milieu par une raie et tirés sur la nuque en ce genre de chignon pudique qu'avaient dû arborer ses grands-mères. Par la suite, Adrien verrait également en elle un bon petit soldat toujours prêt à s'enflammer et à défendre les plus faibles, mais il lui faudrait pour cela ronger son frein : plusieurs mois s'écouleraient avant qu'elle l'autorisât ne serait-ce qu'à lui presser la main au détour d'une rue où ils ne se

rencontraient jamais par hasard le dimanche. Aux étagères avaient déjà succédé une première bibliothèque,
puis une seconde, moins volumineuse, un coffret de
bois assez joliment travaillé pour qu'une femme ait
envie de lui confier tous ses secrets, un cadre de tableau
et d'autres babioles qui avaient fait monter le rouge aux
joues de l'enseignante.

Pour ces deux cœurs purs, le mariage, célébré dans la
plus stricte intimité, n'avait pas été une apothéose ou une
conclusion, comme c'est souvent le cas, mais le début
d'une aventure au cours de laquelle ils avaient découvert
cent intérêts communs et senti cent fois leurs âmes vibrer
à l'unisson devant un paysage, une œuvre d'art, la page
d'un livre ou un simple repas pris en tête à tête. La jeune
femme brûlait trop de poursuivre sa tâche pour souhaiter
devenir grosse sitôt mariée, et Adrien s'était réjoui en
secret de ne pas avoir à partager trop tôt l'objet de son
amour, fût-ce avec une créature qui eût été la chair de sa
chair et le sang de son sang.

Ce laps de temps gagné et pleinement vécu aurait
pu constituer une consolation après que son épouse
eut expiré auprès de son bébé mort-né, or il n'avait été
qu'une source majeure de regrets, tant les souvenirs de
la bien-aimée étaient nombreux, tant la moindre pièce,
le moindre objet, la moindre rue étaient empreints de sa
présence. Il les avait donc fuis ainsi que son père avait fui
la ruine, mais à cause du chagrin et de la honte provoqués
par la mort de ce dernier, avait choisi l'errance et traversé
une bonne partie du pays, vivant sur ses économies et
de modestes travaux grappillés en route, jusqu'à ce qu'il
atteignît Randan.

Son bonheur perdu ne l'avait toutefois pas abandonné
et au cours des années suivantes il l'avait célébré à sa
façon, préférant à la compagnie des hommes la solitude et le chant de la nature, laquelle n'avait au reste
jamais manqué de lui apporter un soutien infaillible,

en particulier à travers les animaux, domestiques ou non, qu'elle avait mis sur son chemin. Or voilà qu'était apparue Madeleine, ou plus précisément une nouvelle Madeleine puisqu'elle avait cessé d'être la mignonne fillette qu'il avait vue grandir : comme un bouton de fleur, elle avait éclos sous ses yeux le soir du bal, au moment où elle s'était assise au piano. N'importe quel homme, au reste, eût été ébloui par le charme de la jeune fille, émanation de sa beauté, de sa soif d'absolu et de son absence totale de malice ; ses cousins eux-mêmes, qui l'appelaient Malou avec tendresse, nourrissaient à son égard un mélange d'affection et d'attirance, mais seul Adrien peut-être avait perçu son haut degré de droiture et son état de rêverie perpétuel, sa loyauté et sa faculté à se fondre avec son cadre de vie, laquelle élève celles qui la possèdent au rang de ces divinités présentes dans les arbres, les cours d'eau, les montagnes et le ciel qu'on regroupe sous le nom de nymphes. Mais Madeleine était la fille de son maître, l'homme qui l'avait accueilli sans poser de questions et transformé peu à peu en son bras droit dans la gestion du domaine, l'homme dont il admirait la bonté, l'intelligence et la force de travail hors du commun, l'homme surtout envers lequel il se sentait lié par une loyauté indéfectible.

Voilà pourquoi ce qui eût paru à un autre une source de bonheur ou un graal à conquérir plongeait Adrien dans de sombres réflexions et un trouble auxquels il ne voyait aucune issue, comprenant bien que, s'il avait amassé un petit pécule grâce à l'intéressement qu'Henri lui avait octroyé sur ses bénéfices, il ne serait jamais en mesure d'acquérir un domaine assez honorable pour placer Madeleine à sa tête, à défaut d'être digne de Randan. Et puis son maître avait beau mépriser la morgue que donnent les particules et autres marques d'une noblesse héréditaire, c'était sans nul doute à un grand propriétaire terrien ou à un illustre représentant des professions libérales qu'il destinait sa fille : n'avait-il pas marié l'aînée à un compatriote inscrit au barreau de Paris ?

Parvenu à cette conclusion, Adrien se retournait sur sa couche – il n'avait guère le temps dans la journée de se livrer à pareils raisonnements –, résigné à la destinée qui ferait de lui un éternel veuf, éternellement fidèle au souvenir de sa bien-aimée, presque réconforté même par cette perspective comme par une route familière, mais il suffisait qu'au matin il aperçût Madeleine pour que l'édifice de ses pensées s'écroulât, lui ramenant trouble, incertitudes, regrets. Alors il songeait qu'il était triste, à l'âge de trente et un ans, de se fermer à la vie ; qu'il avait encore la moitié, peut-être même les deux tiers de son pèlerinage sur Terre à parcourir ; qu'il existait, non loin de son sentier plat, uniforme, çà et là bordé de ronces, ce chemin jonché de fleurs sur lequel une compagne aimante et attentionnée vous entraîne ; que refuser de s'y engager était une bêtise, voire un affront au Créateur, un péché.

Il était dans cet état d'esprit lorsque, alerté par son chien, il se rapprocha du portillon derrière lequel la jeune fille s'était arrêtée et qui semblait, avec ses lattes de bois repeintes en vert à chaque printemps, symboliser la barrière infranchissable dressée entre leurs existences ; dans ses vêtements de fête, elle était ravissante, songea-t-il en la rejoignant, même si sa beauté n'avait guère besoin d'artifices pour être rehaussée. Son chapeau de paille y suffisait amplement, jetant sur son visage une légère ombre semée de points de lumière aussi mobiles que des lucioles par une nuit d'été puisqu'ils suivaient les mouvements de sa tête. « Mademoiselle Madeleine…, dit-il en soulevant un peu son propre couvre-chef de deux doigts tendus. Ne fait-il pas trop chaud pour vous promener ?

– Noélie ne sait pas rester en place… Et puis elle mourait d'envie de cueillir… des mûres. »

Adrien s'abstint de relever ce qui était un mensonge grossier puisqu'il n'y avait encore, en fait de mûres, que de petits fruits verts et durs timidement accrochés aux branches épineuses qui bordaient le chemin. Il ne put toutefois s'empêcher de sourire, ce qui fit monter le rouge aux joues de Madeleine, gênée d'avoir été aussi facilement démasquée.

« Et puis, reprit-elle aussitôt, tous ces invités… cela fait beaucoup de monde et beaucoup de bruit.

– C'est une très belle fête, à laquelle nous avons tous été heureux de participer.

– Oui, une belle fête. La famille a été si triste après la mort de mon grand-père… Je… je ne veux pas dire que nous ne le sommes plus, bien sûr…

– Vous le serez toujours au fond de vous-même, on ne peut oublier pareils chagrins. Mais vous êtes jeune, l'avenir vous appartient, c'est ainsi que l'on dit, n'est-ce pas ? »

Un instant, Madeleine feignit de s'absorber dans la contemplation de sa sœur et du chien qui jouaient déjà sur le chemin, l'une à lancer un bâton, l'autre à le rapporter, puis, baissant un peu le menton, elle répondit : « L'avenir… je n'en ai pas très envie, Adrien, on ne sait pas vraiment ce qu'il réserve. Je le vois comme… comme un saut dans le vide. Le présent, en revanche, me convient, je ne voudrais en changer pour rien au monde. »

Maintenant qu'elle ne se trouvait séparée d'Adrien que par la frêle barrière du portillon, ses idées s'embrouillaient et elle hésitait. Elle eût préféré demeurer là, en silence, à savourer tout à la fois l'après-midi d'été, le paysage de son enfance et la présence de cet homme qui l'avait prise si souvent dans ses bras au cours des huit dernières années pour l'aider à descendre d'un arbre ou à franchir un ruisseau, un fossé, sans susciter en elle d'autre sentiment qu'une simple reconnaissance, ce dont elle se maudissait presque aujourd'hui, tant elle eût aimé que ces mêmes mains se posent sur sa taille ou ses hanches.

En vérité, cette étreinte rêvée l'effrayait aussi, mais moins en raison de la différence de condition entre l'homme de confiance de son père et elle que de son âge, cet âge où le corps d'une jeune fille constitue une sorte de territoire sacré, un temple, dont elle est la seule gardienne ; empêtrée dans ses contradictions, elle se mit à gratter de l'ongle une latte du portillon comme pour en chasser un peu de mousse qui s'y fût incrustée. Son interlocuteur vola à son secours en restant volontairement dans le vague :

« On n'a jamais envie de ce qu'on ne connaît pas. Mais il est presque certain que des perspectives radieuses s'offriront à vous. Voyez Mademoiselle Thérèse…

– Je ne voudrais être Thérèse pour rien au monde ! Depuis son départ, elle est devenue une autre personne. À croire que la maison, les champs et les bois ne sont plus son élément. Nous autres non plus. Elle semble même nous avoir oubliés. Mon Dieu, je mourrais si je devais un jour être une étrangère ici ! »

Pour un autre homme, pareille confession eût été l'occasion parfaite d'affirmer son propre attachement à la terre et par conséquent de se déclarer, mais Adrien était tout entier habité par sa loyauté envers le père de la jeune fille et, s'accrochant au portillon comme s'il avait le vertige, il se contenta de dire :

« Quelle que soit la trajectoire que vous prendrez, le domaine sera toujours dans votre cœur. Et jamais il ne vous oubliera. »

C'était une façon déguisée de parler de lui en se substituant à Randan, Madeleine ne s'y trompa pas, ayant elle-même l'habitude de les associer :

« Je ne peux concevoir d'autre trajectoire que celle qui me garde ici, affirma-t-elle avec résolution. Il doit bien exister un moyen pour que ce vœu se réalise.

– La vie sait être ingrate, pour ne pas dire féroce. Elle n'autorise pas toujours à faire ce que l'on souhaite.

– A-t-elle été si féroce avec toi, Adrien, pour que tu sembles aujourd'hui si fataliste ? »

L'homme baissa la tête, troublé, car l'envie de se dévoiler se saisissait soudain de lui sous la promesse d'un baume pour ses blessures, mais au même moment des jappements retentirent et, se tournant dans leur direction, il découvrit Noélie, à quelques mètres de là : s'étant rapprochée à leur insu, elle était si concentrée sur le couple qu'il formait avec Madeleine qu'elle en oubliait de renvoyer son bâton au chien.

« Vous êtes attendue, Mademoiselle », dit-il alors. Puis il émit un sifflement en abattant plusieurs fois la main sur sa cuisse et entrouvrit le portillon afin que l'animal pût regagner le pré sans avoir à sauter.

« Je suis désolée », murmura Madeleine tandis que le chien se faufilait dans l'entrebâillement, et il ne sut pas bien si elle faisait allusion à la férocité que la vie avait apparemment manifestée à son égard ou à l'interruption de leur conversation. Le claquement que produisit le battant du loquet en retombant sur le mentonnier fixé au portillon parut sceller définitivement leur dialogue, et la jeune fille se décida à s'éloigner.

15

Suivant les conseils de leur tante, Françoise et Claude sont repartis deux jours après leur arrivée pour des vacances en tête à tête censées les réconforter, voire les réconcilier avec l'existence, encore qu'il leur soit impossible, a avoué la mère de famille, de se délester totalement du sujet d'inquiétude que leur fille cadette constitue pour eux depuis plusieurs mois. Repartis, non sans que Françoise ait dicté des numéros de téléphone et énuméré un certain nombre de recommandations auxquelles les maîtresses de maison ont répondu par des *Oui, d'accord*, des *oui, c'est compris* en espérant ne pas se voir contraintes à arracher le couple à un séjour à l'étranger qui, si les choses se passent bien (c'est-à-dire si la maison de famille et les quatre membres de ladite famille ont sur la malade les effets escomptés), se prolongera jusqu'à la fin de l'été, voire jusqu'au début de l'année universitaire.

De toutes ces recommandations Noélie a même dressé une liste aux allures de décalogue, puisque ses dix points enjoignent par exemple de *Ne pas la laisser trop long-temps sans surveillance* ou de *Ne pas lui dispenser de leçons de morale*, ou encore de *Ne pas la traiter comme une malade*, puis elle a métaphoriquement arrondi le dos, comme sa sœur et sa cousine, dans l'attente de la déflagration que les adieux et le départ allaient sans nul doute provoquer.

Or Zoé ne s'est pas agrippée à la voiture de ses parents, n'a pas tapé des poings sur la carrosserie ni affirmé qu'on l'abandonnait : elle a regardé le véhicule s'éloigner puis déclaré, nonchalante, qu'elle allait *faire un tour*, décision que Julienne a été prompte à accueillir par un *Nous t'accompagnons, Jo et moi*, comme un hôte impatient de montrer à son invité les derniers changements apportés à sa demeure, même si le paysage, lui au moins, a peu évolué depuis l'enfance de la jeune femme, dans les années soixante – et en vérité pas tellement non plus, poteaux électriques exceptés, depuis celle de Julienne. Ainsi, cela fait bien longtemps qu'il n'y a plus de surfaces boisées à réduire afin d'agrandir les surfaces arables (Raymond avait même replanté des espèces autour de l'étang et de l'ancien moulin pour régénérer ces bois et assurer un revenu supplémentaire au domaine par l'intermédiaire d'une société forestière) ; seuls les murets en pierre sèche qui délimitent les prés témoignent vraiment du temps qui passe : certains se sont effondrés par endroits, d'autres ont été étouffés par les ronciers dont les propriétaires aiment toutefois à cueillir les fruits, en fin d'été, pour les transformer en tartes ou confitures.

Mais Zoé n'a probablement pas remarqué les murets : elle voulait revoir les lieux marquants de son enfance, a-t-elle expliqué en chemin, notamment la cour de l'étable où, comme ses ancêtres, elle s'amusait, petite, à faire voler des bouses de vache harponnées avec une baguette de noisetier et la grange dont elle escaladait les mètres et les mètres de bottes pour se cacher puis ressurgir sous la lumière pailletée de poussière. Un autre jour elle irait à l'étang, s'est-elle promis tout haut, un autre encore à la châtaigneraie, et aussi dans les prés dont elle s'est plu à prononcer, à marteler même, le nom – par exemple Petignous, Las Cans, La Parro, Carrous, Trop-Plein, Cibadal, Salvanhac, Fonbonne, chacun éclatant et brillant de tous ses feux un instant avant de s'éteindre pour laisser la place au suivant –, comme si la vision de l'ensemble était trop dure à supporter, trop violente, pour ses nerfs.

Mais elle ne s'est pas hâtée de mettre à exécution ces projets, pas plus qu'elle n'est retournée à la ferme, afin d'obéir à Noélie qui, dévidant à son tour une série de commandements en tête desquels figuraient *Ne pas faire confiance aux fermiers* et *Ne rien leur raconter de personnel*, a expliqué que cela équivaudrait à *apporter de l'eau au moulin* d'êtres qu'il importe de considérer comme des ennemis, à faciliter leur entreprise de *conquête*, de *siège*, d'*invasion*. Lui conseillant de remiser dans un recoin de sa mémoire les goûters que leurs prédécesseurs lui offraient dans son enfance, ces longues tranches de miche recouvertes de gelée de groseille et mangées devant les images en noir et blanc, insouciantes et gaies, de films tels que *La Route enchantée* ou *Je chante*, films qu'il lui était impossible à l'époque de voir à la maison où Raymond n'avait pas encore jugé bon de brancher un téléviseur. Le lui conseillant parce que *les temps ont changé*, a-t-elle ajouté, que la plupart des paysans se sont *égarés*, *fourvoyés*, qu'ils ont cessé de distribuer des petits noms charmants aux vaches de leur troupeau, qu'ils leur fixent des numéros à l'oreille sur un rectangle de plastique et, les ravalant au rang d'objets, de chair sur pattes, spéculent, s'enrichissent sur leur dos. Qu'ils n'aiment plus assez les brebis pour leur ouvrir les portes de la bergerie le matin et, accompagnés d'un chien fidèle, les conduire aux pâturages où elles demeureront jusqu'à l'heure de la traite ; qu'ils n'aiment plus assez la terre pour y semer et faire lever ces étendues dorées dont son père, Henri, était si fier ; qu'ils n'aiment plus assez leur maison rustique pour y établir leurs fils, lesquels ont préféré construire des villas modernes et impersonnelles à quelques kilomètres de là ; qu'ils ne pensent qu'au profit, qu'à la possession, qu'à l'enrichissement.

À bout de souffle, Noélie s'est tue et Zoé, qui l'avait écoutée, la tête penchée sur le côté, a ainsi pu affirmer que ces pensées (le profit, la possession, l'enrichissement) concernent en vérité presque toute la population, que c'est même le cours inévitable du progrès, que, régulièrement, les sociétés se brassent et se renouvellent, les riches et les pauvres changeant de rôles *par cycles*, si bien que les maîtresses de maison ont cru qu'avait ressurgi la Zoé sentencieuse et arrogante d'autrefois, celle qui tirait à elle les conversations comme des couvertures trop petites pour les transformer en dissertations philosophiques – mais cela n'a duré qu'un laps de temps infime et ils l'ont bientôt vue s'éteindre comme les noms de prés, derrière une seule et nouvelle Zoé hébétée et perdue.

C'est ainsi qu'a commencé la période d'adaptation que Gabrielle avait prévue. Depuis, les cris de la jeune femme, des *Aaaaaah!* presque toujours identiques, n'ont cessé de retentir chaque nuit, et si Noélie s'est mise à les guetter du fond de ses insomnies, Julienne en a pris son parti, se tournant de l'autre côté puis se rendormant, rassurée par la certitude qu'ils ne parviendront pas à s'insinuer dans la conscience de son fils, dont le sommeil est en fin de compte assez profond pour évoquer un évanouissement : voilà tout ce qui lui importe.

Des cauchemars, oui, des cauchemars, a confirmé Zoé à la table de la cuisine, des cauchemars dans lesquels elle cherche sa grand-mère et ne la trouve pas, a-t-elle même expliqué en manifestant autant d'indifférence que lors du départ de ses parents, comme si les uns (les cauchemars) ne la concernaient pas plus que l'autre, puis elle a avalé avec de longues gorgées de café, en guise de petit déjeuner, les cachets auxquels Noélie impute désormais la responsabilité de son état. Inutile, en effet, d'être médecin pour deviner que les médicaments du soir, les français, la plongent dans une torpeur artificielle dont s'emploient à la tirer les américains, le matin – même les larmes qui dévalent de temps en temps ses joues semblent échapper à toute logique, mieux, appartenir à quelqu'un d'autre.

Au fait, a ajouté Zoé, ces cauchemars obéissent à un unique scénario décliné en cinq ou six variantes (elle court, tourne et tourne dans des rues, des dédales de couloirs et autres labyrinthes) et s'interrompent tous au même moment, celui où la certitude de ne plus jamais revoir sa *bonne-maman* s'impose à son esprit, et elle en donne un exemple – terrifiant –, avant de conclure comme si besoin était : *soudain je me réveille en nage, le cœur battant et la voix éraillée.*

Distraite par ces pensées, Noélie comprend qu'elle n'ira pas plus loin et, résignée, glisse ses écrits du jour dans leur tiroir ; se retournant, elle découvre que son chat n'a pas réintégré sa place sur le couvre-lit et se dit qu'il l'a désertée depuis trop longtemps désormais pour s'être simplement aventuré dans le jardin. Elle se penche par scrupule à la fenêtre, inspecte en vain les postes d'observation habituels du félin, puis part à sa recherche, en proie à une inquiétude croissante au fur et à mesure que les portes s'ouvrent et se referment. Sur son propre reflet dans une armoire à glace, sur le lit à barreaux chromés et dossier inclinable, sur un papier peint à motifs « toile de Jouy » gondolé et scotché par endroits. Sur un billard au feutre moisi, sur la guitare de Julienne lancée dans un morceau dont on ne reconnaît ni les notes ni le rythme, sur les fleurs antidérapantes appliquées au fond de la baignoire, sur un cratère qu'une explosion semble avoir creusé dans le plafond d'une chambre de garçons et qui est dû en réalité à des infiltrations – bref, le catalogue de leurs défaites.

Puis vient la chambre rouge, celle de Zoé, dont la porte entrouverte l'incite à la croire elle aussi désertée ; d'ailleurs, délestée d'un bon tiers de son poids, la jeune femme se déplace avec une telle discrétion qu'on n'arrive pas à l'imaginer là où elle est en réalité et que Julienne pousse des exclamations de stupeur lorsqu'elle se retrouve nez à nez avec elle, comme on le ferait face à une apparition, un esprit, un fantôme – ce à quoi, avec son teint diaphane, ses cernes violets, ses joues creusées, elle ressemble en vérité (une chose est certaine en tout cas, elle est le fantôme d'elle-même).

La pénombre ainsi qu'un air vicié, presque nauséabond, règnent à l'intérieur et Noélie, qui déteste le second autant que le désordre et juste un peu moins que les lits défaits, se précipite vers les fenêtres en se demandant s'il n'était pas hasardeux d'abandonner l'entretien de la chambre à sa nouvelle occupante ainsi que cette dernière en a exprimé le souhait, arguant qu'elle n'aime pas qu'on dérange ses livres, mieux, qu'ils sont ce qu'elle a de plus sacré – affirmation qui est allée droit au cœur de l'écrivain. Or à peine Noélie a-t-elle ouvert le premier volet qu'elle se fige : elle vient d'entendre un ronronnement qu'elle reconnaîtrait entre mille car il n'a rien à voir avec le roucoulement de tourterelle auquel on compare souvent les ronflements de ces félins, mais se compose d'une sorte de sanglot suivi d'un sifflement et enfin d'un soupir. Alors, se retournant vers le lit, elle découvre le chat, lové sur le ventre de Zoé qui, si elle est aussi immobile qu'un gisant de Saint-Denis, ne dort pas puisque ses yeux, écarquillés, fixent le plafond.

Est-ce la vision de son animal préféré dans des bras étrangers, par surcroît dans une chambre dont elle-même s'est privée au moment de se remettre à écrire de crainte de bouleverser les habitudes du chat ? Furieuse, Noélie pousse les volets des deux autres fenêtres, provoquant des grincements de ferrures et faisant surgir tout le reste – les vêtements et sous-vêtements en vrac sur une chaise, les tiroirs à moitié ouverts, les dahlias flétris qui évoquent des têtes de garçons sales, échevelées (c'est évidemment de ce bouquet de bienvenue que provient l'odeur de décomposition, d'eau croupie) –, mais ni fuite ni repentir. Les deux compagnons demeurent en effet impassibles ; pis, le second entreprend de se lécher une patte et la passe consciencieusement sur ses oreilles, ses yeux et son nez, signe qu'il apprécie – Noélie ne le sait que trop bien – son nouvel environnement.

Alors : *Ma chérie, ça ne va pas ? Tu es malade ?* demande-t-elle d'une voix dont elle regrette aussitôt la sécheresse car non seulement la jeune femme ne lui reproche pas son irruption ni cet afflux de lumière, mais elle répond aussi *Oh, j'étais juste en train de réfléchir, je préfère réfléchir allongée. Ou alors dans la posture sur la tête... et aussi... voyons... dans celles du pont, du scorpion, du pied tout seul... éventuellement dans la position de la déclive. C'est à cause de l'afflux de sang dans le cerveau, tu comprends. Un simple phénomène physique. Ça accélère le raisonnement – Du scorpion ?* répète Noélie. – *Oui, je vais te montrer.*

Et sans attendre de réponse au *Tu veux ?* qu'elle a murmuré, il est vrai, dans un souffle à peine audible, Zoé déplace le chat et gagne le centre de la pièce où elle s'agenouille, puis, en équilibre sur les paumes et les avant-bras, se dresse à la verticale, les jambes formant un angle droit avec les cuisses. Son dos se cambre sans effort apparent et, dans ce renversement, sa longue jupe à volants et motifs floraux se retourne, escamotant, telle une corolle, le haut du corps, désormais en bas, et révélant ce qu'elle avait caché un peu plus tôt : un ventre pâle semé de grains de beauté, des cuisses, des mollets et des pieds maigres, surtout une culotte haute en coton blanc comme en portent les enfants qui, à en juger par ses plis, a abrité des fesses plus rebondies, songe Noélie, stupéfaite par ce mélange de naturel et d'impudeur.

Mais déjà Zoé s'est rétablie et, les joues légèrement rosies, elle déclare : *Il y a des postures, en revanche,*

*que personne ne pourra jamais me forcer à prendre...
la torsion du crocodile, par exemple... tu... tu connais ?*
finissant à mi-voix comme si elle mentionnait un complot ou un crime. – *Ma chérie, tout cela est très joli,
mais tu devrais profiter du bon air de la campagne,
au lieu de te... tortiller ainsi dans tous les sens, tu ne
crois pas ? – Me tortiller ? Voyons, les postures de yoga
agissent sur les viscères et le système parasympathique.
Elles détendent. Car il faut que tu saches une chose
importante, tantine : je ne me relâche jamais. Tous mes
muscles, y compris ceux de mon cerveau, se contractent
en permanence sans me laisser de répit.*

Noélie, qui trouve plutôt la jeune femme amorphe et
– soudain – décidément narcissique, est tentée d'apporter
une rectification, de lui dire qu'elle n'est pas sa tante,
mais sa cousine, ou plutôt la cousine de feu son grand-père, cependant, craignant de la blesser, elle se contente
de demander si elle a trouvé le chat dans le jardin et s'il
s'est laissé porter jusqu'au second étage sans rechigner
– la seule chose qui l'intéresse, de toute l'affaire, la
raison même de sa présence dans la pièce.

Alors, Zoé : *Voyons, il est monté tout seul, je n'allais
quand même pas l'y forcer ! Tu sais, je suis comme
eux, c'est-à-dire comme les chats, je ne supporte pas
les portes fermées. Elles sont une fin de non-recevoir,
une gifle, une pierre tombale, elles me blessent et m'oppressent. Et puis je n'ai rien à cacher, nous sommes
tous faits de la même façon, pas vrai ? – Pas exactement
tous, ma chérie. Pas exactement tous. Pense à Jo, par
exemple. D'ailleurs, il est inutile de lui montrer ça... ce
scorpion, vois-tu, il ne comprendrait pas.*

Et comme la jeune femme, les yeux dans le vague,
paraît méditer cette vérité, Noélie se dirige vers la petite
table à correspondance qui, poussée contre le mur et
chargée de livres ainsi que d'une machine à écrire électrique, a été transformée en table de travail. D'autres

ouvrages sont empilés par terre, d'autres encore sur le marbre de la coiffeuse, à côté d'une cuvette et d'une cruche en faïence qui, inutiles depuis le début des années soixante-dix – époque où l'eau courante a été installée dans la maison –, arborent leurs délicates fleurs marine avec un léger dépit, semble-t-il.

Mais ce sont surtout les feuilles de papier griffonnées à l'encre violette qui attirent l'écrivain, lequel découvre non sans surprise que des vers y sont couchés, des vers noirs, trop noirs pour une jeune femme de vingt-quatre ans à son avis. *C'est... c'est de toi ?* interroge-t-elle – sans raison puisque les ratures répétées sont la preuve que ces mots n'ont pas été retranscrits, ou peut-être dans le seul but d'arracher Zoé à ses pensées. Et de fait, celle-ci demande : *Comment ? Ah oui... tu ne trouves pas ça terriblement infantile ? J'aurais préféré faire des aquarelles et des pastels, ou encore jouer du piano... mais je suis réfractaire aux couleurs et aux notes de musique. Il faut bien que je m'exerce à quelque chose. Quelque chose de vrai, j'entends, quelque chose qui donne un sens à la vie, qui permet de tenir debout. Ce qui n'est le cas ni des études ni du travail. Ça, ça ne sert qu'à rester dans les rails, qu'à rouler comme un wagonnet de fumier.*

– Rouler ? – Oui, rouler, c'est ce que la plupart des gens font, répond Zoé. *Rouler sur des rails, et c'est tout, du début jusqu'à la fin. Étrangement, je n'arrive pas à m'y résigner. Mais parfois j'aimerais être comme eux, filer sur des petits rails rassurants sans me soucier de mon lieu de départ ni de mon lieu d'arrivée. En fin de compte, ça doit être reposant, tu ne crois pas ?* Sa voix se brise sur les derniers mots, et Noélie songe qu'il faudrait sans doute lui dispenser un conseil, prononcer une phrase rassurante ; un instant, elle a la tentation de lui parler de son livre, ce mince radeau sur lequel elle a grimpé malgré elle afin de sauver son foyer de la ruine, de la

perte, du déshonneur, or elle bredouille *Je ne sais que te dire. Ma vie, hélas, n'est pas un exemple, un modèle*, comme éblouie par la pensée que les affirmations de Zoé auraient pu sortir, sont peut-être même sorties, de sa propre bouche à l'âge de vingt, de trente, de quarante ans, éblouie de cet éblouissement précis que provoque le reflet du soleil dans un miroir.

Mais cela ne dure pas, et elle accueille avec bienveillance la réplique suivante, *Pourtant, quand on a ton âge, on doit bien avoir appris quelque chose, sinon, c'est à désespérer* qui l'aurait certainement vexée si elle n'avait été prononcée sur le ton de la franchise, du sérieux, de la surprise. Au reste, il n'y a rien d'humiliant à être vieux, se dit-elle. Ce qui est grave, c'est de l'être sans avoir rien compris à la vie, et, hélas, il lui arrive parfois de croire que c'est son cas. *Tu as raison*, affirme-t-elle, *mais je continue de penser que tu devrais profiter du bon air, de la campagne, plutôt que rester confinée dans cette chambre. Au fait, tu devrais aussi jeter ces fleurs fanées et l'eau du vase, ce n'est pas bon de respirer ça*, puis, sans crier gare, comme si elle s'enfuyait, elle fond sur son chat, le saisit fermement et tourne les talons.

Elle dévale la volée de marches plus qu'elle ne la descend et, enfin assise sur son propre lit, cajole l'animal afin de l'inciter à rester dans sa chambre, tout en pensant *Espèce de traître, de sale petit traître, il ne t'a fallu que quelques jours pour en aimer une autre*, puis, après que les ronronnements se sont élevés, consolidés, enfile son pantalon de jardinage, reprend l'escalier jusqu'en bas. Troque dans le vestiaire ses mocassins contre des bottes en caoutchouc, pousse la porte du salon où Gabrielle adresse non au vide, comme il le semblerait, mais au micro du téléphone une série de *oui*, alors, comme sauvée d'un péril supplémentaire, elle se jette dans le jardin.

16

Depuis le jour de la chevauchée dans le bois, Madeleine avait le sentiment d'avancer en équilibre sur une corde tendue au-dessus du vide, avec, pour tout balancier, la certitude qu'il serait non seulement inutile, mais aussi dommageable de précipiter les événements. La peur qui s'était insinuée dans son désir et l'avait phagocyté au moment où Adrien avait bondi sur sa monture ne se dissiperait pas facilement, elle le savait, aussi s'en tenait-elle à une sereine attente, ligne de conduite qui avait l'avantage de ne pas ressembler à une défaite, même si elle frôlait parfois, à ses yeux, la lâcheté. En fin de compte, mieux valait revivre en pensée l'instant critique et de la sorte s'y habituer au point de l'estimer normal, sinon banal : ainsi son estomac s'abstiendrait de se nouer et ses jambes de trembler lorsqu'une nouvelle occasion se présenterait, car elle se présenterait, elle en était également certaine. Voilà pourquoi l'hiver, qui gainait à présent les arbres de givre et semait des roses de glace à la surface des pises et autres abreuvoirs, n'était pas entièrement à blâmer, à son avis : il lui offrait le temps même de l'attente, qu'il ne faut pas confondre avec une justification ou un prétexte.

Habitué aux rêveries de Madeleine, semblables sur son visage à des nuages pressés de se poursuivre et obscurcissant ponctuellement le soleil, son entourage ne trouvait rien d'étrange qu'elle se figeât soudain au milieu d'un geste ou fixât le vide, au coin de la cheminée. Seule Noélie, sa messagère, pouvait imaginer vers quoi, ou plutôt vers qui, son esprit était alors tourné ; de temps en temps, elle s'interrompait à son tour pour observer sa sœur à la dérobée avant d'être rappelée à l'ordre par Augustine qui, depuis son retour du pensionnat quatre ans plus tôt, auréolée de récompenses du nom de «cordons d'honneur» et autres «lis», s'était substituée à leur mère dans la tâche de dispenser aux plus jeunes membres de la famille des rudiments d'instruction primaire jusqu'à ce qu'ils eussent atteint l'âge d'entrer à leur tour dans un établissement scolaire. L'enseignement était, en effet, la carrière qu'elle entendait embrasser, de même que le célibat serait sa condition, avait-elle annoncé une fois sa valise vidée, peu désireuse cependant de se soustraire entièrement au monde comme les religieuses, en particulier comme l'avait fait Rachel, sa tante maternelle, engloutie quant à elle par le couvent, doublement puisqu'elle s'y était éteinte à l'âge de vingt et un ans.

Tester ses capacités sur Noélie et Berthe constituait à la fois une excellente préparation et une façon de s'acquitter de ses devoirs envers sa famille, avait estimé Augustine, après quoi elle s'envolerait vers un destin d'indépendance, peut-être à Paris où elle séjournait une fois l'an maintenant que sa sœur aînée y vivait et dont elle aimait les grands boulevards, qu'elle parcourait en compagnie de son beau-frère. Alors elle rendrait à Jenny le soin d'instruire la dernière-née et de lui apprendre les arts ménagers, lesquels figuraient dans le trousseau immatériel des jeunes bourgeoises de l'époque au même titre que la pratique du piano, du chant, de l'aquarelle et, pour ces filles d'agriculteur, les travaux de la terre quand leurs bras étaient nécessaires, par exemple lors de la fenaison, du dépiquage et de la moisson. Du reste, la tâche ne se révélait guère compliquée, peut-être même pas assez compliquée à son goût, puisque Noélie et Berthe montraient des prédispositions exceptionnelles, l'une pour la lecture et l'écriture, l'autre pour les sciences et le dessin. Réunies en début de matinée et en début d'après-midi dans la salle à manger ou, quand la température était trop basse, dans le salon moins vaste, elles produisaient un vrombissement d'abeilles laborieuses qui berçait Virginie, Jenny et Madeleine, occupées toutes trois par des activités – coudre, broder, ravauder, tricoter – qui se transmettaient, immuables, de génération en génération.

Ainsi, en cette rude saison, toutes les femmes de la famille avaient le sentiment de vivre non un continuum temporel, mais une succession d'instants dilatés à l'excès, pareils à des bulles de savon enflant au gré des réflexions auxquelles chacune se laissait aller et flottant longuement dans l'air avant qu'un événement – les aboiements d'un chien, l'arrivée du facteur, le retour d'Henri des champs, les va-et-vient des domestiques, les pleurs ou la tétée de Julienne – ne les fît éclater.

D'ailleurs, le domaine évoquait lui-même une gigantesque bulle, ou l'un de ces globes de verre qui renferment une image sainte, un bouquet de tissu ou de fleurs sèches, l'isolant d'autant plus du reste du monde que, en raison des intempéries, les communications avec les villages voisins se réduisaient au strict nécessaire et qu'il n'était point besoin de se fournir en denrées ailleurs que dans le garde-manger familial où les produits de la propriété traversaient les saisons, les uns conservés dans de la saumure, du sirop, ou leur propre jus, les autres roulés dans le sel et accrochés bien au sec au plafond.

Pourtant le temps qui s'écoulait de l'autre côté du globe ou de la bulle, en cet hiver 1909-1910, n'était plus le temps lent et patient de la divinité tyrannique qu'est la nature, mais celui de la modernité, féroce, avide, qui emporte les êtres en une course inexorable où il ne peut exister et ne pourra jamais exister de pause. Ce temps avait certes caressé, flatté le domaine à travers son mode d'exploitation mais ce n'était qu'un début, une timide tentative de séduction, comme s'il attendait une véritable occasion pour envahir ces existences à l'ancienne. Il le fit au printemps, un dimanche après-midi, jour chômé à Randan, se matérialisant, s'incarnant, sous la forme d'un engin à la carrosserie grenat qui s'immobilisa au pied du perron dans un vacarme où le vrombissement se mêlait aux caquètements et aux battements d'ailes des animaux de basse-cour.

À ces bruits, tout le monde se précipita à l'extérieur et vit, non sans surprise, descendre du véhicule ses deux occupants encombrés de manteaux, plaids et lunettes, sous lesquels il fut toutefois aisé de reconnaître Louis et son fidèle cocher, Hippolyte, transformé en chauffeur par l'étude de la brochure qui avait été livrée avec le véhicule. Mais déjà le passager gravissait les marches, hilare, et, présentant ses hommages et son front à sa mère qui s'était aussitôt signée, lui annonçait qu'il lui avait fallu moins d'une heure pour venir de Rodez. « Voilà pourquoi j'ai commandé cette automobile, enchaîna-t-il, comme s'il la priait de l'excuser d'un petit achat inconsidéré. Elle facilitera grandement mes visites. Plus besoin de chevaux à changer, de relais à prévenir par télégramme, plus de crainte d'arriver trop tard.

– Ce n'est pas une raison pour essayer de te tuer.

– Rassurez-vous, maman, je n'en ai nullement l'intention. Ces engins sont aussi sûrs que les autres, même plus, car rien ne les effraie, ni les orages ni les aboiements des chiens. Et ils demandent bien moins de soins. D'ailleurs, un de mes confrères m'a précédé. Nous sommes deux maintenant, dans le département, à utiliser la mécanique.

– Les chevaux au moins ont du bon sens, tu l'as toujours admis…

– C'est vrai, c'est vrai, je vous le concède. Mais c'est un progrès extraordinaire, vous ne pouvez le nier. Et puis essayez d'en voir les avantages : nous allons pouvoir nous retrouver plus fréquemment. »

Et comme Henri descendait les premières marches afin d'examiner de près l'automobile, Louis pria sa mère de l'excuser et il ne resta bientôt plus sur le perron que les indignées et les timides, ou encore celles que des occupations pressantes appelaient ailleurs – telle Jenny, alertée par les pleurs de Julienne à l'étage. Voyant Adrien se détacher, à l'invitation de son père, du groupe des ouvriers et des domestiques qui accouraient, intrigués, sous le porche, Madeleine quitta son perchoir et rejoignit ses sœurs en bas. Si on l'avait interrogée au sujet du progrès et de l'automobile en particulier, elle aurait répondu que ni l'un ni l'autre ne l'intéressaient, cependant elle se rapprocha de son bien-aimé et s'efforça de soutenir son regard pendant qu'il la saluait de son habituel « Mademoiselle », deux doigts portés à son chapeau, sans imaginer qu'elle tourmentait ainsi l'homme qui s'était employé à la fuir et à se maudire au cours des derniers mois.

Pendant ce temps, pareil à un enfant devant son nouveau jouet, Louis expliquait à son auditoire qu'une chaîne semblable à celle d'une simple bicyclette transmettait l'énergie de ce moteur monocylindre à la carrosserie et que, grâce à elle, le véhicule se déplaçait à une vitesse variant de trente à quarante-cinq kilomètres à l'heure. Hippolyte opinait du bonnet à ses côtés et, en guise d'illustration, ouvrait le capot en forme de chaufferette avec autant de solennité que l'assistant d'un prestidigitateur, nullement embarrassé par les regards qui convergeaient davantage vers le chauffeur qu'ils n'avaient convergé autrefois vers le cocher. Du reste, l'agriculteur et son bras droit ne perdaient pas un seul de ses gestes ; mieux, ils se penchaient et se baissaient pour examiner l'engin et réclamaient des précisions aussi mystérieuses aux yeux des quatre sœurs que des formules cabalistiques.

Néanmoins, elles accompagnèrent docilement leur migration vers le flanc puis l'arrière de l'engin, à l'exception de Noélie qui, plantée devant le radiateur, paraissait hypnotisée par le symbole en laiton dont la calandre était frappée : se détachant sur les rayons d'une roue et surmonté du nom du constructeur, était immortalisé un lion passant sur une flèche. Était-ce la combinaison de ces trois éléments, la fragilité de ce support sur lequel la bête sauvage semblait pourtant se déplacer non en équilibre, mais aussi à l'aise que dans sa savane natale ? Était-ce l'évocation même de l'Afrique, pays dont elle étudiait la géographie en s'imaginant tantôt coiffée d'un casque colonial, le visage masqué par une mousseline censée la protéger non seulement du soleil mais aussi des insectes, tantôt drapée dans des tissus bariolés, les bras ceints de lourds anneaux d'or ?

Pressentait-elle que le choix de ce symbole annonçait la férocité et la séduction des nouveaux temps ? Posant le doigt sur la minuscule sculpture, elle en suivit lentement les contours comme si, par ce geste et ce contact, elle choisissait d'adhérer à la croyance en une idole et se déclarait prête à en accepter préceptes et caprices ; aussi fut-elle la première à réagir quand, revenu à sa hauteur avec son petit cortège, Louis demanda à la ronde : « Et maintenant qui veut faire un tour ?

– Moi ! Moi, mon oncle ! »

Mais Jenny, qui avait rejoint le groupe, son bébé dans les bras, objecta : « Voyons, Louis, n'est-ce pas dangereux pour une enfant ? Elle pourrait tomber par-dessus bord !

– Je la tiendrai tout contre moi, répliqua Henri, à qui l'audace de sa fillette plaisait.

– Et si l'automobile verse ?

– Pourquoi devrait-elle verser, ma douce ?

– Eh bien, c'est un engin… mécanique ! » répondit-elle, provoquant les rires.

C'est alors qu'une voix retentit en haut du perron : « Laissez donc cette petite se rompre le cou si elle en a envie ! Cela lui apprendra peut-être la prudence. Laissez-la se conduire comme un garçon, elle en a l'habitude. » Bien entendu, il s'agissait de Virginie, qui ne manquait jamais une occasion de s'opposer à sa bru, que cela l'amenât ou non à se contredire, et qui réprouvait l'excès de liberté dans laquelle l'enfant était, à son avis, élevée, allant même jusqu'à prophétiser qu'elle deviendrait une rebelle, à moins qu'elle ne le fût déjà. Après quoi elle se retira, comme un juge qui, venant de dicter sa loi de toute la hauteur de son mépris, préfère se soustraire au spectacle que lui offre l'humiliation des condamnés, et Henri s'installa sur le siège du passager où Noélie le rejoignit, hissée par son oncle, tandis qu'Hippolyte reprenait sa place derrière le haut volant.

« Henri, le plaid ! Enroulez-la dans le plaid. Qu'elle ne prenne pas froid au moins ! » eut le temps de recommander Jenny avant que l'automobile s'engouffrât sous le porche, suscitant un véritable mouvement de foule, puisque les domestiques et ouvriers présents ainsi que les membres de la famille la suivirent pour mieux la regarder virer deux fois à gauche, et disparaître. Alors ils se précipitèrent tous vers le muret qui longeait le claux de la Jasse, comme si chacun voulait être le premier à la voir ressurgir de derrière l'étable et des arbres bordant la route.

Orné d'un majestueux tilleul Sully, doté d'un travail pour ferrer chevaux et bœufs, et coupé dans sa longueur par une rigole d'écoulement des eaux, le terre-plein qui s'étendait de l'enceinte du jardin jusqu'à la grande prairie, et du bûcher jusqu'à l'étable, constituait une sorte de place de village, un carrefour où l'on allait et venait, échangeait conseils, ordres, confidences, effectuait des besognes, jouait et pataugeait, surveillait les vaches au pâturage, les canards à la toilette, ou tout simplement contemplait le paysage, mosaïque de prés montant à l'assaut des mamelons, à l'horizon, pour dégringoler dans les vallons, découpés par des haies.

Quand l'automobile eut reparu, les spectateurs suivirent des yeux sa trajectoire jusqu'à ce qu'elle se fondît dans le goulet d'arbres, puis s'attardèrent dans l'attente de son retour, qui appuyé contre le muret, qui assis dessus car il était large. Louis mit ce laps de temps à profit pour demander à Jenny à quel point en était sa brouille avec son gendre, dont il se sentait indirectement responsable. Quelques mois plus tôt, en effet, le mari de Thérèse avait profité du séjour annuel d'Augustine dans son foyer en compagnie de sa cousine Henriette, l'aînée de Louis, pour essayer de marier cette dernière à son frère, médecin à Bordeaux, qu'il avait fait venir tout exprès ; sa tentative ayant échoué, il en avait rejeté la faute sur Jenny en l'accusant de contrarier ses plans afin de favoriser une union d'Édouard, son aîné, avec la jeune fille.

Jenny pria Augustine de ramener le bébé à l'intérieur et revint sur l'entêtement de l'avocat, lequel s'obstinait à ne pas comprendre qu'il n'avait jamais été question d'un tel mariage et qu'Henriette avait décliné l'offre pour ne pas avoir à s'éloigner de sa grand-mère maternelle qui n'avait qu'elle au monde. Elle était si absorbée par ce sujet que, tout en parlant, elle passa sans la remarquer devant Madeleine, adossée au mur et comme accrochée à son châle. Contrairement à Berthe, qui détournait régulièrement la tête de son carnet à croquis, sur lequel elle avait couché une première esquisse de l'automobile, pour guetter l'engin, la jeune fille paraissait étrangère à l'agitation générale ; mieux, par son immobilité et sa pâleur, elle évoquait une statue de marbre plongée dans les tourbillons d'une rivière.

Une telle attitude s'expliquait par la présence d'Adrien, tout près d'elle : n'éprouvant ni l'envie ni l'impolitesse de s'écarter tandis que la Lion-Peugeot quittait la cour, suivie de son cortège, il l'avait conduite vers le muret, un peu à l'écart des autres, ainsi qu'on conduit une barque à un lieu d'amarrage, c'est-à-dire en pensant qu'on pourra l'abandonner après l'avoir mise en sécurité, fixée à un support. Or les minutes se succédaient et il était toujours là, silencieux, mais sensible aux signaux qui émanaient de la jeune fille, si sensible en vérité qu'il se retourna du même mouvement qu'elle après le passage de Jenny et de Louis et appuya à son tour les cuisses contre les pierres irrégulières. En vérité, leur degré d'entente, de communication était si élevé en ces instants-là qu'il se demanda bientôt si elle avait prononcé ou seulement pensé les mots qui lui parvinrent.

« Il y a longtemps que je ne t'avais vu… vraiment vu, avait-elle murmuré, les yeux braqués sur la route. Nous n'avons fait que nous croiser ces derniers temps.

– C'est le travail, Mademoiselle, s'entendit-il répondre. Il y en a beaucoup, vous savez.

– Oui… Adrien. S'il te plaît, veux-tu bien me dire si… si je t'ai fait de la peine ?

– Non, pas du tout, je vous en prie, n'allez pas croire une chose pareille.

– Bien.

– Il ne s'agit pas de ça.

– Qu'est-ce donc alors ? pressa Madeleine, enhardie par cette précision.

– Je… je préfère ne pas en parler. »

– S'il te plaît… »

Et comme les voix de Jenny et de Louis s'insinuaient de nouveau dans le silence qui avait suivi, ils en restèrent là. Tout en faisant les cent pas, le médecin évoquait un autre Édouard, qu'Henriette avait rencontré par l'entremise d'amis communs et dont elle était visiblement éprise, non sans souligner, amusé, que la mère du jeune homme, noble et royaliste, ne devait pas voir d'un bon œil une union avec une demoiselle dont le grand-oncle maternel avait été non seulement républicain et franc-maçon, mais aussi déporté pour des raisons politiques en Algérie. Le reste se perdit dans la distance, et Adrien reprit :

« C'est justement à cause de ça.

– De quoi ? Du mariage d'Henriette ?

– Du mariage.

– Tu veux dire de mon mariage ? Mais il n'en est pas question !

– Ce le sera bientôt, Mademoiselle, et c'est normal.

– Je ne veux pas quitter Randan, je te l'ai déjà dit. Vivre ailleurs… ce serait comme ne pas avoir d'air pour respirer. Et puis, rien ne m'y oblige. Regarde Augustine. Il est vrai qu'elle ne restera pas ici, mais…

– Vos parents ont sans doute en tête de beaux partis pour vous.

– Je n'en veux pas.»

Adrien et Madeleine s'étaient employés à brider leurs émotions au cours des derniers mois, l'une pour s'y habituer, l'autre pour les étouffer, et voilà qu'elles ressurgissaient, plus fortes qu'ils ne l'eussent imaginé, manquant de renverser le garde-fou qu'ils avaient cru tous deux trouver dans la présence de témoins. Le souffle coupé, Madeleine eut soudain le sentiment d'avoir lâché le balancier qui lui avait permis jusqu'à présent d'avancer sur la corde raide et elle attendit, paralysée, tremblante, une chute inévitable dans un vide dépourvu de filet.

Leur silence s'éternisait, vibrant de questions en suspens, quand l'automobile, précédée de son vacarme, réapparut sur la route, de l'autre côté du pré. Alors l'agitation revint et Madeleine n'eut que le temps de chuchoter ce qui ressemblait plus à une constatation cruelle qu'à une question, se tournant enfin vers son voisin :

«Tu n'as donc pas de sentiments pour moi, Adrien ?

– Mademoiselle… je vous l'ai dit, il ne s'agit pas de ça, essayez de comprendre… Regardez qui vous êtes et qui je suis.»

À bout d'arguments, ou parce que sa voix et maintenant son regard disaient tout de sa lutte intérieure et qu'il le comprenait trop bien, il se hâta de saluer la jeune fille.

«Attends, dit-elle. Cela pourrait-il demeurer un secret entre nous ?

– Je n'en parlerai à personne.

– Je voulais dire un secret non à cacher, mais à chérir. Est-ce possible ?»

Suivant le mouvement général, Adrien alla au-devant de l'automobile à bord de laquelle Noélie trônait, enivrée par le tourbillon d'arbres, de clôtures et d'air que la vitesse lui avait offert, et Madeleine ne sut déterminer s'il avait opiné du chef ne fût-ce qu'imperceptiblement ainsi qu'il lui semblait, ou s'il n'avait pas répondu.

17

Pour Noélie, comme pour toutes les filles de la famille avant elle, vint le moment d'entrer au pensionnat. Bien qu'elle n'eût que dix ans et ne se fût encore jamais éloignée des siens, cette perspective ne l'émouvait guère ; mieux, assoiffée de connaissances, elle estimait non sans présomption qu'elle avait déjà tiré du domaine tous les fruits qu'il y avait à cueillir et que la ville lui en offrirait mille autres plus savoureux. Pareille à une débutante qui a regardé, bien droite sur sa chaise, ses semblables valser avec de rapides et sveltes jeunes gens et qui voit enfin une main se tendre vers elle, pour l'entraîner dans le cercle, elle se réjouissait de participer à ce mouvement qui, sous l'effet de la vitesse, avait déjà propulsé l'un de ses frères à Marseille, l'autre à Paris, afin qu'ils y fissent leurs études d'ingénieur et qui s'apprêtait à catapulter son cousin Raymond à la faculté de médecine de Toulouse, sur les traces de son père.

Soucieuse de ne pas heurter les membres de sa famille, en particulier Madeleine qui reniflait et se disait déjà bien seule, elle adopta une mine grave à l'instant des adieux mais ne parvint pas à verser de larmes, ce qui lui valut l'incompréhension générale ; seule Virginie, que le sentimentalisme ulcérait, sembla apprécier ce qui lui apparaissait comme de la retenue : abandonnant provisoirement le mauvais jugement qu'elle portait sur la fillette – à savoir qu'elle était une « sauvage » et une « rebelle née » –, elle l'enveloppa d'un regard satisfait avant d'apposer sur son front, en guise de viatique, un baiser du bout des lèvres.

L'enthousiasme que Noélie avait autant de peine à dissimuler s'expliquait également par la perspective de gagner Rodez en compagnie de Louis, venu selon la tradition pour l'ouverture de la chasse : il n'existait pas à ses yeux de meilleur augure que d'effectuer ce trajet à bord de la nouvelle automobile de cet oncle chéri ; aussi, comme pour remercier le dieu de la modernité de tant de bienveillance, elle marqua un temps d'arrêt devant le lion qui le symbolisait et qui, s'il glissait toujours sur une flèche, avait l'air, coiffé du mot *Bébé*, plus pacifique que son prédécesseur. Elle ne put toutefois s'empêcher de se retourner alors que le véhicule s'engageait sous le porche et la dernière image qu'elle captura de sa famille s'ancra dans son esprit : en haut du perron, Henri avait une main posée sur l'épaule de Jenny, blottie tout contre lui, et agitait l'autre vers elle. Le cœur enfin serré, Noélie se demanda si elle ne devait pas sauter à terre pour un dernier baiser, mais déjà le véhicule virait, la route précipitait vers elle des rangées d'arbres pareilles à des serviteurs empressés qui se redressaient juste à temps pour ne pas être emportés, secouait les prairies et les champs comme une couverture qu'on étend sans réussir à renverser ni même à déséquilibrer leurs occupants – des vaches, des brebis, des chiens, des paysans aussi petits que des soldats de plomb.

Il y avait à l'intérieur du véhicule trop de bruit pour qu'il fût possible de converser, aussi Louis attendit-il qu'il se fût immobilisé dans la rue Béteille, devant l'institution Jeanne-d'Arc, pour dispenser des conseils à sa nièce et lui faire miroiter des sorties sous forme de déjeuners dominicaux et de promenades dans sa propriété aux portes de la ville, de parties de tennis avec sa cousine Gabrielle, qu'elle croiserait désormais tous les jours puisque la jeune fille, de quatre ans son aînée, fréquentait le vénérable établissement en qualité d'externe. Il la confia à la directrice, une femme austère mais visiblement bonne, apparentée à leur famille par Jeanne et Virginie, après l'avoir étreinte longuement contre sa poitrine, lui laissant ainsi entendre qu'il avait le cœur serré à l'idée de l'abandonner là avec sa petite valise : s'il était le parrain de Madeleine, il se sentait lié à Noélie en vertu du pacte tacite qu'ils avaient noué au cours de la nuit de l'été 1908 où il l'avait surprise errant en chemise sur le palier du second étage, en proie à l'insomnie, et qu'ils avaient ensuite renouvelé à chaque regard complice.

Dans son bureau, la directrice lui énonça les règles de conduite en vigueur dans le pensionnat en insistant sur l'hygiène (la pudeur voulait qu'on n'ôtât pas sa chemise de nuit pour faire sa toilette), les horaires, les messes et les livres à l'index, puis chargea la responsable du dortoir de la conduire vers la couche qui lui était réservée, un mince lit à l'intérieur d'une immense pièce ornée d'un crucifix. Elle rencontra une partie de ses camarades de classe, des filles provenant comme elle de la campagne qui, en pleurs pour certaines, contrites pour les autres, toutes apparemment dépaysées, lui réservèrent de timides signes de bienvenue, auxquelles elle tourna vite le dos pour réfléchir, assise sur son lit, à l'endroit qu'elle transformerait en cachette de livres interdits ; du reste, elle n'avait pas l'intention de se lier d'amitié avec ces pâles copies d'elle-même, ni avec les citadines, les externes, qu'elle découvrirait le lendemain : elle était là pour apprendre et s'élever, non pour perdre du temps.

Aussi, le jour suivant, accorda-t-elle seulement un bref regard aux vingt fillettes qui, ajoutées à elle, composaient la classe, une fois qu'on les eut toutes conduites de bonne heure à la chapelle afin qu'elles assistassent à la messe par laquelle commençaient les journées. Dans leurs blouses austères, leurs bas noirs et leurs bottines, elles ne se distinguaient entre elles que par un ruban clair ou foncé noué dans des cheveux épars, tirés en chignons ou encore roulés en anglaises, par une ceinture plus ou moins élaborée, un rang de dentelles, une médaille ou une croix en or pendant au bout d'une chaînette. Mais déjà certaines tendaient à se regrouper, poussées par les relations de voisinage, d'amitié ou de parenté qu'entretenaient leurs familles respectives et qui se doublèrent, au fil des semaines, des chemins secondaires que traçaient des critères aussi déterminants que les bonnes ou les mauvaises notes, la sensibilité, ou encore la beauté et l'élégance, transformant la récréation en un lieu à la fois de partage et d'exclusion.

Ainsi, tandis que les fillettes se reconnaissaient et s'alliaient, Noélie se taillait une réputation de solitaire qui ne différait en rien de celle que sa grand-mère lui avait bâtie parmi les siens et qui, dans leur bouche, n'était pas bienveillante : il eût fallu qu'elles fussent plus expérimentées et plus intéressées par les tréfonds de l'âme humaine pour entrevoir derrière cet isolement

une sensibilité exacerbée ainsi que la conviction de leur être inférieure sinon par ses origines rurales, du moins par son aspect physique. Petite, pâle, fluette, les yeux cernés et un peu saillants, elle savait, en effet, qu'elle ne rivaliserait jamais dans ce domaine avec ses camarades au teint frais, aux joues rebondies, aux lèvres charnues, et elle avait donc choisi de s'engager sur la voie de l'intellect qui ne requérait pas de telles qualités, tout en étant, compte tenu des temps que l'on vivait, également, voire davantage, semée d'embûches.

Pas plus que l'amitié des élèves elle ne recherchait l'approbation des professeurs – des religieuses et des demoiselles sévères dont les compétences étaient à ses yeux à peine suffisantes et qui confondaient son indifférence aux récompenses avec de la morgue et sa solitude avec un manque d'humilité, vertu pour laquelle elle pressentait non sans lucidité qu'elle n'était pas taillée. Au reste, il n'était pas innocent, se disait-elle, que pareille qualité fût prônée par ceux ou celles qui en paraissaient le plus dépourvus, par exemple sa cousine Gabrielle qui, forte de ses quatorze ans et d'une familiarité avec les enseignantes acquise par les mille activités qu'elle exerçait dans le domaine religieux, entendait exercer sur elle un ascendant à la mesure de son autorité et de son assurance. Lorsqu'elle la voyait venir vers elle, massive, joufflue, coiffée en deux longues nattes ou en macarons, dans les couloirs ou dans la cour de l'établissement, Noélie savait qu'elle l'attirerait à l'écart et lui demanderait avec un air légèrement condescendant si elle « s'habituait » à sa nouvelle vie et si elle n'était pas trop « désorientée », avant de l'inviter, sans doute instruite par les professeurs, à « aller vers » ses camarades dans un esprit de partage et de communion.

Gabrielle attendait toutefois le dimanche pour se lancer dans de longues tirades sur la société, sur l'existence, et il n'était pas rare alors que ses parents, agacés par ses péroraisons, la contraignissent au silence, ne fût-ce que le temps du dessert. Vexée, l'adolescente marmonnait que tout cela changerait quand elle entrerait au couvent, à quoi sa mère répliquait que, compte tenu de son caractère, elle ne pourrait y entrer que si elle devenait « sur-le-champ mère abbesse, ou prêtre, chose impossible, heureusement ». Mais la jeune fille n'était pas rancunière, et elle avait de nouveau du mal à tenir sa langue au moment du café lorsque Lily, son aînée de cinq ans, s'installait au piano et que les trois garçons s'adonnaient à leurs occupations, jeux ou lecture du journal ; ou encore au goûter, quand Henriette, mariée deux ans plus tôt à l'avocat aux nobles origines dont elle s'était éprise, ainsi que Louis l'avait annoncé à Jenny lors de sa première visite en automobile, se joignait à la famille, attirant sur son bébé toute l'attention.

Ce fut donc une Noélie apparemment inchangée qui regagna le domaine pour les fêtes de Noël et sa grand-mère s'en émut un peu, regrettant que la discipline n'eût pas modelé ce caractère qu'elle était si prompte à critiquer ; Madeleine, au contraire, fut heureuse de retrouver sa sœur telle qu'elle l'avait quittée et, la prenant à l'écart, lui raconta dans tous les détails la suite de sa romance. En vérité, les choses n'avaient guère progressé avec Adrien depuis la conversation qu'ils avaient eue devant le muret deux ans plus tôt tandis qu'ils attendaient le retour de la Lion-Peugeot, mais les quelques phrases qu'ils avaient échangées par la suite avaient tout de même persuadé la jeune fille que les dispositions de son bien-aimé évoluaient à son avantage ; à preuve, les regards qu'elle imaginait empreints de complicité. Et puis, ajouta-t-elle, aucun autre homme ne lui arrivait « à la cheville », certainement pas les jeunes gens qui venaient en visite avec leurs parents et qui semblaient l'évaluer ainsi qu'on jauge vaches ou chevaux, promenant sur elle des yeux inquisiteurs et impudiques.

«Méfie-toi, répliqua Noélie, enhardie par ces confidences qui, mieux que la voiture venue la chercher, la ramenaient dans son foyer, ils risquent de te faire ouvrir la bouche pour connaître l'état de tes dents !» Madeleine rit, et la fillette songea que sa sœur était non seulement belle, mais également riche de qualités aussi précieuses que la douceur, la pureté, la poésie, avant de se demander si la constance de son amour pour Adrien reflétait effectivement un sentiment réel ou plutôt la crainte de voir ses rêves s'envoler et la précipiter dans le présent. Elle commença ainsi à soupçonner Madeleine de s'aveugler volontairement en préférant le confort illusoire qu'apporte l'incertitude à une brutale confrontation avec la vérité ; et le domaine, de favoriser une telle attitude chez les rêveurs et les mélancoliques : on y baignait comme un fœtus dans ce liquide amniotique dont son oncle avait parlé le dimanche précédent avec Raymond revenu de Toulouse, à la fureur de sa tante qui estimait que de telles conversations ne devaient pas être tenues en présence des enfants, comme si les lois de la nature recelaient quelque obscénité et qu'elle, Noélie, n'eût jamais assisté à un vêlage, un agnelage, à la mise bas d'une jument ou d'une chienne.

La suite de son séjour la conforta dans ce sentiment en lui offrant la vision d'une existence toujours égale ; elle eut l'impression de reprendre son aiguille piquée sur le côté de la toile et de poursuivre sa broderie là où elle l'avait abandonnée. Malgré son jeune âge, elle mûrit alors deux décisions importantes : premièrement, elle se sauverait dès qu'elle serait capable de subvenir à ses besoins pour éviter de se laisser étouffer à Randan ; deuxièmement, elle se jouerait des conventions pour défendre sa liberté de penser et d'agir, refuserait de dépendre de ses parents ou d'un homme qui se fût mis en tête de l'épouser.

Tel était son état d'esprit quand son professeur de lettres lui offrit de participer à une pièce de théâtre intitulée *Le Sang de la forêt*, que la directrice du pensionnat avait composée pour Carnaval, déclarant, comme si elle lui décernait un premier prix, que, compte tenu de ses excellents résultats dans cette discipline, ce privilège et cet honneur lui revenaient de droit. Flattée, Noélie accepta de bon gré cet hommage pour constater bientôt, non sans dépit, que l'œuvre dramatique était inepte et le rôle qu'on lui réservait presque inexistant : devant un décor représentant une forêt et une maison semblable à celle de la sorcière dans *Hansel et Gretel*, murs en pain d'épices et fenêtres de sucre exceptés, s'agitaient « grandes » et « petites » vêtues de costumes assez invraisemblables pour que le spectateur eût grand-peine à déterminer s'ils représentaient les unes des princesses du Moyen Âge, de riches Palestiniennes ou des fées, les autres des pages ou des lutins ; seuls les anges étaient reconnaissables à leur robe blanche, leur ceinture et leur couronne de fleurs, ainsi qu'un moine dont le froc ressemblait un peu à celui des dominicains. Le texte relatait l'histoire d'une princesse orientale élevée dans un domaine français par le chevalier même qui avait occis son père au cours d'une croisade.

Noélie, qui appartenait aux « petites » non seulement par sa taille mais surtout par son âge, était censée interpréter le rôle d'un de ces pages-lutins, tandis que Gabrielle, une « grande », jouait, dans sa robe à plumetis semée d'astres et son voile coincé derrière ses macarons, la princesse orientale en butte à toutes sortes de malheurs improbables qui finissait par inverser le cours de son funeste destin grâce à l'affection de ses « sœurs » françaises. Le texte étant bref, il n'y eut que six répétitions sous la férule d'une enseignante qui houspillait les plus timides en les incitant à abandonner leurs airs empruntés, pourtant prisés en société, et à sautiller sur l'estrade plutôt que de marcher, mais elles suffirent pour remplir Noélie de frustration à la pensée qu'elle aurait occupé le devant de la scène si ses parents n'avaient pas eu l'idée saugrenue de la mettre au monde si tard. Certes, l'intrigue était abracadabrante et les actrices maladroites, dénuées de tout talent, songeait-elle, mais le monde parallèle, irréel, dans lequel elle se trouvait ainsi transportée offrait une sorte de bouffée d'air enivrant, comme à celui qui a retenu son souffle au point de frôler la syncope. Comédienne, telle eût été sa voie si elle avait été dotée d'un physique avenant et d'une famille moins à cheval sur les convenances, se dit-elle aussi, mais l'absence de ces deux critères ne lui barrait pas l'accès du théâtre pour autant ; derrière les acteurs se cachait le véritable roi du spectacle, celui sans lequel rien, ni scène, ni répliques, ni représentations, ne pouvait exister, le *deus ex machina* qui tirait les fils et daignait tout juste recueillir quelques applaudissements avant de regagner son sanctuaire secret, de se pencher sur le chaudron magique, où tout était créé. L'auteur. Voilà donc ce qu'elle désirait être, et un auteur de premier plan par surcroît, pas un simulacre, comme la directrice du pensionnat.

Cette révélation était si bouleversante, elle la rendait si fébrile que Noélie eut envie de la partager avant l'heure de l'étude qui était aussi, pour elle, l'heure de sa correspondance avec Madeleine ; s'arrachant à son isolement volontaire, elle se tourna vers la fillette qui attendait comme elle, sur le banc, de passer entre les mains de l'enseignante que l'occasion avait transformée en coiffeuse et costumière. Bien qu'elle n'appartînt pas à la même classe, sa voisine ne lui était pas inconnue : elle venait, en effet, d'une famille de notables, mieux, d'une dynastie d'imprimeurs et de libraires dont l'antique maison se dressait au cœur de la ville, à un jet de pierre de la cathédrale ; surtout, elle provoquait sur son passage ce halo de murmures que suscite chez les gens la tragédie, ayant perdu moins de deux années plus tôt son père adoré, alors qu'elle pleurait encore la disparition précoce de son frère aîné, emporté par une péritonite foudroyante le jour de ses dix-sept ans. Sans prendre le temps de se présenter, Noélie déclara :

« Aujourd'hui, en cet instant précis, je fais le serment solennel de me lancer dans le théâtre, c'est-à-dire dans la composition de pièces de théâtre. De m'y consacrer corps et âme. »

La fillette la dévisagea, en proie à une surprise mêlée d'effarement, mais bientôt ses yeux s'animèrent d'une nouvelle lueur ; marron dans un visage aux traits classiques, surmontés d'une courte frange châtaine, ils étaient voilés d'une mélancolie qui, associée à un physique délicat, contribuait à lui donner l'air dramatique d'individus hors du commun, songea Noélie, des artistes peut-être. Le reste de sa personne était aussi extrêmement gracieux – les longs membres, héritage de feu son père dont la silhouette de colosse était encore vivante dans la mémoire des Ruthénois, les mains fines et la noblesse des mouvements, comme le constata Noélie, tandis qu'elle se levait, rappelée à la réalité par un sonore « Henriette ! Veuillez venir, c'est votre tour. »

La prénommée Henriette eut un instant d'hésitation avant de murmurer très vite : « Moi, je compte devenir concertiste. Ce n'est pas, bien entendu, que j'aie le talent de notre cher Mozart. Ma mère dit même que je suis nonchalante, terriblement nonchalante, mais je travaille, je vous l'assure, je travaille. Dans ma famille, tout le monde est musicien. Si vous en avez envie, je vous raconterai un jour les concerts du dimanche que mon pauvre papa organisait dans notre salon. » Puis elle rejoignit la costumière, non sans avoir recueilli le « oui » de Noélie.

18

Le rendez-vous mensuel de Gabrielle avec son chirurgien, à l'hôpital de Rodez, a offert un excellent prétexte pour éloigner Zoé de la maison et des idées noires qui, selon toute vraisemblance et de l'avis certain de Noélie, lui collent à l'esprit et, après que la doyenne s'est installée sur le siège du passager, aidée par un Victor prompt à saisir sa canne et à la retenir par le bras, la jeune femme s'est glissée sur la banquette arrière, à droite de Julienne qui la sépare ainsi du petit-fils de leur ami, arrivé quelques jours plus tôt, dont les regards de curiosité n'ont pas paru la perturber – en vérité, Zoé s'est montrée indifférente non seulement à sa présence, mais aussi à ce qui les réunit, par exemple l'amitié de leurs familles depuis plusieurs générations, leur âge, le fait qu'ils sont tous deux étudiants et qu'ils se connaissent un peu pour avoir partagé des jeux d'enfants, soit les bases d'une complicité, la possibilité d'animer leurs vacances respectives parmi des vieillards. D'une curiosité peut-être éveillée par les habits de la jeune femme – pantalon collant rouge vif, chemise masculine puisée dans l'ancienne armoire de ses grands-parents que personne n'a jamais eu le cœur de vider, comme si une étincelle de vie couvait encore dans leurs vêtements, petite veste sans col et espadrilles également rouges –, à moins que ce ne soit par l'entreprise qui consiste, pour le jeune homme, à traquer une Zoé plus familière sous cette sorte de hussard moderne, ou encore l'ennui d'effectuer ce trajet sur la banquette arrière et non au volant à la place de son grand-père. Curiosité qui s'est éteinte d'elle-même, faute d'être alimentée sinon par des regards, du moins par un semblant de conversation, par des réponses satisfaisantes aux questions de Victor, transformé par cette expédition en une sorte d'animateur de sortie scolaire puisqu'il a demandé d'une voix enjouée où *ces dames* souhaitaient être amenées après la visite à l'hôpital.

Inutile de nous attendre, nous irons ensuite chez une amie qui habite à deux pas de là, derrière le palais de justice ! a claironné Julienne, enivrée par ce mensonge, puisque la prétendue amie n'est autre que sa couturière à laquelle Gabrielle, sous prétexte qu'elle avait une commande urgente à lui passer, l'a priée de la conduire non sans avoir pesé le pour (aucun autre membre de la famille n'utilise ses services), le contre (les extravagantes tenues de gaucho et de danseuse de tango que la femme a confectionnées, ainsi que la dépense), ni sans lui avoir fait jurer au préalable de garder le secret. Il a été alors convenu que le groupe se scinderait le temps des deux visites, puis qu'il se réunirait à l'ancien Café Riche avant de repartir en fin d'après-midi et Julienne, satisfaite, a pu entonner « Una historia de amor », une de ses chansons favorites, composée dans les années cinquante et reprise maintes fois depuis, qui lui rappelle les premiers temps de sa passion argentine même si *adorer* son mari n'a jamais été *pour elle une religion*, ainsi qu'elle l'a susurré sans provoquer d'autre gêne que celle d'Éric, le seul à ricaner.

Or, au lieu de demeurer en compagnie du conducteur et de son petit-fils, comme prévu, Zoé est elle aussi descendue devant l'hôpital et il n'a servi à rien que Gabrielle l'incite, malgré les instructions de Noélie (*Ne pas la laisser seule, Ne pas la perdre de vue*), à profiter de cette visite en ville pour acheter des objets introuvables à la campagne – par exemple, de jolis articles de toilette ou des livres –, animée non par de la pudeur ni du désintérêt, mais par le désir de préserver un secret déjà partagé avec Julienne. La jeune femme l'a, en effet, suivie dans le hall puis dans le couloir en faisant nonchalamment tournoyer sur sa bandoulière un sac rectangulaire dont les douze carrés (six par côté) en laine orange, jaune et verte ont été confectionnés par ses soins au crochet au cours des années soixante-dix et doublés par sa mère ; de même, elle a tenu à les accompagner ensuite chez leur prétendue amie, comme un limier tenace ayant flairé la trace d'un faisan ou d'un lièvre.

Et maintenant elles traversent toutes trois un appartement métamorphosé en atelier de couture, salon d'essayage et boutique de tissus derrière la quinquagénaire aux cheveux teints en blond, crêpés et réunis en chignon, qui les a accueillies et à laquelle il ne manque qu'une traîne et des bas résille pour évoquer une chanteuse de saloon ou l'assistante d'un dompteur sur le retour, pense Gabrielle, stupéfaite, après que Julienne, entrée la première, a salué sa prétendue amie avec l'espèce d'abandon qui pousse certaines femmes à confier à ceux qui sont censés les embellir – couturiers, coiffeurs, esthéticiennes – non seulement leur tête et leur corps, mais aussi leurs pensées, comme si cette tâche conférait à ces individus un droit ou un accès privilégié à leur intimité.

On approche des fauteuils et, confortablement installée, la doyenne peut décrire la tenue qu'elle s'est cent fois représentée depuis l'instant où elle a rédigé sa demande à l'évêque : une longue robe blanche en tissu épais et raide, à col montant, à manches évasées, qui traduise la virginité, évidemment, mais aussi la simplicité, l'humilité et la sincérité, vertus qu'elle s'est efforcée d'atteindre tout au long de son existence – ce qu'elle ne précise pas, bien entendu, à son interlocutrice armée d'un bloc-notes, d'une gomme et d'un crayon, pas plus que l'usage destiné à une telle tenue (d'ailleurs, elle est la seule à le connaître, puisqu'elle l'a aussi tu à Julienne afin de limiter les risques de dispersion, sachant par expérience qu'un secret partagé avec elle est un secret mal gardé).

Mais *Un peu de dentelles ? Un bouillon ?* suggère la couturière, armée d'un crayon. *Des smocks ? Des manches gigot ?* et il faut à Gabrielle accomplir un effort sur elle-même pour éviter de se trahir, tant le mensonge – qu'il soit commis en pensée, par action ou par omission – lui est pénible, aussi pénible en vérité que des brûlures d'ortie, un effort pour assener un *Pas de fantaisies ! Pas de chichis !* et avancer son grand âge en guise de justification. Arrêtée par sa véhémence, pincée, dépitée, la couturière commente, les yeux rivés sur son croquis, *C'est vraiment très simple, trop simple, vous ne trouvez pas ? On dirait presque un vêtement d'église...* et se tourne vers Julienne, laquelle lui offre au lieu de l'appui escompté un haussement d'épaules, si bien qu'il ne lui reste plus qu'à conduire les trois femmes dans la pièce voisine, son *bazar*, comme elle dit, en proie au sentiment d'être obligée de gâcher son talent.

Soie, organdi, piqué, moire, il n'y a là que l'embarras du choix, et tandis que les noms d'étoffe volent dans l'air, assortis de points d'interrogation et suivis par des gestes démonstratifs, Zoé longe le mur garni de casiers en laissant traîner une main dessus pour s'immobiliser soudain et murmurer *Tiens, je t'ai retrouvé, toi ! Où étais-tu passé ?* comme si elle s'adressait à un ami perdu de vue. Elle tire le coupon et le contemple avec un sourire : c'est un crêpe de Chine rose pâle, semé de pavots évoquant des yeux noirs, identique à celui que sa grand-mère maternelle a porté un certain temps en peignoir et qu'elle a elle-même arboré en guise de déguisement après qu'il a été usé, chiffonné, troué – un fragment d'enfance jailli en traître.

Dans son mouvement vers elle, le rouleau entraîne, en effet, images, sons, senteurs : de larges tasses vertes, des volutes de vapeur et de Gauloise, des échos de voix encore ensommeillées, l'odeur du lait chaud, du café, du pain frais, les craquements du plancher sous les pas ; surtout, le jardin étalé derrière des carreaux au verre inégal comme l'est le verre ancien, le jardin qui semble lui crier *C'est pour toi que j'ai été créé, que je suis là. Viens !*

Maintenant ses yeux s'embuent et Julienne, accourue à son secours, l'entend dire *Pourquoi faut-il que les choses soient définitives ? Pourquoi faut-il que rien ne redevienne jamais comme avant ? – À quoi penses-tu précisément, ma chérie ? Explique-moi le fond de ta pensée, veux-tu ? – C'est simple, tantine, tout est toujours irrémédiablement perdu, et il est impossible de revenir en arrière. Tu comprends ? Une fois que les choses ont passé, on ne peut pas les rattraper. Elles ne reviendront jamais. Oh ! Je voudrais tant rebrousser chemin et poser la tête sur les genoux de ma bonne-maman ! – Oui, bien sûr*, répond Julienne, désarçonnée. *Les choses ne reviennent pas, mais rien ne nous empêche de les revivre en pensée, vois-tu.*

Zoé déclare alors *Eh bien moi, tantine, je n'arrive pas à l'accepter. Ce n'est pas que je n'essaie pas... c'est trop dur, voilà*, et Julienne a envie de répliquer qu'il est parfois plus rassurant que les choses soient éphémères, qu'elles s'évanouissent comme si elles n'avaient jamais existé, tels les mauvais rêves au réveil. Mais bien vite sa vanité l'emporte sur toute considération et, baissant le ton, elle annonce *Je peux parler aux morts. Je peux dialoguer avec eux. Ta maman ne te l'a jamais raconté ? Eh oui, bien sûr, c'est une sorte de secret de famille... Pour certains, même, un sujet de moqueries. Noélie, par exemple, est si horriblement cartésienne... et Gabrielle*

si dévote… Chacune a une raison de m'interdire d'exer-
cer ce don, comme si c'était un artifice de Lucifer. Au
fait, méfie-toi d'elles, méfie-toi de leur influence ! Nos
deux mondes sont en contact permanent, c'est une réalité
sur laquelle on ne peut transiger. – Nos deux mondes ?
– Oui, le monde des morts et le monde des vivants. Tu
ne le savais pas ?

À la vue de l'intérêt qui s'est peint sur le visage
de la jeune femme, Julienne craint d'avoir poussé ses
confidences trop loin et, de fait, Zoé demande *Tu veux*
dire que tu pourrais parler à ma bonne-maman ? Lui
délivrer des messages de ma part ? Alors, effrayée par
les conséquences que cette révélation implique, comme
par un gouffre brusquement ouvert sous ses pieds, elle
abandonne son air de complicité et de conspiration pour
s'exclamer *Ce tissu que tu tiens entre les mains est*
ravissant ! Très bon choix ! Et si tu te commandais un
chemisier ? Une jupe ? Une petite robe ? – Une ro-be ?
répète Zoé, abasourdie.

En vérité, des robes, elle n'en possède aucune, elle
a pour tous vêtements des tuniques, des jupons et des
sortes de leggings en guise de pantalons, ainsi que le
constate au même moment Noélie qui s'est ruée dans sa
chambre à la faveur de son absence, mue par une curiosité doublée de désœuvrement et sous prétexte d'aller
chercher son chat, de nouveau en fuite. À l'intérieur de la
pièce, les persiennes s'obstinent à découper la pénombre
en bandes horizontales, mais le bouquet moribond,
nauséabond, a disparu, et l'air est donc plus respirable
quoique plus chaud qu'au premier étage, ce qui n'empêche pas le félin de se prélasser au centre du lit. *Traître,*
sale petit traître, siffle Noélie, se demandant si c'est la
chaleur qui attire l'animal en ces lieux, ou l'odeur âcre
de leur occupante, cette odeur piquante des individus
roux et des chats blancs, des jeunes personnes qui ne se
lavent pas très souvent, ou encore la fermeté, l'élasticité

de sa peau, le ventre tendu et les petits triangles durs que, du fait de sa maigreur, elle doit avoir pour seins – rien à voir avec ses chairs flasques à elle, songe-t-elle non sans amertume.

Une semaine s'est écoulée depuis sa visite précédente dans la chambre et si, pressée par la colère et par l'urgence, elle n'avait alors saisi que quelques détails semblables à des insectes attrapés et gobés à la surface d'un plan d'eau, Noélie a maintenant tout loisir de découvrir le reste, et en premier lieu les portraits ornant table de nuit, petit bureau et manteau de cheminée qui montrent la grand-mère de Zoé à divers âges de la vie : à vingt ans, de pied, les bras croisés dans le dos, romantique et douce ; à vingt-cinq, gauche, intimidée au bras de Raymond, sous le voile de mariée qui descend trop bas sur son front ; à trente, sur le seuil de la même cathédrale ; en satin, invitée à d'autres noces ; plus tard, penchée sur le landau d'une Zoé âgée de quelques mois, ici, à Randan, avec son éternel nuage de cheveux blancs (dans sa famille, on n'attend pas la quarantaine pour blanchir) – sorte de fée, d'apparition, d'objet de culte.

Des chandelles sans doute raflées dans toutes les chambres du second étage, équipées, il est vrai, en prévision des nuits d'orage, sont alignées devant ces photos sur des bougeoirs en étain, et Noélie jurerait que la jeune femme les allume avec la dévotion d'une grenouille de bénitier – il ne manque plus qu'un bâton d'encens, se dit-elle, cynique jusqu'au bout, mais pas dure : bien présente, l'émotion la pousse à la recherche d'autres indices, d'autres vérités. Par exemple, les petits coffrets en carton alignés sur la commode qui concentrent dans des pages aussi légères que des soupirs des chefs-d'œuvre de la littérature française et américaine auxquels elle s'est abreuvée dans sa jeunesse ainsi que se désaltère un assoiffé ; mieux, qu'elle a pris comme modèles tout en sachant qu'elle n'avait pas l'étoffe d'un génie, pas même d'un auteur doté d'une œuvre, d'un projet littéraire, et que le succès se bornerait probablement, pour elle, à un coup de chance, autrement dit un coup du hasard – se trouver au bon moment au bon endroit.

Les tiroirs s'ouvrent et se referment sur des boîtes de médicaments réunies et scellées par un blister telles des cartouches de cigarettes – le fameux remède américain –, des sous-vêtements taillés dans un coton qui n'a de la blancheur et de l'élasticité plus que le souvenir ; d'autres en dentelle noire, juste en dessous, cachés comme une seconde personnalité ou un vice (se peut-il qu'ils soient destinés à une rencontre exceptionnelle ?) ; un flacon rec-tangulaire frappé de la silhouette d'une femme ou d'une bonne fée tenant par la main une enfant, à l'intérieur duquel s'est solidifié, tapissant le verre, un liquide ambré qu'il est facile de reconnaître sous l'odeur poudrée et écœurante qu'ont les parfums victimes de l'évaporation et des années – celui d'Henriette, évidemment ; une liasse de vieilles lettres retenues par un ruban que Noélie n'a pas besoin de dénouer tant la main qui a tracé ces caractères élégants, réguliers, lui est familière ; un cahier bourré de notes et ponctué de dates.

Munie de ce butin (le cahier), Noélie s'assied au petit bureau placé contre le mur, entre fenêtre et lavabo, et tourne machinalement les pages pour découvrir bientôt non des confidences amoureuses, comme dans tout bon journal intime de jeune fille, de jeune femme, mais des réflexions sombres, troublantes, car *Comment survivre à l'absence ?* est-il écrit en toutes lettres à l'encre vio-lette. Et encore : *En ai-je vraiment envie ? Ne serait-il pas plus doux de m'enfoncer dans le néant ? Je ne peux pas croire que Dieu m'interdira de LA retrouver, de LES retrouver, puisqu'il n'est, dit-on, que bonté. Mais si la damnation existait, une damnation plus dure que celle-ci, car éternelle ?* Pour sûr, le *la* et le *les* renvoient à ses grands-parents qui, faut-il espérer, sont à présent

212

réunis dans l'au-delà; pourtant ce n'est pas l'allusion aux disparus qui bouleverse Noélie, ni la preuve du chagrin dans lequel l'auteur de ces lignes s'est semble-t-il égaré, figé, englué, ou encore la conscience d'un péché consistant à lire en cachette, voler, les pensées intimes d'une autre : c'est pour la seconde fois en l'espace de huit jours le sentiment qu'elle, Noélie, aurait pu élaborer et consigner ces mêmes pensées, qu'elle les a peut-être élaborées et consignées dans une autre vie et à plusieurs reprises, en particulier à la mort de son père, le roi du Ségala.

Gênée, elle détourne les yeux et se laisse distraire par la machine à écrire qui lui fait face, un objet plat, relié à la prise de courant voisine et doté d'un minuscule écran – encore un miracle de la technique, songe-t-elle en la comparant mentalement à la vieille Underwood portable qui lui a servi à dactylographier son seul écrit et qui gît à présent sous son lit, à l'intérieur de sa valisette, unique objet avec les eaux-fortes de Viala à avoir survécu à ses déménagements. Elle en effleure les touches carrées, si sensibles que des caractères se mettent à défiler sur la bande enchâssée dans le plastique, des caractères demandant à être approuvés avant d'être imprimés, elle le devine. Un instant, l'idée qu'il serait plus aisé de taper son histoire sur cet engin moderne lui traverse l'esprit, même si, grâce au jardinage, elle possède encore assez de force dans les poignets et dans les doigts pour enfoncer les dures touches rondes à fond noir de l'Underwood et projeter sur le papier, dans un claquement de couperet, les tiges métalliques en éventail, mais elle n'est pas prête à partager l'histoire de sa famille avec une étrangère, fût-elle une parente éloignée : tout cela est trop intime, bien trop intime.

Au même moment des coups de klaxon retentissent et elle gagne la fenêtre qui donne sur le terre-plein assez promptement pour voir, striés par les lamelles des volets, une Mercedes grise se garer sous le tilleul en contrebas et Louis, le frère de Gabrielle, en sortir, se précipiter vers la grille de sa démarche élastique et juvénile, presque indécente chez un homme de soixante-dix-neuf ans. Une visite impromptue, voilà tout ce que Noélie déteste, pourtant elle ne soupire ni ne s'indigne en quittant la chambre : elle dévale l'escalier, étrangement soulagée, sans parvenir toutefois à atteindre le rez-de-chaussée avant que le heurtoir de la porte d'entrée ait diffusé les sons mats, secs, du bronze entrechoqué.

Il faut que je parle à Gaby ! tonne déjà son cousin dans l'entrée, prêt à se ruer dans le salon transformé en chambre de malade puis, sans même laisser à Noélie le temps de répliquer, *Vous êtes folles, vous êtes complètement folles ! Vous êtes la honte de la famille ! Nous allons tous être ridiculisés par votre faute ! À votre âge, vous ne pourriez pas rester bien tranquillement chez vous sans faire de vagues ? Vous n'en avez pas eu assez ? – Assez de quoi ?* demande Noélie, interdite. *Peut-on savoir ce qui te prend ?*

Et comme Louis ne fait pas mine de se calmer, passant et repassant sa main sur son crâne chauve comme s'il voulait le polir, elle l'invite à s'asseoir dans le jardin, à l'ombre des noisetiers ou du lilas, ce qu'il préfère, tout en sachant qu'il est trop énervé pour accepter et qu'il lui débitera son histoire là, sur les dalles de pierre, à quelques pas des armes de collection disposées en faisceau sur le mur, de la gravure anglaise montrant un lord en rouge et blanc apparemment satisfait de sa partie de chasse, du bahut où trône une femme en bronze à laquelle le sculpteur, Denys Puech, a donné une attitude de désolation, d'éplorement – le summum de l'humiliation, à ses yeux, une attitude qu'elle s'est elle-même toujours interdit d'afficher.

C'est donc ainsi, sans ménagement, qu'elle apprend le projet de Gabrielle, son désir d'être consacrée vierge à un âge – quatre-vingt-huit ans – où la plupart des êtres n'ont d'autre perspective qu'une fin de vie paisible et, par la même occasion, la trahison de l'évêque qui non seulement n'a pas encore tranché en sa faveur ou pas, mais a de plus dévoilé le contenu de la lettre pour épargner à son médecin et ami… quoi ? de la surprise ? de la honte ? comme il l'affirme, et soudain Noélie se dit, amère, que c'est toujours la même histoire, une histoire de confiance mal placée et foulée aux pieds, une histoire de suprématie masculine qui cache sous le nom ronflant de loyauté des sentiments moins nobles – lâcheté, complicité, compromis.

Et puis, qui nous dit qu'elle est toujours vierge ? poursuit Louis. *Qui nous dit qu'elle n'a pas fricoté avec son abbé ? Jusqu'à ce qu'on l'envoie à Saint-Affrique, ils étaient toujours fourrés ensemble, comme cul et chemise, à manigancer je ne sais quoi ! Tiens, c'est peut-être pour ça, d'ailleurs, qu'on l'a expédié là-bas ! Mais soyons bon prince, admettons qu'elle le soit encore, oui, admettons, tu imagines la scène ? Elle aura l'air fin quand, agenouillée devant l'évêque, elle n'arrivera plus à se relever ! Et il faudra alors s'y mettre à trois ou quatre, car, malgré sa petite taille, elle pèse son poids ! Tout le monde rira, et ce sera la honte, notre nom traîné dans le ridicule, dans la boue !*

Noélie, qui a en horreur chez sa cousine le trait de caractère qu'elle qualifie d'exaltation ou de fanatisme et qui se demande quelle fierté l'on peut bien tirer de la virginité, devrait être favorablement touchée par les arguments de son cousin germain, pourtant elle déclare, piquée au vif : *Tu es libre d'attendre Gabrielle jusqu'à son retour de Rodez en fin d'après-midi, mais sache que je ne peux pas m'occuper de toi, car j'ai du travail. Sache aussi que cette maison n'est pas un moulin où l'on peut se présenter à n'importe quelle heure sans prévenir. Nous avons toutes des occupations, des activités, vois-tu. Quant au reste… au projet de ta sœur, comme tu dis, Julienne et moi sommes au courant, bien sûr, et elle a tout notre soutien. D'ailleurs, je ne vois pas en quoi ces dispositions te regardent*, et elle l'abandonne là, dans l'entrée.

19

Enfin le jour de la représentation arriva et, quoique déçue par le rôle mineur qu'on lui avait attribué, Noélie put expérimenter cette accélération du cœur et ce pincement à l'estomac qui, en déduisit-elle, renfermaient l'essence même du théâtre. Dans la petite salle transformée en loges, la tension nerveuse montait, en effet, non seulement parmi les jeunes actrices, tenaillées par la crainte d'oublier leur texte, mais aussi chez l'auteur, dont les mines traduisaient faussement l'indifférence puisque tantôt elle vérifiait avec fébrilité une réplique sur son livret comme s'il était encore temps de la calibrer, tantôt elle parcourait des coulisses composées d'une rangée de paravents. Elle s'immobilisait alors derrière le rideau de velours et, comme au prix d'un ultime sacrifice, en écartait assez les pans pour évaluer ce que le bruit eût permis à lui seul de mesurer, car, plus les minutes passaient, plus les exclamations de surprise feinte et les salutations s'ajoutaient dans le préau au grincement des chaises que deux garçons, recrutés dans les familles des comédiennes en herbe, indiquaient aux spectateurs du bout d'un doigt ganté, avant d'esquisser une courbette et d'empocher un pourboire qui serait reversé, comme le prix des billets, aux œuvres charitables de l'Institution.

Elle regagnait alors les loges et disait à telle ou telle élève : « Vos parents sont arrivés » ou « Votre famille est là au grand complet », si bien que les curieuses et les impatientes se précipitaient à l'observatoire qu'elle venait de quitter, d'où elles étaient bientôt refoulées vers le banc qui leur avait été assigné. Noélie et Yette n'avaient pas bougé du leur : pétrifiées – la première par une espèce de volupté, la seconde par une timidité presque maladive –, elles attendaient côte à côte le moment d'entrer en scène en observant celles de leurs camarades qui étaient occupées par leurs coiffures et leurs costumes : ne portant pour leur part ni robe ni voile, mais une simple tunique, elles n'avaient nul pli à aplatir, nulle broderie à caresser, nulle mèche à retenir. « *Piotas…* » laissa échapper Noélie dans le patois de sa campagne, bien plus savoureux que l'habituel « dindes ». Puis, gênée, elle se hâta de poursuivre : « Vous avez vu, Yette ? Toute cette agitation pour quelques misérables lignes. C'est d'un ridicule, vous ne trouvez pas ?

– Vous avez raison, ces filles n'ont *rien d'humain*, répondit la fillette qui utilisait volontiers cette formule pour qualifier ce qui l'indignait ou la troublait. Ma mère, à qui j'ai montré le livret, est de votre avis, elle trouve notre pièce inepte. Vous savez, c'est une femme de lettres. Elle dit souvent que, si elle ne nous avait pas eus, mon frère et moi, à élever, elle serait devenue une George Sand moderne, alors qu'elle doit se contenter de rédiger quelques petits écrits pour le *Journal de l'Aveyron*. Elle craint de ne plus en avoir la force quand nous aurons quitté l'un et l'autre la maison pour nous marier, mais je sais qu'il n'en est rien. Je vous la présenterai tout à l'heure, vous voulez bien ?

– J'en serai honorée. »

En réalité, cette perspective enchantait Noélie, à qui son oncle avait récemment montré l'ouvrage que Mme Carrère, la mère de Yette, avait écrit en plusieurs livraisons puis publié en un volume l'année précédente, à propos de l'affaire Fualdès, un crime aux relents politiques qui avait défrayé la chronique au début du siècle précédent, passionnant non seulement la ville et le département, mais aussi la France entière et jusqu'à l'Amérique, et inspirant des estampes à Géricault : tant d'autorité, tant d'indépendance, tant de liberté d'esprit ne pouvait que la séduire.

« J'aimerais bien qu'elle soit là, près de moi, pour me tenir la main, car je tremble un peu, reprit sa camarade. Puis-je vous demander de le faire à sa place ? Cette timidité m'embarrasse beaucoup.

– Ma grand-mère pense que la timidité n'est pas mauvaise chez une jeune fille, mieux, qu'elle constitue une sorte de rempart ou peut-être un bouclier. Vous voyez, personne n'est jamais du même avis… »

Elle laissa sa phrase en suspens pour mieux accueillir la main fine de sa nouvelle amie dans la sienne et, comme les premiers applaudissements retentissaient, n'ajouta mot ; mais, tout au long de la représentation, elle ne cessa de penser à sa proche rencontre avec la femme de lettres si bien que, semblant tomber de la lune, elle débita avec un temps de retard l'une de ses trois répliques, soit « Une dame vous attend en bas, elle demande à être reçue. Elle dit qu'elle vient de Constantinople et qu'elle a des nouvelles de la plus haute importance à vous communiquer ».

Seules les acclamations finales la tirèrent de cet état second, en particulier celles qui récompensaient la directrice, fêtée par un somptueux bouquet de roses avec autant de ferveur qu'une ballerine venant de danser le *Lac des cygnes*, puis les pans du rideau s'immobilisèrent une dernière fois, et la petite troupe abandonna la scène dans des exclamations de soulagement et de joie.

Malgré son jeu laborieux, Gabrielle s'était gagné par son aplomb les applaudissements les plus vifs et, plantée aux côtés de l'auteur, elle se donnait à présent des airs humbles comme s'il lui fallait subir, plutôt que savourer, non seulement ce qu'elle estimait être son talent, mais aussi l'éclosion d'une certaine célébrité. Elle crut bon de forcer le trait à l'arrivée de ses parents dans les loges – que des enseignantes véloces, escamotant les bancs, unissant les tables et jetant dessus des nappes blanches, transformaient en une salle de réception où eurent tôt fait de trôner les ingrédients d'un rafraîchissement –, même si les lèvres de sa mère étaient plissées en ce sourire sarcastique qui lui reprochait son éternel désir de commander. Mais rien ne paraissait devoir la décontenancer en ce jour de gloire, d'autant plus que d'autres spectateurs affluaient maintenant et que, par politesse envers Louis, leur médecin de famille, à moins que ce ne fût par simple bonté, ou encore par ignorance, ils lui prodiguaient des flatteries sans compter.

Noélie rejoignit son oncle et regarda la directrice expliquer la genèse de son œuvre ainsi que ce qu'elle qualifiait de «passages les plus complexes», dans la crainte, probablement, que les spectateurs n'eussent pas bien saisi leur subtilité ; cependant la fillette n'écoutait pas, absorbée dans une de ces rêveries qui lui permettaient en toute occasion non seulement de balayer l'ennui, mais aussi de tromper sa solitude en se créant des amis imaginaires à mettre en scène dans des histoires qu'il lui arrivait de prolonger pendant des jours, des semaines, voire des mois, et qui, la dispensant de converser, lui valaient dans sa famille sa réputation de distraite, de taciturne, de mélancolique.

C'est alors que Yette se présenta avec les siens. Ils avaient beau offrir des représentants de trois générations à observer – en premier lieu des grands-parents chenus et secs aux manières affables, une tante toute en rondeurs et un frère élancé, droit, élégant, que tous avaient aperçu un peu plus tôt dans le rôle d'ouvreur bénévole, ganté de blanc –, Noélie n'avait d'yeux que pour la mère : massive, le front large, le visage carré et plein, le menton aigu, les épais cheveux châtain bouffant comme deux ailes qu'un chignon placé très en avant semblait avoir peine à retenir, vêtue en grand deuil et dotée d'un regard sombre si perçant qu'il devait probablement réduire en cendres ceux qui avaient le malheur de lui déplaire, elle n'était qu'assurance et détermination, songea la fillette, admirative. Et, pour sûr, cette dame était respectée, voire crainte, puisque la directrice abandonnait sur-le-champ son explication de textes, que Gabrielle troquait ses airs humbles contre un sourire crispé et que Jeanne s'agrippait au bras de son époux, de peur de le perdre ou, peut-être, de vaciller ; de fait, une première flèche fut décochée à celle qui n'avait reçu jusqu'alors que des louanges :

« Charmant, ce petit divertissement, Mademoiselle. Bien dans le style de votre Institution. Mais un détail m'échappe à propos de votre princesse. Je me demande pourquoi le chevalier, qu'on ne voit pas, s'est ainsi embarrassé d'elle, lui infligeant le voyage outre-mer. Il me semble qu'elle devait bien avoir dans son pays une mère, des sœurs, une nourrice… Et puis croyez-vous qu'on prenait alors le bateau comme aujourd'hui le fiacre ? Les traversées duraient alors non des semaines, mais des mois. Enfin… peu importe la logique. Ne sommes-nous pas heureux, Docteur, que nos filles fréquentent une institution où l'on encourage la création artistique ? »

Sans attendre de réponse, elle se tourna vers l'épouse du médecin pour poursuivre : « Je le dis toujours, la piété et l'art sont les deux consolations de ce monde cruel, eux seuls nous aident à endurer. Voilà pourquoi je tiens à ce que mes chers petits accomplissent du mieux possible leurs devoirs religieux et qu'ils excellent aussi bien dans la musique que dans les arts plastiques. C'était aussi le souhait de leur pauvre père. »

Un ange passa, et les deux jeunes camarades échangèrent un regard furtif. Mais Mme Carrère n'entendait pas en rester là :

« Il surnommait Pierre ici présent "le Petit Mozart". Il faut dire qu'à l'âge de quatre ans et demi il savait déjà reproduire au piano tous les airs qu'il entendait.

– Maman…, protesta le jeune homme pour la forme car il était un peu vaniteux comme tous les garçons de son âge.

– Voyons, mon petit, ne sois pas modeste, c'est la pure vérité. Quant à Yette, elle est particulièrement habile pour le dessin et l'aquarelle, n'est-ce pas, ma mie de pain ? » Craignant d'avoir à s'exprimer devant un nouvel auditoire, la fillette baissa la tête. Mais sa mère était lancée : « Et vos filles, Madame ? Pratiquent-elles aussi les arts ?

– Oui, Amélie joue très bien du piano et Gabrielle chante, répondit sèchement Jeanne qui n'avait jamais mis l'art en avant dans l'éducation de ses enfants et qui ne pouvait ignorer combien le jeu d'Amélie était emprunté, et la voix de Gabrielle stridente.

– Je vois que votre pianiste n'a pas souhaité assister à ce charmant spectacle…

– Elle était, hélas, légèrement souffrante ce soir.

– Gageons qu'elle ne le restera pas longtemps. Elle a la chance d'avoir un père qui fait des miracles avec notre pauvre santé !

– Vous êtes trop bonne, répliqua Louis. Pour dire la vérité, nous avons nous aussi dans la famille une artiste en herbe, ma nièce Noélie.

– Ah ! Il me semble que ma Yette a fait son éloge pas plus tard que ce matin. Vous êtes pensionnaire, n'est-ce pas, jeune demoiselle ? »

Soutenant son regard inquisiteur, la fillette répondit : « Oui, Madame, je rentre chez moi pour les vacances et passe le dimanche chez mon oncle et ma tante qui ont la gentillesse de me recevoir.

– Très bien, très bien… et le jeudi, que faites-vous le jeudi ? Si vous n'avez pas d'engagement, vous pourriez venir goûter chez nous jeudi prochain. Yette ne parle de vous qu'en bien et, puisque vous la connaissez, vous savez qu'elle ne parle jamais pour ne rien dire. C'est un des rares principes que je lui ai inculqués, non sans mal, je l'admets. Les minauderies et les frivolités sont des vices à proscrire autant que l'alcoolisme, ne croyez-vous pas, Docteur ? Oh, vous m'excuserez si je ne convie pas aussi votre Gabrielle, mais, étant plus grande, elle s'ennuierait, je me trompe ? »

Noélie, qui n'entendait pas laisser passer cette chance, vola la parole à son oncle : « J'ignore si l'on m'autorisera à sortir, Madame. Le jeudi est le jour de l'étude.

– Nous allons tout de suite le demander à votre directrice. »

L'autorisation fut, bien entendu, accordée ; le jeudi suivant, une pensionnaire de dernière année escorta Noélie jusqu'à l'immeuble qu'habitait son amie au coin de la rue du Touat et de la place de la Cité, et l'abandonna dans la librairie dont les grands placards, les étagères et le comptoir en bois sombre embaumaient l'encaustique. Aussitôt prévenue, Yette lui fit traverser l'arrière-boutique, l'entraîna jusqu'au palier du premier étage et, au sommet des marches, posa un index sur ses lèvres en indiquant, à gauche, une porte entrebâillée, d'où s'échappait une voix de femme que Noélie reconnut, bien qu'elle fût à présent dépourvue des accents persifleurs qu'elle y avait perçus au terme de la représentation théâtrale, mais froide, sûre, déterminée.

« Ne faisons pas de bruit, elle travaille », chuchota Yette, qui conduisit la fillette au salon, une grande pièce aux murs ornés de portraits de famille – pour la plupart des hommes graves, dont l'un tenait du siècle de Robespierre sa redingote, sa perruque et son allure austère – où la vie paraissait organisée non autour des sofas, des guéridons et des fauteuils, comme dans toutes les maisons bourgeoises, mais d'un piano Érard demi-queue.

Pourtant, au lieu de s'y asseoir, Yette courut aux fenêtres d'où, découvrit Noélie, on pouvait observer la place de la Cité, piquetée d'arbres et de becs de gaz, ponctuée de nombreux passants qui allaient et venaient devant l'hôtel de France, le bazar Saint-Adrien, le tabac La Civette, la fontaine, la statue de Mgr Affre, arche-vêque de Paris d'origine aveyronnaise tombé sur les barricades en juin 1848, ou encore le grand kiosque à journaux, vaquant à des occupations que les deux fillettes se plurent à imaginer en bâtissant mille hypothèses à partir de simples gestes, d'expressions, de vêtements ou de chapeaux. L'une commençait une phrase, que l'autre concluait, en un jeu apparemment sans fin et au grand plaisir de Noélie qui avait toujours flatté son imagina-tion. Elles étaient si bien absorbées dans cet exercice qu'elles n'entendirent ni les pas descendre l'escalier, étouffés par le tapis, ni la porte de la pièce s'ouvrir, et elles sursautèrent toutes deux tandis que la maîtresse de maison les interpellait :

«Eh bien, jeunes filles, que faites-vous donc là aux fenêtres, comme des servantes paresseuses ou de vieilles dames oisives ? Ne pensez-vous pas qu'il existe de meil-leures occupations ? Vous avez la chance de pouvoir élever votre âme pendant que d'autres travaillent, se sacrifient et font tourner le monde. Qu'attendez-vous donc ? »

Habituée à ce genre de sorties qui éclataient à l'im-proviste et s'ensuivaient promptement d'une accalmie, Yette se contenta d'adopter un air contrit, mais Noélie soutint avec fierté le regard de la femme, quoiqu'elle fût dévorée par la honte et le sentiment injustifié d'avoir

gravement péché – une réaction spontanée, non une tactique, qui se révéla payante, car, abandonnant sa sévérité,
Mme Carrère lança : « Yette, as-tu montré l'imprimerie
à ton amie ?

– Maman, vous me dites toujours de ne pas déranger
les ouvriers…

– Il faut y aller sur-le-champ. C'est à voir au moins
une fois. »

Sans attendre, elles dévalèrent toutes trois l'escalier
jusqu'au couloir du rez-de-chaussée où s'ouvraient,
à droite la porte de la cuisine, à gauche celle de l'arrière-boutique, en face celle d'une courette qui précédait le bâtiment en pierre des ateliers que, en vertu
d'une illusion de perspective, une chapelle absidiale de
la cathédrale, située juste derrière, semblait coiffer. Il
s'en échappait un grand vacarme, qui s'amplifia après
qu'elles eurent franchi le seuil et débouché sur une
grande salle qu'éclairaient une rangée de lampes ainsi
que la lumière du jour filtrant à travers une série de
fenêtres. Pourtant, malgré tant d'éclairage, tout paraissait noir, à commencer par les employés : protégés par
une blouse, conducteurs et ouvriers s'affairaient, tels
des bourdons, autour des machines responsables du
fracas, n'interrompant leur tâche que le temps de saluer
d'un signe de tête leur patronne et les fillettes, une fois
qu'elles s'étaient assez approchées pour pénétrer dans
leur champ visuel.

Dans cette noirceur et ce fracas, Mme Carrère se
déplaçait, impassible, tendant la main pour montrer
chaque machine et expliquer le rôle qu'elle tenait dans la
composition du livre ; ces presses aux noms formidables
– Marinoni, Phénix, Universelle, Express, Minerve –,
apprit Noélie, tiraient des ouvrages aussi différents que
livres d'art, bulletins scientifiques, calendriers, cartes
postales, revues et journaux, que d'autres machines
pressaient, pliaient, perforaient, piquaient et cisaillaient,

mâchant du papier et des centaines de kilos, des tonnes même, de caractères rangés dans des boîtes appelées casses et casseaux, non loin des châssis, des interlignes et des compositions gardées.

Tant de termes inconnus auraient pu rebuter la fillette, et tant de tâches matérielles précipiter le Livre – objet divin qui l'avait guérie de l'angoisse et de sa solitude intérieure – au bas du piédestal sur lequel elle l'avait placé, de même que, dans l'atelier d'une couturière, des petites mains occupées à découdre réduisent une tenue de bal toute en ruchés, volants, bouillons à un assemblage de pièces de tissu sans relief ; or ils ne firent que le magnifier, ajoutant à l'étrange alchimie qui se développe entre l'auteur et son lecteur (et dans une autre mesure entre l'auteur et son œuvre) des arcanes moins savants et cependant tout aussi envoûtants, mystères d'engins furieux, bruyants, rapides, célébrés en une cérémonie solennelle au moyen du savoir, de la sueur et de la concentration.

Passer de la librairie à ces lieux équivalait un peu à quitter une douce vallée boisée que traverse un ruisseau pour l'antre rougeoyant où l'industrieux Vulcain forge non seulement les foudres de Jupiter ou les armes des héros, mais également les fauteuils de l'assemblée des dieux, capables de se mouvoir d'eux-mêmes, ou encore des joyaux, aussi Noélie ne se lassa-t-elle pas d'y retourner, tandis que les jeudis après-midi s'ajoutaient l'un à l'autre en une routine qui lui permettait surtout d'approfondir la connaissance de son amie, laquelle, constata-t-elle, dissimulait sous sa timidité un tempérament que les deuils successifs n'avaient pas réussi à plier.

Avec délices elle s'asseyait au piano et interprétait à ses côtés des morceaux à quatre mains, bavardait avec elle sur les sofas, l'écoutait décrire les visites des aquafortistes, écrivains et savants qui avaient ces dernières

années défilé dans l'arrière-boutique pour livrer à son père un article, un poème, une plaque de cuivre, ou qui s'étaient unis à lui, dans ce même salon, en des trios, des quatuors et des quintettes au cours desquels l'imprimeur faisait entendre la voix de son violon, de son alto ou de son violoncelle. Grâce à Yette et à sa mère, un nouveau monde s'ouvrait à elle : un monde où il n'était pas seulement doux, mais indispensable, de confronter idées et œuvres d'art, d'élever son esprit, d'encourager ses propres talents par l'étude et le travail, d'apporter sa pierre et de bâtir une société plus juste, plus équitable, où les aspirations des femmes ne seraient pas bridées dans les sempiternels moules – le bon vouloir d'un homme, le mariage, l'enfantement, le soin d'une maison, les travaux d'aiguille, ou encore la dévotion, le patronage.

Emportés par ce feu, les mois défilèrent à toute allure et conduisirent les fillettes au seuil des vacances d'été ; si leurs adieux furent déchirants, elles multiplièrent les promesses comme autant d'encouragements : l'une se rendrait en cure thermale avec sa mère, son frère et sa tante, puis s'installerait chez ses grands-parents, dans leur petit vignoble de Nuces ; l'autre regagnerait le domaine où une partie de sa famille était attendue comme chaque été.

Tandis que la « Bébé » de son oncle s'engageait sur le chemin du retour, Noélie constata non sans frayeur qu'elle se sentait désormais un peu étrangère à la terre qui faisait pourtant partie d'elle, à l'idéal de pérennité de sa grand-mère, à l'immobilisme des traditions, au renouvellement éternel des saisons et même à ce sentimentalisme qu'elle aimait autrefois chez sa chère Madeleine, à l'attachement, à la fidélité de la jeune fille à un homme qui ne s'était toujours pas déclaré, n'avait toujours pas bravé les interdits pour elle. Un instant, elle frissonna à l'idée d'être reprise, influencée par la routine, ramenée de force dans le moule initial, mais elle se ressaisit bien vite et quand, quelques jours plus tard, elle reçut la carte postale sur laquelle Yette figurait, blanche apparition en capeline, à côté de sa mère, elle-même flanquée de son fils et de sa sœur, dans le parc de leur hôtel de Châtel-Guyon, elle put mesurer, soulagée, que sa détermination n'avait pas faibli d'une once.

20

Après le départ de Louis, sans un au revoir, Noélie s'est rendue au potager où, malgré la chaleur, elle a travaillé sans relâche, binant, bêchant, sarclant une terre déjà retournée, aérée, débarrassée des herbes folles et du moindre soupçon d'herbe en devenir ; travaillé surtout à extirper de son esprit la rage, l'indignation et l'impuissance qui s'y entortillaient, comme de vigoureuses tiges de plantes grimpantes – chèvrefeuille, rosier, glycine – montées, le printemps venu, à l'assaut de leur support, prêtes à l'enlacer et à l'étouffer tout en l'enivrant de leur parfum sucré. Puis, peu à peu, l'une d'elles a pris le dessus, se dilatant, se renforçant, hissant feuilles et fleurs plus haut que les deux autres, et, en proie à un sentiment quasi paranoïaque – l'impression d'être l'objet d'un complot général ourdi d'un côté par sa famille, de l'autre par le fermier, afin de la chasser du domaine et de se partager les restes –, Noélie a gagné la salle de bains, bien décidée à éliminer de son corps poussière de terre, transpiration et, sans espoir de succès, cette odeur de vieilles chairs qui, si elle s'est abattue sur elle dès avant la cinquantaine, l'a traquée, pense-t-elle, pendant des décennies, peut-être depuis toujours, puisqu'il lui semble qu'elle est née déjà vieille, que, sous le coup d'un sortilège lancé par des sorcières revêches devant le ventre turgescent de sa mère, elle n'a jamais connu la légèreté et l'insouciance de l'enfance, ni n'a même voulu la connaître.

Debout près de la grille, elle accueille maintenant le petit groupe de retour de la ville, pareille à l'inspecteur de police des séries télévisées de Julienne qui regarde une dernière fois le meurtrier simuler le détachement, l'innocence, en savourant d'avance la tempête qu'il s'apprête à déchaîner sur lui, la débâcle de son château de cartes balayé par l'irréfutabilité, sans se douter un instant que Gabrielle ne lui a pas caché un secret, mais bien deux. Comme d'habitude, elle invite pour la forme Victor à boire un apéritif et se surprend à étouffer un mouvement de dépit lorsqu'Éric, le petit-fils, accepte cette invitation à sa place, disant qu'il aimerait revoir les armes anciennes exposées dans cette maison où il lui est arrivé de jouer, dans son enfance – à l'époque où elle était encore la propriété de Raymond, le lieu de vacances de sa famille. De cette Zoé, qui est passée ici même de l'état de nourrisson prématuré, chétif, à celui de fillette boulotte, d'adolescente tourmentée et enfin de jeune femme au journal intime rempli de pensées morbides, comme si, pousse, arbuste puis arbre transplantés en ville, elle ne pouvait vraiment grandir et s'épanouir qu'ici. Ce dont témoigne au reste le renfoncement de la salle à manger où, à chaque mois de juillet, Raymond inscrivait au stylo-bille un trait correspondant au sommet du crâne de chacun de ses trois petits-enfants et le flanquait de l'initiale de leurs prénoms respectifs non sans avoir vérifié qu'ils ne soulevaient pas les talons pour paraître plus grands.

Non, le jeune homme n'a pas oublié, en vérité, la confrontation du présent et de ses souvenirs lui procure un certain plaisir, dit-il, avant d'emboîter le pas à Zoé qui a proposé d'aller chercher le plateau à casiers métallique mille fois repeint et garni de verres dans le placard de la salle à manger, tout près des marques de stylo-bille, laissant Noélie parcourir seule le couloir jusqu'à la cuisine, tirer une bouteille du réfrigérateur et du bahut un paquet de biscuits, puis rebrousser chemin. Marquer un temps d'arrêt devant la salle à manger, intriguée par un bruit de vaisselle, et s'avancer sur le seuil pour constater que, si Zoé a bien ouvert le placard mural encastré dans la toile de Jouy et saisi le plateau, elle fait face au garçon, dont le torse s'est rapproché du sien, non avec un air de défi, ou de mécontentement, mais avec cet air absent qu'elle promène depuis le début de l'été.

Croyant lui venir en aide, Noélie émet un raclement de gorge, et les deux jeunes gens s'écartent l'un de l'autre, traversent la pièce, l'entrée, et passent au jardin, où ils ne s'assoient pas, mais, brandissant le même et sempiternel prétexte (revoir les lieux d'autrefois), se dirigent vers la charmille qui, des dizaines d'années plus tôt, a accueilli sur son doux tapis de terre, de feuilles en décomposition et de mousse son corps à elle et celui d'un Victor auquel son petit-fils ressemble tant aujourd'hui qu'elle en a presque le vertige. Et maintenant ce n'est plus un chien qui aboie dans son esprit, mais bien deux, puisque, au chien noir du secret, du complot, vient s'ajouter, comme sous l'effet d'un étrange dédoublement, la bête fauve de la luxure, une bête qu'elle connaît assez pour l'avoir tantôt flattée, tantôt combattue et qu'elle redoute donc davantage, raison pour laquelle le compte rendu que Gabrielle et Julienne dévident tour à tour, celui de la consultation médicale surtout, ne lui parvient aux oreilles que par bribes.

Mais Zoé et Éric ressurgissent bientôt et elle a beau traquer sur leurs visages les marques de la faute, par exemple le feu qui montait à ses propres joues durant l'amour, elle n'y trouve de nouveau qu'indifférence, ou plutôt nonchalance, la nonchalance d'une génération qui n'a connu ni dangers ni privations, pense-t-elle, honteuse de ses pensées impures, même si, à bien y regarder, le masque de la jeune femme n'adhère pas assez à la peau pour dissimuler totalement ses tourments. Et, tandis qu'ils se disent au revoir, elle envie leur jeunesse, leurs corps souples et fermes, surtout le coup de poing à l'estomac, le pincement au cœur que provoque la présence de l'être désiré, vous précipitant dans un gouffre où il est bon de tomber, oui, c'est ce coup de poing, c'est ce pincement que, de son passé, elle regrette le plus, même s'ils ont été synonymes, chez elle, de perte, de ruine, d'humiliation. Alors son vieux renoncement à la chair lui apparaît pour ce qu'il est : une mise sur la touche, un effacement, un adieu à la vie, non la victoire sur les conventions qu'elle a voulu s'attribuer et, vexée, elle lance mollement les mots qu'elle avait prévu de marteler, après que les deux visiteurs sont repartis, *Au fait, Gabrielle, j'ai reçu la visite de ton frère. Il voulait te parler d'une conversation qu'il a eue avec le père évêque.*

Il faut quelques secondes à la doyenne pour encaisser le coup, ou plutôt le double coup – le dévoilement de son projet et la trahison de l'évêque –, après quoi elle invite sa cousine à continuer, prête à répondre point par point aux arguments de Louis et avançant d'abord une question – *En quoi cela peut-il déranger mon frère, ou qui que ce soit, d'ailleurs ?* – qui, pareille à l'animal de tête dans un troupeau, entraîne ses semblables en une file docile. En effet, d'autres interrogations s'engouffrent à toute allure dans le passage : ne serait-il pas temps qu'elle, Gabrielle, cesse de se soucier des désirs d'autrui pour combler les siens ? Ne la laissera-t-on pas couronner une existence de dévotion et de service ? La croirait-on sénile ? Imagine-t-on, la connaissant, qu'elle n'a pas mûri cette décision pendant des mois, des années ? Ne lui permettra-t-on donc pas de mourir avec le sentiment d'avoir tracé son propre sillon sur le sentier de la vie ? Après avoir couronné officiellement une vie de dévouement ? Va-t-on lui expliquer par quel mystère un objet de fierté, la virginité, se transforme maintenant en objet de honte, de gêne, de déshonneur? Toutes les valeurs sont-elles donc inversées?

Noélie ne peut s'empêcher de penser que tel (la virginité) n'est pas l'objet de honte présumé, mais bien la vieillesse, l'insuccès, plus précisément la chute d'une lignée qui occupait autrefois les places du premier rang; de se demander quelle réaction à ce projet aurait affichée Raymond, le sage, le chef incontesté d'une famille qui erre maintenant sans boussole ni filet de sécurité, qui s'est vu refouler vers les rangs de l'arrière par des individus moins méritants, mais plus rusés peut-être, en tout cas mieux accordés au violon du temps présent, cet instrument qui excelle à interpréter la mélodie de la débrouillardise, de l'intérêt particulier, de l'argent. Cependant la fermeté et l'implacable logique de sa cousine la réduisent au silence tout autant que Julienne, raison pour laquelle c'est une autre voix qui s'élève, légèrement éraillée : *Tu as raison, tantine, ne te laisse pas marcher sur les pieds. Qu'ils aillent tous se faire foutre!* provoquant chez elle, Noélie, ce rengorgement qui caractérise d'habitude les dindons, ainsi qu'une volte-face dont elle s'étonne. *Téléphone à ton évêque, remonte-lui les bretelles!* poursuit la voix. *Quant à la famille, cette bande d'égoïstes, si elle croit qu'elle va pouvoir nous dicter sa loi, elle se met le doigt dans l'œil!* et c'est maintenant Julienne qui réagit, battant des mains, lançant des bravos, tandis que Gabrielle jubile, émue par ce pronom collectif.

Il ne reste plus qu'à établir un plan de bataille et à l'entériner – juste à temps, car, de même qu'elle s'est enflammée, de même Zoé s'éteint, se désintéressant brusquement du sujet pour tourner les yeux vers un point indéterminé en direction des lilas et du puits, point qui, en réalité, n'existe peut-être que dans son esprit : d'abord le coup de téléphone à l'évêque, auquel Noélie et

Julienne exigent d'assister, puis l'attitude à opposer aux membres de la famille qui tenteraient de les dissuader, et les voilà réunies le lendemain matin autour de l'appareil, Gabrielle au combiné, Noélie et Julienne à l'écouteur, bien décidées à ne pas rater un mot de la conversation. Laquelle commence par un silence gêné, un raclement de gorge, puis se termine sur une phrase apparemment diplomatique puisque *Je ne vous dis pas non, Gabrielle*, déclare le père évêque, *mais, avant de prendre toute décision, je dois être certain qu'elle n'entraînera aucun conflit dans votre famille. Votre frère, par exemple, m'a paru ébranlé. Je n'affirme pas que vous ayez besoin de son approbation, mais il vaudrait mieux que tout cela soit fait dans l'harmonie, ne croyez-vous pas ? Réfléchissez, et reparlons-nous dans quelques jours*, indifférent aux *C'est ma vie*, aux *Ce vœu ne regarde que moi* de son interlocutrice, que les deux témoins encouragent par de grands signes de tête et de mains.

Puis les trois femmes se concertent, la première (Gabrielle) prônant la conciliation, la deuxième (Julienne) l'attente, la troisième désormais rien de moins que la guerre, *Oui, la guerre*, gronde Noélie, emportée par son propre retournement, *car il en va aussi de notre survie dans cette maison, si nous cédons aujourd'hui, sur ce point, il n'y aura plus de frein, ils s'abattront tous sur nous comme des vautours. Montrons-leur que nous sommes fortes, inébranlables, que nous n'avons pas besoin d'eux*, et Zoé, blottie sur le sofa, s'arrache à sa torpeur, répétant *la guerre...* du ton rêveur que suscitent les projets séduisants qu'on s'étonne de ne pas avoir encore envisagés, tant ils sont lumineux, évidents.

Réclamant une interruption de séance, la jeune femme s'absente le laps de temps nécessaire pour monter au second étage et en redescendre, armée de sa machine à écrire et de feuilles d'un papier luisant, lance *Voilà, écrivons un procès-verbal, écrivons notre règlement*, et des frissons s'emparent des trois autres, métamorphosées soudain en conjurées, en révolutionnaires, en résistantes, de Noélie surtout qui a la possibilité de voir l'appareil fonctionner sous des doigts apparemment très agiles.

Deux jours s'écoulent dans l'attente, puis commence un étrange défilé – d'un neveu se disant dans les environs pour ses affaires, d'un cousin ayant une brusque envie de renouer les liens, d'une petite-nièce amenée par sa mère dans le but de passer un moment avec sa contemporaine depuis longtemps, *trop longtemps*, dit-elle, perdue de vue –, défilé qui n'aurait pas la moindre chance de leurrer une ingénue, tant les intentions de ses participants transparaissent, marquées, nettes, précises, sous les propos de façade, les *Comment va ta mère, ma chérie ?*, les *Gabrielle, que disent les médecins des progrès de ta jambe ?*, les *C'est Jo qui entretient aussi bien le jardin ?* Propos bientôt suivis d'insinuations plus précises, mais à tous les maîtresses de maison opposent le même masque impénétrable qui amène d'abord les visiteurs à supposer qu'elles souffrent toutes trois de surdité et donc à répéter, elles-mêmes retournant alors à l'envoyeur questions, insinuations, en un rapide jeu de balle au mur, renforçant leur propre détermination, alimentée au reste par les encouragements de Noélie à toujours rester sur le qui-vive sous prétexte que le danger n'arrive jamais de là où l'on s'y attend, qu'une fois mis à la porte il trouve souvent le moyen d'entrer par la fenêtre, la cave, la cheminée.

Elle ne se trompe pas. Car à ces visites importunes s'en ajoute une autre en apparence moins perfide : dès le lendemain de la visite à Rodez est apparu Éric, monté sur une moto des années cinquante qu'il a lui-même restaurée, étant donné, apprend-on, qu'il voue une passion non seulement aux armes anciennes, mais aussi à la mécanique, sujets d'intérêt étranges pour ce jeune citadin, juge Noélie en le regardant emboîter le pas à

Zoé, descendre le perron, s'engouffrer dans un garage transformé à ses yeux en grotte d'Ali Baba depuis qu'elle lui a révélé qu'y gît une voiture de collection, l'ancienne ID de Raymond, parquée là depuis des décennies. Pousser avec l'aide de Jo le vestige dans la cour, enfiler sur son bermuda un pantalon de toile, troquer sa chemise contre un tee-shirt usé, taché de cambouis, en exhibant plus de temps que nécessaire un torse musclé sur lequel les poils clairs dessinent des boucles presque invisibles.

Jour après jour il plonge dans les entrailles de la voiture, silencieux, absorbé par la tâche et conscient de n'avoir rien à ajouter à sa proposition initiale – *Et si je la remettais en route ?* – qui, parce qu'elle équivaut à ramener le passé, à gommer les années écoulées entre l'époque de la splendeur et aujourd'hui, a immédiatement reçu l'approbation de Zoé sous la forme d'un chapelet de *oui !* et sa présence quotidienne à ses côtés. Ainsi, dès qu'il se montre – en général en milieu d'après-midi –, elle abandonne ses quelques activités pour le rejoindre, tourner lentement autour de la vieille Citroën, s'asseoir au volant ou se couler sur la banquette arrière, rêvant, lisant un roman (ce qui revient parfois au même), regardant les bras et le dos noueux du mécanicien improvisé, sa nuque emperlée de gouttes de sueur, attendant on ne sait quoi, indifférente au reste. Au cliquetis des outils, aux allées et venues intriguées de Jo, aux cercles de vautour que dessinent – qu'ont toujours dessinés, selon Noélie – les deux fils du fermier arrachés à leurs villas respectives, à leurs jouets technologiques, non seulement par l'approche de la moisson, mais aussi, surtout, par les jambes de Zoé dénudées dans le retroussement d'un jupon ou moulées dans des espèces de leggins, et pourtant maigres, osseuses.

Au point que le vieux Roger, mandaté par épouse, fille et belles-filles, à moins que ce ne soit par les fils eux-mêmes, pris de jalousie, irrités par l'étranger, finit par se poster derrière la grille du jardin et de s'en offusquer officiellement, sa casquette de toile courant entre ses doigts nerveux, l'allumette qu'il a pour habitude de mâchonner s'agitant à la commissure des lèvres : *Mademoiselle Noélie, il faut que vous me suiviez, j'ai quelque chose à vous montrer*, annonce-t-il, faussement contrit et, accueilli par un signe de tête sec, il conduit son ennemie déclarée jusque sous le porche de la cour où il s'immobilise, le doigt tendu vers l'ID qui, si son capot est toujours relevé, se dandine curieusement sur fond de perron, de tour, de garage.

Les portes arrière sont ouvertes, sans doute pour faire circuler l'air ; de la gauche, dépassent des pieds de femme nus encadrant une paire de jambes sur lesquelles tire-bouchonne un pantalon de mécanicien ; de la droite, une touffe de cheveux blonds, surgissant et disparaissant par intermittence, comme dans les vieux chromos publicitaires animés par une languette ; mais si le balancement de la voiture ne laisse pas de place au doute concernant l'activité des deux jeunes gens, aucun gémissement, aucun cri ne s'élève du véhicule, à croire que ses occupants se livrent à un simple exercice d'hygiène corporelle. *Vous voyez ça ? Devant tout le monde… même devant ce pauvre garçon, qui doit d'ailleurs bien se demander ce qu'ils font*, murmure le fermier, perfide, et c'est alors que Noélie distingue Jo, caché par la pénombre du garage, figé, tendu – mais pas longtemps : averti comme les animaux par un sens supplémentaire, il bat en retraite vers le fond du garage qu'une porte sépare de la cave, elle-même attenante à la cuisine.

Alors Noélie se retourne, tel un serpent. *Qu'est-ce que vous avez à nous épier ? La cour ne vous appartient pas, que je sache ! Nous avons droit de l'utiliser comme bon nous semble ! Vous n'avez donc rien de mieux à faire en cette saison ? Votre blé, par exemple ? Avez-vous vérifié votre blé ? Je vous signale qu'il est arrivé à maturité, pour le cas où cela vous aurait échappé*, siffle-t-elle, loyale à son clan – en vérité, l'injonction *Ne pas criti-quer, ne pas dénigrer de membre de la famille devant des étrangers* figure dans la liste de ses commandements parmi les articles fondamentaux –, même si elle pense *Chienne en chaleur*, au sujet de Zoé, et, de sa propre personne : *Vieille idiote, c'était couru, c'était couru depuis le début, tu as eu des soupçons, puis tu as oublié.*

Justement, Mademoiselle, réplique Roger, *en prévi-sion des récoltes, il est urgent de réparer le plancher de la grange... – En quoi cela me regarde-t-il, je vous prie ? C'est au responsable des dégâts de payer ! – La loi veut que ce soit aux propriétaires... La loi est de mon côté. – La loi ? Quelle loi ? La vôtre sûrement, pas la mienne ! – Écoutez, je suis prêt à me charger des réparations si vous réfléchissez à mon offre. – Réfléchir à votre offre ? – Vendez-moi donc quelques terres, cela ne changera rien pour vous. Vous ne vous rappelez même plus où elles sont situées et quelle forme elles ont. – Comment osez-vous me harceler ainsi ?* siffle-t-elle. *Comment osez-vous ? – Mademoiselle, cela vous simplifierait la vie, je vous l'ai dit. De toute façon, vous y serez obligée, vous finirez par y venir... – Fichez-moi la paix !* glapit Noélie, à bout d'arguments. *Fichez-moi la paix !*

Abandonnant le fermier, elle regagne d'un pas décidé le jardin, la table sous les noisetiers, autour de laquelle Julienne et Gabrielle sirotent un verre d'orangeade en compagnie d'un énième membre de la famille occupé à vanter une maison de repos proche de Ceignac où la doyenne pourrait profiter matin et soir des soins d'un kinésithérapeute, et donc chantre de la tactique qu'elle-même, Noélie, a rangée sous le numéro 3 et intitulée *Diviser pour régner*, c'est-à-dire diviser les trois femmes physiquement, géographiquement, à défaut de les diviser mentalement.

Mais au lieu de voir la stratège, l'impertinente, elle continue de regarder en pensée la scène à laquelle elle vient d'assister, ne sachant ce qui, de l'amour en plein air ou de la délation du fermier et de ses propositions d'achat, l'ulcère davantage; songeant aux pierres, aux rochers même, que ses parents, grands-parents, frères, sœurs et autres cousins, en bons représentants de la bourgeoisie, ont déposés au fil des ans sur les problèmes, sur les blessures, sur tous les points douloureux, afin de les étouffer, d'en nier l'existence; se demandant s'il ne serait pas bon d'en lâcher une à son tour, elle qui s'y est toujours refusée, sur l'ID et ses deux passagers sous prétexte qu'un petit flirt ne peut qu'être bénéfique à la déprimée. Se demandant surtout par quel mystère la jeune femme ne cesse de la renvoyer à elle-même, à ce qu'elle a été et qu'elle ne veut plus être.

21

L'été 1913 fut un été comme les autres, ponctué de repas familiaux au cours desquels, malgré la sévérité de la doyenne, on riait et plaisantait dans la joie d'être réunis après des séparations se comptant en semaines, en mois, en une année entière ; égayé par les gazouillis d'oiseaux et de petits enfants, les jappements de chiots, les mélodies jouées au piano, les chansons, des loisirs qui semblaient exister depuis le commencement du monde, en tout cas de leur monde à eux, le monde des Randan – parties de pêche, de croquet et de quilles, de cache-cache, bains dans les ruisseaux, promenades à cheval, à dos d'âne, en carriole, en barque ; un été semé de robes claires à fleurettes, plumetis, rayures, dentelles et galons, courant, se poursuivant, imitant le ballet des papillons et des abeilles sur des fonds de feuillages et de fleurs au parfum entêtant ; rythmé par le grommellement du tonnerre qui prélude au claquement de la foudre et des fenêtres refermées en toute hâte avant qu'une pluie lourde crible la terre de minuscules cratères, par des confidences murmurées dans le creux de l'oreille, des plaisanteries et des récits d'exploits, des commentaires fielleux sur telle ou telle « pièce rapportée », des projets exposés tout haut – chimères inaccessibles pour certains, buts clairement déclarés malgré mille embûches pour d'autres ; marqué par les travaux du jardin et de la terre, notamment la cueillette de fruits semblables à des globes dorés, à des billes et pyramides en miniature aux divers tons de rouge et au jus aussi salissant que de l'encre, surtout par la moisson, apogée de la saison, qui convoyait tous les bras disponibles, toutes les bonnes volontés vers l'étendue douce, odorante qu'on avait vue, du vert, virer au blond.

C'était, en effet, un été comme les autres pour tous les membres de la famille, à l'exception de Noélie, qui expérimentait à l'âge de onze ans un sentiment nouveau, mêlant l'exaltation au soulagement – soulagement d'avoir enfin entrevu une place lui convenant dans le monde, exaltation à la pensée des mille possibilités qu'il lui semblait receler et qui confluaient toutes vers une même voie, la vie qu'elle avait découverte depuis qu'elle s'était liée d'amitié avec Yette, qu'elle fréquentait sa demeure et sa famille : la vie d'artiste. Soudain les années qui avaient précédé s'éclairaient d'un jour nouveau et rassurant : elles avaient constitué, en fin de compte, une longue et patiente préparation à l'existence qui l'attendait, elle en était certaine, et par conséquent n'avaient été en rien inutiles, contrairement à ce qu'elle croyait encore quelques mois plus tôt. Inquiétude, insomnies, malaise n'étaient-ils pas, en effet, l'apanage des élus, marqués au front du sceau de la création, qui les plaçait au-dessus du commun des mortels comme une sorte de malédiction ? songeait-elle en des termes plus simples mais tout aussi prétentieux dans sa soif de justifications.

Non sans condescendance, elle observait les représentants de sa génération qui, n'ayant pas la capacité de distinguer comme elle un monde mystérieux, aérien, peut-être même divin, au-delà de l'apparence banale et plate des choses, se hâtaient à la poursuite d'une ascension matérielle que leurs pères avaient entamée et consolidée pour eux, ou d'idéaux moraux imposés par la tradition, se contentant de glisser sur des rails déjà posés et arrimés au sol, déjà dotés de leviers, d'aiguillages et de plaques tournantes qu'il suffirait d'actionner le moment venu ; mieux, qui s'abaisseraient, coulisseraient, se relèveraient d'eux-mêmes, mus par la force de l'obéissance et de l'habitude. C'était le cas, d'une part, de son frère Jean et de son cousin Raymond, héritiers de la branche d'Henri et de celle de Louis, revenus le premier de Paris, le second de Toulouse, où ils faisaient respectivement leurs études d'ingénieur et de médecine ; de l'autre, des épouses et mères de famille, plongées avec dévouement dans des soins à leurs maris et leurs marmots que ceux-ci percevaient comme un dû : sa sœur Thérèse, ses cousines Antoinette, Cécile et Henriette ; et il y avait fort à parier que les plus jeunes leur emboîteraient le pas.

Certes, deux d'entre elles clamaient leur volonté de se bâtir une existence par elles-mêmes, au mépris du mariage, mais c'était là aussi dans le droit fil d'une tradition familiale dont la représentante la plus mémorable avait été la tante Rachel, religieuse précocement disparue, dont le portrait trônait dans la chambre de Jenny, sa cadette ; et c'était encore dans une ombre tutélaire : non d'un époux, certes, mais d'un Dieu tout-puissant. Rompant la promesse de veiller à l'instruction de la benjamine, Augustine s'apprêtait, en effet, à gagner Montpellier où elle avait trouvé une place d'enseignante d'arts ménagers, tandis que Gabrielle comptait déjà parmi les adeptes les plus ferventes des retraites et autres rassemblements religieux, ainsi qu'en témoignait une photo prise en juin au château de Labro, qui avait attiré l'attention de Noélie non parce qu'on y voyait sa cousine à la silhouette massive, au visage rond et aux longues nattes, plantée sur le balcon, mais parce qu'y figurait, également à gauche, perchée sur le quatrième barreau de l'échelle, dans une robe claire à ceinture noire, sans

bouquet ni sourire, comme étrangère, sa chère amie
Yette Carrère.

Après avoir craint, à son retour, que le domaine ne
la reprît, ne la réassimilât, à l'image d'un gigantesque
pachyderme mâchant son foin, Noélie avait constaté
qu'un écran invisible, mystérieusement jailli de terre, la

séparait à présent des sœurs et des cousines auxquelles elle avait pourtant rêvé de ressembler, envieuse de l'insouciance, de la gaieté et de la paix caractéristiques à son avis de leurs existences à mille lieues de la sienne, toute en bosquets sombres, mares d'eau trouble et grottes peuplées de bêtes monstrueuses qui, le jour, simulaient l'immobilité pour attaquer plus férocement à la tombée de la nuit. Force lui était de constater qu'elle était maintenant seule, de son côté du cristal ou de la vitre : même Madeleine, sa préférée, la rêveuse et sensible Madeleine, l'avait en quelque sorte abandonnée, car, si la jeune fille était bien prête à se placer en marge de la famille, à dire adieu à la lignée, pour l'amour d'un homme qui, au reste, n'avait pas – que ce fût par faiblesse ou par abnégation, nul ne le savait – cru bon de se déclarer encore, c'était pour embrasser une vie tout aussi traditionnelle d'épouse et de mère, non la vie d'artiste qui semblait à présent à Noélie la seule souhaitable, à défaut d'être la seule possible.

Depuis le début de l'été, elle écoutait donc avec une amertume mêlée de rage des confidences qui l'avaient quelques mois plus tôt émue, comme si, après avoir vibré sur la même note que Madeleine, elle jouait désormais sur une autre tonalité, mieux, interprétait une autre partition, et sans doute était-ce le sentiment de ne plus adhérer aux rêves de son aînée qui la déconcertait le plus : après avoir cultivé un temps le même jardin secret, voilà qu'elle en revendiquait un tout à elle, qu'elle le défrichait et le ceignait d'une haie appelée à grandir, à s'étoffer.

C'était probablement le prix à payer pour se distinguer, pensait-elle en proie à une sourde culpabilité, tandis que sa sœur lui décrivait dans les moindres détails les derniers développements de son idylle avec Adrien, c'est-à-dire moins que rien puisque, après l'avoir évitée puis « autorisée » à l'aimer, le bras droit de leur père se laissait tout juste aller à lui presser la main en l'aidant à sauter un fossé ou à descendre d'un char à foin. Pourtant, cet « entre-deux » paraissait suffire à la jeune fille, la dispensant de choisir ouvertement entre l'amour et la famille, alors même que, comme tout le prouvait, à commencer par le son de sa voix quand elle évoquait son bien-aimé, elle avait déjà fait son choix dans le secret de son cœur ; ainsi était-elle comme le funambule qui, les doigts de pied solidement refermés sur la corde, imagine pouvoir défier le vide à l'infini, au mépris de la loi de la gravité et de celles du corps humain, oubliant que viendra inévitablement le moment où ses muscles trembleront et où ses membres échapperont à sa maîtrise.

Cependant, tout à l'égoïsme de l'amour et heureuse de l'avoir retrouvée, Madeleine ne remarquait guère les changements qui s'étaient opérés chez sa cadette, se contentant d'accueillir comme une bizarrerie temporaire la solennité et la fréquence avec lesquelles elle confiait des lettres au facteur, la joie qui s'emparait d'elle chaque fois que l'homme lui remettait une enveloppe lisérée de noir, puis la course vers un arbre sur les branches duquel elle avait la certitude de pouvoir en lire le contenu sans être dérangée. En vérité, ce manège n'avait échappé à aucun membre de la famille, mais, s'il tirait à la plupart d'entre eux des sourires attendris, chez une infime partie – les adolescents de sexe masculin – des moqueries, et des haussements d'épaules chez Virginie, l'indifférence, fille de la routine, finit au cours des semaines par l'emporter.

Début septembre, alors que les Parisiens, les Lyonnais, les Marseillais et les Ruthénois avaient regagné leurs domiciles respectifs en vagues plus ou moins calmes, plus ou moins regrettées, Noélie découvrit à l'intérieur de la missive habituelle un mot de Mme Carrère qu'elle s'empressa de remettre à Jenny, à qui il était adressé, et qui disait :

Chère Madame,

Vous n'ignorez pas que votre fille et la mienne sont devenues ces derniers temps les meilleures amies du monde. Ma Yette se languissant de Noélie, j'ai la prétention de croire qu'un petit séjour dans la maison d'été de mes parents, à Nuces, où nous sommes réunis, leur permettrait de se retrouver agréablement avant d'entamer une nouvelle année scolaire. Veuillez me faire savoir si vous y êtes favorable...

Noélie n'attendit pas la suite pour battre des mains, et tandis que sa mère repliait le rectangle de papier qu'elle avait lu tout haut, assise à son minuscule secrétaire entre les deux fenêtres, en disant qu'elle en parlerait le soir même à « papa », elle s'écria : « Maman, je vous en prie, acceptez ! Je vous en prie ! » Surprise par tant d'ardeur, Jenny murmura : « Ma mystérieuse, ma drôle de petite fille, tu en as tant envie que ça, toi qui as toujours été une sauvage ? Ta grand-mère me l'a assez reproché ! Comment se fait-il que tu aies autant changé en l'espace de quelques mois seulement ? » Plus que de l'étonnement, c'était en vérité de l'inquiétude que reflétaient les traits de Jenny, éclairés par le soleil du matin qui, en pénétrant dans la pièce, accentuait le rose du papier peint floral, ravivait le blond de sa chevelure veinée de gris, polissait son visage sculpté par les années et les soucis.

Et comme Noélie hochait la tête, confuse, elle poursuivit : « Physiquement, tu tiens de ton père, c'est évident. Mais j'ai bien peur que tu ne sois au fond de ton cœur une Thomas, comme Madeleine, une mélancolique en somme. Je préférerais voir en toi une Randan. Si tu ressemblais à Thérèse et à Augustine, qui ont les pieds sur terre, je serais au moins rassurée sur ton sort.

« – Maman, ne soyez pas inquiète pour moi ! Quand je serai grande, je deviendrai une artiste, et ce sera mon bonheur.

– Chut, chut, ma petite ! dit Jenny comme si elle venait d'entendre une affirmation scandaleuse. Ne tiens pas ce discours à ta grand-mère… à ton père non plus. Que cela reste entre nous. Et tâche de penser de temps en temps qu'il faut souvent consentir à mille sacrifices pour maintenir l'harmonie de la famille et l'honneur de son nom.

– Oh, la famille… » murmura la fille, puis, semblant se raviser, elle ajouta : « Je ne souhaite pas que d'autres que vous le sachent, ma petite maman ! »

Jenny, qui avait pris l'habitude de réfréner ses mouvements de tendresse en présence du reste de la famille et en particulier de Virginie, prompte à critiquer toute manifestation de ce qu'elle appelait de la « sensiblerie », pressa Noélie sur son cœur et lui dit « Promets-moi que tu seras heureuse » si bas que la fillette se demanda si elle avait vraiment prononcé ces mots, ou seulement pensés, et n'y répondit que du bout des lèvres.

Ce jour-là, le rectangle de papier venant de Nuces fut de nouveau ouvert et l'écriture penchée de Mme Carrère de nouveau déchiffrée, suscitant les commentaires de la tablée, en particulier de Virginie : cette dame qui dirigeait une entreprise comme un homme, demanda-t-elle avec sa sévérité coutumière, n'était-elle pas un brin « autoritaire » et son mot par trop « lapidaire » ? Cette réflexion parut à Henri amusante sur les lèvres d'une telle intransigeante, aussi échangea-t-il avec Jenny un sourire furtif qui chassa de son visage la déception à la perspective d'une séparation anticipée. Noélie fut troublée à la pensée du chagrin qu'elle lui causait, mais son désir de séjourner chez son amie était si vif qu'elle courut l'embrasser sans plus de scrupules après que, au terme d'un éloge de Mme Carrère qui, disait-il, avait « fièrement traversé les épreuves », et de son père, ancien antiquaire et horloger connu pour sa droiture, il chargea Jenny de répondre qu'on acceptait son invitation et l'en remerciait.

C'est ainsi que, huit jours avant la rentrée scolaire, alors fixée au 1er octobre, Noélie quitta Randan dans l'automobile de son oncle Louis, venu chasser en compagnie d'Henri en vertu de cette tradition familiale qui leur permettait durant quelques heures de rebrousser le temps jusqu'à l'époque de leur jeunesse et de renouer les fils de leur intimité, et gagna le village de Nuces. Ayant à plusieurs reprises admiré le gros album à couverture rouge de Yette, elle ne fut pas surprise de voir se dresser devant elle la bâtisse à un étage qui donnait d'un côté sur la place et, de l'autre, sur un jardin auquel on pouvait accéder par une espèce de tour en bois cannelé s'ouvrant sur le balcon. C'est sur ce même balcon qu'on servit au docteur un verre de vin cuit et des petits gâteaux ; y étaient réunis Mme Carrère et ses parents, ses deux sœurs et le mari de la cadette, un petit homme barbu, avoué à Rodez. Pendant que le médecin sirotait le liquide ambré et distribuait des compliments, notamment à propos de Sirdar, le grand bleu d'Auvergne couché sur la pierre de tout son long, Henriette obtint de sa mère la permission de montrer à son invitée la chambre qu'elle partagerait avec elle, au premier étage, ainsi que les autres pièces de la maison.

La fillette fut surtout impressionnée par les salles des cuves et du pressoir, en bas, qui s'apprêtaient à recevoir le raisin du vignoble, comme l'expliqua longuement Pierre, le frère aîné ; élancé dans le long pantalon qu'on l'avait autorisé, depuis le jour récent de ses quinze ans, à substituer à ses culottes courtes, il manifestait à sa « petite sœur » une affection qui lui valut la considération et même l'amitié de Noélie, laquelle, ne l'ayant vu que brièvement et toujours en coup de vent, accompagné d'un camarade, à l'occasion de ses visites du jeudi à leur domicile, l'avait d'abord jugé vaniteux.

Les enfants furent bientôt rappelés, car Louis repartait pour Rodez, et Noélie embrassa son oncle non sans avoir promis d'être obéissante et sage, ce dont, la connaissant, il ne doutait pas, ajouta-t-il, malicieux, avant de regagner son automobile en compagnie du petit oncle barbu, qui en possédait lui aussi une, d'un autre modèle. Debout sur la place du village avec ses hôtes, elle regarda le véhicule s'éloigner, soudain saisie par le pincement de cœur qu'elle n'avait pas ressenti un peu plus tôt, alors même qu'elle quittait des êtres encore plus chers, mais Yette, qui lisait en elle, lui pressa la main, et toute sa nostalgie s'évanouit.

Comme on était côté village, on y fit quelques pas pour le montrer à l'invitée, puis on regagna le balcon et, de là, le jardin où les plus jeunes entamèrent une partie de croquet qui se prolongea jusqu'au moment du dîner, servi de bonne heure dans une salle à manger qu'éclairait une grosse lampe à pétrole à contrepoids. C'est à sa lumière que Noélie put mieux observer les convives dont la conversation allait bon train, si différente de celle qui animait les repas à Randan : moins axée sur les travaux de la terre (en l'occurrence de la vigne) et sur la chasse, dont les fruits s'étalaient pourtant dans les assiettes sous forme de cailles rôties et enveloppées dans une feuille de vigne, elle abordait toutes sortes de sujets, depuis la guerre avec l'Allemagne que la tante Maria prophétisait avec véhémence pour l'année en raison des affrontements permanents que se livraient Bulgares, Grecs et Turcs, et de l'enragement des Prussiens, jusqu'à une excursion à Decazeville, précisément à la Découverte, la célèbre mine, que Pierre devait effectuer avant la rentrée scolaire avec son oncle et son grand-père.

Noélie brûlait d'entendre Mme Carrère parler de son métier et son attente finit par être récompensée car, après une discussion des deux hommes concernant des eaux-fortes que le doyen venait d'acquérir, la mère de son amie évoqua le volume qu'elle préparait en hommage au peintre, aquafortiste et poète Eugène Viala, disparu quelques mois plus tôt. « Viala était une forte tête, intraitable et quasi révolutionnaire, dit-elle, mais mon pauvre Émile, qui était son camarade au lycée, l'a toujours soutenu et, s'il ne nous avait pas quittés le premier, il l'aurait certainement salué de cette manière. » Au rappel du défunt s'abattit un silence que l'oncle barbu se hâta toutefois de briser : « Avouez que c'était un grand artiste, sans doute le plus grand que nous ayons jamais eu. Et un artiste maudit, le pauvre. Il a fallu qu'au moment même où s'éloignait le spectre de la pauvreté et de l'anonymat il chute d'un tramway à Paris ! »

S'ensuivit une conversation où les noms célèbres – Maurice Fenaille, mécène de Viala, Denys Puech, sculpteur et fondateur du musée des Beaux-Arts, et son épouse la princesse Stourdza, artiste peintre, ou encore Tristan Richard, le portraitiste établi à Paris, qui venait de s'allier par son mariage à la famille de l'oncle barbu – surgissaient nonchalamment comme s'ils eussent désigné des gens ordinaires, et c'étaient autant de feux de Bengale, aux yeux de Noélie qui en oubliait presque de manger ce qu'elle avait dans son assiette – les cailles avaient succédé aux œufs mimosa et au foie gras envoyé par Jenny. À sa stupéfaction, les enfants y participaient sans entrave, alors qu'ils étaient censés se taire chez elle, et tout le monde rit de bon cœur quand Pierre imita son répétiteur de latin, un abbé du voisinage, qui s'était distribué des gifles toute la matinée pour chasser des mouches importunes.

En vérité, il régnait dans la pièce une profonde harmonie, résultat de l'affection et de l'entente intellectuelle qui liaient les membres de cette famille, en particulier les trois sœurs, dont le père suivait les échanges d'un regard comblé. Maria, l'aînée, au visage paisible et large, qui s'était réfugiée auprès de ses parents douze années plus tôt, à l'âge de trente-quatre ans, après la perte prématurée de son époux, remplissait dans le foyer la fonction d'une seconde maîtresse de maison, même si sa mère conservait le trousseau de clefs. Couvant les enfants de l'affection qu'elle aurait eue pour les siens, elle possédait un certain ascendant sur ses cadettes, en particulier sur la benjamine, une toute petite femme dévouée à son mari dont les pieds touchaient à peine terre lorsqu'elle était assise. Elle avait confectionné les gâteaux qui conclurent le repas et elle pressa les convives de les avaler pour pouvoir moucher au plus vite la grosse lampe à pétrole qui fumait, à son grand agacement, depuis le début du repas, provoquant ainsi une pluie de suie gluante et noire, dont personne ne fut épargné. On passa alors sur le balcon, où l'on admira un moment les étoiles en écoutant des histoires de constellations distillées par la doyenne, puis chacun défila dans la cuisine pour se munir d'une lampe Pigeon dont il y avait une grande rangée, au-dessus de la cheminée, et l'on monta se coucher.

Cette nuit-là, Noélie n'eut pas à craindre l'insomnie : allongée tout près de Yette, elle partagea longuement avec elle des rêveries qui les voyaient toutes deux à Paris, dans le monde fabuleux, extravagant, des arts, et non Rodez, où les avait malencontreusement précipitées le destin.

Quand elles eurent achevé de brosser cette fresque, de la remplir de détails, elles se promirent de s'entraider pour accomplir ce pour quoi elles étaient, à leur avis, venues au monde, en dépit des conventions et des usages, oui, répétèrent-elles tout bas, elles veilleraient l'une sur l'autre, et par leur vigilance déjoueraient tous les pièges qu'on mettrait sur leur chemin. Puis le silence s'abattit, scellant ce pacte solennel, et bientôt le souffle léger, régulier de Yette s'éleva ; avant de glisser à son tour dans le sommeil, Noélie se tourna vers la fenêtre qui donnait sur le jardin et soudain il lui sembla que rien, pas même les lourds volets de bois, ne faisait obstacle à la voûte céleste qui brillait, dehors, de mille points.

22

Puis, début août, le moteur de l'ID redémarre et Zoé se rue vers le mécanicien, lui exprime sa reconnaissance par un baiser, une salve de hourras, et regarde l'auto se relever, animal préhistorique, mammouth qu'on a cru à tort terrassé, d'abord de l'arrière-train, enfin, fièrement, de l'avant, en apparent état de marche, s'attendant presque à ce qu'il s'ébroue. Alors, elle gravit le perron, traverse l'entrée, le couloir, surgit dans le jardin sans remarquer que les maîtresses de maison, réunies autour de la table d'ardoise, à l'ombre des lilas, en compagnie de Louis, le frère de Gabrielle, ont le visage grave, rembruni ; sans imaginer que leur guerre de position vient de s'infléchir au terme d'une escalade qui les a toutes trois secouées et qu'elles tentent maintenant d'assimiler ce qui a été dit à tort et à travers – menaces, interjections, blasphèmes. Sans comprendre que, si elles se lèvent et lui emboîtent le pas, chacune à son rythme, c'est non seulement par curiosité, mais aussi, surtout, par soulagement à l'idée de se soustraire à l'embarras, abandonnant comme par mégarde ce parent belliqueux au jardin, à sa chaise, à l'allée, qu'il se hâte, d'ailleurs, de parcourir vers l'autre sortie, vers sa propre voiture, pour repartir.

Et les voilà toutes trois sur la terrasse, Julienne battant des mains, Gabrielle et Noélie comme ahuries d'avoir échoué là, face à ce vestige du passé brusquement réanimé, se demandant s'il ne s'agit pas d'un signe envoyé au bon moment de l'au-delà par son ancien propriétaire qui leur souffle de cette manière spectaculaire à l'oreille *Ne baissez pas les bras*, peut-être bien *Ne désespérez pas, le passé peut revenir quand on ne s'y attend pas*, en tout cas qui ravive leur orgueil éteint : dans ce véhicule, acquis à l'aube des années soixante, Raymond s'est rendu à des cérémonies officielles, des meetings, des rencontres stratégiques, raison pour laquelle c'est un peu le pouvoir de leur famille qui vient de ressusciter devant elles, dans cette cour même où, au début du siècle, la première automobile de la maison a paradé dans un tout autre vacarme.

Le véhicule s'engouffre sous le porche pour aller tourner sur le terre-plein et revenir, ramenant Jo, ses chiens et aussi les deux fils du fermier, ameutés maintenant non plus par les tenues de Zoé, mais par la saine curiosité que les hommes ont sans cesse manifestée à l'égard de la machine, et Julienne, toujours prompte à *marquer le coup*, propose de déboucher une bouteille en l'honneur du héros du jour, le garçon qui, par un nouveau tour de magie, fait à présent surgir entre ses mains, à la place du foulard en satin et de la colombe habituels, un seau d'eau et une éponge, afin de débarrasser la tôle noire de la poussière des années et de la faire briller autant que les yeux de la jeune femme au moment où elle lui a sauté au cou. C'est ainsi qu'une petite fête s'improvise, qu'une bouteille est débouchée et que des verres sont distribués, y compris aux adversaires de l'autre guerre, la guerre principale, comme si un cessez-le-feu avait été décrété par un arbitre invisible – la bonne éducation – en dépit de la certitude que, une fois la dernière gorgée bue, la fraternisation s'achèvera, que les ennemis des deux camps reprendront leurs positions sur leurs lignes, dans leurs tranchées respectives.

De fait, les fils du fermier brandissent rapidement le prétexte du travail aux champs et, au moment même où ils s'éclipsent, Noélie se ressaisit : soudain, la réalité de cette scène et de la précédente (la dispute avec Louis), étrangement différée, la frappe de plein fouet et elle bredouille quelques mots d'excuse, se demandant pour la première fois si elle a choisi la bonne voie, n'est pas allée trop loin.

Vacillante, elle enfile ses bottes en caoutchouc et se rend à ce potager qui est aussi pour elle un lieu de réflexion, d'épanchement et de rédemption, mais, au lieu d'arracher les herbes folles ou de ramasser les tomates les plus précoces, elle s'assied sur le petit banc et mobilise ses forces pour passer en revue les armes dont dispose le second adversaire : s'il est sans nul doute trop tard pour contester le testament de Raymond, se dit-elle, il est possible à cet ancien médecin de réclamer une expertise destinée à évaluer leur degré de santé mentale et, une fois acquis le soutien de l'héritière *légitime*, Françoise, la mère de Zoé, une fois le fermier mis dans sa poche et Gabrielle fourrée dans une maison de repos, de s'efforcer de les déposséder. Mais les *non*, les *jamais* se succèdent aussitôt dans sa tête, et elle songe qu'elle est peut-être atteinte de la maladie que Julienne ne cesse de lui attribuer, cette paranoïa qui conduit bon nombre de vieillards à déraisonner ; un instant elle est tentée de baisser les bras, pressée par les *À quoi bon ?* les *À quoi bon se battre pour ça ?*, un instant seulement car elle n'est pas, n'a jamais été ce genre de femmes qui, de guerre lasse, se laissent aller.

La fin de l'après-midi s'écoule, plus légère, tout comme le dîner, même s'il lui semble distinguer dans l'atmosphère un frisson de nervosité, sans doute attribuable à la nouveauté du jour, se dit-elle, écartant cette idée pour ne plus y repenser, de même qu'elle écarte un peu plus tard, dans la nuit, l'impression d'entendre une porte grincer et un moteur démarrer, pour mieux replonger dans le sommeil. Mais elle se réveille vers trois heures du matin, certaine cette fois de ne pas avoir rêvé : des bruits s'élèvent de la chambre voisine, des gémissements, des raclements de pattes ; d'ailleurs, pressés derrière la porte qu'elle entrouvre bientôt, les quatre chiens se déversent dans l'escalier, imaginant que leur maître n'est pas loin, jappant sur les marches et dans l'entrée.

Attirée par ce bruit, ou par l'instinct de mère qu'elle prétend posséder, Julienne la rejoint, et les voilà toutes deux devant le lit de Jo, non pas défait, ni même froissé, juste abandonné, suggérant que son occupant habituel n'a pas jugé bon de s'y coucher avant de mettre à exécution ce qui se révèle comme un plan concerté puisque la chambre de Zoé aussi est vide, ainsi que le constatent les deux sœurs après avoir gravi les marches menant au second étage autant que leur agilité le leur permet et poussé la porte entrouverte. Un coup d'œil à la cour par la fenêtre du palier et les pièces du puzzle s'emboîtent dans un même clic, offrant le tableau d'un départ en pleine nuit pour on ne sait quelle virée, dans on ne sait quel but, de Zoé et de Jo, d'un Jo apparemment si bouleversé qu'il en a oublié son cortège frétillant et poilu, pis, qu'il s'en est séparé de sa propre initiative.

Maintenant Julienne hurle et trépigne, mêlant les *Folle !*, les *Traînée !* à *Mon pauvre fils !*, certaine que leur invitée non seulement a ourdi un complot aux dépens de Jo, mais aussi qu'elle est à enfermer dans un hôpital psychiatrique, loin des gens auxquels elle peut nuire, si bien que Noélie est obligée de lui flanquer une gifle pour la faire taire, l'entraîner au rez-de-chaussée et lui préparer une tasse de camomille qui lui rendra un soupçon de raison, espère-t-elle, ou, du moins, la calmera un peu. Or la tasse fumante n'est pas plus tôt déposée sur la table que sa cadette bondit sur ses pieds et se précipite dans le couloir, pénètre dans le salon aménagé en chambre de malade et réveille Gabrielle, lui reprochant dans de nouveaux hurlements d'avoir introduit *le loup dans la bergerie*, provoqué, par son excès de bons sentiments habituel, la *perte* de son fils, lequel risque désormais d'être dans le meilleur des cas *traumatisé à vie* – comme s'il ne l'était pas déjà, songe Noélie avec amertume, comme s'il n'expiait pas depuis son premier souffle une malédiction, la faute de l'inconsciente qui l'a engendré en dépit de tous les bons conseils.

Après l'étonnement initial, Gabrielle fixe ses appareils à ses oreilles et comprend qu'elle ne rêve pas, que c'est bien Julienne qui déverse sa terreur et sa rancune sur elle, non une de ces créatures immatérielles, éphémères, qui peuplent les cauchemars, puis, se signant vivement, elle entame une prière – pour les fugitifs et pour sa cousine, unis dans le même destin. Est-ce l'effet de ces mots, de la puissance divine ? ou l'épuisement nerveux ? Julienne finit par s'effondrer sur le sofa grenat et par se balancer d'avant en arrière, les cheveux ébouriffés, les pieds nus, puisqu'elle a oublié de se chausser en sortant de sa chambre, emportée par un vent de panique, sans plus crier maintenant, en poussant des couinements de petite bête effrayée.

Saisie de pitié, Noélie s'assied à son côté, à cette place même où elles ont été mille fois consolées par une Jenny pourtant soucieuse d'éviter sa terrible belle-mère, cette intransigeante qui l'a persécutée des décennies durant, et lui frictionne rudement le dos. Gabrielle prend place de l'autre côté, prompte à tendre non seulement la joue droite, mais aussi la main, à celle qui la rudoie, à recueillir la sienne en un geste de compassion et de tendresse pareil à une barrière ouatée absorbant les reproches, sans les faire taire totalement : *Tu avais dit que c'était une gentille fille à aider*, lui reproche en effet Julienne, *qu'elle ne ferait pas de bruit et ne coûterait* pas cher. – *C'est une gentille fille. Elle est malade, c'est tout.* – *Mais mon pauvre Jo, mon pauvre Jo, il n'a rien fait pour mériter ça… Qu'est-ce qui lui est arrivé ? Écoute les chiens, ils hurlent à la mort, ils pressentent le malheur, ils ont un cinquième sens… ou un sixième, peu importe, un sens supplémentaire.* – *Mais non, ils aboient parce qu'ils ont été enfermés*, réplique Gabrielle. *Que veux-tu qu'il soit arrivé à Jo ? Cette petite est très attachée à lui, et puis elle ne ferait pas de mal à une mouche. S'il y a une personne qu'elle essaie de détruire, c'est elle-même.* – *Ne prends pas sa défense, c'est une sa… traînée, une pu…tain, il ne faut pas avoir peur des mots… il faudra la chasser quand elle reviendra, si elle revient, tu as vu comment elle s'habille, comment elle se conduit avec cet Éric ? Ils s'embrassent, ils se sont embrassés dans cette maudite voiture et peut-être même ailleurs, j'en suis certaine.*

Noélie revoit les pieds nus de la jeune femme, le pantalon tire-bouchonné du garçon jaillissant de la banquette arrière de l'ID et se contente de soupirer, se demandant quand cette comédie s'achèvera et si elle pourra enfin se remettre au travail, mais Julienne poursuit : *On dirait que ça ne te fait rien, Gaby, toi qui étais si stricte autrefois. Il fallait voir comme tu nous manifestais ton mépris au moindre décolleté, au moindre col déboutonné, pas vrai, Noélie ? Et tes sermons, ta morale… qu'est-ce que tu en as fait ? Moi, je n'ai pas oublié, vois-tu, je n'ai pas oublié…* – *Julienne, tais-toi*, intervient sa sœur, *à quoi bon remuer tout ça ?* – *À quoi bon ? Il n'est jamais trop tard ! Il n'y a pas de prescription pour ces choses-là…* – *Arrête ! C'est de la vieille histoire, arrête !*

Noélie se lève et arpente un moment la pièce, puis, s'immobilisant soudain : *Regardez-vous un peu !* s'exclame-t-elle. *Regardons-nous ! Nous ne sommes que trois vieilles folles dépassées par les événements. Qu'avons-nous appris au cours de ces années ? Nous n'avons pas*

avancé d'un pouce, nous avons ressassé, voilà tout. Et
maintenant assez d'enfantillages ! Retrouvons notre
calme, il n'est certainement rien arrivé ni à Jo ni à Zoé.
Puisque nous sommes debout, nous allons prendre notre
petit déjeuner. Ils finiront bien par rentrer. – Le petit
déjeuner à cette heure de la nuit ? Tu n'es pas bien ?
Et puis comment veux-tu que j'avale quoi que ce soit ?
lance Julienne. J'ai l'estomac tout entortillé. Reste là,
ne bouge pas, nous n'avons qu'à prier avec Gabrielle.
On ne sait jamais… si ça se trouve, ça marchera. – Pfft !
Tu n'es qu'une païenne, ma pauvre Julienne, comme
ces gens qui offrent aux clarisses des œufs pour qu'il
ne pleuve pas le jour de leur mariage. Mais si tu y tiens
tant, je reste. Laisse-moi juste ouvrir la porte à ces
pauvres chiens.

Emmenées par la doyenne, elles prient, main dans la
main, par foi, superstition ou désespoir, et les prières
agissent comme un mantra, engourdissant peu à peu
celles qui, des trois, ont l'habitude de dormir à cette
heure-là, leur tirant bientôt de légers ronflements, malgré
les tintements des demi-heures et des heures de l'horloge
à mouvement perpétuel, offrant enfin à Noélie l'occasion tant attendue de s'éclipser et se remettre au travail.
Mais, de peur que Julienne ne se réveille au moindre
mouvement et ne recommence à faire du chambard, elle
s'attarde là, en tête à tête avec elle-même, affrontant les
multiples réflexions que la situation a engendrées depuis
la veille, s'en détournant par intermittence pour savourer
ce moment dont elle aime le silence, un silence qui n'en
est pas un, car, au fur et à mesure que la nuit desserre son
étreinte, la nature se ranime et aux bruissements confus
des animaux nocturnes succèdent les premiers gazouillis,
les premiers meuglements, avant que l'homme revienne
introduire dans tant d'harmonie ses sons discordants
– raclements de bottes contre la terre, ronflements de
moteurs, grincements de portes et de portails, litanies

en patois adressées au bétail dont elles tentent d'imiter la voix.

Puis le long crissement de graviers et les aboiements qui annoncent en général les voitures d'étrangers s'élèvent et elle déclare *Ils sont là*, précède ses compagnes à la cuisine et leur enjoint, pour mieux surprendre les fuyards de retour au bercail, de se tapir derrière les carreaux bardés de barreaux, d'où l'on peut apercevoir les visiteurs – tête, épaules, buste, puis reste du corps. Le jour ne s'est pas encore levé, mais la clarté diffuse permet de deviner, accompagnées de *chut !* et de chapelets de rires, ou plutôt de gloussements, trois silhouettes tronquées et titubantes s'appuyant l'une sur l'autre au point de n'en former qu'une – polycéphale, monstrueuse. Alors les maîtresses de maison se plantent sur le seuil, à temps pour voir le pommeau de la poignée tourner et, au même moment, les quatre chiens jaillir devant elles, sorte de cortège mythologique pressé de retrouver le dieu auquel il assure non seulement protection, mais aussi pouvoirs exceptionnels, et si entraînant que Noélie doit saisir Julienne par le bras pour l'empêcher de se joindre à eux, de gâcher totalement l'effet de surprise.

En vain : mère et bêtes se jettent sur le fils et maître, le premier à se découper sur le rectangle de vide, lui causant une telle frayeur qu'il vacille un moment avant de basculer dans l'entrée, poussé par les deux autres, et c'est à cet instant précis que sous les doigts de Gabrielle la lumière s'allume, saisissant la scène dans son ensemble : rouges, moites, ébouriffés, débraillés, les fugitifs ont grand-peine à tenir sur leurs jambes et, s'ils tentent de se rajuster, ils hoquettent misérablement. Alors Julienne s'exclame *Mais il est ivre ! Il est ivre ! Vous l'avez fait boire ! Maudits ! Inconscients ! Zoé ! Voilà tous les remerciements auxquels nous avons droit pour t'héberger et supporter tes mines de déterrée ! – Je... je n'ai rien f-fait!* proteste la jeune femme, *il a bu quel-ques bières de p-plein gré! – Quelques bières ?*

Une claque retentit, Zoé porte la main à sa joue, non pas furieuse, mais incrédule, tandis que son cavalier, la chemise froissée et ouverte sur la poitrine, se décide à s'interposer. *Mais enfin, ce n'est pas une tragédie, Julienne! Nous sommes tout simplement allés à un bal de village! C'est l'été! Les vacances... – Tais-toi, insolent! Ton grand-père sait-il que tu vas chercher les gens en catimini ? Que tu les enlèves à leur foyer ? – Je n'ai obligé personne à me suivre. Et, je vous assure, Jo s'est bien amusé, il a dansé, il a... – Dansé ?* Au même moment, l'intéressé, qui s'est jusque-là dandiné d'un pied sur l'autre, se penche en avant et produit un jet de vomi qui, s'il indispose les membres de l'assistance, à l'exception des chiens, a l'avantage de refroidir les esprits.

Des exclamations de dégoût s'ensuivent et, se soustrayant à la besogne qui lui échoit pourtant, en qualité de mère, Julienne se hâte d'emmener Jo sur un *Il est malade, je vais le coucher* hautain; c'est donc Noélie qui se charge de nettoyer, non sans avoir écarté deux des chiens, tandis qu'Éric adopte un air détaché et que Zoé se laisse glisser sur une marche de l'escalier, aussitôt rejointe par Gabrielle. Maintenant des larmes dévalent les joues creuses de la jeune femme, achevant de noircir deux sillons de rimmel, comme le maquillage de ces clowns tristes qui l'effrayaient, enfant, au lieu de la faire rire. *Là, là, là...* murmure Gabrielle, *là, là, il ne s'est rien passé, rien*, et Noélie lève les yeux au ciel, songeant On voit bien que ce n'est pas toi qui te salis les mains, et envisageant un instant d'envoyer tout le monde au diable, avant de prendre sur soi, de réclamer les clefs du véhicule, une fois repartie avec son matériel et revenue sans.

Comment vais-je rentrer chez moi ? interroge aussitôt Éric, et elle lui dit *Suis-moi*, le conduit dans ce qu'elle s'obstine à appeler *la petite pièce*, alors que des termes plus précis – débarras, entrepôt, remise – seraient plus adéquats, malgré les tentatives de Zoé et de ses frère et sœur, dans les années soixante-dix, pour la transformer en une salle de jeux, comme en témoignent la vieille table de ping-pong recouverte de cartons, les quelques posters punaisés au mur d'anciens joueurs de tennis, divas du moment désormais oubliées, et une bibliothèque ornée de ces fleurs en plastique autrefois vendues le 15 août, devant l'église, contre quelques centimes au bénéfice d'on ne sait plus qui. Elle s'immobilise devant un vieux vélo et : *Voilà*, dit-elle, *je te prie de le ramener ou de le faire ramener demain, on risque d'en avoir besoin*, puis pousse les volets de la porte-fenêtre qui donne sur le jardin et s'efface devant lui. Mais avant qu'il n'ait franchi le seuil, vexé, elle laisse échapper : *Attends, j'ai encore une question à te poser. Est-ce que tu l'aimes ? – Pardon ? – Est-ce que tu aimes Zoé ?*

Un petit sourire, dans lequel elle hésite à lire l'ironie ou la compassion, lui répond et les mots arrivent ensuite : *Vous vivez vraiment dans un autre monde ! Ne me dites pas que ce n'était pas comme ça de votre temps ! – Je ne vois pas ce que tu insinues*, rétorque Noélie, aussitôt sur la défensive, et il se fait plus explicite : *Parce que vous croyez qu'il faut aimer pour coucher ensemble ? Vous croyez qu'elle, Zoé, a des sentiments pour moi ? Elle m'a avoué elle-même qu'elle ne trouve pas le sexe extraordinaire, et même que ça la dégoûte un peu, mais qu'il n'y a rien de plus efficace, à son avis, pour se sentir en vie. Ça vous choque ? – À mon âge, on n'est plus choqué par rien...*, bredouille Noélie, piquée au vif. *– Alors pourquoi faites-vous une tragédie de si peu de chose ? Pourquoi nous traitez-vous comme des enfants ? – Nous sommes juste responsables de Zoé tant qu'elle sera sous notre toit. C'était si compliqué, de prévenir ?*

Il la dévisage un moment, prêt à lancer une dernière pique, puis se ravise et disparaît dans le noir, telle une tache d'encre absorbée par un buvard, et seul le grincement de la grille s'ouvrant et se refermant témoigne de son départ.

23

Lorsque Noélie regagna le pensionnat Jeanne-d'Arc, le 30 septembre 1913, elle n'avait apparemment guère changé depuis le début de l'été : petite, menue, elle le restait ; cependant, à mieux y regarder, toute trace de contrainte avait disparu de son attitude et, si elle s'était montrée bonne élève au cours de l'année précédente, elle obtint facilement les meilleurs résultats. Certes, la directrice déplorait chez elle l'absence d'airs contrits, sans comprendre que le masque d'impénétrabilité et la solitude qu'elle s'était jusque-là imposés constituaient une barrière protectrice dont elle n'avait plus besoin maintenant qu'elle avait une camarade sincère et un rêve d'avenir aux contours nets. Mais, n'ayant d'autre reproche à lui adresser, elle l'autorisait à quitter le pensionnat pour un après-midi ou une journée d'autant plus volontiers qu'elle concevait une grande estime pour les familles qui l'accueillaient, celle du « Docteur », comme elle disait, et celle de Yette Carrère.

En raison de ces sorties, l'année scolaire s'écoula rapidement ; du reste, si l'on avait demandé à l'enfant d'en faire le résumé, elle aurait sans doute aligné une série de jeudis, ainsi qu'on enfile sur un fil les perles de verre les plus miroitantes – des perles de couleurs différentes, par surcroît, puisque y alternaient ces après-midi-là toutes sortes d'activités (promenades, leçons de piano, visites, lectures, discussions, sans oublier les habituelles rêveries) –, écartant les plus ternes, par exemple les dimanches en famille passés à broder autour de la cheminée lorsqu'il n'était pas possible de s'aventurer aux Landes, la propriété de son oncle, à cause du mauvais temps.

Entièrement tendue vers l'avenir artistique auquel elle aspirait, elle avait grand-peine à saisir, du monde qui s'étendait à la porte de ses deux maisons d'adoption, les frémissements, même s'ils lui parvenaient à travers les mines graves des adultes, plongés dans les quotidiens et les revues décrivant les Balkans comme une dangereuse poudrière et l'Empire austro-hongrois comme une puissance plus que jamais avide de conquêtes. Car, avant même que l'archiduc François-Ferdinand et son épouse, la duchesse de Hohenberg, fussent assassinés à Sarajevo, la menace d'une guerre européenne flottait dans l'air, alimentant le patriotisme, notamment chez les adolescents, comme Pierre Carrère qui «essaya» à la mi-juin sur sa sœur et son amie un discours qu'il avait composé pour

une réunion de la Jeunesse catholique pendant les heures de liberté que lui laissait la préparation du bachot. Les deux fillettes frissonnèrent un peu en l'entendant s'exclamer, solennel : « L'Allemagne sait maintenant que nous ne craignons ni sa poudre sèche, ni ses canons Krupp ! Si son épée de Brandebourg est plus longue que notre baïonnette, nous avancerons d'un pas, voilà tout ; mais nous voulons que la France vive, et la France vivra, car ne vivent que les causes pour lesquelles on ne refuse pas de mourir ! » Elles applaudirent, comme si elles avaient entendu un tragédien réciter une tirade, rien de plus.

Du reste, à en juger par l'égale passion que mettaient les adultes à s'intéresser à la possible guerre et à de simples faits divers, comme le procès de Mme Caillaux, l'épouse du ministre des Finances et chef du parti radical, qui, en mars, avait assassiné à coups de browning Gaston Calmette, directeur du *Figaro*, par crainte qu'il ne dévoilât sa vie privée, puis son acquittement dans des rumeurs de trucage le jour même où l'Autriche-Hongrie déclarait la guerre à la Serbie et que les premiers obus étaient tirés contre Belgrade, il leur semblait que le conflit ne devait pas être aussi menaçant qu'on voulait bien le leur faire croire.

Un peu plus tôt, Yette avait pris la route de Châtel-Guyon avec sa mère et son frère pour la cure traditionnelle, non sans avoir promis à Noélie de lui écrire tous les jours qui la sépareraient de son arrivée à Randan, où elle avait été invitée à passer une partie des vacances, avant que sa camarade la suivît à Nuces jusqu'à la fin septembre. Mais désormais le terrible engrenage était en marche et quand, au soir du 31 juillet, Jean Jaurès fut assassiné par un étudiant nationaliste, on sut que les dés étaient jetés : le lendemain, les anciens pacifistes se ralliaient à la guerre et la mobilisation générale fut décrétée. Les Carrère regagnèrent Rodez en hâte, mais tout projet de villégiature, tout désir de s'amuser étaient désormais enterrés, d'autant que, s'ils ne comptaient eux-mêmes dans leurs rangs qu'un seul garçon en âge d'être appelé sous les drapeaux, un cousin, pas moins de cinq personnes étaient concernées dans l'entourage de Noélie.

Tout était allé si vite qu'on accueillit la nouvelle avec stupéfaction au domaine, comme dans toutes les campagnes françaises, et cette nuit-là les adultes, avertis par le tocsin puis par le tambour, retardèrent le moment de se coucher jusqu'à ce qu'ils ne pussent plus tenir debout. Virginie avait beau afficher son masque de pierre, elle tremblait en son for intérieur pour la vie de ses petits-fils, en particulier de Jean, son préféré et l'héritier proclamé de Randan, aussi, craignant de perdre contenance, alla-t-elle se recueillir à la chapelle tandis que Jenny s'effondrait, jetée en travers de son lit, à la pensée que deux des trois fils qui lui restaient allaient partir dans les heures à venir. Assis à ses côtés, Henri tentait de la réconforter, alternant caresses et mots d'encouragement, mais à ses propres inquiétudes quant à l'avenir d'Édouard et de Jean s'ajoutaient des préoccupations pour la plupart de ses ouvriers et de ses domestiques.

Une fois connue l'invasion de la Belgique, qui eut lieu le lendemain, la stupéfaction laissa la place à l'indignation et à la volonté de se battre ; nombreux étaient maintenant ceux, parmi ces hommes, qui se montaient la tête à coups de « À Berlin ! » et se promettaient d'aller « bouffer le foie de Guillaume ». Né en 1854, Henri n'avait pas participé à la guerre précédente et, si son éducation l'avait amené dans les premiers temps à regretter d'être arrivé trop tard, il avait compris en écoutant les récits des anciens combattants qu'il n'y avait rien de bon à tirer de la guerre, fût-on du côté des vainqueurs. Naturellement, il ne pouvait transmettre pareils enseignements à ses fils, surtout à Jean qui manifestait lui aussi l'envie d'en « découdre avec ces saligauds de Prussiens », mais, à la demande d'un certain nombre de mères, au village et au domaine, il tenta de dissuader les plus jeunes de s'engager en leur expliquant qu'ils ne pouvaient pas priver de bras leur foyer et qu'il serait toujours assez tôt pour se battre. Or il régnait dans toutes les demeures une atmosphère si fébrile qu'il était quasi inutile d'opposer les arguments de la raison à ces mineurs qui prétendaient obéir à la voix de la patrie en péril.

«Les fous! Les inconscients!» commenta Jenny, à table, tandis que son époux décrivait son impuissance devant pareilles scènes de pleurs et de cris. Puis, se tournant vers Paul, elle s'exclama : «Je te préviens, si l'envie de t'engager te traverse l'esprit, tu auras affaire à moi, et tu le regretteras!

— Maman…, protesta le garçon, si je le pouvais, je m'en irais moi aussi me battre pour mon pays. De quoi vais-je avoir l'air ici quand tout le monde sera…»

Sa grand-mère l'interrompit : «Jenny, avez-vous vraiment envie de décourager nos jeunes gens? Redressez donc le dos, faites face, je vous prie. Les pleurnicheries ne font que compliquer les choses. Je suis persuadée qu'il n'arrivera rien à Jean, c'est un garçon intelligent et prudent, n'est-ce pas, mon petit? N'en faites pas une victime.

— Oh, mère, il faut toujours que vous soyez la plus forte, même en ces moments…, murmura Jenny, tandis qu'Édouard haussait les épaules, blessé de ne pas avoir été nommé.

— Je n'ai pas bien entendu. Que dites-vous?

— Voyons, maman, Jenny, s'il vous plaît…», s'interposa Henri, et Jean, qui était lui aussi soucieux de ramener le calme, affirma, faraud, qu'il était fier de faire son devoir. On évoqua alors, l'une après l'autre, la situation des autres membres de la famille touchés par la mobilisation et on déplora le retard ou l'annulation que l'événement causerait aux visites annoncées, notamment celle de Thérèse, dont on n'avait pas encore vu la seconde fillette, née au mois d'avril.

Les quatre filles de la maison suivaient la conversation sans piper, comme le voulait leur éducation, mais aussi parce qu'elles étaient atterrées par ces prochains départs ; n'y tenant plus, Julienne sauta à bas de sa chaise et se précipita sur son père, auquel elle s'agrippa : « Papa, papa, ne partez pas, je vous en supplie ! Ne m'abandonnez pas ! »

Il fallut qu'Henri la prît sur ses genoux et lui redît encore une fois qu'il était trop âgé pour aller se battre, assertion qu'elle ne pouvait croire, voyant en lui un homme sans lacune ni défaut d'aucune sorte, le plus extraordinaire que la Terre eût jamais porté. Elle obtint cependant de demeurer un moment sur ce perchoir, au grand dépit de Berthe qui estimait qu'on accordait à cette fillette de cinq ans, toute en boucles blondes et en minauderies, les privilèges qu'on lui avait, à elle, refusés ; en vérité, pas plus que les autres membres de la famille Henri n'était d'humeur à faire honneur au repas, raison pour laquelle Julienne non seulement ne le dérangeait pas, mais constituait même un dérivatif.

« Ton papa a quarante-neuf ans, répéta Jenny. Ce n'est pas vieux dans la vie réelle, mais ça l'est pour les militaires.

– Et Auguste, il est vieux ? » interrogea la petite, non sans malice.

Les rires fusèrent, car ce domestique, qui avait un faible pour Julienne au point de se laisser mener par le bout du nez, frisait la soixantaine. Cela suffit : fière d'avoir déridé l'assemblée, l'enfant se mit à dévider une série de prénoms puisés parmi les vieillards de son entourage et à battre les mains chaque fois que son père les déclarait inaptes au service. Mais le domaine employait surtout des bras jeunes et vigoureux, et bien vite Henri lui intima le silence. Un ultime prénom flotta dans l'air, privé de sa dernière syllabe, jusqu'à ce que Madeleine, prompte à réagir, le complétât : « Adrien ? Tu voulais dire Adrien ?

– Moi ? Non, je n'ai rien dit, protesta l'espiègle.

– Papa, Adrien va partir, c'est ça ?

– Oui, mon petit, il sera appelé lui aussi… » Il s'interrompit, mesurant pour la première fois ce que le domaine allait perdre avec la guerre : non seulement des êtres connus, familiers, mais également les forces qui y travaillaient. Puis il ajouta : « Puisque personne ne semble avoir faim, restons-en là, voulez-vous bien ? Maman… je vous en prie, les enfants aussi sont bouleversés et j'ai moi-même beaucoup à faire. S'il te plaît, Julienne, descends maintenant. » Et il sortit, accompagné de Jean.

Comme elle voulait toujours avoir le dernier mot, Virginie jeta sa serviette sur la table et s'exclama : « Allez, allez, les enfants, vous avez entendu votre père ? Cessez de bayer aux corneilles et rendez-vous un peu utiles. J'imagine qu'il y a mille choses à préparer, n'est-ce pas, Jenny ? »

Édouard s'attarda un moment pour allumer une cigarette, tandis que Paul se hâtait de disparaître sans être remarqué, pas même de Noélie qui, à vrai dire, ne perdait pas du regard Madeleine, qu'elle avait vue un peu plus tôt blêmir à l'évocation de son bien-aimé : elle la connaissait trop pour s'illusionner sur son calme apparent, cependant il lui fallut patienter tout l'après-midi et durant le dîner – consommé en hâte afin qu'on pût se coucher de bonne heure, dans la perspective du voyage – pour que ses soupçons fussent confirmés.

Séparée de son lit par la table de chevet, Noélie l'entendait se tourner et se retourner, elle qui avait l'habitude de s'endormir une fois la tête posée sur l'oreiller. En vérité, sans doute sous l'effet de la menace et de l'heure solennelle, les occupants de la maison avaient grandpeine à s'endormir cette nuit-là, et le moindre bruit – les va-et-vient des domestiques entre la cuisine et la tour, les litanies de Virginie, agenouillée dans la chambre voisine sur son prie-Dieu, les pleurs que Jenny s'efforçait d'étouffer contre la poitrine de son époux, mais aussi les stridulations des criquets, les cris des oiseaux de nuit et même les ébrouements des animaux de ferme filtrant à travers les fenêtres ouvertes et les volets fermés à l'espagnolette – semblait résonner comme dans une cathédrale. Quand les plus proches se furent enfin atténués, Madeleine se glissa hors de son lit et, ses pantoufles enfilées, se dirigea vers la sortie. Alors qu'elle atteignait la porte, Noélie se redressa. « Madeleine, qu'est-ce que tu fais ?

– Oh, tu ne dors pas… Tais-toi, tu vas réveiller Berthe. »

Elles tournèrent toutes deux la tête vers leur sœur, dont le lit épousait l'angle opposé de la pièce, à droite de la cheminée, mais elle paraissait dormir d'un sommeil paisible, et Madeleine put poursuivre : « Il fait trop chaud, j'étouffe. Je vais juste prendre l'air.

– Je t'accompagne. Moi non plus, je n'arrive pas à dormir.

– Non, non ! Reste là.

– Pourquoi as-tu peur que je vienne ? Où vas-tu ?

– Je n'ai pas peur, j'ai juste besoin d'être seule.

– Vraiment ? Autrefois je t'accompagnais partout et tu me disais tout.

– C'était autrefois. J'ai vingt-cinq ans maintenant, vingt-cinq ans, tu entends ? Et il faut que je sache.

– Quoi ? Tu veux parler d'Adrien ?

– Chut ! »

Dans son élan, Madeleine avait agrippé par les poignets sa cadette, qui se dégagea et reprit : « Rejoindre un homme… n'est-ce pas indécent ?

– Oh, Noélie, si seulement ça pouvait l'être… Ne me juge pas, s'il te plaît, tu comprendras plus tard.

– Et si je faisais le guet ?

« – Non, non, laisse-moi.

– Alors enfile au moins quelque chose de sombre sur ta chemise de nuit. Sinon tu seras visible à vingt lieues à la ronde. »

Préférant ne pas ouvrir l'armoire qui grinçait un peu, Madeleine alla chercher un grand châle, plié sur la commode, et le jeta sur ses épaules avant de franchir le seuil. De la fenêtre, Noélie la vit bientôt dévaler le perron, traverser la cour et virer à gauche, fine silhouette dont les cheveux blonds retenus en une longue natte et le bas de la chemise de nuit semblaient attirer la lumière de la Lune.

En cette nuit d'août, la voûte céleste était semée d'étoiles si brillantes qu'elles paraissaient vibrer et produire une respiration qui se confondait avec les stridulations des criquets, aussi Madeleine n'eut-elle nul besoin d'éclairage artificiel pour gagner le portail du grand pré, en face de la grille, et, de là, les deux corps de bâtiment qui composaient l'étable. Elle pénétra dans le premier, déserté en cette saison par ses occupantes habituelles, mais non par les chats et les chiens de passage ou de la ferme, ainsi que par les mulots et les chauves-souris qui constituaient tantôt leurs proies, tantôt leurs compagnons d'une nuit. Surgissant de la pénombre, le chien d'Adrien vint lui lécher les mains, cependant, au lieu de la précéder vers la chambre de son maître, à l'arrière, il retourna rapidement à ses jeux ; parce qu'elle craignait de vaciller, Madeleine eût préféré qu'il l'escortât, mais elle rassembla son courage et fut bientôt devant la porte entrebâillée.

À l'intérieur de la pièce, brûlait une lampe qui avait grand-peine à arracher à la pénombre le mobilier rustique sur lequel reposaient broc et cuvette, vêtements, besace, quelques livres et le violon dont Adrien aimait à tirer des airs mélancoliques ; occupé à écrire à une minuscule table, il demanda « Qui va là ? », quitta sa chaise et, relevant ses bretelles sur son tricot de peau aux manches retroussées, s'avança.

« Mademoiselle Madeleine ? C'est bien vous ? Qu'est-ce que…

– Adrien, l'interrompit-elle, comme si, après avoir attendu si longtemps, il lui était maintenant insupportable de patienter ne serait-ce que quelques secondes supplémentaires, il faut que je sache ! Il faut que je sache maintenant !

– Que voulez-vous savoir ?

– Tu m'as autorisée un jour à penser à toi comme à un être cher, un être… sacré, et je m'en suis contentée, mais tu vas partir…

– Mademoiselle, je vous en prie.

– Non, c'est moi qui t'en prie. Dis-le, et peu importe ce qui arrivera ensuite. »

Il jeta un coup d'œil derrière lui, puis, se rapprochant, répondit : « C'est inutile, vous le savez très bien. Plus d'une fois j'ai songé à quitter le domaine depuis le jour dont vous parlez, parce que cela vaudrait mieux pour vous…

– Je…

– Attendez… pour vous et pour moi. Mais je n'y arrive pas, j'ai besoin de vous voir, ou de vous savoir tout près… même si ce n'est honnête ni pour vous ni pour votre père, et pourtant je serais moins lâche en m'en allant pour toujours. Considérez donc qui vous êtes et qui je suis.

– Qui je suis ? Mais je ne suis personne et je me moque du jugement des gens. Je vois en toi un homme bon, un cœur pur, et cela me suffit… pardonne-moi… et je ne pourrais désirer mieux. Je suis capable de déterminer ce qui convient à ma nature, ce que je veux pour existence, je ne suis plus une enfant, j'ai vingt-cinq ans tout de même. »

Enivrée, elle tituba un peu ; alors il voulut la retenir, et elle fut tout contre lui.

« Mademoiselle…

– Non, pas Mademoiselle, Madeleine. »

Il répéta ce prénom en l'écartant pour mieux la regarder, puis déposa un baiser sur ses cheveux, son front, ses paupières, et pressa contre sa poitrine ce corps dont il pouvait sentir toutes les formes à travers le châle et la chemise de nuit. Ils demeurèrent ainsi un moment sans rien dire. Enfin, Madeleine reprit :

« Et si tout changeait avec la guerre ? Si, ensuite, tout recommençait d'une autre façon ? Je suis prête, tu le sais. Je t'attendrai autant de temps qu'il le faudra. Peu m'importe le jugement de mes parents, de ma grand-mère… Je n'ai besoin de rien, je me moque des vêtements, des colifichets, des bals et des sorties, je serai facile à contenter.

– Madem… Madeleine, ne dites pas ça. Vos parents sont ce que vous avez de plus cher sur terre et ils vous aiment tendrement. Ne m'attendez pas, ne me demandez pas de vous faire des promesses, ce serait malhonnête. Nous verrons ce qu'il en sera quand la guerre prendra fin. Je pourrais ne pas revenir…

– Adrien !

– Tstt, tstt, vous voyez ? » Il s'écarta pour aller à la table et ouvrit la boîte en fer-blanc qui lui servait de plumier. « Je n'ai rien de précieux à vous remettre comme gage de mon amitié, mais ceci appartenait à un être que je chérissais autrefois et j'aimerais que vous le gardiez. »

Un petit anneau d'or brillait entre ses doigts.

« Il était à ta… à ta mère ?

– Oui… à ma mère puis à celle que j'ai épousée et perdue. Conservez-le à l'abri des regards.

– Ce sera notre secret.

– Oui, et maintenant, retournez vous coucher, il est tard.

– Tu me traites comme une enfant. Je suis prête, je t'ai dit. Si tu le veux… »

Adrien l'interrompit avant qu'elle se fît trop explicite. « Non, pas ça, pas comme ça. Par respect pour votre père, je ne ferai rien qui puisse le blesser en cachette. Surtout, par respect pour vous… Si Dieu le veut et si vous le souhaitez encore à mon retour, nous affronterons les choses à la lumière du jour. Et maintenant, rentrez, nous nous verrons demain. »

Madeleine s'éloigna dans la nuit, ne sachant si elle devait se réjouir de ces aveux ou regretter l'élan qui l'avait amenée, comme une dévergondée, à se jeter au cou de son bien-aimé, et, pensive, regagna machinalement le jardin par le petit portillon qui donnait sur la route sans se soucier du bruit que produisait le loquet. Elle avait presque atteint son but quand elle remarqua la silhouette masculine qui se découpait sur la porte, une épaule appuyée contre le chambranle : un instant, elle crut qu'elle appartenait à son père, mais un reflet sur la robe de chambre en satin telle qu'on en portait en ville la rassura à moitié. Le souffle court, elle balbutia : « C'est toi, Édouard ? Tu… tu n'arrives pas à dormir ? »

Comme seule la braise d'une cigarette lui répondait, rond lumineux dans la pénombre, elle se rapprocha et constata que son frère pleurait. C'était une attitude inhabituelle chez ce jeune homme dont la froideur, l'apparente insensibilité et la morgue lui valaient l'antipathie d'une partie de la famille, et elle en eut le cœur serré. Or, se ressaisissant, il lui lança : « Qu'est-ce que tu fais dehors à cette heure de la nuit ?

– J'ai… j'ai les nerfs à fleur de peau, j'ai dû me promener pour me calmer un peu. Je me sens mieux maintenant.

– Je me demande comment tu te sentirais si tu devais partir pour cette fichue guerre…

« – Oh, Édouard, je suis navrée, mais ne t'inquiète pas… Jean et toi ne…

– Oui, Jean, bien sûr. Il n'y a que lui qui compte ici, impossible de l'oublier.

– Ce n'est pas vrai…

– Oh, je t'en prie ! Toi, plutôt… tu ferais mieux de rentrer, si tu ne veux pas que je mette papa au courant de tes promenades nocturnes, lança-t-il durement. Il est tard. Ou tôt, cela revient au même. »

Réprimant le mouvement de compassion qui l'avait un instant envahie, elle se faufila dans l'entrée en s'efforçant de ne pas frôler son frère.

24

Maintenant que la guerre est là – la vraie, la Grande –
et que la catastrophe se rapproche, Noélie éprouve des
difficultés à écrire, se laissant détourner de ses souvenirs,
de son récit, par des conflits plus prosaïques qui, comme
des cellules malignes, semblent se multiplier sans trêve
puisque celui qui oppose son foyer au fermier s'est
doublé d'une absurde bataille au nom de l'honneur de la
famille et que s'y ajoute désormais le combat que mène
Julienne contre une Zoé occupée à repousser la maladie
qui tantôt la précipite dans un abîme d'indifférence, tantôt la jette dans l'excès – une lutte… et si la vie n'était
vraiment qu'une lutte sans fin, une lutte inexorable, ainsi
que le prétendait autrefois Virginie ? songe-t-elle.

Elle abandonne son stylo-plume et enfile son maillot
de bain, un pantalon en toile et une chemise, même si
l'été n'est pas la saison qu'elle préfère pour nager car,
sous l'effet de la chaleur, la vase qui tapisse l'étang
dégage des effluves nauséabonds et l'on court toujours
le risque de se heurter au fermier ou à des promeneurs
matinaux auxquels il pourrait prendre la fantaisie de se
moquer d'un corps de vieille femme. Pis, en cette
période, l'étendue d'eau retentit des cris, des rires, des
coups de rames qu'elle a absorbés, retenus, au fil des
décennies, les libérant sous forme de bulles de passé qui
éclatent au nez de Noélie et se transforment, comme dans

un tour de magie, en images de parties de pêche, de pique-niques, de promenades en barque, où figurent des jeunes gens sveltes et gais qui ont cessé d'exister – qu'ils se soient mués en vieillards ou aient été rayés de la surface de la Terre.

Or la route la saisit à la sortie du chemin non plus égal, comme autrefois, mais creusé de petites dépressions, hérissé de silex, et elle se laisse emporter entre ses haies d'arbres et de buissons, pousser sur le sentier et déposer là, dans la clairière, sur la jetée, sur le plot en ciment, puis dans l'eau trouble, l'eau verte, en proie à des remords – ne pas avoir emmené Zoé, ne pas seulement le lui avoir proposé, pour lui changer les idées, lui manifester de l'intérêt, mieux, de l'affection. Depuis l'épisode du bal au village, en effet, la jeune femme semble encore plus absente qu'avant, et rien ne paraît plus en mesure de la détourner de son indifférence, pas même les promenades qu'elle s'octroie à bicyclette sous prétexte de *s'aérer*

– en réalité, dans le but à peine voilé de retrouver son partenaire et de gigoter avec lui non plus dans l'ID, qui a regagné le garage bien qu'elle soit de nouveau en état de marche, mais sur les sentiers, dans les champs, dans les bois, peut-être aussi sur la jetée de ce même étang.

Pourtant, son équipée nocturne n'a pas changé grand-chose au quotidien, si ce n'est que Julienne l'évite, la contredit, la conteste, comme si, en faisant goûter à Jo l'alcool et la danse le temps d'une soirée, la jeune femme lui avait offert le fruit défendu ou la boîte contenant tous les maux existants, alors que, la flaque de vomi exceptée, cette escapade n'a eu aucun effet sur le quinquagénaire : il continue de parcourir la campagne, entouré de ses chiens, d'entretenir potager et jardin, de manger de bon appétit, d'épier derrière un arbre voisins et fermiers, apparemment imperméable à la méchanceté du monde.

Maintenant, Noélie en vient à redouter les appels de Françoise : à son avis, Zoé y répond de façon trop laconique pour ne pas susciter de soupçons, égrenant une série de *Ah*, de *Ah bon ?* et de *Oui* qui trahiraient sans peine son état d'esprit s'ils n'étaient pas filtrés par la distance, la fréquence hebdomadaire et le coût des communications ; chaque fois, elle imagine le moment où leur invitée tendra le combiné à Gabrielle et où son interlocutrice exigera des comptes. Mais jusqu'à présent Françoise n'a demandé à parler qu'une seule fois à sa tante, et ce pour lui annoncer que son voyage en avion s'était bien déroulé, qu'elle avait retrouvé sa fille aînée, dont les conditions de vie – à bord d'un voilier en rade de Sydney en compagnie de son fiancé, professeur de mathématiques – lui semblent un peu trop dures pour une demoiselle élevée à Paris, alors qu'elles ne sortent sans doute pas de l'ordinaire pour les autochtones, ce peuple de… *pionniers*, a-t-elle conclu prudemment tout en pensant à l'évidence : de rustres, de primitifs, de sauvages. Inéluctablement, songe Noélie, il arrivera un jour où Zoé, lasse de cohabiter avec trois vieilles femmes et un muet, priera ses parents de venir la chercher, et qui sait si elles ne regretteront pas alors, en plus de l'argent de la pension, sa présence éthérée, aérienne, pour ne pas dire fantomatique.

Et de nouveau le sentier, la route et le chemin la prennent, la ramenant à la maison, à sa chambre et à la salle de bains où, s'il efface tout soupçon de saleté, le jet d'eau tiède échoue à desserrer l'étau qui étouffe son imagination, ralentit l'écriture, menace même d'en tarir le flux : de fait, après une ultime tentative, elle abandonne son bureau et gagne le potager, soucieuse de noyer dans l'activité physique ce qui lui apparaît maintenant comme une malédiction, la vieille malédiction qui s'est abattue sur elle après son premier et unique roman – comment a-t-elle pu penser qu'il en serait autrement ? Comment a-t-elle été aussi naïve ? se demande-t-elle, envahie par une angoisse qui démultiplie ses forces et la jette dans un temps abstrait où les secondes, les minutes et les heures s'affolent, tel un manège de foire détraqué, aussi ne sait-elle pas bien l'heure qu'il est quand, crié par Julienne, répété, son prénom retentit à la hauteur du verger, freinant le mouvement, faisant resurgir du tourbillon indistinct les couleurs et les formes des petits chevaux, carrosses et autres licornes de bois.

Aussitôt, elle imagine Gabrielle à terre, victime d'une deuxième, voire d'une troisième fracture, mais c'est un tout autre spectacle qu'elle découvre au moment où, emboîtant le pas à sa sœur, elle débouche dans le jardin : planté sur la pelouse, à côté des yuccas, Jo a le bras tendu vers le toit au bord duquel Zoé se tient, debout, apparemment insensible à ses mugissements d'effroi comme aux invitations de la doyenne à garder son calme. *Vite, Jo ! Viens avec moi !* lui intime Noélie, mais son neveu refuse d'obtempérer, terrifié, et il ne lui reste plus qu'à interpeller Julienne qui ne cesse d'enchaîner les mêmes phrases, *C'est ma faute! Comment vais-je pouvoir me pardonner ça?* et *C'en est fini de la paix!*, à la secouer par les épaules et, après lui avoir signalé que, si leur invitée se trouve dans une position dangereuse, elle est encore en vie, à l'entraîner dans l'entrée, dans le couloir, dans l'escalier. *Espérons-le*, marmonne encore sa sœur, *espérons-le, sinon je serai maudite. Je ne m'en relèverai pas – Julienne!* la reprend-elle. *Est-ce que, pour changer, tu pourrais penser à quelqu'un d'autre que toi?*

Mais la discussion n'est pas close pour autant car, une fois atteint le second étage et l'unique cabinet de toilette, la cadette refuse d'enjamber, fût-ce avec l'aide d'un tabouret, le rebord de la fenêtre qui constitue l'accès le plus pratique au toit, sous prétexte qu'elle a le vertige, et il ne sert à rien que Noélie réplique *Tiens donc! Je te signale que c'est toi qui as voulu que cette petite vienne habiter chez nous, c'est donc toi qui devrais te débrouiller*, d'ajouter dans un souffle *J'en ai assez de vos problèmes, vous n'êtes qu'une bande d'empotés! J'aimerais bien voir ce que vous deviendriez si je n'étais pas là!* tant l'urgence est grande.

S'élancer n'est pas très compliqué car, en se rejoignant à cet endroit-là, les trois pans de toiture du corps de bâtiment principal, de l'annexe et de la tour constituent une sorte de plate-forme. Arrive ensuite la difficulté : avancer en équilibre sur des lauzes qui évoquent les écailles d'un monstre préhistorique, tout en s'adressant à la suicidaire d'une voix calme, comme l'a expliqué un reportage télévisé consacré aux sauvetages. *Ma chérie, je suis là, attends-moi, nous allons redescendre bien gentiment toutes les deux*, commence Noélie avant de grimper, pieds nus, sur le toit principal d'où les arbres en contrebas, érables, cèdre, mélèze, noisetiers, sapins, tilleul et bouquet de bambous, semblent se dresser dans le jardin comme de gigantesques bougies sur un gâteau d'anniversaire.

Mais la jeune femme demeure muette, immobile, aussi Noélie débite-t-elle une série de banalités sans pouvoir s'empêcher de se demander ce qui se produirait en cas de chute, qui, de Gabrielle ou d'elle-même, serait chargée d'annoncer la nouvelle aux parents et où le corps serait enseveli. Soudain prise de vertige, elle s'accroupit quelques instants, puis continue sa progression : *Je sais bien que ta grand-mère te manque, dit-elle, mais sauter n'arrangera rien, tu ne feras que vous condamner, elle et toi, à une éternelle errance. Laisse-la partir, tu t'habitueras, tu trouveras le courage de vivre. On finit toujours par le trouver, tu verras.* Trouver le courage de vivre, c'est un art qu'elle connaît bien, songe-t-elle, n'y a-t-elle pas employé toute son existence ?

Alors Zoé pivote légèrement et Noélie découvre dans son regard non de la détermination, non du désespoir, mais une sorte d'hébétude, comme si elle s'étonnait elle-même d'être là, à quinze mètres de hauteur, au bord de ce toit. *Je ne peux pas*, répond-elle entre les larmes, *je n'y arrive pas. – Mais si, tu y arriveras ! Je te le promets. – Tu ne comprends pas, tantine, je ne peux pas sauter. J'aimerais bien, mais il m'en empêche, il me retient. – Il ? Qui ? Tu veux parler de… de Dieu ? – Non, de lui, mon grand-père. – Raymond ! Bien sûr, c'était un saint ! Alors obéis-lui, prends ma main. Voilà… et maintenant tourne-toi sans faire de mouvements brusques. Comme ça…*

Pas de négociation donc, pas plus que de pompiers, de grande échelle, de nacelle, de couverture de survie, juste quelques mots apparemment absurdes, une main tendue, saisie, et la descente est entamée – plus ardue que l'ascension car le soleil éblouit de ce côté-là –, la petite plate-forme se rapproche, et avec elle la fenêtre dans l'embrasure de laquelle Julienne patiente, les poings pressés contre les lèvres, bredouillant *Dieu soit loué !*, le répétant pendant que les deux femmes enjambent, se hâtant d'accéder à la demande de Noélie – un alcool fort, le plus fort qu'on puisse dénicher. Et les voilà toutes les quatre à la cuisine, assises devant des verres d'un armagnac que des pruneaux ont sucré à force d'y macérer, effrayées, ébahies, comme si l'énormité de l'épisode tout juste écoulé, du danger frôlé, les frappait par rebond, en retard, puis, en ce qui concerne Julienne et Gabrielle, inutilement loquaces, rivalisant de propositions censées ramener un semblant de normalité, *Et si nous préparions un pique-nique ? Faisions un gâteau au chocolat ? Une partie de pétanque ? Invitions des amis ? Par exemple, Éric et sa famille ? Si nous vous rendions les clefs de l'ID ?*, que Zoé écoute, tête baissée, en rien révoltée, ni même vexée par de tels enfantillages.

Enfin, au terme d'un laps de temps interminable, la jeune femme se résout à prendre la parole, pas pour présenter des excuses ou des regrets, ni avouer un secret, se justifier, mais pour affirmer, solennelle : *Julienne, tu as dit que tu pouvais te mettre en contact avec les morts. Je voudrais que tu interroges mes grands-parents, que tu leur demandes s'ils sont en paix et ce que je dois faire. – Moi ? Eh bien, ma chérie, tu me prends un peu au débotté*, bredouille l'intéressée. *Et puis, cela fait si longtemps que je ne me suis pas exercée... Noélie et Gabrielle me l'ont toujours interdit, vois-tu... euh... chacune pour une raison différente... que je respecte, bien sûr...*

Les deux cousines déclarent, d'une voix que trahit de la perplexité ainsi qu'un brin de commisération, ne pas s'opposer à ce souhait, et il est entendu qu'une communication avec l'au-delà sera tentée en fin de journée ou au plus tard le lendemain, puisqu'il faut à Julienne un peu de temps pour se préparer, retrouver des *facultés* depuis des années mises en sommeil. Après quoi Zoé émet le désir de s'étendre sur un lit, n'importe lequel, par exemple celui de Noélie en compagnie du chat, et toutes comprennent qu'il s'agit là encore d'un vœu, qu'elle se sent probablement plus en sécurité dans la chambre de son sauveteur.

De fait, elle y dort si paisiblement que personne n'a le cœur de la déranger à l'heure du repas, elle y dort aussi l'après-midi, en dépit de Noélie, venue dans l'intention de la réveiller et surprise de constater que non seulement cette présence étrangère ne l'importune pas, mais également que la vision de cet humain et de ce chat enlacés, englués dans le sommeil lui tire des sourires de tendresse, mieux – effet inespéré –, qu'elle lui concilie la tranquillité, la clarté d'esprit, à la manière d'une mascotte, d'un précieux talisman, étant donné qu'elle avance sans encombre dans son histoire.

Enfin Zoé se réveille et le soir, après le dîner, après que Jo est allé se coucher, Julienne annonce qu'elle est prête, aussi se réunissent-elles toutes quatre dans la salle à manger, cadre plus solennel et donc plus approprié à l'occasion que la banale cuisine, même si, se remémorant les préceptes du Lévitique, Gabrielle essaie de repousser la séance de divination à plus tard dans l'espoir qu'on l'oublie.

En vain : une photo de Raymond et d'Henriette est placée au centre de la table, et un pendule se met à osciller au-dessus, tandis qu'une Julienne concentrée marmonne on ne sait quelles formules – en réalité, des questions qu'elle pose tout bas à l'instrument afin qu'il y réponde par des rotations dans le sens des aiguilles d'une montre ou dans l'autre.

Alors ? interroge Zoé, impatiente, et Julienne se décide : *Voilà… Je les vois. Ils sont en paix, ils ne souffrent pas, sois rassurée, mais ils… tournent… ils décrivent des cercles. – Des cercles ? – Ils tournent autour de nous, chacun pour soi, ils se rejoignent de temps en temps, puis se séparent, ils ne pourront se réunir que quand tu te seras prête. – Prête à quoi ? – À vivre sans eux. – Je ne peux pas. Je ne veux même pas. – Tu y es bien obligée, et eux, ils disent que tu le peux, ou plutôt que tu le dois. Qu'ils seront toujours à tes côtés, qu'ils soutiendront tous tes pas. – Je sais qu'ils me protègent. Sans eux, je ne serais pas ici ce soir. Pourquoi crois-tu que je n'aie pas sauté ? – Tu vois, c'est bien ce que je dis ! – Bon, d'accord, d'accord, ne t'énerve pas, tantine, mais, s'il te plaît, demande-leur maintenant ce que je dois faire aujourd'hui, demain, à l'avenir.*

Le pendule continue d'osciller au-dessus d'Henriette et de Raymond photographiés dans le jardin en 1977, le jour de leurs noces d'or, à quelques pas de la famille rassemblée pour l'occasion – de cette famille dont aucun membre ne se hasardait alors à imposer ses lois, à songer seulement le faire, tant l'autorité et la sagesse de Raymond étaient grandes, se rappelle Noélie. Et encore : ce jour-là, Zoé, âgée de quatorze ans, se déplaçait entre les groupes, armée d'un plateau de petits-fours, vêtue d'une jupe à volants selon la mode de l'époque, timide, mais déjà prête à s'introduire dans les conversations, à affirmer son point de vue, pas vraiment gracieuse, plutôt gauche, voire ingrate, comme la plupart des jeunes filles occupées à abandonner leur chrysalide. Pendant que Julienne et elle-même, Noélie, amenées par Henri, leur neveu, le fils de Madeleine, bataillaient en secret pour adopter une contenance, ravaler encore une fois les larmes qui leur montaient aux yeux à la vue des murs, des volets, des pièces, des arbres et autres arbustes bien-aimés, étrangères dans le lieu le plus familier qu'elles eussent jamais connu ; que la plus âgée des deux se remémorait vaguement d'autres noces d'or, celles de leurs grands-parents en ce début de siècle si prometteur, ou croyait se les remémorer et pensait : Tout revient, tout se reproduit, génération après génération, comme l'eau d'une rivière que recueillent et déversent les aubes d'une roue de moulin, la même eau et pourtant pas exactement la même, et les familles continuent de se perpétuer par le biais des hommes, des plus forts d'entre eux, capables de survivre aux drames, aux incidents, à l'Histoire, déesse arbitraire qui exclut les plus faibles, efface ou manipule les récits des vaincus pour ne conserver que sa propre vérité.

La réponse de Julienne – *Oui, c'est ça... ils disent que tu dois échapper à la spirale dont tu es prisonnière en sortant de toi-même, tu comprends ? En arrêtant de pleurer sur ton sort, sur eux, en te rendant utile de mille façons, y compris par des travaux domestiques* – parvient à Noélie alors que la colère flambe de nouveau en elle, allumée par un sentiment d'impuissance inexorable, par l'éternelle constatation que seule commande, commandera, la même et vieille loi qui écarte, a toujours écarté, les faibles, les cadets, les femmes ; ou par l'impression que les mots de sa sœur ne proviennent pas de l'au-delà, qu'elle les a inventés de toutes pièces pour calmer la suicidaire, et elle s'entend jeter, amère : *Tu te prends pour la Sibylle ? Tu trouves ça honnête d'abuser de cette petite par ces fadaises ? Et puisque tu sais tout, Julienne, pourquoi ne nous dis-tu pas quand notre faillite sera définitivement accomplie, quand nous serons obligées de vendre ce domaine et dans quel hospice, dans quel mouroir nous échouerons, hein ?*

Un silence gêné s'ensuit, puis *Voyons, ce n'est pas possible, ça n'arrivera pas !* réplique Julienne. *Ce défaitisme, c'est bien de toi ! On dirait que tu prends un malin plaisir à gâcher tout ce qui peut l'être, non seulement les membres de ton entourage, mais aussi toi-même, tout ce que tu as entre les mains ! Puisque je te dis que ça n'arrivera pas ! Sache que j'ai déjà posé la question à Raymond et à Henriette. Ils ont répondu que nous resterions tous ici, toutes les trois, ou plutôt toutes les quatre, tous les cinq ! – C'est ça, ma pauvre vieille ! Tu dis vraiment n'importe quoi ! – Je dis la vérité. Toi, plutôt, essaie donc d'accepter qu'il est impossible d'avoir la maîtrise de tout, qu'il n'y a pas que la raison, ta bien-aimée raison, sur terre, qu'il y a aussi, ou plutôt surtout, le reste! Les sentiments! Tu veux que je te dise? J'en ai soupé de tes airs d'intellectuelle, de ta prétendue supériorité!*

Mais Noélie est déjà debout, sur le seuil, dans l'entrée, dans le jardin, imaginant que l'obscurité éteindra, comme une flaque, le tison brûlant de ses pensées, aussi ne voit-elle pas Gabrielle se signer, n'entend-elle pas sa sœur expliquer le pourquoi et le comment de leurs batailles, l'existence de ce livre que, déjà, elle croit ne plus être à même d'écrire, ultime radeau à abandonner avec les autres rêves.

25

Lorsqu'on se retrouva le lendemain matin, il ne fut pas difficile de deviner aux mines de Jean et d'Édouard que ni l'un ni l'autre n'avaient fermé l'œil de la nuit, mais c'était en vérité le cas de tous ceux qui partaient et de tous ceux qui les perdaient, c'est-à-dire de la quasi-totalité des habitants du domaine et du pays. Henri ayant aussitôt renvoyé dans leurs familles respectives les membres de son personnel concernés par la mobilisation, seuls les plus âgés et les femmes se pressaient sur le perron pour assister au départ de ses deux fils.

Soucieux d'en finir, Édouard s'arracha aux bras de sa mère en pleurs et se précipita, l'air renfrogné, dans la voiture, tandis que Jean s'attardait, accueillant par des sourires les prières qu'on lui faisait de vite revenir et se laissant volontiers embrasser. Enfin, Virginie lui traça solennellement une croix sur le front, et il ne lui resta plus qu'à écarter Julienne et Berthe, suspendues à ses bras, à dévaler les marches et à jeter à son tour dans le véhicule le sac contenant entre autres, selon les instructions, deux chemises, un caleçon, deux mouchoirs et une bonne paire de chaussures, ainsi que des vivres suffisants pour la journée.

Appuyée contre le muret, Madeleine ne parvenait pas à détacher les yeux d'Adrien, qui patientait devant le véhicule en compagnie d'un vieux domestique : comme les hommes de sa classe d'âge, il rejoindrait le dépôt et les rangs de la territoriale quelques jours plus tard, et ce répit était sans conteste à l'origine du calme relatif qu'elle montrait maintenant, contrairement aux autres membres de sa famille. À l'instant où son bien-aimé l'avait saluée en soulevant son chapeau, elle avait laissé échapper un sourire complice et avait porté à ses lèvres le médaillon à l'intérieur duquel elle avait dissimulé le petit anneau d'or que, malgré les mots de son propriétaire, ou plutôt l'absence des mots tant escomptés, elle considérait tout normalement comme une promesse.

Mais Henri la détourna de ce spectacle en la priant, en qualité d'aînée présente, de soutenir sa maman, qui paraissait sur le point de s'effondrer en dépit des encouragements qu'il lui distribuait inlassablement, et elle s'exécuta pendant qu'il descendait. Une fois dans la cour, il eut un instant d'hésitation car Jean lui réclamait l'autorisation de monter à l'avant, à côté d'Adrien, afin de pouvoir conduire une partie du chemin : il s'était proposé de lui dispenser, à la faveur de la proximité, une de ces maximes, un de ces conseils auxquels les fils ont tout loisir de s'agripper dans les moments de doute ou de péril, mais il n'eut pas le cœur de lui refuser ce petit plaisir, probablement le dernier avant longtemps.

Il s'assit donc à l'arrière, auprès d'Édouard, ce fils qu'il ne comprenait pas, pis, qu'il refusait de comprendre depuis le jour où il lui avait exprimé son désintérêt pour l'agriculture et sa passion pour l'électricité, foulant ainsi aux pieds le droit d'aînesse qui avait transmis le domaine de génération en génération et lui avait permis non seulement de perdurer, mais aussi de prospérer. En vérité, s'il avait été plus objectif, Henri aurait dû admettre qu'il avait éprouvé en ce jour lointain du soulagement à la pensée que la propriété reviendrait au fils qu'il préférait pour une question de caractère : de Jean il aimait et partageait en effet l'optimisme, la simplicité et le sérieux, qualités selon lui indispensables à un homme censé affronter le travail, les éléments, ainsi qu'un personnel qu'il fallait tout autant diriger que respecter, alors qu'Édouard s'était montré dès le plus jeune âge susceptible, coléreux, faible et parfois même brutal, au point que ses sœurs, à l'exception d'Augustine, toujours bonne envers tout le monde, en étaient venues à concevoir pour lui une espèce d'aversion.

Pourtant, le renoncement d'Édouard constituait aussi pour lui un échec : l'être auquel il avait tendu le flambeau en lui donnant le prénom de son propre père était bel et bien sorti du rang. Dès lors s'était dressé entre eux un mur que rien, ni les injonctions de sa conscience qui lui disait que tout était pour le mieux, ni les supplications de Jenny, le seul membre de la famille à soutenir l'aîné d'un amour indéfectible, n'avait servi à ébranler, d'autant moins que ses propres parents avaient exprimé la même préférence, gâtant davantage le cadet.

Assis à côté de son père muet, Édouard ruminait des pensées du même genre ; plus d'une fois, il avait regretté d'avoir exprimé un choix aux conséquences si lourdes, mais cela avait été plus fort que lui : il ne voyait dans le métier d'agriculteur que sacrifices, humiliation, assujettissement au bon vouloir de la nature et du temps atmosphérique, et donc stagnation à une époque où le progrès des sciences et de la technique autorisait à envisager des jours meilleurs car plus simples et moins pénibles. Mais était-ce bien par refus de se plier à un ordre immuable, par désir de tout maîtriser, qu'il s'était détourné de la profession de ses aïeux ? Ou avait-il craint plutôt de se mesurer à un homme dont tous admiraient la clairvoyance et le succès, au point de lui demander sans cesse des conseils ? Ces interrogations le taraudaient souvent, et il préférait les balayer en se considérant comme un prince déchu en vertu d'on ne savait quelle injustice et obligé de vivre parmi les béotiens, les simples d'esprit.

Une partie du trajet s'écoula de la sorte, puis l'afflux inhabituel de voitures et de piétons, qui augmentait au fur et à mesure qu'on approchait de Rodez, acheva de distraire Édouard et son père en leur ôtant également toute chance d'ouvrir leur cœur. Une fois en ville, Henri confia le véhicule à Adrien et proposa à ses fils de se dégourdir les jambes avant de gagner la caserne. Mais c'était une façon de parler, car les rues étaient noires de monde ; de tous côtés se pressaient, réunis sans aucune distinction, jeunes recrues et vétérans de 70, paysans et ouvriers, riches et pauvres, prêtres et francs-maçons qui faisaient des paris pour un bock à Berlin, proféraient des insultes envers les Prussiens, criaient « Vive la France ! Vive l'armée ! Confiance ! » ou encore chantaient *La Marseillaise* et *Le Chant du départ* :

> *La République nous appelle,*
> *Sachons vaincre ou sachons périr !*
> *Un Français doit vivre pour elle,*
> *Pour elle un Français doit mourir !*

Çà et là, connaissances et amis s'interpellaient, réclamant des nouvelles d'untel ou d'untel, comme si la place publique était devenue à la fois la scène et l'orchestre d'un immense théâtre ayant pour loges les balcons d'où les femmes lançaient fleurs et encouragements aux pioupious. Malgré cette cohue invraisemblable, Jean aperçut Louis et Raymond en conversation au pied de la cathédrale et se fraya à grand-peine un chemin jusqu'à eux. Ce furent d'heureuses retrouvailles : semblables par le physique et par le caractère au point que certains disaient les confondre, les deux cousins étaient aussi étroitement liés que leurs pères respectifs ; ils partageaient à présent la même agitation et regrettaient de ne pas partir ensemble, puisque Raymond, étudiant en médecine, serait affecté au service de Santé.

Pas encore fixé sur son sort, le jeune homme partagea avec Jean les dernières nouvelles de la mobilisation, mentionnant les militaires qui prendraient la tête des armées et s'attardant volontiers sur le général de Castelnau, pressenti pour guider celle du Sud : natif de l'Aveyron, l'homme était connu de tous. Mais ce fut le récit des faits divers qui recueillit le plus de succès : la veille au matin, raconta Raymond, la foule surexcitée avait failli démolir les épiceries vendant du bouillon Kub, de fabrication allemande ; repoussée par les autorités, elle s'était finalement contentée de brûler sur le foirail les réclames de cet article au milieu des chants patriotiques. Ce n'était pas tout : dans la soirée, les gendarmes avaient arrêté deux espions allemands, qu'ils avaient ensuite eu grand-peine à arracher à la foule, en particulier aux soldats, qui entendaient les lyncher sur place et même les « dépecer ». Entre-temps, Henri et Édouard s'étaient unis au groupe. Trouvant à son frère les traits tirés et le teint pâle, Louis proposa qu'on allât boire chez lui, au calme, un verre de sirop ou une tasse de café, et le petit groupe prit la direction du voisin boulevard Laromiguière.

Ils furent accueillis dans l'entrée par cette pénombre saturée de chaleur qui caractérise les maisons de ville qu'une partie ou la totalité de leurs habitants ont désertées pour l'été ; de fait, Raymond n'avait rejoint son père que l'avant-veille, laissant à leur villégiature le reste de la famille. Louis et Henri s'installèrent au salon, tandis que les deux plus jeunes descendaient au jardin et qu'Édouard leur emboîtait le pas, non pour se mêler à leur conversation, mais pour aller ruminer à l'écart. La bonne une fois avertie, Louis interrogea :

« Comment maman a-t-elle accueilli la nouvelle ?

– Oh, elle a d'abord accusé le coup. Puis elle a pris sur elle, comme d'habitude, et il me semble qu'elle tient bon. Ce n'est pas le cas de Jenny, hélas. Elle est inconsolable. Tu l'aurais vue, ce matin, quand nous sommes partis…

– Pauvre Jenny… Et les garçons, dans quel état d'esprit sont-ils ?

– Jean fait preuve de cran. Il prétend qu'il a hâte de se battre. Mais ce n'est pas un exalté, contrairement à tant de jeunes gens de son âge entendus ces derniers jours.

– Oui, certains ont perdu la raison. Figure-toi qu'un gosse de sept ans s'est présenté hier à la caserne avec une besace en disant qu'il voulait s'engager. On a eu toute la peine du monde à le renvoyer chez lui ! Quelle folie… Raymond est assez calme, lui aussi. Pressé de se rendre utile, mais calme, oui. Et Édouard ?

– Je ne sais pas… Il ne dit jamais rien, pas même à sa mère, je crois. Comme s'il était jaloux de ses états d'âme…

– Ne sois pas trop sévère avec lui, c'est un bon garçon tout de même. Il a toujours eu ce caractère renfermé qui le rend d'abord difficile, mais…

– Et Jeanne ? interrompit Henri. Comment réagit-elle ?

– Avec courage et une certaine dose d'enthousiasme. Tu sais bien, elle est inflexible pour tout ce qui concerne le devoir, le service. Gaby, elle, ne cesse d'égrener des chapelets pour le salut de la France en s'imposant toutes sortes de mortifications : avant-hier, elle allait et venait sur les cailloux de la cour pieds nus, m'a raconté Raymond, qui a dû la soigner. Ces excentricités finiront bien un jour ou l'autre par lui passer, mais Jeanne les supporte mal, elle la trouve trop exaltée à son goût. »

Ils ne purent s'empêcher d'en rire, puis, comme la bonne se présentait avec le café, ils reprirent leur sérieux. Les petites cuillers tintèrent un moment dans les tasses, après quoi Henri déclara : « Il est inutile que je te le cache, tu l'as sans doute deviné, je suis moi-même à la torture à la pensée du gâchis de vies et d'argent qui s'annonce…

– J'ignorais que tu étais pacifiste.

« – Louis, s'il te plaît ! Je sais bien que la France n'avait pas le choix, que nous avons été attaqués. Mais… enfin, tu es médecin, tu vois combien la vie est fragile. Et tout cela pour quoi ? Souviens-toi du désastre de 70. Souviens-toi de Sedan.

– Bien sûr, bien sûr, je partage ton inquiétude, mais il ne sert à rien aujourd'hui de ressasser. Comme tu le dis, nous n'avions pas le choix. Et puis les états-majors ont changé, et tout le monde assure que la guerre ne durera pas.

– Pour ce que valent les prévisions… Te rends-tu compte de ce qui nous attend ? Nous allons être privés de nos fils, de nos hommes, mais aussi de nos chevaux les plus vaillants ! Sans eux, comment allons-nous faire la moisson et effectuer les travaux qui s'ensuivront ?

– Henri, Henri, je t'en prie ! » Bouleversé, Louis se rapprocha de son aîné et lui pressa le bras. « Essaie de ne pas tout voir en noir. Redressons le dos et supportons. Nos femmes et nos filles sont là, elles nous aideront. Nous traverserons cette épreuve, tu le verras, nous en avons traversé d'autres.

– Pardonne-moi. J'imagine que, pour toi non plus, ce ne sera pas une partie de plaisir…

– Nombre de mes confrères chirurgiens sont mobilisés en raison de leur âge. L'Hôtel-Dieu et la clinique figurent parmi les établissements les mieux équipés. C'est là que j'opérerai. Je pourrai compter sur des infirmières de la Croix-Rouge et les praticiens plus âgés. Tout cela n'est pas encore bien défini, mais nous nous débrouillerons, c'est certain.

– Enfin, c'est absurde ! L'Alsace et la Lorraine… j'ignore même comment ces pays-là sont faits ! »

Comme Henri plongeait la tête entre ses mains, le médecin passa dans la salle à manger, d'où il revint armé d'une bouteille d'eau-de-vie. Il en versa une rasade dans chaque tasse et invita son frère à boire. « Laissons là les questions de patriotisme, dit-il, je voudrais juste que tu sois moins pessimiste. Ce sera sans doute l'affaire de quelques mois, pas plus, je te le répète.

– Oui, oui, tu as raison, murmura l'aîné. Tu as raison, pardonne-moi, je ne sais pas ce qui m'a pris. » Il respira profondément et poursuivit : « Je vais regagner Randan car je m'inquiète pour Jenny. Ma place est auprès d'elle et ma présence ici est, en fin de compte, inutile. Je descends saluer les garçons. »

Les deux frères se rendirent au jardin où Jean et Raymond échangeaient des confidences, accroupis sur les talons, à l'ombre du catalpa. Sur un banc, non loin de là, Édouard fumait une cigarette, les jambes croisées, un bras appuyé contre le haut du dossier en une attitude désinvolte que contredisait cependant le battement nerveux du pied en suspension dans l'air.

« Les enfants, je viens vous dire au revoir, je rentre chez nous », commença Henri d'une voix qu'il voulait ferme. Édouard se leva lentement, tandis que Jean et Raymond accouraient avec autant de bonne humeur que s'ils interrompaient une partie de tennis par un dimanche après-midi. Quand les plus jeunes eurent clamé leur impatience de se trouver sur les champs de bataille et leur fierté de participer à une expérience qui ferait date dans l'Histoire, Henri les pria tous trois d'écrire dès que possible et fréquemment pour tenir la famille au courant de leurs mouvements et de leur état de santé. Puis il s'adressa à ses fils :

« N'hésitez pas à réclamer tout ce dont vous aurez besoin, que ce soit nourriture, vêtements ou argent. Nous vous enverrons le nécessaire. Pour le reste, soyez pieux et confiants, respectez vos supérieurs et vos camarades, faites honneur à votre nom.

– Soyez sans crainte, papa, je m'y engage, dit Jean avec un bon sourire.

– Et toi, Édouard ?

« – J'écrirai, c'est promis, marmonna l'aîné.

– Bien. Je vous confie à votre oncle, qui s'occupera de vous jusqu'à votre départ.

– Dans quelques mois, intervint Louis, nous serons de nouveau réunis pour fêter la victoire.

– Oui ! À la victoire ! » s'exclamèrent Raymond et Jean.

Craignant de perdre contenance, Henri étreignit les trois garçons et, sans plus s'attarder, regagna la maison en compagnie de son frère. Sur le seuil, une simple accolade scella leurs adieux : ils avaient déjà tout dit et n'étaient pas hommes à s'appesantir ; de plus, Louis était troublé par le fléchissement inhabituel de son aîné. Il le regarda s'éloigner sur le tour de ville, en direction de la cathédrale, et attendit pour refermer qu'il fût devenu une petite silhouette floue perdue dans la foule.

Bien qu'il avançât d'un pas assuré, Henri se sentait dans une sorte d'état second : autour de lui, les sons – cris, vivats, chants patriotiques, claquements de sabots, hennissements, ronflements de moteur – se mêlaient en un brouhaha indistinct, et les bâtiments qui défilaient de chaque côté semblaient s'étirer, se rétracter et se confondre comme s'il les observait à travers une lentille déformante. À la recherche d'un point d'ancrage, il fixa les yeux sur le palais de justice, dont le fronton et les colonnes dignes d'un temple grec paraissaient incongrus tout près des ruelles, des façades austères, des fenêtres à meneaux qui caractérisaient le cœur de la ville, puis se dirigea vers la remise où il avait coutume de laisser voiture et chevaux.

Maintenant qu'il avait quitté ses fils, mille mots de réconfort, d'encouragement et d'affection lui venaient à l'esprit, et il regretta de ne pas les avoir prononcés quand il en était encore temps ; un instant, il envisagea de retourner sur ses pas, de frapper à la porte de Louis et de serrer ses garçons dans ses bras une dernière fois, mais le moment était passé, il était irrémédiablement trop tard. Il concentra alors ses pensées sur Jenny, dont la chère image parvenait depuis plus de trente ans à atténuer sa peine en toutes circonstances, mais il se surprit à redouter leurs retrouvailles, sachant qu'elles seraient ponctuées de pleurs et de gémissements qui lui briseraient le cœur en aggravant les sensations d'injustice et d'impuissance que l'éclatement de ce conflit engendrait en lui.

Devant la remise attendait Adrien, plongé dans la lecture d'un numéro d'*Excelsior* dont articles et illustrations en tout genre étaient, bien entendu, consacrés à la guerre ; Henri fut heureux de retrouver cette figure familière, dont il envia le calme et la tranquillité qui le fuyaient lui-même depuis quelques jours. Pendant qu'il attelait, Adrien lui rapporta qu'en allant se renseigner à la caserne il avait croisé une quantité incroyable de jeunes gens venus de toutes les villes, de tous les villages, de tous les hameaux que comptait la région. « Il n'y a plus de riches et de pauvres, de paysans et de bourgeois, de catholiques et d'athées, mais uniquement des citoyens, dit-il. Dommage qu'il faille une guerre pour en arriver là. Combien d'avancées pourraient-elles être accomplies si s'unissaient tous les hommes de bonne volonté !

– Les hommes sont tout sauf sages, ils n'apprennent jamais. La seule leçon qu'on puisse tirer de l'Histoire, c'est qu'il n'y a pas de leçon qui tienne », commenta Henri sans imaginer qu'Adrien redisait sous une autre forme la foi en une société nouvelle que sa propre fille avait exprimée en toute candeur la veille au soir, dans l'espoir d'arracher à son bien-aimé une promesse.

La route était tout autant occupée de piétons, de cavaliers et de véhicules qu'à l'aller, aussi la parcoururent-ils à une vitesse modérée ; à la hauteur de l'étang, Henri pria Adrien de s'arrêter et de venir l'aider à déterrer un des petits sapins qui avaient poussé à l'ombre des plus grands. Après l'avoir chargé dans la voiture, il se rassit et déclara : « Nous le planterons en face de la porte afin qu'on puisse le voir de toutes les pièces donnant sur le jardin. Il nous rappellera le départ de Jean et sa présence en pensée parmi nous. Si Dieu le veut, il n'aura pas, ou très peu, grandi à son retour. »

26

Noélie se lève pour mieux regarder à travers la fenêtre de sa chambre le sapin de Jean, en face, au bout du jardin, même s'il n'en est pas besoin tant cet arbre est ancré dans sa mémoire, se demandant pourquoi le second, aussi grand mais moins fourni, n'est venu le flanquer qu'en 1916, à l'occasion du départ de Paul, et non d'Édouard, comme si leur père n'avait pas jugé ce dernier digne d'un tel honneur ou d'un tel tribut à un Dieu censé être bienveillant, comme s'il avait pressenti qu'il n'occuperait dans le conflit mondial qu'une fonction marginale – à l'arrière, au sein d'un état-major, loin des combats, loin du danger – et dans leur famille un rôle mortifère. Songeant aussi que les événements ne se sont peut-être pas déroulés ainsi, que l'aîné n'est peut-être pas parti en même temps que le cadet, et donc que ses souvenirs commencent à la trahir en raison de la même et sempiternelle malédiction qui, depuis quelques jours, affaiblit son imagination, pis, l'accule dans un coin, la ligote, l'immobilise.

Deux coups légers à la porte la tirent de ces pensées puis Zoé apparaît dans l'entrebâillement, vêtue de la robe cache-cœur à petites manches ballon que la couturière de Julienne a confectionnée dans un crêpe rose pâle à motifs de pavots identique à celui de son vieux déguisement et, plus encore, du peignoir que portait autrefois sa grand-mère. Confectionnée, emballée, déposée sur la banquette arrière de l'ID, avec des mots d'excuse – *Encore quelques jours de patience, Mademoiselle Gabrielle, et votre robe à vous aussi sera prête. En tout cas, l'essayage d'aujourd'hui était concluant –*, tandis que le contact était mis, que l'arrière du véhicule se soulevait, bientôt suivi par l'avant. *Ne t'inquiète pas, tantine, nous reviendrons la semaine prochaine*, a alors promis Zoé, au volant, fière de pouvoir être utile à sa famille et par là même d'obéir aux vœux de ses grands-parents transmis de l'au-delà par une Julienne qui, depuis la séance de spiritisme, son altercation avec sa sœur et la confession des malheurs accablant leur foyer (difficultés financières, pression du fermier, maux d'orgueil et d'honneur), semble avoir repris un peu d'autorité.

En vérité, les trois femmes se sont ingéniées dès le lendemain à trouver des activités à leur invitée afin de lui occuper non seulement les mains, mais surtout l'esprit, dans la crainte que ses idées noires, suicidaires, ne la reprennent, l'une (Gabrielle) la priant de classer des photos, des papiers, l'autre (Julienne) l'initiant aux charmes de la musique et de la danse argentines, la troisième l'employant dans des tâches culinaires et l'emmenant nager le matin dans l'étang ou travailler au potager, et il leur a semblé avoir réussi puisque l'objet de leurs soucis n'a manifesté ni agacement ni ennui.

Mais voilà qu'elle annonce maintenant, sur le seuil, accompagnée du chat, virgule tigrée épousant la courbe d'une cheville puis de l'autre, *Tantine, pardonne-moi de te déranger, j'aimerais te parler un peu*, avant de s'interrompre, troublée par le reflet peu flatteur que lui renvoie la glace de l'armoire et, plus encore, une fois le lit contourné, par la photo encadrée qui montre son grand-père en compagnie de ses frères et sœurs en 1904 ou 1905, photo que Noélie n'a pas osé décrocher lorsqu'elle a pris possession de la chambre, même si un portrait de Virginie par un ami de la famille trônait autrefois au même emplacement.

Tu ne peux pas savoir ce que je donnerais pour être à l'intérieur de cette photo, à cette époque-là, dans cette belle robe blanche, dit Zoé, tandis que le félin bondit sur le lit. *Comme ils sont beaux ! Tu ne trouves pas ?* et Noélie, effrayée par son air à la fois exalté et mélancolique, se hâte de lui passer un bras autour des épaules, de la détourner de cette vision angélique, sans songer à dissimuler les feuilles de papier qui reposent sur son bureau, noircies de son écriture çà et là raturée.

De fait, pointant le doigt, *C'est ton livre ?* interroge aussitôt la jeune femme, comme si de rien n'était, avant de poursuivre *Je te remercie de t'occuper de moi, je vous remercie toutes les trois de m'impliquer dans la vie de*

*la maison, mais il est inutile de me surveiller comme
ça, comme du lait sur le feu : je n'essaierai plus de me
détruire. La première fois m'a suffi et j'ai bien entendu
le message que m'a transmis Julienne, parce que je
suis persuadée qu'il est vrai. – Bien... tu es libre de le
penser, fait Noélie, un peu pincée. – Il y a juste que ces
activités ne me conviennent pas. – Ah... la compagnie de
vieilles dames n'est peut-être pas la meilleure qui soit,
je le comprends... Peut-être devrais-tu fréquenter des
personnes de ton âge ? Voudrais-tu que nous réinvitions
ton ami Éric ? – Oh ! Invite-le si ça te fait plaisir, tantine,
ou si tu as peur de te brouiller avec sa famille, mais en ce
qui me concerne, je peux très bien m'en passer, vois-tu.
– Explique-moi une chose, Zoé, tu... tu ne l'aimes pas ?*

Alors Zoé confirme ce que Noélie avait interprété,
dans la bouche du jeune homme, comme une phrase de
dépit amoureux la fameuse nuit du bal – *Vous croyez
qu'elle, Zoé, a des sentiments pour moi ?* –, puis précise
qu'elle n'aime pas vraiment *ça*, ce pourquoi les hommes
et les femmes se reniflent, se retrouvent, se frottent l'un
contre l'autre depuis la nuit des temps, comme des bouts
de bois à la recherche d'une étincelle qui n'est pas la
fameuse étincelle primordiale, celle de la civilisation,
mais qui leur paraît à l'instant de l'union, au milieu de
leurs halètements, aussi magique, aussi divine, aussi
fondatrice. Que *ça*, ce frottement, lui donne juste le sentiment d'être en vie, de respirer, d'agir comme la plupart
des gens, d'éloigner momentanément le monstre noir qui
est tapi en elle, qui l'étouffe, ce monstre que les médicaments parviennent tout juste à apaiser, confiner, parfois
endormir, certainement pas à supprimer – rien de plus.

Et maintenant elle s'assied sur le lit, comme si elle
avait besoin de tout son équilibre pour dire ce qui l'a
amenée dans cette chambre, auprès de cette vieille
femme qu'elle appelle à tort *tantine*, puisque le seul
lien de parenté que Noélie possède avec elle est celui de

cousine germaine de feu son grand-père, tandis que la virgule tigrée s'étire, monte sur ses genoux et se transforme en O de poil, bien rond, tête et queue, pattes avant et pattes arrière confondues, et elle dit *Apprends-moi*, elle le dit avec tant de sincérité, tant de candeur, tant de douleur que la vieille femme se surprend à s'asseoir à côté d'elle, à lui saisir la main, à demander *T'apprendre quoi, ma chérie ? – Apprends-moi à vivre, juste à vivre. – Mon Dieu, mais je dois être la dernière personne au monde à qui l'on puisse demander cela ! Je ne sais même pas si je l'ai appris, si cela s'apprend vraiment, s'il existe un... un mode d'emploi.*

Puis elle ajoute, semblant penser tout haut : *Peut-être cela consiste-t-il à se mettre en route, la tête haute, et à surmonter dignement les obstacles, l'un après l'autre, sans faire semblant, sans s'économiser, sans se mentir. – C'est ce que tu as fait, tantine ? – J'ai essayé, et pour être franche je n'ai pas toujours réussi, j'ai... j'ai commis un certain nombre d'erreurs, à vrai dire... parfois de grosses erreurs, mais ce sont elles qui nous font avancer... quand elles ne nous enfoncent pas. – Et le chagrin ? Le chagrin passe ? – Oh, le chagrin... Je ne crois pas. Il se dilue avec le temps au point de devenir supportable, et il le devient, pour étrange, pour injuste, que cela puisse paraître. Oui, aujourd'hui tu imagines que le monde s'est arrêté parce que tu as perdu ta grand-mère, mais écoute-moi bien : j'ai perdu mes grands-parents, puis j'ai perdu mes parents, mes frères et mes sœurs, la plupart de mes cousins, j'ai même aimé et perdu un homme il y a très longtemps. Mais ils ne se sont pas évanouis, ils sont restés en moi, comme des cristaux de je ne sais quelle matière organique logés sous ma peau, dans mes muscles et mon sang. C'est peut-être cela, la vraie éternité, quoi qu'en dise Gabrielle. En mourant, nous nous transformons peut-être en atomes, en particules, et nous allons nous fourrer dans le corps*

de ceux qui nous aiment, nous ont aimés, plus encore
que dans leur tête.

À présent les larmes roulent sur ses joues aussi, et
pourtant elle poursuit – *Et puis il n'y a pas que les êtres*
qu'on perd, il y a les illusions, les rêves, la fierté, la face,
parfois même les principes, et ce sont autant de chagrins,
autant de deuils –, elle poursuit comme si le flux de
mots était irrépressible, mieux, comme s'il s'adressait à
elle-même, à une version plus jeune d'elle-même, non
une fille, une petite-fille, puisque son ventre est resté
sec, que ses entrailles ne se sont jamais ouvertes sur
un grumeau vagissant de sang, de peau et de muscles,
qu'elle n'a donné ni lait maternel ni physionomie à un
plus petit que soi.

Et soudain elle se demande si Zoé, justement, n'est
pas tombée du ciel, si elle n'est pas venue jusqu'à elle
pour lui offrir la possibilité de transmettre certes pas la
lignée, certes pas le nom, ni l'honneur attaché au nom,
mais le sens, l'histoire, tout ce qui les a précédées dans
cette vieille demeure et ailleurs, tout ce qui fait qu'elles
sont là, face à face, main dans la main, en pleurs. Parce
que, dès le premier instant, il lui a semblé que la jeune
femme disait ce qu'elle-même avait dit en un jour lointain, pensait ce qu'elle-même avait pensé à un moment
de sa vie, oui, elle en a eu le sentiment en l'entendant
parler et en lisant en cachette des extraits de son journal,
de ses poèmes. Parce qu'elle a étrangement l'impression
de se revoir dans celle qui lui fait face, alors qu'elle,
Noélie, était au même âge petite, menue, pour ne pas
dire chétive, alors qu'il est objectivement impossible
qu'elle se reconnaisse dans la grande fille robuste qui se
cache derrière l'échalas actuel, tel un dessin en pointillé
autour d'une silhouette, dans ces yeux clairs, dans ces
pommettes saillantes et dans ce teint pâle qui n'ont rien
d'une Randan.

Et si rien n'était anodin ? s'interroge-t-elle, si tout arrivait à point nommé ? si les talents, les savoirs, les concepts se perpétuaient de la façon dont les enfants perpétuent la mémoire de leurs pères à travers les traits, les expressions, les gestes, comme en un gigantesque puzzle dont les pièces finissent par s'emboîter ? si le sens de la vie était là ?

Un vertige la prend, elle entend comme dans un brouillard Zoé lui demander si elle se sent bien, si elle ne va pas s'évanouir, si elle n'a pas besoin d'un verre d'eau ou d'un morceau de sucre, et elle répond *Non, non, c'est la chaleur, la chaleur, rien de plus*, resserre les doigts sur le fil de la conversation, ou plutôt de son monologue puisqu'elle est la seule à parler depuis un moment, l'empoigne solidement et parle à Zoé du sens de la vie, elle qui n'en a jamais débattu avec personne, pas même avec Julienne – en vérité, surtout pas avec Julienne –, pas même avec Gabrielle, pourtant une femme de tête, comme si c'était un sujet brûlant, honteux, explosif. Comme s'il valait mieux discuter de tout et de rien, essentiellement de rien, du temps atmosphérique, du dernier livre lu, du goût de tel ou tel plat, et prononcer furtivement le reste, questions existentielles et *je t'aime*, ainsi qu'on prononcerait des mots de capitulation, tout en sachant qu'on regretta plus tard, au dernier moment, après le dernier moment, de ne pas l'avoir prononcé, pis, qu'on se le reprochera le restant de sa vie.

Soudain il lui semble que son cœur se gonfle, s'élargit, se dilate, prêt à aimer non seulement les êtres chers, vivants et morts, ainsi que les animaux qui ont ponctué, ponctuent sa vie, mais aussi les autres, les habitants inconnus de la Terre, ceux qu'on appelle génériquement son *prochain*, elle se dépouille de ses dernières réserves et poursuit : elle dit que, contrairement à Gabrielle, elle n'a pas trouvé la clef des mystères, du Mystère, qu'elle s'estime toujours en chemin, pas en promenade, ou en pèlerinage, non, plutôt aux prises avec une marche punitive censée lui faire expier une vieille et inexcusable faute, qu'elle a l'impression de rouler son rocher vers le haut de la montagne dont il dévalera l'autre versant inexorablement.

Ton rocher ? interroge Zoé, et Noélie répond en indiquant d'un geste de la main murs et plafond *Cette maison que tu vois là et que nous conservons au prix de folles difficultés, comme si nous avions peur de perdre avec sa pierre, ses lauzes, ses poutres et la terre qui l'entoure notre nom, notre honneur... eh oui, nous y revoilà, cette maison qui a déjà été sauvée une fois, par ton grand-père. – Le nom, l'honneur ! Mais c'est justement pour ce motif que la famille se dresse contre vous trois, contre la cérémonie de tante Gabrielle ! N'est-ce pas absurde ? Chacun de vous empoigne un bout de ce maudit honneur comme il le ferait avec une vieille couverture et se met à tirer dessus. Et pour quel résultat ? – Chacun espère en une continuité, en un* statu quo, *y compris les individus qui désirent, ont désiré un jour rompre avec la tradition. C'est un désir si fort qu'il finit toujours par nous reprendre, parce que nous avons été créés pour nous perpétuer, que nous y sommes entraînés du jour de notre naissance jusqu'à celui de notre mort au point de l'oublier. Voilà pourquoi l'humanité résistera tant qu'elle aura de la terre sous les pieds, j'en suis certaine, pourquoi elle ne s'éteindra pas d'elle-même, pourquoi il faudra qu'un événement extérieur, apocalypse, météorite, choc de planètes, que sais-je ?, y mette fin. Oui, cela peut te paraître abstrait, lointain, ou, dans un autre registre, regrettable, mais toi-même, n'essaies-tu pas de poser tes pas dans ceux de tes grands-parents, comme s'il n'y avait pas d'autre voie possible ? N'as-tu pas interrogé Julienne dans ce but-là ?*

Zoé renifle avant de hasarder : *Je l'ai fait parce que mes grands-parents étaient les points de repère, les premiers, les seuls… – Non, pas les premiers, ni les seuls. Écoute-moi, je ne te jette pas la pierre : nous nous agrippons tous à Raymond, ton grand-père, nous le statufions et le sanctifions, nous nous attribuons son œuvre, le mérite de son œuvre, ses décorations, son courage, ses batailles, alors que nous n'avons rien fait de remarquable par nous-mêmes. – Toi, tu as écrit un livre, tu as été célèbre… – Un livre ! Dis-moi ce que cela a d'extraordinaire ! Et la célébrité, qu'est-ce que c'est ? D'autres ont sauvé des vies, ont été héroïques ! Comme Raymond justement, et nous, nous nous servons de son œuvre pour cautionner ce qui reste de la famille, nous continuons de nous battre pour les mêmes et sempiternels motifs, nous n'apprenons jamais rien. – Mais enfin, cette dispute pour une simple cérémonie, n'est-ce pas excessif ? Qu'est-ce que ça peut bien leur faire ? Et pourquoi priver tante Gabrielle de cette petite satisfaction ? – Excessif, ridicule, grotesque, pis encore. Ton grand-père en rirait, il en rit peut-être de là où il se trouve, paradis, immensité de l'univers ou l'organisme dans lequel il s'est logé, le tien, celui de ta mère, oui, il en rit, car c'est tout ce que nous avons été capables, nous, de trouver pour nous distinguer… Tu veux que je te dise la vérité ? C'est notre échec à tous, c'est la chute de cette famille que cette dispute mesquine reflète, mais il est maintenant trop tard pour reculer, si absurde que cela puisse paraître. – Mais oncle Louis est un homme bon, il a lui-même sauvé des vies quand il était prisonnier pendant la Seconde Guerre. – Oui, il est bon, bien sûr, et il ne sait probablement déjà plus pourquoi il a enfourché ce cheval de bataille, ce misérable et squelettique cheval, il le regrette peut-être déjà. Mais nous jouons tous un rôle, souvent malgré nous, et nous mettons tous un point d'honneur à le jouer jusqu'au bout. D'honneur… encore.*

Elle marque une pause pour mieux accueillir le visage de Zoé entre cou et épaule, lui caresse le dos, ou plutôt le lui frictionne tant son geste est vigoureux, reprend haleine et dit *Tu sais ce qui va se passer avec la famille, à propos de Gabrielle ? Après les bouderies et les menaces, tu sais ce qui viendra ? La gentillesse. Mais une gentillesse plus redoutable encore que le reste, plus perfide, comme la carotte ou le morceau de sucre tendus au poulain pour le faire entrer dans l'enclos et le brider jusqu'à la fin de sa vie. Il faudra alors se battre contre Julienne et Gabrielle. – Je t'aiderai, tantine, je te le promets. Et pour le reste aussi, tu verras.*

De nouveau un élan d'émotion, puis Noélie : *Zoé, Zoé, ma petite, je regrette. Ce n'était pas ce à quoi tu t'attendais en venant passer tes vacances ici, parmi tes souvenirs. – Je ne m'attendais à rien. – Oui, bien sûr, tu n'attendais rien de la vie. Mais c'est fini, n'est-ce pas, c'est fini ? – Oui, je te l'ai dit, c'est fini.*

Maintenant il semble à Noélie que tout a été dit, elle ouvre les yeux qu'elle a fermés pour mieux se concentrer et voit se refléter dans la glace de l'armoire, devant elle, une étrange Pietà, non Vierge et Christ mort, Mère et Fils défunt, mais vieille et jeune femmes, non l'habituelle image de la douleur, mais le geste de pitié, de miséricorde, de sens, que Celui qui tire les ficelles vient de lui offrir, elle le comprend soudain. Se peut-il, pense-t-elle, qu'Il ne m'ait pas fait attendre tout ce temps-là en vain ? qu'Il m'ait réservé en lieu et place du succès, de la rédemption sociale espérés, une maternité toute particulière – continuité, éternité, peu importe le nom qu'on lui donne, mieux, cet amour interdit aux femmes stériles, carriéristes, égoïstes, aux femmes qui désespèrent trop de la nature humaine pour désirer perpétuer leur propre personne et la race entière ? se peut-il qu'Il accorde ce qu'on n'a le courage ni de demander ni même seulement de se souhaiter ?

Puis elle embrasse le reste du regard : le lit, l'autre glace, le manteau en marbre de la cheminée, dessus les portraits de ses parents et la lampe à abat-jour en tissu à petits carreaux, de chaque côté le papier peint vieillot, enfin une partie de son bureau, une partie des feuilles de papier noircies dont il est jonché, et elle rit, abasourdie, elle écarte Zoé et dit *Et si nous travaillions ensemble ? – Travailler ? Tu veux dire, à ton livre ? Tu aimerais que je le dactylographie ? – Non, non, ou plutôt oui ! Je voudrais surtout que tu m'aides à le finir. Nous pourrions l'écrire à quatre mains ! Tu es poétesse ! – Tu en es sûre ? Julienne dit pourtant que tu n'aimes pas qu'on se mêle de ça. – J'en suis sûre et certaine ! Qu'en dis-tu ?* Alors Zoé achève de sécher ses larmes et répond, solennelle, *Très bien, j'accepte. Mais il faut d'abord que je sache tout, que tu me racontes l'histoire entière.*

Et Noélie raconte.

27

Jean ne vit jamais le sapin que son père avait planté avec Adrien au bout du jardin le jour de leur séparation afin qu'il continuât de vivre symboliquement tout près des siens. Monté dans le train le 6 août 1914 au matin avec le troisième bataillon de son régiment, il emportait les vivats de la foule qui les avait escortés, en délire, de la caserne jusqu'à la gare – « Vive la France ! Vive l'armée ! À bientôt ! Confiance ! » –, des fleurs jetées des balcons par des mains féminines, la bénédiction de l'évêque et les saluts du préfet, mais aussi les fanfaronnades que certains de ses camarades avaient lancées sur le quai à l'adresse des bonnes dames de la Croix-Rouge – « Je vous ramènerai, comme souvenir de la guerre, un Prussien au bout de ma baïonnette » ou « Je ne demande qu'une chose : j'ai quatre-vingt-seize cartouches, que quatre-vingt-quinze portent ! » – dans ce grand élan d'émotion collective.

Sur ce même quai, il avait étreint Raymond, à qui il avait remis une lettre griffonnée au dernier moment à l'intention de ses parents pour qu'il la postât, et cherché en vain son frère aîné, réserviste, puis il avait eu le sentiment que le paysage l'emportait, l'aspirait même, en défilant derrière la vitre jusqu'à Albi, et de là vers Montpellier, Nîmes, Lyon, Dijon, se transformant en *terra incognita* au fur et à mesure que le convoi avançait vers sa destination, la frontière de l'Est. Pourtant les plaisanteries, les paris et les défis n'avaient pas un instant cessé de crépiter autour de lui, les hommes se montant mutuellement la tête, rivalisant dans la surenchère, et c'est dans un enthousiasme quasi intact qu'ils avaient débarqué dans les Vosges, à Mirecourt, un pays de bois, de collines et d'étangs apparemment peu différent du sol natal que bon nombre d'entre eux n'avaient jamais quitté auparavant.

Alors tout avait commencé, les marches sous une chaleur torride qui, combinée à l'encombrement de l'équipement auquel on n'était pas habitué, avait causé plus d'un malaise, les cantonnements, les lettres et cartes postales de l'armée à adresser aux familles en veillant à ne pas mentionner de noms de lieux pour éviter d'irriter la censure, les contacts avec une population à l'accent moins rocailleux que le leur et, très vite, les feux d'artillerie, assourdissants, les villages incendiés, les

engagements. Mais, au bout de leurs baïonnettes, les fantassins n'avaient pas trouvé les Prussiens qu'ils avaient promis de ramener à Rodez aux dames de la Croix-Rouge, juste des corps indistincts de Bavarois surgissant de sous les arbres dans des hurlements gutturaux et, plus loin, sur les crêtes, des cavaliers dont le nom tantôt murmuré, tantôt crié dans les rangs – « Les Uhlans ! Les Uhlans ! » –, avait quelque chose à la fois de légendaire et de barbare, et ils étaient ainsi passés, presque en un éclair, de l'assurance à la stupeur, puis à une folle terreur.

Voilà, peut-être, l'image que Jean emporta avant de mourir, en ces tout premiers jours de guerre : des cavaliers armés de lances, vêtus d'une vareuse vert roseau à col droit, à deux rangées de boutons obliques, et coiffés d'un étrange couvre-chef à plateau et cocarde, la chapska, sur lequel s'étalait, insolent, l'aigle impériale – cavaliers de l'Apocalypse et leur dragon venus le ravir trop tôt pour qu'il ait pu jouer dans le conflit un autre rôle que de la chair à canon, trop tôt même pour qu'il se fût seulement accoutumé à l'idée de se battre. À moins que ce ne fussent les chevelures des arbres qui tournoyaient au-dessus de sa tête pendant qu'il tombait, lui rappelant d'autres voûtes vertes, celles de ses bien-aimés bois de l'Étang ou bois du Moulin, à Randan, lui donnant l'illusion d'être revenu chez lui, au milieu des arbres, encore.

Il n'était donc déjà plus de ce monde au moment où Jenny répondait à la carte postale de Lunéville et préparait à son intention un colis de vivres contenant entre autres sa fameuse galantine, au moment où elle priait la Vierge de le lui conserver en bonne santé, et il demeura encore en vie un certain temps, pour elle et la famille, même si aucune nouvelle ne leur parvenait plus. Puis, comme les jours s'additionnaient, les doutes commencèrent à grandir, et quand on leur annonça sa mort ils s'y attendaient presque, même s'ils avaient imaginé que leur bien-aimé pouvait compter au nombre des disparus, ces soldats dont ne savait s'ils avaient été blessés ou capturés, s'ils s'étaient cachés dans un fossé, dans une ruine, ou ailleurs, et qui étaient susceptibles de réapparaître un jour. Pourtant, ce fut pour eux comme si le train lancé à grande vitesse se scindait en deux avant de bifurquer, la première partie, entraînée par la locomotive, continuant sa folle et bruyante course, tandis que les wagons esseulés ralentissaient puis s'immobilisaient tout à fait, abandonnés sur une voie de garage d'où personne n'aurait jamais assez de force pour les tirer.

Et pendant que les Randan s'effondraient et se désespéraient, l'arrogante tête de train poursuivait inexorablement son chemin, emportant Édouard dans un état-major où il serait en sécurité, pour ne pas dire *embusqué*, propulsant Raymond dans une section d'infirmiers, à Perpignan, et l'autre Édouard, l'aîné de Rose, dans un régiment de cuirassiers, conduisant enfin René, le capitaine, le mari de Cécile, sur un champ de bataille de la Marne, précisément sur la butte de Mesnil, où la mort le cueillit, un mois après Jean, alors qu'il menait à l'assaut la 9e compagnie – et là encore, point de corps à veiller, ni même à se représenter, puisqu'on ignorait également le lieu exact où l'officier avait été enterré, juste des larmes qui semblaient ne jamais vouloir tarir dans les yeux de la jeune veuve et des petits orphelins, à Montauban.

Ainsi commençait donc et semblait aussi se finir la guerre pour une partie de la famille, puisqu'avec Jean disparaissait l'héritier du domaine, le préféré, celui sur qui tous les espoirs d'avenir et de prospérité s'étaient concentrés depuis le jour où Édouard avait renoncé à son droit d'aînesse, sans même le vendre comme Ésaü à son frère Jacob pour une assiette de lentilles, sans être spolié de la bénédiction paternelle par le stratagème d'une mère, Rebecca, sous forme de peau de chèvre censée imiter sa peau velue, s'écartant lui-même de la voie toute tracée non par un manque d'ambition, mais par une ambition différente, celle que faisait miroiter le progrès de la technique, sorte d'idole qui – il ne le verrait pas – finirait bien par l'emporter sur ce qu'il considérait comme la triste monotonie de l'agriculture, ce rituel ancestral, irait même jusqu'à la révolutionner.

Maintenant, l'hiver débutait et Henri, qui avait d'abord tenté de s'étourdir par des travaux agricoles urgents qu'il était désormais le seul homme à accomplir, avec, pour toute aide, des vieillards, des enfants et des femmes, avait plus de temps pour penser à l'injustice du destin. Lui qui s'était levé chaque matin en louant le Seigneur qui lui permettait de tirer sa subsistance et celle de plusieurs familles de ce domaine qu'il chérissait autant qu'une personne se réveillait écrasé par la besogne à abattre, sa femme à consoler, sa mère, dont les traits avaient adopté la fixité du masque, qu'il devait côtoyer en simulant une force et un calme qu'il ne recouvrerait jamais, il en était certain. Ramenées par son mariage aux dimensions originelles, ses terres se révélaient à présent trop étendues pour les bras dont il disposait et il craignait à tout instant que le conflit ne s'éternisât, lui enlevant son benjamin pour le jeter à son tour dans la gueule de cette machine qui abattait les êtres avec autant de facilité qu'une faux à la lame bien aiguisée coupant les tiges sèches.

De ses filles en mesure de l'aider il ne lui était resté que Madeleine, Augustine ayant répondu à une lettre de sa mère la priant de rentrer qu'elle entendait demeurer à Montpellier afin de servir la patrie en qualité d'infirmière, Noélie ayant regagné fin septembre le pensionnat Jeanne-d'Arc, dont une partie des bâtiments avaient été réquisitionnés pour servir de caserne, en compagnie de Berthe qu'il n'était pas question, bien entendu, de priver d'instruction. Or la douce et timide jeune fille qu'il lui fallait autrefois rappeler à l'ordre parce qu'elle s'interrompait en pleine tâche, l'esprit à la poursuite d'on ne savait quelles rêveries, s'était à sa grande surprise métamorphosée en une infatigable ouvrière, se levant avec lui dès l'aube et s'offrant avec générosité au labeur dans une robe grossière et un fichu en coton qui tranchaient sur la finesse héritée de Jenny, son teint pâle, ses cheveux d'un blond délicat, son corps aussi mince qu'un jonc.

Père aveugle, Henri n'imaginait pas la nature du feu qui animait Madeleine : non seulement l'ardeur de la jeunesse, le désir de se rendre utile et l'attachement au domaine familial, mais aussi, surtout, l'amour pour un homme dont elle se rappelait en tremblant l'odeur et les baisers, pour chastes qu'ils aient été. Si elle avait accueilli la mort de Jean avec autant de chagrin et de larmes que les autres membres de sa famille, elle avait également ressenti, non sans honte, une espèce de soulagement à l'idée que son bien-aimé avait été épargné, ne parvenant à concevoir qu'il pût y avoir plusieurs décès dans le même foyer, croyant encore, dans sa naïveté, qu'il existait une justice au milieu de cet absurde déchaînement de violence.

Après leur entretien, la nuit qui avait précédé le départ de ses frères, elle n'avait plus eu l'occasion de s'entretenir en tête à tête avec Adrien et elle ne l'avait pas non plus cherché, de crainte qu'il ne revînt sur sa déclaration tardive : les doigts resserrés sur son médaillon en or et le trésor qu'il dissimulait, elle l'avait regardé partir quelques jours plus tard avec une impassibilité qui l'avait elle-même surprise, puis avait guetté les nouvelles qu'il avait promis d'envoyer à son père.

Et les nouvelles étaient arrivées, brèves et sobres, sans qu'Henri eût le courage de les lire à la veillée, ainsi qu'il avait lu les trois premiers et seuls courriers de Jean, comme s'il n'avait plus de voix pour ce genre d'exercice, se contentant de les tendre aux membres de la famille, entre les mains desquels elles passaient tour à tour pour échouer dans celles de Madeleine et y demeurer sans que cela éveillât curiosité ou soupçon, alors que les missives d'Édouard, ni plus nombreuses ni plus longues, poursuivaient leur chemin jusqu'au petit secrétaire de Jenny où elles s'empilaient, attachées par une faveur, avec leur parfum de sécurité, provenant d'états-majors et, plus tard, des colonies.

Puis le gel apparut, assurant par sa croûte dure un repos mérité aux terres qui avaient donné généreusement des fruits depuis le printemps, réduisant l'activité et la concentrant à l'intérieur des étables, des écuries et des bergeries, où les bêtes réunies produisaient une chaleur dans laquelle il était agréable de s'attarder, bercé par un bruit de mâchoires aussi régulier et apaisant que la rumeur du ressac.

Ayant dû, à la mobilisation, se séparer, le cœur gros, de la plupart de ses chevaux, Henri n'avait pas eu le courage de résister quand Madeleine l'avait supplié de l'autoriser à cacher son fidèle compagnon – s'il le laissait partir, avait-elle dit, agrippée à l'encolure de sa monture, les yeux embués de larmes, elle ne le lui pardonnerait jamais. Il s'était contenté de détourner la tête, tandis qu'elle conduisait l'animal dans un réduit en fin de compte assez vaste, à l'arrière de l'étable, où l'on entreposait en général des seaux, du fourrage, des outils et, un peu plus tard, qu'elle lui adjoignait pour compagne une brebis, exigeant uniquement de sa fille qu'elle l'en fît sortir à la tombée du crépuscule sans jamais franchir la route qui menait au village.

C'était une maigre contrepartie à laquelle il était facile d'obéir d'autant plus que les jours avaient commencé de raccourcir et qu'il suffisait maintenant à Madeleine d'attendre la fin de l'après-midi pour ouvrir la porte de derrière, se diriger vers le cœur du domaine où seuls les chats sauvages et les oiseaux de nuit la verraient se détacher sur les sentiers, montée non en amazone, mais à califourchon grâce au pantalon qu'elle n'avait aucun mal à dissimuler sous sa longue jupe noire et sa cape de laine à capuchon.

Au début un peu rétif, l'animal s'était habitué, comme elle, à ces heures de promenade insolites, distinguant sans difficulté toutes les nuances de l'obscurité, se coulant dans le sillage du chien d'Adrien, qui avait reporté sur la jeune fille l'affection qui l'attachait auparavant à son maître. Ainsi escortée, elle ne courait aucun risque, Henri le savait; du reste, la région s'était vidée de tout homme susceptible d'attenter à la pudeur d'une jeune fille par la force ou par la ruse; mieux, aux mains de femmes inexpertes qui n'avaient pas hésité à s'improviser chefs d'exploitation sous la direction, ou non, des vieillards et des hommes que la mobilisation ne concernait pas, les campagnes avaient vu naître une nouvelle forme de solidarité entre voisins; quant à l'acerbe Virginie, elle était encore trop hébétée, trop obnubilée par la perte de son petit-fils préféré pour critiquer ce qui leur eût apparu en d'autres temps comme une dangereuse exaltation, voire une indécente lubie.

De retour de promenade, Madeleine bouchonnait longuement son cheval pour éviter qu'il n'attrapât froid et se suspendait un moment à son encolure comme elle s'était suspendue autrefois aux branches de son poirier, savourant la douceur de son poil roux d'où s'évaporait peu à peu l'odeur aigre de la suée. Parce qu'elle l'avait mille fois pansé et caressé, elle savait retrouver et lire sur sa peau toutes les marques : le jour où, en sautant un fossé pour contourner un obstacle barrant la route, il s'était couronné, celui où il s'était blessé au poitrail contre un fil de fer barbelé, le printemps pas si lointain dont l'herbe trop riche en trèfle lui avait valu une série d'infimes renflements sur l'encolure, à la base des crins.

Elle lui chuchotait encore quelques mots à l'oreille, puis passait dans la chambre d'Adrien, tout près de là, où elle recueillait, toujours dans le noir, d'autres signes – le parfum des objets que l'homme avait côtoyés, le dos des ouvrages qu'il avait l'habitude de consulter avant de préparer remèdes et baumes pour les animaux et parfois pour lui-même, le contour des petits objets qu'il avait sculptés dans le bois. Enfin, elle jouait avec le chien, qu'elle aurait aimé conduire en tapinois, pour la nuit, dans la chambre qu'elle occupait seule depuis que Noélie et Berthe étaient parties pour Rodez, et dont elle s'était résolue à respecter le farouche besoin de liberté qui l'amenait à préférer au moelleux d'un lit le rude plancher de l'étable, et la chasse aux lapins, aux mulots, à un abri bien sec.

Ces journées remplies ne lui laissaient guère de temps pour ses anciennes activités : depuis le mois d'août, elle avait abandonné les travaux d'aiguille et il lui arrivait de s'endormir à la veillée, au coin du feu, bercée par la voix de plus en plus grave, de plus en plus lasse, de son père rapportant les nouvelles de la guerre et celles de telle ou telle famille dans le besoin qu'il s'employait à soutenir, en des discours qui eussent facilement passé pour des monologues si Virginie n'avait prononcé de temps à autre de brefs et sévères commentaires tenant davantage des onomatopées. Seule Julienne, forte de son jeune âge et de sa vivacité, parvenait encore à briser le silence du reste de la famille, accablé par la fatigue, le chagrin, ou les deux à la fois, cependant il était rare qu'elle tirât à l'un ou à l'autre un rire, en dépit des tours malicieux qu'elle s'obstinait à inventer, blottie sur les genoux d'Henri.

Il restait toutefois à Madeleine assez de force pour rédiger à l'intention de son bien-aimé, avant d'éteindre la lampe, des lettres qu'elle avait d'abord conservées au fond de sa table de nuit, dans le projet romanesque de les lui remettre en un petit paquet joliment ficelé à son retour, et que, la guerre s'éternisant, elle s'était décidée à lui envoyer par l'entremise d'Auguste, le vieux domestique qui avait toutes les faiblesses pour les filles d'un maître qu'il avait vu naître, recopiant de son écriture penchée l'adresse inscrite au dos des quelques enveloppes parvenues entre ses mains.

Ces missives, qui commençaient par « Mon cher, mon très très cher Adrien », décrivaient la façon dont la vie se déroulait jour après jour au domaine, les travaux accomplis, l'évolution du paysage au fur et à mesure que la lumière décroissait et pâlissait, que les feuilles se détachaient des arbres et roulaient, emportées par les rafales du vent d'autan, le plus honni des vents, parce qu'il a la caractéristique de s'insinuer dans toutes les fentes, tourner la tête des êtres, conduire les plus fragiles au bord de l'épuisement, voire de la folie, au mépris des dictons et prédictions simplistes par lesquels les humains tentent d'expliquer ce qui les dépasse – si la pluie ne survenait pas avant trois jours, prophétisait l'un d'eux, il en mettrait neuf autres avant de bien vouloir tomber, et si ce délai ne suffisait pas, il faudrait le reconduire.

Elle préférait toutefois s'attarder sur les spectacles que la nature offrait de temps en temps, levant, par exemple, ses rideaux de brouillard sur une toile d'araignée parsemée de gouttelettes aussi étincelantes que des gemmes, à l'orée d'un bois ; semant de minuscules stalactites dans la barbe des bêtes ; enveloppant troncs, branches et rameaux dans une gangue de gel qui donnait aux arbres l'allure des créatures humaines figées là par un sortilège et prisonnières jusqu'au redoux de la faute ou de la désobéissance commises. Car les champs, les arbres et les animaux du domaine, Madeleine le constatait au fil des jours, agissaient comme un baume sur elle, non seulement parce qu'ils avaient accueilli, et accueillaient peut-être encore en rêve, les yeux d'Adrien, mais également parce qu'ils étaient la preuve de l'Éternel Recommencement, en dépit de la mort et de la folie des hommes.

Tout naturellement, elle en venait alors aux projets d'avenir, dessinant et dessinant sans cesse, par ses mots, la chaumière et le jardin situés sur ces mêmes terres, qu'elle se représentait, souvent agrémentés d'un nouveau détail – un parterre de fleurs, un banc de pierre à l'ombre d'un arbre, un portillon à croisillons, un enfant sur sa hanche –, depuis le jour où elle s'était éprise d'Adrien. Une fois la guerre achevée, pensait-elle, les hommes seraient si étourdis par la fatigue et par le deuil qu'ils n'auraient plus ni la force ni l'envie de s'opposer à la moindre promesse de bonheur.

Et tandis que l'hiver s'adoucissait, que les jours rallongeaient, que les bourgeons pointaient, grossissaient, tumescents, se transformaient en feuilles vert tendre, vert profond, vert foncé, et les fleurs en fruits, que le vent se changeait en brise, en caresse sur la peau, que les travaux reprenaient, redoublaient, de plus en plus harassants, Madeleine continuait d'écrire à son bien-aimé, tout en sachant que, mû par cette loyauté envers son père qui faisait à la fois son désespoir et son admiration, il se garderait bien d'y répondre, pas même sous forme d'allusion, de message, d'indice, dans son courrier. Mais l'espérance, alliée chez elle à un farouche sens de la justice et à une modestie innée, était sa force, et rien, pas même la guerre, ne semblait pouvoir l'ébranler.

28

Avant de partir quelques mois plus tard – fin juin 1915 –, à son tour, Raymond vint faire ses adieux à sa grand-mère en compagnie de son père qui avait réussi à se soustraire aux opérations qu'il effectuait sans discontinuer dans sa clinique depuis qu'elle accueillait, sous l'égide de la Croix-Rouge, des convois de soldats blessés sur tous les fronts. En raison de ces activités, les visites du médecin à Randan s'étaient espacées au cours des derniers temps, mais, bien que la vieille femme se fût chaque fois efforcée de se présenter sous son jour habituel, il lui était vite apparu qu'elle ne parvenait pas à se remettre de la disparition précoce de son petit-fils préféré : loin de toucher leur cible, les accusations de sentimentalisme qu'elle continuait de tourner contre sa bru, comme un automate répétant le même et sempiternel tour, trahissaient à présent une amertume qui dissimulait mal les blessures.

Au-delà du chagrin, c'étaient de l'effroi et de la colère qu'abritait le cœur de la vieille femme : tout au long de son existence, elle s'était efforcée d'accepter humblement, chrétiennement, les coups d'un destin qui ne l'avait guère épargnée, et voilà que le décès de Jean avait produit chez elle non seulement une tristesse sans fin, mais également, tels les projectiles industriels de cette féroce guerre, une déflagration dont le souffle avait ravivé les épreuves précédentes. Soudain ressurgissaient des limbes où elle croyait les avoir à jamais enfouis ses quatre enfants morts en bas âge, Augustine, la jumelle de Maria, disparue bébé, Régis, dont l'existence s'était achevée à l'âge de cinq ans et demi, André puis Théophile balayés respectivement au bout de dix-sept jours et de deux mois – un mort pour chaque vivant, parfaitement et cruellement intercalés –, non plus souriants et paisibles, ainsi qu'elle s'était obligée peu à peu à se les remémorer, mais froids, immobiles, raides, dans leurs petits cercueils ; alors l'indignation s'emparait d'elle et il lui fallait, malgré ses rhumatismes, s'agenouiller de longues heures sur son prie-Dieu avant qu'elle commençât à s'émousser un peu.

Tel était le tourment de Virginie : ne plus être capable d'accepter – que ce fût l'échine courbée ou dans la lumineuse espérance d'une foi inébranlable – la séparation physique, comme si ses muscles n'avaient plus assez d'élasticité, ses tendons plus assez de nerfs, ses os plus assez de force pour le lui permettre. Était-ce là la vieillesse qui lui était échue, s'interrogeait-elle, en proie à une sourde angoisse : non l'élévation de l'âme et la sagesse que son époux avait magnifiquement incarnées jusqu'à la fin, mais le doute, la faiblesse, qu'elle n'avait cessé de combattre depuis le jour où, quittant son austère et digne famille de défenseurs de la loi, elle s'était mariée puis installée à Randan ? Or, si par malheur elle devait cesser de personnifier la force, ce pilier dont toute maison avait besoin pour perdurer, qu'adviendrait-il des siens ? Qu'adviendrait-il d'Henri qui, elle le voyait bien, repoussait dangereusement les limites de l'endurance, privé du soutien d'une épouse à poigne, comme il y en avait autrefois, comme elle l'avait elle-même été pour son cher Édouard ?

« Louis, cesse de m'importuner avec ma santé, dit-elle. Grâce à Dieu, je ne suis pas malade, et cette canne que tu vois ici est assez robuste pour me servir de troisième patte. Va plutôt retrouver ton frère. Il fauche aujourd'hui à Petignous avec Paul et ta filleule. Jenny doit y être elle aussi. Au moins, cela la dispense de pleurer.

– Maman, ne soyez pas trop dure… Elle a perdu un fils, elle est désespérée.

– Et moi, alors, crois-tu que je ne le sois pas ?

– Bien sûr, vous l'êtes, mais vous êtes aussi…

– Forte ? Je ne fais que mon devoir. Raymond, mon petit, accompagne ton père. Tu reviendras ensuite m'embrasser.

– Comme vous le voulez, bonne-maman. »

Non sans un pincement au cœur, Virginie regarda les deux hommes s'éloigner : physiquement semblable à feu son cousin, Raymond entretenait avec son père des liens aussi solides que ceux qui avaient uni Jean à Henri, et elle pria pour qu'il réchappât à cette guerre à laquelle, comme Paul, il semblait maintenant impatient de participer, à croire que, avec son enchevêtrement de férocité, d'héroïsme et de sang, elle exerçait une espèce d'envoûtement sur les membres de la gent masculine, et sur eux uniquement, aucune femme ne pouvant à son avis avoir la stupidité de vouloir se jeter dans pareille folie, dans la négation même de l'engendrement, de la continuité, de la race.

Nommé médecin auxiliaire, Raymond partit pour Perpignan et de là pour Paris, où il patienta quelques jours avant de recevoir son affectation dans un groupe de brancardiers divisionnaires qui stationnait en Artois, ainsi que l'apprirent ses premières lettres, dans lesquelles il regrettait aussi de devoir effectuer des tâches relevant plus des compétences d'un croque-mort que d'un médecin, du fait de l'activité réduite en ce mois de juillet, dans l'attente de la grande offensive de l'automne.

Dans ce calme relatif et du fait de cette perspective, une vague de permissions fut accordée pendant l'été aux hommes qui se trouvaient au front depuis longtemps ; c'est ainsi que, près d'un an après son départ, Adrien sauta un beau matin de la voiture d'un voisin venu chercher son fils à la gare et, accompagné de son chien qui avait surgi d'un fourré sur la route de Cassagnes-B. où il avait filé un peu plus tôt, mû par ce sens particulier aux animaux, s'engagea sur le chemin menant au domaine, tandis que l'autre poursuivait vers le village.

C'était une radieuse journée d'été et, malgré l'heure matinale, il y avait déjà du va-et-vient autour des bâtiments ; l'agitation cessa à la vue du nouvel arrivé, cependant, au lieu de se précipiter vers lui dans de grandes effusions, la plupart de ceux qui étaient là se figèrent sur place et le dévisagèrent ainsi qu'on dévisage les rescapés de catastrophes naturelles ou d'accidents, guettant sur son visage des signes non de vie, mais de normalité, une invitation à renouer les relations là où elles avaient été interrompues.

Adrien leur lança un bref salut et, sans même leur laisser le temps d'y répondre, s'engouffra dans son ancien et proche logis afin de faire un brin de toilette, mais, quand il reparut, toujours accompagné du chien, le bruit de son arrivée avait déjà couru de lèvres en lèvres et il trouva une sorte de comité d'accueil à la cuisine où il était allé chercher une tasse de café. Il en conçut non de la gratitude, ni même de la gêne, comme chaque fois qu'il était au centre de l'attention, étant plus homme à se couler dans l'ombre qu'à stationner en pleine lumière, mais un chagrin supplémentaire, la crainte panique de voir se fendre la carapace qui lui avait servi jusqu'à présent à avancer, alors même que le vieil Auguste l'étreignait en multipliant les «Bienvenue, mon petit», tel le père du fils prodigue.

Il s'écartait quand Henri survint, sa famille sur les talons, et le visage fermé, sombre, il crut bon de présenter de vive voix les condoléances qu'il avait déjà formulées dans une lettre, suscitant ainsi un silence douloureux qui sembla retentir comme la réverbération d'un son. Pendant ce temps, Jenny s'attardait à l'étage, occupée à lutter contre le sentiment d'injustice qui lui empoisonnait le cœur en lui suggérant que c'était son fils qui aurait dû rentrer, pas un employé, fût-il le bras droit de son mari, et elle inventa sur-le-champ à l'intention de Berthe une tâche lui permettant de la garder à ses côtés. Aussi Madeleine s'approcha-t-elle de son bien-aimé en l'absence de celle qui, en qualité de mère, eût été la seule à pouvoir déceler, sous son accueil chaleureux mais réservé, le tremblement intérieur, l'affolement du cœur, la joie, l'incandescence, en admettant qu'elle eût assez d'attention pour cela.

C'est alors que les rejoignit Virginie : s'appuyant sur sa «troisième patte», comme elle le disait, et sur Noélie, elle avait parcouru lentement le couloir et se détacha dans l'embrasure de la porte au moment même où l'homme serrait la main de la jeune fille. «Pourquoi toutes ces jacasseries ? jeta-t-elle. Peut-on savoir ce qui se passe ici ?

– Maman, répondit Henri, nous accueillons Adrien, qui rentre tout juste du front.

– Je vois, je vois… Mais il est inutile d'en faire tout un plat. Bonjour, Adrien, vous tombez bien, à quelques jours de la moisson. Pour une fois, ces messieurs de l'armée ne se sont pas trompés. »

L'intéressé déclara qu'il serait heureux d'apporter son aide, en dépit des protestations d'Henri qui réclamait pour lui un peu de repos. «Non, non, je vais très bien, Monsieur, j'ai dormi dans le train. Une sieste suffira amplement.

– Tu me donneras un coup de main plus tard. Marthe, qu'on lui serve un petit déjeuner ! »

Virginie le dévisagea un instant encore avant de s'éclipser, songeuse, et parut méditer un mystérieux projet jusqu'en début de soirée, moment où elle appela Noélie et la pria de lui servir d'appui dans une promenade dont elle avait, dit-elle, «l'envie subite», malgré l'heure tardive : ces derniers temps, argua-t-elle face à l'étonnement de la fillette, elle n'avait pas franchi les frontières du jardin, et elle craignait d'oublier l'allure des champs et des bois qui constituaient son horizon depuis des décennies.

Fière d'être ainsi distinguée parmi les siens, Noélie tendit son bras à sa grand-mère et la conduisit à l'entrée secondaire, côté jardin, afin de n'avoir à descendre que deux marches, au lieu d'un escalier tout entier. Depuis le début des vacances, elle n'avait guère eu l'occasion de discuter avec Virginie, qui l'avait refroidie, quelques jours après son arrivée, par des remarques acerbes à propos de prétendues extravagance et rébellion probablement acquises en ville, par exemple auprès de sa grande amie Yette, fille d'une «intellectuelle», et elle ne s'attendait pas à être choisie pour compagne de marche.

Loin d'être aveuglée toutefois, elle remarqua le temps d'arrêt que la vieille femme effectuait devant la partie d'étable qui abritait la chambre d'Adrien et elle proposa de se rendre à Carrous, le grand pré gagné sur l'ancienne châtaigneraie, où elle savait que l'homme se tenait avec son chien lorsqu'il cherchait la solitude et la rumeur de la nature pour méditer. En cette saison bénie, on distinguait encore à l'horizon le mont Lagast, hérissé de bois, qui à cette heure de la journée qu'on appelle entre chien et loup évoquait le plongeur prenant une profonde inspiration avant de s'enfoncer sous la surface de l'eau. Comme ni l'une ni l'autre n'aimaient les bavardages inutiles, elles cheminèrent en silence, nullement intimidées par ce moment pourtant solennel où les animaux de nuit guettent les ultimes gazouillis, les ultimes craquètements, dans l'impatience de se réapproprier la terre et l'air.

« Il y a une chose que je dois savoir, murmura Virginie, tandis que le chemin déviait sur la droite en une légère courbe et s'assombrissait davantage sous les hauts châtaigniers.

– Quelle chose, bonne-maman ?

– Attends… attends. »

Puis le tournant précipita vers elles Adrien dont la chemise claire, presque phosphorescente, ressortait à quelques mètres de là dans une pénombre qui commençait à estomper jambes et tête avec autant de facilité qu'un pinceau de peintre. Bientôt elles furent à sa hauteur et, sans prendre la peine d'exposer le moindre préambule, Virginie répéta :

« Il y a une chose que je dois savoir, Adrien.

– Madame ? »

– Dites-moi comment est la guerre, voulez-vous ? Et surtout ne mentez pas. Je suis certaine que les journaux racontent des fariboles. Je suis prête à entendre le bon comme le mauvais. »

Il eut un ricanement désabusé, presque douloureux, avant de répliquer : « Le bon ? On se donnerait toute la peine du monde qu'on ne le trouverait pas…

– Je veux savoir.

– Dans ce cas, il vaut peut-être mieux éloigner Mademoiselle Noélie, ce ne sont pas des récits pour les enfants.

– Non, il est bon qu'elle sache, elle aussi. Elle n'est plus une enfant et elle est de ma race, de ma trempe. »

Adrien obtempéra alors sans hésiter davantage : « Madame, nous autres de la territoriale ne sommes pas vraiment en première ligne, on nous appelle souvent pour aider les brancardiers ou faire des travaux, mais je peux quand même vous répondre. La guerre, ce sont des blessés qui pleurent et appellent leur mère, coincés entre nos lignes et celles de nos ennemis, ce sont des corps en putréfaction, des membres arrachés, des chevaux forcés jusqu'à l'épuisement, déchiquetés par les marmites, des gosses fous de terreur au moment d'enjamber le parapet, d'autres secoués de tremblements incontrôlables après les bombardements, des cratères remplis d'une eau croupie qu'on lape presque avec plaisir, des champs de boue, des ruines, des rats, des mouches, des poux par milliers, des nids de mitrailleuses prêtes à vous cueillir, des ordres impitoyables, insensés, des petits commerces sordides, des exécutions pour désobéissance, des mètres chèrement gagnés puis reperdus… »

Il s'interrompit, hors d'haleine, aussi Virginie reprit-elle : « Mon Dieu, au moins mon cher Jean n'aura que brièvement connu cela ! Mais des actes de courage, d'abnégation, de grandeur humaine… je ne peux pas croire qu'il n'y en ait pas. Parlez !

– J'ai vu des soldats, jeunes et vieux, se tirer une balle dans le pied ou dans la main afin d'être évacués. Les autres, ceux qui doivent rester, pleurent, crient, gémissent si fort que je les entends chaque fois que je ferme les yeux. Désormais il n'y a plus de silence dans mon esprit, pas même ici, à Randan…

– Le silence, comme si c'était cela, l'important… lâcha-t-elle sèchement. Répondez-moi plutôt : n'y a-t-il pas des hommes qui prêtent main-forte, qui secourent, qui réconfortent au milieu de tout ce gâchis ?

– Il y a les médecins et les aumôniers, si c'est ce que vous voulez dire. Et encore, il y a des médecins qui refusent des exemptions de service pourtant faciles à accorder…

– Êtes-vous donc si pessimiste pour ne considérer que le mauvais côté des choses ? Souvenez-vous de la parole livrée à Abraham avant la destruction de Sodome, *Je ne détruirai pas à cause des dix.*

– Justement, Madame, si je peux me permettre, il n'y en avait pas dix, et Sodome fut détruite.

– Insolent ! Vous ne comprenez donc pas ? Tant qu'il y aura des hommes… tant qu'il y aura un homme bon, les autres mériteront d'être sauvés. »

Soudain ses jambes ployèrent, Adrien bondit vers elle pour la retenir. Aidé de Noélie, il la conduisit au pied d'un châtaignier, à l'intérieur du pré, où une large pierre plate, posée sur deux souches, constituait un banc rudimentaire.

Elle se ressaisissait tout juste lorsqu'une fine silhouette apparut derrière le portillon, et l'on vit Madeleine s'approcher, intriguée, puis porter la main à sa bouche. « C'est toi, Malou ? interrogea Virginie, retrouvant aussitôt son mordant. Que fais-tu donc ici, toute seule ?

– Je… je… Eh bien, papa m'a envoyée à votre recherche. Il s'inquiétait de ne pas vous voir.

– Oui, oui, tout va bien… Un étourdissement, c'est tout. Retourne à la maison et dis à Marthe de faire préparer un lit. Adrien, que tu vois ici, est un peu déboussolé. Avec un peu de repos et grâce aux soins de ses semblables, il reviendra sans doute à lui. Va.

– Je vous remercie, Madame, intervint l'homme, tandis que Madeleine s'exécutait. Mais je préfère…

– Rendez-vous utile au lieu de parler ! Aidez-moi à rentrer ! Cette enfant, ici présente, est assez grande pour entendre parler de certains sujets, mais pas assez pour me porter. »

Tout doucement le trio regagna le sentier, sur lequel Henri, prévenu par Madeleine, accourut bientôt. « Maman, est-il bien raisonnable de vous promener à la tombée de la nuit et de vous exposer ainsi à l'humidité ? lança-t-il. Ne pouviez-vous donc pas attendre demain ? Et toi, Noélie, pourquoi n'as-tu rien dit ?

– Voyons, répliqua Virginie, je ne suis pas encore une invalide, et nous sommes en plein été ! Ton frère, qui est médecin, je te le rappelle, prétend que les petites marches sont bénéfiques après les repas, qu'elles accélèrent le processus de la digestion. Quant à ta fille, laisse-la tranquille, je te prie. Prends sa place et c'est tout. »

Malgré sa rudesse apparente, elle avait prononcé les derniers mots avec un soupçon de tendresse, telle une vieille reine qui, s'employant à mesurer l'attachement de ses sujets, découvre leur affection ; elle se laissa donc entraîner sans rien ajouter vers la maison, où l'attendaient les autres membres de la famille, et abandonna alors le bras d'Adrien pour celui de Jenny qui lui manifestait une sollicitude sincère puisque, en dépit de leurs frictions, elle avait appris à l'aimer à façon. Concentrant sur elle toute l'attention, Virginie fut la seule à remarquer la fébrilité de Madeleine, dont le regard allait et venait tantôt sur Adrien, tantôt sur elle, et soudain ce fut la confirmation de ce qu'elle avait pressenti un peu plus tôt en voyant sa silhouette se découper derrière le portillon de Carrous, pareille à la pièce manquante qui, une fois trouvée, permet de reconstituer le tableau tout entier.

« C'est donc ça », pensa-t-elle ce soir-là et les jours suivants en observant sans en avoir l'air le manège de sa petite-fille – cette sorte d'état de grâce dans lequel elle semblait à présent flotter à quelques pas de l'homme, leurs retrouvailles en apparence fortuites, mais en réalité savamment orchestrées par la jeune fille, que ce fût dans les champs, au verger, sur le perron, les caresses appuyées qu'elle distribuait au chien après qu'Adrien l'eut flatté, l'insistance à serrer entre ses doigts ou même à porter à ses lèvres le médaillon de ses vingt ans, et tout ce qu'elle, Virginie, pouvait maintenant se représenter sans devoir y assister, de même qu'un théorème s'impose au terme de démonstrations mathématiques, les déductions succédant à l'observation empirique, les causes entraînant les effets dans leur simple et impitoyable logique, par exemple cette espèce d'abandon né de la fatigue physique entre les êtres qui travaillent au coude à coude.

Par la suite, elle songea à avertir Henri de ce qui se passait entre son employé et sa fille, sans parvenir à s'y résoudre : non par paresse ni négligence, mais écrasée sous le poids d'une soudaine et durable constatation, à savoir que son monde, le monde des convenances, des traditions, d'un ancestral respect de l'homme, d'une tout aussi ancestrale crainte de Dieu, était en train de s'effondrer, balayé par le souffle de cette maudite guerre ; retenue aussi par la peur d'étouffer ce qui ressemblait à la seule promesse de bonheur au milieu de tout ce malheur.

Car elle se disait maintenant « À quoi bon ? », à quoi bon avoir observé tout au long de son existence des principes d'austérité, de rigueur, de dureté, pour en arriver là : à cet état de fait, à une probable société dans laquelle il lui serait, à elle, femme du XIXe siècle, impossible de respirer ; à son propre état de faiblesse physique, d'incertitude, de doute ; et toujours, et encore, au départ précoce, injustifiable, d'une génération que nulle autre ne pourrait remplacer. Elle se le disait tandis qu'Adrien repartait pour le front et que ses petits-fils, à elle, lui emboîtaient le pas, les seconds succédant à présent aux premiers, Henri, le cadet de Rose, s'ajoutant à Édouard, Pierre à Raymond, et Paul, enfin, l'insouciant et joyeux Paul que d'aucuns appelaient le « beau Randan », à son défunt frère Jean ; elle se le disait en voyant Jenny se consumer d'angoisse et Henri s'épuiser à la tâche dans un domaine désormais trop grand à exploiter pour des bras de femmes et de vieillards.

29

De son tourment, de son inquiétude nouvelle à un âge où elle aurait dû trouver la paix, Virginie ne parvint pas à s'extirper au cours des mois suivants, comme si la guerre avait ouvert un front supplémentaire non pas à l'est ou à l'ouest, au nord ou au sud du pays, mais en elle, une guerre bien différente et cependant tout aussi féroce que le conflit mondial avec lequel elle s'entrelaçait au point d'en paraître indissociable. Car ce n'était plus seulement au rythme de la terre, des saisons et des animaux, ou encore de la scolarité des enfants, que l'on vivait désormais au domaine, mais également, peut-être surtout, au rythme du courrier et des communiqués qui égrenaient leurs rations quotidiennes de morts, de blessés, de mètres et de kilomètres gagnés et perdus, même s'ils rapportaient aussi, de temps en temps, ces actes d'abnégation et de bravoure dont la matriarche avait réclamé des preuves d'existence à Adrien et qui autorisaient, selon elle, à espérer encore en l'être humain.

Désormais, quand il se présentait, la besace pleine, le facteur ne prenait plus le temps de boire un verre à la cuisine, sachant que d'autres familles l'attendaient ailleurs, promptes à porter une main à leur bouche pour étouffer une exclamation de joie ou un cri de douleur avant même qu'il eût tourné le dos – ce qu'il s'empressait de faire, une fois remis à son destinataire la carte des armées ou le petit rectangle de papier bleu pâle, gris, beige, qui avait voyagé rapidement et connu de nombreux intermédiaires depuis l'instant où il avait quitté la grosse table d'une popote ou les cuisses garance, puis bleu horizon, que l'expéditeur avait utilisées comme support pour le noircir de déclarations tantôt sibyllines, tantôt désabusées, ou encore empreintes d'un patriotisme exacerbé.

Bien qu'il fût interdit aux hommes de mentionner les lieux où ils se trouvaient, il existait des stratagèmes qui permettaient de contourner le règlement, par exemple en inscrivant un minuscule point sous tel ou tel caractère, au fil des lignes : reliés par une espèce de fil à broder invisible, ils formaient un nom, et c'était ainsi que Virginie suivait les tribulations de ses petits-fils aussi bien dans des patelins du nord et de l'est de la France, dont elle n'avait jusque-là pas même soupçonné l'existence, que dans les lointaines colonies. Relayés, amplifiés, filtrés par les autres membres de la famille, ces récits décrivaient, sur ce ton tantôt enjoué, tantôt ironique qui était la marque commune du clan un monde qu'on s'imaginait ensuite connaître pour la simple raison qu'un représentant de sa chair et de son sang avait levé sur eux le voile, l'espace de quelques lignes.

De toutes ces lettres, c'étaient celles de Raymond qui suscitaient le plus de commentaires car il avait, du fait de sa fonction, d'autres événements à raconter que les sempiternels mouvements militaires ou un quotidien de misère et d'attente, et il n'était pas rare qu'il rencontrât au détour d'un boyau, dans un estaminet, voire à un carrefour, connaissances, amis, ou amis d'amis, connaissances de connaissances, qui avaient entendu son nom rebondir de poste de secours en poste de secours, en particulier lors des offensives, périodes où les exemptions de service accordées par les médecins étaient synonymes de jours de vie supplémentaires.

Après avoir arpenté l'Artois, il avait expérimenté à Verdun les pilonnages incessants, les sorties nocturnes vers les tunnels, les redoutes et les caves pour récupérer des blessés parfois abandonnés depuis des jours à eux-mêmes, puis, en juillet 1916, ç'avait été la Champagne, où son incursion s'était révélée doublement fructueuse puisqu'elle avait aussi permis à Cécile, sa cousine, d'associer au nom de son défunt mari un lieu précis de sépulture – Le Mesnil, tout près de la côte où René avait mené pour la dernière fois les hommes de la 9e compagnie au combat.

Là, sur la croix sobre d'un cimetière militaire, il avait déposé la palme en perles que la veuve lui avait envoyée, accompagnée d'une poignante lettre dans laquelle, plus d'un an après le décès, elle se montrait inconsolable, et récité en son nom un requiem, offrant la possibilité à la jeune femme d'envisager avec la fin du conflit non seulement le retour de ses cousins et de ses amis, mais également le recueillement sur la tombe de son bien-aimé, fût-ce à des centaines de kilomètres.

Il était étrange, au reste, que cette perspective constituât un soulagement, se disait Virginie, qui n'avait jamais accordé d'importance à l'enveloppe charnelle des êtres, ne s'était jamais accrochée aux cercueils de ses parents, époux, enfants, au moment où on les avait refermés puis mis en terre, ne s'était jamais démenée, tandis que l'en détournaient des bras de survivants. L'âme – elle en était persuadée – demeurait, et pas uniquement pendant les quarante jours au cours desquels elle s'employait, murmurait-on de génération en génération, à s'arracher à l'étau d'êtres trop aimants pour, paradoxalement, la laisser partir vers une paix éternelle, ou sous forme de simples souvenirs : même si le chagrin persistait, le défunt éclairait, protégeait, renforçait, depuis son lointain au-delà.

En Champagne, précisément à Châlons où il était venu faire des emplettes depuis le cantonnement de repos, Raymond avait aussi rencontré Hippolyte, le chauffeur de son père : un coup de klaxon dans une rue barrée par un convoi d'autobus, une interpellation, une silhouette familière se précipitant en bas de son siège et, malgré les rouspétances du gendarme de planton, à cause de la circulation, les deux hommes s'étaient étreints à des centaines de kilomètres du lieu où ils s'étaient vus, côtoyés pour la dernière fois, un carrefour où il paraissait improbable qu'ils se rencontrassent, minuscules aiguilles perdues dans une gigantesque meule de foin.

En vérité, au sein de son groupe de brancardiers divisionnaires, Raymond s'attendait plutôt à rencontrer son cousin Paul, parti en mai de la même année, à la consternation générale – surtout au désespoir d'Henri, qui avait reporté ses rêves de transmission sur ce troisième fils prêt à embrasser la carrière d'agriculteur sans fréquenter au préalable les bancs d'une école d'ingénieurs –, car leurs divisions d'infanterie respectives œuvraient parfois côte à côte sur le front, mais le destin, démiurge frivole et lunatique, s'était amusé à les éloigner avant de consentir à les rapprocher près d'un an plus tard.

C'était en juin 1917, dans le secteur du Chemin des Dames : à la faveur d'une accalmie entre deux dégelées de gros obus, Raymond, de service à Vailly, avait enfourché un vélo pour se rendre à Vasseny, où était situé le dépôt divisionnaire du 24e régiment d'infanterie. Au terme d'une recherche dans plusieurs bureaux de la 8e compagnie, il avait gagné la gare de Braine, à quatre kilomètres de là, où Paul était détaché, lui avait-on dit, avec un poste de police, et découvert son cousin profondément endormi dans son baraquement. Malgré la gravité nouvelle que lui valaient son grade, sa fonction, sa silhouette amaigrie, presque aussi sèche désormais que celle de son père (à laquelle, comme par un tour de magie, elle se superposait à présent), et surtout son long séjour passé au front à ramasser morts et blessés, nettoyer et panser des plaies d'une ampleur jamais vue jusque-là, il n'avait pas résisté au plaisir de surprendre son cousin en se jetant sur lui, comme autrefois, quand, enfants, ils se battaient et se roulaient dans l'herbe par simple amusement.

La première peur surmontée, Paul avait éclaté de rire ; alors, dans ce baraquement sordide, au milieu d'un paysage dévasté qui semblait retentir tout entier du grondement des obus, tous deux avaient tenté de recoudre à gros points deux mondes déchirés, celui de la paix et du conflit, du passé et du présent, de leur région d'origine et de ce plateau meurtrier, sanglant, inhumain, entamant ce qu'ils définiraient ensuite, dans leurs lettres à Virginie, à Jenny, à Jeanne et à Louis, comme une «longue causette», sans préciser que là, au milieu d'étrangers, le domaine avait soudain ressurgi, avec ses voûtes d'arbres, le jade de son étang, les vastes et blondes étendues d'épis dépeignées par le vent, les murets en pierre sèche pareils à des festons, comme s'il était non seulement un lieu précis, mais aussi, tels l'air et l'eau, un élément nécessaire pour exister.

« Paul a eu la chance de ne pas faire partie d'un renfort qui vient de partir pour son régiment ; comme sa division sera relevée d'ici trois jours, le voilà pour longtemps encore à l'abri ; comme, d'autre part, il espère partir en permission dans une quinzaine de jours, il se déclare tout à fait heureux », s'était contenté en effet de raconter Raymond, et Paul avait écrit une semaine plus tard : «Raymond a eu l'amabilité de venir me voir et, pour ce, il s'est appuyé une course en vélo qui ne devait pas être bien intéressante. Tout le plaisir était pour moi, j'ai passé avec lui deux heures qui m'ont paru bien courtes… » Pas d'atermoiements donc, pas de marques d'émotion, pas la moindre trace du frisson qui s'était emparé d'eux à l'évocation des courses à cheval dans la Plaine, des promenades au bois du Moulin, des parties de pêche, bref, de la vie d'avant, mais, tout logiquement pour ces représentants d'un milieu et d'une génération qui n'étaient habitués ni à gloser ni à se plaindre, les faits purs et simples.

Virginie replia la feuille de papier à carreaux en songeant à la dernière rencontre des deux cousins à Randan et à la nostalgie qui avait envahi les yeux d'Henri devant ce spectacle, à la pensée du grand absent – Henri, dont la fatigue visible ne cessait de battre en brèche l'idée que l'esprit parvenait toujours à l'emporter dans sa bataille avec le corps. S'il faiblissait et si le destin de Paul devait imiter celui de Jean, que deviendrait le domaine ? se demanda-t-elle, avant de chasser cette perspective pour une autre, plus constructive : dispenser des leçons à ses petites-filles afin de les endurcir, leur inculquer le don d'endurer. En particulier à Noélie, la rebelle, dont l'année scolaire s'achevait, et à Madeleine, engluée dans une humeur sombre depuis le jour du mois précédent où son père avait remarqué tout haut qu'il n'était plus arrivé de missives d'Adrien et incité Jenny à écrire à l'aumônier de son régiment pour obtenir des nouvelles, savoir s'il avait été blessé et évacué dans un hôpital de l'arrière où il n'était pas en mesure de communiquer : jusque-là, en vérité, Madeleine avait affronté l'absence et le danger avec courage, mieux, avec cette euphorie qui caractérise les jeunes filles quand elles se sentent l'objet d'un amour partagé et qui évoque un battement d'ailes fines, transparentes, ou un léger crépitement de pas.

Noélie et Berthe venaient de regagner le domaine pour les vacances d'été quand le facteur remit à Jenny la réponse de l'abbé, glissée dans une épaisse liasse de lettres : voyant leur mère porter une main à sa bouche, elles interrompirent le compte rendu de leur dernier trimestre – multiples architectures de crayon, de fusain et de pastel pour la seconde, succès scolaire et amitié avec Yette pour la première, dont l'assurance s'était accrue au point qu'elle osait maintenant railler tout haut sa cousine Gabrielle et son cercle d'amies bien-pensantes qui, malgré leur jeune âge, s'étaient improvisées marraines de guerre à Rodez et donnaient des leçons à tout le monde –, tels des animaux se raidissant à l'approche de l'orage ou d'un taon.

Or ce ne fut pas un orage – et encore moins un taon – qui s'abattit sur la pièce, ce fut un de ces tours de magie qui se produisent une ou deux fois au cours d'une existence et qui suspendent le temps comme un doigt immobilisant l'aiguille d'une horloge défaillante dans le but de lui redonner la mesure exacte : Jenny dévisagea Virginie, et elles surent toutes deux que l'autre savait ; qu'elles avaient feint de la même façon l'indifférence, à un moment donné – récemment –, moins par crainte d'Henri que par amour de Madeleine ; qu'elles s'apprêtaient à soutenir celle qui était, à vingt-huit ans, une veuve sans l'être vraiment ; qu'elles se le juraient même, enfin unies par cette complicité qui rend les femmes plus solides que toutes autres créatures terrestres. Un tour de magie n'entraînant pas de trêve – si tant est qu'il y en eût, puisque, dans cette guerre moderne, chaque camp tirait désormais sur les prêtres, les médecins et les brancardiers de l'autre afin de les empêcher de ramasser leurs blessés –, mais une véritable paix, mieux, une alliance signée par le langage muet du cœur, dont les clauses ordonnaient la mise au ban des envies belliqueuses, l'anéantissement de tout ce qui évoquait poudre, canons, gaz, crosses et lames de fer.

Lorsque Madeleine revint des champs ce jour-là, la mère et la grand-mère la conduisirent dans une chambre où personne ne les dérangerait, la retinrent alors qu'elle défaillait, tout à tour la bercèrent, fermes mais tendres, dans leurs bras, séchèrent ses larmes, lui répétèrent que telle était la vie, une étoffe chatoyante présentant tantôt une souffrance, tantôt une irrépressible source de joie, dirent à table d'une seule voix qu'elle était en proie aux maux qui frappent mensuellement toute femme en âge de procréer et qu'elle ne descendrait donc pas. Le redirent le lendemain et le surlendemain, tous les jours qu'il fallut à Madeleine pour reprendre ses esprits, trompèrent ainsi le chef de famille officiel, celui-là même qui eût peut-être été le plus clément, lui cachant la mort de son bras droit jusqu'à ce que la veuve officieuse fût prête à affronter sous ses yeux la nouvelle, tissant entre elles un filet de regards, de signes de tête, de murmures, cousant cette entente avec d'autant plus d'ardeur qu'elle était arrivée tardivement et de manière inattendue.

Et Madeleine se ressaisit. Agrippée à ces deux piliers de chair familière, elle finit par se ressaisir pour la simple raison qu'elle était jeune et que l'avenir s'étendait devant elle, comme Jenny et Virginie non seulement le lui répétaient, mais s'appliquaient aussi à le lui démontrer, la soulevant, la portant à bout de bras, l'entraînant, lui insufflant ce courage de vivre qu'elles avaient elles-mêmes appris en dépit, ou peut-être à cause, des épreuves subies au fil du temps. Du reste, il était juste qu'il en fût ainsi, de même qu'il est juste que le Soleil et la Lune alternent au fil du jour et de la nuit, parce que telle était vraiment la vie, pour les femmes et les jeunes filles de leur milieu et de leur époque : une succession de bonheurs irrépressibles et d'épreuves à surmonter, les dents serrées, sans jamais regarder vers l'arrière, sans jamais perdre confiance, sans jamais s'efforcer de ramer à contre-courant là où il suffit de se laisser porter pour atteindre une plage sûre, un havre de paix.

En ce sens, la mort d'Adrien et ce qui s'ensuivit furent une sorte de révélation pour Virginie : l'arrachant au tourment qui gâchait ses dernières années, ils la poussèrent vers l'élément féminin qu'elle avait toujours, par goût et par tradition, négligé dans la famille, elle qui était habituée à seconder, stimuler, soutenir ceux qu'on appelle les représentants du sexe fort par manque d'imagination ou par convenance, à tort donc puisque, depuis la nuit des temps, ce sont les femmes qui transmettent, préservent, réconcilient – non les hommes, attirés par la fureur et le sang comme du fer par un aimant, fascinés par ce qui divise, déchire, anéantit inexorablement.

Ainsi, au soir de sa vie, Virginie découvrit les petites attentions, les confidences chuchotées à l'oreille et la complicité féminine qu'elle avait considérées jusque-là comme des marques de faiblesse et donc balayées d'un revers de la main, ou peut-être n'avait jamais remarquées bien qu'elles fussent, à des yeux plus sensibles, de précieuses et indispensables dentelles fabriquées par un crochet discret, désintéressé, autour d'un cou trop nu. Elle les découvrit et s'y abandonna, soutenant Madeleine, tâchant de redresser chez Julienne la vanité que lui valait sa singulière beauté ainsi que l'envie de plaire à tout prix, s'opposant à l'abstraction, l'immatérialité, vers laquelle le dessin poussait Berthe, racontant à Noélie des histoires du passé, ressuscitant pour elle son austère famille de défenseurs de la loi afin qu'on ne l'oubliât pas, après elle.

Pendant ce temps-là, la guerre se prolongeait. Elle fauchait des vies et en épargnait d'autres sans la moindre logique, multipliait actes de lâcheté et, en moindre proportion, gestes de bravoure, défournait de l'acier, engloutissait les bêtes de trait, ponctuait de cratères la terre qui s'étendait des deux côtés de frontières mobiles, la retournait en profondeur alors que, partout ailleurs, la main-d'œuvre improvisée – vieillards, femmes, enfants – avait toutes les peines du monde à l'égratigner du soc de charrues tirées non plus par des animaux, mais par des humains, déclenchait des épidémies, érigeait les affairistes et les industriels en une nouvelle et puissante classe qui supplanterait l'aristocratie, enterrait le XIXᵉ siècle et les valeurs de courtoisie, d'élégance, d'honneur qui avaient jusque-là régi la société, entraînait les États-Unis dans sa macabre danse et en expulsait la Russie, déplaçait les généraux, fusillait les mutinés, jetait dans la grève les ouvriers, offrait enfin à un camp plus de victoires qu'à l'autre, faisant pencher vers lui, de plus en plus nettement, l'aiguille de la balance, enfin, se concluait.

Alors les cloches des villages se mirent à sonner à toute volée et Virginie, galvanisée, put enfin laisser libre cours aux projections qu'elle s'était efforcée jusque-là de freiner, de figer, de ravaler : dans quelques jours, tout au plus dans quelques semaines, ses petits-fils reviendraient, ils prendraient la relève de leurs pères épuisés par les efforts et par l'angoisse de ces quatre années, choisiraient une épouse de leur rang, enfanteraient à leur tour, perpétueraient le sang et le nom de la famille.

Allongée dans son lit, où il lui arrivait de plus en plus fréquemment de s'attarder, veillée par une des femmes de sa famille qu'elle avait appris à chérir, soignée par son fils Louis, dont les rassurantes et rapides visites se multipliaient désormais, elle saisissait le pinceau et complétait la fresque, y disposant ses personnages tels qu'elle les avait vus la dernière fois – en permission, dans leurs uniformes impeccables –, négligeant étrangement, ou s'efforçant de négliger en vertu d'une ultime mais compréhensible lâcheté, ce que tous avaient pourtant observé au terme du conflit précédent : l'égarement des survivants, leurs fuites subites vers un lieu intérieur, non pas jardin, mais bois, forêt, gorge, gouffre, précipice, inaccessible aux femmes et aux hommes que les combats avaient surpris trop tôt ou trop tard pour qu'ils pussent y participer, même s'il transparaissait parfois, la nuit, au hasard des cauchemars, sous forme de tremblements, de halètements, de cris. Oubliant, ou voulant oublier, qu'ils ne seraient jamais plus comme avant – des garçons d'avenir –, qu'à leur place se présenteraient des hommes pétris, modelés, cuits dans une glaise ensanglantée, par un dieu assez féroce pour exacerber leurs caractères en les frottant à leurs vains et grotesques rêves de gloire : Édouard éternellement confronté à la honte des «embusqués», lui qui avait passé la guerre à l'abri, dans les états-majors et les colonies ; Paul à jamais affaibli par la blessure, un éclat d'obus dans la cuisse, subie à Salonique et par la malaria ; Raymond pour toujours auréolé des six citations obtenues par ses actes d'héroïsme, et pourtant, lui aussi, irrémédiablement bouleversé.

Mais ils étaient saufs, ils avaient traversé l'épreuve, étaient remontés sur l'autre rive, à présent ils s'ébrouaient, se séchaient, s'apprêtaient à revenir : seul cela comptait. Au début du mois de décembre de cette année 1918 qui demeurerait pour toujours dans l'Histoire, Virginie décida que le moment était arrivé de lâcher prise et, une main dans la main d'Henri, l'autre dans celle de Jenny, qu'elle aimait désormais – enfin –, comme un membre de sa chair et de son sang, entourée de ses petites-filles, dans la chambre qu'elle avait partagée si longtemps avec son cher époux, à l'intérieur de cette maison qui était, plus qu'une demeure, le symbole de sa famille, elle s'abandonna sereinement au courant.

30

Il n'y eut pas à Randan, à la fin de la guerre, de fête pour célébrer le retour des « héros » : quand le dernier des petits-fils – Raymond – revint, précisément le 1er janvier 1919, la famille portait, en effet, le deuil de Virginie, et Louis la culpabilité de ne pas avoir réussi à sauver sa mère de la maladie qui l'avait enlevée aux siens à l'âge de quatre-vingt-cinq ans, au terme d'un dernier et miraculeux répit. Le surlendemain de son arrivée, père et fils allèrent tous deux se recueillir sur la tombe de la matriarche, dans le petit cimetière d'Auriac-L., munis d'un bouquet de chrysanthèmes que Jeanne avait composé en songeant à la rudesse de la défunte, elle qui, occupée pendant toute la durée du conflit à seconder son mari à la clinique, n'avait pas eu le loisir de découvrir la face inattendue que sa belle-mère avait dévoilée durant les derniers mois de sa vie – mais c'est ainsi qu'on reste étrangers les uns aux autres au moment même où l'on croit les connaître mieux que quiconque, si tant est qu'il soit possible de les connaître vraiment.

C'était un jour d'hiver glacial et laiteux, comme il y en a souvent dans la région, au point que les jets de vapeur produits par les haleines semblaient se fondre dans une brume aussi blanche qu'un drap suspendu à un fil. Sur cette toile de fond immaculée se détachaient des silhouettes noires qui pleuraient non seulement des fils, des petits-fils, des frères, des maris ou des fiancés enterrés à des centaines de kilomètres de là dans un sol hostile et étranger qu'elles ne verraient probablement jamais, mais aussi les êtres chers que la grippe espagnole fauchait maintenant depuis des mois, comme si une hécatombe devait obligatoirement en appeler une autre, ou que la nature tînt à démontrer qu'elle avait autant de ressources que les hommes en matière de tueries.

Au domaine, que Raymond et Louis atteignirent ensuite, les champs étaient recouverts d'une épaisse couche de neige, aussi la seule activité se concentrait-elle dans l'étable, la bergerie et l'écurie, où les bêtes, nerveuses, refaisaient connaissance avec ceux de leurs anciens vachers, bergers, palefreniers qui avaient survécu et s'habituaient aux nouveaux venus. Mais il y avait également, auprès d'elles, des adolescents qui avaient grandi là en nourrissant l'espoir secret que la guerre les attendrait et qui, trop jeunes aussi pour discerner les blessures intérieures des êtres, en voulaient maintenant à leurs parents de ne pas les avoir mis au monde plus tôt. À défaut de sagesse, ils avaient toutefois acquis entre-temps force et habileté dans les tâches d'où leurs aînés les écartaient autrefois d'un geste suffisant, et ils se déplaçaient avec assurance parmi ces adultes étrangement empotés ou peut-être, songea Raymond en pénétrant dans l'étable, juste intimidés par la chambre vide et close qui semblait abriter un fantôme, non loin de là.

« Ah, te voilà enfin, mon petit ! » lança Henri, et Raymond eut un instant d'hésitation : vêtu d'une blouse et d'un pantalon de travail, chaussé de sabots, l'homme qui venait vers lui était bien son oncle, cependant il paraissait, depuis leur dernière rencontre, avoir vieilli non de quelques mois, mais de quelques années. Par commodité, il voulut attribuer ce changement à la mort de sa grand-mère, qu'Henri, il le savait, avait adorée, adorait sans doute encore, et il préféra se tourner vers Louis qui, après leurs salutations, observait son frère en lui parlant, les sourcils froncés. Enfin, il s'écarta pour serrer la main des domestiques qu'il connaissait et leur demander quand, sur quels fronts et dans quelles unités ils s'étaient battus, comme s'il n'existait pas d'autre critère au monde pour juger de la valeur d'autrui.

Il faisait chaud dans l'étable, et il s'y serait volontiers attardé si son oncle n'avait pas tenu à les entraîner aussitôt à l'extérieur où le froid, par contraste plus mordant, les obligea à parcourir en hâte les quelques mètres menant à la grille, puis à la maison, Henri toussant dans son poing, Louis serrant le col de son manteau, et Raymond marchant de ce pas un peu martial qu'il avait acquis à force de côtoyer des officiers, encore qu'il eût laissé dans l'armoire de sa chambre uniforme et décorations. Mais la chaleur revint les envelopper, une fois ouvertes et refermées la porte d'entrée puis celle du salon où, les vacances n'étant pas terminées, ses cousines tentaient de se distraire par des occupations ayant pour principal intérêt de les empêcher de trop penser.

Et, tandis qu'Henri priait Julienne d'abandonner un instant sa poupée et de monter prévenir sa mère, au chevet de Paul, il put contempler le tableau qui s'offrait à sa vue : Berthe, Noélie et Madeleine sagement assises dans des fauteuils et sur le sofa, autour de la cheminée, et occupées respectivement par un herbier, un livre et une broderie, puisqu'il était inconcevable dans cette branche de sa famille, comme dans la sienne, qu'on demeurât immobile, les mains vides. À sa vue, elles se levèrent et se ruèrent vers lui, et il eut grand-peine à ravaler les larmes qui, désormais, lui montaient aux yeux devant les marques d'affection, comme si, au lieu de l'endurcir, les épreuves surmontées au long de ces trois ans et demi avaient ébranlé son équilibre nerveux.

Mais c'était un héros, les citations qu'il avait obtenues à six reprises le disaient noir sur blanc, égrenant leurs formules emphatiques – « remarquable bravoure », « mépris du danger », « courage au-dessus de tout éloge », « esprit de sacrifice hors pair » ou encore « dévouement inlassable » –, les associant pour l'éternité à sa personne, traçant pour lui une trajectoire dont il ne dévierait pas pour peu qu'il demeurât à la hauteur, non seulement posé sur un inaccessible piédestal, mais enchaînant les actes de bravoure, peut-être même les exploits.

Il rit donc, d'un rire qui eût paru incongru dans cette pièce, parmi les membres de sa famille accablés par le deuil, s'il n'avait été léger et frais, et qui, de fait, entraîna ceux de ses deux plus jeunes cousines, Madeleine étant plongée dans une gravité qu'elle croyait sans doute appropriée à une célibataire de vingt-neuf ans, songea-t-il. Et encore : de toutes, c'était elle qui avait le plus changé depuis le début de la guerre, puisqu'elle avait perdu l'air éthéré, romantique, rêveur, qui les avait tant enchantés, ses cousins et lui-même, allant jusqu'à allumer en eux les premiers feux de la sensualité. Sombre, froide à présent, elle déposa un baiser sur sa joue, tandis que Jenny faisait son entrée et se précipitait vers les nouveaux venus avant de se rapprocher de son aînée et de glisser le bras autour de sa taille, mais Raymond, qui ignorait tout de l'ancienne passion de sa cousine et de son troisième deuil, déduisit de ce geste que les retours lui étaient pénibles car elle avait la nostalgie de son frère Jean.

À cette pensée, il fut de nouveau pris d'une espèce de vertige et il dut accomplir un effort sur lui-même pour chasser la honte qui l'envahissait de temps à autre, en traître, lui rappelant que, s'il avait sauvé des vies, il n'avait jamais enjambé le parapet sous les ordres des officiers, n'avait jamais enfoncé de baïonnette dans les chairs de l'ennemi, jamais tiré avec le revolver qui appartenait pourtant à sa panoplie de médecin, bref, qu'il était un ancien combattant qui n'avait pas combattu dans le sens strict du terme. Mais déjà Berthe revenait vers lui, munie d'un gros album qui se révéla être un herbier et, malgré les invitations de sa mère à le « laisser tranquille », insistait pour lui montrer les pages où elle avait fixé les fleurs qu'il lui avait envoyées à sa demande du front, aussi s'abandonna-t-il à d'autres pensées, d'autres images, également douloureuses, celles du jardin d'Artois où il avait cueilli, un jour de 1915, la vendangeuse qui s'étalait maintenant sous ses yeux, non pas fanée, mais pâle, cassante, comme momifiée.

Il ne s'était pas encore assis, sachant qu'il lui faudrait, avant de se couler dans une apparente normalité, monter au second étage, saluer Paul, prêter l'oreille à ses récits et peut-être à ses plaintes, le voir diminué, puisqu'il était rentré blessé, malade, de Salonique, et par conséquent le réconforter ; il attendait juste le signal de son père, qui soignait le jeune homme depuis son retour et comptait donc l'examiner, quand Noélie lança : « Tu ne vois donc pas que tu ennuies Raymond, avec ton herbier ? » Alors il la regarda mieux : menue dans sa robe noire d'une simplicité presque monacale, ses cheveux bruns tirés en chignon, le teint pâle, elle semblait ne pas avoir grandi en centimètres depuis ces derniers mois et peut-être serait-elle toujours une petite femme sans beauté puisque, calcula-t-il, elle devait approcher les dix-sept ans, mais elle avait maintenant quelque chose de mûr et de sauvage, d'insolent, qui balayait le reste en intimidant un peu.

« Non, non, Noélie, elle ne m'ennuie pas, dit-il. Je me rappelais juste…

– Voyons ! Parler de fleurs alors qu'il y a mille autres sujets de conversation plus intéressants… Dis-nous plutôt comment était le Luxembourg.

– Le Luxembourg ? »

Bien sûr, elle savait, comme tous les membres de la famille, qu'il avait traversé le Nord de la France, la Belgique et le Luxembourg au sein de l'armée de poursuite, mais pas plus à elle qu'à eux il n'avait envie de dire qu'il n'en avait rien retenu, ni paysages, ni architectures, ni sons : juste des visages d'autochtones pincés par la grippe, des visages entrevus mais pas mémorisés, son esprit étant trop occupé à se rappeler et à pleurer son meilleur ami, fauché quelques jours avant l'armistice – et il aurait pu ajouter à la liste « ni parfums ni mauvaises odeurs » puisque, à force d'inhaler des produits toxiques, il avait perdu l'odorat.

« Nous parlerons de tout cela plus tard. Raymond a certainement envie de voir Paul maintenant », dit Henri, et il emboîta le pas à ses aînés, comme sauvé *in extremis* et satisfait de se retrouver en la seule compagnie des hommes – d'hommes taciturnes, par surcroît, qui n'enfonceraient pas le couteau dans la plaie par des questions apparemment insignifiantes, ne rappelleraient pas que la gloire est indissociable de son terrible cortège d'injustice, de chagrin, de mort.

Paul était couché, au second étage, dans la chambre qu'il avait partagée avec Jean avant que ce dernier s'appropriât celle d'Édouard au départ de ce dernier pour Marseille, une chambre simple, comme toutes celles de la maison, où brûlait un feu de cheminée. Près du lit, un fauteuil tapissé de velours, flanqué d'une table à ouvrage garnie d'un panier en tissu à fleurs dans lequel Jenny devait puiser régulièrement pour tromper le temps auprès du malade, pensa Raymond, et, sur la table de nuit, des flacons, des linges, ainsi qu'une cuvette en porcelaine à moitié remplie d'eau. Le front barré d'un de ces linges humides, les traits tirés, très amaigri, le jeune homme sourit faiblement et tendit une main moite.

« Deux médecins pour le prix d'un ! Si, avec ça, je ne guéris pas…, dit-il.

– Tu guériras, mon petit, je te l'assure. La quinine fait son effet, et dans quelques mois, ce ne sera plus qu'un mauvais souvenir. Quant à ta cuisse, l'amputation a heureusement été évitée là-bas, et il te faut donc te résigner à boiter un peu pendant quelque temps », répliqua Louis de cette voix qui rassurait ses patients tout autant que sa réputation et ses compétences.

Il était maintenant assis au bord du lit ; Raymond le regarda tirer stéthoscope, thermomètre, tensiomètre, de la sacoche dont il ne s'était séparé qu'au cimetière et se pencher sur le malade, songeant que, à y bien réfléchir, il lui suffirait, pour suivre sans dévier la trajectoire que la guerre avait commencé à lui tracer, de l'imiter, de poser les pieds dans les empreintes du brillant chirurgien et, surtout, de l'homme qui avait réussi à surmonter la perte d'une épouse, d'une fille, d'un père qui était aussi un modèle et maintenant, à près de cinquante ans, d'une mère tant aimée – cinquante ans, que serait-il lui-même à cet âge-là, un mari, un père de famille, un sage ? s'interrogea-t-il. Et auprès de quelle femme ? Il y en avait bien une qui surgissait fréquemment dans ses pensées, ainsi qu'il l'avait vue pour la dernière fois, sur le quai d'une gare, le front ceint d'une guirlande de lierre et de gui qu'il avait lui-même tressée, mais elle refusait de le considérer autrement que comme un ami.

La consultation s'étant achevée entre-temps, il laissa son père et son oncle redescendre, prit place dans le fauteuil et alluma deux cigarettes. « Maman n'aime pas que je fume dans mon lit, déclara Paul en saisissant celle qu'il lui tendait. Ici, tout le monde a peur des incendies. Exactement comme à Salonique. Comment les trouves-tu ?

– Quoi ? Les cigarettes ?

– Mais non, voyons. Mes sœurs, mes parents !

350

– Ah ! Eh bien, Madeleine a beaucoup changé, elle paraît un peu… vieillie, voilà.

– Tu sais, c'est elle qui a le plus travaillé ici ces deux dernières années. Avec papa, bien sûr. Au début de la guerre, maman a écrit à Augustine, à Montpellier, pour lui demander de rentrer. Mais elle a répondu qu'elle voulait servir la patrie, aider dans les hôpitaux, partout où l'on aurait besoin d'elle. Elle a préféré la patrie à sa propre famille, tu te rends compte !

– Comment oncle Henri a-t-il pris ça ?

– Il ne l'a jamais su. Maman a tout fait en cachette. Il n'aurait pas voulu avoir l'air de quémander de l'aide.

– Que veux-tu, elle est un peu comme Gabrielle. Sais-tu que ma petite sœur a fondé un cercle d'exaltées avec lesquelles elle priait pour les âmes des soldats ? Et donc pour la tienne, mon vieux ! Ces gentilles jeunes filles ont failli se noyer en se refaisant baptiser dans l'Aveyron ! Le scandale a été évité de justesse. Maman était, paraît-il, dans tous ses états. » Il rit, avant de poursuivre, songeur : « Des marraines de guerre… je me demande ce qu'elles vont devenir, avec la paix. Toutes ces bonnes gens vont s'ennuyer. Et Édouard ? Quelles sont les nouvelles ?

– Oh, il est venu parader un peu dans son bel uniforme colonial. Mais au bout de trois jours il était déjà reparti. Il est entré un matin dans cette chambre, il s'est assis dans le même fauteuil que toi. Il a mis des bésicles, a vissé une cigarette sur un embout en écaille et fumé en lisant son journal.

– Qu'est-ce qu'il t'a dit ?

– Rien. J'étais démoralisé ce jour-là et je faisais semblant de dormir.

– Quoi ? Tu ne lui as pas parlé ?

– Non. Tu connais Édouard… Je peux t'assurer, sans lui avoir parlé, qu'il est encore plus suffisant qu'avant. » Paul marqua une pause avant d'ajouter : « Je vais te dire une chose, mais uniquement si tu me promets de ne pas la répéter. Approche… »

Intrigué, Raymond se pencha en avant et promit.

« … Quand je serai guéri, je reprendrai le domaine. Jean n'est plus là, et Édouard s'en fiche complètement. Il a toujours détesté la campagne. D'ailleurs, il n'est resté ici que trois jours puis il a filé, comme si des affaires l'attendaient.

– Tu en as discuté avec ton père ?

– Non, pas encore, mais c'est logique. Bien sûr, au début nous travaillerons ensemble, comme il l'a fait avec bon-papa. Je lui demanderai de me céder quelques terres que j'exploiterai pour mon compte, comme lui, autrefois, avec les Farguettes et Castaniès.

– Tu as l'air bien pressé. Et puis oncle Henri est encore jeune, il n'a que soixante ans. Ne vaudrait-il mieux pas que tu penses d'abord à guérir ?

– Soixante-trois, soixante-trois ans. Quoi ? Tu me désapprouves ? Je n'imaginais pas que tu étais aussi conservateur. »

Raymond se leva et, empoignant le tisonnier, fourragea un peu dans la cheminée. « Je n'aime pas parler de ces choses-là, c'est tout. Nous venons de rentrer, et toi, tu veux déjà tout révolutionner !

– Il faut bien penser à l'avenir ! Le monde change, il a déjà changé ! Notre génération s'est battue, c'est à elle de prendre les rênes. Ne me fais pas croire que toi, tu n'y penses pas ! Évidemment, tu es l'aîné et tu as choisi la même carrière que ton père. Tu auras la clinique. Moi, je suis le troisième garçon, le deuxième maintenant. Et puis, tu le sais bien, j'adore Randan. Je ne me serais jamais permis d'y penser avant… avant Jean.

– Aimer n'est pas une justification. Si l'on obtenait les choses parce qu'on les désire plus que les autres, ça se saurait. Et dans ce cas-là, ce serait à Madeleine qu'irait le domaine. Elle donnerait sa vie pour lui.

« – C'est ça, à une fille… Ce que tu es rabat-joie ! Mais rassois-toi et parlons d'autre chose… Tu as dû faire tourner les cœurs avec toutes tes décorations, non ? »

Ils discutèrent donc de femmes, comme ils l'avaient fait tant de fois avant la guerre, et de sujets moins brûlants jusqu'à ce que Paul, épuisé par la fièvre, finît par s'endormir. Raymond demeura à son chevet encore un moment puis, entendant des pas sur le palier, se décida à se lever. Il avait déjà la main sur la poignée en laiton quand la porte s'ouvrit, dévoilant sa cousine Madeleine, laquelle chuchota, après qu'il eut posé un doigt sur ses lèvres et indiqué le malade d'un signe de la tête : « Nous allons passer à table, tu es prêt ?

– Je te suis. »

Mais avant de s'engager dans l'escalier, il la retint par le poignet. « Tu… tu es sûre que tu vas bien ?

– Oui, évidemment, pourquoi ? » répondit-elle en se dégageant, et il comprit qu'elle mentait, pis, il reconnut le mélange d'insolence, de détermination et de fatalité qu'il avait décelé dans les yeux de celle qui l'avait repoussé quelques jours plus tôt, soi-disant pour « faire carrière » – une absurdité, à son avis –, ce sentiment qui enflamme les êtres passionnés que sont parfois les jeunes filles en les amenant à braver la raison.

« Rien, rien, tu as l'air… ailleurs.

– Tu ne m'as pas vue beaucoup, ces dernières années, tu as dû oublier comment je suis.

– Oui, tu as raison, c'est certainement ça », dit-il en pensant qu'il faudrait renouer aussi les fils de la familiarité.

Dans la salle à manger, il n'y avait que huit chaises autour de la table et il ne put s'empêcher de se représenter celles qui avaient été enlevées, rangées le long du mur ou à la cuisine, définitivement pour certaines. Personne n'occupait la place de Virginie et le sentiment de son absence, de l'absence de Jean, s'imposa si fortement à lui qu'il eut l'impression de suffoquer, mais déjà le maître de maison le questionnait à propos de l'avenir.

« On m'a accordé une permission de quinze jours, répondit-il, mais une circulaire prévoit déjà le retour prochain des étudiants dans leurs facultés. Je devrai donc bientôt regagner Toulouse. » Et tandis que Louis parlait de Pierre, son cadet, rentré fin novembre et déjà prêt à intégrer Centrale, dont il avait passé le concours d'entrée pendant la guerre, il revit en pensée une scène à laquelle il avait assisté à d'innombrables reprises dans les quartiers détruits par les bombardements : une maison exhibant ses entrailles de meubles, de tapisseries, d'objets aimés, qui s'écroulait sans crier gare comme un château de cartes. Paul avait raison, le monde changeait, songea-t-il, mais il était encore habité d'édifices branlants, de décombres, qu'il faudrait faire tomber et balayer avant de reconstruire. Alors rien ne serait plus comme avant.

Absorbé dans ces pensées, il écouta distraitement le reste de la conversation et, après le repas, la *Marche turque* que Noélie interpréta au piano non sans une certaine maîtrise, cependant il sursauta au début du troisième mouvement qui, redoublant de rapidité et d'intensité, paraissait évoquer non seulement une charge de janissaires, mais aussi cette nouvelle ère dont on parlait, une ère sauvage, féroce, où, craignait-il, la camaraderie, mieux, la fraternité qui l'avait aidé, lui, à tout surmonter n'aurait peut-être pas droit de cité.

Enfin, vint le moment de rentrer et, tandis qu'on appelait Hippolyte à la cuisine, son père et lui prirent congé de la famille puis gagnèrent le véhicule en compagnie d'Henri, à qui Louis crut bon de faire quelques recommandations à propos de sa santé, avant de refermer la portière. « Ce n'est pas le travail qui m'épuise, répliqua son oncle tout bas et cependant assez fort pour qu'il l'entendît. C'est le chagrin. La guerre m'a pris un fils et m'en a rendu un autre malade. Et maman n'est plus là. »

Il y eut encore un au revoir, puis le vacarme du moteur recouvrit tous les sons et, devant le visage fermé de son père, Raymond se demanda s'il avait prononcé les mots « Pauvre Randan ! » ou les avait seulement pensés.

31

Après les vacances de Noël, Berthe et Noélie regagnèrent le pensionnat, où Julienne, qui allait sur ses dix ans, avait annoncé qu'elle ne mettrait les pieds « ni vivante ni morte », et ce non par hostilité à l'égard des études, mais pour la simple raison qu'elle refusait de quitter son foyer. Née tardivement, alors que sa mère ne se croyait plus en âge d'enfanter, fruit d'un amour qui n'avait jamais faibli, elle n'eut guère de difficulté à faire céder son père, lequel n'avait, pas plus que Jenny, envie de voir partir un autre rejeton, fût-ce vers une destination proche, aussi avait-il été décidé que Madeleine, maintenant délivrée des travaux de la terre, se chargerait de l'instruction de la fillette, dont elle appréciait au reste la vivacité, malgré les fréquents caprices.

La vie avait donc repris son cours, le facteur s'attardait de nouveau dans les cuisines au cours de sa tournée, n'ayant plus à délivrer de missives urgentes provenant du nord ou de l'est du pays, la parenthèse se refermait enfin sur son lot de victimes, même si l'éradication de la grippe constituait un autre combat – à cause duquel, au reste, on n'avait pas démobilisé les étudiants en médecine, dont Raymond, appelé à Amiens –, et les voisins recommençaient à inviter et à recevoir sans mauvaise conscience.

En vérité, les relations de voisinage n'avaient jamais cessé pendant les quatre années précédentes, mais elles avaient surtout visé à consoler, soutenir, aider, souvent sous forme de visites de condoléances dont on repartait, bouleversé, sans avoir eu l'occasion de prier autour d'un corps. Au nombre de ces voisins compatissants et fidèles comptaient les Bruguières, dont l'amitié avec les Randan perdurait de génération en génération : du même âge qu'Henri, avocat, prénommé Hercule non sans clairvoyance puisqu'il était devenu au fil du temps une force de la nature, le chef de famille actuel avait épousé sur le tard une femme de seize ans sa cadette qui avait mis au monde ses premiers enfants alors que Jenny accouchait de ses derniers. Parce qu'elle venait de la ville, était jolie, vive et pleine d'esprit, donnait son avis sur tout sans qu'on le lui demandât, pis, croyait bon d'intervenir dans les destinées d'autrui, cette Eulalie avait eu fort à faire pour séduire ses beaux-parents, mais elle avait découvert en Jenny, en dépit de leur différence d'âge, une précieuse amie.

Les deux familles avaient ainsi partagé les événements saillants d'une vie, fêtant ensemble anniversaires, baptêmes ou communions, se réconfortant mutuellement dans les périodes de maladie et d'un deuil qui les avait d'abord touchés simultanément – puisque les parents d'Hercule s'étaient éteints en 1909 comme le père d'Henri –, avant de se concentrer sur les Randan, leurs voisins n'ayant pas de fils en âge de participer au conflit mondial. Pour étouffer peut-être cette culpabilité, Eulalie avait entrepris dès 1914 de sillonner les routes à bord d'une petite voiture à cheval, toujours prête à offrir une oreille compatissante et des bras tendres où bercer l'amie infortunée et des filles qu'elle considérait presque comme les siennes, elle qui n'en avait qu'une, après deux garçons turbulents.

Et maintenant que la guerre était terminée, elle observait les rescapés, ainsi qu'un général perché sur son cheval examine le champ de bataille où l'on vient de s'entre-tuer, et se disait qu'il n'était pas sain qu'une jeune femme de vingt-neuf ans – Madeleine, évidemment –, qui s'était sacrifiée pendant les quatre dernières années sans rechigner devant la tâche, s'absorbât dans de longues promenades solitaires, alors qu'elle aurait pu fonder un foyer et rendre un homme heureux ; qu'en intervenant, elle accomplirait une bonne œuvre, apaiserait du même jet de pierre et la mère inquiète, éprouvée, et la fille.

C'est ainsi qu'au printemps, alors que la nature continuait de sommeiller, comme toujours dans cette région qui passait presque sans transition de l'hiver à l'été, elle invita à dîner Madeleine et son frère Paul, que la maladie semblait peu à peu abandonner, même si elle le retenait encore par des fils certes invisibles, mais aussi solides que ceux des araignées. Elle avait réuni pour l'occasion une belle-sœur célibataire et une cousine qui seraient les troisième et quatrième convives féminins, surtout l'appât, la justification, les guides, et qui accueillirent avec bienveillance cette voisine marquée par un deuil secret, dont elles avaient entendu parler à plus d'une reprise – la dernière fois en fin d'après-midi avant que se présentât l'invité masculin, le fiancé en puissance : un trentenaire qui, détail non négligeable, portait le prénom de celui qu'on pleurait désormais à Randan à l'image d'un martyr, comme si sa mort précoce avait servi à quelque chose, contribué par exemple à la paix.

Compte tenu de son aspect, de ses études et de ses origines, ce Jean-là se serait marié plus tôt s'il n'avait pressenti la catastrophe mondiale et, par conséquent, un départ prochain, une absence d'une durée imprévisible, surtout le chagrin, la crainte, la menace dont serait inévitablement accablée une épouse : parce qu'il était avant tout loyal, il avait remis cette étape importante à plus tard, à son retour définitif dans la petite ville de Laissac, dans le nord du département, où il était né et où il exerçait le métier de notaire, comme son père et son grand-père avant lui. Et voilà que, par l'entremise de ses amis, ce moment était arrivé.

Il était déjà dans le salon quand Madeleine y pénétra en compagnie de Paul, il la vit donc s'approcher avant qu'elle ne le remarquât, elle qui, contrairement à lui, ignorait tout de ce projet d'union, et il fut aussitôt charmé par ce qu'on lui avait annoncé : sa jolie silhouette, ses traits réguliers, son teint pâle et la chevelure blonde qu'elle avait tirée en chignon non plus sur le haut de la tête, comme avant guerre, mais sur la nuque. Surtout, par ce à quoi il ne s'attendait pas : la détermination qui se lisait dans son regard et sous lequel on décelait, pour peu qu'on y prêtât attention, une mélancolie sans fond.

Plus que tout, cette mélancolie le séduisit car elle témoignait d'une propension à la poésie et aux rêves dont il était lui-même dépourvu et qui était d'autant plus notable ici qu'elle parait une créature attachée à la terre – ce que Madeleine était, lui avait-on dit. Il se demanda non sans crainte ce qui, chez lui, pourrait la conquérir, mais il ne se décontenança pas, ne multiplia pas les compliments, ne profita pas, pour s'imposer, des apartés savamment ménagés à son intention par le maître et la maîtresse de maison entre l'apéritif et le dîner, puis au cours du repas, ne rit pas de manière excessive aux plaisanteries que Paul égrenait, comme à l'accoutumée.

Il attendit. Que sa voisine de table eût enfin posé les yeux sur lui, eût employé quelques secondes à le dévisager, embrassant les détails de sa physionomie d'un regard rapide, ainsi qu'un joueur de hasard ramasse les dés et les jette sur le feutre vert de la table, pour y revenir ensuite, recommencer et enfin, une fois la partie terminée, les garder dans le creux de la main.

Et sa voisine vit, sans avoir besoin de s'attarder, ce que ses prunelles marron reflétaient : le cœur loyal, simple et sûr d'un homme qui non seulement ne revenait jamais sur la parole donnée, mais ne prononçait jamais cette parole sans avoir écouté, réfléchi et pesé les termes de l'équation à résoudre, du conflit à dénouer, à la recherche du bien commun. Alors elle se demanda si c'était cela, la vie. Si c'était là ce qu'elle faisait : vous rattraper au moment où vous ne croyiez plus à rien et vous saisir, vous soulever, vous porter. Et l'attirance – l'amour peut-être –, c'était cela aussi ? Non un envoûtement, une palpitation du cœur, une pulsation de toutes les veines, mais le calme, l'assurance d'un horizon libre, d'une route aplanie, d'un voyage confortable ?

Elle y pensa ce soir-là à table, puis sur le chemin du retour, tandis que la voiture, conduite par son frère, la ramenait chez eux dans un crépitement de sabots ferrés, elle y pensa pendant que Jenny, debout malgré l'heure tardive, réclamait, l'air de rien, des détails de la soirée, et, plus tard, alors qu'elle réintégrait la chambre qu'elle n'avait plus à partager que pendant les vacances scolaires. Elle y pensait toujours le lendemain, du haut du vieux cheval qu'elle avait soustrait à la réquisition en le cachant dans un coin de l'étable et en ne le sortant qu'à la nuit, une bête, mieux, un compagnon, qui continuait d'avancer vaillamment, quoique uniquement au pas maintenant.

Mais c'était encore trop tôt, le souvenir d'Adrien s'accrochait encore à elle, sa silhouette longiligne, ses yeux clairs, son parfum et sa voix grave figés pour l'éternité, refusant de la quitter, aussi ne se demanda-t-elle pas – pas encore – si le moment était arrivé de laisser les morts reposer en paix : elle se replongea dans son chagrin et dans ce domaine qui lui en rappelait à tout instant la cause, parce qu'ils étaient comme des chiens confiants, routiniers, rassurants, qui vous léchent la main et se couchent à vos pieds.

Or Jean écrivit : une lettre brève dans laquelle il lui disait qu'il avait été charmé de faire sa connaissance et qu'il aimerait la revoir – sans doute pas de sitôt puisque de nombreuses activités le retenaient dans sa petite ville, eut-il la sagesse d'ajouter, tel un dresseur qui sait par expérience qu'il convient de laisser les animaux rétifs venir à lui plutôt que de les brusquer – et une deuxième, une fois obtenue la permission d'entamer une correspondance avec elle.

C'était la fin du mois de mai de cette année 1919, Madeleine venait d'avoir trente ans, ce cap franchi lui donnait l'impression d'être une rescapée, et elle accepta cette proposition spontanément, sans se douter que c'était en vérité ce qu'elle avait attendu pendant des mois, des années : une voix répondant à la sienne, s'y entrelaçant, non plus le monologue auquel son bien-aimé s'était livré par respect pour son père – ou par lâcheté, osait-elle parfois imaginer.

Du reste, la nature se métamorphosait, les fleurs des poiriers et des pommiers saupoudraient le verger d'un sucre parfumé qui attirait par nuées oiseaux et insectes, les grappes de glycine surgissaient à l'assaut d'une façade, tout comme les roses jaunes, à droite de la porte, les primevères cédaient le pas aux œillets des poètes, benoites, ancolies, ou encore pavots, semés en des temps anciens par une jeune Virginie ou peut-être même avant, par sa belle-mère venue déjà d'Espalion, et cette éclosion suscitait à présent chez Madeleine une sourde euphorie.

Car, après tant de morts et de chagrins, la vie repre-nait ses droits, la terre accueillait de nouveau – tirées par les vaillantes bêtes d'un cheptel reconstitué en partie et par des bras musclés – les roues et les socs des charrues, dessinant des sillons où de légères, minuscules, presque invisibles graines jetées à la volée se transformeraient en tiges blondes, inaugurant, sous réserve de pluies trop abondantes ou de grêle, une prochaine ère de prospérité.

Était-ce le soulagement qu'entraînait chez lui une telle perspective ? La certitude que son fils Paul recouvrait peu à peu sa santé ? Ou la disparition de sa mère, et par conséquent la perte du pilier sur lequel reposait toute la maisonnée ? Était-il submergé par le récent chagrin qui, au lieu de chasser le premier, s'y était ajouté au point de constituer un fardeau écrasant ? Ou avait-il tout simplement posé sur le sempiternel tapis de feutre vert toutes les cartes dont il disposait dans une partie qui ne prévoyait pas de pioche ? Était-ce tout cela à la fois ? Par un après-midi de la mi-juin, Henri vacilla alors qu'il brandissait une gerbe de foin au bout d'une fourche, dans le champ qu'on appelait la Plaine : rien de grave, se dit-on après l'avoir relevé, une légère insolation, un fléchissement

nerveux, peut-être l'âge – soixante-trois ans – qui commençait à dicter au corps ce que l'esprit lui épargnait et qu'une bonne nuit de repos suffirait à effacer, pas de quoi, donc, déranger Louis, ni même Alphonse, le cousin qui exerçait dans un des villages voisins. Or les jours se succédaient et le malade restait au lit, comme s'il ne pouvait pas, ou ne voulait pas, se relever.

Alors Louis vint, accompagné de Raymond, tout juste démobilisé et prêt à reprendre ses études de médecine là où la guerre les avait interrompues, même si, ayant observé pendant près de quatre ans la peur, le courage, la lâcheté et toutes les réactions que le danger entraîne, il en savait à présent plus qu'il n'était censé savoir, à son niveau et à son âge, sur les maux et l'âme humains. Il pria Jenny et ses filles de quitter la chambre un moment et, après les avoir regardées s'égailler, s'assit au bord du lit.

Couché sur le dos, les traits tirés, amaigri, Henri l'accueillit par un faible sourire et se contenta d'enchaîner les monosyllabes en guise de réponses à l'interrogatoire auquel il fut soumis : « Non », il ne savait pas ce qui s'était produit exactement avant qu'il s'écroulât dans la Plaine, s'il avait été victime d'un malaise ou avait tout simplement glissé, « Oui », il avait ressenti une vive douleur à la poitrine et « Oui », il avait l'impression d'être « privé de forces ». Puis, tandis que le médecin posait sur sa peau ces instruments luisants et froids qui étaient un peu le prolongement de lui-même, il se tut, ravalant comme tous les hommes de sa génération et de son milieu les pensées qui se pressaient dans son esprit, à savoir que tout, geste, parole, acte, lui était désormais pénible, qu'il n'avait plus qu'une seule et étrange envie : réintégrer le ventre maternel, baigner, insouciant, dans son liquide tiède, à l'abri de ses parois de chair – soit des élucubrations indécentes, des lubies –, les cachant même à ce frère auprès duquel il s'était toujours épanché, non par manque de confiance ou par crainte maintenant, juste par lassitude.

Mais Louis comprit. Il renvoya Raymond sous un prétexte et demanda à Henri ce qu'il attendait de lui.

« Combien de temps me reste-t-il ? répondit l'aîné.

– Je ne peux pas te le dire. Pas très longtemps… trois, quatre mois, peut-être plus. Cela dépend aussi de toi. De la façon dont tu te bats.

– C'est beaucoup et c'est peu à la fois.

– Je te promets que tu ne souffriras pas. Je ferai le nécessaire.

– Bien. Le plus important, c'est que tu prennes soin d'elles, reprit Henri, omettant étrangement ses fils. Jenny risque de flancher…

– Je serai là.

– Et Madeleine… Tu es son parrain, veille à ce qu'elle se marie. Elle est faite pour aimer, elle l'a déjà prouvé.

– Prouvé ?

– Oui, c'est trop long à t'expliquer. Elle croit, comme tout le monde ici, que je ne sais pas… mais j'ai tout vu, tout compris, peut-être même avant elle. J'attendais juste que cela prenne fin. Non, non, c'est inutile. Plutôt… le jeune homme qu'elle a rencontré chez nos voisins et qui lui écrit… encourage-la à l'épouser. Je ne me fais pas trop de souci pour Berthe et Noélie. Elles s'en remettront, elles ont leur monde à elles. Julienne, en revanche… je ne lui ai sans doute pas appris grand-chose. Je l'ai trop gâtée, c'est certain.

– Henri, arrête, arrête, je t'en prie ! Pour l'heure, repose-toi. Nous en reparlerons plus tard.

– Non, je veux que ce soit fait maintenant. Ainsi, je n'aurai plus à m'en soucier. Pour ce qui est de Randan… Édouard, ce fou, ne veut pas en entendre parler… Il faudra que Paul se fasse aider. Tu es sûr qu'il guérira tout à fait ?

« – Oui, il est en bonne voie. Tu peux le constater toi-même.

– Bien, bien.

– Et maintenant, calme-toi. Plus un mot, je te prie.

– À vos ordres, Docteur. Ne dis rien à personne pour l'instant et reste un moment avec moi. »

Louis s'accrocha à la main d'Henri pour la première fois sans doute depuis que, enfants, ils se promenaient, l'un sous la protection de l'autre, dans les champs, au cœur de ce domaine qui non seulement les avait vus grandir, mais qui les avait aussi façonnés dans sa terre fertile, et il attendit qu'il s'endormît, songeant que, si le destin l'avait choyé en épargnant ses deux fils engagés dans la guerre, il lui présentait à présent une lourde note à payer. Il pensa également à la façon de préparer, le moment venu, Jenny et ses enfants, car, étant un homme bon, juste et sensible avant d'être un chirurgien, il s'appliquait à rassurer, consoler, aider, là où d'autres, par la suite, se borneraient à jeter la vérité nue, voire exagérée, ainsi que leurs propres angoisses, au visage des patients et de leurs proches, si bien qu'on se demanderait quatre, cinq, six générations plus tard si cela aussi, cette cruauté involontaire ou pas, comptait au nombre des progrès de la médecine.

Mais ce n'était pas encore arrivé, ces chirurgiens-là n'étaient pas encore nés, conçus, simplement imaginés, Henri s'abandonnait maintenant à l'autre espèce de mort que constitue le sommeil et Louis desserra son étreinte, il regagna le rez-de-chaussée où Jenny et ses filles patientaient, bien résolu à ne rien dire comme il l'avait promis, invitant juste – et subtilement – la maîtresse de maison à organiser une petite réunion de famille pendant l'été, par exemple fin juillet, sous prétexte qu'on n'en avait pas eu le loisir au cours de ces quatre dernières années, allant jusqu'à proposer ses services pour le cas où il faudrait insister, convaincre certains de ses membres.

Mais il n'eut pas à intervenir. Ils vinrent tous sans rechigner, sans même hésiter une seconde, tant ils étaient avides de joie, de légèreté, de retrouvailles, ils vinrent, ceux de Lyon et ceux de Marseille, pères et mères, veuve, enfants, petits-enfants, ceux aussi avec lesquels on s'était jadis fâchés pour telle ou telle raison à présent balayée, et, avant tout, ceux qui portaient, avaient pour l'une porté jusqu'au mariage, le nom même du domaine – Thérèse, l'aînée, la Parisienne, Augustine, qui avait en 1914 refusé son aide au nom de la patrie et qui ne semblait toujours pas le regretter, et Édouard, s'ajoutant à Madeleine, à Berthe, à Julienne et enfin à Noélie, arrachée une fois encore à ses vacances en compagnie de sa meilleure amie.

Et ils étaient de nouveau ensemble, ils avaient sauté l'abîme et atterri, plus ou moins en équilibre, de l'autre côté, les bébés transformés en enfants, les enfants en adolescents, les adolescents en jeunes adultes d'un genre particulier puisque, s'ils tentaient à présent de s'absorber dans des jeux qui les amusaient encore quatre ans plus tôt, les quilles, les boules, le croquet, ou à en découvrir d'autres, ils savaient qu'ils n'oublieraient jamais à quoi ils avaient assisté directement ou par personnes interposées – la dévastation, l'horreur, la mort –, que les êtres affamés de plaisir, de conquête, de succès, de rêves d'avenir qu'ils avaient été demeureraient à jamais en eux, frustrés, spoliés, abusés, et qu'il leur faudrait sans cesse cohabiter en une condamnation ou une malédiction. Certes, ils faisaient parfois illusion, organisant des parties de balle au prisonnier, de badminton, de pêche, de chat perché, se poursuivant dans le jardin, poussant des éclats de rire et des cris aussitôt réprimés par des adultes soucieux du repos d'Henri, mais leur visage était comme un ciel qu'un nuage vient assombrir : il suffisait d'une seconde, et une ombre le traversait.

Et ils savaient cela aussi : que rien ne serait plus comme avant, que leur monde et leurs valeurs s'étaient écroulés dans des nuages de poussière rendant toute reconstruction impossible, obligeant les rescapés à tourner la page et à repartir de zéro, les obligeant également à accepter que leur génération avait été en partie décimée sans rien obtenir en contrepartie, pas même une trêve, un répit, un amendement de la loi naturelle mais cruelle qui voulait que les grands-parents cèdent la place aux parents, et les parents aux enfants, une fois atteinte une certaine limite d'âge, ou contractée une maladie, cette loi en vertu de laquelle Virginie avait disparu quelques mois plus tôt et Henri à présent s'éteignait.

32

Henri fut accompagné vers sa « dernière demeure » par tout le village voisin, et plus encore : des amis, des connaissances, d'anciens employés, provenant de toute la région, des villes et des campagnes, les représentants de la société centrale d'agriculture à laquelle il avait appartenu, les membres du syndicat qu'il avait fondé à Cassagnes-B., ceux des caisses de mutuelle dont il avait été l'initiateur, si bien que l'on put mesurer non seulement le rôle de bienfaiteur qu'il avait joué auprès de ses semblables, mais aussi l'influence, le rayonnement de celui qui, malgré son surnom, avait refusé de remplir des fonctions de premier plan.

Quoique accablés par le chagrin, la veuve et les enfants affichaient la dignité qui est de mise dans de telles circonstances, serrant les mains et accueillant les condoléances avec un faible sourire, se tenant bravement devant la fosse pendant que la terre, qui demeurerait à jamais accolée à sa mémoire, de même que la sagesse restait associée à celle du patriarche, reprenait le défunt ; et tandis que, de retour au domaine, la famille et les amis les plus proches se pressaient autour de la table, dans la salle à manger, Jenny s'efforçait encore, pour parfaire son masque, de se remémorer le visage dur, impénétrable, de sa belle-mère avant son revirement.

Louis, qui l'avait épaulée au cours des derniers jours, accepta la place du chef de famille qu'elle l'invitait à occuper, sans qu'Édouard songeât à la lui disputer en dépit d'une contrariété que Noélie, fine observatrice, perçut et donc distingua de l'espèce d'entrain nerveux qui anime en général ces assemblées et ne parvient jamais à occulter tout à fait la gêne, l'effroi et cette forme de honte qu'on éprouve face à une absence subite et définitive. En vérité, plus que de la contrariété, elle sentait de la tension dans l'atmosphère : entre la génération qui se trouvait, depuis la mort de Virginie, propulsée au rang d'« aînés » et celle qui brûlait de s'émanciper ; surtout, entre Édouard et le reste de sa fratrie qu'il n'avait jamais tenté de se concilier, allant même jusqu'à se l'aliéner par sa froideur, son cynisme et sa brutalité.

Tout en échangeant quelques banalités avec Victor, qu'elle avait croisé au cours de ces dernières années à Rodez, où il était comme elle pensionnaire, et salué distraitement en dépit de leur familiarité de longue date, de l'étroite amitié qui unissait leurs mères et de leurs quelques jours de différence, elle scruta Paul : guéri depuis peu, il paraissait tourmenté et, s'il écoutait lui aussi son voisin, Raymond, il avait de toute évidence grand-peine à se concentrer sur la conversation. Non loin de là, regardant Madeleine qui bavardait avec son correspondant, retrouvé à la sortie de l'église et invité, compte tenu de la distance qu'il avait parcourue pour assister à la cérémonie, Noélie ne put s'empêcher de penser à Adrien qui n'avait sûrement eu ni pleurs ni amis à son enterrement, si tant est qu'il eût été enterré, et dont, elle le savait, la jeune femme conservait encore le petit anneau d'or offert la veille de son départ.

Puis son regard tomba sur Julienne et Berthe, hagardes en bout de table, et elle s'en détourna comme si, placée au-dessus de la mêlée en vertu d'une mystérieuse qualité, elle était la seule en mesure d'éprouver un chagrin pur, véritable ; un clignement de paupières, un mouvement de tête, et Cécile les remplaça, veuve depuis près de cinq ans déjà, auprès de la paisible Thérèse. Comme tous avaient changé... pensa-t-elle alors : les deux anciennes confidentes semblaient maintenant résignées, ses tantes Maria et Rose lasses, éteintes, et il était impossible de reconnaître chez l'époux de la seconde l'insolent, le séducteur, d'autrefois ; quant à Jenny, elle attendait certainement le départ de ses invités pour plonger dans la neurasthénie, privée de l'être qu'elle avait aimé avec passion.

Tous jouaient donc un jeu, songea non sans hâte la jeune fille, incapable d'apprécier le filet à mailles serrées que les membres de sa famille tressaient au moyen de leur affection pour soutenir ceux d'entre eux que le destin venait de frapper. Animée par l'égoïsme de la jeunesse, elle cherchait les héros auxquels se raccrocher, maintenant que, après ses grands-parents, son père s'était éteint, se disant que le flambeau avait abandonné leur branche pour celle de Louis et de Raymond, qui s'étaient illustrés pendant la guerre, continuaient de s'illustrer, et que, à moins d'une volte-face du destin, Édouard et Paul n'appartiendraient jamais à cette race d'invaincus si bien représentée par leurs aînés. Et les femmes ? se demanda-t-elle. Les femmes pouvaient-elles y prétendre ? Leur fallait-il accepter et se taire, ainsi que l'exigeait la société ? Un instant, elle contempla Augustine et Gabrielle : à en juger par leurs airs sérieux et complices, elles évoquaient leurs « missions » respectives, une sorte de patronage amélioré qui comportait, certes, le refus des conventions telles que le mariage et la maternité, mais pour quel bénéfice ?

C'est alors que retentit la voix de son voisin. « Tu n'aimes pas ? interrogeait-il, le doigt tendu vers son assiette, où les minuscules perdrix bleues, dessinées sur le bord de faïence, semblaient prêtes à s'envoler.

– Je n'ai pas faim, Victor.

– Il faut te forcer.

– Pourquoi ?

– Pour résister. C'est ce que dit ma mère, et puis, sans vouloir être désagréable, tu es un peu maigre pour…

– Pour quoi ? Pour son goût ? Pour le tien ? Tu sais, tu n'es pas obligé de m'apprécier : nous ne sommes pas fiancés, tout de même !

– Oh, tu piques aujourd'hui, répliqua le jeune homme avec un sourire narquois. Je crois que je te préférais autrefois, quand tu n'ouvrais pas la bouche.

– Je peux recommencer.

– J'en suis certain, mais prends garde de te vanter : un jour quelqu'un te fera mordre la poussière.

– Ce quelqu'un n'est pas encore né.

– C'est ce qu'on verra… »

Et comme il ricanait, elle le regarda mieux : grand, les yeux clairs, le cheveu châtain, la mâchoire prononcée, il s'était développé précocement, pour ses dix-sept ans, et il faisait montre d'une assurance dont il était dépourvu auparavant. À sa surprise, elle sentit son estomac se serrer et, de crainte d'interpréter ce symptôme comme une forme d'attirance ou tout autre signe de fléchissement à ses yeux, elle décida de l'ignorer jusqu'à la fin du repas, s'absorbant dans la contemplation des convives.

Ce soir-là et les jours suivants, les membres de la famille s'en allèrent les uns après les autres, à l'image d'échafaudages dont on dégage avec précaution une construction, et, délivrée des diktats de l'apparence, Jenny se laissa enfin aller à son chagrin, entre les quatre murs de sa chambre, veillée tantôt par Thérèse, tantôt par Augustine, laquelle avait toutefois prévenu ses sœurs qu'elle ne s'attarderait pas au domaine au-delà d'un « délai raisonnable ». De temps à autre, Édouard apparaissait dans l'embrasure de la porte et, après avoir chassé sous tel ou tel prétexte celles qu'il considérait à l'évidence comme des importunes, il s'asseyait dans le fauteuil tout juste déserté pour se livrer à des chuchotements qu'on aurait crus inaudibles à son interlocutrice même, s'ils n'avaient été suivis de pleurs redoublés. De quoi parlait-il donc à leur mère et pourquoi lui tirait-il des larmes ? s'interrogeaient-elles toutes, avant de hausser les épaules, faute d'indices.

Elles le comprirent à la fin du mois, alors que, réunies dans le salon avec leurs deux frères et leur oncle Louis, convoqué pour l'occasion, tout comme le mari de Thérèse, indispensable selon les lois de l'époque pour venir à bout des actes légaux la concernant, elles écoutaient le notaire, qui avait déjà réglé les autres successions, lire les dernières volontés d'Henri. Curieusement, constatèrent-elles, leur père n'avait pas modifié son testament durant sa maladie, se bornant à transmettre à Jenny ses biens – pas d'instructions quant à l'administration de ses terres, pas d'indications même, pas d'engagements à faire prendre à un successeur qu'il n'avait pas jugé bon de nommer, n'ayant plus que deux fils, dont l'un avait clamé bien des années plus tôt son désintérêt pour la terre. Tout semblait donc devoir se résumer à une simple formalité quand Édouard, assis dans un fauteuil à quelques pas du sofa qu'occupaient Jenny et son beau-frère, déclara sans préambule :

« Je vais prendre la direction du domaine.

– Quoi ? s'exclama Paul.

– Oui, tu m'as très bien entendu, petit frère. C'est moi qui prends les rênes.

– Mais enfin, tu n'as jamais voulu…

– C'était avant. Les choses ont changé, tu le vois bien.

– Comment peux-tu…

– Voyons… », hasarda le mari de Thérèse, effrayé par le tour que prenait la situation au point que Louis dût poursuivre pour lui :

« Pas de dispute, je vous prie. Édouard, es-tu bien sûr de ce que tu avances ? Si mes souvenirs sont bons, tu n'as jamais aimé les travaux de la terre.

– Comme je le disais, mon oncle, c'était avant. Ne peut-on pas changer d'avis ? Et je suis l'aîné, non ? C'est toujours ainsi que les domaines passent de père en fils. C'est ainsi que papa a hérité Randan de bon-papa. Et vous, vous n'avez pas eu votre mot à dire.

– J'ai choisi une autre carrière, c'est différent, répliqua Louis, piqué au vif.

– Et vous vous êtes ensuite acheté votre propre domaine.

– Édouard ! »

Paul bondit sur ses pieds et alla à la fenêtre, puis, tandis que le notaire en appelait une nouvelle fois au calme, il s'immobilisa et lança : « Maman, veuillez nous expliquer, je vous prie !

– Maman est d'accord », coupa Édouard.

Les cheveux plaqués sur le crâne, le nez surmonté de bésicles, la cravate impeccablement nouée, il s'était abstenu de tourner la tête vers celle qu'il avait mentionnée et qui pressait maintenant sur ses narines un mouchoir roulé en boule.

« Maman ?

– Paul, ne m'en veux pas, mon petit, répondit Jenny. Ton… ton frère estime qu'il n'est pas moins qualifié que toi, et, du reste, comme il le dit, il est l'aîné…

– Qualifié ? Pouvez-vous me dire quand, pour la dernière fois, il a travaillé dans un champ ? Quand il a labouré ? Moissonné ? Mené des bêtes au pré ? Quand il a fait vêler ou agneler ? Pouvez-vous me le dire, hein ? C'est moi, moi qui ai épaulé papa avant de partir à la guerre ! Ensuite, j'ai été malade, c'est différent. Madeleine, dis-le ! Tu étais là ! »

La jeune femme se hâta acquiescer, tandis que Louis se levait et rejoignait Paul, qui était l'image même de l'indignation alors que, renfoncé dans son fauteuil, les jambes croisées, le menton relevé, deux doigts glissés dans une poche de son gilet, son frère demeurait impassible, sûr de son fait. Posant une main sur son épaule, le médecin tenta de le calmer, sans pouvoir s'empêcher de se remémorer la dispute qui avait opposé Henri à leur beau-frère dix ans plus tôt devant le même notaire et dans la même pièce, également au sujet d'une succession, et le rôle qu'il avait lui-même joué dans sa résolution. Mais les choses étaient bien plus graves maintenant : Édouard entendait recouvrer son droit d'aînesse en un revirement si improbable que son père, blessé par son premier refus plus qu'on ne l'avait cru, n'avait pas jugé bon de l'envisager, et il avait persuadé Jenny, nouvelle propriétaire des lieux, du bien-fondé de ses intentions.

« Ne faudrait-il pas réfléchir un peu avant de trancher cette question ? lança Louis à la ronde.

– C'est inutile, mon oncle. Nous en avons déjà longuement discuté, maman et moi.

– Voyons, Édouard, tu n'as aucune expérience en la matière, alors que ton frère…

– Vous vous trompez. J'ai, en ma qualité d'ingénieur, toutes les capacités requises pour reprendre l'exploitation et la moderniser. Paul pourra me seconder, s'il le désire. Je ne le chasserai pas plus que mes sœurs.

– Il ne manquerait plus que ça, lâcha Louis. Jenny, as-tu bien réfléchi ? »

Mais il était trop tard : recroquevillée sur le sofa, le nez dans son mouchoir, Jenny était irrémédiablement acquise à la cause de son aîné – il le voyait –, et tout en elle semblait clamer qu'elle ne contesterait pas ce coup de force travesti en juste retour des choses, en rappel de la tradition, ou plutôt qu'elle n'en avait nullement la volonté, pas plus qu'elle n'avait la volonté de se battre pour la véritable justice qui consiste à donner les biens, les objets à ceux qui les méritent ou les désirent le plus, non à ceux qui les revendiquent ; qu'elle entendait juste fermer les yeux et ne plus penser à l'étang trouble que le monde était devenu pour elle depuis l'instant où son mari s'en était allé, dans l'absurde illusion que, derrière ses paupières closes, ce monde s'effacerait avec son cortège de rumeurs et d'odeurs nauséabondes.

« Mais, tu n'aimes pas Randan… » bredouilla Paul, abasourdi, et Édouard eut beau jeu de rétorquer :

« Comment peux-tu dire une chose pareille ? C'est ici que je suis né ! Et c'est le nom que je porte !

– Pas autant que moi… pas autant que moi…, murmura encore Paul, la tête baissée.

– Je te prie, ne fais pas dans le sentimentalisme. Personne ne t'empêche de rester ici ! » jeta Édouard, avant d'ajouter : « Maître, et si nous continuions ? »

Le vieux notaire parut hésiter un instant puis, constatant que le calme était revenu, poursuivit la tâche pour laquelle il avait été appelé, parmi ces jeunes gens qu'il avait connus enfants et qui, à présent adultes, vibraient chacun sur sa tonalité, rage, frustration, crainte, stupeur, ou un désir de puissance exacerbé. Il n'y avait rien d'étonnant à cela, songea-t-il en ajustant ses petites lunettes à monture métallique : la mort agissait souvent dans les familles comme une réaction chimique, révélant les conflits latents, faisant exploser le mélange détonant. Quelques gouttes mal dosées, et voilà qu'était anéanti le travail d'une ou plusieurs vies.

Plus rien ne vint interrompre la réunion, au terme de laquelle le vieil homme rassembla ses papiers signés puis se retira, tandis que Louis prétextait un engagement précédent pour refuser l'invitation à dîner de sa belle-sœur et que Paul, qu'il avait tenté en vain de réconforter, courait s'enfermer dans sa chambre, au second étage. En l'absence de l'oncle et du cadet, le repas fut consommé dans un silence que seules brisèrent les quelques instructions données aux domestiques par celui qu'il fallait désormais considérer sous tous les aspects comme le maître de maison, les soupirs de Jenny, que le nouvel ordre familial avait, comme de juste, échoué à apaiser et les phrases de convenance laconiquement délivrées par l'époux de Thérèse.

La dernière bouchée avalée, les deux hommes sortirent dans le jardin, où ils restèrent à fumer pendant que Thérèse raccompagnait Jenny dans sa chambre et que ses sœurs se réunissaient de l'autre côté du palier en un conciliabule auquel Julienne fut admise, malgré son jeune âge, blottie contre Madeleine, qui se mit à lui caresser machinalement les cheveux. Augustine avoua que, en voyant l'air d'Édouard, elle avait craint le pire, à savoir qu'il n'obligeât sa mère à vendre le domaine. Peut-être était-ce mieux ainsi, ajouta-t-elle, peut-être s'en sortirait-il très bien.

«Tu dis cela parce que tu vis seule, ailleurs, répliqua Noélie – de toutes la plus vindicative. Tu te moques de ce qui nous arrive. Mais comment est-ce possible? Se peut-il vraiment que nous soyons obligées de tout accepter pour la seule raison que nous sommes des femmes? N'avons-nous pas le droit de donner notre avis?

– Comme tu es naïve! Tu auras beau crier et tempêter, tu ne changeras rien à la situation. Tu as intérêt à t'y habituer. Et, si tu veux tout savoir, personne ne m'a offert ce que j'ai conquis. Cela m'a demandé des sacrifices.

– Oh, je peux imaginer…

– Noélie! interrompit Madeleine. Ce n'est pas le moment de nous disputer. Essayons plutôt de penser à la meilleure façon de réagir.

– Je vais te dire comment nous allons réagir, reprit la jeune fille. Tu vas te marier, alors qu'il y a quelques mois encore cela ne te serait même pas venu à l'esprit parce que tu pensais à…

– Tais-toi!

– … tu vas te marier, Augustine regagnera Montpellier et Thérèse, Paris. Berthe et moi retournerons à Jeanne-d'Arc, pendant qu'Édouard agira ici à sa guise, et quand nous rentrerons pour les vacances, nous n'aurons toujours pas notre mot à dire. Tant que nous rentrerons, ce qui n'est pas garanti. Enfin en ce qui me concerne, bien sûr.

– Ah oui, et qu'est-ce que tu feras ? demanda Augustine. Récriminer ne sert à rien. Pense plutôt à maman…

– Maman nous a trahies ! Elle n'avait pas à accepter les volontés d'Édouard sans nous consulter.

– Tu te trompes, et Augustine a raison, intervint Berthe. Maman est désespérée. Édouard en a profité, c'est tout. Et quand Paul a compris, il était trop tard. »

Noélie bondit sur ses pieds. « Ce que vous êtes stupides, vous et votre fatalité ! Les choses peuvent changer, il suffit de le vouloir.

– Oui, tu crois tout savoir, alors que tu as encore du lait sur les lèvres », lâcha Augustine.

Malgré la vivacité des propos, la discussion en resta là car Julienne qui avait écouté, bouche bée, ce bref échange fondit soudain en larmes. Tandis que Madeleine s'employait à la consoler, Noélie, emportée par sa fureur, quitta précipitamment la pièce ; sur le palier elle s'immobilisa toutefois, comme suspendue non seulement entre deux espaces, mais aussi entre deux volontés, attentive aux bruits – les sanglots étouffés de sa mère et les chuchotements de Thérèse, à quelques pas de là, en bas les cliquetis de la vaisselle qu'on lave, presque obscènes par leur routine, leur immuabilité, alors que tout, autour d'elle, semblait se métamorphoser, maintenant que la discorde était entrée dans la famille avec son nouveau chef –, puis, légère, elle s'engagea dans l'escalier qui menait au second étage dans le but secret d'aller parler à son frère Paul.

Ce soir-là, Édouard attendit que le silence régnât en maître, comme lui, dans la maison – ce qui se produisit de bonne heure, compte tenu de la hâte des occupants à chercher l'oubli dans le sommeil – pour s'asseoir au bureau, entre les deux fenêtres du salon, et saisir le registre sur lequel, pendant des décennies, Henri avait noté, jour après jour, de sa fine écriture penchée, les travaux effectués au domaine, les saillies, les naissances, la nourriture des bêtes, les engagements, les renvois et les salaires, toutes les dépenses, tissu, beurre, vin, harnais, et toutes les recettes au fil des récoltes et des foires, avec autant de méticulosité qu'une jeune fille notant sur des pages parfumées ses émois et l'enchaînement des faits insignifiants de ses journées. Parvenu à la première page blanche, il la tourna également, la lissa du plat de la main puis traça sur la suivante la date de ce jour.

33

Depuis l'instant où Noélie a commencé à raconter, Zoé passe le plus clair de ses journées en sa compagnie, si bien que le temps – pas si éloigné que ça, puisque seules quelques semaines l'en séparent – où, allongée sur son lit, sur la banquette de l'ID, dans des fourrés, sous le corps d'Éric ou pas, elle s'efforçait de ralentir sa chute dans le trou – le gouffre – aux parois lisses qui n'a cessé de se creuser sous ses pieds après la mort de sa grand-mère, lui paraît immémorial et qu'elle a grand-peine à superposer cette Zoé et celle qui se reflète à présent dans la glace pour n'en faire qu'une image.

Est-ce cela, la guérison, ou s'agit-il seulement d'un répit ? Le sol va-t-il se dérober de nouveau sous ses pieds ou sera-t-il assez solide pour que, d'un coup de talon, elle entame enfin la remontée ? Et qu'arrivera-t-il quand, en octobre, elle quittera cette maison pour reprendre ses études à Paris ? se demande-t-elle. Or, *Tu es ravissante*, dit Noélie, et elle se détourne de ces interrogations tout comme de l'armoire, si vivement, d'ailleurs, que le bord de sa robe à motifs de pavots s'anime d'une légère ondulation et que les dormeuses, tout juste offertes par la vieille femme, oscillent à ses oreilles, aussi joyeuses que persiste à l'être son humeur malgré l'épreuve qui les attend : le goûter de famille que Louis, son grand-oncle et parrain, a organisé aux Landes, sa propriété.

Ces quelques semaines lui ont sans doute livré plus d'enseignements qu'une ou plusieurs décennies, plus de soulagement que ses médicaments, a-t-elle encore le temps de penser, bien qu'elle ne parvienne pas à en établir avec précision la cause – pourtant présente dans sa conscience, lui semble-t-il, comme un mot sur la langue.

Toi aussi, tu es belle, tantine, dit-elle à la vue de sa complice qui achève de se recoiffer devant la glace d'en face, offrant, dans sa longue jupe en gabardine beige à fine ceinture de cuir et son chemisier blanc à col montant – *à partir d'un certain âge, mieux vaut cacher ce qu'on a de flétri*, a-t-elle expliqué un peu plus tôt –, un dédoublement de reflets qui réunit leurs deux silhouettes sans les confondre, et, comme elles sont maintenant prêtes, elles gagnent le salon où les attendent Gabrielle et Julienne.

Les deux cousines sont vêtues, la première d'une immuable robe à lavallière coupée dans un imprimé vert et bleu, la seconde d'une de ses tenues argentines, et affichent des airs maussades qui, se dit Zoé, sont certainement à imputer à sa récente collaboration avec Noélie ; aussi, pour se faire pardonner de les négliger un peu, lance-t-elle : *Julienne, et si tu demandais à ton pendule comment la réunion va se passer ? Comme ça, nous serons préparées*, provoquant la joie de l'apostrophée, une sortie rapide de la pièce, une cavalcade dans l'escalier, enfin un rassemblement en cercle malgré la contrariété manifeste des deux aînées.

La grosse et lourde larme de métal, chauffée un moment dans le creux de la main, oscille au bout de sa chaînette, tandis que les lèvres de sa propriétaire s'arrondissent autour de questions inaudibles, et le verdict ne tarde pas à tomber : oui, les membres de la famille ont organisé une offensive travestie en goûter, une espèce d'embuscade, oui, elles – les troupes attaquées en traître – devront se battre, mais elles parviendront à repousser l'assaut, elles rentreront victorieuses, c'est certain, oui, certain, et la cérémonie de Gabrielle pourra avoir lieu.

J'aurais pu te le dire moi-même, marmonne Noélie. *Pas besoin d'être médium pour ça. – Je ne suis pas médium… – Oui, on sait, on sait. Enfin… ce que tu es, avec ton machin. – On dit radiesthésiste.* Or Zoé poursuit *Et le livre ? Réussirons-nous à le terminer ?* au grand dam de sa complice, victime à son tour de la jalousie – non d'une personne, pour sa part, mais de ce projet qui les a transformées, la jeune femme et elle, en association, au mépris de ce qui peut les opposer, mieux, qui a tissé, tisse entre elles un lien de filiation ; surtout, en proie à l'incompréhension, un échec étant désormais, après tant de doutes, inconcevable à ses yeux.

Oui, oui, le pendule a dit oui ! s'exclame Julienne après une nouvelle pause, et Noélie s'empresse de déclarer, prête à rompre le cercle, *Bon, très bien. Vous êtes contentes ? Vous vous êtes bien amusées ? Il est tard, on y va maintenant. – Attends, tantine, j'ai encore une question à poser. Sur… sur mon avenir. – Mais comment veux-tu que Julienne sache ce que l'avenir te réserve, nous réserve à tous, mon petit ? Ne me dis pas que tu crois ce qu'elle raconte ! Cette… cette pantomime, c'est le hasard, simplement le hasard. Comme… comme… la roulette russe, voilà ! – Juste cette question, s'il te plaît. – Bon*, intervient Gabrielle, *cette question, et c'est fini*, du ton avec lequel on s'adresse aux enfants.

Julienne remue de nouveau les lèvres en des interrogations muettes, mais en vain, semble-t-il, car la larme métallique demeure aussi immobile que le plomb d'un maçon, et déjà les soupirs de Noélie se libèrent, triomphants : le temps de quelques instants toutefois, car l'objet finit par se ranimer en décrivant des cercles de plus en plus rapides dans le sens des aiguilles d'une montre. Puis Julienne le rattrape, comme une balle au vol, et affirme, solennelle, *Tu vas guérir. Tu vas achever tes études. Et tu vas rester ici. – Rester ici ? Tu es sûre, tantine ?* interroge Zoé. Et Noélie s'écrie *Faire des études et rester ici, c'est extrêmement logique, tout ça ! N'importe quoi… Ma pauvre Julienne, tu es tombée sur la tête ! Et toi, Zoé, quelle idée de l'encourager… – Je vous signale que je ne donne pas d'ordre chronologique…*, hasarde la radiesthésiste, aussitôt interrompue – *Bon, peut-on partir ?* – par Gabrielle qui, bienveillante jusqu'à la déraison, a hâte de retrouver les membres de sa famille : en tant que doyenne, elle le sait, elle trônera dans un fauteuil, au centre de l'attention, et tous viendront s'enquérir de sa santé, l'interroger sur tel ou tel épisode d'un passé dont elle seule se souvient. *Julienne, appelle ton fils, vite !*

C'est le départ, mais tandis que l'arrière de l'ID se soulève, le fermier apparaît au bout du terre-plein, comme toujours aux aguets, et Noélie enjoint à la conductrice et aux passagers de n'engager la conversation avec lui sous aucun prétexte : il attend une réponse qu'elle n'a aucune envie de lui livrer. *Vite ! Vite !* ordonne-t-elle à l'engin, dont l'avant remonte enfin, leur offrant la fuite et un autre combat, non une bataille rangée, en rase campagne, mais une embuscade, un coup fourré, dont, compte tenu du déséquilibre des forces en présence, elles ne pourront venir à bout que par la ruse, une ruse consistant à laisser parler, laisser dire, des adversaires bien décidés à les *embobiner*, se garder d'entrer dans leur *jeu*, explique Noélie, assise à l'arrière avec Julienne et un Jo affublé d'une cravate et d'un costume foncés qui ont l'allure, sur lui, d'un déguisement. Au moment de prendre place, Gabrielle a lancé *S'il te plaît, Zoé, ne conduis pas trop vite, je suis barbouillée*, et la jeune femme s'est conformée, se conforme maintenant, à son souhait, imprimant à l'ancien véhicule officiel assez de lenteur, assez de majesté pour que les arbres, les maisons, les prairies qui défilent des deux côtés semblent s'incliner respectueusement sur son passage.

Cela vaut, du moins, jusqu'aux abords de Rodez, précisément jusqu'au bourg de la Primaube qui a grossi au cours des vingt dernières années, perdu son auberge et l'immuable fou qu'on voyait gesticuler devant (sans doute est-il mort ou a-t-il été enfermé), qui a oublié jusqu'à son ancienne fonction de relais de poste pour se muer en ce paysage anonyme et sordide, car sans histoire et sans désir d'histoire, que sont les banlieues modernes ; mais Noélie se sent si combative qu'elle l'affronte pour une fois les yeux écarquillés, tout comme le portail de la propriété venu à leur rencontre, l'allée ombragée et la bâtisse rose qui se succèdent.

Comme à Randan, un grand jardin bordé d'arbres de haut fût s'étend devant l'une des façades, mais ici au pied d'un escalier menant à une terrasse aux murets surmontés d'une maçonnerie en forme de croisillons, où une partie des invités sont rassemblés. Un instant, Gabrielle, qui avait dix ans quand elle y a pénétré pour la première fois, au côté du nouveau propriétaire, se croit victime d'une hallucination en voyant le maître de maison se diriger vers elle, un Louis se substituant à un autre, le benjamin au père, mais déjà le fauteuil tant attendu lui est indiqué, à l'ombre d'un sapin, et elle s'y assoit, satisfaite.

S'ensuivent embrassades, exclamations, présentations – nécessaires, car la famille ne cesse de s'agrandir et les traits de certains se sont comme dilués sous l'effet de l'âge, de l'embonpoint, des soucis ou de l'absence : près de vingt ans se sont, par exemple, écoulés depuis que Zoé jouait en compagnie de tel ou tel cousin à confectionner des gâteaux au moyen de terre, d'eau et de baies de symphorine qu'ils maniaient avec autant de précaution que le terroriste manie ses explosifs, les adultes qualifiant ce fruit de *poison*.

De fait, Zoé ne semble pas tous les reconnaître, ou est-ce plutôt de la distraction ? Une chose est certaine :

ces derniers temps, la maladie ou les médicaments – peut-être leur effet combiné – ont brouillé sa mémoire, et elle se meut désormais dans une sorte de brouillard où tout pourrait s'être produit à son insu, ou ne pas s'être produit, et dont elle s'échappe à la faveur de brefs et redoutables éclairs de lucidité. Sans crainte, cependant, car les troubles qui l'amenaient auparavant à voir dans chaque passant un potentiel tueur à arme blanche, et dans les voies du métro un irrésistible aimant, au point de la clouer chez elle, se sont peu à peu estompés, s'effaçant devant une indifférence en vertu de laquelle elle accueille sans ciller maintenant – après les questions de circonstance, les verres de vin sucré et les parts de fouace tendus – des regards pourtant si indiscrets, si insistants qu'ils paraissent laisser derrière eux le sillage baveux des escargots.

Autour d'elle, les questions fusent en feu nourri, en salves rapprochées, et voilà que Louis, son grand-oncle, l'entraîne légèrement à l'écart et, lui serrant le coude, déclare *Tu vas bien manger quelque chose, n'est-ce pas ? Comment se fait-il que tu sois aussi maigre ? Tu n'as plus que la peau sur les os. Combien pèses-tu ? Tu es devenue anorexique ?* comme s'il ne l'avait pas remarqué lors de sa précédente visite. – *Non, je suis malade,* se contente-t-elle de répondre, n'oubliant pas qu'elle a affaire à un médecin, ou un ancien médecin, si tant est qu'on cesse de l'être un jour. *Une dépression. – Une dépression !* s'exclame-t-il. *Une dé-pres-sion ? Qui t'a raconté ça ? Et tu l'as cru ! Mais voyons, c'est une invention, tout le monde le sait ! Et tu prends des médicaments ? Oui ? Tu vas me faire le plaisir de les jeter. Ils ne servent à rien, ou plutôt ne font qu'aggraver les choses, tout comme mes prétendus confrères qui les prescrivent. Vois-tu, il n'y a qu'un seul remède au genre de… d'états que tu traverses : un bon coup de pied aux fesses.*

Elle sourit car elle a entendu cette phrase dix, cent fois, et pas seulement dans la bouche de vieillards : dans celles de jeunes gens et d'adultes d'âge mûr qui n'ont pas admis de la voir se transformer en un être privé de volonté, surtout privé aussi manifestement du courage de vivre, qui l'ont abandonnée tel un objet cassé – des amis, d'anciens amis, qu'elle pourrait énumérer en touchant le bout de ses dix doigts et de dix autres encore – parce que ses joues se sont creusées et que ses mains sont parcourues de tremblements incontrôlables, qui l'ont rejetée aussi purement et simplement que les poules rejettent leurs congénères blessées, pis, achèvent de les affaiblir, selon la vieille et sempiternelle loi de la sélection naturelle.

Elle sourit, car il est inutile d'expliquer quoi que ce soit à son parrain, par exemple de lui dire qu'elle vient de retrouver, par hasard, comme au détour d'un sentier, la fille qu'elle était autrefois, celle qui parcourait la campagne avec sa sœur, à cheval, pendant les vacances scolaires, frémissant à l'approche des bois et des prairies où les deux bêtes, surtout la sienne, avaient tendance à s'emballer, masses de muscles et de tendons enivrées par l'espace et le vent. Qu'elle l'a retrouvée et qu'elle s'est rapprochée d'elle à petits pas, afin de ne pas l'effrayer, que le moment viendra – bientôt, elle l'espère – où, tendant les doigts, lui empoignant la main, elle redeviendra la jeune personne pleine de fraîcheur et d'enthousiasme qui s'est égarée après la mort de sa grand-mère sous l'effet du chagrin, et mieux encore : un être plus libre, plus indépendant, plus assuré parce qu'il associera à cette fraîcheur et à cet enthousiasme la force de l'expérience et des souffrances traversées.

Alors elle dit *Je suis contente de te voir, tu sais. Tu m'as manqué, comme toute la famille, d'ailleurs*, et imprime un baiser sur la joue de cet homme qui l'a tenue sur les fonts baptismaux du village d'Auriac-L.

par un lointain mois d'août, alors qu'elle n'était elle-même qu'un nourrisson, cet homme qui, dans tous ses souvenirs, passe la paume de sa main sur son crâne lisse et, de deux doigts, tire sur son nez comme s'il voulait le rallonger, qui le fait en ce moment et qu'elle aime tendrement.

Puis elle lui tourne le dos et s'éloigne, attrapant le verre de vin qui vient à sa rencontre sur un plateau, en attrapant un second et le vidant tout aussi vite, car elle a l'habitude de recourir à l'alcool pour émousser l'embarras, la panique, mieux, la difficulté d'exister, et ce avec d'autant moins de retenue que, pas plus que le sexe – pratiqué l'espace d'une nuit, d'une semaine, rarement davantage, avec le même individu –, il n'arrive à froisser son innocence, à défaut de sa pureté, si bien que, sans les souvenirs de ces coïts (il ne s'agit que de ça), elle pourrait encore se croire vierge – et l'est d'une certaine façon.

Des femmes de la famille se dressent tour à tour sur son passage, et ce sont chaque fois des regards insistants, des commentaires mielleux (sur sa tenue, sur sa coiffure), des questions banales mais en réalité ruisselantes de curiosité – d'abord à propos de ses parents, son frère et sa sœur, puis de ses études, de ses projets, enfin, surtout, des trois femmes qui l'hébergent – auxquelles elle s'efforce de répliquer avec détachement, selon les instructions de Noélie.

Pourtant, la rage monte peu à peu en elle, et elle se détourne une énième fois, s'empare d'un énième verre de vin, répond à l'appel de deux lointains cousins qui se tiennent, l'air canaille, près des bouteilles, en saisit une, les accompagne sous un arbre, rit à leurs plaisanteries, boit à leur santé, flirte même avec eux. Mais, comme cela ne lui suffit pas, elle cherche Jo du regard et le trouve au fond du jardin, près de la mare au bord de pierre où ondulent des poissons de la couleur des feuilles mortes dont, à la faveur d'un coup de vent, la surface miroitante se couvre à l'automne. Elle a passé là d'agréables moments, petite, à essayer de transformer ses mains en cette flore artificielle, éponges ou coraux, dont on garnit les aquariums : non pour piéger les lames rouges, orange, tachetées qui frétillaient autour, mais pour sentir leur caresse fraîche sur ses poignets, et elle comprend pourquoi le fils de Julienne a choisi, d'entre tous, de se poster à cet endroit.

Mais il n'est ni calme ni muet : il gesticule dans le but d'écarter une meute de gamins qui s'en prennent aux poissons avec des cailloux et des bâtons, animés par ce délire de puissance, ce besoin de vérifier la loi de cause à effet, cette fascination de la mort qui transforment en tortionnaires jusqu'à de paisibles bambins. Alors elle ôte ses sandales sans se baisser, peut-être même sans y penser, rejoint le bassin et dit *J-Jo, J-Jo, ne t'in-quiète pas*, puis se penche et pousse un premier enfant – *Tu veux voir les p-poissons ? Re-garde !* –, en pousse un deuxième et un troisième dans cette eau trop peu profonde pour les noyer, mais assez trouble, assez vaseuse pour gâcher leurs pantalons de toile blanche et leurs coquettes robes à smocks, continue de les pousser, tandis que les mères accourent, alertées par les cris.

Puis elle lâche le goulot de la bouteille, tend la main à celui qu'elle considère en cet instant non comme un lointain parent, mais comme un frère de sang, et traverse avec lui la pelouse parmi les grimaces, les mines effarées et les chuchotements, gagne la terrasse et se hisse d'un bond léger sur le muret ; à cause du vin elle vacille un peu, mais Jo est prompt à se placer derrière elle et à l'agripper solidement par les cuisses. Alors elle peut se prendre pour un harangueur de foules et elle s'écrie *Ch-chère famille, c'est un plaisir de vous re-revoir après toutes ces an-nées. Je ne peux pas ré-sister à l'envie de prendre la pa-role pour re-mercier ceux qui nous ont si gentiment in-vités et p-permis de nous retrouver au-jourd'hui. Merci !*

Toutes les conversations se sont tues, l'on n'entend que les pleurs des enfants repêchés ainsi que les excla-mations de leurs mères, aussi poursuit-elle, un ton plus bas, *Par-donnez-moi d'abuser de votre at-tention, mais comme je me trouve ici devant vous, à cette… hau-teur, j'ai l'intention d'en pro-fiter.* Elle s'esclaffe puis recouvre son sérieux. *Je voudrais sur-tout remercier le foyer qui m'a ac-cueillie depuis le dé-but de l'été : J-Jo, puisqu'il est ici, vous le voyez, no-on, Jo, ne te cache pas derrière mes fes-ses, pen-che la tête, mon-tre-toi, voi-là, et Ga-brielle, Ju-lienne et No-é-lie. Sans leur af-fection, je ne serais pas ici au-jourd'hui devant vous, je ne serais mê-me plus de ce mon-de. Ce sont des an-ges, mes anges gar-diens, ce sont des hé-ros, des hé-roïnes, des forces de la Na-ture, des rocs, des in-vaincus, des in-soumis, des in-domptés, des ê-tres libres, et je les ai-me !*

Julienne et Noélie, qui se sont avancées dès les pre-miers mots, se tiennent maintenant au pied de l'escalier, visiblement émues, et Zoé leur adresse un petit signe de la main avant d'ajouter : *Alors ar-rêtez de nous cas-ser les cou-illes avec l'hon-neur de la famille, le prétendu hon-neur de la famille… vous vous pre-nez pour qui, hein ? Des co-lombes ? No-on ! Non ! Dé-solée ! Vous êtes des vau-tours ! Et laissez-nous fê-ter la Vierge consa-crée comme il nous plaît. Il y aura ensuite un pin-ce-fesses chez nous, et vous êtes tous in-vités… Suf-fit que vous fassiez pas la gueule, que vous ne nous em-merdiez pas ! C'est d'ac-cord ? Et main-tenant vous pouvez ap-plaudir !*

Un instant de silence s'ensuit, puis des mains claquent ostensiblement – celles des deux cousins avinés ; par provocation ou par gêne, voilà que de nouvelles leur font écho, certes timidement, mais assez pour en entraîner d'autres, à leur tour. Emporté par cette vague, bouleversé,

Jo ne peut s'empêcher de les imiter, aussi, privée de son soutien, Zoé vacille-t-elle avant de tomber et d'atterrir sur l'impeccable massif de bégonias que la maîtresse de maison n'a cessé de montrer aux invités depuis leur arrivée en quête d'admiration.

34

Prenant à cœur son nouveau rôle de chef de famille et de propriétaire terrien, Édouard modifia sans tarder ses habitudes et, par conséquent, celles de la maison : lui qui avait toujours paressé au lit, le matin, enveloppé dans les dernières vapeurs du sommeil et dans la fumée de ses cigarettes, se levait maintenant dès potron-minet et se mettait aussitôt à l'œuvre dans le salon transformé non seulement en un bureau à part entière, mais aussi en une sorte de PC militaire, puisque plans, croquis, correspondances, livres d'agronomie et registres l'envahissaient en un savant désordre auquel personne n'était autorisé à toucher, pas même les domestiques, lesquels n'y avaient d'ailleurs plus accès que pendant ses absences, sinon pour lui apporter une tasse de café et le courrier, ou introduire un visiteur.

Il n'était donc plus question de mener dans cette pièce la vie d'autrefois qui avait vu les femmes de la maison coudre et tricoter, lire, débattre de problèmes, se confier, s'encourager, raconter les nouvelles apprises par le journal ou par des lettres, autour de la cheminée, ou encore jouer du piano, ne s'interrompant qu'à l'arrivée d'Henri qui, tel un invité craignant de déranger, les incitait toujours à poursuivre leurs activités, y compris lorsqu'il recevait ses relations d'affaires. Reléguées à la salle à manger et dans leurs chambres respectives, Jenny,

Julienne et Madeleine s'employaient à être discrètes, moins par respect de l'aîné que par la crainte de ses colères et le désir d'être en paix, tandis que Paul allait se perdre dans les champs les plus éloignés lorsque son état de santé le lui permettait.

En milieu de matinée, chaussé non de sabots, comme son père, mais de bottes d'équitation luisantes d'un vigoureux cirage, vêtu d'une culotte de cheval, d'un gilet et d'une veste de ville, et muni d'une cravache avec laquelle il lui plaisait de cingler haies et fourrés, Édouard partait arpenter le domaine. Sa silhouette insolite avait surpris, au début, les domestiques et les gens du pays, mais tous s'étaient rapidement habitués à la voir surgir aux mêmes heures, stationner devant les clôtures des prés et les bâtiments le temps de distribuer quelques ordres secs, puis disparaître sans que rien eût été vraiment conclu.

Après ce « tour du propriétaire », il regagnait la demeure et s'indignait si tous les membres de la famille n'étaient pas rassemblés à la salle à manger ou si le repas n'était pas encore prêt, puis, une fois les hors-d'œuvre déposés sur la table, se lançait dans la description de ses projets, faisant rouler dans sa bouche les termes que lui avait communiqués la Société des agriculteurs de France à laquelle il avait commandé une analyse des terres afin de déterminer quels engrais et amendements appliquer pour obtenir les meilleurs rendements, persuadé que l'assolement – une alternance sur huit ans de blé, de récolte sarclée, de fourrages artificiels et de pâture à brebis – en bénéficierait. Et quand les conclusions des experts parisiens tombèrent, déguisant sous de beaux mots savants ce qu'Henri avait institué en comptant sur sa seule expérience, il n'évoqua plus que la voie ferrée qu'il comptait installer à l'étable afin de transporter, au moyen d'un wagon, la litière jusqu'à la fosse où elle se transformait avec le temps en précieux fertilisant.

Il n'avait donc pas changé, il continuait de poursuivre cela même qui l'avait détourné des années plus tôt des travaux agricoles – le Progrès –, et il était prêt à dépenser autant qu'il le faudrait pour l'atteindre. Emporté par ces rêves, mieux, hanté, il ne s'efforçait plus de simuler de l'intérêt lorsque Jenny dévidait les nouvelles que Thérèse et Augustine, Berthe et Noélie lui envoyaient, les premières depuis les domiciles qu'elles avaient réintégrés l'une après l'autre, les secondes du pensionnat ; ne relevait plus les commentaires auxquels Paul se livrait entre ses dents ; ne faisait plus remarquer que, décidément, Madeleine recevait bien souvent des lettres de Laissac ; se contentant d'une remarque sèche et aussi définitive qu'un décret, à savoir qu'il n'entendait pas nourrir *ad vitam aeternam* des bouches inutiles. Lancée à ceux-là mêmes qui s'étaient sacrifiés pour sauver le domaine au moment où la guerre lui enlevait la main-d'œuvre nécessaire à son entretien, c'était comme une flèche tirée dans le dos, aussi crurent-ils d'abord ne pas avoir bien entendu ; puis Paul quitta la table, Madeleine baissa la tête, tandis que Jenny portait son mouchoir à son nez.

Une fois résolues la question des sols et celle de la petite voie ferrée, Édouard passa tout logiquement au chapitre des domestiques, examinant le cahier qui leur était consacré à l'intérieur du gros registre où Henri avait noté au fil des ans le nom et la fonction de ses employés – valets, maître valet, ménagère, servantes, cuisinière, faucheurs, jardinier, porteurs, palefreniers, bergers, *battier*, *estivandiers*, *cantalès*, *charrous*… –, les travaux qu'ils effectuaient et les salaires qu'il leur versait. Il songea qu'une réorganisation s'imposait dans ce domaine aussi et consacra par conséquent une bonne partie de ses journées à vérifier si leurs gages correspondaient à leur besogne, si celle-ci était accomplie comme il le fallait, si leurs logements étaient convenablement distribués et si l'on ne pouvait pas en tirer meilleur parti, sans se rendre compte qu'il remettait ainsi en cause l'œuvre de son père, pourtant unanimement admiré pour son sens de la justice et de l'équité, ou préférant ne pas le remarquer.

Il découvrit donc que l'ancienne chambre d'Adrien, à l'étable, était demeurée vide et, décidant de l'attribuer au *cantalès* qui lui avait succédé et qui l'avait d'ailleurs réclamée à Henri sans jamais – curieusement, pensa-t-il – obtenir gain de cause, ordonna à deux servantes de la vider et de la nettoyer. Or, avant de s'exécuter, l'une d'elles crut bon d'avertir Madeleine, l'ayant vue rôder dans les parages la nuit, quand elle-même quittait le fenil où elle avait rencontré son galant. Car c'était toujours à la faveur de l'obscurité que la jeune femme fréquentait ces lieux, au retour de ses promenades avec l'animal qu'elle avait élevé au rang de compagnon en le sauvant de la réquisition.

Si, en ce mois de novembre, le soleil nimbait encore les bâtiments d'une lumière dorée, l'air avait fraîchi, aussi Madeleine revêtit-elle la longue cape de laine brune à large capuchon qui lui donnait également le sentiment de passer inaperçue. Elle commença à s'affairer autour des objets qu'Adrien avait alignés sur des étagères fabriquées par ses soins sans aucune difficulté, puisqu'il avait aussi exercé le métier de menuisier, et recensa tout ce qu'elle souhaitait conserver – essentiellement les cahiers et les livres. Elle avait pourtant feuilleté plus d'une fois ces pages jaunies à la recherche d'une trace de son ancien amour, d'un message venu d'outre-tombe, et n'y avait trouvé que des recettes d'onguents, d'emplâtres, de potions pour les bêtes, de décoctions, consignées d'une écriture fine ; également fouillé, le tiroir de la table n'avait, pour sa part, révélé que des crayons, des bobines de ficelle, des boucles de harnais, sans aucune valeur marchande ni, surtout, affective.

Entendant les servantes approcher dans un grincement de brouette, elle saisit une caisse en bois remplie de vieille paille où avaient probablement dormi chiots, chats ou agneaux et, après l'avoir renversée, la posa sur la grossière table qu'un autre utiliserait avant la tombée de la nuit. «Je suis venue vous aider. Contrairement à ce qu'on vous a dit, il ne faut pas jeter tout ce qui se trouve ici», put-elle ainsi expliquer aux femmes, dont l'une, la complice, esquissa un sourire entendu ; puis, joignant le geste à la parole, elle dénoua le cordon qui retenait sa cape et la posa sur l'unique chaise.

Les servantes avaient emporté le matelas pour le battre à l'extérieur, quand Édouard fit irruption dans la pièce. «Que fais-tu ici ? lança-t-il à sa sœur, qui poussa un petit cri sous l'effet de la surprise.

– Je suis venue aider. Tout n'est pas à jeter, ici.

– J'ai pourtant donné des ordres.

– Voyons… regarde, il y a là des ouvrages de médecine vétérinaire et des remèdes. Tout cela est utile.

– Laisse les pots et les flacons où ils sont. Le nouveau *cantalès* se débrouillera avec.

– Bien, comme tu veux… mais… mais les livres ? lança-t-elle, une main posée sur les volumes dont elle avait garni la caisse.

– Qui t'a demandé d'y toucher ? Remets-les sur les étagères.

– Mais…

– Je trouve ton intérêt pour ces choses-là plus que suspect, vois-tu.

– Suspect ? Que vas-tu donc penser ?

– Alors, remets ça », coupa-t-il en abattant sa cravache sur sa botte.

Madeleine s'exécuta non sans penser qu'elle récupérerait plus tard ce qui, en vertu des lois du cœur, lui appartenait ; au moins, se dit-elle, les volumes étaient sauvés du feu dans lequel finissaient tous les rebuts. Absorbée dans ses pensées, elle en laissa échapper un et, en se penchant pour le ramasser, remarqua le coin de l'enveloppe qui en dépassait. Elle la tira vers elle : un M, suivi d'un point, était tracé dessus.

« Qu'y a-t-il ? interrogea Édouard, qui, à défaut d'avoir surpris son geste, car elle lui tournait le dos, avait senti son hésitation.

– Rien, rien », répondit-elle, prompte à escamoter le rectangle blanc dans la poche de sa jupe.

Dès qu'elle eut terminé, elle quitta l'étable et, au lieu de regagner la maison, s'en alla sur la route qui menait à la maison de pierre dans laquelle elle s'était imaginée mille fois auprès d'Adrien et de leurs enfants : à cheval comme à pied, c'était une de ses promenades favorites, parce qu'elle offrait un paysage de vallons où les prés évoquaient des morceaux de tissu de tailles inégales, rehaussés par des bordures d'un ton de vert plus sombre. Elle se sentait mortifiée par l'attitude de son frère et, plus encore, par la docilité qu'elle avait mise à lui répondre, mais l'enveloppe brûlait contre sa cuisse, et elle ouvrit puis referma le portillon de Carrous pour la décacheter avec, comme seul témoin, le troupeau de vaches rousses que son bien-aimé avait, pour la plupart, surveillées et soignées. Adossée au tronc d'un châtaignier, elle lut :

Ma chère et douce Madeleine,

À la veille de mon départ pour la guerre, je me retrouve en tête à tête avec moi-même. Il me semble que je ne l'ai jamais été au cours de ces dernières années : vous avez été dans mes pensées et dans mon cœur à chaque instant, et pas uniquement depuis le bal de vos vingt ans.

Demain non plus, je ne serai pas seul, et je sais que votre image m'aidera à supporter la distance, les difficultés et la peur. Je ne veux toutefois pas partir sans vous prier de me pardonner : si je n'ai pas répondu plus ouvertement à votre amour, c'est que je ne peux me résoudre à l'accepter comme je le voudrais. J'ai la conviction qu'il ferait le désespoir de vos parents et qu'un jour ou l'autre il ferait le vôtre, malgré la pureté et la sincérité de nos sentiments : les temps ne sont pas mûrs pour un ménage comme celui que vous avez imaginé. J'aurais dû partir aussitôt après l'avoir compris, j'ai manqué de courage, et voilà que la guerre m'y oblige maintenant. Sachez que

La missive s'arrêtait là, sans conclusion, sans date, sans signature, et Madeleine se demanda si Adrien avait été interrompu, tandis qu'il la rédigeait, par une visite inattendue, par exemple celle qui l'avait vue traverser cette lointaine nuit d'août 1914, vêtue d'une chemise de nuit et d'un châle. S'était-il donc ravisé après leurs aveux et leur étreinte ? Cela eût expliqué pourquoi il n'avait pas jugé bon d'achever la lettre, mais, dans ce cas, pour quelle raison ne l'avait-il pas détruite ? Avait-il voulu se ménager une issue ? Et aussi : il était revenu ensuite en permission, avait-il écrit ce message à cette autre occasion, après qu'elle-même eut passé des jours à le soigner dans la chambre de la tour ?

Soudain, un chagrin immense l'envahit, non sous le coup de la fatalité qui avait emporté Adrien, comme son frère Jean, d'ailleurs, mais sous l'effet de l'impuissance : elle avait aimé pendant des années un homme qu'elle avait cru admirable, sage, invincible, et voilà qu'elle mesurait toute l'étendue de son renoncement au nom d'un respect – prétendument pour elle et ses parents – où elle ne décelait à présent que lâcheté et faiblesse. Quel gâchis… songea-t-elle. Et encore : les femmes, qu'elles fussent passionnées ou non, étaient-elles donc les seules à aller jusqu'au bout de leurs sentiments, y compris si cela leur valait de transgresser les conventions sociales ? Étaient-elles les seules à être mues par la force de l'absolu ? Le souffle court, elle se laissa glisser le long de l'écorce jusqu'au sol jonché de bogues : ayant échappé à la cueillette, de rares châtaignes en étaient encore prisonnières, mais, ouvertes et vidées, la plupart de ces enveloppes évoquaient d'hirsutes étoiles de mer.

Parce qu'il parsemait le paysage de teintes fauves, lui insufflait un puissant parfum de terre humide, de feuilles mortes, de champignons, l'automne était la saison préférée de Madeleine, qui se perdait des heures durant dans sa contemplation. Ce jour-là toutefois les feuillages ne semblaient pas resplendir d'or et de rouille, mais se consumer inexorablement, dévorés par le feu, et la jeune fille frissonna à la fois de tristesse et de crainte en se demandant si la réalité que dévoilait la lettre interrompue en était la cause, ou s'il fallait l'imputer à l'allure que prenait le domaine depuis que son père était mort et qu'Édouard lui avait succédé.

Le seul Randan qu'elle voulût considérer, se dit-elle encore, était celui de son enfance et de sa jeunesse, celui qui précédait la catastrophe de la Grande Guerre, pas celui qui s'annonçait dans la frénésie de progrès et de modernité que déployait son frère. Alors elle pensa que les lieux étaient des espaces pas seulement géographiques, mais aussi temporels, puisqu'il leur arrivait d'être élevés à une éternité du sentiment fondée sur le souvenir, et donc qu'ils pouvaient subsister en dépit de l'éloignement, de l'absence. Qu'elle aurait beau s'efforcer de les juxtaposer, de les faire adhérer, le domaine d'autrefois et celui d'aujourd'hui ne correspondaient plus, ne correspondraient peut-être plus jamais. Voilà pourquoi, en prenant cette décision de partir qu'elle avait combattue si farouchement et en vertu de laquelle aussi elle avait aimé Adrien, elle ne se séparerait pas de ces lieux enchantés : elle en serait la gardienne, la vestale, le temple, elle en entretiendrait la flamme jusqu'à son dernier jour.

Puis elle pensa à l'autre Jean. Elle ne l'avait guère encouragé depuis leur rencontre chez les voisins, acceptant uniquement qu'ils fussent correspondants, mais elle s'était surprise à attendre ses lettres et elle avait senti son estomac se serrer à sa vue, à la sortie de la messe d'enterrement de son père, elle avait même éprouvé de la fierté, assise à ses côtés lors du repas qui s'était ensuivi, tandis que ses sœurs et ses cousines lui jetaient ces regards qu'on réserve aux fiancés. Sans doute la loyauté, la franchise et le sérieux qu'elle percevait en lui étaient-ils ce qu'elle recherchait, avait peut-être toujours recherché sans se l'avouer, chez le compagnon d'une vie, et elle décida d'accepter la demande en mariage qu'il lui ferait, si tant est qu'il la fît un jour.

Et naturellement la demande vint, non par lettre, mais au cours d'une visite : six mois s'étaient écoulés depuis la mort d'Henri et ce délai avait semblé à Jean nécessaire pour qu'il pût regarder la jeune femme droit dans les yeux et lui proposer de fonder une famille. Peut-être ne s'attendait-il pas à recevoir un oui aussi rapide, mais c'est ce qu'il obtint, et il s'autorisa alors à l'étreindre alors que, tout autour d'eux, des flocons de neige tombaient sur cette journée de février.

Les noces furent fixées au mois de juin de cette année 1920, pas trop tard donc, mais assez pour permettre aux aiguilles de Jenny et à celles de la future mariée de broder sur les pièces du trousseau deux initiales entrelacées et d'organiser la cérémonie : comme la jeune femme en émit le vœu, elle se déroulerait dans la chapelle du domaine, malgré l'opposition d'Édouard qui eût, en effet, préféré offrir un cadre public à l'événement. Secrètement réjoui par le prochain départ de cette sœur qui constituait à ses yeux, sinon un obstacle, du moins un reproche permanent parce qu'elle ne pouvait s'empêcher d'établir une comparaison entre ses efforts de modernisation et l'œuvre de leur père, convaincu par Jenny, il finit par donner son accord avec l'un de ses haussements d'épaules habituels.

C'est ainsi que Madeleine avança vers l'autel qui avait connu toutes les célébrations de la famille, au bras de Louis, son oncle et parrain, lequel, dans une courte élocution, brossa ensuite son portrait sans oublier d'évoquer la mémoire du « martyr » de la nation et celle du « sacrifié » qu'il dit représenter en ce jour de fête. Au premier rang, Jenny pleurait, une main abandonnée à celle d'Augustine, l'autre resserrée sur son éternel mouchoir : plus qu'une fille, elle avait l'impression de perdre un soutien indéfectible, un « rayon de soleil », comme le curé l'avait souligné, avant Louis, et elle se savait maintenant livrée aux caprices des deux êtres auxquels elle n'avait jamais rien refusé, Julienne et le nouveau maître de maison.

Compte tenu des multiples deuils des uns et des ennuis de santé des autres, les membres des deux familles n'avaient pas pu tous se réunir, mais les cousins de Rodez, en particulier Raymond, venu entre deux trains de Toulouse où il avait repris ses études, et Gabrielle s'employèrent à ce que Madeleine eût un souvenir gai de ce jour mémorable en réclamant des valses à la pianiste, Noélie, et en inventant des jeux. Cela n'empêcha pas toutefois la jeune femme de fondre en larmes à l'idée de quitter la demeure où elle avait toujours vécu, les champs et les bois mille fois arpentés, ses animaux et ses arbres favoris.

Ce matin-là, de bonne heure, alors que la table de la salle à manger accueillait les premiers éveillés, Madeleine se faufila à l'extérieur et marcha jusqu'au poirier sur les branches duquel elle avait si souvent rêvé au cours de son enfance et de son adolescence – l'été, à l'ombre d'un pan d'indienne. Elle étreignit le tronc, ainsi qu'on étreint un vieil ami, puis tira de sa poche le plantoir qu'elle y avait glissé avec un rectangle de papier et l'enfonça à son pied d'un geste habile, elle qui avait manié pendant des années des outils bien plus lourds. Elle ouvrit ensuite le médaillon qu'elle avait au cou et en tira l'anneau d'or qui y était logé depuis le soir d'août 1914 où son propriétaire le lui avait confié, le contempla un instant, avant d'y presser les lèvres et de l'envelopper dans la lettre inachevée qui était tombée par hasard à ses pieds, enfin, elle déposa ce petit paquet au fond du trou, qu'elle reboucha cette fois sans hésiter. Elle avait choisi l'avenir, la joie, la maternité – elle l'espérait – et sa nouvelle vie pouvait commencer.

35

Le mariage de Madeleine inaugurait une longue série : quinze jours plus tard on assista à celui d'Amélie, la deuxième fille de Louis, puis, en avril 1921, ce fut le tour d'Édouard qui, soucieux d'éblouir non seulement ses voisins, mais aussi l'heureuse élue, fille d'un agriculteur aisé, qu'il connaissait pour l'avoir dévisagée chaque dimanche à la sortie de la messe depuis son retour, préféra à l'intimité de la chapelle familiale la solennité de l'église voisine. Courtisée avec la froideur et le calcul, sinon le cynisme, qui le caractérisaient en tout, cette Blanche ne lui apportait ni fortune ni terres, mais beauté et robustesse, qualités en vertu desquelles on choisit en général les bêtes, et sans doute croyait-il pouvoir retirer de sa propre supériorité sociale un ascendant irréfutable sur sa future « moitié ».

De fait, la jeune fille s'était facilement laissé séduire par la position qu'il lui offrait, à défaut de l'être par la vie à la campagne – une vie qui s'organiserait, en l'occurrence, autour d'une demeure qu'on désignait dans le pays non par un nom de lieu, mais par la simple formule le « château », comme s'il n'en existait, n'en avait jamais existé, qu'un –, et elle pensait réussir à exercer sur lui assez d'influence pour qu'il confiât un jour la propriété à un fermier dont il se contenterait de surveiller le travail une fois par semaine en venant de la ville où elle rêvait de s'installer.

Considérant par conséquent comme provisoire sa nouvelle maison, Blanche ne chercha pas à en retirer les rênes à Jenny, qui ne les avait solidement tenues qu'après la mort de sa propre belle-mère. Mais Édouard avait voulu occuper la chambre de ses parents, dans l'illusion qu'en s'appropriant le lit du roi du Ségala il obtiendrait en quelque sorte son sceptre et donc le bon sens, le savoir, l'autorité qui en découlaient à son avis. Jenny n'opposa nulle excuse, nul plaidoyer ; ses lèvres pincées trahissaient plutôt de la contrariété et du souci à l'idée qu'Édouard s'était marié sans la passion, sans même l'amour qui l'avait unie à son propre époux et formé le ciment d'un ménage sans nuages.

Du reste, plus soucieuse de protéger sa personne et celle de sa benjamine que de préserver l'intimité du jeune couple, la veuve commença bien vite à se replier sur ce qu'Édouard nommait ses «appartements» puisque, la porte de communication demeurant désormais ouverte, c'était à la tête de deux pièces qu'elle se trouvait, même si Julienne s'était approprié la seconde sous prétexte que les râles et les grincements de ressorts qui s'élevaient, la nuit, à quelques mètres de son lit l'empêchaient de dormir. Féroces, voire barbares, comme la fillette le prétendait, ils l'étaient en vérité pour une enfant de douze ans gâtée par ses parents et hostile à tout ce qui risquait de troubler son cadre de vie – surtout pour l'épouse, prise avec la violence et la hâte d'un amant qui ne connaissait la tendresse pas même après le coït.

Mais Blanche attendait son heure, supportant les devoirs conjugaux qui étaient à l'origine de son mariage sans savoir s'il valait mieux s'en acquitter au plus tôt afin d'en avoir rapidement fini, ou conserver intact le plus longtemps possible le corps qui lui avait valu l'attention de son mari ; toute à ce dilemme, elle ne participait guère à la conversation et n'écoutait que d'une oreille Édouard pérorer à propos de ses éternels et grandioses projets autour de la table de la salle à manger, sous laquelle n'étaient plus tirées que cinq chaises, dont une presque toujours vide.

Car Paul évitait désormais les repas en commun avec autant de soin qu'il employait à ne pas croiser son frère depuis que celui-ci avait pris la tête du domaine en un revirement qui avait adopté, à ses yeux, l'allure d'un coup d'État ; se considérant comme un prince dépossédé, il préparait un exil qu'il voulait assez lointain pour ne pas avoir à participer aux réunions de famille – dimanches, baptêmes, communions et autres fêtes –, surtout pour ne plus avoir à poser le regard sur le royaume perdu. De son père il avait hérité une somme qu'il entama par l'achat d'une automobile, à bord de laquelle il lui arrivait de se rendre au domicile de son oncle Louis dont l'appui ne lui avait jamais manqué. Il y retrouvait de temps en temps Raymond, interne à Toulouse, ainsi que Gabrielle qui, malgré ses activités dans les mouvements de jeunesse catholiques, s'était improvisée conseillère matrimoniale de son frère, recevant ses prétendantes et se chargeant même de les éconduire par de petites lettres sèches. Plus que l'affection de son oncle, de sa tante et de ses cousins, ou que les aventures galantes qu'il multipliait lui aussi, il paraissait poursuivre le même et sempiternel rêve, comme s'il lui était impossible d'accepter la réalité.

Or, sur les genoux des Moires, le fil grossier et rêche de son destin adoptait maintenant la douceur et le brillant de la soie, le conduisant dans le Lot, chez un propriétaire terrien qui espérait transmettre son domaine à un gendre associant à une bonne naissance des qualités d'agriculteur : Paul répondait à ces critères et il découvrit dans ce département un paysage peu différent de celui auquel il était habitué, ainsi que – la distance aidant – la possibilité d'échapper à son tourment. Surtout, une promise douce, avenante, dont il s'éprit et qu'il épousa en septembre.

Mais on était encore en juillet, ses sœurs quittaient le pensionnat – Noélie munie de son bachot, Berthe piaffant à l'idée de devoir attendre une année supplémentaire pour s'inscrire aux Beaux-Arts –, trouvaient leur chambre investie par Julienne et s'installaient volontiers au second étage. C'était la première fois qu'elles regagnaient le domaine depuis le mariage de leur frère et, quoique discrète, la présence de Blanche prouvait que tout avait changé : soucieuse d'éviter les conflits, la plus jeune s'enfonça dans le monde qu'elle dessinait au crayon, au fusain, à la sanguine, tandis que la plus âgée invitait sa mère à réagir à l'injustice dont elle était, à son avis, victime.

« Voyons, Noélie, je me moque bien de la chambre, répliqua un jour Jenny.

– Mais enfin, maman, vous y dormiez depuis votre mariage ! Pour qui se prend donc Édouard ?

– Pour le maître de maison. Ce qu'il est en réalité.

– C'est vous qui l'y avez autorisé. Vous n'auriez jamais dû !

– Je n'avais pas le choix… Je te rappelle qu'il est l'aîné.

– Jean n'était pas l'aîné, et pourtant c'est lui qui devait hériter du domaine. Et Paul…

– Ne me parle pas de Jean… J'ai assez de chagrin comme ça.

– Maman ! Au moins, ne vous laissez pas faire ! Et cette Blanche… Elle est sournoise, stupide, je la déteste.

– Tu la connais à peine.

– C'est écrit sur son front.

– Oh, je t'en prie, Noélie, ne sois pas aussi tranchante !

– Vous dites que je tranche ? Vous, vous pleurez au lieu de vous battre. Ce n'est pas seulement Paul que vous avez lésé, c'est nous toutes.

– Tu es jeune, tu juges bien vite. Tu comprendras plus tard.

– Détrompez-vous. Je n'ai pas l'intention de dépendre de qui que ce soit. »

À bout d'arguments, Jenny fondit en larmes, attitude qui, plus que toutes, horripilait la jeune fille, laquelle se précipita sur le palier et dévala l'escalier. Vu du vestibule sombre, le jardin que l'embrasure de la porte ouverte découpait en rectangle semblait scintiller au soleil ; elle le traversa à la hâte et, passant devant le sapin de Jean, sortit par le portillon. Alors s'ouvrit sur sa droite la route bordée d'arbres qui menait à l'étang, où elle s'engagea prestement pour découvrir la petite voie ferrée qui, fidèle aux plans de l'ingénieur, reliait l'étable à la fosse à purin, et le wagonnet dans lequel la litière voyageait : objet de fierté pour son frère, c'était pour la plupart des voisins une marque d'excentricité, sinon de gaspillage. « Quel imbécile ! » siffla-t-elle, tandis que les talons de ses bottines crépitaient sur le dur, et encore « Quel fat ! » dans l'allée du bois qui assourdissait maintenant son pas puis, peu à peu, sa colère, car tout – les deux sentiers parallèles, la clairière et la maisonnette de pierre où l'on remisait la barque, le chenal, la grande étendue d'eau – se présentait tel qu'elle l'avait laissé, comme si le temps s'était suspendu à cet endroit précis et seulement là.

Elle traversa la jetée et alla s'asseoir à l'ombre d'un chêne, près du ruisseau, sur le bord de pierre où les serpents, en général, ne s'aventuraient pas. Le nez contre les genoux, les mains croisées sur les chevilles, elle s'abandonna à la contemplation du vaste miroir où ciel et arbres se reflétaient dans des nuances plus sombres et songea que l'alcool avait peut-être, sur le cerveau et sur le corps, le même effet que cette vue-là – émousser la souffrance, sinon l'apaiser tout à fait. Il y avait aussi les sons particuliers que l'endroit produisait : vrombissement de libellules et d'autres insectes, souffle de la brise dans les feuillages, gazouillements des oiseaux, clapotis de l'eau fendue par le bond d'un poisson, ainsi que, dans le champ voisin, des meuglements intermittents.

Toute à ce réconfort, elle ôta son chemisier à col montant, sa jupe, ses bas, ses bottines, se laissa glisser dans la nappe fraîche que la vase, associée à l'ombre des arbres, brunissait près des rives et s'éloigna à la nage : comme les lieux, le mouvement de la brasse avait sur elle un pouvoir de détente qui l'amena à se retourner et à s'attarder un moment, immobile, les bras en croix, à la surface de l'eau. Elle avait regagné le ruisseau et se hissait sur une pierre plate quand une voix s'éleva de sous un arbre, à quelques mètres de là : « Tu as fait des progrès depuis notre dernier bain ! » Au même instant, elle reconnut le timbre de Victor et se rendit compte que son linge en fil lui collait à la peau, aussi lança-t-elle : « Reste là où tu es ! Je t'interdis de me regarder ! »

Un rire narquois retentit, puis le garçon apparut quelques secondes plus tard, après qu'elle eut enfilé ses vêtements et qu'il se fut rapproché : bien qu'ils eussent tous deux vingt ans, il était, avec son corps musclé, ses épaules larges, ses mâchoires prononcées, devenu un homme, alors qu'elle demeurait, à son grand dépit, la même et sempiternelle adolescente.

Maintenant, seul le mince cours d'eau les séparait et Noélie remarqua sur la chemise de Victor des taches d'humidité témoignant, comme ses cheveux rabattus en arrière, d'un bain récent, mais déjà il posait le pied et avançait avec agilité sur la grille, plantée dans le courant tel un peigne dans une chevelure sombre afin de retenir les poissons : mille fois, depuis l'enfance, ils s'étaient défiés à ce jeu, criant et éclatant de rire quand l'autre tombait, et il n'eut pas besoin d'écarter les bras pour garder l'équilibre. Enfin, il sauta sur l'autre bord et proposa à Noélie de s'asseoir un moment sur la jetée, ce qu'elle accepta sans se faire prier, même s'il lui fallut un moment pour retrouver leur ancienne familiarité – le temps de quelques questions sur l'année écoulée et sur les membres de leurs familles respectives.

« Voilà, tu sais tout, conclut le jeune homme. Et chez toi ?

– Madeleine s'est mariée, et je la regrette bien. Je n'aurais jamais pensé qu'elle pourrait partir, tu sais. Paul n'est jamais là. Ah oui, Raymond, mon cousin, a reçu la Légion d'honneur pour ce qu'il a accompli pendant la guerre, et il n'a que vingt-huit ans… Il marche sur les traces de son père. J'ai assisté à la réception avec Berthe en avril. C'était très émouvant.

– Il paraît que c'est un héros.

– C'est la pure vérité.

– Et ta mère, comment va-t-elle ?

– Elle ne se remet pas de la mort de papa. Et cela ne risque pas de s'arranger… Elle nous a mis dans un beau pétrin en acceptant qu'Édouard reprenne le domaine. Je n'arrive pas à comprendre comment elle a pu faire ça à Paul, à nous tous. Si tu voyais mon frère aîné… il est devenu imbuvable.

– J'ai admiré sa voie ferrée…

– Ah ! Qu'il joue le maître, après papa, c'était déjà insupportable, mais qu'il exhibe son épouse comme un coq… On prétend qu'elle est belle… moi, je ne sais pas. En tout cas, elle le regarde, béate, et ne dit pas un mot.

– Au moins elle ne te contredira pas ! Je crois me souvenir que tu n'aimes pas ça… »

Ils se chamaillèrent un peu et se surprirent à en éprouver un sourd plaisir, sans doute indissociable, pensèrent-ils, de leur histoire commune puisque leur amitié remontait non seulement à leur enfance, mais aussi à celle de leurs pères respectifs et, avant eux, de leurs grands-pères, raison pour laquelle la mémoire de l'un trouvait directement ou indirectement un écho dans celle de l'autre, que tout était donc, des deux, connu, su, partagé – un peu comme si, errant dans une vaste demeure composée de pièces sombres, de cabinets secrets, de couloirs ornés de fresques en trompe-l'œil, ils découvraient soudain une chambre lumineuse, douce, tiède, où ils étaient tous deux assurés d'obtenir repos, sérénité et paix ; ou encore comme si, longtemps perdus en pays étranger, ils expérimentaient soudain le plaisir d'utiliser la même langue.

Et puis il y avait les lieux familiers, l'étang, où ils se donnèrent rendez-vous le lendemain et les jours suivants, les jardins de leurs maisons respectives, les sentiers, les bois, les prés du domaine et même le vieux court de tennis qu'ils prirent l'habitude de fouler ensemble, les arbres fruitiers à l'ombre desquels ouvrir un livre lorsqu'ils étaient las de parler – de leurs familles encore, de tel ou tel écrivain, de peinture, de musique, de politique et de projets d'avenir : un an plus tôt, Victor avait entamé des études de droit à Paris, car il comptait devenir avocat, comme son père, et il louait les avantages de la grande ville, bibliothèques, musées, théâtres, cinémas, surtout une vie d'indépendance et d'ouverture loin des vues étroites du monde rural. «Cette vie serait faite pour toi si tu n'étais pas une femme», dit-il, taquin.

Allongée sur le plaid à ses côtés, à l'ombre d'un pommier, elle se redressa vivement. «Je ne vois pas pourquoi elle serait interdite aux femmes. Qui a travaillé aux champs, dans les usines, les hôpitaux et les administrations, quand vous, les hommes, étiez au front ? Nous avons mérité notre place dans la nouvelle ère qui s'est ouverte. Bientôt nous obtiendrons le droit de vote, c'est certain, comme en Angleterre, en Amérique ou en Allemagne. Il y a deux ans, la Chambre des députés a voté une proposition de loi que le Sénat finira bien par approuver.

– Je n'en suis pas si sûr. Le travail… tout cela vaut pour les métiers les plus humbles, pas pour les autres, et, te connaissant, j'imagine que tu as des ambitions.

« – Voyons, de nos jours, rien n'empêche plus une femme de faire carrière dans les sciences et les arts ! Regarde Marie Curie, Colette, Marcelle Tinayre, Edith Wharton… ou encore Séverine, Suzanne Valadon… ou bien Emma Calvé, Mary Garden… Il n'y a que l'embarras du choix.

– Tu as l'intention de faire carrière, c'est ça ?

– Je suis pour l'égalité des hommes et des femmes.

– Et contre le mariage ?

– Franchement, je ne vois pas ce qu'il y a de si remarquable dans le mariage. Supporter éternellement les humeurs d'un homme et devoir lui rendre compte de tout, se consacrer à des enfants et à un foyer… Non, je ne veux appartenir qu'à moi-même, être maîtresse de ma destinée et de mon nom !

– Tu changeras sans doute d'avis. À un moment donné, les femmes changent toutes d'avis.

– Ça m'étonnerait.

– Même si un garçon aussi charmant que moi demandait ta main ?

– Surtout un garçon comme toi !

– Espèce de chameau ! Tu dis ça, tu dis ça, mais, en vérité, tu meurs d'envie de m'épouser… »

Il la chatouilla, ainsi que le font les enfants, et, comme elle se rallongeait dans des éclats de rire, se coucha à moitié sur elle et la maintint au sol par les bras ; ébouriffés, la poitrine haletante, les lèvres séparées par quelques centimètres, ils se dévisagèrent, en proie à un mélange d'attirance et d'effroi, puis Noélie se dégagea de son étreinte, courut jusqu'au portique à quelques mètres de là et bondit sur la balançoire. « Au fait, s'écria-t-elle en prenant son élan, il y a une chose que j'ai oublié de te dire… J'ai reçu aujourd'hui une réponse à la lettre que j'avais écrite à Thérèse : elle accepte de m'héberger à Paris. Je partirai avec elle en septembre, après le mariage de Paul. »

36

Thérèse et sa famille habitaient, boulevard Raspail, un appartement assez vaste pour contenir, outre les pièces habituelles, une salle de jeux et une bibliothèque ; situé au second étage d'un immeuble dont la construction remontait aux premières années du siècle, exposé au sud, il baignait toute la journée dans une lumière que les fenêtres du salon et de la salle à manger, ornées au sommet de vitraux en forme de losanges, filtraient en jetant des taches de couleur sur le parquet et le jardin d'hiver que la maîtresse de maison avait voulu pour recréer en quelque sorte la nature dans laquelle elle avait grandi.

C'était là, dans ce renfoncement vert, blanc et mauve, que Noélie aimait à se tenir quand elle ne fréquentait pas la Sorbonne, les réunions des comités féministes, ou encore les salles à manger des familles qui l'avaient engagée comme répétitrice : très vite, en effet, elle avait exprimé le souhait de gagner suffisamment d'argent pour s'estimer indépendante du couple qui l'avait accueillie et s'offrir quelques plaisirs – des livres acquis le long de la Seine, chez les bouquinistes. De même, après avoir partagé la chambre de Marcelle, la plus jeune, une douce fillette de sept ans, elle avait demandé à coucher dans une des pièces réservées aux domestiques, sous les toits, auxquelles menait un escalier de service aux marches revêtues non d'un épais tapis rouge, mais d'une carpette dont la couleur hésitait entre le taupe et le gris, sous prétexte qu'elle avait besoin de solitude pour mener à bien ses études – surtout pour composer poèmes et autres pièces qu'elle s'était mis en tête d'écrire dans le plus grand secret, et donc pendant la nuit, certaine que la littérature était son avenir.

Robert, son beau-frère, d'abord opposé à ce souhait qu'il jugeait saugrenu, avait fini par accepter, mais il avait tenu à y installer des meubles évoquant, pour elle, un environnement familier, en particulier un petit secrétaire au-dessus duquel Noélie accrocha trois eaux-fortes d'Eugène Viala que son amie Yette lui avait offertes au moment de leurs adieux et qui, très noires comme la plupart des œuvres de l'aquafortiste, représentaient successivement un calvaire en pleine campagne, un bosquet et un village qu'un cours d'eau traversait.

De Paris Noélie avait aimé, dès son arrivée en septembre, les avenues bordées d'arbres et les jardins publics où les poètes, immortalisés dans la pierre, semblaient surveiller avec plus de bienveillance que mères et gouvernantes les enfants qui se précipitaient vers les bassins, munis de minuscules voiliers, se hissaient sur des ânes, ou se pressaient devant un castelet à l'intérieur duquel Guignol, Gnafron et Madelon déchaînaient invariablement rires et applaudissements en cascade. Impatiente de tout découvrir, elle s'enfonçait dans le métropolitain et en rejaillissait pour s'adonner à de longues promenades, parfois avec son beau-frère, qu'elle allait chercher en fin d'après-midi au pied de l'immeuble des grands boulevards où il travaillait : ce marcheur, qui regrettait le peu d'attrait que l'exercice physique exerçait sur son épouse, se réjouissait de regagner son domicile en sa compagnie et ne se lassait pas de lui faire admirer l'Opéra, le Louvre ou les Tuileries en relatant mille anecdotes à leur sujet. Il avait aussi des histoires à raconter sur les employés de La Prévoyance, organisme dont il était le sous-directeur national, et il se rengorgeait au son des rires de la jeune fille qu'il interrogeait ensuite sur les cours de littérature donnés à la Sorbonne par des professeurs qui ne se souciaient pas assez, estimait-elle, de l'élément féminin de son auditoire.

Au fil de ces tête-à-tête quotidiens, Robert en était rapidement venu à apprécier la vivacité de Noélie, ainsi que son caractère farouche et indépendant, qui – il ne cessait de le constater – tranchait curieusement sur la placidité et l'humeur égale de Thérèse, et il riait sous cape quand il la voyait, le dimanche, à l'arrivée d'une visite, se ruer dans la cuisine où il lui suffisait d'ouvrir une porte pour gagner l'escalier de service et, de là, sa chambre, indignée par l'indiscrétion des membres et amis de la famille qui, posant sur elle des yeux critiques, tentaient de savoir quelle lubie elle pouvait bien poursuivre.

Imaginait-elle donc que, avec son peu de charme, elle trouverait un mari à la capitale ? Ne valait-il pas mieux qu'un établissement religieux l'accueillît dans son giron et – ce n'était, bien sûr, qu'un sous-entendu – délivrât ses proches du devoir de la loger, de la blanchir, de la nourrir ? avait-elle entendu un jour une cousine lancer à Thérèse, laquelle s'était, certes, hâtée de changer de sujet de conversation, mais n'avait eu le courage ni de la défendre ni de contredire la cancanière.

Aussi, chaque fois qu'un coup de sonnette retentissait, Noélie refermait-elle son livre, repliait-elle son ouvrage ou abandonnait-elle ses nièces à leurs jeux, avant même que la domestique eût apparu sur le seuil du salon, ne se rasseyant qu'en de rares occasions – par exemple quand c'était la visite de Victor qu'on annonçait, puisque le jeune homme avait commencé à fréquenter ces lieux dès la rentrée des facultés, d'autant plus volontiers que le maître de maison lui dispensait d'utiles conseils pour réussir des études qu'il avait accomplies avant lui. Mais, sachant que leurs familles respectives souhaitaient, à travers eux, doubler d'un lien de parenté leur vieille amitié, elle inventait très vite un prétexte pour échapper aux regards et aux sourires complices qu'échangeaient Thérèse et son mari, certains d'assister aux prémices d'une union.

Du reste, Paris offrait des distractions dont ces jeunes gens, qui avaient grandi à la campagne puis dans une petite ville, ne se lassaient pas : au cours de cet hiver-là, ils allèrent souvent dans les musées, à la Comédie-Fran-çaise assister aux pièces classiques du répertoire, et au cinéma, où ils virent toutes sortes de films dont ils discutaient ensuite le long des boulevards, des avenues, des rues, ou bien devant une tasse de cacao dans un bistrot, Victor se moquant des larmes de Noélie à la vue de l'enfant et du vitrier que séparait un policier dans le film de Charlie Chaplin ; riant de sa stupéfaction devant le tango de Rudolph Valentino dans *Les Quatre cavaliers de l'Apocalypse* ; secouant la tête parce que, avec ses marins, ses femmes légères et sa tenancière de bar, *Fièvre*, de Louis Delluc, l'avait laissé, contrairement à elle, insensible ; argumentant sans fin. Plus qu'une confrontation, c'était un jeu dont l'humour et l'intelligence – qualités du garçon, que les dieux avaient assez choyé, songeait Noélie avec envie, pour le priver de l'émotivité qu'elle considérait chez elle comme une malédiction – étaient les principaux ingrédients et qui amenaient de temps en temps la jeune fille à penser qu'il aurait constitué un compagnon idéal si tant est qu'elle eût le désir de se marier.

Mais c'était impossible : elle se l'était promis du temps où elle était la confidente de Madeleine, persuadée que l'amour de sa sœur pour Adrien ne lui valait que des tourments, et, plus tard, dans le salon de Mme Carrère, tandis qu'elle évoquait avec Yette les artistes qu'elles aimeraient un jour fréquenter ou, mieux encore, devenir, l'une au piano et l'autre à la plume ; puis elle avait fait de ces promesses une profession de foi qu'elle avait honorée par voie épistolaire en attendant de revoir son amie, perspective plausible puisque cette dernière avait, du côté paternel, un certain nombre de cousins parisiens.

Et Yette vint – non pendant l'hiver, comme elle l'avait annoncé à plusieurs reprises, mais en avril, mois où les jardins publics, les squares, les simples rangées de marronniers parviennent presque à faire oublier la laideur des villes, raison pour laquelle Noélie la vit apparaître dans une tenue printanière, en compagnie d'une cousine. De la mode de cette année 1922 elle avait déjà adopté le col et la cravate de marin, l'ourlet à mi-mollet, les cheveux crantés, et Noélie, qui avait conservé quant à elle son chignon d'avant guerre, sa longue jupe sombre, son chemisier à col montant, se refusa à croire que le caractère et les ambitions de son amie avaient autant changé que son aspect.

Pourtant, tandis qu'elle regagnait le salon à ses côtés, derrière Thérèse et le chaperon, elle constata que sa camarade n'avait sur les lèvres que les soirées dansantes auxquelles ses cousins avaient promis de l'emmener et où elle pourrait se montrer à son avantage maintenant qu'elle maîtrisait les rudiments du fox-trot et du shimmy : abasourdie, Noélie s'enquit en balbutiant de sa famille et apprit que Pierre, le frère aîné, professeur de danse à ses heures, allait reprendre l'imprimerie, ce qui valait à Mme Carrère migraines, mauvaise humeur et accès de colère, surtout laissait entrevoir les problèmes que le jeune homme rencontrerait le jour où il aurait en main les rênes de l'entreprise, prophétisa Yette, compte tenu du caractère autoritaire, pour ne pas dire tyrannique, de la mère et de la nonchalance du fils.

Sur l'insistance de ce despote, Yette avait, d'ailleurs, fini par fréquenter le cercle de jeunes filles catholiques que Gabrielle, la cousine de Noélie, animait en compagnie du vicaire de sa paroisse depuis que, avec leurs colis de vivres, de gants, de passe-montagne et de prières, les marraines de guerre avaient cessé d'exister, qu'elles n'étaient plus en vérité qu'un lointain souvenir, et elle pensait s'y engager pour de bon. «En fin de compte, ta cousine n'est pas très différente de tes féministes! Et c'est une excellente oratrice!» s'exclama-t-elle, omettant de rapporter l'avantage que comportait, aux yeux de sa mère, la fréquentation de ce club bien-pensant – exercer sa piété tout en côtoyant la famille de son médecin et de son fils, Raymond, le célibataire le plus convoité de la ville, bien qu'il fût encore occupé à Toulouse à faire son internat. Et elle ajouta : «Dans ce cercle, les filles s'appellent par leur prénom et portent un uniforme, ce qui efface les distinctions sociales. Plus de noms de famille, plus de "Mademoiselle"… c'est en quelque sorte une révolution.

– Une révolution ? Voyons, comment peux-tu comparer cette cause à la mienne ! Pour quel droit se battent Gaby et ses amies ? Pour le droit de prier ? Mais qui les en empêche ? L'État français, lui, empêche les femmes de voter tout en les soumettant, comme les hommes, à l'impôt ! C'est une injustice flagrante. Même Victor le comprend !

– Victor ? » murmura Yette, et Noélie n'eut plus qu'à se lancer, cramoisie, dans une de ses tirades favorites, répétant des lambeaux des discours qu'elle avait entendus aux réunions de l'Union pour le suffrage des femmes et les ponctuant des noms de figures emblématiques de ce combat – Hubertine Auclert, la pionnière, Rose Durand, Cécile Brunschvicg et autres Maria Vérone – que Yette écouta sans entendre vraiment.

Enfin, à bout de souffle, elle déclara : « Tu as donc oublié tous nos projets ?

– Noélie, je n'ai aucun talent.

– C'est faux, tu le sais très bien ! Nous nous l'étions promis.

– Nous n'étions que des enfants ! Peinture, piano… que sais-je encore ? Je fais tout correctement, j'exécute. Mais je n'ai pas l'extravagance qu'ont les vrais artistes…

– Des enfants ? C'était il y a moins d'un an ! J'imagine que ta mère est passée par là.

– Non… enfin… oui, en quelque sorte.

– Elle veut que tu te maries, et toi, tu as peur de la contrarier !

– On voit bien que tu ne vis pas avec elle. S'il te plaît, n'en parlons pas maintenant, ne gâchons pas nos retrouvailles.

– Alors, tu vas devenir bien gentiment une jeune fille à marier, et c'est tout.

– Je n'ai pas ton courage…

– Du courage ? Yette ! Il ne s'agit pas de ça.

– S'il te plaît ! »

Mais elles étaient trop liées pour se fâcher et, après avoir montré à son amie tout ce qu'elle aimait de Paris, en particulier les musées, Noélie finit par l'accompagner dans une de ces sorties nocturnes que Yette avait tant vantées, ne fût-ce que pour démentir la réputation de rigorisme qu'elle sentait prête à s'abattre sur elle – réputation qu'on accolait depuis longtemps à Gabrielle, à qui elle refusait avec obstination d'être comparée. Pour l'occasion, Thérèse lui avait dessiné une raie dans les cheveux, frisé une mèche sur le côté, prêté une de ses robes les moins austères, mais bien différente des tenues à la mode que portaient les invitées dans le salon de la rue d'Assas où avait lieu la soirée, constata bientôt la jeune fille qui masquait sa propre timidité sous la conviction prétentieuse qu'on se sentait forcément déplacé lorsqu'on choisissait d'appartenir non aux autres, mais à soi-même.

Pour se donner une contenance, elle but quelques gorgées de l'alcool qu'on lui avait offert à son arrivée et gagna une fenêtre d'où elle pouvait contempler la scène – le beau parquet à chevrons, les pieds des danseurs comme pris de folie, les robes fraîches et gaies, les colliers qui s'agitaient en rythme – sans se croire obligée d'y participer, même si Yette s'efforçait régulièrement de l'entraîner sur la piste de danse avec l'aide de ses cousins, deux jeunes hommes un peu guindés, mais visiblement satisfaits de la soirée et d'eux-mêmes. Par politesse, ils se dévouèrent à tour de rôle pour lui tenir compagnie, s'ennuyant d'autant moins que l'alcool aiguisait son esprit et produisait chez elle un cynisme insolite, si bien que le dernier ne cacha pas son étonnement quand, le priant de l'excuser un instant, elle s'éclipsa sans un salut.

Quelques centaines de mètres la séparaient de l'immeuble de Thérèse et elle les parcourut d'un pas assuré, malgré l'individu boiteux et défiguré, un combattant de la dernière guerre, qui surgit sinistrement devant elle et obtint la pièce qu'il réclamait : comme une phalène, elle était attirée par les lumières qui brillaient en hauteur, à quelques fenêtres, révélant çà et là meubles, tentures, lustres, tableaux et même occupants – indices d'existences se déroulant dans une normalité qui lui paraissait soudain aussi inaccessible qu'à un exilé sa propre patrie. Voilà donc la vie qui l'attendait ? songeait-elle, une vie d'étrangère auprès de tous, y compris de sa famille et de ses amis ? Elle fut saisie par la nostalgie du domaine tel qu'il était du temps de son père et tel qu'il ne redeviendrait jamais.

Les semaines passant, le goût de la campagne la reprenait, tout comme le désir de réaffirmer les droits moraux qu'elle estimait posséder sur les lieux où elle était née et avait grandi, aussi, dès que l'année universitaire prit fin, se hâta-t-elle de pénétrer dans la gare d'Orsay ; sur le quai l'attendait Victor qui, parce qu'il avait averti les siens, pouvait compter sur un véhicule à la descente du train – et pas seulement : sur sa mère, pressée de l'étreindre –, et c'est à bord de l'automobile des Burguières que Noélie rentra chez elle, insistant toutefois pour qu'on la déposât au croisement des deux routes qui menaient au domaine, non devant la grille, comme une invitée.

Enfin elle poussait le portillon du fond et, abandonnant sa valise, courait vers Jenny, penchée sur un massif, à l'autre bout du jardin, plus maigre que menue désormais, presque ratatinée, les cheveux blanchis, les traits durcis, ainsi que Noélie le constata au fil des mètres. Alors ce furent des exclamations, qui se multiplièrent au fur et à mesure que sortaient, intrigués, les autres occupants de la maison, maîtres et domestiques, fils, bru et filles – Berthe, petite et sèche, Julienne, digne représentante du rameau blond et beau, et enfin Madeleine, venue accoucher quelques jours plus tôt d'une fillette à laquelle elle avait donné le prénom à la fois de son mari et de son frère disparu.

Noélie, qui n'avait pas vu sa sœur aînée depuis le jour de son mariage, fut surprise par l'expression qu'elle arborait – fière, paisible, radieuse ; elle se jeta dans ses bras et pleura un moment avec elle avant de la suivre au second étage, où, dans le berceau qui avait abrité tous les petits Randan, dormait le portrait en miniature de la jeune mère et par conséquent de la grand-mère qui l'avait accueilli dans le monde.

Elles redescendirent en se tenant mutuellement par la taille, bientôt rejointes par Berthe et Julienne qui bombardèrent la nouvelle arrivée de questions sur Paris, ses études et Thérèse, attendue avec les siens chez ses beaux-parents. Dans l'escalier, elles croisèrent Blanche, apparemment indifférente à la joie des retrouvailles, mais c'était peut-être l'état normal des femmes enceintes, songea Noélie qui avait aussi remarqué les prévenances dont Édouard – interloqué par son arrivée comme par un phénomène incongru – entourait son épouse. Du reste, cette année 1922 s'annonçait riche en heureux événements pour la famille : dans le Lot, Paul avait récemment eu un garçon et, tout comme Édouard, le second fils de Rose et les deux aînées de Louis s'apprêtaient à perpétuer leurs branches respectives à travers une nouvelle génération.

Au cours des jours suivants, Madeleine et Noélie passèrent de longs moments ensemble, partageant mille secrets, mais n'évoquant jamais les épisodes qui les avaient liées par de solides tours de corde et qui paraissaient maintenant enfouis dans une époque révolue ; puis mère et enfant regagnèrent leur foyer, et chacun renoua avec ses activités précédentes. Yette ayant été expédiée à Brighton en compagnie de leur ancien professeur d'anglais afin qu'elle acquît, selon les mots mêmes de Mme Carrère, «le genre et la tenue bien raide» des autochtones, Noélie recommença à voir Victor dans ses moments de liberté – c'est-à-dire quand elle ne se consacrait pas, ou croyait se consacrer, à la littérature.

Le teint hâlé, le cheveu éclairci par les longues parties de tennis au soleil, il était particulièrement séduisant cet été-là et un jour où, allongés sur un plaid après le bain, ils bavardaient en regardant le ciel tendu comme un dais au-dessus de la jetée, Noélie lui demanda comme un service de l'embrasser : «Oui, ainsi que s'embrassent les hommes et les femmes, juste pour voir l'effet que ça fait… et, bien entendu, sans engagement.

– Bien entendu», répondit-il, narquois. Puis, comme elle se raidissait : «Voyons, ça ne fait pas mal ! C'est même très agréable. La plupart des gens aiment ça. Et, contrairement à ce que disent nos mères, ça ne va pas m'offrir la clef de tes pensées. Même si, dans certains domaines, je les connais un peu…

– Ce que tu es assommant… Arrête donc de parler et dépêche-toi», coupa-t-elle.

Elle crut bon de commenter, lorsque ce fut terminé : «Non, ce n'est pas désagréable, même si je ne vois pas pourquoi on en fait tout un plat», et s'efforça de poursuivre la conversation, l'air de rien, là où elle l'avait interrompue, mais elle avait les joues rouges et roulait des yeux effarés. Ramenant les genoux contre la poitrine, elle dit encore : «Bien entendu, nous ne sommes pas obligés de nous aimer.

– Bien entendu, répéta Victor, incapable de réprimer un rire.

– D'ailleurs, nous ne nous aimons pas.

– Toi, tu ne m'aimes pas. Moi, je t'aime bien, en fin de compte.

– Tu es fou ! Ne redis jamais ça !» s'exclama-t-elle.

Ils se chamaillèrent un peu mais s'embrassèrent de nouveau ce jour-là, le lendemain et les jours suivants : juste avant le baiser, Noélie sentait son cœur s'emballer, et ces battements accélérés, accompagnés d'un nœud à l'estomac, suscitaient en elle une sensation qui l'intriguait – surtout lui apportaient l'étrange et brutale preuve qu'elle était bien en vie à cet instant-là, dans ce lieu précis ; puis ils s'écartaient l'un de l'autre, et plus rien ne semblait exister entre eux.

37

Au mois de novembre de cette même année 1922, au grand dépit des Françaises, le Sénat rejeta par 184 voix contre 156 la proposition de loi sur le vote des femmes émanant de l'Assemblée : accablés par cette issue, les conférenciers de l'Union – des hommes, certes, mais entièrement gagnés à leur combat – eurent fort à faire pour réconforter leurs troupes et les exhorter à ne pas baisser les bras ; entre deux discours, les commentaires fusaient et la voisine de Noélie, qui s'était distinguée un peu plus tôt par des considérations acerbes, lâcha : « Pff ! Au train où vont les choses, nous serons octogénaires le jour où nous obtiendrons gain de cause ! »

Grande, brune, coiffée à la garçonne, vêtue d'une robe verte, ainsi que d'une écharpe à bandes de satin et de velours assortie, elle n'était pas inconnue de Noélie qui l'avait déjà remarquée aux réunions du comité, mais aussi à la faculté, où il leur était arrivé d'échanger un petit signe entendu. De fait : « Je m'appelle Aglaé, dit la fille en lui tendant la main. Et si on s'en allait ? J'ai bien peur que, au point où nous en sommes, les armées doivent, hélas, se retirer et ramasser leurs morts. Qu'en penses-tu ? »

Quoique indisposée par le tutoiement, Noélie, qui s'ennuyait, hocha la tête et quitta l'assemblée avec elle. Tandis qu'elles cheminaient en bavardant, elle découvrit qu'elles avaient d'autres points communs : la suffragiste habitait non loin de chez Thérèse, rue Bréa, et se disait *incapable de vivre sans l'art. Mais un art dépouillé de tout le conformisme des siècles passés !* se hâta-t-elle de préciser. *Le cinéma me plaît assez, même si je réprouve la caricature de l'ingénue et de la beauté fatale. Et le théâtre, pour tout dire, est plutôt convenu. Je suis pour une forme d'art dépouillée de tout maniérisme et de toute contrainte. Le dadaïsme, tu vois ce que c'est ?*

Noélie réprouvait ce genre de mouvements, trop prétentieux et artificiels à son goût, mais elle opina une fois de plus et écouta la suite – le groupe des Six, *Les Mariés de la tour Eiffel* et Le Bœuf sur le toit, Tristan Tzara et Francis Picabia, Marie Laurencin et Jean Wiener, les Ballets russes et les Ballets suédois. «Le véritable artiste doit être protéiforme, dit encore la jeune femme : danseur, peintre, sculpteur, écrivain et musicien. Il doit refuser toute entrave mentale ou sociale, même si c'est dans la conjonction des énergies qu'il peut le mieux s'exprimer. Voilà pourquoi je peux me dire communiste, si tant est que cela implique l'amour de la communauté.

– Communiste ?

– Pourquoi pas ? Ça te choque ?

– Non, non, pas du tout», répliqua Noélie, tout en songeant qu'il valait peut-être mieux éviter cette curieuse créature ; pourtant, avec ses vêtements et sa diction recherchés, elle ne paraissait pas dangereuse et, comme il faisait frais, elle accepta de boire une tasse de cacao en sa compagnie.

Dans le café, Aglaé choisit la place la plus visible et, une fois installée – face à la salle –, fouilla dans son petit sac dont elle tira un poudrier, un rouge à lèvres et une cigarette, qu'elle utilisa successivement, contre toute logique, même si elle se contentait de resserrer ses lèvres, maintenant très rouges, autour de l'embout en écaille, qu'elle agitait ensuite en des gestes inutiles. Elle parlait fort, attirant sur elle l'attention de tous les clients – but escompté, à l'évidence ; en vérité, elle semblait jouer un rôle, pensa encore Noélie, partagée entre l'envie d'en rire et l'accablement : reflétée dans le miroir, sa propre image formait un tel contraste avec celle de son interlocutrice qu'on eût dit qu'elles étaient séparées non par quatre ans – leur écart d'âge, comme elle l'apprit bientôt –, mais par un siècle, un monde, une société. Elle se demandait, ainsi qu'un cancre se demande pourquoi le premier de la classe l'honore de sa compagnie, quel intérêt cette intellectuelle et amante des arts pouvait bien trouver à l'austère provinciale qu'elle était ; cette attention la flattait un peu et, comme elle était au fond pragmatique, elle se disait qu'elle pourrait s'inspirer de cette rencontre pour créer un personnage d'excentrique qui donnerait du sel au roman qu'elle s'employait non sans mal à rédiger.

Ces réflexions eussent été un bon motif de garder le silence si la suffragiste lui avait laissé plus souvent la parole, or elle s'exprimait à toute allure en ponctuant son discours d'éclats de rire un peu forcés : elle habitait seule avec sa mère depuis que son père était parti à la conquête non seulement de l'Amérique, mais aussi d'autres jupons, et elle gagnait un peu d'argent en posant pour les peintres et les photographes, quand elle ne chantait ou ne dansait pas.

« C'est bien payé, tu sais, et ce n'est pas fatigant. Pour ce qui est de l'embarras, il suffit de penser que ton visage et ton corps ne t'appartiennent pas. Et puis, franchement, les miens n'ont rien d'extraordinaire. Ils sont exactement du genre sur lequel les regards glissent sans laisser de traces. Comme de l'eau sur les plumes d'un canard ! » s'exclama Aglaé – soit le style même de réflexions que peuvent s'autoriser les jolies filles, songea Noélie : jolie, elle l'était, en effet, avec son corps mince, son teint très pâle et même son nez busqué, surtout avec ses yeux bleus surmontés de fins sourcils et de temps en temps traversés par une expression de désespoir qui jurait avec son discours et ses gestes au point de les contredire ; telle était, d'ailleurs, l'origine de son charme, tout comme sa façon de passer d'un sujet extravagant à un sujet plus sérieux, par exemple les ouvrages littéraires dont elle se mit à faire l'éloge et que Noélie avait, elle aussi, lus et appréciés.

Deux heures s'étaient écoulées lorsqu'elles se séparèrent au croisement du boulevard Raspail et de la rue de Babylone en se promettant de se revoir le surlendemain, à l'occasion du « dîner artistique » que la mère d'Aglaé donnait une fois par semaine, parfois deux : « Nous allons t'offrir un Paris qu'il est impardonnable de ne pas connaître quand on habite à dix minutes à pied ! » lança la suffragiste avant de se retourner.

Ce soir-là, Noélie consigna dans son journal intime des commentaires favorables sur sa nouvelle amie : comme Yette, Aglaé vivait avec une mère qui avait le goût de l'art, mais vraisemblablement à un degré plus élevé que Mme Carrère puisqu'elle le célébrait à un rythme hebdomadaire par des dîners ; pourtant, avec la lumière du jour, les doutes s'abattirent sur elle au point qu'elle en vint à penser que la suffragiste avait agi par simple politesse et qu'il s'agissait probablement d'une invitation « en l'air », ou encore qu'il n'était peut-être pas convenable de se rendre dans un foyer certes proche en termes géographiques, mais somme toute composé le matin encore de parfaits inconnus.

Elle était si troublée qu'après le déjeuner elle renversa sa tasse de café, se brûlant et surtout tachant l'une de ses meilleures jupes ; par chance, c'était le « jour de la couturière », et Thérèse pria la redoutable gorgone qui remplissait cette fonction, et qui n'aurait sans doute jamais été engagée si elle n'avait pu émouvoir ses clientes par son statut de veuve de guerre – gorgone, entre parenthèses, que Roberte et Marcelle soupçonnaient de les piquer exprès avec ses épingles pendant les essayages –, d'achever la robe qu'elle lui avait commandée pour sa sœur, en joignant à ses prières des pâtes de fruits confectionnées par Jenny.

C'était une robe en velours prune qui, avec son encolure bateau, ses manches gigot et sa grosse ceinture sous la poitrine, mettait en valeur la silhouette menue de Noélie, ainsi qu'elle fut à même de le constater bientôt, et, rassurée par l'image que le miroir lui renvoyait de sa personne, elle se glissa dans l'escalier de service le soir venu, non sans avoir demandé au cours de la journée à sa famille de ne pas la déranger jusqu'au lendemain matin sous prétexte qu'elle avait des leçons à revoir.

Bien qu'il fît noir quand elle sortit, le boulevard Raspail semblait se dérouler devant elle comme une langue de belle-mère, s'éclairant au fur et à mesure qu'il se rapprochait de Montparnasse. Soucieuse de ne pas se présenter en avance, ce qui eût été à son avis fort impoli, elle continua son chemin au-delà de sa destination et, contournant La Rotonde, vira à droite pour flâner sur le boulevard jusqu'à ce que l'heure indiquée par Aglaé fût passée de dix minutes. Elle avait beau vivre à Paris depuis plus d'un an et habiter non loin de ce quartier qu'on disait le repaire des peintres, des modèles, des étrangers et des écrivains sans le sou, elle ne s'y était aventurée qu'à la lumière du jour, la plupart du temps avec Victor, pour admirer les Cézanne, les Manet et les Monet que renfermait le musée du Luxembourg, aussi fut-elle éblouie par les brasseries, les cabarets et les bars qui déversaient sur le trottoir lumière, voix, cris et notes de musique, et se perdit-elle dans leur contemplation au point de craindre désormais de se présenter en retard.

De fait, à son arrivée des chansons s'échappaient de sous la porte de l'appartement d'Aglaé à l'image de volutes de fumée ; de confusion et par timidité, elle hésita un moment sur le palier, mais comme des pas retentissaient dans l'escalier, elle sonna jusqu'à ce que la porte s'ouvrît et qu'apparût dans l'entrebâillement non la silhouette de son amie, mais celle d'un homme en pardessus tenant sous le bras une bouteille de champagne. «Gardez votre redingote, chérie, dit-il. Le bois est vert et le feu ne prend pas.

– Le... le feu? Pardonnez-moi, j'ai dû me tromper d'étage.»

Mais au même moment son prénom retentit, répété plusieurs fois et suivi de la même voix familière qui l'invitait à présent à avancer, aussi se laissa-t-elle happer par le couloir puis par les battants ouverts d'une porte vitrée – celle d'un salon qui semblait avoir pour centre de gravité une imposante cheminée autour de laquelle deux hommes s'affairaient, encouragés par une quinquagénaire qui gisait, alanguie, sur un sofa avec des carlins, tandis qu'un cinquième individu, de dos, jouait sur un piano un morceau apparemment sans queue ni tête.

«Ici! Ici! entendit encore Noélie qui, se dirigeant vers la voix, découvrit enfin son amie dans une pièce communicante, la salle à manger, à la table de laquelle une femme également en manteau la maquillait. Viens, Suzanne s'occupera ensuite de toi. Nous sommes arrivés il y a un quart d'heure. Nous avons passé la journée à la campagne.

– Je me suis trompée de jour peut-être?

– Non, non, c'était bien aujourd'hui. Mais le Sphinx est hostile aux heures, comme à toute obligation, du reste. C'est à cause d'elle qu'il fait froid, et j'ai beau grogner, elle ne m'écoute pas.

– Le Sphinx?

– Oui: maman. Tu ne l'as pas vue en arrivant?»

Aglaé dut s'interrompre car la dénommée Suzanne brandissait un tube de rouge à lèvres, et Noélie se rendit compte que personne, à l'exception de son amie, ne lui avait encore adressé le moindre salut; pourtant, tout, autour d'elle, trahissait le foyer bourgeois, même si l'on avait en quelque sorte rabaissé objets et œuvres d'art par des associations vulgaires : des colifichets étaient négligemment abandonnés dans des coupes en argent, des bûches et des boulets entassés sur des guéridons, tandis que des écharpes pendaient au coin de tableaux de maître accrochés de guingois ; enfin, on avait ôté à une statue de guerrier maure un de ses accessoires – casque ou bouclier – pour placer entre ses mains une cuvette remplie de sciure où, à en juger par l'odeur, les chiens se soulageaient.

C'est alors que survint l'homme en pardessus, muni de trois gobelets vers lesquels il inclina sa bouteille de champagne. « René, espèce de brute ! s'écria Aglaé. Tout le travail de Suzanne va être gâché !

– Tu n'as qu'à pas y toucher, mon chou, répliqua-t-il, avant d'ajouter à l'adresse de Noélie : Votre amie est une incorrigible enfant gâtée, mais c'est ainsi que nous l'aimons. »

Pendant ce temps, d'autres invités se présentaient dans la pièce voisine, où le bois brûlait enfin, et, reprise par un accès de timidité, Noélie avala la moitié de son gobelet avant d'offrir ses paupières au maquillage en protestant d'autant moins qu'Aglaé s'exclamait : « Tu es magnifique ! Le portrait de Lillian Gish ! », lui ceignait la tête d'un cercle métallique orné de papillons dorés puisé dans le buffet et affirmait qu'avec cet accessoire elle était la « copie conforme » de l'actrice américaine – ce qui fut également l'avis du dénommé René, lequel saisit le sosie improvisé par la main et l'entraîna dans le salon pour le faire admirer.

Bien que ce fût inhabituel, il n'était pas désagréable au fond d'être au centre de l'attention, se dit Noélie, enivrée, en embrassant du regard l'assemblée enfin tournée vers elle – des hommes et des femmes jeunes et d'âge moyen qui avaient pour point commun de s'émerveiller d'un rien : du concours de ressemblances qui s'ensuivit, des saucisses qu'un grand Américain grilla sur le feu de cheminée et qu'un autre distribua, enveloppées dans du papier, en guise de repas, des lectures de poèmes d'avant-garde, ou des danses dans lesquelles Aglaé s'exhiba, vêtue d'une espèce de toge grecque qui découvrait ses jambes fines et musclées – des danses fort différentes de celles que Noélie avait vu exécuter à Yette et ses cousins au printemps lors de la fameuse soirée rue d'Assas, puisque la suffragiste fléchissait le corps en équerre et sautait comme un mouton, et qui, par leur absurdité, semblaient bien moins osées.

Au fil de la soirée, sur laquelle la maîtresse de maison et ses carlins régnaient, les yeux mi-clos, sans proférer un son ni quitter le sofa, Noélie commença à comprendre de quoi il retournait dans ce foyer, à savoir : qu'il n'y avait, par principe, pas de domestiques ; que c'était, pour la plupart des invités, un point de ralliement habituel ; que les arts y étaient révérés, les différences encouragées et les conventions bannies ; que l'amitié y était pratiquée sans limite ni frontière ; et tout cela la ravissait. Elle pensa qu'elle écrirait à Yette dès le lendemain non seulement pour lui faire envie, mais aussi pour l'inciter à la rejoindre, puis décida de se concentrer sur l'instant présent, car les gobelets de champagne se succédaient et elle se sentait animée par un élan qu'elle ignorait posséder, plus encore, par un amour inconditionné pour l'humanité entière – l'amour même, à l'évidence, qui poussait hommes et femmes à échanger devant elle des petits baisers sans exclusion de sexe. C'est ainsi qu'elle passa des bras d'un habile danseur de tango à ceux d'un poète méconnu, puis d'une photographe anglaise et même d'Aglaé, à qui elle trouva moyen de demander : « N'est-il pas trop difficile d'avoir un sphinx pour mère ?

– Oh, elle n'est pas toujours comme ça. Mais elle croit que le silence lui donne du mystère et par conséquent une certaine supériorité. Ce n'est pas entièrement faux. Hélas, il lui arrive de s'endormir d'un coup, à cause de son vice.

– De son vice ?

– Oui, tu ne sens pas l'éther autour d'elle ? Tu n'as pas le nez très fin. Oh, ce n'est pas important ! On s'amuse follement, n'est-ce pas ? Tu as parlé à tout le monde ? Même à Lucien ?

– Je n'en ai pas la moindre idée.

– Alors viens ! »

La prenant par la main, Aglaé la conduisit auprès du pianiste, le seul invité à ne pas avoir encore montré son visage, puisqu'en jouant il tournait le dos à l'assemblée, y compris lorsque le gramophone était actionné, et s'efforça d'attirer son attention, par exemple en le traitant de « brute » et de « bourreau des cœurs » ; en vain, il continuait de marteler le clavier, apparemment absorbé dans la musique. Mais ce n'était qu'une impression car, une fois que la jeune femme eut planté Noélie à ses côtés sous prétexte qu'elle mourait de soif et qu'il lui fallait avaler sans attendre un autre gobelet, il lui lança : « Asseyez-vous à côté de moi, mon chou, et pressez cette touche chaque fois que je vous le dirai » – un exercice fort amusant ; surtout, facile à exécuter dans l'état de douce ébriété qui était le sien. Dès lors, ils échangèrent quelques signes muets, accompagnés chez l'homme par des sourires qui faisaient chavirer la jeune fille, tout autant que ses yeux marron, la mèche qui pleuvait sur son large front, ses mâchoires carrées, ainsi que l'odeur de tabac et d'eau de Cologne qu'il dégageait.

Elle se disait qu'il serait sans doute agréable de se blottir contre sa veste de gros lainage de même que les carlins étaient blottis contre le Sphinx, lequel, d'ailleurs, s'était endormi malgré les bruits discordants qui s'élevaient de toutes parts – conversations hurlées sur des sujets aussi divers que la politique, le hasard, le cinéma et les saucisses, musiques superposées, grondement indistinct mêlant pas de danse, glissades, coups frappés à la porte d'entrée –, quand Aglaé s'écria :

« Les amis, la fête change de place ! Transportons-nous en bas, à La Cigogne ! » Alors tous les invités s'engouffrèrent à sa suite dans l'escalier, abandonnant gobelets et bouteilles, chapeaux et manteaux, ainsi que le Sphinx, les carlins et les quelques individus que l'alcool avait rendus malades et disséminés çà et là, sur des meubles ou par terre. Le pianiste, lui, n'avait pas cessé de jouer et, au bout d'un laps de temps indéfini, Noélie s'enhardit à lui demander : « Vous n'y allez pas ?

– Non, je déteste cette boîte et j'ai besoin de silence.

– Ah !

– J'ai besoin d'air aussi. Que diriez-vous d'une petite promenade ?

– Je... je crois que je vais rentrer chez moi. J'ai très mal à la tête, vous savez... je ne suis pas habituée.

– Raison de plus. Vous habitez vers où ?

– Un peu plus loin, boulevard Raspail.

– Alors, direction le boulevard. »

Il l'aida à se lever et but un dernier gobelet pendant qu'elle cherchait sa redingote sous un monceau de vêtements, puis, quand elle réapparut, emmitouflée, la dissuada d'ôter le cercle métallique orné de papillons dont son amie l'avait coiffée en prétendant qu'il lui allait bien.

« Voyons, il appartient à Aglaé.

– Vous ne connaissez donc pas la règle de la maison ?

– La règle ?

– Oui : ce qui te va mieux qu'à moi t'appartient.

– C'est vrai ?

– Bien sûr.

– Vous me faites marcher ?

– Devinez ! »

Il éteignit les lampes avant de refermer la porte et s'engagea le premier dans l'escalier en invitant Noélie à s'appuyer sur ses épaules pour le cas où la tête lui tournerait. Dehors, l'air, qui résonnait de la musique et des cris étouffés provenant des bars et des dancings voisins, les agressa comme un seau d'eau froide, et ils avancèrent côte à côte, Noélie titubant un peu, le pianiste marchant doucement, les mains enfoncées dans les poches. Compte tenu de la saison, il faisait encore nuit, malgré l'heure matinale, et l'enfilade de réverbères évoquait un immense collier de perles à deux rangs jeté sur le cou du boulevard ; quelques voitures circulaient encore, couvrant par intermittence le crépitement produit par leurs talons.

Le trottoir défilait, et l'immeuble de Thérèse se présenta bientôt sans qu'ils eussent échangé le moindre mot. Déçue, Noélie tendit la main à son accompagnateur en guise de salut, mais, s'il la serra, ce fut pour mieux l'attirer à lui et l'embrasser de manière inattendue sur les lèvres. Ce n'était pas un baiser d'entraînement, comme avec Victor, eut-elle le temps de penser, c'était bien mieux que ça, et de fait elle avait le souffle coupé et le cœur qui battait la chamade. Puis elle se ressaisit et regarda l'homme disparaître dans la nuit.

38

Dès lors, l'existence de Noélie acquit un nouveau sens : associée à l'art, la jouissance du présent que professait la petite communauté dont Aglaé et le Sphinx tenaient les rênes devint pour elle l'aboutissement ultime, l'accomplissement de tous ses rêves, même s'il lui arrivait d'entrevoir sous cette philosophie une posture que la fille et la mère délaissées par un père absent et un mari volage avaient été amenées ou contraintes à adopter, ne fût-ce que pour sauver la face. Sous l'influence du pianiste, elle avait conservé le cercle métallique orné de papillons dont son amie lui avait ceint la tête, et elle en conçut un sentiment de culpabilité à son réveil, en milieu de matinée, les joues maculées par le maquillage, le cuir chevelu aussi douloureux que si une forêt d'épingles y était plantée, avant de parvenir à la conclusion que le partage était l'attribut logique de toute communauté. Acquise à ces beaux idéaux, elle ne regrettait rien, ni l'ivresse de la veille, ni l'indécence dont elle avait été le témoin, ni les cajoleries qu'elle avait échangées avec de parfaits inconnus – après tout, elles n'étaient que l'illustration de la fraternité issue de la guerre –, certainement pas le baiser final qui, bien plus que les baisers d'entraînement, lui avait donné la sensation d'être vivante ; mieux, de s'arracher à une longue et profonde léthargie.

Quand elle se fut débarbouillée et eut retrouvé ses moyens, elle ouvrit le cahier dans lequel elle rédigeait son roman et se mit à refondre ce dernier sous le nouvel éclairage que la vie adoptait pour elle en y introduisant un personnage d'excentrique qui ressemblait à Aglaé, puis elle descendit chez Thérèse vêtue de sa redingote, comme si elle rentrait de la faculté, et engloutit le copieux goûter qu'on avait coutume d'y servir, non sans avoir griffonné un mot de remerciements à l'intention de sa nouvelle amie.

Et, le lendemain soir, elle était de retour dans l'appartement de la rue Bréa où tout paraissait avoir commencé : cette fois, il n'y avait pas de fête à proprement parler, mais une étrange réunion dont les membres, allongés par terre autour du Sphinx, les yeux fermés, décrivaient les images qui leur venaient à l'esprit, tandis qu'un scribe s'employait à les noter sur un rouleau de papier dans le but d'en tirer une nouvelle. Obsédée par la scène de l'avant-veille, Noélie ne put s'empêcher d'évoquer les lèvres du pianiste, sans assez d'imagination toutefois pour tromper Aglaé, laquelle, lui tapotant la main, l'invita à s'éclipser dans des gloussements complices avant de l'entraîner au Dôme, où elle la pria de tout lui raconter.

En vérité il n'y avait pas grand-chose à dire, puisque la scène en question n'avait duré qu'une poignée de secondes, aussi lui fallut-il multiplier les détails et même en inventer afin de l'étirer un peu, ce qui ne suffit pas, cependant, à lui gagner l'approbation de son amie, dont le commentaire établit : un, que le véritable amour n'existait pas ; deux, qu'il s'agissait d'un sentiment bourgeois ; trois, qu'il était vieux jeu de vouloir conserver sa virginité à tout prix – soit le contraire exact de ce qu'elle recherchait.

Or, aussitôt après avoir énoncé ces principes, Aglaé chuchota : « Ne le dis à personne, et surtout pas au

Sphinx, mais je suis contre les principes, en particulier s'ils sont révolutionnaires et donc antinomiques.» Et, comme elle voyait Noélie décontenancée, elle ajouta : «Seule la joie de vivre est poétique. Ce qui ne signifie pas qu'elle est spontanée, n'est-ce pas?» Un voile luisant s'était abattu sur ses yeux, et Noélie ne l'en aima que davantage; certes, c'était une amie bien différente de Yette, mais elle éprouvait en sa compagnie la même sensation de vibrer à l'unisson.

Et maintenant elle se laissait emporter avec elle par le tourbillon qui conduisait la petite communauté de fête en fête, de salon en salon, de café en café, dans la maison de campagne, près de Compiègne, que le Sphinx avait transformée en foyer pour des artistes sans le sou, dans les cinémas où Lucien, le pianiste, jouait contre un maigre salaire pour accompagner aussi bien le film que les attractions, dans les dancings où il s'exhibait en compagnie de musiciens américains venus avec la guerre et restés là pour échapper à la ségrégation.

Après le baiser de la première nuit, il avait quelque peu négligé Noélie, ce qui avait eu pour conséquence d'accroître à ses yeux son attrait, mais, avec la complicité d'Aglaé, ils avaient commencé à se parler, et les projets qu'il exposait depuis, à chaque conversation, correspondaient parfaitement à ceux de la jeune fille, à savoir une vie à l'enseigne de l'art, puisqu'il composait une musique d'avant-garde qui le ferait connaître du monde entier le jour où ce monde serait prêt à l'écouter – peut-être pas avant vingt ans, mais l'enjeu était tel qu'il valait la peine de patienter.

Ainsi, bien que ce fût un sentiment bourgeois, l'amour avait réellement frappé, et la jeune provinciale prononça en son for intérieur deux serments : un, ne s'y soustraire à aucun prix ; deux, permettre à Lucien de se consacrer à son œuvre à plein temps en le délestant de soucis aussi vulgaires que l'entretien de son logis et la nécessité de se nourrir. Certes, l'atelier de la rue Campagne-Première dont il bénéficiait pendant l'absence de son occupant habituel – un peintre italien souffrant d'un mal du pays étrangement soumis aux va-et-vient du thermomètre – baignait dans une atmosphère lugubre à laquelle contribuaient et cette situation précaire et les œuvres d'une noirceur sans pareille qui y étaient exposées ; cependant, il suffisait, croyait-elle, d'y introduire une touche féminine et de retourner les toiles pour s'en affranchir.

Tout logiquement, c'est dans cet atelier que Noélie en vint à perdre sa virginité – sans plaisir, d'ailleurs, sinon celui de rompre avec la bourgeoisie et de participer à l'avènement d'une société bâtie sur le partage des arts et l'absence de tout compromis – et qu'elle poursuivit la rédaction de son roman, pensant que, abreuvée à deux sources, sa puissance créatrice ne s'en porterait que mieux, même si le pianiste la dérangeait souvent pour lui faire entendre ses dernières notes, ou l'envoyer acheter de quoi prolonger son inspiration (liqueur, tabac, café), ou encore parce que, impatient, il rabattait violemment le couvercle sur le clavier de son vieux piano droit et poussait une série de jurons – peu importait, puisque son cœur battait à tout rompre et qu'elle avait un nœud à l'estomac chaque fois qu'il se penchait vers elle et l'embrassait.

Afin d'éviter tout conflit, elle continuait d'entretenir sa famille dans l'illusion qu'elle passait la nuit au-dessus de chez Thérèse, partageait ses journées entre l'Union et la faculté de lettres, enfin se payait quelques plaisirs au moyen de répétitions données à domicile, mais c'était justement une illusion : bien qu'elle se présentât encore chez sa sœur aux heures des repas, elle avait cessé de fréquenter les comités de suffragistes et la Sorbonne, n'occupait plus sa chambre que de temps en temps, ne consacrait plus ses économies à l'achat de livres chez les bouquinistes puisqu'il lui fallait désormais multiplier les élèves et courir du matin jusqu'au soir pour accomplir ses devoirs d'artiste et les besognes domestiques d'un autre foyer que le sien.

Cependant, comme elle avait habitué Roberte et Marcelle à venir pleurer dans son giron pour un oui ou pour un non – en général, parce qu'elles se sentaient incomprises de leurs parents –, ses stratagèmes étaient destinés à être découverts, et de fait ses absences injustifiées, sa distraction et sa fatigue, ainsi qu'une soudaine coquetterie, finirent par éveiller les soupçons. Il parut, par exemple, étrange à Thérèse qu'elle ne lançât aucun trait, ne proférât aucune critique à la lecture qu'elle lui fit à voix haute d'un éditorial rédigé par leur cousine Gabrielle qui dirigeait depuis le mois de janvier 1923 *Fleurs du Rouergue*, un bulletin mensuel destiné aux patronages et aux cercles de jeunes filles catholiques – traits et critiques pourtant mérités, songeait l'aînée, en raison des envolées lyriques et des mièvreries dont le texte était truffé.

Elle réitéra l'expérience le mois suivant. On était désormais en juin : à la faveur de la douceur, le peintre italien avait réintégré son atelier, et Lucien accepté la proposition d'hébergement du Sphinx dans son «foyer d'artistes», ainsi qu'elle appelait sa maison de Compiègne – solution momentanée puisqu'elle éloignait le pianiste de ses dernières sources de revenus, surtout du tourbillon des fêtes, et obligeait Noélie à prendre le train deux fois par jour. Thérèse haussa le ton et lut :

Regardez alors les fleurs. À peine remarquées dans l'ombre, elles semblent maintenant de purs joyaux aux couleurs éblouissantes. Les gouttes de rosée irisent leurs pétales et jettent plus de feux que les plus beaux diamants. De quel éclat brillent les corolles des petites fleurs ensoleillées! Comprennent-elles leur beauté? Je ne sais...

Puis elle leva la tête : le coude piqué sur le bras de son fauteuil, les yeux cachés derrière la paume de la main, Noélie somnolait, aussi la rejoignit-elle et lui pressa-t-elle l'épaule, avant de s'enquérir de sa santé en lui assurant qu'elle avait mauvaise mine et qu'elle était amaigrie. Surprise, la cadette bredouilla quelques phrases qui ne suffirent pas à apaiser l'aînée, pis, qui accrurent ses soupçons puisqu'elles mentionnaient une nouvelle expérience, une œuvre littéraire ; plus précisément, un roman.

« Un roman ?

– Oui, l'histoire d'une femme de notre époque.

– De notre époque ?

– Inutile de répéter tout ce que je dis. Mais oui, le personnage principal est une femme dégagée de toutes les conventions bourgeoises que sont le mariage, la fidélité, la maternité, et cetera, et cetera. Une femme moderne !

– Mais enfin, Noélie, comment peux-tu inventer une fable pareille ? rétorqua Thérèse non sans logique.

– Ce n'est pas véritablement de l'invention. Il y a beaucoup d'observation.

– Je veux bien croire que tu aies rencontré de telles personnes sur les bancs de la faculté. Mais de là à les dépeindre dans un livre…

– J'ai l'intention de devenir une artiste, et plus précisément un écrivain ! répliqua Noélie, qui bondit sur ses pieds pour insuffler plus de force à son cri.

– Rien ne t'empêche de le devenir… à tes heures perdues, par exemple.

– La littérature n'est pas de la broderie ! J'y consacrerai mon existence !

– Te rends-tu compte ? Ce sera une existence précaire, scandaleuse, en marge de la société…

– Ce sera la vraie vie !

– J'aimerais bien savoir ce qu'en pense ton fiancé.

– Mon fiancé ? Tu ne le connais même pas !

– Je ne connais pas Victor ? Tu as perdu la tête, même s'il est vrai que nous ne le voyons guère depuis quelque temps… avez-vous rompu ? »

Gênée par ce quiproquo, Noélie éclata d'un rire qui parut à sa sœur non seulement méprisant, mais aussi diabolique, puisqu'il niait à son avis la vérité, à savoir qu'elle était sortie régulièrement avec le jeune homme au cours de l'année précédente et que, selon leur frère Édouard, informé par des témoins, elle l'avait embrassé sur la bouche au moins à deux ou trois reprises pendant l'été. Cependant, ce rire mourut vite sur les lèvres de la jeune fille car elle s'aperçut soudain que Victor ne lui manquait pas, pis, qu'elle avait cessé de penser à lui. Qu'était-il devenu après leurs rendez-vous manqués ? Avait-il contracté une maladie ? S'était-il égaré dans ses études ? Ou se souciait-il d'elle comme d'une guigne ? Un instant, l'idée qu'il fût amoureux d'une autre alluma sa jalousie, mais le visage de Lucien se présenta bientôt à sa mémoire et elle n'y songea plus. D'ailleurs, Thérèse disait déjà :

« Quand ce… ce roman doit-il sortir ?

– Je ne sais pas encore… je l'ai déposé avant-hier chez un éditeur.

– Alors, il ne sortira peut-être pas.

– C'est possible. Mais à ta place, je n'y compterais pas trop. »

Dépitée, Thérèse saisit les poignets de sa sœur et la supplia, l'air navré : « S'il te plaît, Noélie, réfléchis ! Tu ne veux tout de même pas être la honte de la famille ! Nous ne sommes pas habitués à ce genre d'étalage. Robert sera déçu et… il ne voudra pas que cela déteigne sur les petites, c'est certain. Il te renverra.

– Ne t'inquiète pas, je trouverai bien un autre toit.

– Promets-moi d'abord de réfléchir !

– Soit. Je promets. »

Et de fait, Noélie réfléchit, mais pas au sombre avenir que lui promettait Thérèse : au pseudonyme qu'il lui conviendrait peut-être d'adopter pour le cas où son manuscrit serait accepté ; le soir même, elle dessina sur du carton, puis découpa, les lettres qui composaient son prénom et, les déplaçant comme des cartes à jouer, tenta de les associer ; contrairement à sa sœur, elle n'était pas portée sur les jeux de patience, aussi s'interrompit-elle au premier résultat – E. Noile –, une initiale et un nom de famille, soit la possibilité de mentir sur son sexe, puisque le E pouvait dissimuler aussi bien un Ernest qu'une Émilie. L'affaire étant entendue, elle attendit la réponse de l'éditeur de Saint-Germain-des-Prés auquel elle s'était adressée.

Et la réponse vint – négative –, la contraignant à pousser d'autres portes en cette période même de l'année où les intellectuels, comme les autres mortels, désertent les métropoles pour goûter aux délices des champs ou des stations balnéaires ; en l'absence de Thérèse, de son beau-frère et de ses nièces, partis pour des vacances censées les conduire au domaine puis chez Madeleine, elle-même s'attardait volontiers dans la maison proche de Compiègne, où, chassées par la chaleur, Aglaé et le Sphinx avaient établi leurs quartiers d'été : pourvue de nombreuses chambres, la demeure était, en effet, précédée d'un grand jardin ombragé dans lequel il était agréable aussi bien de flâner que de prendre ses repas.

Bien que le noyau entier de la communauté se fût déplacé, l'atmosphère était beaucoup moins électrique à la campagne, à croire qu'en s'y installant chacun avait tombé le masque, mieux, oublié jusqu'à son existence : Noélie se rendit compte ainsi que le mutisme du Sphinx était, en réalité, un expédient censé dissimuler, outre l'éthéromanie, un zozotement doublé d'une profonde stupidité et d'un indéniable snobisme ; par chance, les règles de la maison, énoncées à chaque nouvelle arrivée, prévoyaient qu'on s'abstînt de faire du bruit afin de laisser travailler en paix les artistes – deux peintres, un sculpteur, un musicien (Lucien) et un poète –, par ailleurs souvent en froid, ce qui réduisait les occasions d'embarras.

En dehors des repas, on menait une vie dans laquelle un étranger n'eût pas pu soupçonner les excès de Paris, se promenant à travers champs, ramassant les fruits de saison, se balançant à un portique, allant acheter du lait à la ferme la plus proche, ou encore disputant des parties de tennis en cachette des carlins, auxquels les jeux de balle – à moins que ce ne fussent le turban et la robe blanche qu'Aglaé arborait dans de telles circonstances pour imiter Suzanne Lenglen – tiraient des jappements déchirants.

Comme la championne du monde, au reste, elle avait mauvais caractère et il n'était pas rare que, menacée d'une défaite, elle s'interrompît au milieu d'une partie en déclarant qu'il lui fallait rentrer à Paris au plus vite. Après avoir troqué sa tenue immaculée contre une jupe et un corsage, elle montait dans le train en compagnie de Noélie, qui regagnait de temps en temps son domicile – officiellement pour réunir le courrier de Thérèse, secrètement parce qu'elle espérait que s'y serait glissée la lettre d'un éditeur assidu au travail, surtout bienveillant envers le sien.

Or c'étaient toujours les mêmes missives qu'elle recevait : de Thérèse, qui lui relatait ses vacances et lui signalait – dans le but de l'accabler, imaginait Noélie – que la santé de Jenny se détériorait, de Yette, regrettant son absence. Elle essayait de se persuader que ni sa mère, ni sa meilleure amie, ni même le domaine ne lui manquaient, mais quand le Sphinx proférait une énormité, ou que Lucien était trop sombre pour la remarquer, ou encore qu'il mangeait, sa belle tête rentrée dans les épaules et les coudes sur la table, elle revoyait Carrous, la Parro, l'étang, et ressentait un creux à l'estomac bien différent de celui du baiser.

À la mi-septembre, alors que la communauté hésitait à renouer avec la fièvre parisienne ou à profiter jusqu'au bout de ce mois qui nimbe en général les paysages de halos dorés et favorise la mélancolie, la lettre tant attendue arriva. Soudain, Noélie eut l'impression que le sol se dérobait sous ses pieds, ouvrant un abîme dans lequel vinrent étrangement s'engouffrer, à son retour, des sentiments moins nobles que la félicité qui l'avait envahie tandis qu'elle lisait et relisait la feuille de papier, debout dans sa petite chambre du boulevard Raspail, dans le métropolitain, puis à bord du train. Réunis par le Sphinx pour fêter la nouvelle, les pensionnaires du foyer, qui poursuivaient une reconnaissance similaire, les membres de la petite communauté et les amis de passage la félicitaient avec des expressions laborieuses, voire mécaniques ; même l'étreinte de Lucien était moins vigoureuse que d'habitude, et la mise en scène de son baisemain lui parut plus amère que romantique, mais le vin pétillait gaiement et elle vida sa coupe d'un trait.

39

Le livre de Noélie fut publié quelques mois plus tard sous le titre *L'Indépendante* et remporta un succès inespéré, puisqu'il s'écoula dès les premiers jours à plusieurs milliers d'exemplaires : présenté comme un brûlot féministe par son éditeur, qui avait obtenu non sans habileté de l'auteur qu'elle étoffât un peu les scènes d'effusions entre les membres des deux sexes et du même, il conquit en effet un large public composé entre autres d'adolescents imberbes, de vieux messieurs et même de ménagères.

Comme l'avait prévu Thérèse, Robert oublia bien vite l'agrément de ses promenades à pied en compagnie de sa belle-sœur et lui ordonna de quitter sa chambre sur-le-champ, de peur que sa prétendue amoralité ne déteignît sur ses fillettes et n'attirât le scandale, alors même qu'il était impossible de reconnaître la jeune femme derrière le pseudonyme sous lequel elle s'obstinait à se cacher, elle qui avait pour principe de ne jamais revenir sur une parole donnée, que ce fût à autrui ou à elle-même. Du reste, si elle n'était devenue la coqueluche de la petite communauté de « Montparnos », elle aurait amèrement regretté ce choix qui la privait d'une célébrité assurée, d'autant plus que, contrairement au Sphinx, elle n'avait à dissimuler ni lacune, ni vice, ni défauts d'aucune sorte.

En réalité, elle avait bien fait une exception avec Yette, à qui elle avait demandé de brûler sa missive aussitôt après l'avoir lue, tâche dont la jeune fille s'était acquittée, ainsi qu'elle l'en assura dans son billet de félicitations où elle lui rapportait aussi les remarques sévères de sa mère – libraire, Mme Carrère avait compté parmi ses premières et inconscientes lectrices – et l'informait de son propre succès, dans un domaine certes différent, puisqu'on l'avait portée à la présidence des «Noélistes», groupe qui réunissait non les admiratrices de son amie, comme cette appellation aurait pu le laisser entendre et comme l'auteur à succès le crut un instant, mais des jeunes filles d'un même milieu chargées de promouvoir le mystère de Noël par l'effort intellectuel.

Milieu et effort intellectuel : telle était bien la marque de Mme Carrère et ce qui distinguait ce groupement de celui dont Gabrielle tenait les rênes, songea Noélie, penaude, avant de remercier Yette et de lui communiquer sa nouvelle adresse – l'appartement de la rue Bréa où Aglaé, le modèle de son héroïne, l'hébergeait depuis qu'elle était privée de logement. Une aubaine, en vérité, pour l'écrivain, ainsi placée à un jet de pierre de prestigieux libraires, qu'elle avait tout loisir de questionner non sans innocence et puérilité au sujet de ce fameux E. Noile dont personne ne savait rien, dans l'espoir de passer un peu de baume sur son ego. Hélas, leurs réponses mettaient invariablement l'accent sur le fond de l'ouvrage, et donc sur le scandale, plutôt que sur sa forme, qu'elle jugeait, quant à elle, assez bonne pour qu'on la louât, aussi se sauvait-elle, mortifiée, et gagnait-elle le bureau de son éditeur afin qu'il lui expliquât l'étrange malentendu dont elle était victime – en vain : il agitait la main comme pour chasser une nuée d'insectes, puis libellait à son nom un chèque qu'il lui tendait avec ses félicitations, ainsi qu'on tend un morceau de sucre à un chien pour éviter qu'il vous morde.

Au bout de plusieurs semaines, en effet, le livre continuait de se vendre, mieux, de s'arracher, si bien que Noélie se retrouva bientôt à la tête d'une fortune aux conséquences non négligeables puisqu'elle la dispensait des répétitions qu'elle avait données jusqu'à l'épuisement et l'humiliation à des élèves si stupides et si arrogants, à son avis, qu'ils n'étaient pas plus capables d'apprécier son talent que les pourceaux les perles qu'on leur présente, et – c'était là le plus important – lui offrait la liberté, sinon l'égalité, qu'elle avait revendiquée aussi bien par la plume qu'à grands cris auprès des suffragistes.

S'apercevant, les premiers, qu'il ne lui était plus nécessaire de calculer ses dépenses, les membres de la communauté prirent l'habitude de mettre sur son compte tout ce qui constituait l'agrément de leurs fêtes : bouteilles de champagne, déguisements loufoques – par exemple, de gigantesques organes humains, cœur, foie, reins ou poumons, ainsi que des parties du corps aussi diverses qu'un pied ou un phallus – et des dîners bien plus sophistiqués que les saucisses du début. Or, si Noélie était issue d'une famille riche, elle avait été élevée par une grand-mère économe, amante de la frugalité, et, une fois le vertige passé, elle s'insurgea qu'on la traitât à l'instar d'une vache à lait, d'autant plus qu'elle avait des projets : emménager dans un logement où elle pourrait écrire en paix, ainsi que l'y invitait son éditeur, persuadé qu'il convenait de « battre le fer » tandis qu'il était chaud ; échapper à la vacuité du Sphinx et surtout aux revendications d'Aglaé qui lui rappelait à tout instant que la Léonie (encore une anagramme) de *L'Indépendante* n'existerait pas sans elle, son modèle.

Accompagnée de Thérèse, qui la voyait brièvement et en cachette de son mari parce que, indécence ou non, elle n'était pas femme à couper les ponts avec sa propre sœur, elle porta son choix sur une maison de la rue Férou, dans la conviction que le jardin du Luxembourg placerait assez de distance entre ses amis et elle pour lui éviter d'être importunée – au cours de la journée tout au moins. Elle était si impatiente d'entamer la rédaction de son prochain ouvrage qu'elle s'y installa aussitôt le contrat de location signé, se contentant, pour la première nuit, d'un matelas posé à même le parquet et d'un bureau sur lequel elle plaça une lampe constituée d'une statuette de femme tenant un globe en verre dépoli, qui, à n'en pas douter, favoriserait l'inspiration.

Bien sûr, elle avait aussi pensé à Lucien : à son arrivée, il trouva dans la pièce du bas un piano à queue Érard, qu'il essaya longuement avant de donner son avis – par chance, positif –, jugeant bon toutefois de l'assortir de réflexions acerbes : Noélie entendait-elle s'attacher son âme par ce cadeau royal ? Pensait-elle qu'il comptait au nombre de ces hommes qui se laissent entretenir ? Qu'une chose fût claire : il préférait vivre comme un chien errant, plutôt que sous la coupe de qui que ce fût.

Elle l'assura qu'elle n'avait jamais eu de telles pensées et alla jusqu'à prononcer de misérables excuses qui radoucirent l'homme et l'amenèrent bientôt à écarter les bras. Blottie contre son torse, elle lui proposa alors de fêter l'événement dans leur chambre improvisée, frissonna à la fois de désapprobation et de plaisir tandis qu'il déchirait virilement la lingerie fine qu'elle avait acquise en prévision de la nuit. Un instant, elle songea que l'indépendance et l'égalité entre les sexes n'étaient rien en comparaison d'une nuit en compagnie de l'être aimé, puis elle se souvint de ses combats de suffragiste et, envahie par la honte, noya ces images dans son esprit en déclarant d'une voix un peu trop haut perchée qu'elle avait préféré l'achat d'un piano à celui d'une automobile, car il (Lucien) avait besoin d'un instrument de bonne facture pour achever les œuvres prodigieuses qui marqueraient l'histoire de la musique dès que des auditeurs cultivés seraient en mesure de les écouter.

« Tu es folle, mon chou, mais c'est ce que j'aime en toi », commenta-t-il en la reprenant avec ardeur, et elle en déduisit, réconfortée, qu'elle n'était peut-être pas la femme inepte, rustique et un peu laide qu'elle avait souvent l'impression d'être. Malgré la gêne que lui causaient les positions acrobatiques du coït, ou peut-être, justement, pour ne pas y penser, elle lâcha la bride à son imagination : dans son rêve éveillé, elle se présentait au domaine avec Lucien à bord d'une Renault, d'une Voisin, ou d'une De Dion Bouton – c'était encore à établir –, suscitant l'envie de ses sœurs et de ses cousines, séduites non seulement par la beauté du musicien, mais aussi par son succès puisqu'il avait achevé et exécuté entre-temps dans les plus grandes salles de France une suite de pièces qui avaient conquis la critique ; et de fait, ils formaient un couple uni par l'amour des mortels et par l'amour de l'art, un couple presque mythique que tout le monde se montrerait du doigt avec respect. Enfin, repue d'amour et d'illusions, elle s'endormit.

Le temps s'écoulait et, l'été venant, Lucien exhuma l'automobile de ses pensées, affirmant qu'un véhicule leur permettrait de faire la navette entre Compiègne et Paris sans qu'ils fussent obligés d'emprunter le train crasseux qui reliait les deux villes, ou bien de se rendre en Normandie, où l'on pouvait louer de coquettes villas pour la saison, par exemple à Étretat ou à Trouville. Avait-elle déjà vu la mer ? Savait-elle que l'iode était bénéfique non seulement pour le corps, mais aussi pour l'esprit, et par conséquent pour l'art ?

Noélie répondit deux fois par la négative d'une voix qui trahissait la contrariété, et même la déception : elle aurait aimé que Lucien l'accompagnât en Aveyron – perspective qu'il avait rejetée à plusieurs reprises sous prétexte qu'on « se rasait » dans ces campagnes reculées –, qu'il fût un peu moins dépensier ; surtout, qu'il se consacrât à l'œuvre artistique qui l'arracherait à l'insatisfaction et à l'anonymat. Or, depuis qu'il avait emménagé dans leur nid d'amour de la rue Férou, il passait son temps à entamer des morceaux sans jamais les achever, à rabattre violemment le couvercle sur le clavier en maudissant instrument, maison, quartier, à avaler de longues rasades d'alcool, l'œil noir et le cheveu en bataille, avant de disparaître.

Noélie sursautait à l'instant où la porte claquait et se jurait de résister au chantage des sentiments, mais au bout d'environ dix minutes elle bondissait sur ses pieds pour poursuivre son amant, tantôt chez le Sphinx, qu'il continuait de fréquenter, tantôt dans les cafés et les cabarets de Montparnasse, le Jockey, le Dingo Bar ou le Jungle ; pis – et, dans ce cas, les recherches duraient toute la nuit –, parmi les marlous et les prostituées de Montmartre, jusque dans des boîtes où les femmes invitaient à danser les hommes ou d'autres femmes. Certes, il n'était pas inutile de connaître ces bas-fonds, qui pourraient servir de toile de fond au livre qu'elle rédigeait – ou plutôt tentait de rédiger, car pas plus que Lucien elle n'avançait dans son projet, raturant et biffant, froissant et jetant sans arrêt –, mais elle eût préféré s'en remettre dans ce domaine à son imagination.

Noélie souffrait donc, pourtant elle ne regrettait rien, tant il était doux de retrouver Lucien après avoir erré, de le ramener rue Férou, titubant et parfois réticent, puis, chassant toute excuse ou repentir de sa part, de s'agripper à lui, le cœur battant, en proie à la sublime impression d'être en vie. Et comme il était encore plus doux de le voir heureux, elle en vint à lui offrir l'automobile dont il continuait de parler : une Delage qui semblait avoir été construite dans la coque d'un bateau ; certes, c'était un achat fort coûteux, mais son *Indépendante* ne faisait-elle pas d'elle une femme riche ? se dit-elle pour mieux se persuader. Et puis n'avait-elle pas choisi de jouir du présent plutôt que de se préoccuper de l'avenir ?

Afin d'essayer l'engin, ils se rendirent en Normandie par un jour de la fin juin et, après avoir roulé le long de la côte, entrèrent, les joues rosies par le vent, les vêtements couverts de poussière, dans un établissement d'Étretat : c'était la première fois qu'ils prenaient une chambre d'hôtel ensemble, et Noélie frissonna de plaisir en entendant Lucien la présenter comme son épouse ; après tout, songea-t-elle, le mariage n'était peut-être pas aussi bourgeois que ça. Dans le même élan d'émotion, elle accéda à la proposition qu'il réitéra de passer l'été là, et dès le lendemain partit avec lui à la recherche d'une villa.

Tandis qu'ils arpentaient les petites rues bordées de jardins, il expliqua que bon nombre de peintres – et non des moindres puisqu'il s'agissait de Courbet, de Monet, de Corot – avaient séjourné dans le village et dans ses environs, bon nombre de musiciens et d'écrivains aussi : « Flaubert, Maupassant et, mieux encore, Maurice Leblanc.

– Mieux encore ? répéta Noélie, choquée par cette comparaison.

– Oui. Arsène Lupin est épatant, tu ne trouves pas ?

– Eh bien, vois-tu, je penche plutôt pour Mme Bovary, et j'ai ce genre d'ambition.

– Oh, il faut toujours que tu ramènes tout à toi ! Et puis tu n'es jamais contente ! » grommela-t-il. C'était une réflexion anodine, cependant elle éveilla dans l'esprit de Noélie le soupçon selon lequel Lucien n'avait ni lu ni seulement feuilleté l'ouvrage même qu'elle considérait comme son « enfant de papier ».

Ulcérée, elle bouda une bonne partie de la journée, tandis qu'il la conduisait de logement en logement en la pressant de conclure sous prétexte que la saison des bains était sur le point de commencer et que, à force de tarder, il ne leur resterait plus le moindre choix. Puis, devinant que sa colère menaçait d'éclater, elle pensa qu'une dispute devant des étrangers serait des plus pénible ; pis, que cela l'obligerait probablement à regagner la capitale seule et par le train, alors qu'elle avait acquis pour un prix prohibitif une automobile confortable. En fin de compte, il se pouvait vraiment que l'iode fût bénéfique pour l'inspiration et pour l'art, comme Lucien le prétendait, et dans ce cas elle n'aurait qu'à se féliciter de séjourner dans ce village durant deux mois, peut-être même trois.

Elle se hâta de communiquer son adresse à ses correspondantes régulières – Jenny, Berthe, Madeleine et Thérèse, surtout Yette, dont les lettres lui étaient plus agréables car, contrairement à celles des premières, elles ne renfermaient ni reproches ni motifs de repentir et ne l'obligeaient pas à remâcher les mêmes pensées, à savoir que, en dépit des revers que rencontrait Édouard dans son métier d'agriculteur et de la maladie maintenant certaine de sa mère, Randan continuait et continuerait d'exister ; par conséquent, qu'il lui serait possible d'y retourner à tout moment, et pas forcément pendant l'été. Puis elle s'assit à une table qu'elle avait fait installer devant une fenêtre, tailla et retailla ses crayons, lissa et relissa ses feuilles de papier, puis attendit l'inspiration.

Mais l'inspiration ne venait pas, car il se présentait toujours un moment dans la journée où elle se laissait distraire par un détail – le vol et les cris des mouettes, le mouvement des marées, la lumière tantôt crue, tantôt douce –, et puis l'air était si délicieusement parfumé que l'envie lui prenait de sortir pour le humer jusqu'à l'enivrement, tentation à laquelle elle finissait par céder, allant s'asseoir sur un banc ou dans un des fauteuils dont le jardin était agrémenté, ou gagnant d'un pas rapide la promenade du bord de mer d'où l'on pouvait voir des garçons courir et jouer à la balle sur la plage malgré la dureté des galets, s'arracher aux flots et recueillir les félicitations de sylphides dont les applaudissements avaient encouragé leurs défis à la brasse ou au dos et, pour les plus audacieux, au crawl australien, lire tout haut et commenter les comptes rendus des jeux Olympiques qui se déroulaient au même moment au stade de Colombes, à Paris.

Parvenue à cet endroit, Noélie se hâtait toutefois de s'engager sur l'un ou l'autre sentier menant aux falaises, de peur que Lucien, qui appartenait à ce groupe, ne l'accusât de l'épier, comme c'était arrivé, mais aussi par crainte de se contredire puisqu'elle avait annoncé dès le début, non sans mépris, qu'ayant un livre à écrire elle n'avait pas de temps à perdre en distractions inutiles. En réalité, songeait-elle, il n'y avait pas de comparaison entre l'air qui circulait au ras du sol et celui qui tourbillonnait en haut des falaises en vous rendant presque semblable à un oiseau, et elle avait grand-peine à comprendre comment Lucien se plaisait à stagner dans le premier.

De temps à autre, cette incompréhension virait à la détresse et elle se sentait irrésistiblement attirée tantôt par le bord de la falaise d'Aval où, les bras tendus et les paupières fermées, il lui semblait qu'elle pourrait s'envoler, tantôt par la chapelle qu'on avait érigée sur la falaise d'Amont moins de cent ans plus tôt à la mémoire des marins disparus : émue par les ex-voto qui en ornaient les murs, elle se recueillait un moment en se demandant si le Dieu que sa cousine Gabrielle révérait avec un fanatisme à son goût horripilant l'aimait encore un peu.

Au cours de cet été-là, tandis qu'elle errait sur les falaises, incapable d'écrire ni de partager la bonne humeur qui s'était emparée de Lucien comme par un coup de baguette magique depuis qu'il nageait à perdre haleine entre les falaises et filait sur les routes dans sa Delage flambant neuve, elle mûrit la réflexion qu'elle était désormais une fille perdue ; même, qu'elle l'était devenue sottement et sans contrepartie, puisqu'elle ne parvenait pas plus à écrire que son amant à composer sa prétendue musique avant-gardiste. Et si elle avait toujours un creux à l'estomac lorsqu'il penchait vers elle son beau visage maintenant bronzé et ses cheveux ébouriffés par le vent, les battements de son cœur ne s'emballaient plus : ils accéléraient juste un peu. Alors, elle se demandait ce que son père devait penser d'elle, depuis l'au-delà, et la honte l'envahissait.

À l'automne, saison qu'elle préférait entre toutes à Paris, elle s'en ouvrit peu à peu à Thérèse lors des rencontres prétendument fortuites dans le jardin du Luxembourg où, assises sur le même banc, elles se parlaient sans se regarder, tandis que Marcelle jouait au cerceau ou à la marelle : en l'espace de quelques mois, lui dit-elle, tout semblait avoir changé – ses sentiments, sa vie quotidienne, ce qu'elle s'obstinait à considérer comme son métier et même ses maîtres à penser puisque, dans la petite communauté retrouvée, on ne se réclamait déjà plus des dadaïstes, mais des surréalistes, et que, avec sa tignasse exubérante, André Breton avait définitivement supplanté le frêle Tristan Tzara.

Tel était le résultat pathétique de ces dernières années, conclut-elle : elle avait cru en l'amour, et l'amour s'était moqué d'elle, elle avait misé sur l'art, et l'art la fuyait, elle avait voulu vivre au jour le jour, et elle serait bientôt sans le sou, elle avait couru les fêtes, et désormais le bruit lui était insupportable – le bruit, la musique, les danses excentriques, y compris l'incroyable revue nègre, découverte au théâtre des Champs-Élysées en ce début d'octobre 1925, qui en temps normal lui aurait tiré larmes d'émotion et fervents applaudissements –, tout n'était plus qu'un fardeau pour elle, même des actes aussi simples que se nourrir, se laver ou se vêtir.

Cependant, elle arpentait les rues, comme à son arrivée, certes plus par désir de tout voir et de tout connaître, mais sous l'effet du désœuvrement et du chagrin. De la déception aussi, car elle ne se décidait pas à rompre avec Lucien de peur qu'il ne la menaçât de mille choses horribles, pourquoi pas de se jeter dans la Seine ou de se couper l'oreille, ainsi que l'avaient fait avant lui et continuaient de le faire bon nombre d'artistes. De surcroît, Aglaé, sa grande amie, son modèle et son initiatrice, lui avait signifié par l'intermédiaire d'un tiers – comble de la lâcheté – qu'il valait mieux qu'elle espaçât ses visites chez le Sphinx ou les suspendît tant qu'elle arborerait les « mines sinistres » qu'on lui voyait depuis un certain temps : non seulement ces mines n'étaient pas dans l'esprit de la communauté, mais elles démoralisaient aussi ses membres.

Ne devait-il donc rien rester de l'innocente folie créatrice qui l'avait animée pendant plus de quatre ans ? s'interrogeait-elle. Soudain, elle aurait aimé effacer cet épisode et saisir la main de la fillette et de l'adolescente insouciantes qu'elle était autrefois ; or cette fillette et cette adolescente s'éloignaient au point d'être

irrémédiablement hors d'atteinte, et les poursuivre était peine perdue.

Comprenant que les idées noires envahissaient son esprit, comme les gaz qui se répandaient dans la ville maintenant que les automobiles supplantaient, avaient déjà supplanté, les chevaux, Thérèse proposa à sa sœur de reprendre son ancienne chambre, ce que son orgueil l'obligea à refuser, puis d'inviter Victor, dans le but de raviver la flamme que la jeune fille avait piétinée non sans férocité ni arrogance, à son avis. Or Noélie la conjura de n'en rien faire : jamais, au grand jamais, dit-elle, elle n'oserait reparaître devant lui, après leurs rendez-vous manqués, sa parole donnée et reprise ; en revanche, ajouta-t-elle, le regard dans le vague, revoir Yette ne lui déplairait pas, car Yette était le seul être qu'elle connût à ne jamais juger ni condamner qui que ce fût. Puis elle fondit en larmes.

C'est ainsi que Yette, dûment avertie, vint à la première occasion consoler Noélie. Elle vint, revint et la consola si bien qu'elle la persuada, au printemps 1926, de quitter la capitale qui l'avait tant meurtrie.

40

À son retour Noélie put constater que, avec ses notables austères, ses paysans vêtus de la blouse et du béret traditionnels les jours de marché, ses légions de séminaristes, de prêtres et de religieuses, son petit cercle d'intellectuels et son groupe de mélomanes, enfin ses commerces où l'on adressait aux clients des saluts tantôt bourrus, tantôt obséquieux, Rodez, à l'ombre de sa rose cathédrale gothique, n'avait guère changé, contrairement à Paris où les habitants se mêlaient et où les établissements se renouvelaient sans cesse.

Un instant, elle eut le sentiment d'être un sac dont un porteur se débarrasse d'un coup d'épaule sur le quai d'une gare, mais Yette était à ses côtés et elle se ressaisit, acceptant, pour commencer, de demeurer quelques jours dans la maison de la rue Béteille où la jeune fille vivait en compagnie de sa mère depuis que son frère s'était marié et avait pris les rênes de l'imprimerie. Viendrait ensuite le moment, pour elle, de retrouver sa propre famille, or elle n'était guère pressée de troquer son indépendance contre le despotisme d'Édouard ; surtout, de se soumettre au jugement des siens.

En vérité, peu lui importait d'être considérée comme une « fille perdue », ainsi qu'elle se qualifiait en son for intérieur – cela la parait même d'une certaine singularité et suscitait donc en elle un brin de fierté –, mais elle avait si souvent imaginé son retour triomphal aux côtés de Lucien qu'elle avait fini par croire que cet épisode avait vraiment eu lieu et, par conséquent, que sa famille l'interrogerait sur un homme dont elle voulait d'autant moins entendre parler que la rupture tant redoutée s'était déroulée sans cris, ni pleurs, ni supplications d'aucune sorte : le pianiste était tout simplement parti en lui disant que, s'il ne faisait pas son bonheur, elle ne faisait pas le sien – une évidence qui, par on ne savait quel mystère, l'avait atteinte au plus profond d'elle-même. Et puis, il était bon de s'entretenir avec Yette, car, en sa présence bienveillante, elle sentait se rapprocher la fillette et l'adolescente qu'elle avait elle-même été et dont elle essayait en vain de saisir la main afin que son existence se poursuivît au plus vite comme si rien, ni désillusion ni erreurs de jugement, ne l'avait jamais interrompue.

Mme Carrère s'obstinant à surveiller le travail de son fils et celui des ouvriers – ce qui l'obligeait à sortir de bon matin pour ne revenir que le soir, insatisfaite, parfois même furibonde –, les deux amies étaient la plupart du temps livrées à elles-mêmes, aussi s'absorbaient-elles dans de longues conversations, allongées sur deux sofas comme autrefois, ou en promenade – de préférence à des heures et dans des lieux inhabituels. En franchissant la petite porte située au fond du jardin, par exemple, on débouchait derrière la clinique Saint-Louis et évitait l'affluence toute relative de la rue Béteille ainsi que la vision du pensionnat Jeanne-d'Arc, sur le trottoir d'en face, qui ne rappelait pas que de bons souvenirs à ses anciennes élèves.

C'est en empruntant ce raccourci que, trois jours après son arrivée, Noélie se retrouva nez à nez avec Raymond, son cousin : il sortait justement de l'établissement où il exerçait à présent la chirurgie aux côtés de son père. Comme il ne l'avait pas vue depuis plusieurs années et ignorait son retour, il eut un moment de recul lorsque, le reconnaissant sur-le-champ – il n'avait guère changé d'aspect –, elle lui sauta au cou ; son chapeau ôté, il salua Yette et, après un bref échange, les invita toutes deux à déjeuner le lendemain chez ses parents.

Yette avait rougi. Elle se montra très agitée tout le reste de la journée et surtout le lendemain matin alors que Mme Carrère, qui avait curieusement repoussé à plus tard son inspection quotidienne, la conseillait sur le choix de sa robe et lui faisait ces recommandations qu'on adresse en général à des enfants à leur première sortie ; comme le trouble de son amie ne s'atténuait pas en chemin, grandissait, même, Noélie songea à la mettre en garde contre la réputation de séducteurs des hommes de sa famille ; or au moment où Raymond s'était découvert, se remémora-t-elle, elle avait aperçu une ombre dans son regard – l'ombre, pensa-t-elle, des horreurs qu'il lui avait fallu affronter pendant la guerre et qui l'avaient profondément marqué, ainsi qu'on le murmurait dans son entourage – et elle se ravisa.

Elles venaient de s'engager dans la rue de la Barrière, où vivait maintenant cette branche de la famille, quand la porte de la maison s'ouvrit et qu'en sortit un groupe de jeunes filles coiffées de bérets blancs qui multipliaient les au revoir et les « Grande Sœur ! » – appellation, comme Yette l'avait appris à Noélie, que Gabrielle avait attribuée aux membres de son mouvement, la JF, afin qu'il n'y eût entre elles aucune distinction sociale. Peu après, la « Grande Sœur » en chef apparut sur le seuil, où elle demeura jusqu'à ce que ses camarades se fussent égaillées pareilles à un groupe de colombes ; alors, seulement, elle sembla remarquer les deux nouvelles venues, qu'elle salua, l'une (Yette, qui lui avait confié quelques mois plus tôt la direction de ses « Noélistes ») chaleureusement, l'autre avec plus de réserve (Gabrielle était-elle sensible, se demanda sa cousine, à l'odeur de la perdition qui l'imprégnait tout entière ?), avant de les précéder au salon puis dans la salle à manger, où, devant l'insistance de sa mère, elle accepta non sans rechigner d'ôter son béret blanc.

Il n'était pas question, néanmoins, d'exiger d'elle le silence : indifférente aussi bien aux sourires amusés de son frère et de son père qu'aux soupirs de sa mère, Gabrielle ne cessait d'exposer ses actions et ses projets – son « compagnonnage » avec l'abbé Carnus, qui dirigeait la JF avec elle, les rassemblements et pèlerinages qu'ils organiseraient en France et à l'étranger, la création d'un nouveau mensuel à rayonnement national et non plus régional –, si bien que Noélie n'eut guère l'occasion de prendre la parole, ce qui la dispensa de justifier son retour en Aveyron avant la fin de l'année universitaire et de formuler ses propres souhaits pour l'avenir. Pour une fois, la loquacité de sa cousine lui était donc favorable – et pas seulement à elle : Raymond et Yette en profitaient pour échanger des regards et des sourires qui éveillèrent en elle des soupçons et la troublèrent au point qu'elle accepta sans réfléchir la proposition du premier de la conduire au domaine le dimanche suivant, c'est-à-dire le surlendemain.

Puis père et fils regagnèrent en toute hâte la clinique et aussitôt elle entraîna Yette sous prétexte qu'elle souffrait d'une migraine, pour s'exclamer sans même ralentir le pas : « Je ne veux pas savoir ce que Raymond et toi mijotez, mais je te préviens, il n'y a pas plus infâme que l'union entre un homme et une femme. D'ailleurs, en cet instant précis, je raie le mot mariage de mon vocabulaire. Jamais plus tu ne m'entendras le prononcer. » Surprise, son amie opina, à moins que ce ne fût encore à la pensée de l'homme, de neuf ans son aîné, dont elle était éprise depuis longtemps en secret.

Ce fut là le seul commentaire que Noélie voulut dispenser à ce propos : elle ne dit rien, en effet, à son cousin, le dimanche suivant, tandis qu'ils roulaient vers le domaine, mais peut-être était-ce le bruit du moteur qui les obligeait à garder le silence, ou les larmes d'émotion qu'elle s'efforçait sans grand succès de ravaler à la vue de la route qu'elle avait mille fois parcourue en rêve, avec ses virages, ses bordures d'arbres et de maisonnettes, ses carrefours et ses calvaires.

Elle avait pourtant les yeux secs quand le véhicule s'immobilisa dans la cour et elle ne s'attarda qu'un instant dans l'habitacle dont le conducteur s'extirpait – le laps de temps nécessaire pour se ressaisir tout à fait ; certes, elle s'était imaginé gravir le perron dans d'autres circonstances, heureuse et triomphale, mais elle n'avait pas dit son dernier mot et elle entendait bien poser ses conditions : son père ayant divisé le domaine en parts égales, elle avait tout autant le droit de l'habiter qu'Édouard.

C'était, du reste, ce qu'elle comptait lui dire, après avoir salué Blanche, enceinte, et leur fillette, étreint sa mère, effectivement vieillie, comme on le lui avait écrit, ses sœurs Berthe et Julienne – la première plus sèche qu'autrefois, la seconde d'une beauté renversante à seulement dix-sept ans – et leur avoir ordonné d'agir comme si elle était partie la veille, car, plus que tout au monde, elle détestait, jeta-t-elle, qu'on fît dans les sentiments.

Elle rejoignit ensuite son frère dans le bureau où il s'était retranché après le départ de Raymond, referma la porte et s'y adossa, prête à débiter son discours ; or il quitta aussitôt son fauteuil et, se précipitant vers elle, lui dit «Noélie, je suis content que tu sois là» d'un ton simple qui tranchait sur la morgue de jadis. Alors elle le regarda mieux : en se fondant, la lumière qui provenait de la fenêtre latérale et celle de la lampe, de l'autre côté, soulignaient ses traits tirés, ses yeux soulignés de demi-cercles bistres et ses cheveux veinés de blanc. «Ça ne va pas, Édouard ?

– Eh bien non, pas vraiment, murmura-t-il, embarrassé.

– Comment cela se fait-il ? Tu as une ravissante petite fille et ta femme va bientôt te donner un autre enfant. Tu es malade ?

– Oh, ce n'est pas ça…

– C'est… c'est le domaine ?

– Vois-tu, j'ai dû investir pour le moderniser un peu, après papa.

– Je sais ! Figure-toi que je vivais ici avant de… d'aller faire mes études à Paris.

– Oui, oui, évidemment. Mais la crise du franc et…

– Qu'est-ce que tu veux me dire ? Que tes affaires vont mal ? Que tu t'es endetté ? C'est ça ?

– J'ai vendu quelques terres. Oh, ne t'inquiète pas, des terres éloignées et peu productives, essentiellement des châtaigneraies et des landes.

– Combien ?

– Cinquante hectares, soixante…

– Mon Dieu ! Si vite ? Papa est mort il y a moins de sept ans !

– S'il te plaît, ne me complique pas les choses, Noélie, c'est déjà assez humiliant comme ça ! lança-t-il en accomplissant des efforts sur lui-même pour éviter de céder à la colère.

– Tu as besoin d'argent ?

– Eh bien, je me disais que tu pourrais peut-être me prêter une petite somme sur ta part… que je te rembourserai, bien sûr. Tu n'as pas l'intention de te marier dans l'immédiat ?

– Je n'ai aucunement l'intention de me marier, vois-tu. En revanche, je compte vivre ici, chez moi, sans que personne laisse entendre que je suis un poids, comme tu l'as fait avec Madeleine, à la mort de papa.

– Voyons, c'est un malentendu…

– Tais-toi ! Il se trouve que j'ai mis de côté de l'argent dont je n'ai pas l'utilité pour l'instant, ou peut-être que je n'ai pas envie d'utiliser, pour des raisons qui ne regardent que moi. Je te le donne… Non, attends, ne dis rien ! Que les choses soient claires : je ne t'aime pas, bien que tu sois mon frère. Pour commencer, tu as volé Randan à Paul…

– Je suis l'aîné ! Et puis j'ai essayé d'apprendre, j'essaie d'apprendre chaque jour que Dieu fait. Certes, je suis moins habile que papa…

– Évidemment ! Tu ne t'es jamais intéressé à ce métier, à ces terres, contrairement à Jean ! Tu n'aurais jamais dû changer la donne…

– Jean, Jean, Jean ! Il n'y en a toujours eu que pour Jean ! Ce n'est pas moi qui ai changé la donne, tu ne le comprends donc pas ? C'est la guerre ! S'il n'y avait pas eu la guerre, Jean ne serait pas mort, et par conséquent papa serait encore vivant. Crois-tu que j'ignore qu'il est mort de chagrin ?

– Ne cherche pas de faux prétextes !

– Tu as la critique facile. Imagine un peu… Si c'était moi qui avais péri, il s'en serait remis, c'est certain.

– Assez ! Je t'ai promis l'argent, tu l'auras. »

Ils se dévisagèrent un moment, puis Noélie se faufila hors de la pièce et s'en alla arpenter le jardin. Elle en voulait à Édouard, bien sûr, mais également à ceux auxquels il n'était plus possible de réclamer de comptes, les deux défunts, elle en voulait surtout à son père de ne pas avoir résisté au chagrin : s'il y était parvenu, il les aurait préservées, sa mère, ses sœurs et elle – surtout la propriété, qui risquait maintenant d'être démantelée à cause de l'incapacité de son frère aîné et de ses manies de grandeur. Enfin, elle en voulait à sa propre personne, se demandant mille fois comment elle avait pu être assez folle pour songer à se bâtir une existence qui n'avait rien à voir avec la vraie vie, obéir à la vanité et au goût du pouvoir – les questions se multipliaient dans son esprit, entraînant parfois des bribes d'explications, par exemple : qu'elle avait offert à Édouard l'argent qui lui restait de ces années maudites parce qu'elle imaginait obtenir, mieux qu'un ascendant sur son frère, une forme de rachat.

Il semblait bien qu'elle ne dût pas décolérer de longtemps, cependant, en se succédant, les jours et les semaines apportaient comme du baume sur ses plaies, d'abord en la personne de Madeleine, venue passer quelques jours avec sa petite Jeanne et le garçonnet que Jenny avait accueilli dix-sept mois plus tôt dans une chambre à l'étage et qui portait justement le prénom d'Henri : n'était-elle pas la preuve que le destin pouvait changer de face, troquer les tourments contre le bonheur ? s'interrogeait Noélie, appuyée sur la pioche qu'elle avait recommencé à manier après avoir constaté

que biner la terre et sarcler les mauvaises herbes l'aidait à y voir plus clair.

Puis se présentèrent Thérèse et Augustine, et la famille fut au complet, ou presque, puisqu'il n'était pas envisageable que Paul, fâché avec Édouard, établi dans le Lot et à présent père de trois garçons, se montrât un jour, même si l'aîné s'absentait fréquemment, la plupart du temps pour se rendre à Rodez, d'où il rapportait des colifichets qui satisfaisaient la coquetterie de sa femme. À la fin de l'été, Yette arriva à son tour, et ce ne furent plus que des louanges auxquelles Noélie n'avait pas le cœur de mettre fin, car elles concernaient toutes Raymond, l'héroïsme de Raymond, la bonté de Raymond, son habileté et sa belle allure.

Aussi ne fut-elle pas surprise, à l'automne, d'apprendre que son cousin avait demandé son amie en mariage ; au reste, il avait trente-trois ans, l'un de ses frères cadets, André, s'était marié l'année précédente, tandis que l'autre, Pierre, songeait à profiter de cet événement pour adoucir la déception qu'il causerait à ses parents en s'unissant à sa vieille flamme, une couturière de Montpellier transplantée à Paris. Les noces furent fixées en février, à la grande joie de Mme Carrère qui avait craint que le fiancé de sa fille ne s'alliât plutôt avec une riche héritière de Sarlat, ainsi qu'on l'avait un temps murmuré en ville : certes, il n'était pas musicien et paraissait doté d'un caractère bien trempé, mais il avait d'autres avantages, en premier lieu le brillant avenir qui lui était promis.

Dès lors la plupart des membres de la famille ne songèrent plus qu'à la tenue qu'ils porteraient afin d'y figurer dignement, en particulier Julienne, pour qui cette réunion marquerait aussi ses débuts dans le monde, comme on le disait encore avant guerre, et, à ne pas en douter, des débuts remarqués, puisqu'elle alliait à ce que ses aînés avaient eu de plus beau – les yeux gris acier du

patriarche, la chevelure blonde et le teint pâle de Jenny –
un corps élancé, parfaitement proportionné, tiré d'on ne
savait où, et cette allure quasi princière que lui valaient
sa qualité de benjamine ainsi que les gâteries qui ne lui
avaient jamais fait défaut ; si bien qu'elle ne prêtait
jamais qu'une oreille distraite aux sempiternelles sen-
tences de Noélie sur la coquetterie, la vanité et les trom-
peries qu'usent les hommes afin de satisfaire leurs
besoins : elle avait envie de vivre, ce qui signifiait aussi
de se montrer et, par conséquent, de sentir les regards
converger vers elle.

Dans ce tourbillon d'attentes et de préoccupations,
les mois semblaient ne durer que des jours, et déjà Yette
avançait dans la cathédrale au bras de son grand-oncle,
déjà elle en ressortait aux côtés de Raymond sans oser,
par timidité, remonter le voile qui avait glissé sur son
front, s'immobilisait devant le porche afin que le photographe les immortalisât, immortalisât ensuite les couples
d'un jour, frères, sœurs, cousins, cousines, amis d'une ou
plusieurs générations, les uns coiffés de hauts-de-forme,

les autres de chapeaux-cloches ou de couvre-chefs légèrement démodés, dans ces toilettes qui, pour les femmes, avaient requis temps, soucis, essayages et hésitations, et que les badauds – des enfants surtout – pressés sur les marches, au pied de l'escalier, ou encore autour des automobiles, s'efforçaient d'imaginer à partir de ce qu'ils entrevoyaient entre deux bords d'étoffe ou de fourrure.

Et les automobiles les emportaient vers des tables bien garnies, auxquelles s'intercaleraient les membres des deux sexes, telles les notes blanches et noires d'un piano, et d'où ils pourraient admirer l'assemblée entière dans un brouhaha de réflexions banales, de questions polies, de rires et, l'alcool aidant, de confidences que regards entendus, hochements de tête, signes esquissés du menton, viendraient illustrer, de secrets partagés sans la moindre retenue, de vérités lentes à élaborer – par exemple, qu'une branche de la famille était en pleine ascension, alors que l'autre paraissait victime d'une malédiction.

Telle fut la pensée qui vint à l'esprit de Noélie, assise assez loin de Victor pour ne pas avoir à tourner la tête ou feindre l'indifférence, alors qu'elle aurait donné elle ne savait quoi pour ne pas respirer le même air que lui, tant elle regrettait non seulement sa lâcheté, mais aussi tout ce qu'ils avaient partagé à la campagne puis à Paris, et peut-être la promesse qu'elle s'était faite à elle-même et qu'elle comptait tenir malgré le bonheur qui s'étalait à ce moment précis devant ses yeux. Car elle venait d'entendre deux invités murmurer : « Tu as vu Édouard de Randan ? Il a beau crâner, il est dévasté.

– Je te crois ! Au train où il s'endette…

– Il passe sa vie au Biney. Il ne comprend même pas qu'il est tombé dans les griffes d'une bande d'escrocs.

– Quel imbécile ! Il sera bien obligé de baisser la crête, une fois qu'il sera plumé.

– Dommage quand même. Un si beau domaine ! »

– Chut ! On nous écoute. »

C'était donc là, à l'hôtel Biney, qu'il se rendait chaque jour, l'air de rien ? se dit-elle encore. C'était donc ce qui se produisait alors qu'on le croyait parti pour affaires ? C'était ça ?

41

Oui, c'était bien ça, une malédiction, car tandis que la branche de Louis poursuivait son ascension, le père laissant au fils aîné les rênes de la clinique pour se lancer dans la politique – après la chirurgie, donc, la députation –, s'installer à Paris, le fils aîné devenant patron puis père à son tour, la branche d'Henri s'engageait sur la pente du déclin. Ou plutôt la dévalait puisque – Noélie l'ignorait, le jour du mariage – Édouard jouait depuis des années et perdait, avec ses mauvaises mains, les terres que son père avait réunies et fait fructifier, amputait ses troupeaux, licenciait une partie de ses employés, rognait sur l'héritage de ses sœurs, obligeait sa mère à émietter le domaine même qu'elle avait apporté en dot, sourd au mépris, aux insultes, aux supplications, comme l'opiomane aux remontrances de son médecin, incapable de pitié pour celles qu'il entraînait dans sa chute ; incapable, surtout, de raison, lui qui avait déjà joué et perdu au moment même où l'idée d'égaler le « roi du Ségala », à défaut de le dépasser, avait germé dans son cerveau.

C'était maintenant l'automne 1928. Jenny s'enfonçait dans une maladie qui n'était autre qu'une forme de chagrin, veillée par ses trois filles, puisque l'énergie d'une seule, ou de deux, ne semblait pas suffire et qu'aucune d'elles n'avait le cœur de la quitter, sinon pour de brefs séjours chez un membre de la famille – par exemple leur oncle Louis, dans l'appartement du rez-de-chaussée que Gabrielle, ayant refusé de le suivre à Paris pour mieux se consacrer à ses activités, occupait seule à présent. Là, Noélie pouvait se repaître d'amitié, aux côtés de Yette, de Raymond et de leur bébé, avant de réintégrer le domaine en maudissant son frère et en accusant tout bas sa belle-sœur de ne pas s'opposer à sa manie, pis, de la favoriser afin de précipiter la chute de la maison et pouvoir troquer plus vite une résidence à la campagne contre un logis en ville – son dessein secret, selon elle.

Elle était de retour depuis peu quand Édouard ramena un soir de Rodez un invité que personne n'attendait ; mieux, dont personne n'avait entendu parler auparavant : grand, mince, le teint olivâtre et les yeux noirs, le visage en lame de couteau, il avait tout d'un étranger, mais il s'exprimait dans un français courant, l'ayant appris dans l'enfance, expliqua-t-il, par l'intermédiaire d'une gouvernante. Il venait d'Argentine et s'apprêtait à quitter la région, où un autochtone, rencontré sur le paquebot pendant la traversée, avait insisté pour qu'il séjournât : « À bord des transatlantiques, on fait toutes sortes de rencontres. Cette fois, le hasard m'a été favorable, puisqu'il m'a conduit auprès de vous. Je pensais effectuer un voyage d'agrément, mais cela dépasse toutes mes espérances. » En parlant, il s'était tourné vers Julienne et avait esquissé une sorte de courbette qui fit monter le rouge aux joues de la jeune fille.

Toujours soucieux de se montrer savant, Édouard en profita pour approfondir le sujet, parlant de la colonie – Piguë, voilà comment elle s'appelait – qu'un certain nombre d'Aveyronnais avaient fondée dans le pays de son invité dans les années quatre-vingt du siècle précédent et où, rapportaient les journaux, ils s'étaient enrichis. « … Des gens de condition modeste, issus du Nord du département. Ils ont trouvé de l'autre côté de l'Atlantique une sorte de terre promise », pontifia-t-il, et Noélie se demanda si ce n'était pas à quoi lui-même songeait : vendre ce qui restait du domaine et s'établir à l'étranger, dans ce pays de culture et d'élevage où, poursuivait l'Argentin, où l'on mesurait les domaines non en centaines, mais en milliers d'hectares, et qui était en quelque sorte un «pays de cocagne»; ainsi, à défaut de satisfaire les souhaits de son épouse, il effacerait son échec, se soustrairait au jugement de ses contemporains, surtout sauverait la face.

Déjà les mots «*estancia*» et «*pampa*» rebondissaient dans la salle à manger, l'arrachant à ces pensées, et elle se concentra sur les descriptions de celui qui était encore, quelques minutes plus tôt, un parfait inconnu. En vérité, il ne manquait ni de charme ni d'anecdotes, et l'atmosphère vira peu à peu à la gaieté, ce qui ne s'était guère produit les derniers temps, si bien qu'à la fin du repas le maître de maison étendit son invitation au lendemain et aux jours suivants, en admettant que l'homme ne craignît pas de s'ennuyer.

«M'ennuyer? Je ne m'ennuie jamais, mon ami! Et puis, pour connaître un pays, il n'y a pas de meilleur moyen que de vivre un peu auprès des autochtones. Mais c'est moi qui crains de vous ennuyer, avec tous mes récits», s'exclama-t-il en caressant sa moustache avec un air qui déplut à Noélie, car il lui évoquait un chat, mais pas un de ces chats sauvages qu'on entend se battre, la nuit, et qui courent, légers, pendant le jour : un matou bien nourri, bien soigné, assez patient pour ronronner des heures durant avant de bondir, vif comme un éclair, sur sa proie. Or, comme Julienne et Berthe l'encourageaient à accepter, elle se contenta de porter à ses lèvres le verre de vin de noix que son frère avait rempli à l'intention des femmes, gardant pour son invité et lui-même une liqueur plus puissante, et souhaita avoir commis une erreur de jugement.

Le lendemain, l'Argentin repartit donc pour Rodez et en revint pourvu d'une malle d'où il tira bottes d'équitation, vêtements élégants, linge fin, nécessaire de toilette en argent, surtout un gramophone qu'il installa dans la salle à manger où il se mit à diffuser des airs langoureux et des voix de femmes fatales qui ne pouvaient que parler d'amour, d'amours heureuses et malheureuses, source de tous les tourments, d'amour et de passion. Sur ces airs, de surcroît, on exécutait une danse qui consistait à se serrer l'un contre l'autre, du bassin et du torse, à se renverser et pirouetter en faisant claquer ses talons, le bras tendu, le cou raidi. Bien qu'elle l'eût vu pratiquer au cinéma par Rudolph Valentino, Noélie s'en offusqua aussitôt et tenta de persuader Julienne qu'il était indécent non seulement de s'y adonner, mais aussi de le faire à quelques mètres de la chambre de leur mère, malade, peut-être même mourante.

« Tu n'es qu'une coquette ! Une vaniteuse ! » lui lança-t-elle, oubliant les danses d'avant-garde que pratiquait son amie Aglaé, vêtue d'une tunique qui la dénudait à moitié, et qu'elle avait un temps applaudies, puis singées. Enfin, à bout d'arguments, elle alla s'en plaindre à Édouard, qu'elle trouva dans son bureau, la tête entre les mains, peut-être gêné par la musique et les crépitements de talons, à moins que ce ne fût par ses pensées.

« Tu es devenu bien austère depuis ton séjour parisien ! répliqua-t-il. À moins que ce ne soit Gabrielle qui ait déteint sur toi. Où as-tu mis ton béret ?

– Garde tes sarcasmes. Ta sœur cadette, dont tu es responsable, passe son temps à se frotter contre ce... cet homme, et c'est tout ce que tu trouves à dire ?

– Oh, je t'en prie, n'exagère pas !

– Si tu crois que je n'ai pas compris ! Pourquoi l'as-tu invité et installé ici ? Parce qu'il t'a battu au jeu et que tu n'as pas trouvé de meilleure monnaie que Julienne pour rembourser ta dette ? C'est elle, le prix de ta faiblesse ?

– Voyons, ma pauvre fille, de deux choses l'une : soit tu es d'une autre époque, soit tu dérailles complètement. Si tu crois qu'il est possible, au xxᵉ siècle, de passer ce genre de marché… Et quand bien même… tu n'as qu'à regarder Julienne… personne ne la force à faire quoi que ce soit. Elle nage dans le bonheur. Amoureuse d'un grand propriétaire terrien, d'un bel homme, qui plus est… je ne vois pas ce qu'il y a là de si terrible. Bien sûr, l'amour est un sentiment que tu ignores, toi qui as le cœur sec. Je mets donc tes objections sur le compte de l'envie. »

La gifle partit, et Édouard bondit sur ses pieds.

« Comment oses-tu ?

– Toi, comment oses-tu ? Dilapider la fortune de nos parents en jeux d'ivrognes, d'aventuriers ! Te faire plumer comme un crétin ! Jeter la honte sur notre famille ! Piétiner notre honneur ! Et maintenant nous séparer de Julienne, l'expédier à des milliers de kilomètres. Je te préviens, si elle tombe dans ton traquenard, tu seras… tu seras…

– Quoi ? rétorqua-t-il, ironique. Je serai quoi ?

– Pour commencer, tu seras maudit, c'est certain !

– Je le suis déjà », lâcha-t-il, comme saisi d'un vertige, avant de se rasseoir et de poursuivre d'une voix sèche : « Fiche-moi la paix maintenant ! J'ai du travail. »

Noélie tourna les talons, en proie à une fureur qui était moins le fruit de la grossièreté de son frère que de sa propre impuissance, car elle voyait se dérouler devant elle avec la plus cruelle des précisions l'enchaînement des événements à venir – le mariage de Julienne, la mort prochaine de Jenny, la dispersion de la famille, la ruine, la vente, le déshonneur, le début d'une nouvelle et triste vie – sans qu'il lui fût laissé la moindre chance d'intervenir, pour le moins d'intervenir efficacement ; sans l'aide du moindre allié, Berthe encourageant indirectement le projet de leur frère en vertu d'on ne savait quelle sympathie pour l'invité.

De fait, malgré ses tentatives de démasquer le fiancé argentin et ses mises en garde répétées, le mariage fut bientôt célébré dans la chapelle familiale où, arguant de sa faiblesse, Jenny refusa d'être conduite, pas même dans un fauteuil porté à bras – unique acte de rébellion après tant d'affronts. Ce fut une cérémonie simple, à laquelle furent seulement conviés quelques cousins germains et que suivit un repas en toute intimité dans cette même salle à manger où, dès la première fois, le futur marié était entré en conquérant. Et déjà les serrures des malles claquaient, enfermant vêtements, colifichets et rares pièces de linge, le temps ayant manqué pour constituer un trousseau complet, déjà on s'étreignait sur le perron, agitait la main à l'adresse de celle qu'on n'était pas sûr de revoir un jour, malgré les promesses, puis rentrait dans la maison, comme amputé.

Jenny mourut quelques semaines plus tard, au mois de janvier de la nouvelle année 1929, sans plus avoir prononcé un mot, sans même avoir adressé un geste à Madeleine, Thérèse ou Augustine, pourtant venues l'aider à passer dans l'autre monde où, était-elle heureusement convaincue, elle retrouverait enfin son cher époux et le fils qu'elle avait aimé plus que les autres. Ce fut donc pour l'accompagner jusqu'à sa dernière demeure que la famille – enfants, petits-enfants, cousins, belles-sœurs et beaux-frères, puisqu'il ne restait plus personne de la génération précédente – se réunit une dernière fois à Randan, où elle forma un cortège et, avançant au pas, gagna l'église du village voisin.

Paul attendait à l'intérieur avec cette épouse qu'on ne connaissait presque pas, ainsi que trois de leurs quatre garçons, et, bien que huit années se fussent écoulées depuis son départ, rien, en lui, ne semblait avoir changé, pas même sa rancœur envers son frère aîné, qu'il s'appliqua à éviter tout le temps de la cérémonie et après, allant même jusqu'à décliner l'invitation à déjeuner dans ce domaine auquel il lui était encore douloureux de penser, alors qu'il vivait largement des revenus de trois fermes qu'il n'avait pas besoin de cultiver.

Il y eut encore un rendez-vous chez le notaire, au cours duquel on découvrit le montant des prêts dont Édouard avait bénéficié : près de deux cent mille francs, que sa part d'héritage – des valeurs boursières – ne suffit même pas à combler, le laissant à jamais débiteur de sa mère. Alors put venir la dispersion. Refusée à l'École des beaux-arts de Paris à cause de son âge (vingt-six ans) trop avancé, Berthe s'inscrivit à l'équivalent marseillais, plus compréhensif, tandis que Noélie prenait le chemin de Rodez, à la tête du petit pécule que sa mère lui avait laissé.

Juste après l'enterrement, son oncle Louis lui avait réitéré son offre de s'installer dans l'appartement de la maison familiale qu'il avait désertée et elle avait accepté, pensant qu'elle avait peut-être atteint l'âge où il est possible de partager son célibat avec une cousine ou une amie sans avoir à trop s'en repentir. Les faits lui donnèrent raison : occupée par son nouveau mensuel (après les *Fleurs du Rouergue*, les *Fleurs de France*, à diffusion nationale, comme son nom l'indiquait), par l'organisation de pèlerinages et par l'ordre secret, Le Tabernacle, qu'elle avait cofondé avec la bénédiction de l'évêque, dans la chapelle privée duquel elle avait prononcé son engagement afin d'être religieuse sans l'être vraiment, Gabrielle n'était guère présente et, quand elle l'était, sa compagnie n'avait en fin de compte rien de déplaisant, si l'on exceptait les mièvreries auxquelles elle se livrait devant ses « Bérets blancs ».

Mais il suffisait à Noélie de monter un étage chaque fois que retentissaient dans la cage d'escalier les « Grande Sœur ! », les premières paroles d'une chanson qui disait

*Étoiles des matins roses, / étoiles des soirs bru-
meux / astres qui, sur toutes choses, / versez un appel des
cieux ; / nous voulons à votre exemple, / être un peu de
ciel qui luit, / l'humble veilleuse du temple / qui se
consume dans la nuit*, ou encore, interprétée sur l'air de
l'« Hymne à la joie », *Nous sommes les « Messagères » / du grand Soleil de l'été. / Dans les nuits sombres
ou claires, / nous rayonnons sa beauté : / étoiles d'or
scintillantes, / qui mêleront doucement / leurs pauvres
lueurs mourantes, / aux splendeurs du jour naissant* :
alors elle retrouvait Yette et riait avec elle des rêves
qu'elles avaient partagés dans leurs lointaines enfance
et adolescence.

Car l'envie d'être une artiste était passée à Noélie depuis que son unique roman – elle le jugeait à présent décevant au point de le subtiliser dans les bibliothèques de ses amis et connaissances qui avaient eu l'extravagance, ou la curiosité, de l'acquérir sans savoir qu'elle l'avait écrit – avait entraîné une suite de fâcheux événements ; à présent, elle se réjouissait de s'être improvisée répétitrice, métier humble mais utile, ne fût-ce que parce qu'il lui permettait de vivre dignement. Et peu lui importait d'être traitée avec condescendance par les bons et gras bourgeois chez qui elle l'exerçait : pour la première fois de son existence elle éprouvait un sentiment de liberté et elle entendait bien le conserver, même si cela l'obligeait à garder ses distances avec certains établissements – par exemple, l'hôtel Biney où son frère continuait de promener sa silhouette maudite – et à refréner le désir qui montait parfois en elle de revoir ces terres qu'il fragmentait, lui racontait-on, aussi facilement que si elles eussent été de simples morceaux de pain.

De Julienne elle avait reçu des nouvelles quelques jours après son départ, d'abord de la Côte d'Azur où le couple avait accompli un long voyage de noces, puis de Bordeaux – une lettre griffonnée en toute hâte avant de s'embarquer sur un paquebot qui l'avait conduit à Buenos Aires deux semaines plus tard. Là, il avait fallu prendre un train avant de parvenir à destination, et dès lors ça n'avait plus été que descriptions de paysages tout en plaines et en sierras, de végétaux, par exemple le *ceibo*, arbuste aux fleurs d'un rouge vif envoûtant, et d'oiseaux qui répondaient aux noms bizarres de *biguaes*, *benteveo*, *ñacurutu*, ou encore *teru-teru*, volatile, précisa Julienne, qui gardait les jardins mieux que les chiens, puisqu'il criait à la moindre présence. Pas de comptes rendus de l'accueil que lui avait réservé sa belle-famille, pas d'impressions sur sa demeure, pas d'envolées au sujet de son mari, comme si sa nouvelle vie dût se concentrer tout entière dans les charmes d'une terre que son frère avait un jour qualifiée de promise.

Car, de retour dans sa patrie, l'amant attentionné et brûlant avait naturellement changé, promenant les premiers temps son épouse étrangère ainsi qu'on promène un précieux trophée pour l'abandonner ensuite à sa famille – de vieilles femmes hargneuses et mesquines, qui lui avaient dès le premier jour fait comprendre qu'elle ne serait maîtresse de rien, certainement pas de leur maison – et se rasseoir aux tables où, contrairement à Édouard, il avait l'habitude d'abattre des mains gagnantes. Inutile alors de s'interroger sur les raisons de cette union : cinquante fois – surtout après l'amour –, il les lui avait exposées sur un ton qu'elle avait confondu avec celui de la plaisanterie, à savoir qu'il aimait les femmes jolies et un peu sottes, et cinquante fois elle avait ri.

Une situation de roman, donc, de bluette, d'un de ces ouvrages sentimentaux que Noélie lui reprochait avec mépris de lire, une situation si prévisible (et si bien prévue) qu'elle en avait rougi de honte. En réalité, plus que bernée, Julienne se sentait surprise, comme si, balayant l'horizon du regard, elle s'étonnait de n'y voir surgir aucune des récompenses non seulement promises par son fiancé, mais aussi annoncées par les gâteries dont elle avait été comblée depuis le jour de sa naissance, en tant que dernier et tardif fruit d'un amour sans faille entre ses parents. Voilà donc ce qui avait échu à la fille préférée du roi du Ségala ? s'était-elle demandé. Et encore : fallait-il vraiment que, après Jean, Paul, Édouard et Noélie, d'autres Randan de cette génération fussent frappés de malédiction ?

Puis elle était tombée enceinte, et plus rien d'autre n'avait compté que la créature qui baignait, innocente, dans son ventre, se nourrissant d'elle et apportant un sens à la partie que, malheureuse au jeu comme en amour, elle avait disputée et perdue. Certes, elle eût préféré que les mains de Jenny pussent accueillir son rejeton, de même qu'elles avaient accueilli les enfants de Madeleine dans une chambre du second étage au domaine, mais on lui avait fourni une rude, une efficace sage-femme, qui avait rondement mené les choses.

C'était un fils, un héritier, que son mari voulut nommer Jorge, comme certains de ses ancêtres, en signe de continuation ; au reste, c'était à son père et par conséquent à son grand-père paternel que le bébé ressemblait, ainsi que le prouvait le portrait qu'elle fit faire de lui pour l'envoyer aux membres de sa famille dès qu'il fut en mesure de s'asseoir bien droit sur son édredon de satin – poupon brun aux yeux noirs, au teint mat, qui n'avait apparemment rien de commun avec elle.

Apparemment : car il semblait accepter son existence ainsi qu'elle avait, elle, accepté sa défaite, c'est-à-dire sans cris, sans caprices, sans plaintes, pas même dans les lettres qu'elle adressait chaque semaine à Noélie, où elle déguisait la réalité, réécrivant sa vie comme la seule qui lui parût digne d'être vécue – celle de ses parents –, la transposant en Argentine, troquant par exemple les *cantalès* contre les gauchos, la blouse et les sabots contre la *boina* et les bottes, le pantalon droit contre le *bombacho*, le vin contre du maté, ou encore les châtaigniers contre des eucalyptus et les haies contre des fourrés géants.

Mais l'enfant grandissait et son silence commençait à sembler suspect, tout comme sa gaucherie, le père s'en inquiétait, convoquait le médecin de famille, en interpellait un deuxième dans la ville voisine, un troisième à la capitale, écoutait le verdict – non, *Señor*, il n'était pas muet, mais il n'avait tout simplement pas besoin ou pas envie de s'exprimer – en tambourinant sur l'accoudoir de son fauteuil, laissait entendre qu'il existait des établissements pour soigner ce genre de faiblesses, intolérables chez un garçon.

Alors Julienne envoya par le moyen le plus rapide à Noélie trois mots qui étaient à ses yeux, certes une reddition, mais la seule issue possible – VIENS NOUS CHERCHER – et elle attendit.

42

« Et tu y es allée tout de suite.

– J'y suis allée.

– Alors que tu avais tout prévu, tout annoncé, et qu'elle ne t'avait pas écoutée ?

– Qui d'autre que moi aurait pu ? Tu saisis l'ironie ? J'y suis allée, moi qui avais goûté à l'amour et l'avais rejeté. Non en vertu d'un idéal, note bien. Non par désir de pureté, comme Gabrielle. Rejeté par peur de me perdre, peut-être même de m'oublier. Par peur, oui. Et puis, c'était mon sang. Et je n'avais pas le choix. Berthe poursuivait ses études à Marseille, Madeleine élevait ses deux petits, Thérèse vivait à Paris et Augustine… Nous ne nous écrivions plus que rarement.

– Tu es partie pour Bordeaux et tu as embarqué sur un paquebot.

– Trois ou quatre jours plus tard, le temps de prendre quelques… comment dit-on ? dispositions. On était en 1933, je vivais encore chez mon oncle Louis, ton arrière-grand-père, qu'on avait réélu un an plus tôt. J'avais mis l'argent de ma mère de côté pour le jour où il devrait servir. Et ce jour était arrivé.

– Tu n'en as parlé à personne.

– J'ai parlé d'une visite. Une de ces visites de politesse que les sœurs célibataires rendent aux sœurs mariées par dévouement ou par désœuvrement. Comme j'en avais rendu à Thérèse. J'ai raconté que j'avais été invitée par la famille argentine. Mais je n'avais aucun plan. Je n'imaginais même pas ce qui m'attendait. C'est pendant la traversée, en partie par ennui, que j'y ai réfléchi. Il y avait des passagers français, et je les ai questionnés. Sur les moyens et les délais, mais aussi sur la mentalité des gens.

– Et tu es arrivée.

– Attends… J'ai débarqué à Buenos Aires. Puis j'ai pris un train. Car personne ne m'attendait sur le quai. Mais Julienne m'avait écrit une autre lettre, dans laquelle elle avait indiqué le nom de la ville voisine. Je suis donc arrivée. Et je les ai tous vus. La belle-mère autoritaire, les tantes revêches et lui, le mari, moins arrogant qu'avant, dans son élément, surtout beaucoup moins empressé. Et le bébé.

– Jo.

– Jo, oui. Depuis quatre ans, Julienne n'avait ni grossi ni vieilli. Elle était toujours blonde et pâle et belle. Seuls ses yeux avaient changé. Ils n'avaient plus rien d'ébahi, plus rien de séduit, ça non, mais ils n'avaient rien de vaincu non plus. Parce qu'elle était déterminée. Écoute, Zoé, elle ne m'accueillait pas comme un sauveur. Elle estimait tout ça normal. Que j'aille la chercher. Personne ne lui avait jamais résisté. Je crois même qu'elle avait l'air offensé. Et ce n'était pas un rôle. D'ailleurs, elle ne m'a pas remerciée.

– Pas tout de suite.

– Ni tout de suite ni jamais. Et, rends-toi compte, elle n'avait pas de plan, pas la moindre ébauche d'idée. Comme si j'étais censée apporter, avec ma personne, les solutions, le mode d'emploi. Moi qui ne connaissais pas le pays, ne parlais pas la langue. Elle, à force, l'avait apprise, même si elle continuait de s'adresser en français à son fils, à Jo. Qui ne lui répondait pas.

– Vous vous êtes enfuies.

– Cela a pris un certain temps. Cette fois, c'était moi, le chat bien nourri, bien soigné, assez patient pour attendre en ronronnant des heures durant. Si ce n'est que nous n'avions pas de proie. Il fallait juste prendre la fuite sans laisser au mari, à la belle-mère et aux tantes revêches la possibilité d'anticiper et par conséquent de nous retenir.

– Ils comprenaient le français. En tout cas, il le comprenait, lui. Tu as dit qu'il le parlait couramment.

– Entre nous, nous utilisions le patois. À l'époque, on le parlait encore dans les campagnes et nous l'avions appris, nous aussi, quand nous étions petites, à force de l'entendre. Ce n'était pas une langue morte comme aujourd'hui, morte et exhumée. Nous avons mis au point une tactique. Au lieu de resserrer le cercle, nous l'avons élargi. Une promenade dans l'*estancia*, à bord de la petite voiture à cheval dont Julienne disposait. Une visite touristique. Des courses à la ville voisine, d'où nous rapportions objets et anecdotes pour témoigner de notre bonne foi. Et donc pour les endormir.

– Leur surveillance s'est relâchée.

– Pas très vite. Au bout de trois ou quatre semaines. J'étais censée rester deux mois. Au fur et à mesure que nous nous éloignions, nous changions de moyen de locomotion. Après le cheval, nous avons pris l'automobile, une des automobiles, pour être précise. Dont le chauffeur nous aimait bien. Ou, peut-être, ne les aimait pas, eux. Trop arrogants, trop autoritaires, trop grossiers. Envers tous, et davantage envers leurs employés. Il nous a déposées un matin dans une rue en nous promettant de revenir en fin de journée. Alors nous avons couru à la gare. Sommes montées dans le train. Direction Buenos Aires. Sans rien. Les bagages, nous les avons achetés plus tard, avec le nécessaire pour la traversée. Et les billets, bien sûr. Comme prévu, le bateau n'était pas complet. Et, à la nuit, il est parti.

– Vous les avez bernés.

– Ils ont dû s'énerver, ou faire semblant de s'énerver. Peut-être renvoyer le chauffeur. Peut-être pas. En tout cas, ils ne nous ont pas cherchées. Parce que, s'ils l'avaient fait, ils nous auraient retrouvées. À Rodez, avant de partir, j'avais loué à mon nom un appartement dans le quartier de Saint-Amans. Nous nous y sommes installées. Et nous avons conduit Jo à Raymond. Qui l'a fait jouer un moment avec ses instruments. Puis nous a dit : "Fichez-lui donc la paix." Ça s'est passé comme ça. Le mari, sans doute, s'était lassé de Julienne. Pis, la jugeait coupable de tous les maux. De leur mariage raté d'avance. Surtout de Jo. De sa gaucherie, de son mutisme, de sa timidité excessive. Indignes d'un héritier. En somme, nous lui avons rendu service. Il a ramassé ses cartes et nous les nôtres.

– Elle n'a pas regretté.

– Elle avait déguisé sa vie pendant quatre ans en transposant en Argentine celle de nos parents. Elle a donc continué. Ce ne devait être ni une erreur ni une défaite. Elle s'est arrangée avec la vérité. Comme la plupart des gens, d'ailleurs. Comme nous en ce moment. Elle a conservé le côté romantique de l'affaire. Les grandes étendues de pampa, la guitare, le tango, les gauchos et la langue. Le spiritisme aussi. Ou la radiesthésie. Il paraît que ça, ce don, lui est venu là-bas.

– Mais ses prévisions sont exactes, tu as bien vu. Elle a prévu que je resterais quand je n'y pensais pas encore.

– J'ai élevé son fils, moi qui avais choisi de n'être ni épouse ni mère. En réalité, ce n'était pas difficile. Il suffisait de l'aimer. Et je l'ai aimé dès le premier instant. Pas seulement parce qu'il était de mon sang. De même, j'ai pris la tête de ce foyer quand ton grand-père nous…

– Attends. Vous auriez pu revenir ici.

– J'en voulais à Édouard. Il continuait de jouer, et je n'avais aucune envie d'assister à la fin. Lui-même en parlait ouvertement. Car il pouvait à présent justifier son échec. Grâce à la crise économique, arrivée en Europe après l'Amérique. Qui touchait durement les agriculteurs. Berthe n'est pas rentrée, non plus, à la fin de ses études. En 1934, elle a décroché un poste de dessinatrice à la faculté de médecine et à l'École de santé militaire, à Marseille, en évoquant l'"atavisme". Nos deux grands-pères médecins. Car, tu ne le sais peut-être pas, le père de notre mère l'était aussi. Elle a assuré ses employeurs qu'elle ne s'évanouirait pas. Et elle ne s'est jamais évanouie. Pourtant, son travail consistait à effectuer des croquis sur le vif. Pendant les dissections et les opérations. Mieux que des photographies. Des croquis parfaits, crois-moi. Regarde donc ça.

– Je vois. Vous avez toutes travaillé.

– J'ai travaillé. En multipliant les heures de cours. J'étais donc très occupée quand la fin est arrivée. Très vite. En 1936. Édouard était maintenant acculé. Plus d'argent. Plus de marge de manœuvre. Plus d'espoir. Plus rien. Il a mis le domaine en vente avant qu'il soit totalement déprécié. Sans en parler à la famille. Mais nous l'avons quand même appris. Alors Raymond, à notre demande, a accepté de le racheter. En s'endettant, que ce soit dit. Mais lui, il avait encore l'avenir devant lui. Il avait été élu maire en 1935, contre le maire sortant, et la clinique ne désemplissait pas. Il a engagé un fermier, un bon fermier, honnête et travailleur. Physiquement, une sorte de géant. Il a payé Édouard, qui a filé. À Toulouse, où il s'est improvisé garagiste, exhumant sa vieille manie du progrès et de l'électricité. Mais là non plus, ça n'a pas marché. Car la Deuxième Guerre est arrivée, privant les gens de véhicules et d'essence. Et il est mort avant qu'elle se termine.

– Et toi, qu'est-ce que tu as fait ?

– Je suis revenue après la vente réunir mes affaires. Pas grand-chose, en vérité, ces eaux-fortes de Viala que tu vois là. Ma machine à écrire. Mes livres. Du linge venant de ma mère et le trousseau qu'elle m'avait préparé. Sache-le bien, je n'étais pas triste, mais reconnaissante à Raymond qui avait sauvé du déshonneur la famille, ma branche de famille. Et par la suite je suis retournée ici en invitée. Pas comme Berthe, qui l'a toujours fait subrepticement, surgissant sans prévenir du portillon, au bout du jardin, non, pas comme elle. De toute façon, ce n'était plus le même domaine, le domaine de mon grand-père et de mon père. Ce domaine-là n'existait plus que dans ma tête.

– En fin de compte, il aura été sauvé deux fois. Par mon grand-père et par mon père.

– La deuxième fois par toi. C'est toi qui as persuadé ton père de "financer" notre foyer. Toi, qui as décidé de rester auprès de nous. Et de changer de faculté à la rentrée.

– Non, toi. Avec ce livre. Ou, si tu préfères, c'est lui qui m'a sauvée. Qui a donné un sens à tout le reste, d'abord en m'inscrivant dans la continuité. Alors que je ne croyais plus à rien. Que j'étais à la dérive. Et peu importe, au fond, qu'il soit publié ou non, qu'il soit, ou non, vendu et lu.

– Peu importe ?

– Oui, en fin de compte, peu importe.

– Alors, c'est l'amour.

– Oui, c'est l'amour.

– C'est toujours l'amour. Regarde donc ton grand-père. C'est pour lui aussi que tu l'as fait. Et pour Yette. Parce qu'ils te manquent.

– Attends, encore une chose. Tu ne m'as pas tout raconté. Parle-moi de Victor.

– À la fin de ses études, il avait ouvert une étude d'avocat à Paris. Et il s'était marié. Était devenu père de famille. C'est bien plus tard qu'il est revenu ici. De façon prolongée, j'entends. Note bien : je n'avais pas peur de le revoir. Ou juste un peu. Pas à cause de sa femme. À cause de l'autre, Lucien. Et de la vie que j'avais menée lorsque je me prenais pour une artiste. Il a eu trois enfants. Puis sa femme est morte. De maladie.

– Il ne t'en voulait pas.

– Nous nous sommes retrouvés par hasard à Rodez, au détour d'une rue. Il y a vingt ans. Après un laps de temps assez long pour que la gêne et le ressentiment se soient évanouis. Nous avions presque grandi ensemble et nous nous aimions bien. Alors nous nous sommes revus. Par amitié. Ou par nostalgie, appelle ça comme tu veux. Tu sais, la séduction ne m'intéresse pas. D'une certaine façon, elle me dégoûte un peu. Car la donne est faussée dès le départ. Et moi, je n'ai jamais été jolie. Trop maigre, trop pâle, trop petite. Que tu le croies ou pas, ça a été ma chance. Je n'ai pas eu à relever ce genre de défi. J'ai échappé à ça.

– Ne change pas de sujet. Puis c'est toi qui es revenue.

– Ton grand-père n'a pas posé de conditions. Il n'a pas exigé, par exemple, que nous rendions le domaine, à notre mort, à ses héritiers légitimes. Car c'était inutile. Il savait que nous le ferions. Par reconnaissance et par respect. Les autres ne le comprennent pas.

– Et maintenant tout s'accomplit.

– Attends. Nous sommes encore vivantes. Et n'oublie pas le livre.

– Nous avons presque fini.

– Il reste encore un chapitre.

– Demain. Ou après-demain. Quand tout aura eu lieu. »

43

Maintenant que la célébration va commencer, Gabrielle n'est plus certaine de vouloir être consacrée, et Noélie doit user de toute sa force de persuasion pour lui assurer que les prévisions de son frère ne seront pas avérées, qu'elle parviendra sans aucun mal à s'agenouiller et à se relever après la bénédiction, qu'elle ne tournera en ridicule ni sa famille ni sa personne – Julienne, elle, n'est pas d'un grand secours puisqu'elle se contente de se tordre les mains. *Nous nous sommes entraînées et tu l'as très bien fait, Gaby. Je ne vois pas pourquoi ça n'irait pas aujourd'hui. Tout le monde se souviendra de cette journée. Il y aura même des articles dans la presse : j'ai aperçu des photographes. – Et puis ta robe est parfaite, parfaite, parfaite*, déclare enfin Julienne, qui a pourtant critiqué sans ménagement cette tenue excessivement sobre à son goût, raison pour laquelle les inquiétudes de Gabrielle redoublent au lieu de s'apaiser.

Soudain deux coups retentissent à la porte de la chapelle au magnifique plafond à caissons de pierre, où les trois femmes se sont barricadées sous prétexte de se recueillir, et le curé apparaît avec sa question – *Vous êtes prêtes ?* –, les premières notes d'orgue résonnent au même moment, et il ne leur reste plus qu'à gagner leurs places dans la nef, tandis que l'évêque et son cortège s'ébranlent, parcourent le collatéral nord, virent dans le transept et remontent l'allée centrale. À se planter devant les trois chaises marquées de l'inscription *Réservé*, au premier rang, qu'entourent Zoé, ses parents – nouveaux sauveteurs du domaine, puisqu'ils ont promis à ses propriétaires de renflouer leurs caisses –, son frère (compte tenu de la distance et des frais, sa sœur aînée est restée en Australie) et Jo, eux aussi très nerveux.

Crépitements de flashs, déploiement dans le chœur du cortège enveloppé d'effluves d'encens, accueil, début de la liturgie, lectures lues au pupitre par Zoé et par son frère en uniforme militaire beige, Évangile, homélie consacrée au rôle de service des vierges consacrées dans la communauté, à l'amour et à la compassion censés animer chaque famille, du membre le plus jeune au membre le plus âgé, puis l'héroïne de la fête est invitée à gravir les marches munie d'un cierge et escortée des deux lecteurs, prêts à la soutenir au moindre faux pas, voire à la porter si nécessaire – le militaire s'en acquittera.

Les premières interrogations se dévident, *Voulez-vous persévérer toute votre vie dans votre résolution de virginité consacrée au service du Seigneur et de son Église ?*, et Gabrielle y répond par un ferme *Oui, je le veux*, tandis que Julienne enfonce son coude dans les côtes de Noélie pour lui faire partager son émotion, ou parce qu'elle ne peut la retenir, comme si elle assistait à un examen ou à un match de tennis.

Alors Gabrielle remet son cierge à Zoé, frêle mais sûre dans sa robe à pavots, et écoute l'évêque dérouler à toute allure la litanie des saints, Michel, Jean-Baptiste, Pierre et Paul, Jean, Marie-Madeleine, Étienne et Laurent, Perpétue et Félicité, Agnès, Blandine, Athanase, Ambroise et Augustin, Jérôme, Dominique et François, Catherine, Benoît et Macrine, Scholastique, Rose de Lima, Thérèse d'Avila, Bernadette Soubirous, sans oublier Jeanne d'Arc, patronne de la France et en particulier de la JF, invoque leur intercession.

Maintenant l'assemblée se lève et la vierge peut avancer, s'agenouiller, aidée de ses petits-neveux, puis (ils ont aussitôt reculé), les mains placées dans celles du prélat, déclarer *Je professe ma décision irrévocable de vivre dans la chasteté. Recevez mon engagement et donnez-moi, je vous prie, la consécration*, retrouvant soudain les accents autoritaires de l'adolescente effrontée, de la marraine de guerre, du chef de groupe ou encore de la petite sœur de la congrégation secrète du Tabernacle, de la présidente de la JF qu'elle a été. Les retrouvant enfin, elle qui a affirmé et écrit plusieurs fois *Nul ne peut changer l'idéal d'une âme*, et qui peut se targuer de ne jamais avoir dévié du sien : au reste, il est impossible de la contredire, sa vie parle pour elle.

L'évêque étend maintenant les mains au-dessus de sa tête et proclame : *Regarde, Seigneur, notre sœur Gabrielle : en réponse à ton appel, elle se donne tout entière à toi ; elle a remis entre tes mains sa décision de garder la chasteté et de se consacrer à toi pour toujours. Qu'il y ait toujours en elle prudence et simplicité, douceur et sagesse, gravité et délicatesse, réserve et liberté.* La réserve exceptée, voilà un portrait parfait de sa personne, pense l'intéressée, certes un portrait brossé, surtout reconnu, un peu tard, mais tout ne vient-il pas à point à qui sait attendre, comme l'a dit La Fontaine ? D'ailleurs, elle n'a aucunement l'intention de mourir, elle entend bien vivre dix, quinze ans encore, devenir centenaire, voilà pourquoi cet engagement n'a rien d'artificiel, rien de feint, voilà pourquoi ce n'est pas qu'un point d'orgue, n'en déplaise aux membres de sa famille ; pourvu, pourvu seulement que Noélie et Julienne résistent elles aussi, car elle les aime comme des sœurs, mieux que des sœurs peut-être, même s'il n'est pas toujours facile de composer avec leurs caractères.

Un moment l'organiste donne libre cours à sa fantaisie, accompagné d'un trompettiste qui a fait son apparition un peu tard, mais à temps pour souligner la solennité de l'événement, puis vient la remise des insignes, l'anneau, le voile, le livre de prières et la lumière – une lampe, non un cierge, qui semble elle non plus ne devoir jamais s'éteindre. Gabrielle est la première à communier, après quoi, accompagné de son cortège, l'évêque va distribuer les hosties au commun des fidèles, suscitant murmures et bruits de chaises, de talons et de semelles.

Malgré son recueillement, Gabrielle a tout loisir d'épier à travers son voile la foule qui se presse au pied de l'estrade, et : Voilà le miracle, songe-t-elle, les belliqueux, tel son frère, sont soudain pacifiés ; les égarés, comme Zoé, ont retrouvé leur cap ; et sans doute les muets vont-ils recouvrer leur voix. Un instant, elle observe Jo, au premier rang, et bénit le ciel pour cette âme pure dont elle partage l'existence. La confiance en le dessein céleste, voilà ce qui échappe à la plupart des membres de l'assemblée ; elle n'en a pour sa part jamais manqué, et elle en a été récompensée : qui aurait pu imaginer que leur foyer s'agrandirait ? Qui aurait parié sur un sauvetage financier alors même qu'il menaçait ruine, trois mois plus tôt ? Qui aurait seulement misé sur la guérison de Zoé ? Certainement pas Noélie, qui croit pourtant tout savoir, tout prévenir. Une fois encore, elle, Gabrielle, a fait preuve de patience, de tolérance, et elle a eu raison.

Tous les fidèles qui le souhaitaient ont communié, aussi l'évêque regagne-t-il le chœur pour procéder à la bénédiction et inviter encore une fois les membres de l'assemblée à la charité et à la paix des familles. Petits sourires entendus de part et d'autre, nouveaux crépitements de flashs, enfin le cortège se reforme, augmenté de son nouveau membre, une Gabrielle si apaisée, si heureuse désormais qu'elle n'a besoin que de sa canne pour descendre les marches et, en queue de la procession, s'engager dans l'allée centrale, bientôt suivie par les membres de sa famille disposés au premier rang, Julienne, Noélie, Zoé, Jean-Christophe, son frère, leurs parents et Jo.

D'un pas assuré, elle avance, voyant, des deux côtés, les têtes se pencher vers elle et se demandant si c'est le discours de Zoé lors du dernier goûter de famille ou un regain d'affection, du remords ou plutôt de la curiosité : ses parents proches et lointains ont fini par se présenter, ils sont là, endimanchés – les enfants habillés de leurs sempiternels pantalons de toile claire et robes à smocks aux tons pastel, les femmes enchapeautées, les hommes étranglés par leur nœud de cravate – et ils lui adressent des mots affectueux. Émue, elle marque un temps d'arrêt devant Louis, son frère, au bout d'une rangée, mince, élégant dans son costume, incroyablement juvénile, et se jette dans ses bras, se laisse étreindre, persuadée qu'il a agi au cours des derniers mois en proie à on ne sait quelle mauvaise impulsion car il est et demeure un homme bon, elle l'a toujours su et elle ne lui en veut plus, d'ailleurs. Embrassades aussi avec sa femme et sa fille, dont les yeux sont embués de larmes, signe de leur bonne foi, tout comme ceux de Mireille que Noélie a non sans exagération surnommée *Judas* – quelle exagération !

Les *Tante !* les *Félicitations !* continuent de fuser, porteurs de réconciliation, et Gabrielle découvre maintenant les enfants et les petits-enfants de ses sœurs aînées, Lily et Henriette ; plus loin, ceux de ses cousins germains, de Madeleine et Thérèse, Cécile et Antoinette, Paul et même Édouard, venus de la région, mais également de Toulouse, de Marseille, d'ailleurs. Soudain elle est prise d'un vertige, comme si c'étaient les absents, les défunts, qui surgissaient devant elle dans les costumes et les robes de fête, les rubans et les nœuds qu'ils arboraient en ce lointain jour d'août 1904 où tout a semblé commencer, alors qu'elle n'était elle-même qu'une enfant.

Mais, immobilisée derrière elle, Noélie la pousse vers l'avant car la distance avec l'évêque ne cesse de s'accroître et, à ce rythme, il sera impossible de la combler, aussi poursuit-elle d'un pas plus rapide en embrassant du regard, sans plus s'attarder, les autres membres de l'assemblée, parmi lesquels elle reconnaît des nièces et des neveux de Yette, habitués de ces lieux, des amis, des connaissances et des voisins, Victor et Éric, son insolent petit-fils, sœur Irénée, la religieuse de l'hôpital qui lui a rendu visite après son accident, et la couturière de Julienne qui a confectionné sa robe, d'anciennes camarades de classe et même des hommes politiques de la ville, car il est de bon ton d'afficher des liens avec les parents d'anciennes notabilités locales. Jamais elle n'aurait imaginé attirer tant de monde.

Elle n'est toutefois pas au bout de ses surprises : voilà qu'apparaissent au loin deux rangées d'uniformes et de bérets qui, de blanc, n'ont plus que le souvenir car ils ont, au fil des ans, des décennies, viré au jaune, au gris, et il est probable que certains d'entre eux soient piquetés par les mites ; leurs propriétaires plongent sans le moindre embarras, puis se relèvent en brandissant les fanions blancs à lys bleus qui gisaient à leurs pieds et entonnent de leurs voix chevrotantes mais encore puissantes le chant de la JF, ce chant de l'étoile qui dit exactement :

> *El-le nous gui-de jo-yeu-se,*
> *L'é-toile au li-sé-ré bleu.*
> *Sur notr'â-me gé-né-reu-se*
> *C'est le clair re-gard de Dieu.*
> *C'est le ra-yon d'es-pé-ran-ce*
> *Le lys des prin-temps nou-veaux.*

C'est l'é-toi-le de la Fran-ce.
Dans les plis de nos dra-peaux.

Encore quelques pas – les mains ne cessent de se tendre vers Gabrielle, la retardant inexorablement, mais comme il est bon de récolter les fruits de ce qu'on a semé cinquante, soixante, soixante-dix ans plus tôt ! pense-t-elle tout en saluant les représentants du Renouveau eucharistique auxquels elle a vendu en viager (les pauvres ! ils n'imaginaient pas qu'elle vivrait si longtemps, et ils n'ont pas fini) son bien-aimé pavillon Sainte-Thérèse, haut lieu du pèlerinage à Lourdes : ils n'ont pas l'air de lui en vouloir, ce sont de bonnes gens.

Las de devoir ralentir et secrètement soulagé que la cérémonie se soit enfin achevée (par surcroît, sans esclandre), l'évêque est saisi d'impatience : il s'éloigne vers la sacristie où il ôtera mitre, chasuble, étole et aube avant de rejoindre son ami Louis et de gagner en sa compagnie le domaine, pour la réception à laquelle il a été bien entendu convié. Aussi Gabrielle peut-elle s'attarder un moment auprès de ses anciennes Cadettes, Benjamines ou Rayonnantes, à la hauteur desquelles elle vient d'arriver : en dépit des années, ses troupes ne l'ont pas oubliée. Pour les remercier, elle entonne à son tour, sur l'air du *Clairon* de Déroulède :

> *Cœurs vaillants et fière mine,*
> *Les bérets vont défiler !*
> *Ah ! Ah ! Les voilà ! Les voilà !*
> *Les bérets blancs, ils sont tous là !*

Toute son autorité lui revient : un geste, et les anciennes jeunes filles courent s'aligner dans le transept ; alors, consultant ses nièces et ses neveux, elle répartit chacune d'elles dans les voitures dont ils disposent afin qu'elles puissent assister à la fête donnée en son honneur. Se dirige vers la sortie et s'engage dans l'escalier au bas duquel Zoé, qui est entre-temps sortie par le portail sud, a garé l'ID, prête à accueillir à son bord l'héroïne de la journée et les quatre autres membres de leur foyer : aucun autre engin ne semble plus adapté à la circonstance, et de fait il a fière allure devant la file de véhicules platement modernes dont on claque à présent les portières (cette fois, Gabrielle est en tête, et l'évêque, dans la Mercedes de Louis, distancé), ne paraissant pas rouler, mais bien glisser sur la chaussée : ce n'est pas pour rien que Raymond avait choisi ce modèle pour ses déplacements officiels, se contentant pour les autres d'une vieille 2 CV à toit ouvrant.

On s'extirpe de la ville, les maisons défilent, puis les fermes, les champs, les arbres de cette route que Gabrielle a empruntée des milliers de fois, empruntera encore pendant dix, quinze ans, elle le parie dans le secret de son cœur, tandis que commentaires sur la cérémonie et rires fusent dans l'habitacle pour s'éteindre un peu plus tard car Noélie, pragmatique, récapitule et répartit les tâches matérielles qui attendent les membres du foyer (accueillir les invités, servir boissons et petits-fours, veiller que personne ne manque de rien) : il y a mille détails à régler, et trente minutes de trajet ne sont pas de trop pour tout énumérer.

Les virages se succèdent sous les roues des voitures en file indienne, enfin l'ID dévore la dernière ligne droite et quitte le macadam pour les graviers, produisant ce crissement incomparable qui s'est ancré dans les oreilles, le cerveau, les muscles et les tendons de ses occupants avec les mille souvenirs auxquels il est attaché. Mais, alors même qu'on se croyait arrivé, il faut s'arrêter dans le dernier tournant, à quelques dizaines de mètres du but : un tracteur sans conducteur et sa remorque stationnent devant l'étable, bloquant le passage.

Assise à l'arrière, Noélie s'exclame : *Ça alors, c'est trop fort ! Le jour même de notre fête... Ils l'ont fait exprès !* Et Julienne demande : *Qu'y a-t-il dans la remorque ? On dirait du fumier... Quel drôle d'accueil pour nos invités... Ça sent terriblement mauvais, n'est-ce pas ? – Mauvais, mauvais... n'exagérons pas. Je préfère cette odeur à celle de l'ensilage, et puis tout le monde est habitué, évêque compris : nous appartenons à une région rurale. Mais nous n'allons pas passer notre vie ici. Qu'ils se dépêchent un peu !*

Au même moment, un sourire béat se peint sur les lèvres de Zoé qui vient de repêcher un souvenir dans sa mémoire que maladie et médicaments continuent de malmener au point qu'elle n'ose plus s'enquérir des connaissances de ses parents, par crainte qu'elles soient mortes entre-temps : jadis, rappelle-t-elle, elle conservait dans un coffret en fer-blanc et transportait jusqu'à Paris des crottins de son cheval, comme une sorte de talisman, qu'elle se forçait à ne pas trop humer de crainte que leur odeur ne s'évapore.

Haussements de sourcils, et *Ce n'est pas le moment de verser dans la nostalgie...* s'impatiente Noélie, insensible à ces gamineries. – *Ne t'inquiète pas, tantine*, la rassure Zoé. *Dans le pire des cas, je déplacerai moi-même le tracteur. Ce n'est pas compliqué. Mais je vais d'abord klaxonner.* Elle joint le geste à la parole, oubliant que Jo déteste le vacarme ; de fait, il ouvre aussitôt la portière, bondit à l'extérieur et s'éclipse dans le jardin par le portillon du fond, à quelques pas de là, initiative que Noélie porte à son crédit et décide d'imiter en compagnie de Julienne afin de prendre un peu d'avance sur les invités.

Elle a poussé sa sœur devant elle et s'apprête à refermer quand le fermier surgit de l'étable, armé d'une fourche, qu'il abandonne aussitôt contre le battant de la porte en marmonnant des excuses, pour contourner le véhicule. L'occasion est trop belle : elle revient sur ses pas et, l'air de rien, l'apostrophe, *Roger*, dit-elle, *puisque vous êtes là, j'en profite. Nous avons bien réfléchi à votre proposition, et nous sommes au regret de vous dire que nous la déclinons. Désolée ! Mais je suis sûre que vous vous en remettrez. Venez donc boire un verre quand vous aurez fini. Nous enterrerons la hache de guerre.*

L'homme grimpe sur son siège et, se serrant contre l'étable, libère le passage dans des grommellements si dépités que Zoé ne peut s'empêcher de tourner vers Noélie deux doigts en V, mais trop tard : déjà le portillon claque et la petite silhouette s'éloigne à la poursuite de Jo et de Julienne. Alors la jeune femme redémarre, parcourt une cinquantaine de mètres avant de s'arrêter une dernière fois, descend et, tendant le bras à la passagère, s'écrie : *Prête, tantine ?*

Prête ! répond Gabrielle, même si c'est à un autre jour, à une autre fête qu'elle pense tandis que le portail grince et que les premières voitures commencent à se déverser sur le terre-plein. Elle a en effet l'étrange impression d'être retournée en arrière, de poser maintenant sur l'allée non ses souliers blancs à bout carré assortis à sa robe de vierge, mais des bottines d'enfant, de se glisser, obéissante, sur le banc inférieur, devant la porte, où le photographe a voulu réunir les plus jeunes : c'est elle qu'on a choisie pour apporter le bouquet des noces d'or à Virginie, et elle répète en imagination la scène dont elle va être l'actrice principale tout en fredonnant sourdonnement la chanson composée par son oncle de Marseille pour l'occasion.

Maintenant les chiens bondissent, d'autres chiens, autour des tables à tréteaux revêtues de nappes blanches que des cailloux ont maintenues en place, joyeux de revoir leur maître, des plateaux garnis de petits-fours apparaissent entre les battants de la porte, et Gabrielle abandonne la fillette d'autrefois en robe à galons pour regarder surgir Julienne et Noélie, invaincues comme elle, indomptées, insoumises, fières de leur liberté. Qui a dit que cela s'arrêtait, que cela devait s'arrêter un jour ? Car, justement, voici qu'à cet instant tout recommence.

Note de l'auteur

Ce roman s'inspire en partie de l'histoire de ma famille maternelle. Je tiens à remercier ceux de mes cousins, en particulier Henri Tabart, qui ont bien voulu m'ouvrir leurs archives et me faire partager leurs souvenirs. Qu'ils me pardonnent de m'être approprié les noms et figures de leurs proches à des fins romanesques en les mêlant à des personnages de fiction. Je suis et demeure la seule responsable des actes que je leur prête.

Je voudrais exprimer ici ma gratitude à Françoise Adelstain et Christiane Besse qui ont relu ce texte avec leur générosité et leur méticulosité habituelles.

Mes remerciements vont aussi au CNL qui a bien voulu soutenir ce projet en m'accordant une précieuse bourse d'écriture.

La citation d'*Absalon, Absalon!* en exergue est tirée de l'édition d'André Bleikasten et François Pitavy, La Pléiade, Gallimard, 1995.

Les photos des pages 40 et 474 sont reproduites avec l'autorisation des Archives de l'évêché de Rodez.

RÉALISATION : IGS-CP À L'ISLE-D'ESPAGNAC
IMPRESSION : CPI BRODARD ET TAUPIN À LA FLÈCHE
DÉPÔT LÉGAL : AOÛT 2015. N° 124053 (3011208)
IMPRIMÉ EN FRANCE

L'Italienne
Adriana Trigiani

1905. À la mort de leur père, Ciro, dix ans, et son frère aîné sont placés dans un couvent des Alpes italiennes. L'austérité de la vie chez les sœurs n'étouffe pas en Ciro le goût de l'aventure. Sa rencontre avec Enza bouleverse son existence. Le destin les sépare puis les réunit à Little Italy, quartier des immigrés italiens de New York. Mais la Première Guerre mondiale éclate et Ciro s'engage…

« Le tourbillon de la vie ne cesse de les séparer. Une saga passionnelle étourdissante. »

Madame Figaro

« LES GRANDS ROMANS » DE POINTS
DES ROMANS QUI TRAVERSENT L'HISTOIRE

L'Empereur
aux mille conquêtes
Javier Moro

Pedro, l'héritier de la dynastie des Bragance, doit faire un choix qui bouleversera l'avenir du Brésil. Rejoindre son père, le roi João, au Portugal, où il affronte la révolution ou rester pour assurer l'unité de son pays d'adoption ? Impulsif et idéaliste, Pedro se décide à embrasser le destin du Brésil, qu'il mènera vers l'indépendance et la modernité.

*« Un ouvrage fascinant, exaltant
et remarquablement écrit. »*

Le Parisien

« LES GRANDS ROMANS » DE POINTS
DES ROMANS QUI TRAVERSENT L'HISTOIRE

Demain à Santa Cecilia
María Dueñas

Blanca rêve d'une nouvelle vie. Originaire d'Espagne, elle accepte un emploi à Santa Cecilia, une université californienne. Elle y est chargée du classement des archives d'Andrés Fontana, professeur réputé, mort depuis trente ans. Pourquoi le doyen s'inquiète-t-il soudain de ces vieux papiers oubliés ? Malgré elle, Blanca se trouve plongée dans les secrets d'un très lointain passé.

« Ce portrait de femme émouvant, tout en modernité, en sensibilité, nous touche par sa finesse psychologique. »

Femme actuelle